ବିଭକ୍ତ ମଣିଷ ଓ
ଫୁଟ୍‌ପାଥ୍‌ର ଗଳ୍ପ

ବିଭକ୍ତ ମଣିଷ ଓ
ଫୁଟ୍‌ପାଥ୍‌ର ଗଳ୍ପ

ଲିଙ୍ଗରାଜ ମହାପାତ୍ର

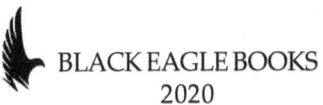

BLACK EAGLE BOOKS
2020

BLACK EAGLE BOOKS

USA address:
7464 Wisdom Lane
Dublin, OH 43016

India address:
E/312, Trident Galaxy, Kalinga Nagar,
Bhubaneswar-751003, Odisha, India

E-mail: info@blackeaglebooks.org
Website: www.blackeaglebooks.org

First International Edition Published by
BLACK EAGLE BOOKS, 2020

BIBHAKTA MANISHA O FOOTPATHRA GALPA
by Lingaraj Mahapatra

Cover & Interior Design: Ezy's Publication

ISBN- 978-1-64560-118-0 (Paperback)

Printed in United States of America

ଉତ୍ସର୍ଗ

ପୂଜାସ୍ପଦ ସ୍ୱର୍ଗତ ବୋଉ ଓ ନନାଙ୍କୁ। ଜୀବନରେ ଅନେକ କଷ୍ଟ ସହି ଯିଏ ଆମକୁ ମଣିଷ କରିଥିଲେ, ଯାହାଙ୍କର ଅନୁପ୍ରେରଣା, ପ୍ରୋତ୍ସାହନ, ଆଦର୍ଶ ଓ ସକାରାତ୍ମକ ଅନୁଚେତନା ଆମ ଜୀବନର ଦିଗ୍‌ଦର୍ଶକ ଏବଂ ପଥ ପ୍ରଦର୍ଶକ।

ଜୀବନରେ ଜୀଇଁବାକୁ ହୁଏ ବାସ୍ତବତା ଭିତରେ... ସବୁ ସ୍ୱପ୍ନଙ୍କୁ ସମାଧି ଦେଇ। ସବୁ ଆଶା, ଆକାଙ୍‌କ୍ଷାକୁ ଜଳାଞ୍ଜଳି ଦେଇ ସାଲିସ୍ ଭିତରେ, ଜୀବନ ଜୀଇଁବାର ନାମ। ଜୀବନ ଜୀଇଁବାର କଳା। ତମେ ଆଜି ସବୁ ସ୍ୱପ୍ନର ସମାଧି ଉପରେ ଜଣେ ସଫଳ ବ୍ୟକ୍ତି ହେଇ ବାହାରି ପାରିଛ। ଭୁବନେଶ୍ୱର ସବୁକିଛି ହରାଇ ବି ସ୍ମାର୍ଟସିଟି ହେଲା ଭଳି।

- ସୂର୍ଯ୍ୟସ୍ନାନ

ସୂଚୀପତ୍ର

କଣ୍ଢେଇ

– ଏକ –

ନିଜର ଶିରାଳ ଶିରାଳ ଗୋଡ଼ ଆଉ ହାଡ୍ଡୁଆ ହାତମାନଙ୍କ ଉପରେ ଆସ୍ଥା ହରେଇ ସାରିବା ପରେ ହଠାତ୍ ଜୀବନ ସ୍ଥିର କଲେ ତାଙ୍କ ପକ୍ଷରେ ବରଂ ମରିଯିବା ହିଁ ଖୁବ୍ ଭଲ। ଏମିତି ଗୋଟାଏ ନିଷ୍ପତ୍ତି ନେବା ପୂର୍ବରୁ ସେ ଯେ ଆଦୌ ଭୟଭୀତ ହୋଇନାହାନ୍ତି ଏମିତି ନୁହେଁ। ପ୍ରଥମେ ଯେତେବେଳେ ସେ ଏମିତି ଗୋଟାଏ ଖିଆଲର ଶିକାର ହେଲେ, ସେତେବେଳେ ତାଙ୍କ ଛାତି ଭିତରେ ଗୋଟାଏ ଖାଁ ଖାଁ ଖାଲି ଖାଲି ଭାବ ସେ ଅନୁଭବ କଲେ। ଗୋଟାଏ ରୁଗ୍ ରୁଗ୍ ଯନ୍ତ୍ରଣାରେ ତାଙ୍କ ଆଣ୍ଠୁ ଗଣ୍ଠି କଟକଟ ହେଲା। ମରିବାଟା କ'ଣ ଏତେ ସହଜ କି ଯେ କହିଦେଲେ ମରିଯାଇ ହେବ।

ସେ ଦିନସାରା ଘରର ଗୋଟାଏ କୋଣରେ ସ୍ଥିର ହୋଇ ବସି ରହିଲେ। ଖାଇଲେନି, ପିଇଲେନି, ହାତଗୋଡ଼ ବି ଲାଡ଼ିଲେନି। ତାଙ୍କ ସ୍ତ୍ରୀଙ୍କର ଭୟଭୀତ ଆଖି ଦିଇଟା ତାଙ୍କୁ ବାସର ରାତି ଆଖି ଭଳି ଜଣାଗଲା। ସେ ଗଛ ଦେଖିଲେ

କୁରୁଳି ଉଠିଲେ। ପକ୍ଷୀ ଦେଖିଲେ ଢିମାଢିମା ଆଖିକରି ହୋ ହୋ ହୋଇ ହସିଲେ। ତାଙ୍କ ସ୍ତ୍ରୀ କେତେବେଳେ ତାଙ୍କୁ ଅବିବାହିତା ଅନୂଢ଼ା ତରୁଣୀ ଭଳିଆ ଦେଖାଗଲେ ତ ଆଉ କେତେବେଳେ ବୟସ୍କା ତାଙ୍କର ଅନୁଗତ ସ୍ତ୍ରୀଟି ଭଳି ଲାଗିଲେ। ମୁଣ୍ଡ ଭିତରେ ସବୁ ଗୋଳମାଳ ହୋଇ ଯାଉଥିଲା। ତାଙ୍କୁ ଲାଗିଲା ସେ ବଦଳି ଯାଇଛନ୍ତି। ମୃତ୍ୟୁ ଚିନ୍ତା ମନ ଭିତରେ ପଶିଲା ପରେ ସେ ମରିବେ କ'ଣ ପୁଣି ସଂସାରକୁ ବୋଧେ ଗଭୀର ଭାବେ ଭଲ ପାଇ ବସିଛନ୍ତି। ଜାବୁଡ଼ି ଧରୁଛନ୍ତି ସଂସାରକୁ, ସାଂସାରିକ ଆଦବ କାଇଦାକୁ। ସମସ୍ତ ଆକର୍ଷଣକୁ।

ଯେତେବେଳେ ଡାକ୍ତର ଆସିଲେ ସେତେବେଳେ ଜୀବନଙ୍କୁ ଖୁବ୍ ହସ ମାଡ଼ିଲା। ତାଙ୍କୁ ଶୁଆଇ ଦିଆଗଲା। ସେ ଚୁପ୍‌ଚାପ ବିନା ପ୍ରତିବାଦରେ ଶୋଇଗଲେ। ଔଷଧ ଦିଆଗଲା। ଛୋଟ ପିଲାଟିଏ ଭଳି ଔଷଧ ଖାଇଲେ। ଇଞ୍ଜେକ୍‌ସନ ଦିଆ ହେଲା ବେଳେ ଯନ୍ତ୍ରଣାରେ ତାଙ୍କ ମୁହଁ ବିକୃତ ହୋଇ ଆସିଲାନି। ସେ ଜଳ ଜଳ କରି ଖାଲି ଯାହା ଛାତ ଆଡ଼କୁ ଚାହିଁ ରହିଲେ। କିଛି ସମୟ ପରେ ହଠାତ୍ ଚିତ୍କାର କଲେ "ସବୁ ଭାଙ୍ଗିଦେବି, ସବୁ ବନ୍ଧନ ଛିଣ୍ଡେଇ ଦେବି, ଫୁର୍‌କିନା ଉଡ଼ିଯିବି। ପୃଥିବୀବାସୀ ଜଳକା ହୋଇ ଚାହିଁ ରହିଥିବେ। ପିଲାକବିଲା ସାହି ପଡ଼ିଶା ସବୁ ଚକିତ ହେଉଥିବେ, ମୁଁ ଚାଲି ଯାଇଥିବି ସମସ୍ତଙ୍କୁ ଫାଙ୍କି ଦେଇ। ନା ପୃଥିବୀ ଆଉ ବାନ୍ଧି ରଖିପାରିବ ନା ସଖା ସହୋଦର, ନା ଡାକ୍ତର। ପାର୍ଥିବତା ତାଙ୍କୁ ଆଉ ଜାବୁଡ଼ି ରଖି ପାରିବନି। ହନ୍ତସନ୍ତ କରିପାରିବନି।"

କଣ୍ଢେଇ ଚାଲୁଛି। ପ୍ଲାଷ୍ଟିକର ରଙ୍ଗରଙ୍ଗିଆ ଖେଳ କଣ୍ଢେଇ ଚାଲୁଛି। କାଚର ଚିତ୍ରକରା ଆଖି ଦିଇଟାକୁ ଏପଟ ସେପଟ କରୁଛି। ମୁଣ୍ଡ ଲାଡୁଛି। ଜୀବନ ଖଟ ଉପରୁ ଓହ୍ଲେଇ ଆସିଲେ। ଖେଳ କଣ୍ଢେଇ ପଛେ ପଛେ ହାମୁଡ଼େଇ ବୁଲିବାକୁ ଲାଗିଲେ। ଜୀବନ ହସିଲେ। ହାତ ପାପୁଲିରେ ପ୍ଲାଷ୍ଟିକ ଖେଳ କଣ୍ଢେଇକୁ ଜାବୁଡ଼ି ଧରି ଚିତ୍କାର କଲେ। ପ୍ଲାଷ୍ଟିକ୍‌ର ଖେଳ କଣ୍ଢେଇ ଜୀବନଙ୍କ ହାତ ପାପୁଲିରେ ଛାଟିପିଟି ହେଲା। ଗୋଡ଼ ଛାଟିଲା, ହାତ ଛାଟିଲା। ଚିତ୍ରକରା କାଚର ଡୋଳା ବୁଲେଇ ବୁଲେଇ ଜୀବନଙ୍କୁ ଧମକ ଦେଲା। ଜୀବନ ହାତମୁଠାକୁ ଆହୁରି ଟାଣ କଲେ ଏବଂ ଚିତ୍କାର କରି କହିଲେ 'ଯା - ଏଥର କେମିତି ଯିବୁ ଯା'।

ପ୍ଲାଷ୍ଟିକ୍ ଖେଳ କଣ୍ଢେଇ ହାତ ପାପୁଲି ତଳେ ଚାପି ହେଇ ଯାଉ ଯାଉ ଚିତ୍କାର କଲା କୁଁ... କୁଁ.... କୁଁ...। ଜୀବନ ହସିଲେ। ଦାନ୍ତ ନିକୁଟେଇ ଖେଳ କଣ୍ଢେଇକୁ ଖତେଇ ହେଲେ। ତାପରେ ଖେଳ କଣ୍ଢେଇର ଘୁମନ୍ତ ଚିତ୍ରକରା ଆଖି ଦିଇଟା ଆସ୍ତେ ଆସ୍ତେ କରୁଣ ହୋଇ ଆସିଲା। ପ୍ଲାଷ୍ଟିକ୍ ଡୋଳା ଭିତରେ ଆଉ ଘୂରି ନପାରି ସ୍ଥିର

ହୋଇଗଲା । ଜୀବନଙ୍କ ହାତମୁଠା ଭିତରେ ଅସହାୟ ଭାବେ ଛାଟିପିଟି ହେଉଥିବା ପ୍ଲାଷ୍ଟିକ୍ ଗୋଡ଼ ଦିଇଟା ଆସ୍ତେ ଆସ୍ତେ ସ୍ଥିର ହୋଇଗଲା ।

ଖେଳ କଣ୍ଢେଇରୁ ଚାବି ସରିଯାଇଛି । ସେ ଆଉ ପ୍ଲାଷ୍ଟିକ ଗୋଡ଼ ହାତ ହଲେଇ ପାରିବନି । ଚିତ୍ରକରା ଆଖି ଦିଇଟା ବୁଲେଇ ପାରିବନି । ଜୀବନ ହାତମୁଠା ଖୋଲିଲେ । ଖେଳ କଣ୍ଢେଇ ଶେଷ ଥର ପାଇଁ ପୁଣି ଚିତ୍କାର କଲା... କୁଁ ।

ଜୀବନ ଖେଳ କଣ୍ଢେଇରେ ପୁଣି ଚାବି ଭରି ଦେଲେ । ତାକୁ ଘରର ଚଟାଣ ଉପରେ ମୁକ୍ତ ଭାବେ ଛାଡ଼ିଦେଲେ । ପ୍ଲାଷ୍ଟିକ୍ କଣ୍ଢେଇ ପୁଣି ଚାଲିଲା ଘରର ଏ କୋଣରୁ ସେକୋଣ । ଏପଟରୁ ସେପଟ । ଗୋଡ଼ ହାତ ଛାଟିଛାଟି । ଆଖିର ଚିତ୍ରିତ କାଚ ଡୋଳା ବୁଲେଇ ବୁଲେଇ ।

ଜୀବନ ଖେଳ କଣ୍ଢେଇ ପଛରେ ପୁଣି ହାମୁଡ଼େଇଲେ । ଖେଳ କଣ୍ଢେଇର ଘୂରୁଥିବା ଆଖି ଦିଇଟାକୁ ଚାହିଁଲେ । ଜୀବନ ପାଟି ମେଲା କଲେ "ତୁ କ'ଣ ଏମିତି ସବୁବେଳେ ଚାଲିପାରିବୁ ଖେଳ କଣ୍ଢେଇ । ତୁ କ'ଣ ଅନବରତ ତୋ ପ୍ଲାଷ୍ଟିକ ଡ଼ୋଳାକୁ ବୁଲେଇ ପାରିବୁ । ଚାବି ସରିଗଲେ ତୁ ସେଇଠି କଚାଡ଼ି ହୋଇ ପଡ଼ିବୁ । ଆଉ ପାଦେ ବି ତୋର ଘୁଞ୍ଚିବାକୁ ଯୁ ନଥିବ । ଆଉ ତତେ ହାତ ପାପୁଲିରେ ଜୋରରେ ଜାବୁଡ଼ି ଧରିଲେ ତୁ କେବଳ ଚାହିଁଥିଲା ପର୍ଯ୍ୟନ୍ତ ହିଁ ପ୍ରତିବାଦ କରିପାରିବୁ । ତୁ ଗୋଟାଏ ଅସହାୟ ଖେଳ କଣ୍ଢେଇ । ଚାବିଥିବାଯାଏଁ ତୋ ଜୀବନ ।

ଜୀବନଙ୍କ ମୁହଁରେ କ୍ଳାନ୍ତିର ଟୋପା ଟୋପା ସ୍ୱେଦ ବିନ୍ଦୁ ଚିକ୍ ଚିକ୍ କରୁଥିଲା । ସେ ଖୁବ୍ ଦୁର୍ବଳ ଅନୁଭବ କଲେ । ଯେମିତି ହଠାତ୍ ସେ ଅତି ଅସହାୟ ମଣିଷଟିଏ ପାଲଟି ଗଲେ । ଜୀବନ ପାଟିକରି କହିଲେ, "ହେ ମଣିଷମାନେ, ତମେ ସମସ୍ତେ ଗୋଟେ ଗୋଟେ ଅସହାୟ ଖେଳ କଣ୍ଢେଇ ।" କଣ୍ଢେଇ ଚାଲିଥିଲା ଘରର ଏ ପଟରୁ ସେପଟକୁ । ଠୁକ୍ ଠୁକ୍ କରି - ଗୋଡ଼ ହାତ କଚାଡ଼ି କଚାଡ଼ି ।

ଜୀବନ ଆର୍ମଚେୟାରରେ ସିଧା ହୋଇ ବସିଲେ । ହାତରେ ଖବରକାଗଜ ମୁହଁ ଆଗରେ ଖୋଲି ଧରିଲେ । କହିଲେ ଶୁଣରେ ଖେଳ କଣ୍ଢେଇ, ମନଦେଇ ଶୁଣ ।

ଦୁର୍ଗାପୁର କାରଖାନାରୁ ଏକ ହଜାର ଶ୍ରମିକଙ୍କୁ ଛଟେଇ କରାଗଲା । କାରଖାନାରେ ତାଲାବନ୍ଦ, ଧର୍ମଘଟ, ଅନଶନ । ବାହାରେ ପୋଲିସ୍‌ର ଲାଠିଚାର୍ଜ ।

ଖେଳ କଣ୍ଢେଇ ବୁଲୁ ବୁଲୁ ଡ଼ୋଳା ଘୂରେଇଲା । ହାତ ଉଠେଇ ମୁଣ୍ଡ ଲାଡ଼ିଲା । ଜୀବନ କହିଲେ 'ସାବାସ୍' ।

ଭୋକିଲା ଛଟେଇ ଶ୍ରମିକଙ୍କ ଉପରେ ପୋଲିସ୍‌ର ବର୍ବର ଲାଠିମାଡ଼ । ଘରଦ୍ୱାର

ଜଳେଇ ଦେଲେ ମାଲିକଙ୍କ ଗୁଣ୍ଡାମାନେ। ଘରଦ୍ୱାର ଜଳିପୋଡ଼ି ଛାରଖାର, ପିଲା କବିଲା ବାହାରେ ଶୂନ୍ୟ ଆକାଶ ତଳେ।

ଦରଦାମ ହୁ ହୁ ହୋଇ ବଢ଼ି ଚାଲିଛି। ଜୀବନ ପଢ଼ି ଚାଲିଲେ। ସମ୍ବାଦ ପରେ ସମ୍ବାଦ। ଖେଳ କଣ୍ଢେଇ ମୁଣ୍ଡ ଲାଡୁଥିଲା। ଗୋଡ଼ ପକେଇ ପକେଇ ଚଟାଣ ଚାରିପଟେ ଚାଲୁଥିଲା। ଠୁକ୍... ଠୁକ୍... ଠୁକ୍...।

ଜୀବନ ଧଡ଼୍‌କିନା ଖବରକାଗଜ ବନ୍ଦ କରିଦେଲେ। ତାଙ୍କର ମନେ ପଡ଼ିଗଲା ତାଙ୍କ ଚାକିରି ଚାଲିଯିବା କଥା। ନିଜେ ଛଟେଇ ହବାର ଯନ୍ତ୍ରଣା ତାଙ୍କ ଆଖିକୁ ନାଲ ନାଲ କରିଦେଲା। କୁହାନାହିଁ ବୋଲାନାହିଁ, ଦିନେ ହଠାତ୍ ତାଙ୍କୁ ନୋଟିସ୍ ମିଳିଲା ଛଟେଇ କରି। କିଛି କାରଣ ନାହିଁ ଚାକିରି ଯିବା ପାଇଁ। କିଛି ପଇସାପତ୍ର ନାହିଁ, ଯୋଉଥିରେ ସେ କିଛି ଦିନ ଚଳି ଯାଇଥାନ୍ତେ। କେତେ ଗୋଡ଼ ହାତ ସେ ନ ଧରିଛନ୍ତି। କେତେ କାକୁତିମିନତି ସେ ନ ହୋଇଛନ୍ତି। ଖେଳ କଣ୍ଢେଟିଏ ଭଳି କେତେ ଧସ୍ତାଧସ୍ତି ସେ ନ କରିଛନ୍ତି। ଏମିତି କି ହରତାଳ, ଧର୍ମଘଟ ବି ହେଇଛି। ହେଲେ ହାତମୁଠା ଆହୁରି ଟାଣ ହୋଇଯାଇଛି। ନିସ୍ତାର ନାହିଁ ଛଟେଇରୁ। ତାଙ୍କ ଆଖିରୁ ଦି ଟୋପା ଲୁହ ବୋହି ଆସିଲା। ଜୀବନ ହାତମୁଠା ଟାଣ କଲେ। ନିଃଶ୍ୱାସ ବନ୍ଦ କଲେ। କିଛି ସମୟ ତାଙ୍କ ଦେହର ସବୁ ଶିରା ପ୍ରଶିରା ଟାଣ ହୋଇଗଲା। ହଠାତ୍ କିଛି ସମୟ ପରେ ସେ ହୋ କିନା ଚିତ୍କାର କରି ଉଠିଲେ।

"ନା ନା ମୋଟେ ନୁହେଁ। ଖେଳ କଣ୍ଢେଇ କେବେ ପ୍ରତିବାଦ କରିପାରେନା ? ଚାବି ସରିଲା ପର୍ଯ୍ୟନ୍ତ ତା'ର ପ୍ରତିବାଦ। ଚାବି ସରିଗଲେ ସେ ହାତ ଗୋଡ଼ ଛାଟିବା ବନ୍ଦ କରିବାକୁ ବାଧ୍ୟ ଏବଂ ତାପରେ ସବୁ ପ୍ରତିବାଦ ସ୍ଥିର ହୋଇଯିବ। ଜୀବନ ଆର୍ମ ଚେୟାରରୁ ଉଠିଲେ। ପାଦ ଚିପି ଚିପି ଖେଳ କଣ୍ଢେଇ ପଛରେ ଗଲେ। ଗୋଟାଏ ବିଚିତ୍ର ମିଶାମିଶା ଭାବରେ ତାଙ୍କ ଶିରା ଟାଣ ହୋଇ ଆସୁଥିଲା। ଖେଳ କଣ୍ଢେଇକୁ ସେ ଖପ୍‌କିନା ଚଟାଣରୁ ହାତକୁ ନେଇ ଆସିଲେ। ଖେଳ କଣ୍ଢେଇ ହାତ ଗୋଡ଼ ଲାଡୁଥିଲା। ଜୀବନ ପାଗଳ ଭଳି ଚିତ୍କାର କଲେ।"

ପାରିବୁନି ଖେଳ କଣ୍ଢେଇ। ତୋର ଶକ୍ତି ରହିବା ଉଚିତ ନୁହେଁ। ପ୍ରତିବାଦ କରିବା ତୋର ଠିକ୍ ନୁହେଁ। ତୋ ଗୋଡ଼ରେ କେବଳ ଚାବିଥିଲା ପର୍ଯ୍ୟନ୍ତ ହିଁ ବଳ ଥିବ। ତୋ ଚିତ୍କାର, ତୋ ପ୍ରତିବାଦର ସୀମା ଅଛି। ତେବେ ହାତ ପାପୁଲିରେ ଚାପି ଦିଆଯାଇ ପାରେ। ହାତମୁଠାରେ ତୋର ପ୍ରତିବାଦର ସ୍ୱରକୁ ମାଡ଼ି ମକଚି ଦବେଇ ଦିଆଯାଇପାରେ। ତୋର ଏମିତି ଗୋଟେ ଚାବିଦିଆ ବ୍ୟକ୍ତିତ୍ୱ ରହିବା ଅନୁଚିତ। ତେବେ ବରଂ ପଙ୍ଗୁ କରି ଦିଆଯାଉ। ତୋ' ଗୋଡ଼ ହାତକୁ ଭାଙ୍ଗି ଦିଆଯାଉ। ତୋ' ଆଖି ସବୁକୁ ତାଡ଼ି ଦିଆଯାଉ।

ତା'ପରେ ଜୀବନ ଉନ୍ମତ୍ତ ଭଳି ଘର ଚାରିପଟେ ଘୂରି ବୁଲିଲେ। ଚଟାଣରେ ଠୁକ୍ ଠୁକ୍ ଚାଲୁଥିବା ଖେଳ କଣ୍ଢେଇର ଗୋଡ଼ ଦିଇଟାକୁ ଟାଣି ଛିଣ୍ଡେଇ ଦେଲେ। ହାତ ଦିଇଟାକୁ ଭାଙ୍ଗି ଦେଲେ। ଚାବି ଦେଇ ଖେଳ କଣ୍ଢେଇକୁ ପୁଣି ଚଟାଣରେ ଛାଡ଼ି ଦେଲେ। ଖେଳ କଣ୍ଢେଇ ଆର୍ତ୍ତ ଚିତ୍କାର କରି ଚଟାଣ ଉପରେ ଖାଲି ଘୁଷୁରିଲା। ନା କୁଆଡ଼େ ଯିବାର ତା'ର ଯୁ ଥିଲା, ନା ଗୋଡ଼ ହାତ ଛାଟି ପ୍ରତିବାଦ କରିବାର କ୍ଷମତା। ଜୀବନ ତାଳି ମାରିଲେ। ପାଶବିକ, ପୈଶାଚିକ ଆନନ୍ଦରେ କୁରୁଳି ଉଠିଲେ। ଖେଳ କଣ୍ଢେଇ ଅସହାୟ ଭାବେ ଚଟାଣରେ ପଡ଼ିଥିଲା। କୁନି ଝିଅ ରୁନି ତା' କଣ୍ଢେଇ ଭାଙ୍ଗିବା ଅଭିଯୋଗରେ ଜୀବନଙ୍କ ପିଠିରେ ରାଗରେ ବିଧା ପରେ ବିଧା କଷି ଦେଉଥିଲା। ଚୁଟି ଝିଙ୍କି ଟାଣି ଦେଉଥିଲା। ଗୋଡ଼ କଚାଡ଼ି କଚାଡ଼ି ଚିତ୍କାର କରୁଥିଲା, "ବାପା ମୋର କଣ୍ଢେଇକୁ ଭାଙ୍ଗିଦେଲେ" - ଏଁ... ଏଁ... ଏଁ...।

କିନ୍ତୁ ଜୀବନ କିଛି ଶୁଣି ପାରୁନଥିଲେ। କିଛି ଦେଖି ପାରୁନଥିଲେ। କିଛି ଅନୁଭବ କରିବାର ଶକ୍ତି ସେ ହରେଇ ବସିଥିଲେ। ରୁନିର ଅଭିଯୋଗ, ମାଡ଼ କିଛି ତାଙ୍କ ଉପରେ ଟିକିଏମାତ୍ର ପ୍ରଭାବ ପକଉ ନଥିଲା। ସେ ଖାଲି ଅଟ୍ଟହାସ୍ୟ କରୁଥିଲେ। ତାଳି ମାରୁଥିଲେ। ଘରସାରା କୁଦି କୁଦି ଡିଆଁ ମାରୁଥିଲେ ଆଉ ଅସହାୟ ଭାବେ ଚଟାଣରେ ଘୁଷୁରୁଥିବା ଖେଳ କଣ୍ଢେଇକୁ ଚିଅର୍ କରୁଥିଲେ।

■■

ଅନିରୁଦ୍ଧର ଛାତି ତଳର ଦୁଃଖ

ହେଲେ ଅନିରୁଦ୍ଧର ଦୁଃଖ କ'ଣ ? ଡେଙ୍ଗା ଡାହାଳ ଅର୍ଘାତ ଗୋରା ତକତକ ବତିଶ ବର୍ଷର ଭେଣ୍ଡିଆ ଅନିରୁଦ୍ଧର ଦୁଃଖ କ'ଣ ? ଛାତି ତଳରେ କ'ଣ ଗୋଟାଏ ହାବୁକା ହାବୁକା ହୋଇ ମୋଡ଼ି ଭିଡ଼ି ହୋଇ ବେକ ଆଡ଼କୁ ଧସେଇ ପଶିବା ହିଁ ଅନିରୁଦ୍ଧର ଦୁଃଖ, ଶିରା ପ୍ରଶିରା ନେଳି ନେଳି ହୋଇ ବେକ କଡ଼ରେ ଫୁଲି ଆସିବା ହିଁ ଅନିରୁଦ୍ଧର ଦୁଃଖ, ହାତ ମୁଠାମୁଠା ହୋଇ ଆସିଲେ ଦୁଃଖ। ମୁହଁ ଫୁଲି ଲାଲ ପଡ଼ିଗଲେ ହିଁ ଦୁଃଖ, ଆଖି ଦିଇଟା ଛଳଛଳ ହୋଇ ଆସି ଲୁହ ବୁନ୍ଦାଟା ଡୋଳା ଭିତରେ ଅଟକି ରହି ଢଳ ଢଳ ହେଲେ ହିଁ ଅନିରୁଦ୍ଧର ଦୁଃଖ। ଅନିରୁଦ୍ଧ ଏମିତି ଏକ ପରିସ୍ଥିତିରେ ଅସହଜ ହୋଇପଡ଼େ। ଖଟ ଉପରେ ମୋଡ଼ି ଭିଡ଼ି ହୁଏ। ଉପର ଛାତକୁ ଚାହିଁ ରହେ। ସଫା ଧଳା ରଙ୍ଗର କାନ୍‌ଭାସ ତା' ଉପରେ ଦୁଃଖର ଚକଡ଼ା ଚକଡ଼ା ଆମେଜ। ମଝିରେ ଘୂର୍ଣ୍ଣାୟମାନ ଶିଲିଂ ଫ୍ୟାନ ଛାତି ଭିତରେ ଗୋଳି ହୋଇ ଆଉଣ୍ଡି ହୋଇ ଯାଉଥିବା କୋହର ଉବ୍‌କା ଭଳି।

ଘରିପଟେ ତିନି ଶହ ବର୍ଗ ଫୁଟ ଶୂନ୍ୟତା, ଖାଲିସ୍ଥାନ - ଛାତି ଭିତରର ଖାଲି ଜାଗା ଭଳି।

ହଠାତ୍ ଖୁବ୍ ଖାଲିଖାଲି ଲାଗେ, ଉପରକୁ ଉଠି ଆସୁ ଆସୁ କୋହ ସବୁ ଭିତରେ କରଢ଼ି ହୋଇ ପଡ଼େ। ଛାତିକି ଚପି ଧରି ଧଡ଼୍‌କିନା କଡ଼ ଲେଉଟେଇନିଏ ଛାତ ଆଡ଼କୁ। ୨୦ × ୧୫ × ୧୦ର ଆୟତ ଘନାକୃତି ରୁମର ଛାତ ଆଡ଼କୁ ପିଠି କରିଦିଏ ଅନିରୁଦ୍ଧ। ମୁଣ୍ଡ ଗୁଞ୍ଜିଦିଏ ତକିଆରେ। ତକିଆ ଉପରେ ବାହା ନ ହେଇ ଘରେ ରହିଥିବା ଭଉଣୀର ହାତବୁଣା ଫରଗେଟ ମି ନଟ ଲେଖା ଉପରେ ଓଦା ହୋଇଆସେ। ପିଠି ତଳେ, ଛାତି ଭିତରେ ଚପା ଚପା କୋହଟିଏ ହୋଇ ଉଠୁଥାଏ ପଡୁଥାଏ ଅନିରୁଦ୍ଧର ଛାତି ତଳର ଦୁଃଖ। ଏଇମିତି ନିତି ପ୍ରତି ଘରକୁ ଫେରିଲେ ବଖୁରିଆ ଘର ଚରିକାନ୍ଥର ଆବଦ୍ଧ ଶୂନ୍ୟତାରେ ପଡ଼ି ରହି ଥିଲାବେଳେ ଛାତି ଭିତରେ ଉଥୁଲୁପୁଥୁଲୁ ହୁଏ ଅନିରୁଦ୍ଧର ଦୁଃଖ। ହେଲେ ଅନିରୁଦ୍ଧର ଦୁଃଖ କ'ଣ? ଡେଙ୍ଗା ଡାହାଳ ଅର୍ଘାତ ଗୋରା ତକତକ ଭେଣ୍ଡିଆ ଅନିରୁଦ୍ଧର ଦୁଃଖ କ'ଣ? ଧେତ୍‌ତେରିକି, ବାରମ୍ବାର ସେଇ ଗୋଟାଏ ପ୍ରଶ୍ନ। ଆଉ କ'ଣ ପଚରିବାର କିଛି ନାହିଁ। ଏମିତି ଭଲା କିଏ ଅଛି ଯେ, ମଣିଷଟିଏ ହେଇ ଛାତି ଉପରେ ହାତ ରଖି କହି ଦେବ ତା'ର ଦୁଃଖ ନାହିଁ ବୋଲି। ଏମିତି ଭଲା କିଏ ଅଛି ଯେ ନିଛକ ମଣିଷଟିଏ ହୋଇ କହିଦେବ ଯେ ତା' ଛାତି ଭିତରେ ଦୁଃଖଟିଏ କେବେହେଲେ ମୋଡ଼ି ଭିଡ଼ି ହୋଇନାହିଁ ବୋଲି। ଏଇମିତି ଭଲା କିଏ ଅଛି ଯେ, ଗୋଟେ ପଣେ କହି ଦେବ ସେ ଘରକୁ ଫେରି ଧଳା ତୋଫା ଚକଡ଼ା ଚକଡ଼ା ଛାଡ଼ିଥିବା ଛାତକୁ ଦେଖିଦେଲେ ତା' ଭିତରେ ଅଜଣା ଦୁଃଖଟାଏ ନିଉଛୁଣା ପିଲା ଭଳି ପଶିଯାଉନି ବୋଲି। ଅନିରୁଦ୍ଧ ବାଜି ମାରି କହି ପାରେ ମଣିଷ ହେଲେ ହିଁ ଦୁଃଖ। ଯୋଉଦିନ ବୋଉ ଅନ୍ତଫାଡ଼ି ମୁଣ୍ଡ ଖଣ୍ଡାକ ପୃଥିବୀର ପାଣିପବନ ଭେଟିଲା ସେଇ ଦିନଠୁ କହିଲା ଦୁଃଖ ଦୁଃଖ। ମଣିଷ ହେଲି, ଦୁଃଖ ବୋହିଲି। ଛାତି ତଳରେ ହାବୁକା ହାବୁକା ଦୁଃଖ, ରକ୍ତରେ ଦୁଃଖ। ଶିରା ପ୍ରଶିରା, ଚେତନା ଅନୁଚେତନା ସବୁ ଭିତରେ ଦୁଃଖ ଭାସୁଛି। ହେଲେ ଅନିରୁଦ୍ଧର ଦୁଃଖ କ'ଣ? ଡେଙ୍ଗା ଡାହାଳ ଛଅ ଫୁଟିଆ ଗୋରା ତକ ତକ ସୁଠାମ ଭେଣ୍ଡିଆ ଅନିରୁଦ୍ଧର ଦୁଃଖ କ'ଣ? ମଣିଷ ହବାର ଦୁଃଖ ନା ମଣିଷ ନ ହବାର ଦୁଃଖ? ନା ମଣିଷ ହେଇ ମଣିଷ ପରି ମଣିଷଟିଏ ନ ହବାର ଦୁଃଖ? ପ୍ରାପ୍ତିର ଦୁଃଖ ନା ଅପ୍ରାପ୍ତିର ଦୁଃଖ? ଆଶାର ଦୁଃଖ ନା ନିରାଶାର ଦୁଃଖ? କିଏ କହିବ ଦୁଃଖ କାହିଁରୁ ହୁଏ? ଇଏତ ଏକେବାରେ ମୁସ୍‌କିଲ କି ଠିକ୍ ଠିକ୍ କହିଦେବ ମଣିଷର ଦୁଃଖ କାହିଁକି ହୁଏ? ଅନିରୁଦ୍ଧର ଦୁଃଖ କାହିଁକି ହୁଏ?

ହେଇ ହେଇ ଏଇ କାଲି ଭଳି ତ ଲାଗୁଛି। ଅନିରୁଦ୍ଧକୁ ପିଲାବେଳୁ ଝରକା ପାଖରେ ଶୋଇବାକୁ ଭଲ ଲାଗେ। ତେଣୁ ସବୁବେଳେ ବୋଉ କଡ଼ରେ ଝରକା ଆଡ଼କୁ ହିଁ ଅନିରୁଦ୍ଧ ଶୁଏ। ନିଡ଼ର ହେଇ ଗୋଟାଏ ହାତ ଝରକା ଭିତର ଦେଇ ବାହାରକୁ ବାହାର କରି ଦେଇଥାଏ। ଏବେ ବି ଅନିରୁଦ୍ଧର ଶୋଇବା ଅଭ୍ୟାସଟା ଠିକ୍ ସେଇଭଳି। ଖଟର ଗୋଟାଏ ପାଖକୁ ଜାକି ହେଇ ଝରକା ଆଡ଼କୁ ଶୋଇଥିବ ଆଉ ହାତ ଅଧକ ଝରକା ରେଲିଂ ଭିତରେ ବାହାରକୁ ବାହାର କରି ଦେଇଥିବ, ଶୂନ୍ୟକୁ, ଅନ୍ଧରୁଆ ଖାଲି ସ୍ଥାନକୁ। ଥଣ୍ଡା ଥଣ୍ଡା ରାତିର ପବନକୁ, କଇଁଫୁଲିଆ ଜହ୍ନର ଜ୍ୟୋସ୍ନାକୁ। ଏଇମିତି ଶୋଇବାକୁ ଅନିରୁଦ୍ଧକୁ ଖୁବ୍ ଆଶ୍ୱସ୍ତ ଲାଗେ। ମନେହୁଏ ସେ କୋଠରି ଭିତରେ ନାହିଁ। ଖଟ ଦାଢ଼ରେ ଗୋଟାଏ କୋଣକୁ ଜାକି ଜୁକି ହୋଇ ତା'ର ସମସ୍ତ ସତ୍ତା ଶିକୁଡ଼ି ଯାଇନି। ଏଇମିତି ଶୋଇବା ଭଙ୍ଗୀରେ ତା'ର ମନେହୁଏ ସେ ବ୍ୟାପୀ ଯାଇଛି। ପ୍ରସରି ଯାଇଛି ଅବଶିଷ୍ଟ ଅନ୍ଧାର ଭିତରକୁ, ପରିବ୍ୟାପ୍ତ ଆକାଶ ଆଉ ତା' ତଳର ପରସ୍ତ ପରସ୍ତ ଖାଲିସ୍ଥାନ ଭିତରକୁ, ଜହ୍ନ ଆଡ଼କୁ; ଆଉ ଜହ୍ନର ସୁନାଲିଆ ରଙ୍ଗ ସାଥିରେ ତା'ର ସ୍ଥିତି ଆଡ଼କୁ ଯେମିତି ନାହି ନାଡ଼ଲଗା ପିଲାଟି ମାଆ ଦେହରୁ ବ୍ୟାପୀ ଯାଇଥାଏ ଜରାୟୁ ଭିତରକୁ। ପାଖରେ ବୋଉ ଭୟରେ ଜୁଡୁସୁଡୁ ହୋଇପଡ଼େ। କହେ, କେମିତିକିଆ ପିଲାଟେ ମ ଅବାଗିଆ ଅଭ୍ୟାସ, ନିଛାଟିଆ ରାତ୍ରିଟାରେ ଝରକା ବାହାରକୁ ହାତ ଦେଇ... ରାତିରେ କିଏ ଯଦି ଚୋର କି ତସ୍କର ହାତ ଟାଣିନେବ ତେବେ ତ କଥା ସରିଲା। ଅନିରୁଦ୍ଧ ହସରେ ଉଡ଼େଇଦିଏ। ହଃ.... ଚୋର ଆଉ ହାତକୁ ନବ। ବୋଉ ଆହୁରି ଗମ୍ଭୀର ହୋଇଉଠେ। ଟିକେ ରାଗିଯାଏ ଆଉ କହେ ଶୁଣିବାର ପିଲା ହୋଇଥିଲେ ସିନା, ରାତିରେ ଝରକା କଡ଼ ଗାତରୁ ଯଦି ସାପଟିଏ କି ଚମ୍ପେଇନେଉଳଟେ ବା ବିଷାକ୍ତ ପୋକ ଜୋକ ବାହାରି କାମୁଡ଼ି ଦିଅନ୍ତି। ତେବେ ବୋଉ ବା କ'ଣ ବୁଝିବ ବ୍ୟାପିଯିବା କାହାକୁ କହନ୍ତି। ବିରକ୍ତ ହୋଇ କହେ, "ମୋ କପାଳକୁ ଏକା ଏମିତି ଘୋଡ଼ାମୁହାଁ ପୁଅଟାଏ ଜନ୍ମ ହେଇଛି। ହୁଏତ ହେଇଥିବ ବୋଉର ଦୁଃଖ, ହେଲେ ଅନିରୁଦ୍ଧ ଫେଁ କିନା ହସିଦିଏ। ବୋଉ ଆହୁରି ରାଗିଉଠେ। ଅନିରୁଦ୍ଧ ପୁଣି ହସେ, ବୋଉ ଆହୁରି ଚିଡ଼େ, ଏଇମିତି ନିତି ପ୍ରତି ଅନିରୁଦ୍ଧ ବୋଉର କଥାରେ ଫେଁ କିନା ହସିଦିଏ ଆଉ ବୋଉ ରାଗରେ ଚିଡ଼ି ଉଠେ। ଆଉ ସବୁଥର ଅନିରୁଦ୍ଧ ଏଇମିତି ଖଟର ଦାଢ଼ରେ ଝରକା ଭିତରୁ ଗୋଟେ ହାତ ବାହାରକୁ ବାହାର କରି ଶୁଏ। ଆଜି ପର୍ଯ୍ୟନ୍ତ ଠିକ୍ ସେଇମିତି ଶୋଉଛି ଅନିରୁଦ୍ଧ। ଆଜିବି ଠିକ୍ ସେଇମିତି ଶୋଇବ। ହେଲେ ଆଉ ବୋଉ ନାହିଁ। ଆରବର୍ଷ ହଠାତ୍ ମରିଗଲା। ଶାଗ, ମୁଗ, ପଟାଳିର ଜହ୍ନି, ଚିରାକନାରେ ବନ୍ଧା ରେଜା ପଇସାର ଚିରାଚରିତ ତା'ର

ସଂସାର ଛାଡ଼ି। ଗଲାବେଳକୁ ଦି' ମାସ ଦିହ ଦୁଃଖରେ ପଡ଼ିଲା ହସ୍‌ପିଟାଲରେ। ଗଲାଦିନ କହିଲା- ପୁଅରେ, ଏଇ ବଡ଼ ବଡ଼ ଅଙ୍ଗୁର ଆଣିବୁନି। କିଲୋ କୋଡ଼ିଏ ଟଙ୍କା, ଶସ୍ତା ଦେଖି ଆଣିବୁ। ଆଉ କେତେ ଅଙ୍ଗୁର ଖାଇବି ଯେ। ତୋର ତ ଟିକିଏ ବୁଦ୍ଧି ହେଲାନି। ଯାହା ଆଣିବୁ ବଡ଼ ବଡ଼ ଆଉ ବେଶୀ ପଇସାରେ। ଅନିରୁଦ୍ଧର ଏବେ ବି ମନେଅଛି ଠିକ୍ ଆରବର୍ଷ ବୋଉ ମରିଗଲା। ତା'ର ସେଇ ଚିରାଚରିତ ଆମ୍ବ, ଆମ୍ବୁଲ, ଲେମ୍ବୁ ଆଚାର, କାଠଚୁଲି ଆଉ ରଗଡ଼ା ମୁଗଜାଇ ପୃଥିବୀରୁ ସେ ବିଦା ହୋଇଗଲା।

ଦଶବର୍ଷ ଧରି ନନା ମଲାପରେ, ହାତ ଚୁଡ଼ି କରଡ଼ି ଦେଇ ଟୁକୁରା ଟୁକୁରା କରି ଦେଲାପରେ, ଧଳା ଧଡ଼ି ନ ଥିବା ଏକ ବସ୍ତ୍ରୀ ଲୁଗା ଖଣ୍ଡେ ପିନ୍ଧି ଦେଲାପରେ, ମୁଣ୍ଡରୁ ସିନ୍ଦୂର ପୋଛିଦେଇ ବୁହେ ବାଡ଼େଇ କରଡ଼ି ହୋଇ କାନ୍ଦି ଦେଲାପରେ, ପ୍ରତିମାସରେ ଏକାଦଶୀ, ଦ୍ୱାଦଶୀ, ଶନିବାର, ସୋମବାର ଉପାସ ଆଉ କାର୍ତ୍ତିକ ମାସରେ ହବିଷ କଲା ପରେ ଏବେ ମାଛ, ମାଂସ, ପିଆଜ, ରସୁଣ ଏକାବେଳେକେ ଛାଡ଼ି ଦେଇ ଘର ବାହାରର ଲୋକଙ୍କ ଠାରୁ ଅପଶକୁନ ମୁହଁ ଫେରେଇ ଦେଇ ଘର ଚାରିକାନ୍ଥ ଭିତରେ ଗୁଞ୍ଜି ଦେଲାପରେ ବୋଉ ଏକା ମୁହଁକେ ଧାଇଁଥିଲା ଅବଶିଷ୍ଟ ପାପର ଜୀବନ ଧୋଇ ଦେବାପାଇଁ। ଓଷା ଉପବାସ କରୁଥିଲା, ସକାଳେ ସନ୍ଧ୍ୟାରେ ଗୀତା ଭାଗବତ ପଢୁଥିଲା, ସଞ୍ଜଦୀପ ଦେଉଥିଲା। ଶହେ ସ୍ତୋତ୍ର ଆବୃତ୍ତି କରୁଥିଲା। ଆଉ ବାଷ୍ପରୁଦ୍ଧ କଣ୍ଠରେ ଭାଗ୍ୟକୁ ଦ୍ୱାହି ଦେଉଥିବା ଜଗନ୍ନାଥ ଜଣାଣ ଗାଉଥିଲା। ପର୍ବପର୍ବାଣି କରୁଥିଲା। ଖାଲି ଯାହା ସାବିତ୍ରୀ ଅମାବାସ୍ୟା କରୁ ନଥିଲା। ଜଗନ୍ନାଥଙ୍କ ପାଖକୁ ଧାଉଁଥିଲା, ବାସନ ମାଜୁଥିଲା, ରୋଷେଇ କରୁଥିଲା, ମୁଗ ରଗଡୁଥିଲା, ଚୁଡ଼ା କରୁଥିଲା। ଘରର ଯାବତୀୟ ଲୁଗାପଟା କାଚୁଥିଲା, ଘରଦ୍ୱାରା ପୋଛୁଥିଲା, ଓଳଉଥିଲା, କାନ୍ଦୁଥିଲା, ଜଣାଣ ବୋଲୁଥିଲା। ଆଉ ବାପଛେଉଣ୍ଡ ପାଞ୍ଚ ପାଞ୍ଚଟା ପିଲାଙ୍କର ମା' ବାପା ହୋଇ ସେମାନଙ୍କୁ ମଣିଷ କରୁଥିଲା। ହେଲେ ଗତବର୍ଷ ସେ ବିଦା ହୋଇଗଲା। ଗଲାବର୍ଷର ଆଗବର୍ଷ ହଠାତ୍ ତା'ର ବ୍ରେଷ୍ଟକ୍ୟାନ୍‌ସର ଦେଖାଦେଲା। ଯେମିତି ସବୁ ପୂଜାପାଠ, ଓଷା, ଉପବାସ, ବ୍ରତ ଆଉ ଅନ୍ତରର ଚାପା ଅବରୁଦ୍ଧ କୋହ ସବୁ ଦେହ ଭିତରେ ଜମି ଜମି ମାଂସଳ ଗୋଟାଳି ପଡ଼ିଗଲା, କୋହ ଆଉ ଜମାଟ ବନ୍ଧା ଲୁହ ଏତେ ପରିମାଣରେ ଖୁନ୍ଦି ହୋଇ ରହିଥିଲା ଯେ, ଗୋଟାଏ ପରେ ଗୋଟାଏ ମାଂସଳ ଗୋଟାଳିରେ ପରିଣତ ହୋଇ ଦିହର ବିଭିନ୍ନ ଭାଗରେ ପ୍ରଚଣ୍ଡ ବେଗରେ ବଢ଼ିବାକୁ ଆରମ୍ଭ କରିଦେଲା। ହେଲେ ହେଇଥିବ ବୋଉର ଦୁଃଖର ଜମାଟବନ୍ଧା, ମାଂସଳ ଗୋଟାଳି ହେଲେ ଡାକ୍ତର କହିଲେ ବ୍ରେଷ୍ଟ କ୍ୟାନ୍‌ସର, ଆଉ ଅନିରୁଦ୍ଧ ବି ଖବର ପାଇ ଧାଇଁଆସିଲା ତା'

ଝକିରିକରା ସହରରୁ। ଡାକ୍ତରଙ୍କ କଥାରେ ଅପରେସନ କରିଦେଲା। କାଳେ ଦୁଃଖର ମାଂସ ଗୋଟାଳି ଗୁଡ଼ାକ କାଟିକୁଟି ବାହାର କରି ଦେଲେ ଦୁଃଖ ସରିଯିବ, ପ୍ରସରି ଯାଉଥିବା ମାଂସର ଗୋଟାଳି ଥମିଯିବ, ବୋଉ ବଞ୍ଚିଯିବ...।

ପାଞ୍ଚମାସ ଯାଏଁ ପ୍ରତିଦିନ ଦେହର ଚମ, ମାଂସ, ଶିରା ପ୍ରଶିରା, ସବୁରେ ରେଡ଼ିଓଥେରାପି ହେଲା। ବିକଳ ହୋଇ ପ୍ରସରି ଯାଉଥିବା ମାଂସର ଗୋଟାଳିକୁ ନିର୍ମୂଳ କରି ଦେବାପାଇଁ କେମୋଥେରାପି ହେଲା। ହେଲେ ସିଏ କେମିତିବା ବୁଝିଥାଆନ୍ତା ଯେ, ଡାକ୍ତର ବି କେମିତି ବୁଝିଥାଆନ୍ତେ ଯେ ସିଏ ମାଂସର ପିଣ୍ଡୁଳା ନୁହେଁ ବୋଉର ପୁଞ୍ଜିଭୂତ ଅବରୁଦ୍ଧ ଦୁଃଖର ପିଣ୍ଡୁଳା, ଏମିତି ବାଉନ ବର୍ଷ ଭିତରେ କଡ଼ାଗଣ୍ଡା ଗଣି ଖୁନ୍ଦି ହୋଇ ଯାଇଥିଲା ଯେ ପ୍ରଚଣ୍ଡ ବେଗରେ ବଢ଼ି ବଢ଼ି ଦେହର ଚଉହଦି ଫଟେଇ ଆସିବା ବ୍ୟତୀତ ଉପାୟ ବା କ'ଣ ଥିଲା ଆଉ। ଅଳ୍ପ ଦୁଃଖ ହେଲେ ସିନା ମଣିଷ ଦିହ ଭିତରେ ରହେ ହେଲେ ବେଶି ହେଲେ କ୍ୟାନ୍‌ସର ବ୍ୟତୀତ ଆଉ କ'ଣ ବା ହୋଇପାରେ। ଅନିରୁଦ୍ଧ କେମିତି ଏକଥା ବୁଝି ଥାଆନ୍ତା ଯେ, ଡାକ୍ତର ଯିଏ ଯେତେ କଥା କୁହନ୍ତୁନା କାହିଁକି, ଚିକିତ୍ସା ବିଜ୍ଞାନୀମାନେ ଗବେଷଣା କରି ଯାହା କାରଣ ବାହାର କରନ୍ତୁନା କାହିଁକି, ବୋଉ ମଲା ଦିନୁ ଅନିରୁଦ୍ଧ କ୍ୟାନ୍‌ସର ରୋଗର ଅସଲ ମୂଳ କାରଣଟି ଆବିଷ୍କାର କରି ନେଇଛି - ମାଂସର ପିଣ୍ଡୁଳା ନୁହେଁ, ମାଲିଗନାଣ୍ଟ ଟ୍ୟୁମର ନୁହେଁ, କ୍ୟାନ୍‌ସରର ମୂଳକାରଣ ମାଲିଗନାଣ୍ଟ ଦୁଃଖ, କ୍ରମବର୍ଦ୍ଧିଷ୍ଣୁ ମଣିଷର ଦୁଃଖ ହିଁ କ୍ୟାନ୍‌ସର। ଅନିରୁଦ୍ଧ ଆଜିକାଲି ହସିଦିଏ ଡାକ୍ତରମାନଙ୍କ ନିର୍ବୋଧତାକୁ ଦେଖି। ସିଏ ଜାଣିଛି ଅନ୍ତବୁଜୁଳିରୁ ଦୁଃଖକୁ କାଢ଼ି ଫିଙ୍ଗି ଦିଅ ଇଣ୍ଟେଷ୍ଟାଇନ୍ କ୍ୟାନ୍‌ସର ବନ୍ଦ ହେଇଯିବ। ପାକସ୍ଥଳୀରୁ ଦୁଃଖ କାଢ଼ି ଫିଙ୍ଗି ଦିଅ ଷ୍ଟୋମାକ କ୍ୟାନ୍‌ସର ବନ୍ଦ ହୋଇଯିବ। ସ୍ତ୍ରୀ ଲୋକର ବ୍ରେଷ୍ଟରୁ ଜନ୍ମଜନ୍ମାନ୍ତରର ଦୁଃଖ କାଢ଼ିନିଅ ବ୍ରେଷ୍ଟ କ୍ୟାନ୍‌ସର ବନ୍ଦ ହୋଇଯିବ। ଏଇ ଗୋଟିଏ କାରଣ, ଏଇ ଗୋଟିଏ ଚିକିତ୍ସା, ପାରିବ ଡାକ୍ତରମାନେ ପାରିବ, ହେ ମହାତ୍ମା ଚିକିତ୍ସା ବିଜ୍ଞାନୀମାନେ ପାରିବ ମଣିଷ ଭିତରୁ ଦୁଃଖର ମୂଳ ଜଡ଼ଟାକୁ ରେଡ଼ିଓଥୋରାପି କରି, କେମୋଥୋରାପି କରି ଉଡ଼େଇ ଦେଇ ପାରିବ? ଦୁଃଖ ଟିକକ କାଢ଼ି ନେଇ ପାରିଥିଲେ ବୋଉ ମରିନଥାନ୍ତା? ଛାତି ତଳରେ ଖୁନ୍ଦି ହେଇଥିବା ଉଚ୍ଛ୍ୱାସଟିକକ ରେଡ଼ିୟମ ପକେଇ ପୋଡ଼ି ଦେଇ ପାରିଥିଲେ ବୋଉ ବଞ୍ଚି ଯାଇଥାନ୍ତା, ହେଲେ ବୋଉ ମରିଗଲା, ତରିଗଲା, ସ୍ୱର୍ଗ ଦ୍ୱାର ଦେଇ। ତତଲା ବାଲିରେ ଆଣ୍ଠୁଏ ଗାମୁଛା ପିନ୍ଧି ମହାବୈତରଣୀ ପାର କରେଇ ଦେଲା ଅନିରୁଦ୍ଧ। ଦୁଃଖର ଶେଷ ହେଲା। ହେଲେ ଆଉ ରହିଲା କ'ଣ ଯେ, ଦୁଃଖର ପରିସମାପ୍ତି ହିଁ ସୁଖ। ତେବେ ଅନିରୁଦ୍ଧର ଆଉ ଦୁଃଖ କ'ଣ? ଡ଼େଙ୍ଗା ଡାହାଳ ଅର୍ଘାତ ଗୋରା ତକତକ ବତିଶ

ବର୍ଷର ଭେଣ୍ଟିଆ ଅନିରୁଦ୍ଧର ଦୁଃଖ ଆଉ କ'ଣ ? ଖାଲି ଯାହା ଆଜି ଏକୁଟିଆ (ବୋଉ ନାହିଁ ବୋଲି) ଝରକା ପାଖରେ ଝରକା ଭିତରୁ ଗୋଟାଏ ହାତ ବାହାରକୁ ଗଳେଇ ନିଛାଟିଆ ରାତିରେ ଜହ୍ନ ଆଡ଼କୁ ଘଣ୍ଟାଘଣ୍ଟା ଚାହିଁ ଶୋଇ ରହିବାକୁ ପଡୁଛି ।

ବି.ଏ.ରେ ସେକେଣ୍ଡ ଡିଭିଜନ ହୋଇଗଲା ବୋଲି ଐଶ୍ୱର୍ଯ୍ୟର ଦୁଆରଟା ତା' ମୁହଁ ଆଗରେ ଧଡ଼୍‌କିନା ପଡ଼ି ବନ୍ଦ ହୋଇଗଲା । କୋଉ ବଡ଼ ଚାକିରିକି ଯୋଗ୍ୟ ହେଲାନି ବୋଲି ଅନିରୁଦ୍ଧ ସବାଶେଷରେ ଘରଠାରୁ ଅନେକ ଦୂର ସହରରେ ଛୋଟ କାରଖାନାର ଛୋଟ ଅଫିସରେ ଛୋଟ କିରାଣିଟିଏ ହୋଇ ହଜାର ଦୁଇଶହ ଟଙ୍କାର ସାଲାରି ସ୍କେଲରେ ରେଭିନ୍ୟୁ ଷ୍ଟାମ୍ପ୍ ମାରି ଛଅଶହ ଟଙ୍କା ନେବା ଭଳି ଉପଯୁକ୍ତ ଚାକିରିଟେ ପାଇଗଲା । ତାପରେ ରୀତୁ ତା' ପିଲାବେଳରୁ ଘନିଷ୍ଠ ପ୍ରେମିକା ଯିଏ କି ସିଏ କ୍ଲାସରେ ଭଲ ପଢ଼ିଲା ବେଳେ ଅନେକ ଥର ଲୁଚି ଲୁଚି ତା ବାରଣ୍ଡା କୋଣରେ ମୁହଁ ଅନ୍ଧାରୁଆ ସଞ୍ଜରେ ଚୁମା ଖାଇଲା ବେଳେ ପିଲାଳିଆ ଆବେଗରେ ଅନେକ ଥର କହିଥିଲା ଯେ, ଅନିରୁଦ୍ଧ ବିନା ଏ ସଂସାରରେ ଏକୁଟିଆ ବଞ୍ଚି ପାରିବନି, ହଠାତ୍ ଦିହ ପାଖରୁ ଟିକିଏ ଘୁଞ୍ଚିଆସି ନିରାପଦ ଦୂରତ୍ୱରେ ଠିଆ ହୋଇ ଛୋଟ ଦୀର୍ଘଶ୍ୱାସଟିଏ ପକେଇ କହିଲା । "ଅନିରୁଦ୍ଧ ତମେ ଶେଷରେ କିରାଣିଟିଏ ହେଲ । ଆମର ସବୁ ଆଶା, ଭରସା ସ୍ୱପ୍ନ ଉପରେ ଶେଷକୁ ପାଣି ପକେଇଦେଲ । ବୋଭଉ କଥା ତ ଜାଣ । ସେ... ରୀତୁର ମା' ଯାହାଙ୍କର କିରାଣିଙ୍କୁ ଭାରି ଘୃଣା ଏବଂ ଯିଏ ଘରେ କିଣି ସାରି ରଖି ଦେଇଥିବା ଦି'ଲକ୍ଷ ଟଙ୍କାର ଯୌତୁକ ବିନିମୟରେ ବଡ଼ ଚାକିରିଆ ଜୋଇଁଟିଏ ସଉଦା କରିବାକୁ ମନସ୍ଥ କରି ସାରିଥିଲେ, କହିଲେ ଆହା ବିଚାରୀ ରୀତୁ ତାକୁ ଚଳେଇବା ଭଳି ଯୋଗ୍ୟତା ଅନିରୁଦ୍ଧର..." ଆଉ ଏତେ କଥା ହେଲା ପରେ ରୀତୁ କେମିତି ଯେ ଅନିରୁଦ୍ଧକୁ ନିଜେଇ ନେଇଥାନ୍ତା । ଅବଶ୍ୟ ତା ପରବର୍ଷ ରୀତୁ ବି.ଏ.ରେ ଫେଲ୍ ହେଲା, ଘରେ ବସିଲା, ଅଥଚ ବାପାଙ୍କ ରୋଗଣା ଶରୀର ପଛରେ ଲାଗିଲାଗି ବି.ଏ.ରେ ସେକେଣ୍ଡ କ୍ଲାସ ହେଇ କିରାଣିଟିଏ ହେଲାପରେ ତା' ପରବର୍ଷ ବି.ଏ.ରେ ଫେଲ ହେଇଥିବା ଏବଂ ପରେ କମ୍ପାର୍ଟମେଣ୍ଟାଲରେ ପାଶ୍ କରି ଘରେ ବସିଥିବା ଅଥଚ ପଇସାବାଲା, ପଦସ୍ଥ ଅଫିସରଙ୍କର ମୁଣ୍ଡବାଳ ବିଉଟି ପାର୍ଲରରେ ଛୋଟ କରି କାଟୁଥିବା, ଆଖି ଭୂଲତା ଥ୍ରେଡ଼ିଂ କରୁଥିବା, କୁକିଂ ରେଞ୍ଜରେ ଗ୍ରୀଲଡ଼୍ ଚିକେନ୍ କରୁଥିବା, କଲର ଟି.ଭି.ରେ ଚିତ୍ରହାର ଦେଖୁଥିବା ଏବଂ ଦୁଇ ଲକ୍ଷ ଟଙ୍କାର ଯୌତୁକ ତିଆରି ହୋଇ ରହିଥିବା ଝିଅକୁ ନ ଚଳେଇ ପାରିବାର ତଥା ଚଳେଇ ପାରିବାଜନିତ ଅପାରଗତା ଦୃଷ୍ଟିରୁ ପ୍ରେମ କରିବାର ବା ତତ୍‌ପଶ୍ଚାତ୍ ବାହା ହେବାପାଇଁ ଦାବି କରିବାର ଅଧିକାର ଅନିରୁଦ୍ଧ ଆପେ ଆପେ ହରାଇ ବସିଥିଲା । ଅତଏବ ଅନିରୁଦ୍ଧର ଦୁଃଖ ଆଉ

କ'ଣ ? ଡ଼େଙ୍ଗା ଡାହାଳ ଅର୍ଥାତ୍ ଛଅ ଫୁଟିଆ ଭେଣ୍ଡିଆ ଅନିରୁଦ୍ଧର ଆଉ ଦୁଃଖ କ'ଣ ? ଖାଲିଯାହା ରୀତୁର ବାହାଘରେ ରୀତୁ ଆଉ ତା ବର ନାଁ ଗୋଲଗୋଲ ଅକ୍ଷରରେ ଗିଫ୍ଟ ପ୍ୟାକ୍‌ର କମ୍ପ୍ଲିମେଣ୍ଟ କାର୍ଡ଼ ଉପରେ ଲେଖି ତଳେ 'ଉଇଥ୍ ଲଭ୍' ଲେଖିଲା ପରେ ଆଉ କିଛି ଲେଖି ନ ପାରି ସାଦାଳିଆ ହସଟେ ହସି ଖୁସି ଜଣାପଡୁଥିବା ରୀତୁର ବର ଆଉ ଖିଲିଖିଲି ହସି ଖୁସିରେ କୁରୁଳି ଉଠୁଥିବା ରୀତୁ ହାତରେ ଧରେଇ ଦେଇ, ରାତିରେ ସିଧାସିଧା ଝକିରି କରୁଥିବା ଜାଗାକୁ ଯାହା ଚାଲି ଆସିବାକୁ ହେଇଥିଲା।

ହେଲେ ଅନିରୁଦ୍ଧର ଦୁଃଖ କ'ଣ ଯେ ? ଡ଼େଙ୍ଗା ଡାହାଳ ଛଅ ଫୁଟିଆ ସୁଠାମ ଗୋରା ତକ ତକ ଅନିରୁଦ୍ଧର ଆଉ ଦୁଃଖ କ'ଣ ଯେ ? ଝକିରି କରୁଥିବା ସହରର ଏକବଖୁରିଆ ଘରର କୋଠରିରେ ପ୍ରତି ରାତିରେ ସିଏ ଏକା ଏକା ବିଷର୍ଣ୍ଣ ଜହ୍ନ ଦେଖୁଛି, ଝରକା ପାଖରୁ ଝରକା ଭିତରୁ ହାତଟେ ବାହାରକୁ ଗଳେଇ ଦେଇ। ସକାଳେ ଅଫିସରେ ମାରଓ୍ୱାଡ଼ି ମୂର୍ଖ ଶ୍ରୀ ଅକ୍ଷର ବିବର୍ଜିତ କିନ୍ତୁ ମୋଟା ପଇସା ଥିବା ମାଲିକଠୁ ପ୍ରତିଦିନ ନିଜ ଭୁଲ ପାଇଁ ବା କିଛି ଭୁଲ ନଥାଇ ଅନ୍ୟମାନଙ୍କ ଭୁଲ ପାଇଁ ଗାଳି ଶୁଣୁଛି। ମାସ ଶେଷର ଏକୀଭୂତ ଛଅ ଶହ ଟଙ୍କା ପାଇଁ।

ଯୌତୁକ ଟଙ୍କା ଦେଇ ନ ପାରୁଥିବାରୁ ଅଳ୍ପ ଶ୍ୟାମଳ ରଙ୍ଗର ପାଠୋଇ ଭଉଣୀ ଏବେ ବି ଅବିବାହିତା ଅଛି ଏବଂ ବୋଉ ମଲା ପରେ ଅନ୍ତତଃପକ୍ଷେ ଘରଦ୍ୱାରର ଭାର ଏବଂ ରୋଷେଇବାସ ସମ୍ଭାଳି ନେଇଛି ଏବଂ ପ୍ରତି ମାସେ ଦି ମାସରେ ତକିଆ ଖୋଳ ବୁଣି ତା' ଉପରେ 'ଫରଗେଟ ମି ନଟ୍' ଏମ୍ବ୍ରଡ଼ରି କରି ଲେଖୁଛି। ତା'ର ଭାଇ, ଯିଏକି ଏବେ ବି ବେକାର ବସିଛି ଏବଂ ପ୍ରତି ମାସରେ ବିଭିନ୍ନ ପରୀକ୍ଷାରେ ଫର୍ମ ପକାଇବା ପାଇଁ ଅନିରୁଦ୍ଧକୁ ଟଙ୍କା ପାଇଁ ଚିଠି ଲେଖୁଛି ଏବଂ କେଉଁ ମାସରେ ଟଙ୍କା ପଠାଇବାକୁ ଅନିରୁଦ୍ଧ ଅସମର୍ଥ ହେଲେ ରାଗି ମାଗି ଅନିରୁଦ୍ଧର ହେୟବୋଧ ପାଇଁ ଅନିରୁଦ୍ଧକୁ କଡ଼ା କଡ଼ା ଦିହରେ ଫୋଡ଼ି ହୋଇ ଯାଉଥିବା ଭାଷାରେ ଚିଠି ଲେଖୁଛି।

ଅତଏବ ଅନିରୁଦ୍ଧର ଏମିତି ଆଉ ଦୁଃଖ କ'ଣ ଯେ? ଘରଟା ମରାମତି ହେଇପାରୁନି ନା ସିମେଣ୍ଟ ଲାଗି ପାରୁନି।

ଅନିରୁଦ୍ଧ କଡ଼ ଲେଉଟାଇ ମେଲା ମେଲା ଆଖିରେ ଝରକା ଭିତରୁ ଜହ୍ନକୁ ଚାହିଁଛି। ହଠାତ୍ ମେଘ ଖଣ୍ଡ ଭିତରେ ଘୋଡ଼େଇ ହୋଇଯାଉଛି ଜହ୍ନ। ଅନ୍ଧକାରର ଜହ୍ନ, ମେଘ ଭିତରୁ କଳା ଦିଶୁଥିବା ଜହ୍ନ। ଫ୍ୟାନଟା ଜୋରରେ ବୁଲୁଛି। ବୋଉ ପାଖରେ ନାହିଁ? ଆଖିରୁ ନିଦ କୁଆଡ଼େ ଗଲା ଯେ, ଇନ ସୋମନିଆ, ରୀତୁ ତା' ବରକୁ ଜାବୁଡ଼ି ଧରି ଶୋଇଥିବ ବା ପ୍ରେମ କରୁଥିବ ନ ହେଲେ ହଠାତ୍ ଚିରଚିରା

ରଡ଼ି କରି ଉଠି ପଡ଼ିଥିବା କଅଁଳା ପିଲାକୁ ଦୁଧ ଖୋଉଖୋଉ ଶୁଆଇ ଦେଉଥିବ। ବାହା ନ ହୋଇଥିବା ଭଉଣୀ କ'ଣ ଭାବୁଥିବ ଯେ? ସିଏ ଆଉ... କାହା ସାଙ୍ଗରେ ଇଣ୍ଟରକାଷ୍ଟ ହଉ କି ଘେର ଚମାର ହେଉ। ଫର୍ମ ଫିଲଅପ ପାଇଁ କାଲି ମାସର ୧୯ ତାରିଖରେ ଭାଇ ପାଖକୁ ଦୁଇଶହ ଟଙ୍କା ପଠାହେବ। ଘର କାନ୍ଥ ଗଣ୍ଡାକ ଭାଙ୍ଗିବା ଉପରେ... ଅଥଚ ଅନିରୁଦ୍ଧର ଦୁଃଖ କ'ଣ ଯେ? କିଏ ବୁଝୁଛି? ଛାତି ତଳର ଦୁଃଖର ରଙ୍ଗ କ'ଣ କିଏ ଦେଖିଛି। ରାତି ଦିଇଟା ବାଜିଲାଣି, ଆଖିରେ ନିଦ ନାହିଁ। ମୁଣ୍ଡ ବିନ୍ଧିଲାଣି। ଛାତ ଉପରେ ଅନ୍ଧକାର, ଶିଲିଂ ଫ୍ୟାନ୍‌ର ଘୂରିବାର ଶବ୍ଦ। ଅନିରୁଦ୍ଧ ଶୋଇପାରୁନି... ଶୋଇ ପଡ଼ିବ... ହଁ ଅନେକ ଡେରି ହେଲାଣି? ବୋଉ ଉପରେ କ'ଣ କରୁଥିବ ଯେ? ରୀତୁ ବର ସାଥିରେ... ଧେତ୍ ସେଇ ଚିନ୍ତା... ଅନିରୁଦ୍ଧ ତକିଆ ଓଲଟାଇବ... ତକିଆ ତଳୁ ପୁଡ଼ିଆ ଭିତରୁ ଚାରିଟା ନିଦ ବଟିକା ବାହାର କରିବ। ପାଖ ଲୋଟାରୁ ଗ୍ଲାସରେ ପାଣି ଧରି ଏକା ଥରକେ ଚାରିଟା ଟାବ୍ଲେଟ ଖାଇବ ଏବଂ ମୁହଁ ଟେକି ଗ୍ଲାସରୁ ଗ୍ଲାସେ ପାଣି ପିଇବ। ହେଲେ ଅନିରୁଦ୍ଧର ଆଉ ଦୁଃଖ କ'ଣ? ଏବେ ବି ତ ଆରାମରେ ରାତି ଦିଇଟାରେ ଚାରିଟା ନିଦ ବଟିକାରେ ସବୁ କିଛି ଭୁଲି ଶୋଇ ଯାଇ ପାରୁଛି...।

■■

ଜଗନ୍ନାଥ ହେ କିଛି ମାଗୁନାହିଁ ତୋତେ

ଆକାଶରେ ସକାଳର ନାଲି ସୂର୍ଯ୍ୟ କିରଣର ପଟୁଆର। ବାରଣ୍ଡା କାନ୍ଥ ପାଖରେ ବୁଢ଼ା ବସିଛି ଦି' ଆଣ୍ଠୁ ସନ୍ଧିରେ ମୁହଁ ଝୁଙ୍କେଇ। ସାଢ଼ଙ୍ଗା ସାଢ଼ଙ୍ଗା ଲମ୍ବା ହାତ ଦିଇଟା ଦି' ଆଣ୍ଠୁର ଦି'ପଟେ ଝୁଲି ପଡ଼ିଛି। କଳା ସିଠୁଆ ମୁହଁରେ ପାଚିଲା ରୁଢ଼। ଗୋଡ଼ର ଫୁଲିଲା ଫୁଲିଲା ନେଳି ଶିରା ସ୍ପଷ୍ଟ ବାରି ହୋଇ ପଡୁଛି। ନାଲି ସୂର୍ଯ୍ୟ କିରଣରେ ଦିଶିଯାଉଛି ପଞ୍ଜରା ହାଡ଼ ଆଉ ଭିତରେ ଆଉଣ୍ଡି ହେଉଥିବା ଶ୍ୱାସ ରୋଗଟା। ବୁଢ଼ା ଆଖି ଦିଇଟା ଟେକିଲା, କୋରଡ଼ ଭିତରୁ ଡ଼ୋଳା ଦିଇଟା ସୂର୍ଯ୍ୟ ଆଲୁଅରେ ଝଲସି ଗଲା। ବୁଢ଼ା କାଶିଲା ଖୁଁ-ଖୁଁ-ଖୁଁ। ଦଲକାଏ କଫ ଥୁ କିନା ଫିଙ୍ଗିଦେଲା ବାରଣ୍ଡା ତଳକୁ। ଅଣ୍ଟା ଭିତରୁ ବାହାର କଲା ଅଧା ପୋଡ଼ା ବିଡ଼ିଟାଏ। ନିଆଁ ଧରେଇ ଦି ଦମ୍ ଟାଣିଲା। ଆଉ ମୁଣ୍ଡଟାକୁ କାନ୍ଥରେ ଡିରା ଦେଇ ଆଖି ଦିଇଟା ଯନ୍ତ୍ରଣାରେ ବନ୍ଦ କଲା। ଶ୍ୱାସ ରୋଗଟାରେ ପଞ୍ଜରା ହାଡ଼ ଉଠୁଥିଲା ପଡୁଥିଲା। ଆଉ ବୁଢ଼ା ବାରଣ୍ଡା କୋଣରେ ନିରାଟ ଶୀତରେ ଜାକିଜୁକି ହୋଇ ଗଁ ଗଁ ହେଉଥିଲା।

ବୁଢ଼ା ଆଗରେ ହଜିଯାଇଥିବା ଅତୀତ ସାବ୍‌ଜା ପଡ଼ିଆ ଭଳି ଦିଗ୍‌ବଳୟ ଭିତରକୁ ଖସଡ଼ି ଯାଇଥିଲା। ଆଉ ସେଠି ଖେଳୁଥିଲା ଆଶା ସକାଳର କଅଁଳ ସୂର୍ଯ୍ୟ ଭଳି। ଏଇ କାରଖାନାର ଯନ୍ତ୍ର ସଙ୍ଗୀତ ହିଁ ତା ଜୀବନର କବିତା। ଏଇ କାରଖାନାରେ ତା'ର ସ୍ୱପ୍ନ। ବୀର ଶୁଣ୍ଢୀ ମଦଭାଟିରେ ମହୁଲି ଆଉ ଖଜୁରୀ ତାଡ଼ି ନିଶାରେ ତା' ସଂସାର। ଘରକୁ ଫେରିଲା ପରେ ତା' ଆଗରେ ଭାସି ଯାଉଥିଲା ଗୋଟାଏ ମୁହଁ ଆଉ ନଙ୍ଗଳା ଦେହ। ତାପରେ କୁନି କୁନି ଦରୋଟି ହାତଗୋଡ଼। ଦି' ହାତରେ ଛାତିରେ ପିଲାଟାକୁ ଚାପି ଧରିବା ବେଳେ ଭାରି ଭଲ ଲାଗୁଥିଲା। ପୁଣି ଧଇଁ ଉଠିଲା। ବୁଢ଼ା ମୋଡ଼ି ଭିଡ଼ି ହୋଇ ଖୁଁ ଖୁଁ କରି ବୁହେ କାଶିଲା। ଦଲକା ଦଲକା କଫ ଫିଙ୍ଗିଲା। ହାଡୁଆ ଛାତିରେ ହାତ ବୁଲେଇ ଦେଲା ଆଉ ବିଡ଼ି ଧୂଆଁରୁ ପୁଳାଏ ଶୋଷି ନେଇ ଆକାଶକୁ ଛାଡ଼ିଲା...।

ଘର ଭିତରେ ମାଳତୀର ଫୁଙ୍ଗୁଳା ପିଠି ଉପରୁ ହାତଖସେଇ ହାଇ ମାରୁମାରୁ ବଂଇଶୀ ଜାଣିଲା ଖରା ତା' ମୁହଁରେ ପଡ଼ିଲାଣି। ମାଳତୀ ପିଠି ଉପରକୁ କରି ଶୋଇଛି। ଅଣ୍ଟା ଉପରୁ ଶାଢ଼ିଟା ଖସି ଆସି ତା' ଉପରେ ପଡ଼ିଛି। ଘର ବାହାରେ ବୁଢ଼ାର କାଶ ଶୁଭୁଛି। ଶ୍ୱାସରୁଦ୍ଧ ଗଁ ଗଁ ଶୁଭୁଛି। ଧଇଁ ବଢୁଛି, "ଧେତ୍ ବୁଢ଼ାଟା କୋଉଦିନ ମରିବ କେଜାଣି। ମଣିଷକୁ ମୁହୂର୍ତ୍ତେ ଶୁଆଇ ବି ଦେଉନି" ବିରକ୍ତିରେ କଡ଼ ଲେଉଟାଇଲା ବଇଁଶୀ। ଶେଯ ଉପରେ ଉଠି ବସିଲା। ହାଇ ମାରିଲା। ମାଳତୀ ଶୋଇଛି। ମୁଣ୍ଡବାଳ ତେତାରି ହୋଇ ପଡ଼ିଛି ତା ମୁହଁ ଉପରଯାକ। ବଇଁଶୀ ଆଖି ବନ୍ଦ କରି ନେଲା। ବୁଢ଼ାର ପୁଅ ବଇଁଶୀ। ବୁଢ଼ା ତା ପିଛା କେତେ ନ ଲାଗିଛି। ପୁଅ ପାଠ ଦି ଅକ୍ଷର ପଢ଼ିବ। ତା ଭଳି ଧନ୍ଦି ନ ହୋଇ, ଲହୁ ଲୁହାଣ ନ ହୋଇ ଭଲରେ ମୁଠାଏ ଖାଇ ପିଇ ଘର ସଂସାର କରିବ। ଉପରେ ହାକିମ ହୁକୁମାଙ୍କୁ ହାତ ପାତିଛି-କାକୁତି ମିନତି ହୋଇ ବହି, ଛତା, ଜୋତା ମାଗି ଆଣିଛି। ହେଲେ ବଇଁଶୀକୁ ବହିର ଅକ୍ଷରଗୁଡ଼ାକ ଖୁବ୍ ଅଡୁଆ ଲାଗୁଥିଲା। ସେ ସ୍କୁଲରୁ ଲୁଚି ପଳେଇ ଯାଏ ସାଇଯାତ୍ରାକୁ। ତାକୁ ଭାରି ଭଲ ଲାଗେ। ତାପରେ ତାକୁ ଛୋଟ ଛୋଟ ରୋଲ ମିଳିଲା। ରିହରସାଲ, ପେଣ୍ଟିଂ, ରଙ୍ଗ ଆଉ ଅଭିନୟ ବଇଁଶୀର ରକ୍ତରେ ମିଶିଯାଏ। ରାତିରାତିରେ ସେ ନାଚେ। ଆଜି କୃଷ୍ଣ ହେଇ କୃଷ୍ଣ ରାସଲୀଳାରେ ତ କାଲି ଅଭିମନ୍ୟୁ ହେଇ ଅଭିମନ୍ୟୁ ବଧରେ। ବଇଷ୍ଣବ ପାଣି ଯାତ୍ରାରେ ନାଚ ଗୀତ ଗାଇ ସେ ଯାତ୍ରା କରେ ଆଉ ଘରେ ଆସି ବାପାଠୁ ନିସ୍ତୁକ ମାଡ଼ ଖାଇଛି, ଗାଳି ଶୁଣିଛି।

ଏଇ ମାଳତୀ ଯାତ୍ରା ମାଷ୍ଟର ଝିଅ। ତା ସାଥିରେ କେତେଥର ହିରୋଇନ ଭାବେ ପାର୍ଟ କରିଛି। ରାଧା ପିଲା ହେଲାବେଳେ କୃଷ୍ଣ ପିଲା ହେଇ କେତେ ହଟାହଟା

କରିଛି । ଅଭିମନ୍ୟୁ ହେଇ ଉତ୍ତରା ପାର୍ଟ କରୁଥିବା ମାଳତୀର ଅଭିମାନ ଭାଙ୍ଗିଛି । ଆଉ ଶେଷରେ ମାଳତୀକୁ ସେ ବାହା ହୋଇଛି ତା ବାପାର ବିରୋଧ ସତ୍ତ୍ୱେ, ମାଳତୀ ବାପାର ପ୍ରତିରୋଧ ସତ୍ତ୍ୱେ । ଯୋଉଦିନ ମାଳତୀ ବାପା ଦଳେ ଗୁଣ୍ଡାଙ୍କୁ ଲଗେଇ ତାକୁ ନିସ୍ତୁକ ମାଡ଼ ମାରିଲା ସେଦିନ ରାତିରେ ମାଳତୀ ତା’ ଘରୁ ବାହାରି ଆସିଲା ତା’ ପାଖକୁ । ସେଇଠୁ ମାଳତୀ ଘର ସାଥିରେ ସମ୍ପର୍କ ତୁଟିଗଲା । ବୁଢ଼ା ବି ପ୍ରତିବାଦ କଲା । ହେଲେ ପରେ ଚୁପ୍‌ଚାପ୍ ରହିଲା । ଏବେ ପାନ ଦୋକାନରୁ ବେଶ୍ ଦୁଇପଇସା ମିଳୁଛି । ଏବେ ନିଜେ ବଂଇଶୀ ନାଟ ଆଖଡ଼ା ଜମେଇଛି । ପ୍ରତିଦିନ ରାତିରେ ତା ଘରେ ରିହରସାଲ ଚାଲିଛି । ଘରଯାକ କାନ୍ଥରେ ଖଣ୍ଡା, ମୁଖା, ମୁକୁଟ, ଧନୁ ଗଦା ଆଦି ରଙ୍ଗରଙ୍ଗର ଯାତ୍ରା ପାର୍ଟିର ଜରିଦିଆ ପୋଷାକ ଟଙ୍ଗା ହେଇଛି । ମାଳତୀ ଏବେ ବି ତା’ ହିରୋଇନ ସାଜୁଛି । ବଇଁଶୀ ଆଖି ଖୋଲିଲା ମାଳତୀ ଶୋଇଛି । ମୁହଁ ଉପରେ ତା’ର ଅଳରା ବାଳ । ଅଣ୍ଟା ଉପରେ ଲୁଗା ନାହିଁ । ଦିହାତରେ ବଇଁଶୀ ମାଳତୀର ଦି କାନ୍ଧକୁ ଧରିଲା । ଧଡ଼ାସ୍ କିନା ତାକୁ ଚିତ୍ କରିନେଲା । ମାଳତୀ ହାଉଳି ଖାଇଲା ଭଳି ଆଖି ଖୋଲିଲା । ତା ମୁହଁ ପାଖରେ ବଇଁଶୀର ମୁହଁ ନଇଁ ଆସୁଥିଲା । ମାଳତୀ ବଂଇଶୀ ପାଟିକୁ ହାତ ପାପୁଲିରେ ଚିପି ଧରି ଠେଲି ଦେଲା । ଦେଖିଲା ବେଳକୁ ତା ଛାତିରେ ଲୁଗା ନାହିଁ । ଝରକା ଫାଙ୍କରେ ସକାଳର ସୂର୍ଯ୍ୟ କିରଣ ବିଛାଡ଼ି ହୋଇ ପଡ଼ିଛି ତା’ ଫୁଙ୍ଗୁଳା ଛାତିରେ । ବଂଇଶୀ ଚାହିଁ ରହିଛି ତା ଛାତିର ସମ୍ଭାରକୁ, ହସୁଛି । ମାଳତୀ ଆଖି ବନ୍ଦ କରିଦେଲା । ଲୁଗା କାନି ଅଣ୍ଡାଳି ହେଲା । ବଂଇଶୀ ମାଳତୀ ପାଖକୁ ଲାଗି ଆସିଲା । ଦି ହାତରେ ମାଳତୀକୁ ଶେଯରୁ ଉଠେଇ ନେଇ ଛାତିରେ ଜଡ଼େଇ ଧରିଲା । ବାହାରେ ବୁଢ଼ାର ପୁଣି ଧଇଁ ଉଠିଲା । ବୁଢ଼ା କାଶିଲା ଖୁଁ-ଖୁଁ-ଖୁଁ । ଥୁ କିନା ଦଲକାଏ ଛେପ ପକେଇଲା । ପୁଣି କାଶିଲା ଖେଁ-ଖେଁ-ଖେଁ । ତାପରେ କାଶ ଉଛୁଳିଲା ତୁହାକୁ ତୁହା । ବୁଢ଼ା ଶ୍ୱାସର କବଳରେ କଲବଲ ହେଉ ହେଉ ଚିତ୍କାର କଲା ଗଁ-ଗଁ-ଗଁ ଯେମିତି ଛାତି ଫାଟିଯିବ । ଗଳାରୁନ୍ଧି ହୋଇ ପ୍ରାଣ ଚାଲିଯିବ । ବଂଇଶୀ ମାଳତୀକୁ ଛାଡ଼ିଦେଲା । ବିରକ୍ତିରେ ଉଠୁ ଉଠୁ କହିଲା, “ଅଲପେଇସା ବୁଢ଼ାଟା କୁକୁର ଭଳି ଖେଁ ଖେଁ ହେଉଛି । ଯମ ଯାକୁ କେବେ ନେବ କେଜାଣି ! ମଣିଷ ଟିକେ ଶାନ୍ତି ପାଇବ । ମାଳତୀ ପାଣି ଢାଳଟା ଦୁମ୍‌କିନା ବୁଢ଼ା ପାଖରେ ଛେଚିଦେଲା । ବୁଢ଼ାର ଆଣ୍ଠୁ ସନ୍ଧିରେ ଝୁଲି ପଡ଼ିଥିବା ମୁହଁଟା ଅଳ୍ପ ଉପରକୁ ଉଠିଆସିଲା । ଆଖିପତା ସନ୍ଧିରୁ ଦିଧାର ଗରମ ଲୁହ ବାହାରି ଆସି ପାଚିଲା ଦାଢ଼ିଭର୍ତ୍ତି ହାଡୁଆ ମୁହଁ ଦେଇ ବୋହି ଆସି ଆଣ୍ଠୁ ଉପରେ ଟୋପାଟୋପା ହୋଇ ବୋହିପଡ଼ିଲା ।

ସାଇକେଲ ଫ୍ରି ହୁଇଲ୍‌ରେ ତେଲ ପକେଇ ସାରି ସାଇକେଲ ଚକାକୁ

ଘୂରଉଘୂରଉ ସତ୍ୟାନନ୍ଦ ଭାବିଲା ଜୀବନଟା ସତେ ଯେମିତି ସାଇକେଲ ଗୁଳାଭଳି ଏକାଧାରରେ ପଡ଼ିଗଲାଣି। ଏମ୍.ଏ. ପାଶ୍ କଲାପରେ ବହୁତ ବୁଲାବୁଲି କରି ଅନେକ କମ୍ପିଟେଟିଭ୍ ପରୀକ୍ଷା ଯଥା ପ୍ରଥମେ ପ୍ରଥମେ ସିଭିଲ ସର୍ଭିସ୍ ତାପରେ ବ୍ୟାଙ୍କ ପ୍ରୋବେସନାରି ଅଫିସର, ବ୍ୟାଙ୍କ କ୍ଲର୍କ, ସର୍ଭିସ୍ ସିଲେକ୍ସନ ବୋର୍ଡ଼ ଏବଂ ପରିଶେଷରେ ରେଲୱେ ସର୍ଭିସ୍ ବୋର୍ଡ଼ ପରୀକ୍ଷା ଦେଇ ରେଲୱେରେ କିରାଣି ଚାକିରି ଖଣ୍ଡେ ମିଳିଛି। ରେଲୱେ କଲୋନୀରେ ବଖୁରିକିଆ ଘର, ରେଲୱେ ପ୍ଲାଟଫର୍ମରେ ଜୀବନ। ଯାହାହେଉ ଜୀବନ ସହିତ ଚଳିନେବା ପାଇଁ ଯାହିତାହି ଗୋଟାଏ ବନ୍ଦୋବସ୍ତ ହୋଇଯାଇଛି। ପିଲାବେଳେ ରେଳଗାଡ଼ିର ହୁଇସିଲ ପ୍ରତି ତା'ର ଗୋଟାଏ ଖୁବ୍ ବଡ଼ ଦୁର୍ବଳତା ଥିଲା। ଯୁଆଡ଼େ ଗଲେ ଟ୍ରେନରେ ଯିବାପାଇଁ ସେ ଜିଦ୍ ଧରି ବସୁଥିଲା। ଆଜି ରେଲୱେ ଅଫିସରୁ ସେ ଆତ୍ମବିସ୍ମୃତ ଭାବେ ରେଳର ଧଡ଼ ଧଡ଼ ଶବ୍ଦ ଶୁଣେ। ରେଲୱେରେ ମିଳିଥିବା ଫ୍ରି ପାଶ୍‌ଟାରେ ପ୍ରାୟ ସାରା ଭାରତ ବୁଲି ଆସିଲାଣି। ଆଜିକାଲି ଟ୍ରେନ୍ ସାଙ୍ଗେ ସାଙ୍ଗେ ହାଡ଼ର ଧାରଣାରେ ସ୍ମୃତିର ଟ୍ରେନ ନୀଳବତିର ସଙ୍କେତ ଡେ଼ଇଁ ଧଡ଼ ଧଡ଼ କରି ଗଡ଼ିଆସେ। ପୁଣି ଗଡ଼ିଗଡ଼ି ଚାଲିଯାଏ। କିଛି ସମୟ ପାଇଁ ହୁଇସିଲ ଘୋ, ଘୋ, ଧାଁ ଦଉଡ଼ରେ ଛାତିର ଷ୍ଟେସନରେ କୋଳାହଳ ଜମିଯାଏ। ଘଟଣାଙ୍କର ଭିଡ଼ ହୁଏ। ଆଉ ତାପରେ ସବୁ ଶୂନ୍‌ଶାନ୍। ହାଡ଼ର ଧାରଣା ପଡ଼ିରହେ ସ୍ପନ୍ଦନହୀନ ଭାବେ ଅତୀତରୁ ଭବିଷ୍ୟତକୁ ଦିଗ ଦେଖେଇ ଦେଖେଇ। ଛାତି ଭିତର ଖାଁ ଖାଁ ଲାଗେ। ଟ୍ରେନ୍ ପଛରେ ରହିଯାଉଥିବା କୋଇଲା ଧୂଆଁର ଜମାଟ ଭିତରେ ଝାପ୍‌ସା ଝାପ୍‌ସା ଦିଶିଯାଏ କାନନ ବାଳାର ମୁହଁ। ମନେପଡ଼େ କଲେଜରେ ସେ କମ୍ୟୁନିଷ୍ଟ ଥିଲା। ମାର୍କ୍ସବାଦ ଉପରେ ଭାଷଣ ଦେଉଥିଲା। ସର୍ବହରାର ସାମ୍ୟବାଦ ସ୍ୱପ୍ନ ଦେଖୁଥିଲା। କଲେଜ ହତାରେ ସଭା କରୁଥିଲା। ଷ୍ଟୁଡେ଼ଣ୍ଟ ୟୁନିୟନରେ ସେକ୍ରେଟାରୀ ପାଇଁ ଫାଇଟ୍ କରୁଥିଲା। ଲାଲ୍‌ଝଣ୍ଡା ଧରି ସାଇକେଲ୍ ଶୋଭାଯାତ୍ରାରେ ବାହାରୁଥିଲା। ଆସେମ୍ଲି ଇଲେକ୍‌ସନ୍‌ରେ ରାତିରାତି ବୁଲି ଚୂନଦିଆ କାନ୍ଥରେ ବିନା ପଇସାରେ ଗ୍ରାଫିଟି ଆଙ୍କୁଥିଲା। ଆଉ ସ୍ଲୋଗାନ୍ ଲେଖୁଥିଲା। ପାର୍ଟି ଚାନ୍ଦା କଲେକ୍ଟ କରୁଥିଲା। ଆଉ ବେଳେବେଳେ ନିଜର ବିପ୍ଳବୀ ଖିଆଲରେ କାନନବାଳାକୁ ଚମକେଇ ଦେଉଥିଲା। ଏଁ ସତ୍ୟାନନ୍ଦ ତମେ ଜଣେ କମ୍ୟୁନିଷ୍ଟ ପାଲଟିଯିବ। ମତେ ଡର ଲାଗୁଛି "ନକ୍ସାଲାଇଟ୍" କାନନବାଳା କହି ଉଠୁଥିଲା। "ତମେ ଭଲ ସ୍କଲାର ପାଠପଢ଼ାରେ ମନଦିଅ।"

କଫି କର୍ଣ୍ଣରରେ କଫି ଆଉ ବାରମଜା ନେଇ କାନନବାଳା ସାଥିରେ "ଦାସ କ୍ୟାପିଟାଲ"ଠାରୁ ଚାରୁମଜୁମଦାର ପର୍ଯ୍ୟନ୍ତ ଗପ ହେଉଥିଲା। କାନନବାଳାର ଅଧ୍ୟାପକ ବାପାଙ୍କ ସାଥିରେ ଇଣ୍ଟେଲେକ୍‌ଚୁଆଲ ପାରାଲିସିସ ବିଷୟରେ ସେ ଯୁକ୍ତି କରୁଥିଲା।

କାନନବାଳା ସାଥିରେ ଲାଇବ୍ରେରୀରେ ଚାହା ପିଉ ପିଉ ଷ୍ଟଡ଼ିରୁମ୍‌ରେ, ଘାସ ଲନରେ, କଲେଜ ହଷ୍ଟେଲ କୋଣରେ ଏପରି ଘଣ୍ଟା ଘଣ୍ଟା ଯୁକ୍ତିତର୍କ ଭାବ ବିନିମୟ। ହେଲେ କାନନବାଳା... ?

ଆକାଶରୁ କୋଇଲା ଧୂଆଁ ଅପସରିଗଲାଣି। ତା' ସଙ୍ଗେ ସଙ୍ଗେ ସ୍ମୃତିର ଯେଉଁ ଘୋର କଳାଧୂଆଁ ତା'ର ହୃଦୟକୁ ଘେରି ରହିଥିଲା, ସେସବୁ ପତଳା ପଡ଼ିଗଲାଣି। ପରୀକ୍ଷା ପରେ କାନନବାଳା ଫାଷ୍ଟକ୍ଲାସ ପାଇ ଲେକ୍‌ଚରର ହୋଇଗଲାଣି ଆଉ ସେକେଣ୍ଡ କ୍ଲାସ ପାଇବା ପରେ ତା'ର ଆଦର୍ଶ କମ୍ୟୁନିଷ୍ଟବାଦକୁ ପରିତ୍ୟାଗ କରି ଜୀବନ ଯାତ୍ରାର ଦୁର୍ବିସହ ଚାପରେ ଗୋଟାଏ ପରେ ଗୋଟାଏ ଇଣ୍ଟରଭ୍ୟୁ ଦେଇ ଦେଇ ସତ୍ୟାନନ୍ଦ ପଶିଲା ରେଲୱେରେ ବୁକିଂ କ୍ଲର୍କ ଭାବେ। ତା' ସାଥିରେ ଏବେ କାନନବାଳା ଅତୀତ ହୋଇଯାଇଛି। ଖାଲି ଯାହା ସତ୍ୟାନନ୍ଦ ଶୁଣିଛି, ଏବେ କୁଆଡ଼େ କାନନବାଳା ଜଣେ ଖୁବ୍ ବଡ଼ ଅଫିସରଙ୍କୁ ବାହା ହୋଇଯାଇଛି।

ଯା' ଭିତରେ ସବୁକିଛି ଧୂଆଁଳିଆ ହୋଇଯାଇଛି। ଅନେକଟା ସହଜ ହୋଇଯାଇଛି ସତ୍ୟାନନ୍ଦ। ଜୀବନର ଗୁଳାରେ ବେଶ୍ କିଛିଟା ଖାପଖୁଆଇ ନେଇ ପାରିଛି ନିଜକୁ। ସବୁ ସହଜ ଲାଗୁଛି। ତା'ର ଆଦର୍ଶବାଦ, ତା'ର ବିପ୍ଳବ, କମ୍ୟୁନିଜମ୍ ଆଉ କାନନବାଳା ସହ ସମ୍ପର୍କ।

ଅବଶ୍ୟ ଯା' ଭିତରେ ସତ୍ୟାନନ୍ଦ ଟ୍ରେଡ୍ ୟୁନିୟନର ନେତା ପାଲଟି ଯାଇଛି। ଅନେକ କାମ। ବୋନସ କେମିତି ମିଳିବ। ଦରମା ବଢ଼ିବ, ଭିକ୍ଟିମାଇଜେସନ ବନ୍ଦ ହେବ, ଶୋଷଣ ବନ୍ଦ ହେବ, ଷ୍ଟାଫ ବଢ଼ିବ, କ୍ୱାର୍ଟର ତିଆରି ହେବ ଏମିତି ଅନେକ। ପାର୍ଟି ଅଫିସ୍‌ରେ ଖୁବ୍ ଜମୁଛି। ରାଜନୀତିଠାରୁ ଆଗାମୀ ଷ୍ଟ୍ରାଇକ୍‌ର ରଣନୀତି ପର୍ଯ୍ୟନ୍ତ। ବେଳେବେଳେ ପିଉଛି। ସାଙ୍ଗ ପିଣ୍ଟୁ ସାଥିରେ ସିନେମା ଯାଉଛି। ସନ୍ଧ୍ୟାରେ ପାର୍ଟି ଅଫିସ୍‌ରେ ଫ୍ଲାସ୍ ଜମୁଛି। ରାତିରେ ପୋଷ୍ଟର ଲେଖା ହେଉଛି। ଚାନ୍ଦା ଆଦାୟ ହେଉଛି। ଆଉ ଏଇସବୁ ଭିତରେ କାନନବାଳା ପାଣିଚିଆ ସ୍ମୃତିଟିଏ ହୋଇ କୋଉ କଣରେ ରହିଯାଇଛି।

ଘରେ ରିହରସାଲ ଚାଲିଛି। ନାଚ ଆଖଡ଼ାରେ ଟୋକାମାନେ ଘରେ ଅଭିମନ୍ୟୁ ବଧ ରିହରସାଲ କରୁଛନ୍ତି। ବଂଶୀ ଅଭିମନ୍ୟୁ ହୋଇଛି ଆଉ ଉତ୍ତରା ହୋଇଛି ମାଳତୀ। ହୋ ହୋ ଚାଲିଛି। ଡାଇଲଗ ପଢ଼ା ଚାଲିଛି। କାହାଳୀ କ୍ଲାରିଓନେଟ ଆଉ ମ୍ୟୁଜିକ୍ ବାଜୁଛି। ବାରଣ୍ଡାରେ ବୁଢ଼ା ଅଖା ବୁଜୁଳାକୁ ମୁଣ୍ଡରେ ଦେଇ ମୋଡ଼ି ହୋଇ ପଡ଼ିରହିଛି। ସନ୍ଧ୍ୟାବେଳୁ ଶ୍ୱାସଟା ଛାତିଟାକୁ ମୋଡ଼ି ଦେଉଛି। ବୁଢ଼ା ଠୁହାକୁ ଠୁହା କାଶୁଛି। କାଶଟା ବି ଅଳପେଇସା ବନ୍ଦ ହେଉନି। ପାଟିରୁ ଭକ୍ ଭକ୍ ରକ୍ତ ବାହାରୁଛି।

ଗଳା ରୁନ୍ଧି ହୋଇଯାଉଛି। ତଣ୍ଟି ଶୁଖିଯାଉଛି। ଆଉ ଜିଭ ସମ୍ଭାଳୁନି। ମୁଣ୍ଡ ଉଡ଼େଇ ନଉଛି। ଜିଭ ଅଠା ପଡ଼ିଯାଉଛି। ଘରେ ରିହରସାଲ ଚାଲିଛି। ଅଭିମନ୍ୟୁ ଯୁଦ୍ଧକୁ ଯିବାପାଇଁ ଉତ୍ତରା ଠାରୁ ବିଦାୟ ମାଗୁଛି। ବୁଢ଼ାର କାଶଟା ଉଠିଆସୁଛି। ବୁଢ଼ା ଚାପିଧରିଛି। ମାଳତୀର କାନ୍ଦ ଶୁଭୁଛି। ସେ ଅଭିମନ୍ୟୁ ପାଖରେ ଅଳି କରୁଛି। ବୁଢ଼ା ଆଉ କାଶ ଚିପି ଧରିପାରୁନି। ଶେଷରେ କାଶିଲା ଖୁଁ-ଖୁଁ-ଖୁଁ। ତୁହାକୁ ତୁହା କାଶ ବଢ଼ିଲା। ପାଟିବାଟେ ରକ୍ତ ଭକ୍‌ଭକ୍ ଯାଉଛି। ବୁଢ଼ା ମୁଣ୍ଡ ଉପରେ ଥିବା ଝରକା ଖୋଲିଗଲା। ବଂଇଶୀ ମୁଣ୍ଡ ଗଳେଇ ଚିତ୍କାର କଲା "ମରିବୁ ଯଦି ରାସ୍ତାରେ ମର, ଏଠି ମରି ଆଉ ପ୍ରହସନ କରନି"। ପୁଣି ଧଡ଼୍‌କିନା ଝରକା ବନ୍ଦ ହୋଇଗଲା। ବୁଢ଼ା କାଶକୁ ଚାପି ଧରିବାକୁ ଚେଷ୍ଟା କଲା। ବିଡ଼ି ଟାଣିଲା। ଛାତି ଫାଟିପଡ଼ିଲା ଭଳି ଲାଗିଲା। ତାପରେ ବୁଢ଼ା ବାରଣ୍ଡାରୁ ତଳକୁ ପାଦ ଦେଲା। ରାସ୍ତାରେ ଘୋଷାରି ଘୋଷାରି ହୋଇ ଖଣ୍ଡେ ଦୂରରେ ରାସ୍ତାକଡ଼ ବରଗଛ ମୂଳରେ ଅଖାପାରି ଦେଇ ପଡ଼ି ରହିଲା।

ରାତିରେ ହୋଟେଲରୁ ଫେରିଲା ବେଳେ ସତ୍ୟାନନ୍ଦ ଦେଖିଲା ବୁଢ଼ାକୁ। କଥା କହିବାର ଶକ୍ତି ଆଉ ବୁଢ଼ାର ନଥାଏ। ବୁଢ଼ା ଧକଉ ଥାଏ। ଶ୍ୱାସରେ ଦେହଟା ମୋଡ଼ି ହୋଇ ବଙ୍କା ହୋଇଯାଇଥାଏ। ହଠାତ୍ କିଛି ଗୋଟାଏ ସ୍ଥିର କରିନପାରି ସେ ଧାଇଁଲା ପିଣ୍ଟୁ ପାଖକୁ। ପିଣ୍ଟୁର ଗାଡ଼ିରେ ବୁଢ଼ାକୁ ରାତାରାତି ଡାକ୍ତରଖାନା ନିଆଗଲା। ତାପରେ ସତ୍ୟାନନ୍ଦ ଧାଇଁଲା ଡାକ୍ତରଙ୍କ ପାଖକୁ ବେଡ଼୍ ପାଇଁ। ଡାକ୍ତର ନଥିଲେ। ନର୍ସ ବି କେହି ନଥିଲେ। କେବଳ ଗୋଟାଏ ଡିଉଟି ନର୍ସକୁ ଛାଡ଼ି। ବେହେରାଟିଏ ନିଦ ମଳମଳ ଆଖିରେ ବଡ଼୍‌ବଡ଼୍ ହୋଇ ଆସିଲା। ଆଡ଼ମିସନ ସ୍ଲିପ୍‌ଟାଏ ଦେଇଦେଲା। ସତ୍ୟାନନ୍ଦକୁ ନାଁ, ଗାଁ ଗରଗର ହୋଇ ପଚାରିଲା। ତାପରେ ଗୋଟାଏ ଟିଣପଟା, ଗୋଟାଏ ପଟେ କଣା ହୋଇଥିବା ଷ୍ଟ୍ରେଚରରେ ବୁଢ଼ାକୁ ଧଡ଼କିନା ପକେଇଦେଲା। ବୁଢ଼ା ଚିତ୍କାର କଲା "ଉଃ"। ଗୋଟେପଟେ ବେହେରା ଧରିଲା। ଆଉ ଗୋଟେପଟେ ପିଣ୍ଟୁ ଆଉ ସତ୍ୟାନନ୍ଦ। ବୁଢ଼ାକୁ ୱାର୍ଡ଼କୁ ନିଆହେଲା। ବେଡ଼୍ ସବୁ ଭର୍ତ୍ତି। ବାରଣ୍ଡାର ଗୋଟେ କୋଣରେ କୋଚଟ ବେଡ଼୍‌ସିଟ ନ ଥିବା ଛିଣ୍ଡା ଶେଯରେ ବୁଢ଼ାକୁ ଗଡ଼େଇ ଦେଇ ବେହେରାଟା ଚାଲିଗଲା। ସତ୍ୟାନନ୍ଦ ଧାଇଁଲା ଡିଉଟି ନର୍ସ ପାଖକୁ। ପଚାରି ବୁଝିଲା, କେଉଁ ଡାକ୍ତର ଆଉ ନର୍ସ ଏବେ ମିଳିବେନି। ସେକ୍ରେଟାରୀଙ୍କ ବୋହୂର ଡ଼େଲିଭରି ହେଇପାରୁନି। ପିଲାବେକରେ କୁଆଡ଼େ ନାଡ଼ି ଗୁଡ଼େଇ ହୋଇଯାଇଛି। ତେଣୁ ଡାକ୍ତର, ନର୍ସ, ବଡ଼ ଡାକ୍ତର ସମସ୍ତେ ନର୍ସିଂହୋମରେ। ଘଡ଼ିକୁ ଘଡ଼ି ଇଞ୍ଜେକସନ୍ ଔଷଧ ଚାଲିଛି। ସାଲାଇନ ଡ୍ରିପ୍ ଚାଲିଛି। ସତ୍ୟାନନ୍ଦ ନେହୁରା ହେଲା। ରୋଗୀ ସିରିଅସ୍। ବେଡ଼୍‌ଟାଏ କି କେବିନଟାଏ। ସାରା ଫିସ୍ ସେ ଦେବାପାଇଁ ରାଜି ହେଲା। ଏମିତିକି ଦଶ ପଚାଶ

ହାତ ଗୁଞ୍ଜା ବି। ଡିଉଟି ନର୍ସ ବିରକ୍ତ ହେଲା। ଖାଲି ଥିଲେ ସିନା ଦେବି ? ଡାକ୍ତରଙ୍କୁ ପଚାରି ବୁଢ଼ା ଛାତିରେ ଷ୍ଟେଥୋ ପକେଇଲା। ତାପରେ ଗୋଟାଏ ଇଞ୍ଜେକସନ ବୁଢ଼ା ହାତରେ ଫୋଡ଼ିଦେଇ କହିଲା - "ରାତି ପରେ ସକାଳକୁ ଦେଖିବି"। ସତ୍ୟାନନ୍ଦ ବୁଢ଼ାର ଶିରାଳ ହାଡୁଆ ଛାତିକୁ ଚାହିଁ ରହିଲା। ନିଃଶ୍ୱାସ ରହିଆସୁଛି। ବୁଢ଼ା ପାଟିରୁ ରକ୍ତ ଭକ୍ ଭକ୍ ବାହାରି ଆସୁଛି। ପିଣ୍ଟୁ ଯାଇଛି ବଂଶୀକୁ ଡାକିବାକୁ ଫେରିନି।

ସତ୍ୟାନନ୍ଦ ପୁଣି ଧାଇଁଲା ଡିଉଟି ନର୍ସ ପାଖକୁ। ନେହୁରା ହେଲା। କହିଲା ରୋଗୀ ସିରିଅସ୍। ଅକ୍ସିଜେନ୍ ଦିଅ। ସାଲାଇନ୍ ଡ୍ରିପ୍ ଦିଅ। ଦିଗୁଣା ଫିସ୍ ଦେବି, ଡାକ୍ତରଙ୍କୁ ଟିକିଏ ଡାକିଦିଅ। ଡିଉଟି ନର୍ସ ବଡ଼ ବଡ଼ ଆଖିରେ ଚାହିଁଲା। ବିରକ୍ତି ମିଶା ସ୍ୱରରେ କହିଲା, "ଆପଣମାନେ ରୋଗୀକୁ ଟ୍ରିଟ୍‌ମେଣ୍ଟ କରିବେ ତ ଆମେ କାହିଁକି ଅଛୁ। ପୁଣି ଗୋଟାଏ ବେହେରା ବୁଢ଼ା ମୁହଁରେ ପାଞ୍ଚଟା ବଟିକା ଠୁଙ୍କିଦେଲା। ନର୍ସ ମୁହଁରେ ପାଣି ଜବରଦସ୍ତ ଢାଳିଦେଲା। ସତ୍ୟାନନ୍ଦ ଫେରିଆସିଲା ଗଭୀର ହତାଶାରେ ଏକ ଉଦ୍‌ଗତ କୋହ ଆଉ କ୍ଷୋଭକୁ ଚାପିରଖି। ସବୁ ଯେମିତି ସ୍ପଷ୍ଟ ହୋଇ ଆସୁଛି ତା' ସାମ୍ନାରେ। ମାର୍କ୍ସିଜିମ୍, କମ୍ୟୁନିଜମ୍, ଚାରୁମଜୁମଦାର, ସର୍ବହରାର ସାମ୍ୟବାଦ। ବିପ୍ଳବ, ଧାରଣା, ଷ୍ଟ୍ରାଇକ୍, ଗ୍ରାଫିଟି, ପୋଷ୍ଟର, ବୁଢ଼ା, ଡାକ୍ତରଖାନାର ବାରଣ୍ଡାର କୋଣ, ଡାକ୍ତର, ନର୍ସିଂହୋମ୍, ହେଲ୍‌ଥ ସେକ୍ରେଟାରୀଙ୍କ ବୋହୂ, ଲେବର ପେନ୍।

ଡ଼ାକ୍ତରଖାନା ଅଛି - ଡାକ୍ତର ନାହାନ୍ତି ବୁଢ଼ାପାଇଁ।
ଡ଼ାକ୍ତରଖାନା ଅଛି - ବେଡ଼ ନାହିଁ ବୁଢ଼ାପାଇଁ।
ଡ଼ାକ୍ତରଖାନା ଅଛି - କେବିନ ନାହିଁ ବୁଢ଼ାପାଇଁ।
ଡ଼ାକ୍ତରଖାନା ଅଛି - ଔଷଧ ନାହିଁ।
ଡ଼ାକ୍ତରଖାନା ଅଛି - ସାଲାଇନ ନାହିଁ। ଅକ୍ସିଜେନ ନାହିଁ। ଅଛି, ଅଛି, ନାହିଁ, ନାହିଁ। ବୁଢ଼ା, ହେଲ୍‌ଥ ସେକ୍ରେଟାରୀଙ୍କ ବୋହୂ... ସବୁକିଛି ଗୋଳମାଳ ହୋଇଯାଉଛି। ହାତମୁଠା ଟାଣକଲା ସତ୍ୟାନନ୍ଦ। ଆଖି ଦିଇଟା ଦପ୍ ଦପ୍ ଜଳି ଉଠିଲା।

ନର୍ସିଂହୋମ୍‌ର ଧାଁ ଦଉଡ଼ ସେ ଦେଖିପାରୁଛି। ସମସ୍ତ ଗମ୍ଭୀରତା ଝର୍କା ଫାଙ୍କରେ ବାହାରି ଆସି ଡାକ୍ତରଖାନା ଚାରିପଟେ ବିଛାଡ଼ି ହୋଇପଡୁଛି। ଗଣ୍ଡା ଗଣ୍ଡା ନର୍ସ ଦଉଡୁଛନ୍ତି। ପାଞ୍ଚଜଣ ଡାକ୍ତର ସ୍ପେସିଆଲିଷ୍ଟ ଲାଗିଛନ୍ତି। ବ୍ଲଡ୍, ଅକ୍ସିଜେନ୍ ବୁହାଚାଲିଛି। ସତ୍ୟାନନ୍ଦ ନର୍ସିଂହୋମ୍ ଆଡ଼କୁ ଏକ ଅହେତୁକ ରାଗରେ ବଢ଼ିଲା। ସେ ଜୋରକରି ଝିଙ୍କି ଆଣିବ ନର୍ସକୁ, ଡାକ୍ତରଙ୍କୁ। ସାଲାଇନ୍ ବୋତଲଟାଏ... ଅକ୍ସିଜେନ୍ ସିଲିଣ୍ଡରଟାଏ... ହେଲେ ଏ କ'ଣ ବାରଣ୍ଡାରେ କାନନବାଳାର ସ୍ୱାମୀ। ତେବେ କ'ଣ କାନନବାଳାର ଡେଲିଭରି ହୋଇପାରୁନି... ଅପରେସନ୍ ହେଉଛି...।

ଧଡ଼୍‌କିନା ଡାକ୍ତରଖାନା ବାରଣ୍ଡାରେ ସତ୍ୟାନନ୍ଦ ବସିପଡ଼ିଲା। "ଏସବୁ ଛାଡ଼ ସତ୍ୟାନନ୍ଦ। କ'ଣ ମିଳିବ ମାର୍କ୍ସବାଦରୁ, ଲେନିନବାଦରୁ, ପାଠପଢ଼ି ଭଲ ଚାକିରି କର। ପଇସାପତ୍ର କମେଇବା ଶିଖ। ତେବେ ସିନା ମଣିଷଟେ ହେବ"। ବାରମ୍ବାର ଯେମିତି ନର୍ସିଂହୋମ ଆଡୁ କିଏ କହୁଛି। ସତ୍ୟାନନ୍ଦ ଅବସନ୍ନ ହୋଇ ବସିରହିଛି। ଗୋଟିଏ ମୁହୂର୍ତ୍ତରେ ତା'ର ଜୀବନର ସମସ୍ତ ସାରାଂଶ ଯେମିତି ପାଣି ଫୋଟକାରେ ମିଳେଇ ଯାଉଛି। ସତ୍ୟାନନ୍ଦ କ'ଣ ହାରିଯାଉଛି। ନିତାନ୍ତ ଭୁଲ ରାସ୍ତାଟିରେ ବାଟ ଭୁଲିଯିବା ଲୋକଟିଏ ପରି ଚାଲିଯାଇଛି।

ବୁଢ଼ାର ହିକା ଆସିଲାଣି। ଆଖି ଦରମେଲା ହେଇ ଆସିଲାଣି। ଡ଼ୋଳା ସ୍ଥିର ହୋଇ ଆସୁଛି। ପିଣ୍ଟୁ କୁଆଡ଼େ ଗଲା। ବଇଁଶୀଟା କେମିତି ପୁଅଟେ ମ। ହଇରେ ଶଳା ବାପ କ'ଣ ଏଇଥିପାଇଁ ପୁଅ ଜନ୍ମ କରେ। ଗୁହମୂତରେ ଧନ୍ଦିହୋଇ ଜୀବନଯାକ ଦଉଡ଼ି ଦଉଡ଼ି ଦି' ପଇସା ଧରି ଧାଏଁ କି ମଲାବେଳକୁ ପୁଅ ମାଇକିନିଆ ସାଥିରେ ଅଭିମନ୍ୟୁ ବଧ ରିହରସାଲ କରିବ। ବାପଟା ଜଲ୍‌ଦି ମରିଗଲେ ତ୍ରାହି ବୋଲି ମୁହଁ ମୋଡ଼ି ବୁଢ଼ାଟାକୁ ରାସ୍ତାରେ ଫିଙ୍ଗିଦେବ। ଧିକ୍... ସତ୍ୟାନନ୍ଦ କାନ୍ଥକୁ ଆଉଜି ବସିଛି। ବୁଢ଼ା ପାଟିରେ ଟୋପାକୁ ଟୋପା ପାଣି ଦେଉଛି।

ହେଇ ପିଣ୍ଟୁ ଆସିଗଲାଣି। ଆରେ ଇଏ କ'ଣ? ପିଣ୍ଟୁଟା ସବୁବେଳେ ଏକବାଗିଆ। ବଇଁଶୀକୁ ତଣ୍ଟିଆ ମାରି ମାରି ଧରିକି ଆସୁଛି। "ଚାଲ୍ ଶଳା ବାପାକୁ ଦେଖିବୁ ବେ... ହଇରେ ଅଳପେଇସା ଏଇଥିପାଇଁ ବାପା ତତେ ଜନ୍ମ ଦେଇଥିଲା କିରେ"। ବଇଁଶୀ ପାଟି କରୁଛି। ହୋ ହାଲ୍ଲା କରୁଛି। ମାଳତୀ ପିଣ୍ଟୁକୁ ଗାଳି ଦେଇ ଦେଇ ଦଉଡୁଛି। ପିଣ୍ଟୁ ରାଗିଲେ ଏମିତି କରେ। ପାର୍ଟି ଅଫିସ୍‌ରୁ ତାସ୍ ଖେଳୁଥିବା ଦଶବାର ଜଣଙ୍କୁ ଧରି ଆସିଛି। ରିହରସାଲରେ ସବୁ ଫିଙ୍ଗା ଫୋପଡ଼ା କରିଦେଇଛି। ନାଚ ମାଷ୍ଟ୍ର ହେରିକାଙ୍କୁ ଭଗେଇ ଦେଇଛି। ସତ୍ୟାନନ୍ଦ ପାଟିକଲା ହେ ପିଣ୍ଟୁ। ନର୍ସିଂହୋମ୍‌ରେ ବ୍ୟସ୍ତତା ବଢ଼ିଚାଲିଛି। ଏପଟସେପଟ ଡାକ୍ତରମାନେ ଦୌଡୁଛନ୍ତି। ତା ଆଖି ଆଗରେ କାନନବାଳାର ମୁହଁ। ବୁଢ଼ାର ହିକ୍‌କା ଜୋର୍‌ରେ ଉଠୁଛି। ଛାତି ଉଠୁଛି ପଡୁଛି। ସତ୍ୟାନନ୍ଦ ପାର୍ଟିରୁ ବାହାରି ଆସିଲା - "ଜଗନ୍ନାଥ ହୋ କିଛି ମାଗୁନାହିଁ ତୋତେ"।

ବୁଢ଼ାକୁ ବେଢ଼ି ପାର୍ଟିରୁ ଆସିଥିବା ଦଶ ବାରଜଣ ଠିଆ ହୋଇଥିଲେ। ଏକାସାଥିରେ କୀର୍ତ୍ତନ କରିବା ଭଙ୍ଗୀରେ ଆରମ୍ଭ କରିଦେଲେ... "ଜଗନ୍ନାଥ ହୋ କିଛି ମାଗୁନାହିଁ ତୋତେ... ଧନ ମାଗୁନାହିଁ ଜନ ମାଗୁ ନାହିଁ ମାଗୁଛି ଶରଧା ବାଲିରୁ ହାତେ" ସତ୍ୟାନନ୍ଦ ଠିଆ ହେଲା ପାଳି ଧରି। ଜୋର୍‌କରି ଜଣାଣ ଚାଲିଲା। ବୁଢ଼ାର

ଚାରିପଟେ ଘୂରି ଘୂରି। ଫର୍ଚ୍ଚା ହୋଇ ଆସିଲାଣି। ରୋଗୀମାନଙ୍କ ମଧ୍ୟରୁ କେତେଟା ହଠାତ୍ ଉଠି ଆଶ୍ଚର୍ଯ୍ୟ ଭାବେ ଚାହିଁ ରହିଲେ। ସତ୍ୟାନନ୍ଦ ବଡ଼ପାଟିରେ ପାଳି ଧରିଛି। ସମବେତ ଜନତା ଜଣାଣ ଗାଉଛନ୍ତି। ନୀଳଚକ୍ରରେ ବାନା ଉଡୁଛି। ହଠାତ୍ ବେହେରାଟାଏ ହେ ହେ କରି ଦଉଡ଼ି ଆସିଲା। ନର୍ସିଂହୋମ୍ ଝରକାରୁ ଡାକ୍ତରମାନଙ୍କ ମୁଣ୍ଡ ବାହାରି ଆସିଲା। ଡିଉଟି ନର୍ସ ଦଉଡ଼ି ଆସିଲା... ହେଲେ ଜନତା ବେହେରାକୁ ଘେରିଗଲା ଏବଂ ନିର୍ଧୂମ ମାରିବାକୁ ଆରମ୍ଭ କଲା... ଡିଉଟି ନର୍ସକୁ ଗୋଡ଼ାଇ ଗୋଡ଼ାଇ ବାରଣ୍ଡାର ଗୋଟିଏ କୋଣରେ ଛାଡ଼ିଦେଲା। ପୁଣି ଜଣାଣ ଚାଲିଲା। ସତ୍ୟାନନ୍ଦ ପାଣି ଦେଉଛି। ଜଣାଣ ଗାଉଛି। କ୍ଷୋଭ, କ୍ରୋଧ, ଆତ୍ମଗ୍ଲାନିରେ, ମୁହଁ ଲାଲ ପଡ଼ିଯାଇଛି। ହଠାତ୍ ଗୋଟାଏ ପଟକୁ ବୁଢ଼ାର ମୁଣ୍ଡଟା ଗଡ଼ିପଡ଼ିଲା। ଠକ୍‌କିନା ଜଣାଣ ବନ୍ଦ ହୋଇଗଲା। ପାଟିରୁ ପାଣିଧାରଟେ ଗଡ଼ି ଆସିଲା। ମୁହଁରେ ଅଖା ଘୋଡ଼େଇ ଦିଆଗଲା। ଆଶ୍ଚର୍ଯ୍ୟ, ବିରକ୍ତ ରୋଗୀମାନେ ଆଶ୍ୱସ୍ତ ହେଲେ। ଭୟାର୍ତ୍ତ ବେହେରା ଆଉ ନର୍ସମାନେ ଶାନ୍ତିରେ ନିଃଶ୍ୱାସ ମାରିଲେ। ପିଣ୍ଟୁ ଚିତ୍କାର କରିଉଠିଲା। "ସରିଗଲା ସରିଗଲା"। ପାଞ୍ଚଘଣ୍ଟା ଅପରେସନ ପରେ ସ୍ପେସିଆଲିଷ୍ଟଙ୍କ ଅକ୍ଳାନ୍ତ ପରିଶ୍ରମ ପରେ ହଠାତ୍ ନର୍ସିଂହୋମ୍‌ରୁ କଅଁଳା ପିଲାର କାନ୍ଦ ଶୁଭିଲା। କୁଆଁ... କୁଆଁ... କାନନବାଳା ବିପଦମୁକ୍ତ ହେଲା। କାନନବାଳାର ପୁଅଟିଏ ହୋଇଛି ବୋଲି ପ୍ରଚାର ହେଲା। ବାତାବରଣରେ ଅଭାବନୀୟ ଗମ୍ଭୀରତା ହଠାତ୍ ଏକ ଆନନ୍ଦ ଉଚ୍ଛ୍ୱାସରେ ବଦଳିଗଲା। ହେଲ୍‌ଥ ସେକ୍ରେଟାରୀଙ୍କ ମୁହଁରେ ଆତ୍ମସନ୍ତୋଷ ଖେଳି ଯିବଣି। କାନନବାଳାର ସ୍ୱାମୀ ଦଉଡ଼ିବଣି ମିଠେଇ ପାଇଁ। ସତ୍ୟାନନ୍ଦ ସେମିତି ନିଶ୍ଚଳଭାବେ କାନ୍ଥକୁ ଆଉଜି ବସି ରହିଥିଲା। ଆଖି ଦି'ଟା ତା'ର ବ୍ୟାପୀ ଯାଇଥିଲା ସୀମାହୀନ ନିର୍ଲିପ୍ତ ଶୂନ୍ୟତା ଆଡ଼କୁ। ଆଉ ତା' ପାଟିରୁ ପ୍ରଳାପ ଭଳି ବାରମ୍ବାର ବାହାରି ଆସୁଥିଲା... "ଜଗନ୍ନାଥ ହୋ କିଛି ମାଗୁନାହିଁ ତୋତେ...।"

■■

କାୟା ତୀର୍ଥ

ଧରିନିଆଯାଉ ଆମ ଗଳ୍ପଟିର ନାୟକର ନାମ ଭଦ୍ରବାହୁ। ଗତ ଦି' ବର୍ଷ ହେଲା ଲୁହା କାରଖାନାର ଫୋରମ୍ୟାନ୍ ଭାବେ ଜଏନ୍ କଲାପରେ ସେ ଏ ସହରକୁ ଚାଲି ଆସିଛି। ବୟସ ସତେଇଶି। ଅବିବାହିତ। ସହର ରାସ୍ତାରେ ସ୍କୁଟର ଉପରେ ମୁଣ୍ଡ ତଳକୁ ଝୁଙ୍କେଇ ସ୍କୁଟର ଚଲେଇଲା ବେଳେ ବାରଣ୍ଡାରେ ଆର୍ମ ଚେୟାର ଉପରେ ଇଂରାଜୀ ଗପବହି ପଢିଲା ବେଳେ କିମ୍ବା ସମୁଦ୍ରକୂଳ ବାଲିରେ ବସି ବସି ଗାର କାଟୁଥିଲା ବେଳେ ଆପଣ ତା'ର ନିକଟକୁ, ଏପରିକି ଖୁବ୍ ନିକଟକୁ ଚାଲି ଯାଇ ପାରନ୍ତି ଏବଂ ତାକୁ ପଚାରିପାରନ୍ତି "ହେ ଭଦ୍ରବାହୁ ତୁ ଗୋଟାଏ ଅଦ୍ଭୁତ ଜୀବ। ଏମିତି ସବୁବେଳେ ଅନ୍ୟମନସ୍କ ଭାବେ ବସି ବସି କ'ଣ ଭାବୁଛୁ। ଆରେ ବାବା, ଏ ସହର, ଏ କାରଖାନାକୁ ଆସିଲା ପରେ ଜୀବନକୁ ଉପଭୋଗ କରିବାକୁ ଶିଖିବା ଉଚିତ"। ହାତ ଧରି ଆପଣ ତାକୁ ତାସ୍ ଆଡ୍ଡାକୁ ଟାଣି ଟାଣି ନେଇଆସି ପାରନ୍ତି। ସେ କେବଳ ତା'ର ରୁକ୍ଷଭର୍ତ୍ତି ମୁହଁକୁ ଉଠେଇ

ଆପଣଙ୍କ ଆଡ଼କୁ ନିଷ୍ପଲକ ନୟନରେ ଚାହିଁ ରହିବ। ଉଁ କି ଚୁଁ କହିବନି। ଧୂସର କାରଖାନା କ୍ୟାପ୍ ତଳୁ ଆହତ କପୋତ ଆଖି ଭଳି କରୁଣ ଦି'ଟା ଆଖି ବିଳପି ଉଠିବ। ତା'ର ପ୍ରସ୍ତରୀଭୂତ ମୁହଁରେ ଅବସାଦ ବା ଅବସନ୍ନତାର ଗୋଟିଏ ହେଲେ ଦାଗ ଉକୁଟି ଉଠିବନି। ତା'ର ଅତ୍ୟନ୍ତ ଆବେଗହୀନ, ସମ୍ବେଦନହୀନ ହୃଦୟ ଥରି ଉଠିବନି। ସେ ନିର୍ଲିପ୍ତ, ନିରୁତ୍ତେଜିତ ଓ ନିରୁତ୍ସାହିତ ଆଖିରେ ଚାହିଁ ରହିବ ଆକାଶର ଲୁହାଗୁଣ୍ଡ ରଙ୍ଗକୁ, ବାସ୍ ସେତିକି। ପକେଟ ଭିତରୁ ସହଜ ଭାବରେ ସିଗାରେଟ୍ ବାହାର କରି ଯାହା ଟାଣିବ ଏବଂ ଆପଣଙ୍କ ସାଥିରେ ବିନା ପ୍ରତିବାଦରେ ତାସ୍ ଆଡ୍ଡାକୁ ଚାଲି ଆସିବ।

ତାସ୍ ଆଡ୍ଡାରେ ଫ୍ଲାସ୍ ଖେଳିଲାବେଳେ ଭଦ୍ରବାହୁ ଗୋଟାଏ ଭିନ୍ନ ମଣିଷରେ ପରିଣତ ହୁଏ। ପାଟିତୁଣ୍ଡ କରିବ, ଖୁବ୍ ହୋ ହଲ୍ଲା କରିବ ଗୋଟାଏ ଅହେତୁକ ଉତ୍ତେଜନାରେ ବୋର୍ଡ ପରେ ବୋର୍ଡ ପଇସା ଲଗେଇବ। ହାରିଗଲେ ଛୋଟ ପିଲା ଭଳି ଭୟଙ୍କର ଭାବେ ହଲ୍ଲା କରିବ। ଆଡ୍ଡାରେ ମଦ ପିଇବ, ମାତାଲ ହେବ। ମଦ ପିଇ ମାତାଲ ହେଲେ ଭୟଙ୍କର ଦିଶେ ଭଦ୍ରବାହୁ। ତା' ସାଦା ଫିକା ପଳାଶ ରଙ୍ଗର ନିଶା ଟୁଳ ଟୁଳ ଆଖିରେ ଅବିଚ୍ଛିନ୍ନ ଶୀତଳତା ଓ ନିରୁତ୍ସାହ ଦେଖିଲେ ମନେ ହେବ ଯେମିତି ଭଦ୍ରବାହୁ ଭିତରେ ଭାଙ୍ଗିଯାଇଛି ଅସଂଖ୍ୟ ଦମ୍ଭର ବାଡ଼ବତା। ନିଶାରେ ମାତାଲ ହୋଇ ରାସ୍ତା ସାରା ବିଡ଼ ବିଡ଼ ହୋଇ ଫ୍ଲାଟ ଘରେ ପହଞ୍ଚିବ। ଲାଇଟ ଲିଭାଇବାକୁ ଭୁଲିଯିବ, ଝର୍କା ଦୁଆର ଦେବାକୁ ଭୁଲିଯିବ। ଭଦ୍ରବାହୁ ମଦ ନିଶାରେ ଟୁଳ ଟୁଳ ହୋଇ ସେମିତି କ୍ୟାପ୍, ବୁଟ୍, ଜିନ୍‌ସାର୍ଟ ଓ ମଇଳା ଜିନ୍ ପ୍ୟାଣ୍ଟ ପିନ୍ଧି ଶେଯ ଉପରେ ଶୋଇଯିବ। ଫ୍ୟାନ୍ ଘୂରୁଥିବ। ଦି'ହାତ ସନ୍ଧିରେ ରୁଢ଼ ଭର୍ତ୍ତି ମୁହଁ ଗୁଞ୍ଜିଦେଇ ଭଦ୍ରବାହୁ ଶୋଇଥିବ ଠିକ୍ କାରଖାନାର ପୁଙ୍ଗା ବାଜିବା ଯାଏଁ।

ପୁଙ୍ଗା ବାଜିଲେ ଷ୍ଟାଫ୍ କଲୋନୀ କୋଳାହଳମୟ ହୋଇ ଉଠେ। ପ୍ରତ୍ୟେକ ଘରୁ, ପ୍ରତ୍ୟେକ ଫ୍ଲାଟରୁ ଭାସିଆସେ କଂସା ବାସନର ଠନ୍‌ଠନ୍। ରୋଷେଇ ଘରୁ ଧୂଆଁ ବାହାରି ଆସେ, ସ୍କୁଟର, ମୋଟର ସାଇକେଲ ଓ ସାଇକେଲ ସବୁ ବାହାରକୁ ବାହାରି ଆସେ। ଭଦ୍ରବାହୁର ମଦନିଶା ଖସିଆସେ। ଭଦ୍ରବାହୁ ଉଠେ। ଦାନ୍ତ ଘଷିନିଏ। ମୁଣ୍ଡରେ କ୍ୟାପ୍ ସଜାଡ଼ି ନିଏ। ବ୍ରସରେ ଜିନ୍ ପ୍ୟାଣ୍ଟ ଝାଡ଼ିଦିଏ। ଦୁଆର ଝର୍କା ବନ୍ଦକରି ସ୍କୁଟର ଧରି ବାହାରି ଆସେ ଲୁହା କାରଖାନା କ୍ୟାଣ୍ଟିନ୍‌କୁ। ସେତେବେଳକୁ କ୍ୟାଣ୍ଟିନ୍‌ରେ ଖୁବ୍ ଭିଡ଼ ଜମି ସାରିଥାଏ। ପଟା ବେଞ୍ଚ ଉପରେ ଧାଡ଼ି ଧାଡ଼ି କୁଲି ମଜୁରିଆ, ମେକାନିକ୍, ଫୋରମ୍ୟାନ୍ ଠିକାଦାରଙ୍କ ଭିଡ଼। ଗପର ଆସର ଜମିଥାଏ। ବରା, ପକୋଡ଼ି ଖିଆ ଚାଲିଥାଏ। ଚାହା ପିଆ ଚାଲିଥାଏ। ଭଦ୍ରବାହୁ କୋଳାହଳ ପ୍ରତି ଦୃଷ୍ଟି ନଦେଇ ଚୁପ୍

ଚାପ ବସିଯାଏ ପଟା ବେଞ୍ଚର ଗୋଟାଏ କୋଣରେ। ପକେଟରୁ ସିଗାରେଟ୍ ବାହାର କରି ଟାଣେ। ଚାହା ପିଇ ସାରିଲା ପରେ ହାତରେ ପିତଳବ୍ୟାଜ୍ ପିନ୍ଧି ପକାଏ। ତା'ପରେ ସପ୍‌ଫ୍ଲୋର ମେସିନ୍, ଘର୍ ଘର୍ ଶବ୍ଦ, ବ୍ଲାଷ୍ଟଫର୍ଣ୍ଣେସର ତତଲା ଧାସରେ ଦିନ ଆରମ୍ଭ ହୁଏ। ଭଦ୍ରବାହୁ ନଇଁପଡ଼େ ମେସିନ୍ ଉପରେ। ବଞ୍ଚିବାର ଖେଳ ଆରମ୍ଭ ହୁଏ। ଜଳନ୍ତା ଲୁହାପିଣ୍ଡ ଖସି ଚାଲିଥାଏ, ନିଆଁଝୁଲ ଚାରିପଟେ ଉଡ୍ଡୁଥାଏ। ଦିହସାରା ଝାଳ ଜୁଡୁସୁଡୁ, ଲୁଣି ଝାଳକୁ ରୁମାଲରେ ପୋଛୁ ପୋଛୁ ଭଦ୍ରବାହୁ କାରଖାନା ଚଷମା ତଳୁ ତତଲା ରଡ଼୍ ନିଆଁକୁ ଚାହିଁ ରହେ। ନିଆଁ ଭିତରେ ରାମା ରାଓର କଳା ସିଠୁଆ ମୁହଁ ଆଉ ଧୋବ ଫର ଫର୍ ହସନ୍ତ ଦାନ୍ତ ଦି ଧାଡ଼ି। ଚମକି ପଡ଼େ ଭଦ୍ରବାହୁ। ଗୋଟାଏ ଅଭିମାନରେ ତା ଦିହ ଭିତରେ ରୁଗ୍ ରୁଗ୍ ହୁଏ। ମନେପଡ଼ିଯାଏ ରାମାରାଓର ଭଦ୍ରବାହୁ, ଭଦ୍ରବାହୁ ଡାକ। ତାସ୍ ଆଡ୍‌ଡ଼ାରେ ତା'ର ଚୁପ୍‌ଚାପ୍ ମୁହଁ। ଭଦ୍ରବାହୁ ଯେତେବେଳେ ମଦ ପିଇ ପିଇ ମାତାଲ ହୋଇପଡ଼େ, ଆଉ ବେହୋସ ହେବା ଅବସ୍ଥାକୁ ଚାଲିଆସେ, ଗୋଟାଏ ଉତ୍ତେଜନାରେ ଥରି ଥରି ଚିତ୍କାର କରେ, ସେତେବେଳେ ରାମାରାଓ ତାକୁ ଘରକୁ ନେଇଆସେ। ତାକୁ ଖଟ ଉପରେ ଶୁଆଇଦିଏ। ତା'ର ବୁଟ୍, କ୍ୟାପ୍ ବାହାର କରି ରଖିଦିଏ। ଘର ଦୁଆର ବନ୍ଦ କରି ରାମାରାଓ ନିଜ ଘରକୁ ଯାଏ।

ପହଁରିବାର ଗୋଟାଏ ଝୁଙ୍କ ଦି ଜଣଙ୍କର ଥିଲା। ତାର ମନେ ପଡ଼େ ରାମାରାଓ ସାଥିରେ ସମୁଦ୍ରରେ କଟେଇ ଥିବା ଘଣ୍ଟା ଘଣ୍ଟା ସମୟ। ହାତକୁ ହାତ ଧରି, କାନ୍ଧକୁ କାନ୍ଧ ମିଳାଇ ସେମାନେ ପାଣିରେ ଭାସୁଥିବେ କେତେବେଳେ ପେଟ ଉପରକୁ କରି ତ କେତେବେଳେ ପିଠି ଉପରକୁ କରି।

କଳା ବାଙ୍ଗରା ରାମାରାଓ। ଟେବୁଲ ଟେନିସ୍ ଚାମ୍ପିୟନ ରାମାରାଓ। ଆଥଲେଟିକସ୍ ଚାମ୍ପିୟନ ରାମାରାଓ। ସମସ୍ତଙ୍କୁ ହସେଇ ହସେଇ ବେଦମ କରିଦେଉଥିବା ରାମାରାଓ। ସମସ୍ତେ ସେଇ ତତଲା ନିଆଁ ଭିତରୁ ତା ଆଡ଼କୁ ଚାହିଁ ହସୁଛନ୍ତି। ଚାଲିଗଲା ଯେ ଚାଲିଗଲା। ନା ଗଲାବେଳେ କାହାକୁ କହିଗଲା ନା ଜଣେଇ ଗଲା।

ହଠାତ୍ ଦିନେ ସାଇରନ୍ ବାଜି ଉଠିଲା। ଗୋଟାଏ ଆଶଙ୍କାରେ ସମସ୍ତେ କଳାକାଠ ପଡ଼ିଗଲେ। କ'ଣ ହେଲା କ'ଣ ହେଲା ଚିତ୍କାର କରି କରି ସମସ୍ତେ ଧାଇଁଲେ। ପୋଡ଼ି ଯାଇଥିବା ଦିହଟାକୁ ନିଆଁକୁଣ୍ଡ ଭିତରୁ ଭିଡ଼ି ଅଣାହେଲା। ଭଦ୍ରବାହୁ ଦେଖିଲା ରାମାରାଓର ଜଳି ଯାଇଥିବା ଦେହ। ଗୋଟିଏ ନିରୋଳା ଶୂନ୍ୟତା ତା ଛାତି ଭିତରେ ଜମାଟ ବାନ୍ଧିଗଲା। ସେଇ ଦିନଠୁ ଜମାଟ ବାନ୍ଧିଗଲା ତା'ର ଚେତା, ଅବଚେତନା, ଆବେଗ, ପ୍ରବେଗ ସବୁକିଛି। କାରଖାନା ପୁଣି ଚାଲିଲା। ସମସ୍ତେ

ଭୁଲିଗଲେ ଦୁର୍ଘଟଣାକୁ। ଯେ ଗଲା, ସେ ଗଲା। ସେ ସମୟ ଟିକକର ଆହା ଲୁହଗଡ଼ା ଭିତରେ ସବୁ ଭାବନାର ଶେଷ। କାହାର ବେଳ ଅଛି ସେ ଦୁର୍ଘଟଣାକୁ ମନେ ରଖିବାକୁ। ସେ କାରଖାନା ଭିତରେ ମିଳେଇ ଗଲା ରାମାରାଓର ସତ୍ତା। ସବୁ ଶୁନ୍‌ଶାନ୍ ହୋଇଗଲା। ଏଇତ ଜୀବନ। କାରଖାନାର ଜୀବନ। ହଠାତ୍ କେହି ହଜିଗଲାତ ସମସ୍ତେ ଟିକିଏ ସମୟ ଅଟକି ଗଲେ। ଏକ ଭୟାବହ ଶିହରଣରେ ସମସ୍ତେ ଆତଙ୍କିତ ହୋଇ ଉଠିଲେ ମୁହୂର୍ତ୍ତକ ପାଇଁ। ଆଉ ପୁଣି ପରମୁହୂର୍ତ୍ତରେ ପୁଣି ଜୀବନ ଗଡ଼ି ଚାଲିଲା। କାରଖାନାର ମାଲିକମାନେ ରାମା ରାଓର ବାପା ମାଙ୍କୁ ପୁଳାଏ ଟଙ୍କା ଦେଇ ଘଟଣାକୁ ଦଫା ରଫା କରିଦେଲେ, ଯେମିତି କିଛି ଦୁର୍ଘଟଣା ଘଟିନାହିଁ, ସ୍ୱାଭାବିକ ମୃତ୍ୟୁ। ଠିକ୍ ଯେମିତି ସେଠି ବର୍ଷ ବର୍ଷ ଧରି କିଛି ବି ଘଟିନି। ହେଲେ ଭଦ୍ରବାହୁ ଆଖିରୁ ଆଜି ବି ସେ ଦିନର ଭୟାବହ ଘଟଣା ହଟିନି। ରାମାରାଓର ଜଳନ୍ତା ଦେହ ତା ଆଖି ଆଗରେ ଏବେ ବି ନାଚି ଯାଉଛି। କି ବିଭତ୍ସ ମୃତ୍ୟୁ। ସେଇଦିନଠୁ ଭଦ୍ରବାହୁ ରାମାରାଓକୁ ଆହୁରି ନିବିଡ଼ ଭାବେ ଅନୁଭବ କରି ଆସିଛି। ରାମାରାଓ ପାଇଁ ତାଛାତିରେ ଏକ ଗଭୀର ଶୂନ୍ୟସ୍ଥାନ ସୃଷ୍ଟି ହେଇ ରହିଯାଇଛି। ଟେବୁଲ ଟେନିସ୍ ବୋର୍ଡ଼ରେ ସର୍ଭିସ କଲାବେଳେ ଆରପଟେ କିଛି ସମୟ ପାଇଁ ଯେମିତି ରାମାରାଓର ବାଙ୍ଗର ଚେହେରା ଚାଲି ଆସୁଛି। ମଦ ପିଇ ତାସ୍ ଆଡ୍ଡାରେ ମାତାଲ ହେଲାବେଳେ ଯେମିତି ରାମାରାଓ ତାକୁ କହୁଛି, "ଚାଲ ଭଦ୍ରବାହୁ ଚାଲ, ଘରକୁ ଚାଲ। ବହୁତ ପିଇଲୁଣି। ବହୁତ ଖେଳିଲୁଣି। ତା ହାତରୁ ଛାଏଁ ଛାଏଁ ତାସ୍‌ମୁଠା ଖସି ପଡୁଛି। ସେ ବାଧ୍ୟ ଶିଶୁ ଭଳି ଫେରି ଆସୁଛି ଫ୍ଲାଟକୁ।"

ଭଦ୍ରବାହୁ ଚଷମା ଖୋଲିଲା। ଚଷମା କାଚ ପୋଛିଲା। ନିଆଁ ଭିତରେ ଦାଉ ଦାଉ ଜଳୁଛି ରାମାରାଓ ବାପାର ଲୋଚ କୋଚ ମୁହଁର ଭାଙ୍ଗ। ଲୁହ ଜକେଇ ଆସୁଥିବା ନିଷ୍ପ୍ରଭ କୋଟରଗତ ଆଖି ଦିଇଟା। ହାଡୁଆ ଛାତି ଅହେତୁକ କୋହରେ ଉଠୁଛି ପଡୁଛି। ଦି ଧାର ଲୁହ ବୁଢ଼ାର ପାଚିଲା ରୁଢ଼ ଭର୍ତ୍ତି ମୁହଁ ଉପର ଦେଇ ଗଡ଼ି ଆସୁଛି ଫୁଙ୍ଗୁଳା ଛାତି ଉପରକୁ। ଭଦ୍ରବାହୁ ଚଷମା ଦେଲା ଏବଂ ମେସିନ୍ ଉପରକୁ ଆହୁରି ଝୁଙ୍କି ପଡ଼ିଲା। ଏଇ ବର୍ତ୍ତମାନ ତା ଆଗରେ ଅନେକ ଚିହ୍ନା ଚିହ୍ନା ମୁହଁ। ତା ବୋଉର ପବିତ୍ର ମୁହଁ। ସେ ଚାକିରି ପାଇବା ପାଇଁ ତା'ର ଓଷା, ଉପବାସ, ବାରବ୍ରତ, ସହଣିକ, କେତେ ମାନସିକ।

ଚାକିରି ପାଇଲା ବେଳର ପରିତୃପ୍ତିଭରା ଆଖି। ଲୁହାଖଣ୍ଡ ଭିତରେ ବିଶ୍ୱାସଭରା ପବିତ୍ର ଆଖି ଦିଇଟା। ଲୁହରେ ଜକେଇ ଆସୁଛି। ଭୋ କିନା ମୁଣ୍ଡ କୋଡ଼ି ଦେଉଛି ତା'ର ବୋଉ। ଛାତି ପିଟିପିଟି ଚିତ୍କାର କରୁଛି। କପାଳ ଉପରେ ହାତ ରଖି ବାହୁନି ହେଉଛି। ଗୋଟାଏ ଆଶଙ୍କାରେ ତା ଦେହ ଶୀତେଇ ଉଠିଲା। ସେ ନିଆଁ ଝୁଲ ଉପରୁ

ମୁହଁ ଫେରେଇ ଦେଲା। କ୍ୟାପ ସଜାଡ଼ି ଦେଲା। ରୁଢ଼ ଭର୍ତ୍ତି ମୁହଁରେ ହାତ ବୁଲେଇଲା। ଗୋଡ଼ରେ ବୁଟ୍ ପିନ୍ଧି ନେଲା। ନିଆଁ ଧାସରେ ସିଝି ସିଝି ତା ଚମଡ଼ାର ରଙ୍ଗ କଳା ପଡ଼ିଗଲାଣି। ସେ ଝର୍କା ବାଟେ ତଳକୁ ଚାହିଁଲା। ସ୍ତ୍ରୀ ମଜୁରିଆ ମାନଙ୍କ ଫୁଙ୍ଗୁଳା ପିଠି ଆଉ ନଙ୍ଗଳା ଗୋଡ଼ରେ ଖରା ଧାସ ଚିକ୍ ଚିକ୍ ମାରୁଛି। ଛାତି ଉପରେ ପଡ଼ିଥିବା ଲୁଗା ତଳୁ କଳା ମୁଗୁନିଆ ସ୍ତନ ଫିଟି ପଡ଼ିଛି। କେତେ ଗୁଡ଼ାଏ କୁଲି ନିର୍ଲିପ୍ତ ଭାବେ ଚାହିଁ ରହିଛନ୍ତି ସେଇ ଆଡ଼େ। ଆଉ ସ୍ତ୍ରୀ ଲୋକଟିର ଚିତ୍କାର "ଏ ରଇଜଳାର ପିଲା। ତୋର ମା ଭଉଣୀ ନାଇନ କେନ୍।"

ଭୀମା ରାଓ ମେକାନିକ୍ ମେସିନ ଉପରେ ନଇଁ ପଡ଼ି କ'ଣ ସଜାଡୁଛି। ନିଆଁ ଧାସରେ ଝାଲୁଆ ପିଠି ତା'ର ଦାଉ ଦାଉ ଜଳୁଛି।

ଭଦ୍ରବାହୁ କାନରେ କାରଖାନାର ସଙ୍ଗୀତ।

କଳକବ୍ଜାର ସଙ୍ଗୀତ।

ବ୍ଲାଷ୍ଟ ଫର୍ଣ୍ଣେସର ସଙ୍ଗୀତ।

ଭଦ୍ରବାହୁ କାରଖାନା ଭିତରେ ଜୀବନର ଖେଳ ଖେଳୁଛି।

ତା ଗାଁଠାରୁ ଅନେକ ଦୂରରେ ଏଇ ସହରର କୋଳାହଳମୟ ଛାତିରେ। ତା' ବୋଉଠାରୁ ଅନେକ ଦୂରରେ। ଧାରଣାର ଅନେକ ବିଶ୍ୱାସଭରା ଆଖିର ବଳୟ ଭିତରେ।

ଭଦ୍ରବାହୁ ତା'ର ପିଲା ବେଳ କଥା ମନେ ପକେଇଲା। ତା'ର ଟିକି ଟିକି ପାଦ। ଠୁକୁରୁ ଠୁକୁରୁ ଚାଲି। କାନ୍ଧରେ ସ୍କୁଲ ବ୍ୟାଗ। ବାପାଙ୍କର ଚଢ଼ା ଚଢ଼ା କଣ୍ଠ। ଚିଲ ଭଳି ଆଖି। ତା ଭିତରେ ଭଦ୍ରବାହୁ ଗୋଟାଏ ବିଶ୍ୱାସ ପାଇଥିଲା। ବୋଉଠାରୁ ଗାଳି ଖାଇଲା ବେଳେ ସେ ସେଇଥିପାଇଁ ବାପାଙ୍କ କୋଳକୁ ଡ଼େଇଁ ପଡୁଥିଲା। ହେଲେ ହଠାତ୍ ସବୁ ଗୋଳମାଳ ହେଇଗଲା। ହଠାତ୍ ସେ ଆଖି ଦିଇଟାକୁ ଦିନେ ହରାଇ ବସିଲା। ନିରାପଦ ଆଶ୍ରୟ ହରେଇ ବସିଲା। ସେଇ ଦିନଠୁ କେବଳ ଯାହା ଫଟୋରେ ସେ ଆଖି ଦିଇଟାକୁ ଦେଖିଆସୁଛି। ସେ ସେଇମିତି ତାକୁ ଫଟୋ ଭିତରୁ ଚାହିଁ ଯେମିତି ନିରାପଦ ଆଶ୍ରୟ ଦେଉଛନ୍ତି। ବଡ଼ ହେଲାପରେ ସେ ଆଉ ଦିଇଟି ଆଖି ଭିତରେ ଆଶ୍ରୟ ଖୋଜି ବସିଥିଲା। ସେ ବିଶ୍ୱାସ ଖୋଜିଥିଲା। ହେଲେ ସହନାଇର ଶବ୍ଦରେ ସେ ଆଖିବି ଦିନେ ତାକୁ ପର କରି ଚାଲିଗଲା। ତା' ହାତ ପାଆନ୍ତାରୁ ଅନେକ ଦୂରକୁ। ଭଦ୍ରବାହୁ କିଛି କହି ନଥିଲା। କିଛି ଅନୁଭବ କରି ପାରି ନଥିଲା। ଦୁଃଖରେ ଭାଙ୍ଗି ପଡ଼ିନଥିଲା। ଆଖିରେ ଲୁହ ଆସି ନ ଥିଲା କି ଛାତିରେ କୋହ ଆସିନଥିଲା। ହେଲେ ରାମାରାଓ ଚାଲିଗଲାଠାରୁ ତା ଭିତରେ ଯେମିତି ଗୁଡ଼ାଏ ବରଫ ଜମାଟ ବାନ୍ଧି ଯାଇଛି। ସେ ମୂକ ପାଲଟି ଯାଇଛି। ଅନୁଭବ ଶକ୍ତି ଏକା ବେଳେକେ

ହରେଇ ବସିଛି। ବଞ୍ଚିବାର ସାମର୍ଥ୍ୟ ହଜେଇ ଦେଇ ବସିଛି। ଭଦ୍ରବାହୁ ଦୀର୍ଘଶ୍ୱାସ ଛାଡ଼ିଲା। କହିଲା "ଭଗବାନ ଏମିତି କାହିଁକି କରନ୍ତି କେଜାଣି। ଯାହା ଭଲ ଲାଗେ ତାକୁ କାହିଁକି ଛଡ଼େଇ ନିଅନ୍ତି"।

ହେଲେ ଏବେ ଧାରଣା ତାକୁ ଭଲପାଇ ବସିଛି। ସିନିଅର ଫୋରମ୍ୟାନ ମହାପାତ୍ରର ଝିଅ ଧାରଣା ତାକୁ ଭଲ ପାଇ ବସିଛି। ଗୋଟାଏ ଅସହଜ ବୋଧ ତା ଛାତି ଭିତରେ ଏ ପାଖରୁ ସେ ପାଖ ହେଉଛି। ଧାରଣାର ଅନେକ ବିଶ୍ୱାସ ଭରା ଦିଇଟା ଆଖି। ସବୁ ବୁଝିଲା, ସବୁ ଜାଣିଲା ଭାବ ଭିତରେ ଭଦ୍ରବାହୁ ଦେଖେ ତା ବୋଉର ଛବି। ଧାରଣା ତାକୁ ବାନ୍ଧି ଦେଇଛି ଗୋଟାଏ ଅବିଛିନ୍ନ ପ୍ରେମରେ। ସେ ଖସି ଆସିପାରୁନି ତା ବିଶ୍ୱାସର ବନ୍ଧନରୁ। ନିର୍ଲିପ୍ତ ତା ପ୍ରେମର ସମୁଦ୍ରରେ ଯା ଖାଲି ବୁଡ଼ି ବୁଡ଼ି ଯାଉଛି।

ଧାରଣା ଖୋଲିଦିଏ ତା'ର ହୃଦୟର ନିବୁଜ କୋଠରି ସବୁକୁ। ହୃଦୟ ଭିତରେ ପଶିଯାଏ। କିଲ୍ କିଲ୍ ହୋଇ ଧାଏଁ ତା'ର ଚେତନାରୁ ଅବଚେତନା। ଅନୁଭୂତିରୁ ଅନୁଭୂତି କି। ତା ଭିତରେ ରୁଦ୍ଧ ଦ୍ୱାର ସବୁକୁ ଖୋଲିଦିଏ ଧାରଣା। ତାର ଟିକି ଟିକି ପାଦ ତଳେ ଦଳି ହୋଇଯାଏ ଭଦ୍ରବାହୁର ମୁଁ ପଣିଆ। ଛାତି ଭିତରେ ଜମାଟ ବାନ୍ଧି ଥିବା ବରଫ ପାହାଡ଼ ତରଳି ଯାଏ ଯେମିତି। ତା ଭିତରକୁ ଆର୍ଦ୍ର କରି ବୋହିଯାଏ ଶିରା ପ୍ରଶିରାରେ। ଭଦ୍ରବାହୁ ନିଜ ଛାତିରେ କାନଡ଼େରି ଶୁଣିବାକୁ ଚେଷ୍ଟାକରେ ବରଫ ତରଳିବାର ଶବ୍ଦ। ଧାରଣାର ଶବ୍ଦ।

ଧାରଣା ନିତି ପ୍ରତି ଆସେ। ତା' ପରେ ଜୁଲୁମ କରିଯାଏ। ହେ ଭଦ୍ରବାହୁ, ବଞ୍ଚିବା ଶିଖ। କ'ଣ ହେଲାଣି ତମ ରୂପ। କ'ଣ କଲଣି ତମର ସୁଠାମ ବଳିଷ୍ଠ ଚେହେରାକୁ। କ'ଣ ହେଲାଣି ପ୍ୟାଣ୍ଟ, ଶାର୍ଟ, ଝାଳ ଜୁଡୁସୁଡୁ ଗଞ୍ଜି, କ'ଣ କରି ରଖିଛ ବେଡ୍‌ସିଟ୍, ମୁଣ୍ଡଟାକୁ ପ୍ରତିଦିନ କୁଣ୍ଡେଇ ପାରୁନ। ବାଳ ଫୁର ଫୁର କରି ରଖିଛ। ଦାଢ଼ି ଖିଅର ହୋଇପାରୁନ। ରୁଢ଼ ଭର୍ତ୍ତି ମୁହଁଯାକ କ'ଣ ହେଇଛି ତମର... ହସ... କଥା କହୁନ, ଡବ ଡବ ଆଖିରେ ଚାହିଁ ରହୁଛ।

ତା'ପରେ ଧାରଣା ତା'ର ପ୍ୟାଣ୍ଟ ଶାର୍ଟ ସର୍ଫ ଦେଇ ସଫା କରିବ। ବେଡ୍‌ସିଟ୍ ବଦଳେଇ ଦବ। ଖଟ ଝାଡ଼ି ସଜାଡ଼ି ଦେବ। ଭଦ୍ରବାହୁର ହାତ ଧରି ବାଥରୁମ୍‌କୁ ଟାଣି ନେବ। ରେଜର ଦେଇ ଖିଅର ହବା ପାଇଁ ଜିଦ୍ ଧରିବ। ଭଦ୍ରବାହୁ ଏଡ଼େଇ ଦେଇ ପାରେନା ଧାରଣାର କର୍ତ୍ତୃତ୍ୱକୁ। ବାଧ୍ୟ ଶିଶୁଟି ଭଳି ଚୁପ୍‌ଚାପ୍ ସବୁକିଛି କରିଦିଏ। ଖସି ଯାଇ ପାରେନା ଧାରଣା କବଳରୁ। ତା'ର ବୋଉର ମୁହଁ ତା ଆଖି ଆଗରେ ଭାସିଯାଏ। ପିଲାବେଳେ ବାଲି ଖେଳରୁ ଯେତେବେଳେ ଧୂଳି ମଳି ହୋଇ ଆସେ, ଧାରଣା ଭଳି ବୋଉ ମଧ୍ୟ ବିଡ୍ ବିଡ୍ ହୁଏ। ପ୍ୟାଣ୍ଟ, ଶାର୍ଟ ଖୋଲି ଦେଇ ସର୍ଫ ଦେଇ ସଫା କରିଦିଏ।

ମୁଣ୍ଡ କୁଣ୍ଡେଇ ଦିଏ। ଗାଧୋଇ ଦିଏ। ଭଦ୍ରବାହୁ ବେଳେବେଳେ ଧାରଣାକୁ କହେ "ବୁଝିଲୁ ଧାରଣା ତୁ ମୋର ବୋଉ।"

ଧାରଣା ଚମକି ପଡ଼େ। ଭଦ୍ରବାହୁ ପାଟିରେ ହାତ ଦିଏ। ତା' ଆଖି ଦିଇଟା କରୁଣ ହୋଇ ଆସେ। ଯେମିତି ସେ କହୁଛି "ହେ ଭଦ୍ରବାହୁ, ତମେ କ'ଣ ସତରେ କିଛି ବୁଝିପାରୁ ନ? କିଛି ବି ଜାଣିପାରୁନ? ହଁ କାହିଁକି ବୁଝିବ ପୁରୁଷ ଜାତିର ଗର୍ବଟା ସବୁଠୁ ବଡ଼। ଆତ୍ମ ଅଭିମାନଟା ତା'ର ସର୍ବସ୍ୱ। ତମେ କେମିତି ଅଲଗା ହେବ ଯେ, ଗୋଟେ ଅବସନ୍ନ କପୋତୀ ଯେ ଏଣେ ତମ ପାଇଁ ଡ଼େଣା ଫଡ଼ ଫଡ଼ କରି ଛଟପଟ ହେଉଛି ସେ କଥା କାହିଁକି ଭାବିବ? ନିଜ ଜୀବନଟାକୁ ଖେଳ କଣ୍ଢେଇ ଭଳି ନଷ୍ଟ କରି ଚାଲିଛ। ନିଜ ଉପରେ ଅତ୍ୟାଚାର କରି ଚାଲିଛ। ସିଗାରେଟ ପରେ ସିଗାରେଟ ଟାଣି ଚାଲିଛ। ମଦ ପିଇ ମାତାଲ ହୋଇ ଗଡୁଛ। ଜୁଆ ଖେଳୁଛ। ତମେ ବା କେମିତି ଜାଣିବ ତମ ଧାରଣା ମନରେ ଏ ସବୁ ଦେଖିଲେ କେତେ ଆଘାତ ଲାଗେ।" ଭଦ୍ରବାହୁ ଗୋଟାଏ ଯନ୍ତ୍ରଣାରେ ଛଟପଟ ହୁଏ। ତା'ର ଇଚ୍ଛା ହୁଏ ସେ କହିଦିଅନ୍ତା "ଧାରଣା ତୁ ମତେ ମୋ ନିଜ ଖିଆଲର ମଣିଷ ହେବାକୁ ଛାଡ଼ି ଦେ। ମୁଁ ମୋ ପରିବେଶକୁ ଖୁବ୍ ଭଲ ପାଏ। ମୋ ଢଙ୍ଗ ଢାଙ୍ଗ ମୋର ଖୁବ୍ ଦେହ ସୁହା ହୋଇଗଲାଣି। କାହାର ସାହଯ୍ୟ ବିନା, କାହାର ସାନ୍ନିଧ ବିନା ମୁଁ ଖୁବ୍ ସହଜରେ, ଖୁବ୍ ଖୁସିରେ ବଞ୍ଚି ପାରିବି। ତୋ ଗୋଡ଼ ଧରୁଛି ଧାରଣା, ତୋ ଅତ୍ୟାଚାରରୁ ମୋତେ ମୁକ୍ତି ଦେ।"

ହେଲେ ଭଦ୍ର ବାହୁ ଖାଲି ପାଟି ପାକୁ ପାକୁ କରେ। ତା ପାଟିରୁ ପଦଟିଏ ବି ବାହାରେ ନାହିଁ। ଭୟରେ ଅଷାଡ଼ ହୋଇଯାଏ ଦିହ। ପାଣି ଫୋଟକା ପରି ମିଳେଇଯାଏ ତା'ର ଆତ୍ମ ଅଭିମାନ। ସେ ଅନୁଭବ କରେ ହଠାତ୍ ତା ଭିତରେ ଧାରଣାର ଆବଶ୍ୟକତା ଅନେକ ବଢ଼ିଯାଇଛି। ସେ ଅନୁଭବ କରୁଛି ଧାରଣା ବିନା ତା'ର ସ୍ଥିତି ଅସମ୍ଭବ। ସେ ଧାରଣାକୁ ଛାତି ଉପରକୁ ଆଉଜେଇ ଆଣେ। ତା'ର ସାମ୍ନୁଦିଆ ବାଳରେ ଆଙ୍ଗୁଠି ସାଉଁଳେ। ଧାରଣା ଆଖିରୁ ଦି ଟୋପା ଲୁହ ଗଡ଼ି ଆସେ। ଘରୁ ବାହାରି ଆସେ ଧାରଣା।

ଫ୍ଲାଟ ଘର ବାରଣ୍ଡା ଉପରୁ ସେଇ ଅପସୃୟମାଣ ଦିହକୁ ସନ୍ଧ୍ୟା ଆକାଶର ସିଲହଟି ଉପରେ ଅନୁଭବ କରୁ କରୁ ଗୋଟିଏ ଗଭୀର ଆନନ୍ଦରେ ଭଦ୍ରବାହୁ ନିଜକୁ ହଜେଇ ଦିଏ। ଗଭୀର ଆତ୍ମତୃପ୍ତିରେ କୁରୁଳି ଉଠେ।

ଛୁଟି ଘଣ୍ଟା ଅନେକ ବେଳୁ ବାଜିଗଲାଣି। କାରଖାନା ଗେଟ ପାର ହୋଇ ଭଦ୍ରବାହୁ ରାସ୍ତାକୁ ଚାଲି ଆସିଲାଣି। ରାସ୍ତାରେ ଘର ଫେରନ୍ତା କୁଲି ମଜୁରିଆଙ୍କ ଧାଡ଼ି। ଗୋଟାଏ ଦିନର ଖଟଣି ପରେ କ୍ଳାନ୍ତିର ସ୍ୱେଦବିନ୍ଦୁ ମୁହଁ ଉପରେ ଚିକ୍ ଚିକ୍ କରୁଥାଏ।

ରାସ୍ତାରେ ଥଟ୍ଟା ତାମସା ଚାଲିଥାଏ। ସ୍ତ୍ରୀ ମଜୁରିଆଙ୍କ ସହିତ କଣ୍ଟ୍ରାକ୍ଟର ଗୁପ୍ତ ସମ୍ବନ୍ଧ ବିଷୟରେ ଟୋକା ଟୋକା ମଜୁରିଆଙ୍କ ଭିତରେ ଆଲୋଚନା ଚାଲିଥାଏ। ଜନ ସମୁଦ୍ର ଚାଲିଥାଏ ତେଲ ଲୁଣର ସଂସାରକୁ। ହାଟ ବଜାର ସଂସାରକୁ। ସ୍କୁଲ କଲେଜ ଛୁଟି ହୋଇଗଲାଣି। ପିଲାମାନେ ଘରକୁ ଫେରି ଆସିଲେଣି, ଧାରଣା ବି କଲେଜରୁ ଫେରି ସାରିବଣି। ସ୍କୁଟର ରଖିଲା ଭଦ୍ରବାହୁ। ଭୀମାରାଓ ମେକାନିକର ବାପା କଣ୍ଠରୁ ସ୍ୱର ଲମ୍ବିଛି। ହଂସ ଖେଳୁଛିରେ... ଭଦ୍ରବାହୁ ଗୁଣୁଗୁଣୁ ହେଲା। "ହଂସ ଖେଳୁଛିରେ..." ଘର ଭିତରକୁ ପଶିଗଲା। ମୁଣ୍ଡରୁ କ୍ୟାପ ଖୋଲିଦେଲା। ସାର୍ଟ ଖୋଲି ଦେଲା। ଫ୍ୟାନ ଅନ୍ କରି ଦେଇ ଚିତ୍ ହୋଇ ଖଟ ଉପରେ ଶୋଇଗଲା। ଭୋକ ଲାଗିଲାଣି ? ଗ୍ୟାସ ଲଗେଇବ ? ନା ଇଚ୍ଛା ନାହିଁ। ଧାରଣା ଆସୁ। ସକାଳୁ ଅନ୍ତତଃ ପକ୍ଷେ ତା' ଭିତରେ ଧାରଣାର ଆବଶ୍ୟକତା କ୍ରମେ ବଢ଼ିବାରେ ଲାଗିଛି। ପାହାଚ ଉପରେ ଧାରଣାର ପାଦ ଶବ୍ଦ ସେ ଶୁଣି ପାରୁଛି। ତା ଛାତି ଭିତରେ ଧାରଣାର ଚପା ଚପା ପାଦଶବ୍ଦ ପ୍ରତିଧ୍ୱନିତ ହେଉଛି। ଭଦ୍ରବାହୁ ଆଖି ବନ୍ଦ କଲା। ଧାରଣା ପାଦ ଚିପିଚିପି ଆସିଲା। ଆସ୍ତେ ଭଦ୍ରବାହୁ ଉପରେ ନଇଁ ପଡ଼ିଲା। ଧୀରେ ଭଦ୍ରବାହୁ ଓଠରେ ଚୁମା ଦେଲା। ଭଦ୍ରବାହୁ ଦେହରେ ତଡ଼ିତ୍ ପ୍ରବାହ ହେଲା। ସେ ଆଖିକୁ ଆହୁରି ବନ୍ଦ କରିଦେଲା।

ତା'ପରେ ଧାରଣାକୁ ସ୍କୁଟରରେ ବସେଇ ଭଦ୍ରବାହୁ ସମୁଦ୍ରକୂଳକୁ ଯିବ। ସମୁଦ୍ର ବାଲିରେ ପାଖାପାଖି ବସି ଆକାଶକୁ ଚାହିଁ ରହିଥିଲା ବେଳେ ଭଦ୍ରବାହୁ ପଚାରିଲା "ଏ ଧାରଣା ସମୁଦ୍ର ଦେଖିଲେ ତତେ ଡରଲାଗେନି ? ତା'ର ଘୁ ଘୁ ଶବ୍ଦ ଶୁଣିଲେ ତୋ ଛାତିରେ ଛନକା ପଶିଯାଏନି ?"

ପାଣି ଭିତରକୁ ମୁଠାମୁଠା ବାଲି ଫିଙ୍ଗୁ ଫିଙ୍ଗୁ ଧାରଣା ମିଛ କହିବ "ନା, ସମୁଦ୍ରକୁ ମୁଁ ମୋଟେ ଡରେନି"। ତଥାପି ଧାରଣା ଜାଣେ ଯେ ସେ ସବୁବେଳେ ସମୁଦ୍ରକୁ ଡରି ଆସିଛି। ତା'ର ଅମାପ, ଅସୀମ, ଚିରନ୍ତନ ବ୍ୟାପ୍ତିକୁ ଦେଖିଲେ ତା ଛାତି ଭିତରେ ଛନକା ପଶିଯାଏ।

ଭଦ୍ରବାହୁ କହି ଉଠିବ "ଡରିବାର କ'ଣ ଅଛି। ଗୁଡ଼ାଏ ନୀଳପାଣି ଠିକ୍ ତୋର ଆଖି ଭଳି। ତା'ର ପ୍ରଶାନ୍ତ, ଅପରିସୀମ ବ୍ୟାପ୍ତି ଭିତରେ ବୁଡି ଯାଇଛି ଯୋଜନ ଯୋଜନ ମାଟି, ବାଲି, ପାହାଡ଼ ପର୍ବତ, ଠିକ୍ ଯେମିତି ତୋ ଆଖିର ସମୁଦ୍ରରେ ମୋର ସମସ୍ତ ସତ୍ତା ବୁଡି ଯାଇଛି ଧାରଣା। ଧାରଣା ଅବିଶ୍ୱାସ ଆଖିରେ ଚାହିଁ ରହିବ। ହଠାତ୍ ଦିହାତ ପାପୁଲିରେ ଭଦ୍ରବାହୁ ତା'ର ଗୋରା ଟକଟକ ମୁହଁକୁ ଟେକି ଧରିବ। ଧାରଣାର ଦିହର ରଙ୍ଗ ଭଦ୍ରବାହୁର ଜୀବନର ରଙ୍ଗ। ତା'ର ଘନ କୃଷ୍ଣ ନୀଳ ଆଖିର ରଙ୍ଗ ଠିକ୍ ଭଦ୍ରବାହୁର ସ୍ୱପ୍ନର ରଙ୍ଗ ଭଳି। ଧାରଣାର ମୁହଁରେ ଅସ୍ତଗାମୀ ସୂର୍ଯ୍ୟର ଲାଲ କିରଣ। ଗୋଟାଏ ଉତ୍ତେଜନାରେ

ଅବସନ୍ନ ହୋଇ ଆସୁଛି ଧାରଣାର ଶରୀର। ସେ ଆଖିପତା ବନ୍ଦ କରି ଦେଇଛି। ଦେହ ଥରୁଛି - ଏକ ଶିହରଣ ଖେଳିଯାଉଛି ତାଳୁରୁ ତଳିପା ଯାଏଁ। ସେମାନଙ୍କ ପଛରେ ଗୋଟାଏ ବଡ଼ ଲହଡ଼ି ମାଡ଼ି ଆସିବା ପରି ଭାଙ୍ଗିଯାଇଛି। ସେମାନଙ୍କ ଚାରିପଟେ ସମୁଦ୍ରର ଶବ୍ଦ। ହୃଦୟ ଭିତରେ ଲହଡ଼ି ଭାଙ୍ଗୁଥିବା ଢେଉର ଶବ୍ଦ। ଭଦ୍ରବାହୁ ହଠାତ୍ ଏକ ଅହେତୁକ ଆବେଗରେ କହି ଉଠିଲା। "ମୁଁ ତତେ ଭଲପାଏ ଧାରଣା। ମୁଁ ପଥର ନୁହେଁ। ମୋର ଗୋଟାଏ ହୃଦୟ ଅଛି। ମୋର ହୃଦୟରେ ବି ସମ୍ବେଦନ ଅଛି।"

ହଠାତ୍ ଭଦ୍ରବାହୁର ଚିନ୍ତାର ଖିଅ ଅଡୁଆ ତଡୁଆ ହୋଇଯାଏ। ସେ ଧଇଁ ସଇଁ ହୋଇ ରହିଯାଏ। ଧାରଣା ମୁହଁରେ ପରିପୂର୍ଣ୍ଣତାର ଦିଟା ରେଖା ସେ ସ୍ପଷ୍ଟ ଭାବେ ଦେଖିପାରୁଛି। ଭଦ୍ରବାହୁ ଖୁବ୍ ଜୋରରେ ନିଃଶ୍ୱାସ ନେଉଛି। ତା'ର ଛାତି ଉଠୁଛି ପଡୁଛି। ସମୁଦ୍ର ପାଣିର ଫେଣ ସେମାନଙ୍କ ଛାତିକୁ ବ୍ୟାପିଯାଉଛି। ଭଦ୍ରବାହୁ ଉଠି ଠିଆ ହେଲା, ଧାରଣା ବି।

ଭଦ୍ରବାହୁ ତା ଧୂସର ଜିନ୍‌ପ୍ୟାଣ୍ଟ ଆଣ୍ଠୁଯାଏଁ ଭାଙ୍ଗିଦେଲା। ଚପଲ ବାହାର କରି ଦି ହାତ ପାପୁଲିରେ ଧରିଲା। ଧାରଣା ତା ଶାଢ଼ୀର କାନିକୁ ଅଣ୍ଟା ଚାରିପଟେ ଗୁଡ଼େଇ ଆଣି ଖୋସିଦେଲା। ସମୁଦ୍ର ବାଲିରେ ଛୋଟ ଛୋଟ ଅନେକ କଙ୍କଡ଼ା। ଭଦ୍ରବାହୁ କଙ୍କଡ଼ା ପଛରେ ଧାଇଁବା ଆରମ୍ଭ କରିଦେଲା। ଧାରଣା ବି। ଲଥକିନା ବସିପଡ଼ି ଗୋଟାଏ କଙ୍କଡ଼ା ଉପରେ ଚପଲ ଦିଟା ମାଡ଼ି ଧରିଲା ଭଦ୍ରବାହୁ। ଧାରଣା ତା ପାଖରେ ଆଣ୍ଠେଇ ପଡ଼ି ବାଲି ଖୋଳିଲା କଙ୍କଡ଼ା ଧରିବାକୁ। ହାତ ଟେକିଲା ବେଳକୁ କଙ୍କଡ଼ା ଉଭାନ। ଚପଲ ତଳେ ଖାଲି ମୁଠାଏ ସମୁଦ୍ର ବାଲି। ଧାରଣା ଫେଁ କିନା ହସିଦେଲା। ଭଦ୍ରବାହୁ ବି। ପୁଣି କଙ୍କଡ଼ା ପଛରେ ଧାଇଁବା ଆରମ୍ଭ ହେଲା। ଧାରଣା ତା ଚାରିପଟେ ବୁଲି ବୁଲି ତାଳି ମାରୁଛି। ଭଦ୍ରବାହୁ କଙ୍କଡ଼ା ଉପରେ ଆଖିରଖି ତା ହାତ ପାପୁଲିକୁ ଯୋଡ଼ି ଆଣୁଛି। ସମୁଦ୍ର ଢେଉ କୂଳ ଓଦା କରି ଫେରି ଯାଉଛି। ଧାରଣାର ଅବିଚ୍ଛିନ୍ନ ପ୍ରେମର ଢେଉରେ ଯେମିତି ଭଦ୍ରବାହୁ ଭାସି ଯାଉଛି, ଉବ୍‌କା ଖାଉଛି। ଭଦ୍ରବାହୁ ଆଣ୍ଠୁ ଲମ୍ବେଇ ବସିଗଲା। ଧାରଣାର ହାତ ଧରି ଭିଡ଼ି ଦେଲା। ଧାରଣା ଆଣ୍ଠୁଯାଏଁ ଲୁଗା ଟେକିଦେଲା। ଦୁହେଁ ଫୁଙ୍ଗୁଳା ପାଦରେ ପାଣି ଚବ ଚବ କଲେ। ବଡ଼ ପାଟିରେ ଚିତ୍କାର କଲେ। ହେ ସମୁଦ୍ର, ଆମ ଗୋଡ଼ ଛୁଇଁଯା"। ଗୋଟାଏ ବଡ଼ ଜୁଆର ମାଡ଼ି ଆସିଲା। ଗୋଡ଼ଠାରୁ କିଛି ଦୂରରେ ଫେରି ଚାଲିଗଲା। ପଛରେ ରହିଗଲା ଧଳା ଧଳା ଫେଣ। ଭଦ୍ରବାହୁ ତାଳି ମାରିଲା, ଧାରଣା ତାଳି ମାରିଲା, "ପାରିବୁନି, ପାରିବୁନି ଆମ ଗୋଡ଼କୁ ଛୁଇଁ ପାରିବୁନି।"

ସମୁଦ୍ର ଭିତରୁ ପୁଣି ଗୋଟାଏ ବଡ଼ ଜୁଆର ମାଡ଼ି ଆସିଲା। ଏକା ବେଳକେ ଦିହିଁଙ୍କ ଉପରେ ଅଜାଡ଼ି ହୋଇ ପଡ଼ିଲା। ଓଦା କରିଦେଲା ଫୁଙ୍ଗୁଳା ଗୋଡ଼କୁ। ଓଦା

କରିଦେଲା ଧାରଣାର ଶାଢ଼ିକୁ, ବ୍ଲାଉଜ, ବ୍ରା ଆଉ ତା'ର ସମସ୍ତ ସ୍ଥିତି ଅବସ୍ଥିତିକୁ। ଓଦା କରିଦେଲା ଭଦ୍ରବାହୁର ଆଣ୍ଠୁ ଯାଏଁ ଭଙ୍ଗା ହୋଇଥିବା ଜିନ୍ ପ୍ୟାଣ୍ଟକୁ, ଜିନ୍ ସାର୍ଟକୁ, ବାଳଭର୍ତ୍ତି ଚଉଡ଼ା ଛାତିକୁ। ପାଟି ଭିତରେ ଲୁଣ ପାଣିର ଚବ ଚବ ଶବ୍ଦ। ଧାରଣାର ଛାତି ଭିତରେ ସମୁଦ୍ରର ଘୁ ଘୁ ଶବ୍ଦ। ସେ ଭଦ୍ରବାହୁକୁ ଜଡ଼େଇ ଧରିଲା। ଭଦ୍ରବାହୁ ଧାରଣାର ମୁହଁକୁ ଦି ହାତ ପାପୁଲିରେ ଟେକି ଧରିଲା। ତା ମୁଦା ଆଖିପତା ଉପରେ ଓଠ ରଖିଲା। ଆଉ ଆଖିପତା ବନ୍ଦେଇ ଦେଲା ଧାରଣା। ତା ପରେ ଭଦ୍ରବାହୁ ଧାରଣା ବେକରେ ଚୁମା ଦେଲା। ତା' ପରେ ଚିବୁକ। ତାପରେ କପାଳ, ଓଠ, କାନମୂଳ। ଗୋଟାଏ ଅହେତୁକ ଉତ୍ତେଜନାର ଉଷ୍ଣତାରେ ଦୁଇଟି ପ୍ରାଣର ସଙ୍ଗୀତ ଏକ ହୋଇଗଲା। ଦୁଇଟି ଓଠ ବି ଏକ ହେଇଗଲା ସମୟକୁ ସ୍ଥାଣୁ କରି ଦେଇ।

ପଛରେ ସମୁଦ୍ରର ଶବ୍ଦ। ଢ଼େଉର ଗର୍ଜନ। ଘରିଆଡ଼େ ସନ୍ଧ୍ୟାର ଶବ୍ଦ। ଲୋକମାନଙ୍କର ହୋ ହଲ୍ଲା। ଗାଡ଼ି ମଟର ଭିଡ଼। ନୋଳିଆ ମାନଙ୍କର ଭିଡ଼। ସମୟ ଖସଡ଼ି ଚାଲିଛି। ସଂକୀର୍ଣ୍ଣ ସମୟର ଖୁଆଡ଼ରୁ ଖସି ଯାଇ ସେ ଦୁହେଁ ଯେମିତି ଏକ ଚିରନ୍ତନ ସତ୍ୟ ଭିତରେ ବାନ୍ଧି ହୋଇ ଯାଇଛନ୍ତି। ସେଠି ସମୟର ହିସାବ ନାହିଁ। କୋଳାହଳ ନାହିଁ। କେବଳ ଦୁଇଟି ଆତ୍ମା। ଦୁଇଟି ପ୍ରାଣର ସଙ୍ଗୀତ।

ଭଦ୍ରବାହୁ ଧାରଣା ଛାତିରେ କାନଡ଼େରି ସଙ୍ଗୀତ ଶୁଣୁଛି। ତା ପରେ ଧାରଣା ଭଦ୍ରବାହୁ ଛାତିରେ କାନ ଡ଼େରୁଛି। ପୁଣି ସେଇ ଢ଼େଉର ଘୁ ଘୁ ଶବ୍ଦ ଗୋଟାଏ ବିନ୍ଦୁରୁ ଆରମ୍ଭ ହେଇ ସାରା ଶରୀରରେ ବ୍ୟାପି ଯାଉଛି।

ପୁଣି ଭଦ୍ରବାହୁ କାନ ଡ଼େରିଲା। ତାପରେ ଧାରଣା - ତାପରେ ଭଦ୍ରବାହୁ - ତା ପରେ ଧାରଣା - ତା ପରେ ଭଦ୍ରବାହୁ - ତା ପରେ ଧାରଣା - ତା ପରେ ଭଦ୍ରବାହୁ - ତା ପରେ ଧାରଣା - ତା ପରେ ଭଦ୍ରବାହୁ - ତା ପରେ ଧାରଣା - ଭଦ୍ରବାହୁ - ଧାରଣା - ଭଦ୍ରବାହୁ - ଧାରଣା - ଭଦ୍ରବାହୁ।

ଆକାଶରେ ବାଦାମୀ ରଙ୍ଗର କାନଭାସ୍ ଭିତରୁ ସମୁଦ୍ର ପକ୍ଷୀଟିଏ ପାଣି ଉପରେ ଡ଼େଣା ମେଲେଇ ଚକ୍କର କାଟି କାଟି ଆସୁଥିଲା। ଏବଂ ଖପକରି ପାଣିରୁ ମାଛଟାଏ ଝାମ୍ପି ନେଇ ପୁଣି ଆକାଶକୁ ଉଠି ଯାଉଥିଲା।

ଆଉ ଅସ୍ତଗାମୀ ରକ୍ତିମ ସୂର୍ଯ୍ୟ କିରଣରେ ତା'ର ଦୋଳାୟମାନ ଡେଣାର ଗୋଟାଏ ଲମ୍ବାଛାଇ ଧାରଣା ଓ ଭଦ୍ରବାହୁ ଉପର ଦେଇ ଭାସିଯାଉଥିଲା - ସୀମାହୀନ ବାଲୁକା ରାଶିର ପରିବ୍ୟାପ୍ତି ଭିତରକୁ।

■■

ଅବକ୍ଷୟ - ଆଶା, ସମାଧି ଓ ଚିଲ ଆଖି

ପକ୍ଷୀଲଗା, ଊର୍ଦ୍ଧ୍ୱମୁଖୀ, ନଭଶ୍ଚୁମ୍ବୀ ରାଶି ରାଶି ଆଶା ଆଉ ଜଗନ୍ନାଥଙ୍କ ଚେପଟା ମୁଣ୍ଡ ଉପରେ ଲଗା ଟାହିଆ ଭିତରେ କ'ଣ ବା ତଫାତ୍? କ'ଣ ବା ପାର୍ଥକ୍ୟ ନିଝୁମ୍ ନିଥର ରାତିର ଅଥର୍ବ ପଙ୍ଗୁ ଶ୍ମଶାନ ସମାଧି ଓ ମାଦଳ ଜଗାର ଅଚଳ ଅଧାଗଢା ବିଗ୍ରହ ଭିତରେ। ସର୍ବଦ୍ରଷ୍ଟା କଦମ୍ବମୂଳିଆ ଚକାଡ଼ୋଳା ନାଇ ଏତେ ଅନ୍ଧ କିଏ କରିଦେଲା ଜଗାକୁ। ସଂସାର ଭିତରେ, ତା' ଆଖ ପାଖରେ କ'ଣ ଘଟୁଛି କିଛି ଯେମିତି ଦେଖି ପାରୁନି। ଏ ପୃଥିବୀରେ ମଣିଷର ଆକାଶରେ ଉଡ଼ିବାର ଆଶା ଯେତିକି ପ୍ରବଳ, ଅତଳ ସମୁଦ୍ର ଭିତରେ ବୁଡ଼ିବାର କାମନା ବି ସେତିକି ପ୍ରଖର। ଏ ସହରର ରାଜରାସ୍ତାମାନଙ୍କରେ ବଞ୍ଚୁଥିବା ଲୋକଙ୍କ ସଂଖ୍ୟା ଯେତିକି ମରି ପଚି ସଢୁଥିବା ଲୋକଙ୍କ ସଂଖ୍ୟା ବି ସେତିକି। କିଏ ଗଢିଦେଲା ଏ ପୃଥିବୀକୁ ମୁଠାଏ ମାଟି ପିଣ୍ଡୁଳା କରି? କିଏ ଖଞ୍ଜିଦେଲା ଅଦ୍ଭୁତ ଭାରସାମ୍ୟ - କିଏ ଭରିଦେଲା ଏ ମଣିଷ ମୁହଁରେ ସୁଖ ଆଉ ଦୁଃଖ ମିଶା ବିଚିତ୍ର ବିଚିତ୍ର ଭାବ।

ସେ ଅବକ୍ଷୟ ଦାସ - କୌଣସି ଏକ ବରଫାଚ୍ଛାଦିତ ପାହାଡ଼ ସୂର୍ଯ୍ୟକିରଣରେ ତରଳିଯିବା ଦେଖିଛି ? କୌଣସି ସ୍ୱଚ୍ଛ ସଲିଳା ନିର୍ଝରିଣୀ ମଧ୍ୟ ଶୁଖି ପଥର ପାଲଟି ଯିବାର ଦେଖିଛି। ଅବକ୍ଷୟ ଅକ୍ଷୟ ଆନ୍ଦୋଳନରେ ଆଲୋଡ଼ିତ ହୋଇ ଉଠୁଥିଲା। କିଏ ? କିଏ ସେହି ଅଦୃଶ୍ୟ ଶକ୍ତି ? କିଏ ସେହି ପ୍ରଥମ ମଣିଷ ? କିଏ ସେହି ସ୍ରଷ୍ଟା - ସବୁଠି ଏତେଟା ଭାରସାମ୍ୟ ଖଞ୍ଜି ଦେଲା ? କିଏ ସେହି ଲୋକ ଯିଏ ଜଗତର ନାଥ ଜଗନ୍ନାଥଙ୍କ ଦେହରେ ଖଞ୍ଜି ଦେଲା ଆଶାର ଉତ୍ତୁଙ୍ଗତା ଆଉ ସମାଧିର ଅଥର୍ବତା।

ଆଉ କିଏ ପୁଣି ମଣିଷକୁ ଠକିଦେଲା। କିଏ ଏକମୁହାଁ, ଏକ ରାହା ହୋଇ ଜଗା ପାଖକୁ ଦଉଡ଼ିଲା। ଅଚଳ ପ୍ରତିମା ପାଦତଳେ ମୁଣ୍ଡ କୋଡ଼ି ହାରି ଗୁହାରି କଲା ? ହେଲେ ଜଗାର ବା କ'ଣ ଯାଏ ? ମାଦଳ ପରି ପଡ଼ିରହିଛି ଅଚଳ ବିଗ୍ରହ। ତା'ର ବା କି ଯୁ ଅଛି ? ସଂସାରର ସବୁ ଦୁଃଖ, ଶୋକ, ଯନ୍ତ୍ରଣାରୁ ମୁକ୍ତି ଦେଇପାରିବ।

ଅବକ୍ଷୟ କଡ଼ ଲେଉଟାଇଲା। ନିଜ ଉପରେ ଅନେକ ଆଶା ଓ ବିଶ୍ୱାସ ସତ୍ତ୍ୱେ ତା'ର ମନେହେଉଥିଲା ସେ କ୍ଷୟ ହୋଇ ହୋଇ ଯାଉଛି। ଯା ମାଟିରେ ମିଶିଯା - ମର ଶରୀର ମାଟିରେ ମିଶିଯାଉ। ଲୁଚି ଯାଉ ଶେଷ ଟିକକ ଅସ୍ତିତ୍ୱ। ଏ ମଣିଷ ଜାତି ବିଚିତ୍ର। ତା ବାପା ମା ମଧ୍ୟ ତାକୁ ଠକି ଦେଲେ। ମଣିଷର ଖୋଳ ଭିତରେ ଭର୍ତ୍ତିକରି ଦେଇ ନାଁ ଦେଲେ ଅବକ୍ଷୟ।

ଜମାରୁ ନିଦ ହେଉନି। ଅବକ୍ଷୟ ଛାତକୁ ଚାହିଁ ଚାହିଁ କଡ଼ ଲେଉଟାଇଲା। ଅବକ୍ଷୟ ଉଠିଲା, ବସିଲା, ଆଖି ଖୋଲିଲା। ପୁଣି ଆଖି ବନ୍ଦ କଲା। ସତେ ଯେମିତି ସେ ଅନ୍ଧକାରର ରଙ୍ଗ ବାରୁଛି। ନିଦ ବଟିକା ଖାଇବ ? ଆଜିକୁ ଅନେକ ଦିନ ହେଲା ତାକୁ ନିଦ ହେଉନି। କିଏ ପୋଛି ଦେଲା ତା' ଆଖିରୁ ନିଦ। ନିଦ ବଟିକା ନ ଖାଇବାକୁ ପ୍ରଶାନ୍ତି ମନାକରେ, ତାଗିଦ୍ କରେ। ଯେତେ ନିଦ ବଟିକା କିଣି ପାଖରେ ରଖିଲେ ବି ପ୍ରଶାନ୍ତି ତାକୁ କୁଆଡୁ ବାହାର କରି ଫୋପାଡ଼ି ଦିଏ। ଏବେ କ'ଣ କରିବ ଯେ ? ନିଦ ବଟିକା ଖାଇବ ? ନା ଏମିତି ନିଦ୍ରାହୀନତା ଭିତରେ ଛଟପଟ ହବ।

ଅନ୍ଧାରର ରଙ୍ଗ ଦେଖୁଦେଖୁ ଅବକ୍ଷୟ ବିଡ଼ ବିଡ଼ ହେଲା। ନିଦ ବଟିକା ବୋଧେ ପ୍ରଶାନ୍ତି ସବୁ ଫୋପାଡ଼ି ଦେଇଛି। ତା'ର ମନେ ହେଲା ଜୀବନର ରଙ୍ଗ କେତେ ଫିକା, ପାଣିଚିଆ, ଠିକ୍ ପ୍ରଶାନ୍ତିର ଶେତା ଦିହଭଳି।

ପ୍ରଶାନ୍ତି ଶୋଇ ଯାଇଛି। ଶୋଇ ଯାଇଛି ଗାଢ଼ ନିଦରେ। ମୁନୁ, କୁନୁ, ଟୁନୁ ସମସ୍ତେ ଶୋଇ ଯାଇଛନ୍ତି। ଅବକ୍ଷୟ ଖାଲି ଆଖି ମେଲାକରି ଅନ୍ଧାରର ରଙ୍ଗ ଶୋଇ ନପାରି ଦେଖୁଛି।

ସେ ଝର୍କାବାଟେ ପକ୍ଷୀଟିଏ ହୋଇ ଗଳି ଯାଇ ପାରନ୍ତା କି ? ଫୁର୍‌କିନା

ଉଡ଼ିଯାଆନ୍ତା କେଉଁ ଦୂର ଦିଗ୍‌ବଳୟ ଆଡ଼େ। ଶୋଇଥାନ୍ତା ପ୍ରଶାନ୍ତି। ଶୋଇ ଥାଆନ୍ତେ ମୁନୁ, କୁନୁ, ଟୁନୁ। ସେ ଚୁପ୍ ଚାପ୍ ଖସି ଯାଆନ୍ତା - ସାଂସାରିକ କୋଳାହଳ, ସାଂସାରିକ ବନ୍ଧନରୁ ରାତ୍ରିର ନୀରବତା ଭିତରକୁ। ଅନ୍ଧାର ଭିତରେ ଉଡ଼ି ବୁଲନ୍ତା ଉନ୍ମୁକ୍ତ ଆକାଶରେ। ପକ୍ଷୀ ଝାଡ଼ି ଝାଡ଼ି ରାତ୍ରିର ନୀରବତାକୁ ନିଦ ବଟିକା ଭଳି ଗିଳି ଯାଆନ୍ତା। ଅବକ୍ଷୟକୁ ବଡ଼ ଅସହାୟ ଲାଗୁଛି। ସେ ଅନେକ ଆଶାକରି ପକ୍ଷୀଟିଏ ହୋଇଯାଇ ପାରୁନି। ଝରକାବାଟେ ଚୁପ୍ କିନା ଗଳି ଯିବାକୁ ଚେଷ୍ଟା କରି ବି ଉଡ଼ି ଯାଇ ପାରୁନି। ମୁକ୍ତିର ପ୍ରଚେଷ୍ଟା, ମୁକ୍ତିର ସ୍ୱପ୍ନ ଯେମିତି ତା'ର ପରାହତ ହୋଇଯାଉଛି। ଅନ୍ଧାରର ରଙ୍ଗ ସେମିତି ପରିବ୍ୟାପ୍ତ। ତା ଶିରା ପ୍ରଶିରାରେ ସଂଚରି ଯାଉଛି ପ୍ରଶାନ୍ତିର ନିଦ। ମୁନୁ, କୁନୁ, ଟୁନୁ, ସଂସାରର ଜଞ୍ଜାଳ, କାମନା, ଦୁଃଖ।

ବଡ଼ ଅସହାୟ ଲାଗୁଛି। ରାତ୍ରୀର ନିସ୍ତବ୍ଧତା ଭିତରେ ଅବକ୍ଷୟ ଏକ ବିଚିତ୍ର ବିଶ୍ୱାସହୀନତାରେ ଭାଙ୍ଗିପଡ଼ିଛି। ଏକ ଖାଲି ଖାଲି ଭାବ ତା'ର ସମସ୍ତ ତନ୍ତ୍ରୀକୁ ଛିନ୍‌ଭିନ୍ କରି ଯାଉଛି। ସେ ପ୍ରତିବାଦ କରି ପାରୁନି। ପାଟି ଖାଲି ପାକୁ ପାକୁ କରୁଛି। ପାଟିରୁ ଯେମିତି ଶବ୍ଦ ଉଭାନ୍ ହୋଇଯାଉଛି। ସତେ ଯେମିତି ସେ ମୂକ ପାଲଟି ଯାଇଛି, ପଙ୍ଗୁ ହୋଇ ଯାଇଛି। ଏକ ବିସ୍ତୃତ ନୀରବତା ତାକୁ ଘେରି ଆସୁଛି ଠିକ୍ ପ୍ରଶାନ୍ତିର ନିଦ ଭଳି। ସେ ଆଶାତୀତ ଭାବେ ଛୋଟ ହୋଇଯାଉଛି। ତା'ର ଛଅଫୁଟ ଲମ୍ବ ବଳିଷ୍ଠ ଶରୀରର ସତ୍ତା ହଜି ଯାଇଛି। କୁଆଡ଼େ ଗଲା ତା'ର କର୍ତ୍ତୃତ୍ୱ ଜାହିର କରିବାର ଭାବ, କୁଆଡ଼େ ଗଲା ତା'ର ଦମ୍ଭ ? କାହିଁ ସେ ତ ଆଉ ଲଗାମ ଧରି ପାରୁନି ? ପ୍ରଶାନ୍ତି ଉପରେ ତା'ର ପୁରୁଷ ସୁଲଭ କର୍ତ୍ତୃତ୍ୱ ଜାହିର୍ କରି ପାରୁନି ? ସେ ଜଡ଼ ପାଲଟି ଯାଇଛି। ରକ୍ତ ତା'ର ଜମାଟ ବାନ୍ଧି ଯାଉଛି। ଆହା କେତେ ଦୁର୍ବଳ ହୋଇଯାଇଛି ସେ। ପ୍ରଶାନ୍ତି ଶୋଇଛି, ନିର୍ଲିପ୍ତ ଭାବେ। ଅବକ୍ଷୟ କଡ଼ ଲେଉଟାଉଛି। କାମନାରେ ଛଟପଟ ହେଉଛି। ତା'ର ଉଠି ଯିବାର ଯୁ ନାହିଁ। ସେ ପ୍ରଶାନ୍ତିକୁ ଉଲଗ୍ନ କରିଦେଇ ପାରୁନି। ତା ଦିହରେ ଆଙ୍କି ଦେଇପାରୁନି କାମନାର ଚିହ୍ନ। ଗୋଟାଏ ଭୟ ତାକୁ ଅସାଡ଼ କରି ଦେଉଇଛି। ପ୍ରଶାନ୍ତି ଶୋଇଛି ଗଭୀର ନିଦରେ, ନିର୍ଲିପ୍ତ ଭାବେ। ତା'ର କ'ଣ ଟିକିଏ ଭୟ ହୁଏନି ଅବକ୍ଷୟକୁ ? ଅବକ୍ଷୟ ଯଦି ହଠାତ୍ ହିଂସ୍ର ଜନ୍ତୁଟିଏ ହୋଇଯାଏ, ଆଉ ପ୍ରଶାନ୍ତିର ରକ୍ତ ମାଂସ ଛିନ୍‌ଭିନ୍ କରିଦିଏ, ତେବେ ବି କ'ଣ ପ୍ରଶାନ୍ତି ଡରିବନି ? ନିଜକୁ ବଡ଼ ଦୁର୍ବଳ ଲାଗୁଛି। ଆଜିକୁ ପନ୍ଦର ବର୍ଷ ହେଲା ଗୋଟିଏ ସରଳ ବିଶ୍ୱାସରେ ବାନ୍ଧି ଦେଇ ପ୍ରଶାନ୍ତି ତାକୁ ଦୁର୍ବଳ କରି ଦେଇଛି। ଅବକ୍ଷୟ ଖୁବ୍ ଖୁସି ହୁଅନ୍ତା ପ୍ରଶାନ୍ତି ଯଦି ତାକୁ ସନ୍ଦେହ କରନ୍ତା। ତାକୁ ଲମ୍ପଟ, କାମାସକ୍ତ ଭାବନ୍ତା। ନା ସେମିତି କିଛି ହେବାର ସମ୍ଭାବନା ନାହିଁ। ନା ପ୍ରଶାନ୍ତି ଗଭୀର ଭାବେ ଶୋଇଛି।

ଯେମିତି ଅବକ୍ଷୟର ଅବସ୍ଥିତି ତା' ପାଇଁ କିଛି ନୁହେଁ। ତା' ମୁହଁରେ ଠିକ୍ ସେହି ସରଳ ବିଶ୍ୱାସରୁ ମେଞ୍ଚାଏ ନେସି ହୋଇ ରହିଛି। ଅବକ୍ଷୟ ଭୟରେ ଥରୁଛି। ସେ ହିଂସ୍ର ଜନ୍ତୁଟିଏ ହୋଇ ଯାଇ ପାରୁନି। ପ୍ରଶାନ୍ତି ମୁନୁକୁ ଖେଳାଇଲା ଭଳି ଅବକ୍ଷୟକୁ ଖେଳଉଛି। କୋଳରେ ଧରି ବୁଲୋଉଛି। ଶାସନ କରୁଛି। ତାଗିଦ୍ କରୁଛି। ଆଦେଶ ଦଉଛି।

"ଏତେ କମ୍ ଟଙ୍କାରେ ସେ ଆଉ ଘର ଚଳେଇ ପାରିବନି"।

"ନିଦ ବଟିକା ଖାଇବା ଦେହପକ୍ଷେ ଭଲ ନୁହେଁ"।

"ଏତେ ପଇସା ପୋଡ଼ି ସିଗାରେଟ୍ ନ ଖାଇଲେ ଚଳିବନି"।

"ଘର କଥା କ'ଣ ମୁଁ ସବୁ ବୁଝୁଥିବି। କୋଉଠି କି ତମର ନିଘା ନାହିଁ"।

"ପନ୍ଦର ବର୍ଷ ହେଲା ତ ଏ ଘରେ ମୁଁ ଚାକରାଣୀ ଭଳି ଖଟୁଛି। କ'ଣ ଦେଇଛ କି ନା ହାରଖଣ୍ଡେ ନା ଦାମୀ ଶାଢ଼ୀ ଖଣ୍ଡେ"।

"ଘର ଖଣ୍ଡେ ବି କରିପାରିଲନି। କି ପାରିବାର ପଣିଆ ତମର"!

"ପ୍ରସାଦ ବାବୁ ତମ ସାଙ୍ଗରେ କାମ କରୁଛନ୍ତି, ତାଙ୍କ ଘରେ ଗାଡ଼ି, ମୋଟର, ଚାକର, ବାକର ଆଉ ତମେ"।

"ମୁନୁର ଜାମା ନ ଆଣିଲେ ସେ ସ୍କୁଲକୁ କେମିତି ଯିବ ଯେ"।

"ସବୁ କଥା ତ ମୁଁ ବୁଝିବି ଆଉ ତମେ ଗେଙ୍ଫେ ମାରି ଘରେ ବସିଥିବ ଅଚଳ ମହାମେରୁ ଭଳି।"

ସହରର ପ୍ରଧାନ ରାସ୍ତାଠାରୁ ଲମ୍ବା ପ୍ରଶାନ୍ତିର ଆଦେଶନାମା। ଅବକ୍ଷୟ ପଢ଼ିଯାଉଛି। ଏକ-ଦୁଇ-ତିନି କରି ଆଦେଶ ମାନି ଯାଉଛି। ବିନା ପ୍ରତିବାଦରେ। ବିନା ଉଁ କି ଚୁଁ କରି। ଖସିଯିବାର ଯୁ ନାହିଁ। ପକ୍ଷୀଟିଏ ହୋଇ ଝରକା ବାଟ ଦେଇ ଉଡ଼ିଯାଇପାରୁନି। ଅବକ୍ଷୟର କାନ୍ଦିବାକୁ ଇଚ୍ଛା ହେଉଛି ଚିର୍‌ଚିର୍‌ରା ରଡ଼ି କରିବାକୁ ଇଚ୍ଛା ହେଉଛି, ପ୍ରଶାନ୍ତି କଡ଼ ଲେଉଟାଇଲା। ଅବକ୍ଷୟ ଆଡ଼କୁ ପିଠି କରି ଶୋଇଗଲା। ଅବକ୍ଷୟ ବିନିଦ୍ର ଭାବେ ପ୍ରଶାନ୍ତିର ପିଠିକୁ ଜଳ ଜଳ କରି ଚାହିଁ ରହିଲା। ଅବକ୍ଷୟ ଆଖି ବୁଜିବାକୁ ଚେଷ୍ଟା କଲା। ନିଦ ଆସିଯିବ କି ଆଉ। ହେଲେ ତା ଚାରିପଟେ ବିଚିତ୍ର ବିଚିତ୍ର ଦୃଶ୍ୟ ପ୍ରତୀୟମାନ ହେଲା। ଝର୍କା ଆରପଟେ ବହଳ ଅନ୍ଧାର। ଅନ୍ଧାର ଭିତରୁ ଗୁଡ଼ିଏ ହାତ ଲମ୍ବି ଆସୁଛି। ତା ଚାରିପଟେ ବେଢ଼ିଯାଇଛି ଅଶରୀରୀ ହାତର ମାଳ। ଦିଅ... ଦିଅ... ଦିଅ... ହିଃ... ହିଃ... ହିଃ...। ଅବକ୍ଷୟ ବେକ ଚାରିପଟେ ହାଡୁଆ ହାତର ପାପୁଲି ବେଢ଼ି ଯାଇଛି। ଅବକ୍ଷୟ ଝାଳେଇ ଯାଉଛି। ତା ପାଟି ଖନି ବାଜିଯାଉଛି, ସେ ଚିତ୍କାର କରୁଛି।

"ଶୋଇପଡ଼ ବାପଧନ ନକରରେ ଅଳି, କାଲି ଆଣି ଦେବି ଖିରି, ପୁରୀ, ଦୁଧ ସର ପୁଳି। ହାତୀ ଦେବି, ଛତି ଦେବି ଆଣି ଦେବି ସବୁ ଧନମାଳି।

ଅବକ୍ଷୟ ହାତ ଟେକିଲା। ହେ ମା ବସୁନ୍ଧରା, ମୋତେ, ବଞ୍ଚେଇ ଦେ। ତୋ କୋଳରେ ଲୁଚେଇ ଦେଲୋ ମା, ତୋ ପଣତକାନିରେ ଘୋଡ଼େଇ ଦେ। ଏ ହାତମାନଙ୍କର ଦୌରାତ୍ମ୍ୟରୁ। ଅନ୍ଧାର ଭିତରେ ଗୋଟିଏ ପରେ ଗୋଟିଏ ହାତ ବଢ଼ି ଆସୁଛି... ତା' ଆଡ଼କୁ... ଦିଅ.. ଦିଅ.. ଦିଅ..। କୁନୁ, ମୁନୁ, ଟୁନୁ, ପ୍ରଶାନ୍ତି ଏମିତି ଅନେକ ଧାଡ଼ି ବାନ୍ଧି ହାତ ପତେଇ ଚାଲିଛନ୍ତି।

ଦିଅ... ଦିଅ... ଦିଅ...। ଆହୁରି ଦିଅ... ଆହୁରି ଦିଅ... ପ୍ରଶାନ୍ତି ଆଦେଶ ଦେଉଛି... ଲେଫ୍ଟ୍ ରାଇଟ୍, ଲେଫ୍ଟ ରାଇଟ୍। ଅବକ୍ଷୟ ଯନ୍ତ୍ରଚାଳିତ ଭଳି ଗୋଡ଼ ପିଟୁଛି ଲେଫ୍ଟ୍ ରାଇଟ୍, ଲେଫ୍ଟ୍।

ଶୋଭାଯାତ୍ରା ଚାଲିଛି ରାସ୍ତାର ନିସ୍ତବ୍ଧତା ଭିତରେ। ଯାତ୍ରା ଅଟକିଛି। ଅବକ୍ଷୟ ଆଗରେ ଗୋଟାଏ ବଡ଼ ପଡ଼ିଆ। ନାଲି, ନେଳି ଆଲୋକରେ ସଜ୍ଜିତ ପଡ଼ିଆ। ଫ୍ଲଡ଼ଲାଇଟରେ ଆଖି ଝଲସି ଯାଉଛି। ମେଳା ମଉଛବ ଲାଗିଛି। ଡିଜେ ଗାଡ଼ିରୁ ଗୀତ ଭାସିଆସୁଛି। ଗୀତର ତାଳେ ତାଳେ ସମସ୍ତେ ନାଚୁଛନ୍ତି ଉନ୍ମତ୍ତ ହୋଇ, ଗୋଡ଼, ହାତ ଅଣ୍ଟା ହଲେଇ ହଲେଇ। ନାଚ ଗୀତର ଆସର ଜମିଛି। ହେଇ ପ୍ରଶାନ୍ତି କୁନୁ-ମୁନୁ-ଟୁନୁକୁ ମେଳା ମଉଛବ ଦେଖଉଛି, ବୁଲେଇ ବୁଲେଇ। ଅନେକ ଅବକ୍ଷୟ ଅନେକ ପ୍ରଶାନ୍ତି ନୃତ୍ୟ ଗୀତରେ ଭୋଳ ହୋଇ ନାଚୁଛନ୍ତି। କିଣା ବିକା ଚାଲିଛି - ଗୋଟାଏ ପରେ ଗୋଟାଏ ମହାର୍ଘ ଜିନିଷ... ଜୀବନ ଯାପନ ପାଇଁ ସବୁ ଆଡ଼ମ୍ବର, ସବୁ ଚାକଚକ୍ୟ ପାଇଁ ବିଳାସ ସାମଗ୍ରୀ ଦରକାର। ଯେମିତି ହେଲେ ହାସଲ ନ କଲେ ଏ ଜୀବନ କ'ଣ। ଧିକ୍... ଧିକ୍... ଧିକ...। ଚାରିଆଡ଼େ ଉତ୍ସବ ମୁଖର। ରାଜ୍ୟର ଅସାମାନ୍ୟା ସୁନ୍ଦରୀ ଲଳନାଗଣ ନିଜର ବହୁମୂଲ୍ୟ ମହାର୍ଘ ଆଭରଣ ଭୂଷିତ ହୋଇ ଆରକ୍ତ ଓଷ୍ଠ, ଚଳଚଞ୍ଚଳ ଆଖିରେ ଆମନ୍ତ୍ରଣ ଜଣାଉଛନ୍ତି। ଟଙ୍କାର ସୁଅ ଛୁଟୁଛି। ପ୍ରାଚୁର୍ଯ୍ୟର ଢେଉ ଚାରିଆଡ଼େ ଖେଳି ଯାଉଛି। ଆଇସ୍କ୍ରିମ ଖିଆ ଚାଲିଛି। ପିଜା-ବର୍ଗର-ଚିକେନ ରୋଲ-ବିରିୟାନି... ନୁଡୁଲ୍ସ। କନସର୍ଟର ତାଳେ ତାଳେ ପାଦର ଗତି ବି କ୍ଷିପ୍ର ହୋଇଛି। ଚାରିଆଡ଼େ ବେପାର ଚାଲିଛି-କିଣା ବିକାର, ପୈସା ଫେଁକୋ ତମାସା ଦେଖୋ।

ଆହା ହା ନଗ୍ରର ଅଧୀଶ୍ୱର ହେଇ ଏଇ ମାତ୍ର ମେଳାରେ ବିଜେକଲେ - ତାଙ୍କ ରୋଲ୍ସ ରଏସ କାରରେ। ଲଳନା ଗଣ ହୁଳୁହୁଳି ଦେଇ ସ୍ୱାଗତ ଜଣେଇଲେ। ଲଜ୍ଜାରେ ମଥା ଅବନତ କରି ମୃଦୁ ମୃଦୁ ହସ ଭରି ଦେଲେ। ବନ୍ଦୀଗଣ ଉଚ୍ଚସ୍ୱରରେ

ଜୟ ଗାନ କଲେ। ସ୍ତାବକ, ଭାଟ, ପ୍ରଶଂସକ ସବୁ ଏକାସ୍ୱରରେ ନଗ୍ରାଧୀଶଙ୍କର ଜୟ ଜୟକାରରେ ଗଗନ ପବନ ପ୍ରକମ୍ପିତ କରି ଦେଲେ।

ଅବକ୍ଷୟ ଆଉ ଏ ଦୃଶ୍ୟ ଦେଖିପାରୁନି। ସେ ଧାଇଁଛି ତା'ର ଛୋଟିଆ ଘରର ଖୁଆଡ଼ ଭିତରକୁ। ଝର୍କା ପଛ ପଟୁ ଅସହାୟ ଭାବେ ଜୁଲୁଜୁଲୁ ଚାହିଁ ରହିବା ବହୁତ ଭଲ। ପ୍ରଶାନ୍ତି କୁନୁ-ମୁନୁ-ଟୁନୁଙ୍କୁ ନେଇ ଘରକୁ ଫେରି ଆସୁଛି। ଶପିଂ ବ୍ୟାଗ୍‌ରେ କାର୍ଟୁନରେ ଭଳିକି ଭଳି ଜିନିଷ ଭର୍ତ୍ତି ହୋଇ ରହିଛି। ସମସ୍ତେ ଆତ୍ମତୃପ୍ତିରେ ଖୁସିରେ କୁରୁଳି ଉଠୁଛନ୍ତି।

ଅବକ୍ଷୟର କ୍ଳାନ୍ତି କଟି ଆସୁଥିଲା। ଏକ ଆଶ୍ୱସ୍ତି ତା ଭିତରେ ଖେଳି ଯାଉଥିଲା। ଅବସାଦ ଦୂର ହୋଇଯାଉଥିଲା। ଗୋଟାଏ ନୂତନ ଦୃଢ଼ତାରେ ତା'ର ମାଂସପେଶୀ ଶକ୍ତ ହୋଇ ଆସୁଥିଲା। ତା ଭିତରେ ଅନେକ ବିଚିତ୍ର ଇଚ୍ଛା ଧସେଇ ପଶୁଛନ୍ତି। ବଞ୍ଚିବାର ଇଚ୍ଛା କ୍ରମେ କ୍ରମେ ପ୍ରବଳ ହୋଇ ଉଠୁଥିଲା। ତା'ର ଇଚ୍ଛା ହେଉଛି ସେ ଜଗାକାଳିଆର ଆଖି ଆଉଥରେ ଭଲ ଭାବେ ଦେଖନ୍ତା। ମଣିଷ ହେଲା ପରେ ସେ ଏଇ ଆଖିକୁ ଡରିଆସିଛି। ହେଲେ ଗୋଟାଏ ନୂତନ ଅନୁଭୂତିରେ ସେ ବୁଝି ପାରୁଛି ସେ ଆଖିରେ ଜ୍ୟୋତି ନାହିଁ। ସେ ଆଖିରେ ଶକ୍ତି ନାହିଁ। ଜଗାର ଚକା ଡୋଳା କେବେ ଚିଲର ତୀକ୍ଷ୍ଣ ଆଖି ସଙ୍ଗେ ସମାନ ନୁହେଁ। ଜଗା ପଡ଼ିଛି ଅଥର୍ବ ହୋଇ। ସମାଧିର ଅସାଢ଼ତାରେ ନିର୍ବେଦ। ସେ ଦେଖିପାରିବନି, ସେ ଚାଲିପାରିବନି, ସେ ଶୁଣି ପାରିବନି ଆର୍ତ୍ତି। ସେ ହାତ ବଢ଼େଇ ଦେଇପାରିବନି, ନେଇପାରିବନି। ସେ ତାରି ପାରିବନି। ସେ ମାରି ପାରିବନି। ଆର୍ତ୍ତ ହରି ପାରିବନି। ଦୁଃଖ ଫେଡ଼ି ପାରିବନି। ଅବକ୍ଷୟ ଏକ ନୂତନ ଅନୁଭୂତିରେ ହାତ ଟେକିଲା ଏବଂ ଦୃଢ଼ ସ୍ୱରରେ ଘୋଷଣା କଲା।

"ହେ ସୁଚତୁର ନଗ୍ରବାସୀ, ପୁରୁଷ, ରମଣୀ, ନଗ୍ରବାସୀଗଣ ଆଖି ଖୋଲ। ମାଦଳ ଜଗାକୁ ଭୟ କରିବାର କୌଣସି କାରଣ ନାହିଁ। ତାକୁ ଡରିବାର କିଛି ନାହିଁ। ସେ କିଛି କରିପାରିବନି - ସେ ତାରି ପାରିବନି... ସେ ମାରିପାରିବନି... ସେ ଗୋଟାଏ ଇଲ୍ୟୁସନ... ଗୋଟାଏ ଭେଲିକି।"

ଅବକ୍ଷୟ ଆତ୍ମ ତୃପ୍ତିରେ ଆଖି ବୁଜିଲା। ପ୍ରଶାନ୍ତି ମୋଡ଼ି ଭିଡ଼ି ହୋଇ ହାଇ ମାରୁଥିଲା।

■■

ଶରଶଯ୍ୟା

ଘରେ ଶୋଇବା ପାଇଁ ଦିନି ସାଥିରେ ଅଝଟ କରୁଥିବା ପୁପୁଲକୁ ପାଖକୁ ଡାକିଆଣି ଢିମା ଢିମା ଆଖିକରି ବିରକ୍ତି ମିଶା ସ୍ୱରରେ କହିଲି, "ଶୋଇବୁ, ଶରଶଯ୍ୟାରେ ଶୋଇବୁ।" ବଲବଲ ଭୟାର୍ତ୍ତ ଆଖିରେ ସେ ମୋତେ ଖୁବ୍ ଡରି ଯାଇଥିବା ଭଙ୍ଗୀରେ ଚାହିଁଲା। ମୋ' ଶକ୍ତ ହାତମୁଠା ତଳେ ଯେମିତି ତା'ର ସମସ୍ତ ଅଭିଯୋଗ ମିଳେଇଯାଇଛି। ମୁଁ ସ୍ପଷ୍ଟ ଦେଖିପାରୁଥିଲି ତା'ର କରୁଣ କାତର ଭାବ। ତା'ର ଚାପାଚାପା ଭୟମିଶା ସୁଁ ସୁଁ କାନ୍ଦ। ସତେ ଯେମିତି ମୋ' ହାବୁଡ଼ରୁ ସେ ଖସି ଯିବାକୁ ଚାହୁଁଛି। ମୁଁ ଖୁବ୍ ରାଗିଯିବାର ଅଭିନୟ କଲି। ଆଖିକୁ ଆହୁରି ଲାଲ କରି ଢିମା ଢିମା କରିଦେଲି ଏବଂ ଚଢ଼ା ଗଳାରେ ପ୍ରଶ୍ନ କଲି - ଶୋଇବୁ, ଶରଶଯ୍ୟାରେ ଶୋଇବୁ? ଶରଶଯ୍ୟା? ଶରଶଯ୍ୟାରେ ଶୋଇବୁ? ଏଥର ତା' ମୁହଁଟା ଭୟରେ ପାଚିଲା ଆପେଲ ଭଳି ଲାଲ ପଡ଼ିଗଲା ଏବଂ ଭୟମିଶା କୋହରେ ତା' ଛାତି ଉଠିଲା ପଡ଼ିଲା। ମୁଁ ହାତମୁଠା ଆହୁରି ଜୋର କଲି। ସେ ଭେଁ କିନା କାନ୍ଦିବା ଆରମ୍ଭ କଲା।

ପାଠ ପଢୁପଢୁ ବହି ଉପରେ ମୁହଁ ଗୁଞ୍ଜି ଶୋଇ ପଡ଼ିଥିବା ବବ୍‌ଲୁ ହଠାତ୍ ଚମକି ଯାଇ ଉଠିବସିଲା, ଏବଂ ବହିରୁ ଗୋଟାଏ କିଛି ବଡ଼ ପାଟିରେ ପଢ଼ିବାର ଅଭିନୟ କଲା। ମାମିନା ଡରୁଆ ଆଖିରେ ମୋ' ଆଡ଼କୁ ଚାହିଁରହିଲା କିଛି ବୁଝି ନପାରିଲା ଭଳି। ଖୋକନ ଝୁଙ୍କି ରହିଥିବା ଅବସ୍ଥାରେ ମୋ' ଆଡ଼କୁ ଚାହିଁ ରହିଲା ଏବଂ ମୁହଁ ଟେକି କ'ଣ ହୋଇଛି ଦେଖିବାକୁ ଚେଷ୍ଟା କଲା। ପରୀକ୍ଷା ପ୍ରସ୍ତୁତିଜନିତ କ୍ଳାନ୍ତିରେ କିଛି ପରିମାଣରେ ଭୟ, ଆଶ୍ଚର୍ଯ୍ୟ ଆଉ କିଛି ବୁଝି ନ ପାରିବା ଭାବ ମିଶି ଏକ ନୂତନ ଅବସ୍ଥା ସୃଷ୍ଟି କରୁଥିଲା। ବିନି ରୋଷେଇ ଘରୁ ପାଟି କରିଉଠିଲା। "ପିଲାଟାକୁ କାହିଁକି ତୁଚ୍ଛାଟାରେ କନ୍ଦାଉଛ ଯେ?" ବିରକ୍ତିରେ ଉଠିଆସି ପୁପୁଲକୁ ମୋ' ହାତରୁ ଛଡ଼େଇ ନେଲା ଆଉ କିଛିଗୁଡ଼ାଏ ବିଡ଼୍‌ବିଡ଼୍ ହୋଇ ଚାଲିଗଲା। ସେ ବର୍ତ୍ତମାନ ପୁଣିଥରେ ରୋଷେଇଘରେ ବସି ପରିବା କାଟୁଛି ମୋ' ସହିତ ଗୋଟାଏ ଜ୍ୟାମିତିକ କୋଣ କରି। ପୁପୁଲ୍‌ର କାନ୍ଦଣା ମା'ର ଅଭୟ ପାଇ ବନ୍ଦ ହୋଇଯାଇଥିଲା। ସେ ଚଟାଣ ଉପରେ ଗଡୁଥିଲା ଓ ବୁଲି ବୁଲି ମୋ' ଆଡ଼କୁ ଟିକିଏ ଟିକିଏ ଦେଖୁଥିଲା। ପୁଣିଥରେ ଭୟରେ ମୁହଁ ଫେରେଇ ନେଉଥିଲା। ମୋର ବିରକ୍ତି ଭାବ ପରିବର୍ତ୍ତିତ ପରିସ୍ଥିତିରେ ଅନେକଟା କମି ଆସିଥିଲା। ବିନିର ଫୁଙ୍ଗୁଳା ପିଠି ମୋ' ଆଡ଼କୁ ଥିଲା। ତା'ର ରକ୍ତହୀନ ଶେତା ଗାଲରୁ ଫାଳେ ମୁଁ ଦେଖିପାରୁଛି। ସେ ପରିବା କାଟିବା ବେଳେ ନଇଁ ପଡ଼ିଥିଲା ଏବଂ ତା' ବ୍ଲାଉଜ ଢଙ୍କା ଛାଡି ଗୋଟାଏ କଡ଼ରୁ ବେଶ ବାରି ହୋଇପଡୁଥିଲା। ବବ୍‌ଲୁ ବହି ଉପରେ ପୁଣି ଢୁଳେଇ ପଡୁଥିଲା - ଭୟଶୂନ୍ୟ ଭାବେ। ମାମିନାର କିଛି ସମୟ ଆଗର ଭୟମିଶା ଆଖି ଦିଇଟା ଅନେକ ସହଜ ହୋଇଆସିଥିଲା। ଖୋକନର ପାରାବୋଲାପରି ବଙ୍କେଇ ଯାଇଥିବା ପିଠି ସିଧା ହୋଇଗଲାଣି। ସବୁ ସହଜ ହୋଇ ଆସୁଥିଲା। କିଛି ସମୟ ଆଗରୁ ମୋର ଅପ୍ରତ୍ୟାଶିତ, କିଛି ବୁଝି ହେଉନଥିବା ଅବାନ୍ତର ପ୍ରଶ୍ନରେ ଅସହଜ ହୋଇପଡ଼ିଥିବା ମୋର ସଂସାର ସନ୍ଧ୍ୟାବେଳର ଧରାବନ୍ଧା ସହଜତାକୁ ଫେରିଆସିଥିଲା। ମୋ' ସଂସାର ଗଡ଼ି ଚାଲିଥିଲା - ଏକ ବିଚିତ୍ର ଗତିରେ, ବିଚିତ୍ର ଇନରସିଆରେ। ଗ୍ୟାସ୍‌ଚୁଲା ନିଆଁ ଧାସରେ ବିନିର ଅବନମିତ ଉଦ୍‌ବେଗହୀନ ବକ୍ଷସ୍ଥଳକୁ ମୁଁ ସ୍ପଷ୍ଟ ଭାବେ ଦେଖିପାରୁଥିଲି। ତା'ର ସ୍ତନ ସହ ଗତ କୋଡ଼ିଏ ବର୍ଷର ଆତ୍ମୀୟତାରୁ ମୁଁ ତା'ର ନିରୁଦ୍‌ବେଗ ଉତ୍ତାପହୀନତାକୁ ଅନୁଭବ କରୁଥିଲି। ମୋ' ସଂସାର ଭଳି ତା'ର ସମସ୍ତ ଉଦ୍ଦାମତା ଶେଷ ହୋଇଆସି ଏକ ନିରୁଦ୍‌ବିଗ୍ନ ଶୀତଳତାରେ ପର୍ଯ୍ୟବସିତ ହୋଇଆସିଥିଲା। ଅଫିସରେ ଗୋଟିଏ ଦିନର ଖଟଣି ପରେ ବିଚିତ୍ର ସନ୍ଧ୍ୟାରେ ମୋ' ସଂସାରର ପରିଚିତ ଦୃଶ୍ୟ। ମୁଁ ପିନ୍ଧିଥିବା ପୋଷାକ ବଦଳେଇବାକୁ ବାହାରିଲି। ପୋଷାକ ବଦଳେଇବା ବେଳେ ମୋ'

ସାମ୍‌ନାରେ ସର୍କାରୀ ଘର କାନ୍ଥ। ଚୂନ ଅନେକ ଜାଗାରୁ ଛାଡ଼ି ଚକଡ଼ା ଚକଡ଼ା ହୋଇଯାଇଛି। ରଙ୍ଗ ମହଲଣ ପଡ଼ିଯାଇଛି ଅନେକ ଦିନର ରକ୍ଷଣାବେକ୍ଷଣ ଅବହେଳାରୁ। ସେ ସର୍କାରୀ ଘର ପାଣିଚିଆ ରଙ୍ଗଛଡ଼ା କାନ୍ଥ ଉପରେ ମୁଁ ଅନେକ ମଣିଷଙ୍କ ଅନାକର୍ଷଣୀୟ, ଗତାନୁଗତିକ, ଆବେଗହୀନ ଅବସ୍ଥିତିର ଚିତ୍ର ଦେଖିପାରୁଛି। ଚିତ୍ରର ତାଳେ ତାଳେ ଯେମିତି ଅନେକ ମାଙ୍କଡ଼ ଛବି କାନ୍ଥର ଚିତ୍ରପଟରେ ନାଚି ଉଠୁଛନ୍ତି। ଅଫିସରୁ ସ୍କୁଟରରେ ଫେରିଲାବେଳେ ରାସ୍ତା କଡ଼ରେ ମାଙ୍କଡ଼ ଖେଳ କଥା ମନେପଡୁଛି। ଯେଉଁଠି ଏକାନ୍ତ ତନ୍ମୟତାରେ ମୁଁ ଅଟକି ଯାଇଥିଲି ଏବଂ ଅହେତୁକ ଆଗ୍ରହରେ ପିଲାଙ୍କ ପରି ତାଳି ମାରି ମାରି ମାଙ୍କଡ଼ ନାଚ ଦେଖୁଥିଲି। ସର୍କାରୀ ଘରର କାନ୍ଥରେ ଅଦ୍ଭୁତ ଚିତ୍ରପଟ। ମଣିଷର ଦେହ ଓ ମାଙ୍କଡ଼ର ମୁହଁ। କ'ଣ ଅସୁବିଧା ହୁଅନ୍ତା ମଣିଷର ଗୋଟେ ମାଙ୍କଡ଼ ମୁହଁ ରହିଲେ? ମାଙ୍କଡ଼ମୁହାଁ ମଣିଷଟି କି ବିଚିତ୍ର ଦେଖାଯାଆନ୍ତା? ମାଙ୍କଡ଼ ମୁହଁରେ ମଣିଷଟା ଅନେକ ସରଳ ହୋଇଯାଆନ୍ତା। ଚିନ୍ତାଶୂନ୍ୟ ହୋଇଯାଆନ୍ତା, ଅନୁଶୋଚନା, ଦୁଃଖ, ହତାଶା, ନିରାଶା, ଶୋଚନା ଆଦି ମାନବୀୟ ବିଭାବଗୁଡ଼ିକରୁ ମୁକ୍ତ ହୋଇଯାଆନ୍ତା।

ଅଫିସ୍‌ରେ ନିର୍ଦ୍ଧାରିତ ସମୟ ଆଗରୁ ପହଞ୍ଚିବା ପାଇଁ ମୁଠେ ନାକରେ କାନରେ ଗୁଞ୍ଜିଦେଇ ଶରୀର ବିଶ୍ରାମ ଚାହୁଁଥିବା ସତ୍ତ୍ୱେ ତର ତର ହୋଇ ଧାଇଁବା, ଅଫିସ୍ ସରିଲେ ବିଳମ୍ବିତ ରାତିରେ ଘରକୁ ସଂସାର ଦାୟିତ୍ୱ ମୁଣ୍ଡେଇବା ପାଇଁ ମନ ଚାହୁଁ ନଥିବା ସତ୍ତ୍ୱେ ବାଧ ଶିଶୁଟି ଭଳି ଡଗ ଡଗ ହୋଇ ଫେରିବାରୁ ମୁକ୍ତି ମିଳନ୍ତା। ଅଳସ ଭାବେ ଏ ଡାଳରୁ ସେ ଡାଳକୁ ଡ଼େଇଁବାର ସ୍ୱଭାବ ସୁଲଭ ଆନନ୍ଦ ମିଳନ୍ତା। ମୁଁ ଆର୍ମଚେୟାରରେ ଲମ୍ବ ହୋଇ ପଡ଼ିରହି ଆଖି ବନ୍ଦ କଲି। ମୋ' ଆଗରେ ମାଙ୍କଡ଼ର ମାଜିଷ୍ଟ୍ରେଟ ହୋଇ ଚୋରକୁ ଦଣ୍ଡ ଦେବାର ଦୃଶ୍ୟ, ବାବୁହୋଇ କଲମ ଧରି ଫାଇଲରେ ତରତର ଲେଖିଯିବାର ଦୃଶ୍ୟ, ଚପରାସୀ ହୋଇ ସାଲ୍ୟୁଟ ମାରିବାର ଦୃଶ୍ୟ କିମ୍ବା ପୁଲିସ୍ ହୋଇ ଘୁଷ୍ ମାଗିବାର ଦୃଶ୍ୟ ଭାସିଯାଇଥିଲା। ପରିଶେଷରେ ଖାଙ୍କଲା ପେଟ ଦେଖେଇ ସମବେତ ଦର୍ଶକଙ୍କୁ ପଇସା ପାଇଁ କାକୁତି ମିନତି କରିବାର ଦୃଶ୍ୟ ଏବଂ ଦର୍ଶକଙ୍କର ସ୍ୱୀକୃତିପୂର୍ଣ୍ଣ କରତାଳି। ସମର୍ଥନଜନିତ ହସରେ ଖେଳ ଶେଷ ହେବାର ଦୃଶ୍ୟ।

ପ୍ରତ୍ୟେକ ଦେଖଣାହାରି ଭଲଭାବରେ ଜାଣନ୍ତି ଯେ ମାଙ୍କଡ଼ ଯାହା ଖେଳ ଦେଖେଇବ ସେଥିରେ ମଣିଷର ନିଛକ ଛବି ରହିଥିବ। ମଣିଷର ଆଶା, ଆକାଂକ୍ଷା ଫୁଟି ଉଠୁଥିବ। ସେମାନଙ୍କର ଐତିହାସିକ ଧାଁ ଦଉଡ଼, ବ୍ୟସ୍ତତା, ଦୁର୍ବଳତା ସବୁକିଛିର ବାସ୍ତବ ପ୍ରତିବିମ୍ବ ଫୁଟି ଉଠୁଥିବ। ଅତଏବ ସେମାନେ ମାଙ୍କଡ଼ର ପ୍ରତିଟି ଖେଳରେ

ନିଜର ଛବି ଦେଖି ପାରୁଥିବେ ଆଉ ନିଜେ ନିଜକୁ ମାଙ୍କଡ଼ ଭିତରେ ଦେଖି ଏକ ଅହେତୁକ ଉଚ୍ଛ୍ୱାସ, ଆନନ୍ଦ ଓ ଅତିଶୟ ଭାବ ବିହ୍ୱଳତାରେ ତାଳିମାରି ଉଠୁଥିବେ। ଅତଏବ ମାଙ୍କଡ଼ ଖେଳରେ ଛୋଟ ପିଲାଙ୍କ ଅପେକ୍ଷା ସବୁବେଳେ ବୟସ୍କ ଦର୍ଶକଙ୍କର ଭିଡ଼ ବେଶି।

ମୁଁ ଆର୍ମଚେୟାରକୁ ଟାଣି ଦିଗର ପରିବର୍ତ୍ତନ କଲି। ମୋ' ଅବସ୍ଥିତିରେ ପରିବର୍ତ୍ତନ। ମୁଁ ବର୍ତ୍ତମାନ ମୋ' ସଂସାରକୁ ଏକ ପରିବର୍ତ୍ତିତ କୋଣରୁ ଦେଖିପାରୁଛି। ବିନିର ପିଠି ମୋ' ସାମ୍ନାରୁ ଘୁଞ୍ଚି ଯାଇଛି ଏବଂ ମୁଁ ନିଆଁ ଉପରେ ଫୁଲି ଉଠିଥିବା ରୋଟିକୁ ସିଧାସଳଖ ଦେଖିପାରୁଛି। ବିନିର ମୁହଁର ଗୋଟାଏ ପଟ ଓ ନିଆଁ ଧାସରେ ଲୁହ ଗଡ଼ି ଆସୁଥିବା ଗୋଟାଏ ଆଖି ମୁଁ ବର୍ତ୍ତମାନ ଦେଖିପାରୁଛି। ବିନି ରୁଟି ସେକୁଛି। ଗ୍ୟାସ୍ ଚୁଲାର ଗୋଟାଏ ବର୍ଣ୍ଣରରେ ତରକାରି କଡ଼େଇରେ ବସି ଢଙ୍କା ହୋଇଛି। ଚାପା ଚାପା ତରକାରି ବାସ୍ନା ଘରସାରା ଘୂରି ବୁଲିବାକୁ ଆରମ୍ଭ କଲାଣି। ମୋ' ଡାହାଣ ପଟରେ ଖୋକନର ଅଳ୍ପ ସିଧା ହୋଇ ରହିଥିବା ପିଠି ଓ କହୁଣିଟା ମୁଁ ଦେଖିପାରୁଛି। ପୁପୁଲ ଅନେକ ବେଳୁ ଚୁପ୍‌ହୋଇ ରୋଷେଇଘର ଚଟାଣରେ ଶୋଇପଡ଼ିଛି। ଶରଶଯ୍ୟାରେ ଶୋଇବାର ଭୟ ତା' ମୁହଁରୁ ପୂରାପୂରି ଉଭେଇ ଗଲାଣି। ମାମିନା ମୋ' ପଛକୁ ରହିଯାଇଛି। କ'ଣ ଗୋଟେ ପାଟିକରି ଘୋଷିବାର ଚେଷ୍ଟା କରୁଛି। ମୋ' ପରିବର୍ତ୍ତିତ ପରିସ୍ଥିତି ହେତୁ ସର୍କାରୀ ଘର କାନ୍ଥରେ ଦୃଶ୍ୟପଟରେ ପରିବର୍ତ୍ତନ ଘଟିଛି।

ମୋ' ଆଗରେ ଧାଡ଼ିବାନ୍ଧି ଅନେକ ବିନିଭଳି ସନ୍ତାନ ସମ୍ଭବା ସ୍ତ୍ରୀ ଲୋକ। ଖୁବ୍ ସତର୍କତାର ସହିତ ମୁଁ ସେମାନଙ୍କ ମୁହଁକୁ ପଢ଼ିଯାଉଛି। ଡାକ୍ତରାଣୀ, ନର୍ସ, କ୍ଲିନିକ୍, ଚେକ୍‌ଅପ, ଭିଟାମିନ, ଆଇରନ ଟାବ୍‌ଲେଟ, ଏକ୍ସରସାଇଜ, ଖଟା ଲେମ୍ବୁ, ତେନ୍ତୁଳି କି ଆମ୍ବ, ପ୍ରେଗନାନ୍ସି ଉପରେ ବହି, ପିଲାର ଖେଳଣା, ପ୍ରାମ ଏବଂ ସିଜେରାଇନ ସେକ୍‌ସନର ମୋର ଏକାଧିକ ଅଭିଜ୍ଞତାକୁ ନେଇ ସେମାନଙ୍କ ମନୋଭାବ ଓ ଆଶଙ୍କାକୁ ମୁଁ ଠିକ୍ ଭାବରେ ବୁଝିପାରୁଛି। ସେମାନଙ୍କ ମସୃଣ ଜଙ୍ଘ, ଫୁଲିଥିବା ପେଟକୁ ମୁଁ କଳ୍ପନା କରିପାରୁଛି ବିନିର ଜଙ୍ଘ ଓ ଗର୍ଭବତୀ ପେଟ ସହିତ ନିବିଡ଼ ସମ୍ପର୍କର ଅନୁଭୂତିକୁ ନେଇ। ତା'ପରେ ମୋ' ଆଖି ଆଗରେ ଅନେକ ସନ୍ତାନଙ୍କ ଚିରିଚିରା ରଡ଼ିର ଦୃଶ୍ୟ ଭାସିଯାଉଛି। ଆମେ ଜନ୍ମ ନେଲୁ। ମାଆର ଅନ୍ତ ଫାଡ଼ି ସଂସାରକୁ ଆସିଲୁ। ଆମର ରକ୍ଷଣାବେକ୍ଷଣ କର। ଆମକୁ ଲାଳନପାଳନ କର। ପାଳିପୋଷି ବଡ଼ କର, ଭଲ ପାଠ ପଢ଼ାଅ, ଭଲ ଖାଇବାକୁ ଦିଅ, ଭଲ ପିନ୍ଧିବାକୁ ଦିଅ, ଟିଭି ଦିଅ, ଖେଳଣା ଦିଅ, ସାଇକଲ ଦିଅ। ସ୍କୁଟର ଦିଅ। ଭଲ ସ୍କୁଲରେ ପଢ଼ାଅ, ବଢ଼ାଅ, ବଢ଼ାଅ, ବଢ଼ାଅ।

ରକ୍ତ ନିଗାଡ଼ି ମା' ବାପାର ଦାୟିତ୍ୱ ପାଳନ କର-କର-କର-କର-ଜୀବନୀ ଶକ୍ତିରେ ଭରିଦିଅ। ତା'ପରେ ଖୋକନର ପାରାବୋଲା ଆକୃତିର ପିଠି। ପୁପୁଲ୍‌ର ଶୋଇବା ପାଇଁ କାନ୍ଦଣା, ମାମିନାର ପାଠ ପଢ଼ିବାର ବାହାନା ଆଉ ଭୟମିଶା ଆଖି ମୋ' ସାମ୍‌ନାରେ ଭାସିଯାଉଛି। ମୁଁ ପୁଣି ଆର୍ମଚେୟାରର ଦିଗ ପରିବର୍ତ୍ତନ କଲି। ଦୃଶ୍ୟପଟମାନଙ୍କ କବଳରୁ ମୋର ମୁକ୍ତି ଦରକାର। ପରିଚିତ ଦୃଶ୍ୟପଟ ସାରାଜୀବନ ଏ ପର୍ଯ୍ୟନ୍ତ ଏମିତି ଘେରି ରହିଛନ୍ତି ଯେ ଗତାନୁଗତିକତା ଅସହ୍ୟ ହୋଇପଡ଼ିଲାଣି। ଅତଏବ ଦୃଶ୍ୟପଟରେ ପରିବର୍ତ୍ତନ ଦରକାର। ବିନିକୁ ପିଠିକରି ଦିଆଯାଇପାରେ। ଖୋକନକୁ ଗୋଟେ ପାଖରେ ରଖି ତା' କବଳରୁ ମୁକ୍ତିଲାଭ କରାଯାଇପାରେ। ମୋର ସ୍ଥିତିର ପରିବର୍ତ୍ତନ ସହ ବର୍ତ୍ତମାନ ମାମିନା ମୋ' ସାମ୍‌ନାକୁ ଆସିଯାଇଛି। ପଢୁ ପଢୁ ତା'ର ବନ୍ଦ ହୋଇଯାଇଥିବା ଆଖି ଦିଇଟା ମୁଁ ସ୍ପଷ୍ଟ ଭାବରେ ଦେଖିପାରୁଛି। ମାମିନା ବଡ଼ ହୋଇଗଲାଣି। ଫ୍ରକ୍ ଛାଡ଼ି ଟାଇଟ୍ ଜିନ୍, ଟି ଶାର୍ଟ, ହଟପ୍ୟାଣ୍ଟ ପିନ୍ଧିଲାଣି। ଭିତରେ ବ୍ରା ଆଉ ପ୍ୟାଣ୍ଟିବି। ସ୍କୁଟରରେ ସ୍କୁଲକୁ ଗଲାଣି। ପୁଅ ସାଙ୍ଗମାନଙ୍କ ସାଥିରେ ମିଶିଲାଣି। ସ୍କୁଲରେ କ'ଣ କରୁଛି କେଜାଣି। ଏବେ ସେ ସ୍କୁଲକୁ ଗଲେ ଡର ଲାଗେ। ସହରର ରାଜ ରାସ୍ତାରେ ପ୍ରତିଦିନ କେତେ କ'ଣ ଅଘଟଣ। ଟିଭିରେ, ମାଗାଜିନରେ, ଖବରକାଗଜରେ - ପ୍ରେମ, ପ୍ରତାରଣା, ଦଳାତ୍କାର, ଏସିଡ୍ ଫିଙ୍ଗା, ଖୁନ୍, ଅସ୍ୱାଭାବିକ ମୃତ୍ୟୁ ଏମିତି କେତେ କ'ଣ ଅଜଣା ଆଶଙ୍କା। କ'ଣ ହେବ? ମାମିନାର କ'ଣ ହେବ ଏମିତି ଏକ ଆଶଙ୍କାମୟ ସହରରେ? ସେ ନିର୍ବିଘ୍ନରେ ପାଠପଢ଼ା ଶେଷ କରିବ ନା କୋଉ ପୁଅ ସାଙ୍ଗରେ, କୋଉ ଗୁଣ୍ଡାଙ୍କ କବଳରେ... ବଡ଼ ହେଲେ ସେ କୋଉ କଲେଜରେ ପଢ଼ିବ? ତା' ସତୀତ୍ୱ ଉପରେ ଭରସା କରି ତାକୁ କ'ଣ ତା' କଲେଜକୁ ଏକା ଛାଡ଼ି ଦିଆଯାଇପାରେ ନିର୍ଭୟରେ। ଆଜିକାଲି ତ ଅନେକ କଥା - ମୋବାଇଲ - ଏସ୍.ଏମ୍.ଏସ୍., ଫେସବୁକ୍-ଅରକୁଟ-ପ୍ରେମ, ପିପାସା ସବୁଥିରେ ଆଉ ପୂର୍ବ ସଂଭ୍ରମ ନାହିଁ। କଲେଜରେ ସେ ପ୍ରେମ କରିବସିବନି ତ - ଯେକୌଣସି ଟୋକାକୁ... ଯେ କୌଣସି ଗୁଣ୍ଡାକୁ - ଅନେକ ଭୟ - ବାପା ହେବାରେ ଅନେକ କାକୁତି। କିଛି କରିବାର ଜୁ ନାହିଁ - ନା ସଂସାର ଉପରେ - ନା ଝିଅ ଉପରେ। ବଡ଼ ହୋଇ ସେ କ'ଣ ପଢ଼ିବ? ନିଶ୍ଚୟ ପ୍ଲସ ଟୁ ପରେ କମ୍ପ୍ୟୁଟର ସାଇନ୍ସ। ଇଲେକ୍‌ଟ୍ରୋନିକସ୍ ନ ହେଲେ ସଫ୍ଟୱେୟାର, ସେଇଟା ଝିଅପିଲାଙ୍କ ପାଇଁ ଭଲ। କୋଉଠି ଚାକିରି କରିବ? ଇନ୍‌ଫୋସିସ୍‌ରେ ନା ଟିସିଏସ୍‌ରେ ନା କଗ୍‌ନିଜାଣ୍ଟରେ? କୋଉଠି ରହିବ? ବାଙ୍ଗାଲୋରରେ ନା ହାଇଦ୍ରାବାଦରେ, ଦିଲ୍ଲୀରେ ନା ବମ୍ବେରେ ନା କଲିକତାରେ ନା ନ୍ୟୁୟର୍କରେ ନା ଲଣ୍ଡନରେ? କାହା ସାଥିରେ ରହିବ ଗାର୍ଲ ଫ୍ରେଣ୍ଡ ସାଥିରେ ନା ବୟ

ଫ୍ରେଣ୍ଡ ସାଥିରେ ? କ'ଣ ଅଫିସ୍ କାମ କରି ଘରକୁ ଫେରିବ ନା ନାଇଟ୍ କ୍ଲବକୁ ଡିସ୍କୋକୁ ଯିବ। ଡ୍ରିଙ୍କ ପିଇବ ନା ବୟଫ୍ରେଣ୍ଡ ପଛରେ ବସି ମୋଟର ସାଇକେଲରେ ସହର ବୁଲିବ ? ବୟ ଫ୍ରେଣ୍ଡ କାନ୍ଧରେ ମୁଣ୍ଡରଖି ମଲଟିପ୍ଲେକ୍ସରେ ସିନେମା ଦେଖିବ ? ମଲ୍‌ରେ ଫାଷ୍ଟଫୁଡ଼ ଖାଇବ ? ଶପିଂ କରିବ ଆଉ ଘରେ ବଖରିକିଆ ରୁମ୍‌ରେ ରାତିରେ... ଇସ୍ ଖୁବ୍ ଭୟାର୍ତ୍ତ ସମ୍ଭାବନା ସବୁ। ମାମିନା ଯୁଗ ସାଙ୍ଗରେ ତାଳ ଦେଇ କିଛି ବି ହୋଇପାରେ। ସବୁ ଦୃଶ୍ୟ ଭାସିଯାଉଛି ଆଖି ଆଗରେ - ମାମିନା-ବୟଫ୍ରେଣ୍ଡ-ଫିଆନ୍‌ସେ-ଲଭ ମ୍ୟାରେଜ୍ କିମ୍ବା ଇନ୍‌ଫୋସିସ୍ ପାର୍କିଂ ଲଟ୍‌ରୁ, ଘରର ସିଲିଂ ଫ୍ୟାନରୁ। ଯେ କୌଣସି ବୀଭତ୍ସ ଅବସ୍ଥାରେ - ସହରର, ସଂସାରର ସମ୍ଭାବନାମୟ ଭୟ ସବୁକୁ କେମିତି ବା ଏଡ଼େଇ ଦେଇହେବ ? ଇସ୍ କି ଭୟାବହ ଅନିଶ୍ଚିତତା ? ଭୟ ମାଡ଼ି ପଡୁଛି। ମାମିନାର ଆଖିପତା ମୁଦି ହୋଇଯାଇଛି। ଶୋଇପଡ଼ିଥିବା ମୁହଁରେ ଏକ ପ୍ରଶାନ୍ତ ଭାବ ନେସି ହୋଇ ରହିଛି। ତା'ର ଶାନ୍ତ ସୁନ୍ଦର ମୁଖ ପଟଳ ସାଥିରେ ଭାସମାନ ଅନେକ ଭୟାବହ ସମ୍ଭାବନାମୟ ଚିତ୍ରର ଦୃଶ୍ୟ ମୋ' ଆଖିରେ ଭାସିଯାଉଛି। ଅସହ୍ୟ ! ଏତେ ଆଶଙ୍କାକୁ ଜଡ଼େଇ ଧରି ବସିବା ଅସମ୍ଭବ। ଅତଏବ ସ୍ଥିତିରେ ପରିବର୍ତ୍ତନ କରାଯାଉ। ଆର୍ମଚେୟାର ଅବସ୍ଥାରେ ପରିବର୍ତ୍ତନ। ତା'ର ଦିଗକୁ ମୁଁ ବଦଳେଇ ଦେଇଛି। ବିନି ଆଉ ଦେଖାଯାଉନି। ମାମିନା ଗୋଟେ ପଟକୁ ରହିଯାଇଛି ଆଉ ତା' ସହ ସବୁ ସମ୍ଭାବନାମୟ ଭୟ ଅପସରି ଯାଉଛି। ଖୋକନ ଆଖି ସାମ୍‌ନାକୁ ଚାଲିଆସିଛି। ଅନେକବେଳୁ ସେ ଉଠିବସିଲାଣି। ବାଥ୍‌ରୁମ୍‌କୁ ଯାଇ ଆଖିରେ ପାଣିମାରି, ମୁହଁ ଧୋଇ ପରୀକ୍ଷା ପାଇଁ ବଡ଼ ପାଟିରେ ପଢୁଛି।

ତା'ର ପାଟି ସ୍ପଷ୍ଟ ଭାବେ ଶୁଭୁଛି। ସେ ଘୋଷି ଯାଉଛି। ଫିଜିକ୍‌ସ୍, କେମିଷ୍ଟ୍ରି, ମ୍ୟାଥମେଟିକ୍ସ। ବିନି ସବୁବେଳେ ଖୋକନ ପଛରେ ପଡ଼ିଛି। ତାକୁ ଦିନରାତି କହିଚାଲିଛି, ରୀତିମତ ଚାପ ଦେଇଚାଲିଛି। ସେ ନିଶ୍ଚୟ ସିବିଏସ୍‌ଇ ପରୀକ୍ଷାରେ ଦଶ ପଏଣ୍ଟ ପାଇବ। ପ୍ଲସ ଟୁରେ ଫିଜିକ୍ସ, କେମିଷ୍ଟ୍ରି, ମ୍ୟାଥମେଟିକ୍ସ ନେବ। ଫିଟ୍‌ଜିରେ, ଆକାଶରେ, ବନସଲ କୋଚିଂରେ ଆଡ଼ମିଶନ ନବ। ଆଇଆଇଟିରେ ନିଶ୍ଚୟ ପାଇବାକୁ ହେବ। କାନପୁରରେ, ନ ହେଲେ ମୁମ୍ବାଇରେ। ତା'ପରେ ଆଇଆଇଟିରେ ନ ପଏଣ୍ଟର। ତା'ପରେ କ୍ୟାଟ୍-ମ୍ୟାଟ୍-ଜାଟ୍-ବିଜିନେସ୍ ମ୍ୟାନେଜମେଣ୍ଟ ଆଇଆଇଏମ୍, ଅହମ୍ମଦାବାଦ କି କଲିକତାରେ - ତା'ଠୁ କମ୍ ହେଲେ ହେବନି। ଆଜିକାଲି ତା'ଠୁ କମ୍ ପିଲାଙ୍କର ଭବିଷ୍ୟତ କ'ଣ ? ମଲଟିନ୍ୟାସନାଲ କମ୍ପାନୀରେ ଚାକିରି ନ ହେଲେ ଆମେରିକାରେ ଏମ୍.ଟେକ୍ ନ ହେଲେ ଏମ୍‌ବିଏ। ଦରମା ଡଲାରରେ - ନ ହେଲେ ଟଙ୍କାରେ ହେଲେ ୧୪/୧୫ ଲକ୍ଷ ପ୍ୟାକେଜରେ। କିଛି ନ ହେଲେ ଆଇଟି କମ୍ପାନୀ

ଅଛି। ଖୋକନର ପିଠି ବିନିର ଅସମ୍ଭବ ଚାପରେ ପାରାବୋଲା ଭଳି ହୋଇଗଲାଣି। ସେ ଅବଦମିତ ହୋଇଯାଉଛି ଆକାଶଛୁଆଁ ଆଶା ଓ ସ୍ୱପ୍ନର ଭାରରେ। ଆଜିକାଲି ଉଚ୍ଚାକାଂକ୍ଷୀ ନ ହେଲେ କ'ଣ ହେବ? ଆକାଶକୁ ଲକ୍ଷ୍ୟ ନ କଲେ ମାଟି ଟିକିଏ ବି ଭାଗ୍ୟରେ ମିଳିବନି। ବାର ଦୁଆର ଶୁଣ୍ଢୀପିଣ୍ଡା ହେବାକୁ ହେବ। ଆଉ ମାଟି ଟିକିଏ ନ ହେଲେ ସବୁ ବୃଥା। ମୁଁ ଦେଖିପାରୁଛି ଖୋକନ ବଡ଼ ପାଟିକରି ବିନିକୁ ଶୁଣେଇ ଶୁଣେଇ ପଢୁଛି। ଆଖିରେ ପାଣିଛାଟି, ରାତି ଅଧଯାଏଁ ପଢ଼ିବାର ବାହାନା କରି ବିନିକୁ ଆଶ୍ୱସ୍ତ କରିବାକୁ ଚେଷ୍ଟା କରୁଛିଯେ ସେ ନିଶ୍ଚୟ ଦିନେ ତା'ର ଆଶା ପୂରଣ କରିବ। ସେ ଜୋର ଜୋର ପଢୁଛି। ହୁଏତ ବାହାନାରେ। ମୁଁ ଚାଲିଯିବା ପରେ, ସ୍କୁଲକୁ ଯିବାପରେ ସେ ହୁଏତ କ୍ରିକେଟ ଖେଳୁଥିବ। ଇଆଡ଼େ ସିଆଡ଼େ ହିରୋହୋଣ୍ଡା ନେଇ ବୁଲୁଥିବ। ସିନେମା ଯାଉଥିବା ସାଙ୍ଗଙ୍କ ସାଥିରେ ଆଡ୍ଡା ମାରୁଥିବ। ଫାଷ୍ଟ ଫୁଡ୍ ଜଏଣ୍ଟରେ ଘଣ୍ଟା ଘଣ୍ଟା ଧରି ଖାଉଥିବ। ସେ ଲୁଚି ଲୁଚି ମଦ ପିଉଥିବ। ଡ୍ରଗ୍ସ ଖାଉଥିବ କିମ୍ୱା ପରୀକ୍ଷାରେ କପି କରି ଏକ୍ସପେଲ୍ ହେଇପାରେ। ଝିଅଙ୍କୁ ରେପ୍‌କରି ଧରା ପଡ଼ିପାରେ। ପଲ୍‌ଟିକ୍ସରେ ମିଶିପାରେ। ସ୍ମଗଲିଂ କରିପାରେ। ବଡ଼ିବିଲ୍‌ଡ଼ିଂ କରି ମଡ଼େଲ ହେବାର ସ୍ୱପ୍ନ ଦେଖିପାରେ। ଆଜିକାଲି ସଫଳତାର କିଛି ସଂଜ୍ଞା ନାହିଁ। ତମେ କ୍ରିକେଟ ଖେଳି ସଫଳ ହୋଇପାର, ମଡ଼େଲିଂ କରି ସଫଳ ହେଇପାର, ସ୍ମଗଲର ହୋଇ, ଜୁଆଚୋର ହୋଇ, ଘୁଷ୍‌ଖୋର ହୋଇ, ଯାହାକିଛି କରି ଟଙ୍କା ରୋଜଗାର କରି କୋଠା କିଣି, ଦାମୀ କାର ଚଢ଼ି, ସମାଜରେ ପ୍ରତିପତ୍ତି ହାସଲ କରିପାର। ହେଲେ ଖୋକନର ପାଠପଢ଼ା ସତ ନା ଛଳନା? ସେ ପାଠପଢ଼ି ମଲ୍‌ଟିନ୍ୟାସନାଲ କମ୍ପାନୀରେ ସିଇଓ ନା ଅନ୍ୟ କିଛି ରାସ୍ତାରେ ଓସ୍ତାଦ ବନିପାରେ? କିଏ କହିବ?

କିଛି କହିବା ଅସମ୍ଭବ। ସବୁ ଚିତ୍ରରେ କିଛି ବାସ୍ତବତା ଅଛି। ମୋ' ଆଖି ଆଗରେ ସବୁ ଭାସିଚାଲିଛି। ଆର୍ମଚେୟାରରେ, ସଂସାର ସାମ୍‌ନାରେ ବସି କର୍ତ୍ତୃତ୍ୱ ଜାହିର କରୁଥିବା ଲୋକଟି କେତେ ଅସହାୟ ଯେ ଗୋଟିଏ ଘଟଣାରେ, ଏପରିକି ତା'ର ନିଜ ପିଲାଙ୍କ ଉପରେ ଟିକିଏ ବି କିଛି କର୍ତ୍ତୃତ୍ୱ ନାହିଁ। ଦମ୍ଭିଲା ମଣିଷଟିଏ ହୋଇ ମୁରବିପଣିଆ ଦେଖାଇବା ସତ୍ତ୍ୱେ ବାସ୍ତବରେ କ'ଣ କିଛି ମୋ' ନିୟନ୍ତ୍ରଣରେ ଅଛି? ସଂସାର ତା' ବାଟରେ ଚାଲିଛି। ସେ ତା'ର ନିଜ ରୂପରେ ନିଜକୁ ରୂପାୟିତ କରୁଛି। ପିଲା କବିଲା ତାଙ୍କ ଅନୁସାରେ ନିଜ ନିଜର ବାଟ ବାଛି ନେଉଛନ୍ତି। ସେ ଖାଲି ଯାହା ସନ୍ଧ୍ୟାରେ, ସର୍କାରୀ ଘରେ, ଚାରିପଟ କାନ୍ଥର ପରିଧି ଭିତରେ, ନିଜର ପିଲା କବିଲାଙ୍କ ଗହଣରେ ଅନେକ ସମ୍ଭାବନା, ଅସମ୍ଭାବନାମୟ ଦୃଶ୍ୟପଟ ଭିତରେ ନିଜ ସଂସାରର ପରବର୍ତ୍ତୀ ଚିତ୍ରକୁ ଦେଖିଯାଉଛି ଏବଂ ଅନେକ ଅହେତୁକ ଆଶଙ୍କାରେ ସନ୍ଦେହ, ସଂଶୟ

ଭିତରେ ଭୟରେ ଜୁଡୁସୁଡୁ ହେଉଛି। ନା ଆଶଙ୍କାର ପ୍ରଭାବ ଆଉ ସହିହେବନି। ଅନିଶ୍ଚିତତାରେ ରହିବା ଅସମ୍ଭବ। ଅତଏବ ପୁଣି ଆର୍ମଚେୟାରର ଅବସ୍ଥିତିରେ ପରିବର୍ତ୍ତନ କରାଯାଉ ! ମାମିନା, ଖୋକନ, ପୁପୁଲ ସମସ୍ତଙ୍କୁ ଏଡ଼ାଇ ନେଇ ରୋଷେଇଘର ଆଡ଼କୁ ମୁହଁ କରିଦିଆଯାଉ। ବିନିର ରନ୍ଧା ସରିଆସିଲାଣି ବୋଧେ। ରୋଟି ହଟ୍‌କେସ୍‌ରେ ରଖା ସରିଲାଣି। ରୋଷେଇ ଘରୁ ତରକାରିର ବାସ୍ନା ଆସୁଛି। ଭୋକ ବି ଲାଗିଲାଣି। ଘଟଣାର ଭୟ ଓ ଅନିଶ୍ଚିତତାରେ ଭୋକ ବୋଧେ ଅନେକ ବଢ଼ିଗଲାଣି। ଏତେ ବ୍ୟସ୍ତ ହେବାର କ'ଣ ଅଛି ଯେ? ପୃଥିବୀ ତ ଆଉ ତାଙ୍କ ବେଳର ପୃଥିବୀ ନାହିଁ। ଆଜିକାଲି ଆଶଙ୍କାରେ ଜୀବନ, ଅନିଶ୍ଚିତତାରେ ଚ୍ୟାଲେଞ୍ଜ ଆଉ ଅଘଟଣରେ ଘଟଣା। ଅତଏବ ବ୍ୟସ୍ତ ହେବାର କିଛି ନାହିଁ। ଦୃଶ୍ୟପଟରେ ପରିବର୍ତ୍ତନ ସହିତ ଆଖି ପକେଇ ଦିଆଯାଉ। ଯେମିତି ବିନିକୁ ହାତଧରି ଖାଇବା ପାଇଁ ଉଠେଇବାକୁ ପଡ଼ିବ। ଏତେ ଦିନର ଗୃହସ୍ଥ ଜୀବନ ଭିତରେ ମୋ' ଶିହରଣରେ ଟିକିଏ ହେଲେ ଊଣା ହୋଇନି। ଅତଏବ ମୁଁ ଆଖିବନ୍ଦ କଲି ଏବଂ ନିଘୋଡ଼ ନିଦରେ ଆର୍ମଚେୟାରରେ ଶୋଇଯିବାର ଛଳନା କଲି। ମୋ ଆଖି ଆଗରେ ପୁଣି ସେଇ ଦୃଶ୍ୟାବଳୀ।

ଖୋକନ ମାଙ୍କଡ଼ ପାଲଟି ଯାଇଛି। ବିନି, ମୁଁ, ମାମିନା, ପୁପୁଲ ସମସ୍ତେ। ମୁଣ୍ଡରେ ଚିତ୍ର ବିଚିତ୍ର କରା କନାର ଟୋପି ପିନ୍ଧିଛୁ। ବେକରେ କନାର ମାଳ। ରଙ୍ଗ ବେରଙ୍ଗ। ଦିହରେ ଛିଟ କନାର କୁର୍ତ୍ତା। ଶବ୍ଦ ଶୁଭୁଛି - "ମନୁ ମୋ ନାଚ କରିବ। ଆମେ ନାଚୁଛୁ। ପାଇକ ହେବ। ଆମେ ସାଲ୍ୟୁଟ ମାରୁଛୁ। ସହର ଯିବ। ଆମେ କାର ଚଢ଼ିଯିବାର ଅଭିନୟ କରୁଛୁ। ହାକିମ ହେବ। ଆମେ ସମସ୍ତେ ଗୋଟେ ଗୋଟେ ଛୋଟ ଟୁଲ୍ ନେଇ ତା' ଉପରେ ବସୁଛୁ। ହାତରେ କାଗଜ ପୁଳାଏ ଧରି ଟଙ୍କା ଗଣିବାର ଅଭିନୟ କରୁଛୁ। ଆଖି ମିଟିମିଟି କରି ସର୍କାରୀ ଆଦବ କାଇଦାରେ ଦର୍ଶକଙ୍କୁ ଚାହିଁଛୁ। ଦର୍ଶକମାନେ କରତାଳି ଦେଉଛନ୍ତି, ହସୁଛନ୍ତି। କାହାର ଗୋଟାଏ ବାଡ଼ି ସାଇଁ ସାଇଁ ହେଇ ବୁଲିଯାଉଛି। ଭୁଲ କରିବାର ଜୁ ନାହିଁ। ଅଭିନୟରୁ ମୁକ୍ତି ନାହିଁ ଏବଂ ସମୟ ଆଗେଇ ଚାଲିଛି। ମୋ' ସଂସାର ସହିତ ତାଳଦେଇ। କେତେ ଦିନ ଏମିତି ଅଭିନୟ କରିବାକୁ ହେବ କିଏ ଜାଣେ? ଦେଖଣାହାରିଙ୍କ ଆଗରେ ଟୋପି ପିନ୍ଧି, ଛିଟ ଜାମା ପିନ୍ଧି, ହାକିମ ହେବାର, ଚପରାସୀ ହେବାର, କିରାଣି ହେବାର, ଖାଙ୍କଲା ପେଟ ଦେଖେଇବାର ଅଭିନୟ କରିବାକୁ ହେବ କେଜାଣି? କିଏ ଜାଣେ କେତେ ଦିନପରେ ସୂର୍ଯ୍ୟଙ୍କର ଉତ୍ତରାୟଣ ହେବ ଆଉ ମଣିଷ ଜାତିକୁ ଏ 'ଶରଶଯ୍ୟା'ରୁ ମୁକ୍ତି ମିଳିବ।

■■

ତୃତୀୟ ପୃଥ୍ୱୀ

ଉତ୍ତାନପାଦ ଝର୍କା ଖୋଲିଦେଲା। ଭଡ଼ାଘର ଝର୍କା ଖୋଲିଲେ ତା ଆଗରେ ମେଲିଯାଏ ସୀମାହୀନ ପୃଥିବୀ, ବୁଦିବୁଦିକିଆ କାନଶିରି ବଣ, ଧୂଳିରାସ୍ତା, ରିକ୍ସାବାଲା, ସ୍ଥିର ଉଦ୍‌ବେଗହୀନ ଆଡ଼ମ୍ବରହୀନ ରୁଗ୍‌ଣ ପରିବେଶ। ଲୁହା ରେଲିଂ ପଛରୁ ଜୁଳୁଜୁଳୁ କରି ସେ ଚାହିଁ ରହିଲା ଝର୍କା ଆରପଟ ପୃଥିବୀର ନିରୁଦ୍‌ବେଗ ସଂକ୍ରାମକ ପରିବେଶକୁ। ପିଚୁ ଟିଣର ଛାତ ଉପରେ ଚିକିମିକି ଖରାର ଗାଲିଚା। ଚିରା ଅଖାର କାନ୍ଥ ପାଖରେ ଅଭିସାରିକା ଖରାର ଚୋରା ଚାହାଣି। ଯୋଉଆଡ଼େ ଚାହିଁବ ଖାଲି ଖରାର ଖେଳ। ତା ଦି'ମହଲାରେ ଥିବା ଏକବଖୁରିକିଆ ଭଡ଼ାଘର ଝର୍କା ଫାଙ୍କରେ ଖରା - ପୃଥିବୀର ଅନାବୃତ ଛାତିରେ ଖରା, ଧୂଳି ରାସ୍ତାରେ ରିକ୍ସାଚକା ଦାଗ ଉପରେ ସମୟର ଏହି ନିରାପଦ ସଙ୍କେତର ଜଳ ଜଳ ଚିହ୍ନ। ଦୂରରେ ରେଳଷ୍ଟେସନ ତରୁଣୀ ବିଧବାଟିଏ ଭଳି ମିଳନର ସେଇ ସ୍ମୃତିଗୁଡ଼ାକ ସାଉଁଟୁଛି ଯେମିତି। ସିଗ୍‌ନାଲ ଖୁଣ୍ଟିରେ ନୀଳବତିର ସଙ୍କେତ: ଟ୍ରେନ ଆସିବ। ରେଳ

ଇଞ୍ଜିନ୍‌ର ଶବ୍ଦ ଶୁଭୁଛି । ଗୋଟାଏ ମୁହୂର୍ତ୍ତ ପାଇଁ କୋଳାହଳ, ଧାଁ ଦୌଡ଼, ହୋ ହଲ୍ଲା, ଆଶା, ଆନନ୍ଦ, ମିଳନ, ବିଦାୟ - ଆଉ ତା'ପରେ ସବୁ ଶୂନ୍‌ଶାନ୍ । ପରିତ୍ୟକ୍ତ ଭୂତକୋଠିଟିର ଭୟାର୍ତ୍ତ ଖାଁ ଖାଁ ଭାବ । ଝର୍କା ଫାଙ୍କରେ ଉତ୍ତାନପାଦର ଦୁଇଟି ନିଷ୍ପ୍ରଭ ସାଦା ସାଦା ଆଖି - ଆଉ ଝର୍କା ବାହାରେ ନୀରବିତ ପୃଥ୍ୱୀ, ନିଶ୍ଚୁପ ବସ୍ତି ଆଉ ନିସ୍ତରଙ୍ଗ ଆକାଶ - ଅନେକ ନିଦବଟିକା ଗିଳି ଆଲିଜିଆ ହେଇପଡ଼ିଥିବା ରକ୍ତହୀନ ରୋଗୀଟିଏ ।

କୋଳାହଳହୀନ ଏଇ ଜୀବନର ଅର୍ଗଳି । କୋଳାହଳହୀନ ଏଇ ଦିହର ଗମ୍ଭୀରି । ହଇଚଇ ନାହିଁ । କିଚିରିମିଚିରି ନାହିଁ । ସବୁ ଶୂନ୍‌ଶାନ୍- ସବୁ ଖାଲି ଖାଲି - ଠିକ୍ ଗୋଟାଏ ସାଦା ହଳଦିଆ ପଡ଼ିଆସୁଥିବା କାଗଜଟିଏ ଭଳି । ସବୁ ସମାନ ସହରତଳି ଭଡ଼ାଘର - ଗତାନୁଗତିକ ଦିନ ଦିପହର, ରାତି, ଅଫିସ୍ ଫାଇଲ୍ ସବୁକିଛି । ଉତ୍ତାନପାଦ ସୂର୍ଯ୍ୟ ଆଡ଼କୁ ଚାହିଁଲା । ଆଖି ଝଲସିଗଲା । ସବୁ ଜାଲୁ ଜାଲୁ ଦେଖାଗଲା । ଚାରିଆଡ଼େ ସ୍ପଷ୍ଟ ଖରା ବିଛାଡ଼ି ହୋଇ ପଡ଼ିଛି । ଖାଲି ଖରା, ଖରା, ଖରା - ଦିହ ଭିତରେ ଖରା, ଦିହ ବାହାରେ ଖରା, ବସ୍ତିର ଟିଣ ଛାତ ଉପରେ ଖରା ଆଉ ଚିନ୍ନାୟା ସ୍ତ୍ରୀ ପାର୍ବତୀ ଆମ୍ମାର ଚୋଚଡ଼ା ଅବନମିତ ସ୍ତନବୃନ୍ତରେ ଖରା । ଚିରାଲୁଗା ଭିତରୁ ଫୁଟି ବାହାରୁଥିବା କଳା ସିଠୁଆ ପିଠିରେ ଖରା, ନୂଆ ବାହା ହୋଇଥିବା ଲଛମୀର କୋଚଟ ତେଲଟିକିଟା ବ୍ଲାଉଜ୍ ଠେଲି ବାହାରକୁ ବାହାରିଥିବା ଉଦ୍ଧତ ବର୍ତ୍ତୁଳ ସ୍ତନ ଫାଙ୍କରେ ଖରା, ରିକ୍ସାବାଲା ବସ୍ତିର ନଙ୍ଗଳା ଫୁଙ୍ଗୁଳା ପିଲାଙ୍କ ରୋଗଣା ହାଡୁଆ ପିଠିରେ ଖରା ଏବଂ ଲେଞ୍ଚୋରାଭର୍ତ୍ତି ଆଖିରେ ଖରା । ଖରା ଯେମିତି ତା'ର ସ୍ଥିତି, ଅବସ୍ଥିତି, ଆବେଗ, ପରିବେଶ ସବୁକିଛିକୁ ସଂକ୍ରମିଯାଇଛି, ପ୍ରସରିଯାଇଛି ।

ଉତ୍ତାନପାଦ ସହଜ ହେଲା, ଦି'ହାତ ଉପରକୁ ଟେକି ଆଙ୍ଗୁଠି ଫୁଟେଇଲା । ନଭେମ୍ବର ମାସ ଶୀତ ସକାଳର ପ୍ରଭାବରୁ ରକ୍ଷା ପାଇବା ପାଇଁ ରେଜେଇ ଟାଣିଆଣି ମୁହଁ ଦିହ ଢାଙ୍କିଦେଲା । ବର୍ତ୍ତମାନ ଉତ୍ତାନପାଦର ଛଅଫୁଟିଆ ଦୁର୍ବଳ ଦିହର ସବୁଅଂଶ ରେଜେଇ ଭିତରେ ଲୁଚିଯାଇଛି । ଆଖି ଦି'ଟା ଯାହା ବାହାରକୁ ଝର୍କା ରେଲିଂ ଫାଙ୍କରେ ଦେଖାଯାଉଛି । ଷ୍ଟେସନ ଟାୱାର ଘଡ଼ିରେ ଆଠଟା ବାଜିବାର ସଙ୍କେତ । ମେଲ୍ ଆସିବା ପାଇଁ ତୃତୀୟ ଘଣ୍ଟି ବାଜିଗଲାଣି । କୋଳାହଳ ବଢ଼ିଆସୁଛି । ଉତ୍ତାନପାଦ ଆଖି ଫେରେଇଲା ଷ୍ଟେସନ ପାଖ ସର୍କାରୀ ପାଣି ପାଇପ୍‌ଆଡ଼େ । ପାଣି ପାଇପ୍ ଆଗରେ ଲମ୍ବା ଧାଡ଼ି - ଢାଳ, ଗରା, ଟିଣ, ଚେପାଟିଣ, ବାଲ୍‌ଟି, ଡ଼େକ୍‌ଚି, ତା ପାଖରେ ବସ୍ତି ମାଇପିଙ୍କ ଗୋଟାଏ ଧାଡ଼ି - ଚିନ୍ନାମା, ଲକ୍ଷ୍ମୀଆମ୍ମା, ପାର୍ବତୀ ଆମ୍ମା, ପାର୍ବତୀ, ଲାବଣ୍ୟ, ସରସ୍ୱତୀ, ରାଧା । ସେମାନଙ୍କ ଚିରାଲୁଗା କାନିକି ଧରି ନଙ୍ଗଳା ପିଲାଙ୍କର ଆଉ ଗୋଟାଏ

ଧାଡ଼ି - ରାମୁଡୁ, ହାମୁଡୁ, ଶଙ୍କର, ରାମୁଲୁ, ବିରାଲ୍ଲା, ରାମା, ଦାମା, ବିକଳି, ମଙ୍ଗୁଳି, ଗୋବରା, ହାଡ଼ିଆ, ଧଡ଼ିଆ। ତା'ପାଖରେ ଦାନ୍ତକାଠି ପାଟିରେ ଧରିଥିବା ଧୋତଡ଼ା ବୁଢ଼ାଙ୍କ ଧାଡ଼ି। ଆଉ ଟିକିଏ ଦୂରରେ ଧାଡ଼ି ଧାଡ଼ି ବସ୍ତିର ତାଟିଦୁଆର ଆଗରେ ବ୍ଲାଉଜ୍ ଭିତରୁ ବାହାରକୁ ବାହାରି ଆସୁଥିବା ବ୍ୟବହୃତ ସ୍ତନଙ୍କର ଗୋଟାଏ ତେର୍ଚ୍ଛାଧାଡ଼ି - ବର୍ତ୍ତୁଳ, ପୀନ, କଳା, ସାବନା, ଗୋରା, ଅବନମିତ, ଚୋଚଡ଼ା, ମାର୍ବଲ, ଟାଣ, ମସ୍‌କା ଏମିତି ଅନେକ ଧାଡ଼ି। କଳା ସ୍ତନବୃନ୍ତକୁ ଚୋଚଡୁଥିବା କାନ୍ଦୁରା ଚିରଚିରା ରଡ଼ି ଛାଡୁଥିବା କଅଁଳା ପିଲାଙ୍କଠାରୁ ଆରମ୍ଭ କରି ଚେପା ତେଲଚିକିଟା ଟିଣ ଗିନାରେ ଶୁଖିଲା ରୁଟି ଚୋବାଉଥିବା ନଙ୍ଗଳା ପିଲାଙ୍କ ପର୍ଯ୍ୟନ୍ତ। ଉତ୍ତାନପାଦ ନାକପୁଡ଼ା ତଳେ ନିଃଶ୍ୱାସ ପ୍ରଶ୍ୱାସ ଗରମ ହୋଇଉଠୁଥିଲା: ମୁଣ୍ଡ ଝିମ୍ ଝିମ୍ ହୋଇଆସୁଥିଲା। ସେ ଦେଖୁଥିଲା ସଂସାରର ଦୃଶ୍ୟ - କୌଣସି ଏକ ଶୀତ ସକାଳର ଖରାରେ, ଝର୍କା ରେଲିଂ ଫାଙ୍କରେ, ମାଡ୍ରାସ୍‌ମେଲ୍ ଆସି ଷ୍ଟେସନ୍‌ରେ ଲାଗିଗଲାଣି। ଲୋକ ହାଉଜାଉ ହେଲେଣି। ଉତ୍ତାନପାଦ ଦେଖିଲା ଆଜ୍‌ବେଷ୍ଟସ୍ ଖପରା ଆଙ୍ଗୁଠି ସନ୍ଧିରେ ଦେଇ ଦାସକାଠିଆ ବଜାଉଥିବା ଦି'ଟା ପିଲାଙ୍କୁ। ସେମାନଙ୍କ ଭେସେଡ଼ା କଣ୍ଠରୁ ବେତାଳରେ ଛୁଟିଆସୁଥିଲା-

'ୟେ ଦୋସ୍‌ତି, ହମ୍ ନେହିଁ ଛୋଡ଼େଙ୍ଗେ...

ତା'ପରେ ମାଳ ମାଳ ହାତ... "ବାବୁ ପଇସା"-

ଟିଣ ତାଟିଆ... "ଗରିବ ନିଆଶୀଟିଏ ବାବୁ... ବାପା ମାଆ କେହି ନାହିଁ"। ଉତ୍ତାନପାଦର ମନେହେଲା-

ପିଲା...ପିଲା...ପିଲା... ଗୋଛା ଗୋଛା ପିଲା, ଚାହା ଦେଉଥିବା ପିଲା, କଦଳୀ ବିକୁଥିବା ପିଲା,

ମାଗାଜିନ୍ ଧରି ଅଚ୍ୟୁତାନନ୍ଦ ମାଳିକା ପଢୁଥିବା ପିଲା, କଲମ ବିକୁଥିବା ପିଲା, ବୁଟ୍ ପଲିସ୍ କରୁଥିବା ପିଲା, ପୃଥିବୀସାରା ଏମିତି ପିଲାଙ୍କର ଗହଗହ, ଅସମ୍ଭବ ଭିଡ଼।

ଉତ୍ତାନପାଦ କାନେଇଲା - ଭଡ଼ାଘର ତଳ ମହଲାରେ କୋଳାହଳ ଜମି ଆସୁଛି। ମାଲିକର ସାନପୁଅ ପଣିକିଆ ଘୋଷୁଛି, ମଝିଆ ପୁଅ ଧୂଳି ରାସ୍ତାରେ ଗୁଡ଼ି ଉଡ଼ଉଛି। କଲେଜ ପଢୁଆ ଝିଅ ବିପାସାର ଶାଢ଼ି ଖସ୍‌ଖସ୍ ଶୁଭୁଛି। ବିପାସା କଲେଜ ଯିବାକୁ ତରବର ହେଉଥିବ। ବିପାସାକୁ ଦେଖିଲା ଦିନୁ ଉତ୍ତାନପାଦ ପ୍ରେମ କ'ଣ ଜାଣିଛି। ଆଉ ଅଳ୍ପ ସମୟ ପରେ ବିପାସା କଲେଜ ବାହାରିବ। ସବୁଦିନ ଭଳି ଠିକ୍ ସେମିତି ଝର୍କା ରେଲିଂ ପାଖରେ ଉତ୍ତାନପାଦର ଜୁଳୁଜୁଳୁଆ ନିଷ୍ପ୍ରଭ ଆଖି ଦି'ଟା

ବ୍ୟଗ୍ରଭାବେ ଚାହିଁ ରହିଥିବ। ବିପାସା ଧୂଳି ରାସ୍ତା ଉପରେ ଠିଆହେବ। ଉତ୍ତାନପାଦର ଝର୍କାଆଡ଼କୁ ଚାହିଁବ। ଝର୍କା ରେଲିଂ ପଛ ପାଖରୁ ଉତ୍ତାନପାଦର ସାଦାକାଗଜ ଭଳି ଆଖି ଦିଇଟା ଗୋଟାଏ ଆତ୍ମ ଶିହରଣରେ ଶିହରି ଉଠିବ। ଆଖିରେ ଆଖି ମିଳିଯିବ, ଝର୍କା ରେଲିଂ ଡ଼େଇଁ ବିପାସାର ଅନେକ ଅର୍ଥପୂର୍ଣ୍ଣ ଇଙ୍ଗିତ ଉତ୍ତାନପାଦର ଛାତି ଭିତରେ ପଶିଯିବ। ଗୋଟାଏ ଅଭାବନୀୟ ଆନ୍ଦୋଳନରେ ଆନ୍ଦୋଳିତ ହୋଇ ଉଠିବ ସେ। ବିପାସା ଫିକ୍‌କିନା ହସିବ ଆୟତ୍ତ ଆଖିର ପରିମିତ ଦୁଷ୍ଟାମି ଭିତରୁ - ନିହାତି ପିଲାଳିଆ, ନିଷ୍ପାପ, ପ୍ରାଣଭରା ଛୋଟ ହସଟିଏ। ଆଃ-ଉତ୍ତାନପାଦ ଗୋଟାଏ ରୋମାଞ୍ଚିତ ମୁହୂର୍ତ୍ତର ସମ୍ଭାବନାରେ ଆଖି ବନ୍ଦକରି ରଙ୍ଗିନ ପ୍ରଜାପତି ଧରିଲା ପରି ସ୍ୱପ୍ନସବୁକୁ ଧରି ରଖିବାକୁ ଖପ୍‌ଖପ୍ ଡ଼େଉଁଛି। କୁଦିବୁଲୁଛି ବିପାସାର ପ୍ରେମାୟିତ ଆବେଗର ସମୁଦ୍ରରେ। ଓଦା ହୋଇଯାଉଛି ନିଷ୍ପାପ ହସର ଲହଡ଼ିରେ। ଜୁଳୁଜୁଳୁ ସମ୍ଭାବନାର ଆଖି ଦିଇଟିର କାଚଗୁଲି ପଟଳରେ ଖୋଜିବୁଲୁଛି ନିଜର ପ୍ରତିଛବି। ତା'ର ମନେହେଉଛି ଖୁବ୍ ପ୍ରଶସ୍ତଭାବେ ବିପାସା ତା ଭିତରେ ବ୍ୟାପିଯାଉଛି - ରକ୍ତରୁ ରକ୍ତକୁ, ଧମନୀକୁ, ଶିରାପ୍ରଶିରାକୁ, ହୃତ୍‌ପିଣ୍ଡକୁ, ଚିନ୍ତା, ଚେତନାକୁ। ତା ଦେହ ଭିତରର ସବୁ ଖାଲି ଜାଗାରେ ବିପାସା ଭରି ହୋଇଯାଉଛି। କ୍ଷଣକ ପାଇଁ ନିଛାଟିଆ ଦିହର ଗଳିରେ ଅସମ୍ଭବ କୋଳାହଳର ଆସର ଜମିଯାଉଛି। ପ୍ରସ୍ତରୀଭୂତ ଶୂନ୍ୟତା ଖସଡ଼ିଯାଉଛି। ଆତ୍ମନିର୍ବେଦତାର ନିରୋଳା ଅନୁଭୂତିଟି ଏକ ସୂକ୍ଷ୍ମ ଆବେଗ ପ୍ରବାହରେ ପ୍ରାଣ ପ୍ରାଚୁର୍ଯ୍ୟରେ ପରିଣତ ହୋଇଯାଉଛି। ଜୀବନରୁ ପାସୋରି ପକେଇଥିବା ପଣିକିଆ ମନେ ପଡ଼ିଯାଉଛି। ଆତ୍ମବିସ୍ମୃତିର ଗଭୀରତାବୋଧ ଭିତରେ ସେ ଅନେକବେଳେ ହାତ ଟେକି ଚିତ୍କାର କରିଛି "ମୁଁ ବଞ୍ଚିବାକୁ ଚାହେଁ... ଗଭୀରଭାବେ ବଞ୍ଚିବାକୁ ଚାହେଁ।" ଘର ଚାରିପଟେ ଅସ୍ତବ୍ୟସ୍ତ ଭାବେ ଦଉଡ଼ି ଦଉଡ଼ି ଜୀବନକୁ ଖୋଜୁଛି। ଗୋଟାଏ ଦୀର୍ଘଶ୍ୱାସ ହଠାତ୍ ତଳିପେଟ ଦୁହିଁଦେଇ ବାହାରିଆସିଲା - ଆଉ ସୂଚେଇ ଦେଲା ତା ଭିତର ଶୂନ୍ୟତାର ବ୍ୟାପକତା।

ଅସହାୟ ପିଲାଟିଏ ଭଳି ସେ ନିଜେ ନିଜର ପରିଚୟ ଖୋଜୁଛି। ଯୋଉ ଜାଗାରେ ପହଞ୍ଚିଛି ସେ ଜାଗାର ନାଁ ସେ ଜାଣିନି। ଯିବା ବେଳକୁ ମନେହେଉଥିଲା ସେ ଜାଗାରେ ହିଁ ସବୁକିଛି ଲୁଚି ରହିଛି। ତାକୁ ନିଶ୍ଚୟ ମିଳିବ। ଅଥଚ ସେଠି ପହଞ୍ଚିଲା ବେଳକୁ ସବୁ ଶୂନ୍‌ଶାନ୍ - କିଛି ନାହିଁ - କିଛି ନାହିଁ ...ଖାଲି ଯାହା ବ୍ୟର୍ଥତାର କ୍ଳାନ୍ତିକର ଅନୁଭୂତିଟିଏ। କୋଉଠି ତା'ର ପରିଚୟ ହଜିଯାଇଛି ତା ବି ସେ ଜାଣିନାହିଁ। କାହାକୁ ଖୋଜୁଛି ତା'ର ଠିକଣା ନାହିଁ। କାହାକୁ ପଚାରିବ ସେ ଜାଣିନି। ତଥାପି କିଛି ଗୋଟାଏ ସେ ଖୋଜୁଛି। ଠିକ୍ ହାଲିଆ ହେଲା ପର୍ଯ୍ୟନ୍ତ ଗୋଡ଼-ହାତ ଦିଇଟି ମସକି

ଗଲା ପର୍ଯ୍ୟନ୍ତ- ମା' ଛେଉଣ୍ଡ ପିଲାଟିଏ ଭଳି। ଅଦରକାରୀ ହସ୍‌ପିଟାଲ ନାଳରେ ଫିଙ୍ଗା ହୋଇଥିବା କଅଁଳା ପିଲାଟିଏ ଭଳି।

ଉତ୍ତାନପାଦ ଜୀବନ ସହିତ ଧସ୍ତାଧସ୍ତି ହେଉଛି। ସାଇକେଲ ପେଲି ପେଲି ସର୍କାରୀ ଅଫିସ୍‌ର ଫାଇଲ ଭିତରେ ବଞ୍ଚିବାର ସରଳ ସଂଜ୍ଞାଟି ଖୋଜୁଛି। ତା' ଆଗରେ ତା'ର ସେହି ଅଭିଶପ୍ତ ସୀମିତ ପୃଥିବୀର ପରିଧି। ତା ଭିତରେ ଯକ୍ଷ୍ମାରେ ଶେଯଧରି ଟଳିତଳାନ୍ତ ହେଉଥିବା ବୁଢ଼ା ବାପାର ରୁଢ଼ଭର୍ତ୍ତି ମୁହଁ, ହାଡ଼ୁଆ ଛାତି ଆଉ ଯନ୍ତ୍ରଣାରୁଦ୍ଧ ଖୁଁ ଖୁଁ କାଶ, ଘରର ଦାୟିତ୍ୱ, ଛଅ/ସାତ ଭାଇ ଭଉଣୀଙ୍କର ଦାୟିତ୍ୱ। ସେମାନଙ୍କ ଆଖି ଭିତରେ ବଞ୍ଚିବାର ନିଷ୍ପ୍ରଭ ଆଲୋକଟି ନିଭି ନିଭି ଆସୁଛି। ଭାଗ୍ୟ ସହିତ ଗଭୀରଭାବେ ସାଲିସ୍ କରିଦେଇ ଯେମିତି ତା'ର ସୀମିତ ପୃଥିବୀଟି ଜୀବନର କୋଳାହଳରୁ ଦୂରେଇଯାଇ ନିଜକୁ ହତଭାଗ୍ୟ ଛୁଆଟିଏ କହି ମୁଣ୍ଡ କୋଡ଼ୁଛି। ତା' ପୃଥିବୀର ପରିଧି ବାହାରକୁ ଯେମିତି ଚଉଦଟି ହାତ ଏକାବେଳକେ ବଢ଼ି ଆସୁଛି ଆଉ ବିକଳଭାବେ ଚିତ୍କାର କରିଚାଲିଛି-

"ବାବୁ ପଇସାଟିଏ ଦିଅ-ତିନି ଚାରି ଦିନ ହେଲା ଖାଇନି ବାବୁ।"

ତାର ମନେପଡ଼ି ଯାଉଛି ସେଇ ଭୟଙ୍କର ଘଟଣାର ଜଘନ୍ୟତା - ଯେତେବେଳେ ପଙ୍ଗୁ, ଅଥର୍ବ, ରୋଗଣା ତା ବାପା ଦେଡ଼େଟା ଟଙ୍କା ଶୁଝିବାପାଇଁ ତା ଭଉଣୀକୁ ଗୋଟାଏ ମଦୁଆ ଲମ୍ପଟ ଟୋକା ହାତରେ ଟେକିଦେଇଥିଲେ - ସେଦିନ ଉତ୍ତାନପାଦ ଧକ୍କା ମାରି ତାକୁ ବାହାରକୁ ବାହାର କରିଦେଇ ଥିଲା। ପାଗଳ ଭଳି ଘୋଷାରି ଆଣି ସେ ଟୋକାକୁ ଯାହିତାହି ଭାଷାରେ ଗାଳି ଦେଇଥିଲା। ଆଉ ତାପରେ ମକଦମା ହୋଇଥିଲା। ଆଉ ଆଜି ସେ ସେଇଥିରେ ତିଳ ତିଳ ହୋଇ ଜଳୁଛି, ବର୍ଢ଼ିଲା ଭଉଣୀ ଘରେ ବସିଛି। ହୁଏତ ଆଉ କିଛି ଦିନ ପରେ ଦିନେ ତା' ଘର ଭିତରୁ ରାତି ଅଧରେ ମଦ ପିଇ ମାତାଲ ଅବସ୍ଥାରେ ସେ ଟୋକା ବାହାରି ଆସିବ - ଆଉ ତା' ପାଟିରୁ ବାହାରି ଆସୁଥିବ- ଶାଳୀ ମାଲ୍ କ୍ୟା ଆଛା ହୈ। ଆଉ ତା'ଆଢ଼େ ଚାହିଁ ବାହାଡ଼ା ଦାନ୍ତ ଦେଖେଇ ସେ ଟୋକା ହସୁଥିବ- ହସୁଥିବେ ଗାଁର ବୁଢ଼ା, ଭେଣ୍ଡିଆ ସମସ୍ତେ- ତା' ଭଉଣୀର ନିଭୃତ ଦେହର ତାରିଫ୍ କରି- ଉତ୍ତାନପାଦ ଭିତରେ ହାହାକାର ଭାବ। ଭାଙ୍ଗି ପଡ଼ିବାର ଧ୍ୱଂସକାରୀ ଶବ୍ଦ। ସେ ଦୁର୍ବଳ ହୋଇପଡ଼ୁଛି। ସବୁ ଦମ୍ଭ ଆତ୍ମବଳ ମସ୍‌କିଯାଉଛି ଏହି ଘରଟିଏ ପରି - ସେ ଭାବୁ ଥିଲା ସେ ଏକା ଆଉ ପାରିବନି- ହାରିଯିବ- ସବାଶେଷରେ ପଙ୍ଗୁ ହେଇ ମୃତ୍ୟୁପୂର୍ବ ଶେତା ଆଖିରେ ପରାଜୟର ତାଣ୍ଡବ ଅସହାୟ ଭାବେ ଯାହା ଦେଖୁଥିବ। କିଛି କରିବାର ଯୁ ନଥିବ।

ଉତ୍ତାନପାଦ ଦୀର୍ଘଶ୍ୱାସ ଛାଡ଼ି ଘଡ଼ି ଦେଖିଲା। ରେଜେଇ ଫିଙ୍ଗିଦେଇ ବାହାରକୁ

ବାହାରି ଆସିଲା। ଧୂଳି ରାସ୍ତାରେ ସ୍କୁଲ ପିଲାଙ୍କ ଧାଡ଼ି ...କୁନୁ, ମୁନୁ, ଟୁନୁ, ବାବୁନା, ଟୁଟୁ, ଟୁକୁ, ବୁଟୁ, ଲିଟୁ, ପପୁ, ଟିପୁ ... ସୁଜାତା, ସରିତା, ପ୍ରତିମା, ବାସନ୍ତୀ, ଆରତୀ, ଭାରତୀ, ପ୍ରିୟମ୍ବଦା, ମନୋରମା ... ସୁରେଶ, ମହେଶ, ଶିଶିର, ଶଶିଶେଖର, ରବି, ମାଧବ, ଭବାନନ୍ଦ...।

ଉତ୍ତାନପାଦ ଚପଲ ଘୋଷାରି ଘୋଷାରି ବାହାରକୁ ଆସିଲା। ବ୍ରସ, ପେଷ୍ଟ ନେଇ ବାରଣ୍ଡାରେ ଏପଟ ସେପଟ ହେଲା। ଅଗଣାରେ ବିପାଶା ଶାଢ଼ି ଶୁଖାଉଛି। ଘରୁ ବିପିଶା ମା'ଙ୍କର ତାଗିଦ୍ ଶୁଭୁଛି, ଏତେବେଳଯାଏ ଯୋଉ ଗୋଟିଏ ରୁଗ୍ଣ ଅଭାବବୋଧର ଅସହାୟତା ତାକୁ ଘେରି ରଖିଥିଲା ତାହା ଅପସରି ଆସିଲା। ସେ ଗଭୀରଭାବେ ଅନୁଭବ କଲା ବଂଚିବାର ରାସ୍ତାରେ ସେ ଆଉ ଏକା ଚାଲି ପାରିବନି। ଅନ୍ଧକାରମୟ ଶୂନ୍ୟତାବୋଧକୁ ଦୂରେଇବାକୁ ହେଲେ ଆଲୋକଟିଏ ଦରକାର- ସାହସଟିଏ ଦରକାର ... ଗୋଟାଏ ନୂତନ ଦମ୍ଭ ପୁଣି ତା'ର ମସ୍କି ଆସୁଥିବା ମନୋବଳକୁ ଟାଣ କରିଦେଲା। ସେ ଏବେ ଅନୁଭବ କରିପାରୁଛି ବିପାଶା ଘରୁ ଆସୁଥିବା ତରକାରିର ବାସନା। ତା'ର ମନେପଡ଼ି ଯାଉଛି ପ୍ରଥମ ସାକ୍ଷାତ୍‌ର ଆବେଗିତ ମୁହୂର୍ତ୍ତଟି। ଲୁଚିଛପି ଦେଖା ସାକ୍ଷାତ, ଅନେକ ଆଳାପ, ଦୁଃଖ ସୁଖ, ଅନେକ ଲଜ୍ଜ୍ୟା, ଅନେକ ଚୁମା ଦିଆନିଆ, ଅନେକ ଆଲିଙ୍ଗନ, ଅନେକ ଆବେଗ- ଆଶା- ଆକାଂକ୍ଷା ଏକ ଭିତରେ ଅନ୍ୟର ଜୀବନର ପ୍ରତିଫଳନ, ଦିହର କାନ୍‌ଭାସରେ ଯୌବନର ରଙ୍ଗ, ସମ୍ଭୋଗର ଚିତ୍ର, ସମ୍ବେଦନାର ସମାରୋହ, ସେଇ ଲାଜରା ମୁହଁ ଇମା ତମେ କେଡ଼େ- ତା'ର ସେଇ ଦାର୍ଶନିକ ତତ୍ତ୍ୱ "ତମେ ଏମିତି ଭାଙ୍ଗି ପଡ଼ିଲେ ଚଳିବ ଉତ୍ତାନପାଦ । ଟାଣ କରିଦିଅ ...। ଲୁହାଭଳି ଟାଣ କରିଦିଅ ହୃଦୟକୁ। ସବୁ ଅବସାଦ ଦୂରେଇ ଯିବ।" ତା'ର ସେଇ ଦୁର୍ବଳ ଅଭିବ୍ୟକ୍ତି- "କେତେଦିନ ଆମେ ଏମିତି ଗୋଟାଏ ଶୂନ୍ୟ ଦୂରତାର ଦି'ମୁଣ୍ଡରେ ଗୋଟାଏ ନିରାପଦ ଦୂରତ୍ୱ ରଖି ପରସ୍ପରକୁ ଦେଖୁଥିବା ଉତ୍ତାନପାଦ। ଆମ ଅପେକ୍ଷାର କ'ଣ ଶେଷ ନାହିଁ।" ଆଉ ଶେଷରେ ଦର୍ଶନ ଛାତ୍ରୀ ବିପାଶାର ସେଇ କାକୁତି। "ତମେ ଭାରି ଏକଲା ନୁହେଁ ଉତ୍ତାନପାଦ? କେତେ ସରି ହେଲଣି ଦେଖିଲ? ବଞ୍ଚିବାର ଅସହାୟ ଦଉଡ଼ ଭିତରେ ତମେ ଚିପି ହେଇ ଅଣନିଃଶ୍ୱାସୀ ହୋଇ ପଡ଼ିଛ। କେତେ ଝଡ଼ି ଗଲଣି ତମେ। କେତେ ବେପରୁଆ ହେଇଗଲଣି ତମେ। ମତେ ନେଇଚାଲ ଉତ୍ତାନପାଦ। ତମ ପାଖକୁ ନେଇଚାଲ। ତମ ଭିତରେ ଯେତେ ତନ୍ତ୍ରୀସବୁ ଛିଣ୍ଡି ଧ୍ୱସ୍ତବିଧ୍ୱସ୍ତ ହୋଇଯାଇଛି, ସବୁ ମୁଁ ଯୋଡ଼ିଦେବି... ସବୁ ସଜାଡ଼ିଦେବି। ମତେ ଖାଲି ଥରେ ନେଇ ଚାଲନା? ଉତ୍ତାନପାଦ ଆଖିରେ ଲୁହ ଜକେଇ ଆସେ - ଅସମର୍ଥ ପୁରୁଷର ଜୀବନକୁ ସେ ଗଭୀରଭାବେ ଭଲପାଇ ବସିଛି, କିନ୍ତୁ ବଞ୍ଚିବାର ଅସଲ ସୂତ୍ରଟି ସବୁଦିନ ପାଇଁ ହଜେଇ ଦେଇଛି।

ଉତ୍ତାନପାଦ ସାଇକେଲ ଟେକି ଟେକି ଶିଡ଼ି ଉପରକୁ ଆସିଲା। ତା’ ପରେ ଧୂଳି ରାସ୍ତାକୁ। ଅଫିସ୍ ଯିବାକୁ ହେବ। ଆଗରେ ରିକ୍ସାବାଲା ବସ୍ତି। ବାଲିରେ ତରତର ହେଇ କଲେଜ ବସ୍ ଧରିବାକୁ ଧାଇଁଥିବା ବିପାଶାର ପାଦଚିହ୍ନ। ଟାକୁଣ୍ଡା କାନଶିର ବଣ... ଟିଣ ଛାତ। ପାଣିପାଇପ୍ ପାଖରେ ଭଡ଼ାଘରକୁ ଲାଗି ରହିଥିବା ରିକ୍ସାବାଲା ରାମୁଲୁର ସ୍ତ୍ରୀ ରାଜେଶ୍ୱରୀ ଲଙ୍ଗଳା ପିଲା ତିନିଟାଙ୍କୁ ଚିରା କନାରେ ରଗଡ଼ି ରଗଡ଼ି ଗାଧୋଇ ଦେଉଛି। ଏଇ ରାଜେଶ୍ୱରୀକି ନେଇ ସେଦିନ ବସ୍ତିରେ ଗୋଟାଏ ଅଘଟଣ ଘଟିଗଲା – ସାଇକେଲ୍ ଦୋକାନରେ ପମ୍ପ୍ ଦେଉ ଦେଉ ଉତ୍ତାନପାଦ ଭାବିଲା, ଏଇ ସାଇକେଲ୍ ଦୋକାନୀ ହାଫ୍‌ପ୍ୟାଣ୍ଟ ପିନ୍ଧା ଅନାମ କୁଆଡ଼େ ଦଶଟଙ୍କା ଦେଇ ରାଜେଶ୍ୱରୀକି ସାଇକେଲ୍ ଦୋକାନ ପଛକୁ ଲାଗିଥିବା ତା ଚାଳିଆ ଭିତରେ ଦିନ ଦି ପହରଟାରେ ଉପଭୋଗ କଲା। ଆଉ ରାଜେଶ୍ୱରୀକି ଦେଖିଥିବା କେତେଟା ବସ୍ତିଟୋକା ରାମୁଲ ଆଗରେ କଥାଟା ପକେଇଦେଲେ। ତାପରେ ରାମୁଲୁ ରାଜେଶ୍ୱରୀକୁ ପିଟି ପିଟି ଘରୁ ବାହାର କରିଦେଲା। ଅନାମ ଭୟରେ ଲୁଚିଲା। ସେଇ ମାଇପେ କୁହାକୁହି ହେଲେ ଅଘରୀ-ଦାରୀ, ବଜାତ୍-ବେହିଆ ମାଇକିନିଆ-ଘରଦ୍ୱାରା ସାରିଲା-ମାନମହତ ବିକିଲା। ବସ୍ତିର ମରଦମାନେ ଅଶ୍ଳୀଳ ଇଙ୍ଗିତ କଲେ। ପିଲାମାନେ ଅଙ୍ଗାରରେ ଅନାମ ସାଇକେଲ ଦୋକାନ ଟିଣ ଉପରେ ଅକଥା ଲେଖିଲେ। ରାଜେଶ୍ୱରୀ ବା କାହିଁକି ଡରିବ ? ଅଳପେଇସା ମରଦଗୁଡ଼ାଙ୍କୁ ସାତପୁରୁଷ ଶୋଧିଲା। ପେଡ଼ିପୁଟୁଳା ଧରି ଚାଲିଲା ଷ୍ଟେସନ ପ୍ଲାଟଫର୍ମକୁ। ରାମୁଲ ରିକ୍ସାଧରି ସହରଆଡ଼େ ବାହାରିଗଲା। ଅଧେ ପିଲା ଧାଇଁଲେ ମାଆ ପଛରେ। ଆଉ ବଡ଼ ବଡ଼ ପିଲାଗୁଡ଼ାକ ବାପା ଭୟରେ ଘର ଭିତରେ ପଡ଼ିରହିଲେ। ଦିନସାରା ଘଟଣାର ତୀବ୍ରତା ରହିଲା, ହେଲେ ରାତିଅଧରେ କଥାଟାର ଗୋଟାଏ ସିଧାସଳଖ ସମାଧାନ ହୋଇଗଲା। ରାତି ବାରଟା ବେଳକୁ ରାମୁଲୁ ତାଡ଼ିପିଇ ମାତାଲ ହୋଇ ଫେରିଲା। ଆଉ ଘରେ ଦରକାର ପଡ଼ିଲା ତା’ର ସେଇ ଚିର ପରିଚିତ ଦିହଟା – ଯାହା ଭିତରେ ସେ ଢାଳିଦେବ ଦିନଯାକର ବିଷାକ୍ତ କ୍ଳାନ୍ତି ଆଉ ଅବସାଦ। ତାପରେ ସିଧାସଳଖ ଚାଲିଲା ପ୍ଲାଟଫର୍ମକୁ। ପ୍ଲାଟ୍‌ଫର୍ମ ଚଟାଣରୁ ଟେକିଆଣିଲା ରାଜେଶ୍ୱରୀର କୋଚଟ ଦିହଟାକୁ। ଆଉ ଛଅଟା ପିଲା ଧରିସାରିଥିବା ସେ କ୍ଳାନ୍ତ ଦେହଟା ସାଥିରେ ଆରମ୍ଭ କରିଦେଲା ପୁରୁଣା ନିତିଦିନିଆ ଖେଳ। ସେଇ ଛାତତଳେ ଦିଇଟା ଦିହର କାମନାର କୁଣ୍ଡରେ ମାନମହତ, ଗର୍ବ, ଦମ୍ଭ, ଅଭିମାନ ସବୁ ପୋଡ଼ିଗଲା। ଉତ୍ତାନପାଦ ସାଇକେଲ୍‌ରେ ପାଦଦେଇ ବସ୍ତିମୋଡ଼ ବୁଲିଲା। ତା’ର ମନେହେଲା ଜୀବନର ସହଜ ସଂଜ୍ଞାଟା ହିଁ କ୍ଷୁଧା, ଅବଶ୍ୟ ମଣିଷର କ୍ଷୁଧା, ଅସହ୍ୟତାର ପ୍ରାବଲ୍ୟ।

ତା’ପରେ ସେ ପଶିଲା ବସ୍ତିକଡ଼ ହୋଟେଲ୍‌କୁ। ଆମ୍ବକାଠ ପଟାବେଞ୍ଚ ଉପରେ

ବସିଗଲା - ବାହାରକୁ ଚାହିଁଲା। ଦି'ପଟୁ ଲଙ୍ଗଳା ପିଲାଙ୍କର ଦି'ଧାଡ଼ି ପଟୁଆର, ପ୍ରତ୍ୟେକ ପିଲା ମୁଣ୍ଡରେ ସିନେମା ପ୍ରଚାରପତ୍ର କାଗଜରେ ତିଆରି ମୁକୁଟ ଲଇ ଦେଇ ବାନ୍ଧିଛନ୍ତି। ଅଣ୍ଟାରେ ବନ୍ଧା ହେଇଛି ଚାକୁଣ୍ଡାଡ଼ାଳ, ହାତରେ ବାଉଁଶ ବତାର ଖଣ୍ଡା, କିରୋସିନ ଟିଣର ଢାଲ। ଅଣ୍ଟାରେ ରିକ୍ସା କନାର କମରପଟି, ହାତରେ ରବର ଟିଉବ ମୋଡ଼ା ଚାବୁକ, କାନ୍ଧରେ ଅମରି ବାଡ଼ିର ଧନୁ ଆଉ ଶୁଖିଲା ଚାକୁଣ୍ଡାର ଶର। ଦୁଇ ଦଳ ସୈନ୍ୟ ଚାଲିଛନ୍ତି ରାସ୍ତାକଡ଼ ଛୋଟ ପଡ଼ିଆଭଳି ଯୁଦ୍ଧକ୍ଷେତ୍ରକୁ। ଦି'ଦଳ ଆଗରେ କେତେଟା ଟୋକା ବେକରେ ଦଉଡ଼ି ଗଳେଇ ଧରିଥିବା ଟିଣକୁ ଅମରିବାଡ଼ିରେ ପିଟିପିଟି ଯୁଦ୍ଧ ବାଜା ବଜଉଛନ୍ତି। ପ୍ରତ୍ୟେକଙ୍କ ହାତରେ ଗୋଟାଏ ଗୋଟାଏ ବାଡ଼ି ଆଉ ବାଡ଼ି ଅଗରେ ରଙ୍ଗିନ୍ କାଗଜର ପତାକା। ତା'ପରେ ଆରମ୍ଭ ହେଲା ଯୁଦ୍ଧର ଖେଳ। ଖଣ୍ଡାକୁ ଖଣ୍ଡା ବାଜିଲା... ଯୁଦ୍ଧବାଜା ଜୋର୍‌ସୋର ବାଜିଲା। ପଡ଼ିଆ ଚାରିପଟେ ଦେଖଣାହାରିଙ୍କ ଭିଡ଼୍ ଜମିଗଲା। ଲୋକ ହାତତାଳି ଦେଇ ଉତ୍ସାହ ଦେଉଥିଲେ। ଉତ୍ତାନପାଦ ଶୁଣିପାରୁଥିଲା ଅପେରାର କେତେଟା ସଂଳାପ। ହୋ'ହଲ୍ଲା ଖୁବ୍ ଜମିଥିଲା। ଦର୍ଶକମାନଙ୍କ ମଝିରୁ ଶୁଭୁଥିଲା, "ଆରେ ଆରେ ଚଣ୍ଡ, ହେଉ ଲଣ୍ଡଭଣ୍ଡ, ମୁଣ୍ଡଗଣ୍ଡି ଦେବି ମୋଡ଼ିରେ...।" ଖାଇସାରିଲା ପରେ ଉତ୍ତାନପାଦ ଦର୍ଶକମାନଙ୍କ ଭିତରେ ଉଙ୍କିମାରିଲା। ସେତେବେଳକୁ ଦି'ଦଳର ରଜା ଦି'ଜଣ ହାତ ଧରାଧରି ହେଇ ଗଡ଼ାଗଡ଼ି ହେଉଥାନ୍ତି। ଉତ୍ତାନପାଦ ଖୁବ୍ ଜୋର୍‌ରେ ହସିଲା। ଦର୍ଶକମାନେ ଟିକେ ମୁହଁ ବୁଲାଇ ପୁଣି ଖେଳରେ ମନଯୋଗ ଦେଲେ।

ଟାୱାର୍ ଘଣ୍ଟାରେ ଦଶଟା ବାଜିଲା-

ଉତ୍ତାନପାଦ ସାଇକେଲ୍‌ରେ ପାଦଦେଲା। ଆଗରେ ଅଫିସ୍। ଅଫିସ୍‌ର ଫାଇଲ ଭିତରେ ସେଇ ଗତାନୁଗତିକ ସରଳ ଅର୍ଥଖୋଜା। ଉତ୍ତାନପାଦ କିଛି ସମୟ ପାଇଁ ଭୁଲିଯିବାକୁ ଚେଷ୍ଟାକଲା ତା' ପରିବେଶକୁ, ଭଡ଼ାଘରକୁ, ବିପାଶାର ସେଇ ଆଖିକୁ - ବିପାଶାକୁ - ରାଜେଶ୍ୱରୀକୁ। ସାଇକେଲ୍ ଉପରେ ପାଦ ଜୋର୍‌କଲା। ତା' ଆଗରେ ଅଫିସ୍... ପଛରେ ରିକ୍ସାବାଲା ପିଲାଙ୍କର ସେଇ ଯୁଦ୍ଧଖେଳର ଧସ୍ତାଧସ୍ତି ଶୁଭୁଥିଲା, ଅପେରାର ସେଇ ଗୀତ...

"ଆରେ ଆରେ ଚଣ୍ଡ ହେଉ ଲଣ୍ଡଭଣ୍ଡ
ମୁଣ୍ଡଗଣ୍ଡି ଦେବି ମୋଡ଼ିରେ...।"

■■

ବିଭକ୍ତ ମଣିଷ ଓ ଫୁଟ୍‌ପାଥର ଗଳ୍ପ

ଫୁଟ୍‌ପାଥ ଉପରେ ଗୋଡ଼ ଘୋଷାଡ଼ୁ ଘୋଷାଡ଼ୁ ପବିତ୍ର ଦେଖେ ମଣିଷଙ୍କ ଭିଡ଼। କୋଳାହଳ, ଧାଁଧପଡ଼, ଜନତାର ପଟୁଆର। ଦଉଡ଼ୁଥିବା ଲୋକେ - ଅନେକ ରଙ୍ଗରେ, ଅନେକ ବେଶ ପୋଷାକରେ - ମୁହଁରେ ଫୁଟି ଉଠୁଥିବା ବ୍ୟସ୍ତତାରେ ଅଣନିଃଶ୍ୱାସୀ ଦଉଡ଼ ଧାପଡ଼ରେ ନିଜ ନିଜର ସ୍ୱତନ୍ତ୍ରତାର ଭିନ୍ନ ମଣିଷଗୁଡ଼ିଏ କଳଖେଳଣା ଭଳି ହାତଗୋଡ଼ ହଲେଇ ଯେମିତି ଚାଲିଯାଉଛନ୍ତି। ହଁ, ମଣିଷ ବା ଆଉ କ'ଣ ହେଇପାରେ - କଳ ଖେଳଣାଟିଏ - ଦୁଇଟା ଦୋଳାୟମାନ ହାତ - ଦୁଇଟା ଧାଉଁଥିବା ଗୋଡ଼ - ଆଉ ନିଜ ପରିବେଶ - ନିଜ ଚାରିପଟେ ଘେରି ରହିଥିବା ଦୁନିଆ ପ୍ରତି ଅସଚେତନ ନିହାତି ସ୍ୱାର୍ଥପର ବ୍ୟକ୍ତିତ୍ୱଟିଏ।

ନିଛକ୍ ମଣିଷଟିଏକୁ ଏମିତି ଫୁଟ୍‌ପାଥ ଉପରୁ ନିରେଖି ଦେଖିବାକୁ ପବିତ୍ରକୁ ଖୁବ୍ ଭଲ ଲାଗେ, ସେ ଆତ୍ମବିଭୋର ହେଇପଡ଼େ। ନିରୀହ ମଣିଷଟିଏ ନିଜର ଅସମ୍ଭବ କ୍ଷୁଦ୍ରତ୍ୱ ସତ୍ତ୍ୱେ, ନିମିତ୍ତତା ସତ୍ତ୍ୱେ - ଯେତେବେଳେ ନିଜର ଗର୍ବ,

ନିଜର ଦମ୍ଭକୁ ବୋଝକରି ଅନ୍ୟ ଉପରେ କର୍ତ୍ତୃତ୍ୱ ଜାହିର କରିବା ଭଙ୍ଗୀରେ ଫୁଟ୍‌ପାଥ ଉପରେ ବାହାରିପଡ଼େ, ସେତେବେଳେ ପବିତ୍ରକୁ ହସ ମାଡ଼େ - ସେ ହସିଦିଏ ଫେଁକିନା - ହଠାତ୍ ମଣିଷଙ୍କ ଶୋଭାଯାତ୍ରା ଟିକିଏ ଅଟକିଯାଏ - ଥମିଯାଏ ଗୋଟାଏ ଶେଷହୀନ ଯାତ୍ରାର ଅବାରିତ ଗତି। ଗତିଶୀଳ ଜନତା ଫେରିପଡ଼େ ଆଖିରେ ଆଶ୍ଚର୍ଯ୍ୟ ନେଇ। ମୁହଁର ବିକୃତିରୁ ଖସଡ଼ି ଆସୁଥାଏ ତାଚ୍ଛଲ୍ୟର ବହଳିଆ ଦାଗଟାଏ - ଧେତ୍ ପାଗଳାଟାଏ - ବାରବୁଲା ବଜାରୀଟାଏ... ସେ ଆଖିର ରଙ୍ଗ, ମୁହଁର ଦାଗ ଦେଖିଲେ ପବିତ୍ର ଛାତିରେ ଛାତିଏ ଆନନ୍ଦ ଖୁନ୍ଦି ହେଇଯାଏ। ଛୋଟ ପାଗଳାଟାଏ - ଗୁରୁତ୍ୱହୀନ ବାରବୁଲା ଲଫଙ୍ଗାଟାଏ ହେଇଯିବାରେ ଆତ୍ମତୃପ୍ତି ଆସେ। ଅଥଚ ସେ ଜାଣେ ସେ ଲଫଙ୍ଗା ନୁହେଁ। ପାଗଳ ନୁହେଁ - କେବଳ ଯାହା ଭିନ୍ନ ଆଉ ବିଭକ୍ତ ମଣିଷଟାଏ ?

ସେ ଜାଣେ ଫୁଟ୍‌ପାଥ୍ ଉପରେ ଏମିତି ଅନେକ ଲୋକ ଆସିବେ ଆଉ ଯିବେ। ସାମାଜିକତାର ଖୋଳଟିମାନ ଘୋଡ଼ି ହେଇ ନିଜର ସମସ୍ତ ଘୃଣା, ପରଶ୍ରୀକାତରତା, ଦୁର୍ବଳତା, କାମନା, ଯନ୍ତ୍ରଣା, ସନ୍ଦେହ, ଅବିଶ୍ୱାସ, ବିଶ୍ୱାସ, ବିଶ୍ୱାସଘାତକତା ଓ ଅକୃତଜ୍ଞତାର ଟହଟହ ଦିଶୁଥିବା ରଙ୍ଗଗୁଡ଼ିକ ଉପରେ ନୀତିନିୟମ, ପରମ୍ପରାର ଧଳା ରଙ୍ଗ ମାଖିମୁଖି ନିଜକୁ ସାମାଜିକ ମଣିଷଟିଏ ବୋଲି ଦେଖେଇ ଦାଖେଇ ହେଲେ ଯାହାକିଛି ଫୁଟ୍‌ପାଥ୍ ଉପରେ କେତେଟା ପାଦର ଦାଗ ସିନା ରହିଯିବ ହେଲେ ମଣିଷତ୍ୱ ନୁହଁ। ଏଇ ଫୁଟ୍‌ପାଥ ଉପରେ ପବିତ୍ର ଜୀବନକୁ ଦେଖିଛି। ରଙ୍ଗଦିଆ ମିଛ ବ୍ୟକ୍ତିତ୍ୱକୁ ଚିହ୍ନିଛି। ମଣିଷର ନିଛକ ରୂପଟିକୁ ଦେଖିଛି। ଆଉ ଏକପ୍ରକାର କହିବାକୁ ଗଲେ ଫୁଟ୍‌ପାଥ୍ ହିଁ ତା' ବ୍ୟକ୍ତିତ୍ୱ ଭିତରେ ଏକ ପ୍ରକାର ମିଶିଯାଇଛି, ତା' ଜୀବନ ସାଥିରେ ନେସି ହେଇଯାଇଛି ତା ଚିନ୍ତା, ଚେତନା ଆଉ ଆବେଗ ଅନୁଭୂତି ଭିତରେ ଆସର ଜମେଇ ବସିଛି।

ବଢ଼ନ୍ତା କାଳୀ ଝିଅଟାଏ ମୁହଁରେ ବହଳ ପାଉଡ଼ର ମାରି, ଆଖିର ଭୂଲତା ଟାଣି, ଓଠରେ ଲିପ୍‌ଷ୍ଟିକ୍ ମାରି - ବେଲ୍‌ବଟମ୍ ଓ ଟାଇଟ୍ ଭେଷ୍ଟଟାଏ ଗଳାଇ ଯେତେବେଳେ ଚାରିଆଡ଼କୁ ଚାହିଁ ଚାହିଁ ଚାଲିଯାଏ, ସେତେବେଳେ ପବିତ୍ର ଦେଖେ - ଭେଜାଲ୍ କ'ଣ ? ସେ ଅନୁଭବ କରେ ଭେଜାଲ୍ ହେବାରେ କି ଆନନ୍ଦ ଅଛି ?

ଉତ୍ତରବୟସ୍କା ମୋଟୀ ମାଇକିନାଟାଏ ସ୍ଲିଭ୍‌ଲେସ୍, ଲୋ ନେକ୍ ଆଉ ବ୍ରିଫ୍‌ବ୍ୟାକ୍ ବ୍ଲାଉଜ୍ ଭିତରେ ନିଜର ସମସ୍ତ ଚର୍ବିଳ ସମ୍ଭାରକୁ ଘୋଡ଼ାଇ ନ ପାରିବା ଲଜ୍ଜା ଆଉ କ୍ଷମାମାଗିବା ଭଙ୍ଗୀରେ, ବବ୍‌ହେୟାର ଆଉ ପୃଥୁଳ ନାଭିମଣ୍ଡଳ ଦେଖେଇ ଦେଖେଇ ଯେତେବେଳେ ଚାଲିଯାଏ, ପବିତ୍ର ଦେଖେ - ବୟସକୁ ଧରିରଖିବାର ବିକଳ ପ୍ରୟାସ - ସମୟକୁ ବାନ୍ଧି ରଖିବାର ବ୍ୟର୍ଥ ପ୍ରଚେଷ୍ଟାଟିଏ ?

ଧନାଢ୍ୟ ସୁନ୍ଦରୀ ଝିଅଟାଏ ନିଜର ସମସ୍ତ ସୌନ୍ଦର୍ଯ୍ୟକୁ ବିଛାଡ଼ି ବିଛାଡ଼ି ଧପଧପ ଚାଲିଯିବାରେ ପବିତ୍ର ଅନୁଭବ କରେ ଗର୍ବ କ'ଣ? ଅହମିକା କ'ଣ? ହଠାତ୍ ଧପ୍‌ଧପ୍ ଜଳିଉଠି ଘୂରି ଆସିଥିବା ଅନେକ ଆଖିରୁ ସେ ଦେଖେ – କାମନା କ'ଣ? ଫୁଟ୍‌ପାଥ୍ ଉପରେ ଫେରିବାଲା ପାଖରେ ଦର ନେଇ ବାର୍‌ଗେନ୍ କରୁ କରୁ ବଚସା କରୁଥିବା ମଣିଷମାନଙ୍କଠୁ ଶିଖେ – ହିସାବ କ'ଣ? ଟଙ୍କା କ'ଣ? ଫୁଟ୍‌ପାଥ୍ କଡ଼ ବଡ଼ ବଡ଼ ଦୋକାନର ନିଅନ ହୋର୍ଡ଼ିଂର ମଡ଼େଲ୍‌ଠୁ ଶିଖେ – ଆଡ଼୍‌ଭାର୍ଟାଇଜ୍‌ମେଣ୍ଟ କ'ଣ? ଭିକ ମାଗୁଥିବା କୁଷ୍ଠରୋଗୀଠାରୁ ଶିଖେ – ଦୁର୍ଭାଗ୍ୟ କ'ଣ?

ଅତଏବ ପବିତ୍ରକୁ ଫୁଟ୍‌ପାଥ୍ ଭଲ ଲାଗେ, ଫୁଟ୍‌ପାଥ ଉପରେ ଗଡ଼ି ଚାଲିଥିବା ମାନବୀୟ ବିଭାଗଗୁଡ଼ିକର ସୁଅ – ଭାସିଯିବାକୁ ଇଚ୍ଛା ହୁଏ – ଆକ୍‌ତା ମାକ୍‌ତା ହେବାକୁ ଇଚ୍ଛା ହୁଏ – ହଜିଯିବାକୁ ଇଚ୍ଛା ହୁଏ। ପବିତ୍ର ଏପଟସେପଟ ମୁହଁ ବୁଲେଇଲା। ଚଳମାନ ଟ୍ରାମ୍‌ର ଫୁଟ୍‌ବୋର୍ଡ଼ ଉପରେ ଝୁଲି ପଡ଼ିଲା। କିଛିବାଟ ଯିବା ପରେ ମନେହେଲା ସେ ଯାଉଛି କୁଆଡ଼େ? ତା'ର ଲକ୍ଷ୍ୟସ୍ଥଳ କେଉଁଠି? ଏ ଟ୍ରାମ୍ ତାକୁ ନେଇ ପାରିବ ନି? ଦୁମ୍‌କିନା ଚାଲୁଥିବା ଟ୍ରାମ୍‌ରୁ ତଳକୁ ଡ଼େଇଁ ପଡ଼ିଲା, ଭାରସାମ୍ୟ ରକ୍ଷା କରି ନ ପାରି ପିଚୁ ରାସ୍ତାରେ ଦୁମ୍‌ଦାମ୍ ହେଇ ପଡ଼ିଲା। ପଛରୁ ଗୁଡ଼ାଏ ସ୍ୱର ଏକାବେଳେକେ ଚିତ୍କାର କରିଉଠିଲେ – ଶଳା ପାଗଳଟାଏ। ମରିବୁ। ନୂଆ ନୂଆ ଟ୍ରାମ୍‌ରେ ଚଢୁଛି – ଶଳା ପାଗଳ – କିଏ କିଏ ତାକୁ ରାସ୍ତାରୁ ଉଠେଇ ନେଇ ଦି ଧକ୍କା ବି ଦେଲେ। ପବିତ୍ର ହୃଦୟ ଭିତରେ ଗୋଟାଏ ଗଭୀର ଆନନ୍ଦ ଖେଳିଗଲା। ଗୋଟାଏ ଆତ୍ମତୃପ୍ତି ଭରିଗଲା। ସେ ହସିଲା, ପୁଣି ଜୀବନର ଗୋଟାଏ ଦିଗ ତା ପାଖରେ ଖୋଲିଗଲା, ସେ ଅନୁଭଲ କଲା– ଆତ୍ମ ଅଭିମାନ କ'ଣ? ନିଜକୁ ସବୁଠାରୁ ବୁଦ୍ଧିମାନ ଚାଲାକ, ଚତୁର ଆଉ ନିର୍ଭୁଲ ମଣିଷଟିଏ ବୋଲି ପ୍ରତିପାଦିତ କରିବାର ପ୍ରତ୍ୟେକ ସୁଯୋଗକୁ କାମରେ ଲଗାଇବାରେ ଯେ କି ଆତ୍ମସନ୍ତୋଷ ମିଳେ ସେ ବିଷୟ ଅନୁଭବ କଲା। କହୁଣି ଦେଖିଲା ଛିଣ୍ଡିଯାଇଛି। ଝାଲୁଆ ଟିପ ମାରି ରୁଗ୍‌ରୁଗ୍ ଯନ୍ତ୍ରଣା ଅନୁଭବ କଲା, ଆଣ୍ଠୁର ରକ୍ତ ପେଣ୍ଟ ଉପରେ ଗୋଟାଏ ଦାଗ କରିସାରି ଥିଲା। ପବିତ୍ର ପୁଣି ଫୁଟ୍‌ପାଥକୁ ଆସିଲା।

ଅନେକ ଦିନ ହେଲା ଜୀବନର ଟ୍ରାମ୍ ଗାଡ଼ିଟା ଏଇ ଫୁଟ୍‌ପାଥ ଉପରେ ଧଡ଼ ଧଡ଼ ହୋଇ ଗଡ଼ି ଚାଲିଛି। କେତେଥର ପଡ଼ିଉଠି ସେ ରକ୍ତାକ୍ତ ହେଲାଣି। ତଥାପି ସେ ଗଡ଼ି ଚାଲିଛି ଧଡ଼ ଧଡ଼ ... ଛାତିର ଅର୍ଗଳିରେ ସମସ୍ତ ଅନୁଭୂତି ଏକପ୍ରକାର ଜମାଟ ବାନ୍ଧିଗଲାଣି। ଆଖିର ପରଦାରେ ସମସ୍ତ ପ୍ରତିବିମ୍ବ ଅସ୍ପଷ୍ଟ, ଝାପ୍‌ସା ହେଇଗଲାଣି – ଦିହର ଖୁଆଡ଼ରେ ଆଉ ଉଦ୍ଦାମତା ନାହିଁ – ଉଚ୍ଛଳତା ନାହିଁ। ଗୋଟାଏ ନିରବ

ଘଟଣାବିହୀନ ଭାବେ ଖାଲି ଯାହା କେତେଟା ଗତାନୁଗତିକ ଚଳନଭଙ୍ଗୀକୁ ପ୍ରତିଦିନ ସେ ଦୋହରାଇବାରେ ଲାଗିଛି- ଏକ-ଦୁଇ ତିନି- ତିନି-ଦୁଇ-ଏକ-ଏକ-ଦୁଇ-ତିନି-ଦୁଇ-ତିନି-ଏକ।

ଯୋଉଦିନ ପ୍ରଥମେ ସେ ନିଜକୁ ଏକ ଫୁଟ୍‌ପାଥର ଗହଳି ଭିତରେ ହଜେଇଦେଲା, ମଣିଷ ଦେଖିବାର ବେଉସାକୁ ନିଜର କରିନେଲା, ସେଇଦିନରୁ ପବିତ୍ର ଗୋଟାଏ ଅଲଗା ମଣିଷ ହେଇଯାଇଛି, ଗୋଟାଏ ଭିନ୍ନ ବ୍ୟକ୍ତିତ୍ୱ ତା' ଭିତରେ ଫୁଟି ଉଠୁଛି। ଗୋଟାଏ ଅଜବ ଦର୍ଶନ, ଅଦ୍ଭୁତ ଖିଆଲରେ ସେ ଜୀବନ ସାଙ୍ଗରେ ଖେଳୁଛି। ସମାଜଠାରୁ ଅନେକ ଦୂରରେ - ସାମାଜିକ ବନ୍ଧନଠାରୁ, ମିଛ ଛଳନା ରୀତିନୀତିର ଖୋଳପାଠାରୁ ନିରାପଦ ଦୂରତ୍ୱରେ ଯୋଉ ସମାଜ ଭିତରେ ଅଣନିଃଶ୍ୱାସି ହୋଇପଡ଼ିଥିଲା - ସେଇ ସମାଜ ସାଥିରେ ଲୁଚକାଳି ଖେଳିବାକୁ ତାକୁ ଖୁବ୍ ଭଲ ଲାଗୁଛି। ଆଶ୍ୱସ୍ତ ଲାଗୁଛି।

ସେଇ ସାମାଜିକ ଦିନଗୁଡ଼ାକଠାରୁ ଅନେକ ଭଲ ତା'ର ଏଇ ଜୀବନ, ଏଇ ଦର୍ଶନ। ଅନ୍ତତଃପକ୍ଷେ ନିୟମକାନୁନ ନାହିଁ। ଦୁର୍ବିସହ ପରମ୍ପରା ନାହିଁ, ଛଳନା ନାହିଁ। ଯେତେବେଳେ ଯାହା ଚାହୁଁଛି ତାହା କରିବାରେ କିଛି ବାଧା ନାହିଁ। ମୋଟାମୋଟି ଦ୍ୱୈତ ବ୍ୟକ୍ତିତ୍ୱର ଜାକଜମକ ଅଭିନୟରୁ ମୁକ୍ତି ମିଳିଛି। କେତେ ବା ଆଉ ଭଦ୍ରଲୋକର ଖୋଳରେ ସେ ଜଳିଥାଆନ୍ତା - ସମାଜ ଭୟରେ ଆଖିକାନ ବୁଜି ଭୟାତୁର କାକୁସ୍ଥ ପ୍ରାଣୀଟିଏ ଭଳି ସବୁ ଅନ୍ୟାୟ ଅନୀତିକୁ ଜୁଳୁଜୁଳୁ ଅସହାୟ ଆଖିରେ ଚାହିଁ ରହିଥାଆନ୍ତା। କେତେବା ସିଏ ନିଜକୁ ବୁଝେଇଥାନ୍ତା ଯେ ସେ ଦୁର୍ବଳ ସାମାଜିକ ମଣିଷଟାଏ - ସେ ଯାହା ଚାହିଁବ ତାହା କରି ପାରିବନି। ଯାହା ଭାବିବ ତାକୁ କହିପାରିବନି। ନିଜର ମନଗଢ଼ା ଏକ ଭିନ୍ନ ରାଜ୍ୟରେ ସ୍ୱପ୍ନ ଦେଖିବ ଆଉ ସାମାଜିକ ବାସ୍ତବତାର ବେଡ଼ି ପିନ୍ଧି ପଡ଼ି ରହିଥିବ। ସେ କ'ଣ ଚାହିଁ ନଥିଲା - ସାମାଜିକ ପ୍ରାଣୀଟିଏ ହୋଇ ବଞ୍ଚି ରହିବାକୁ ? ସେ କ'ଣ ଚାହିଁ ନଥିଲା - ବାପା, ମା, ଭାଇ, ଭଉଣୀ, ସ୍ତ୍ରୀ, ପିଲାଝିଲା, ଚାକିରି - ଘର - ସୁଖ ? ହେଲେ ସେ ପାଇଲା କ'ଣ ? ପିଲାବେଳୁ ମା'କୁ ହରେଇଲା। ଆଉ ହଠାତ୍ ଦିନେ କିରାଣି କାମ କରୁଥିବା ବାପାକୁ କ୍ୟାନ୍‌ସର୍ ରୋଗରେ ହରେଇଲା ପରେ ପବିତ୍ର ନିଃସହାୟ ହେଇପଡ଼ିଲା। ତା' ପରେ ସେଇ ସଂଘର୍ଷର ଦିନଗୁଡ଼ାକ ତା' ଆଖି ଆଗରେ ଭାସି ଆସିଲା। ତା' ବଡ଼ବାପା - ଦାଦିଙ୍କର ତା' ପ୍ରତି ଈର୍ଷା - ସମ୍ପତ୍ତି ଅଧିକାର, ପବିତ୍ର ଆଖି ବନ୍ଦକଲା - ଅସହାୟ ମଣିଷଟେ ଦେଖିଲେ ଏ ସମାଜ ଆହା ଆହା କରେ। ହେଲେ ବଞ୍ଚି ରହିବାର ଖୋରାକ ଟିକିଏ ଯଦି ସେଇ ମଣିଷଟା ଯୋଗାଡ଼ କରିବାକୁ ଲହୁଲୁହାଣ ହେଲା -ନିଜ ଗୋଡ଼ରେ ନିଜେ ଠିଆ ହେବାକୁ ଯଦି ଆନ୍ତରିକ

ଉଦ୍ୟମ କଲା ତେବେ ଏ ସମାଜ ଏତେ ଈର୍ଷାନ୍ୱିତ ହେଇପଡ଼େ କାହିଁକି ? ତା ପ୍ରତି ଘୃଣାରେ କଟାକ୍ଷପାତ କରେ କାହିଁକି ? ପବିତ୍ର ହାତମୁଠା ଟାଣ କଲା । ସମସ୍ତ ଶିରାପ୍ରଶିରା ଫୁଲି ଉଠିଲା । ମୁହଁର ହାଡ଼ ଟାଣି ହୋଇଗଲା । ଆଉ ସେ ଆଖି ବନ୍ଦକରି ଜୋରରେ ନିଃଶ୍ୱାସ ନେଲା ଯେମିତି ସବୁ କୋହତକ ତା ଛାତିର ସୀମିତ ପରିମିତି ଭିତରେ ଜାଗା ନ ପାଇ ଏକାବେଳେକେ ଠେଲିପେଲି ବାହାରକୁ ଚାଲିଆସିବାକୁ ଉଦ୍ୟମ କରୁଛନ୍ତି । ଆଉ ସେ ସବୁ ଚାପି ରଖିବାର ଉଦ୍ୟମ କରି ଧଇଁସଇଁ ହୋଇପଡୁଛି... ।

ତା'ପରେ ସେ ଘର ଛାଡ଼ିଲା, ପାଠ ଛାଡ଼ିଲା । ଆଉ ଆସିଲା ଏଇ ଫୁଟ୍‌ପାଥ୍ ଉପରକୁ । ସାମାନ୍ୟ କେତେଟା ଟଙ୍କା ଧରି ଏଇ ଫୁଟ୍‌ପାଥ୍‌ର ନିର୍ଜନତାରେ ଅଚିହ୍ନା ମଣିଷଟାଏ ଭଳି ଠିଆହେଇ କ'ଣ କରିବ କରିବ ହଉ ହଉ ସେ ଆକାଶ ଆଡ଼କୁ ଦି'ହାତ ଟେକିଦେଲା । ଫୁଟ୍‌ପାଥ୍‌ର ହକର ଦେଖି ସେ ଚାହିଁ ରହିଲା । ସେ କ'ଣ ଆରପଟକୁ ଯାଇ ପାଟିକରି ଚିଲେଇ ପାରିବନି... ଗରାଖମାନଙ୍କୁ ଡାକି ପାରିବନି... ହେଲେ ତା' ସାମାଜିକ ମର୍ଯ୍ୟାଦାବନ୍ଧା ବିବେକ ତାକୁ ବାଧା ହେଲା । ଫେରିବାଲା ପଚାରିଲା "ହେ ବାବୁ... ବୋଲିଏ କ୍ୟା ଲେଙ୍ଗେ ?" କହିବ କହିବ ହେଇ ପବିତ୍ର ପାଟି ପାକୁ ପାକୁ କଲା । ହେଲେ ଗୋଟାଏ ନାସ୍ତିବାଚକ ମୁଣ୍ଡ ହଲେଇବା ଛଡ଼ା ସେ ବିଶେଷ କିଛି କରି ପାରିଲାନି - ଆଉ ସେ ଫେରିବାଲାର ବିରକ୍ତିସୂଚକ ଆଖିର ତାଛଲ୍ୟରେ ସେଇଦିନ ଅନୁଭବ କଲା... ଆହତ ସ୍ୱପ୍ନ କ'ଣ ? ସେଥିର ଯନ୍ତ୍ରଣାକୁ ଅନୁଭବ କଲା । ତାପରେ ସେ ପାଦ ଆଗକୁ କଲା... ଦୋକାନରୁ ଦୋକାନକୁ... ଫେରିବାଲାଙ୍କ ପସରାରୁ ପସରାକୁ... ଗହଳିରୁ ଗହଳିକୁ... ଲୋକଙ୍କ ଭିଡ଼ରୁ ଭିଡ଼କୁ... ଆଉ ସାରା ଫୁଟ୍‌ପାଥ୍ ଉପରେ ଗୋଟାଏ ସ୍ୱଚ୍ଛନ୍ଦ, ଦ୍ୱିଧାହୀନ ସ୍ୱାଧୀନତା ନେଇ ଘୁରିବୁଲିଲା । ଫୁଟ୍‌ପାଥ୍ କଡ଼ ଜୁଆ ଖେଳାଳୀ ପାଖରେ ଯୁଆ ଖେଳିଲା । ବରା ପକୋଡ଼ି ଦୋକାନରୁ ତେଲିଆ ବରା ଖାଇଲା... ଟିକଟ କାଟି ସିନେମା ଦେଖିଲା... ଆଉ ଫୁଟ୍‌ପାଥ୍ ଉପରେ ଶହ ଶହ ସର୍ବହରାଙ୍କ ଭିତରେ ଗୋଟାଏ ଖମ୍ବକୁ ଆଉଜି ଶୋଇପଡ଼ିଲା । ଫୁଟ୍‌ପାଥ୍ ଉପରେ ଖୋଲା ଆକାଶ ତଳେ... ସହର ଛାତିର ନିସ୍ତବ୍ଧତା ତଳେ... ତା'ର ମନେ ହେଲା ଜୀବନଟା ଅନେକ ସହଜ ହେଇଯାଇଛି । ଅଭିମାନ ନାହିଁ... ସାମାଜିକ ଭୟ ନାହିଁ... ସଙ୍କୋଚ ନାହିଁ... ହୀନମନ୍ୟତା ନାହିଁ... ଦ୍ୱନ୍ଦ୍ୱ ଛଳନା କିଛି ନାହିଁ... ନିହାତି ସିଧାସଳଖ ଭାବେ ଜୀବନର ସଂଜ୍ଞା ଏଇ ଫୁଟ୍‌ପାଥ୍ ଉପରେ ନିରୂପିତ ହୁଏ... ଝଞ୍ଝଟ୍ ନାହିଁ... ଭଦ୍ରଲୋକ ହେବାର ଆତୁର ପ୍ରୟାସ ନାହିଁ... ଅସାମାଜିକ ଲୋକଙ୍କ ଆକ୍ଷେପ ପ୍ରତି ଦୃଷ୍ଟି ନାହିଁ... କେତେ ସହଜ ସରଳ ଏଇ ଜୀବନର ଗତି । ପବିତ୍ର ସେଇଦିନଠୁ ଏଇ ଫୁଟ୍‌ପାଥ୍ ପ୍ରେମରେ ପଡ଼ିଗଲା... ଆଉ ଛାଡ଼ି ପାରିଲାନି ଯେ ଛାଡ଼ି ପାରିଲାନି ।

ତା'ପରେ ଏଇ ଫୁଟ୍‌ପାଥ୍ ଉପରେ ଜୀବନର ସୀମା ସରହଦ ଆଙ୍କି ହେଇଗଲା। ଏଇ ଫୁଟ୍‌ପାଥ୍ ଉପରେ ସିନେମାହଲ୍ ବୁକିଂ କାଉଣ୍ଟର ପାଖରେ ସେ ଦିନ ଦିନ ଧରି ଠିଆହେଇଛି ବ୍ଲାକ ଟିକଟ୍ ପାଇଁ। ଫୁଟ୍‌ପାଥ୍ ଉପରେ ପାଟିକରି ଚୋରା ଜିନିଷ ବିକିଛି। ପୁଲିସ୍ ସାଥିରେ ଏଇଠି କେତେ ଲୁଚକାଳି ଖେଳିଛି। କେତେ ରିସ୍‌ୱତ୍ ଦେଇଛି। ଆଉ ତା'ର ଦ୍ୱିଧା ନାହିଁ। ସଙ୍କୋଚ ନାହିଁ। ଆତ୍ମସମ୍ବରଣ ନାହିଁ। ବିବେକର ଛୋଟ ଚଢ଼େଇ ଡ଼େଣା ଫଡ଼ଫଡ଼ କରି ତାକୁ ନୀତିନିୟମ ବିଷୟରେ ଆଉ ସୂଚେଇ ଦେଉନି। ସେ ବଞ୍ଚିବା ଶିଖିଛି ଫୁଟ୍‌ପାଥିର ମଣିଷଟିଏ ହେଇ। ଏଇ ଆକାଶତଳେ ସାମାଜିକ ଭୟଭ୍ରାନ୍ତି, ଆତ୍ମଅଭିମାନ ରହିତ ମଣିଷଟିଏ ହେଇ ଏଇଠି ଏଇ ଫୁଟ୍‌ପାଥ୍ ଉପରେ ସେ ମାରପିଟ କରିଛି। ମଦପିଇ ମାତାଲ ହେଇ ବଚସା କରିଛି। ଜୁଆ ଖେଳିଛି, ଏମିତିକି ଶଳା ଗୋଟାଏ ଛୋକରାକୁ ଛୁରି ବି ମାରି ଧରା ହେଇଛି। ଦିନ ଦିନ ଧରି ଏଇ ଫୁଟ୍‌ପାଥିରେ ତାସ୍ ଖେଳ ଜମେ। ଫ୍ଲାସ୍... ପଇସାଖେଳ... ଖୁବ୍ ଜମେ। ମେଳା ମଉଚ୍ଛବରେ ଖୁବ୍ ସରଗରମ ହେଇଉଠେ। ସଞ୍ଜରୁ ରାତିଯାଏ ଏଇ ଫୁଟ୍‌ପାଥ୍ ହିଁ ଘର ତାର। ପବିତ୍ର ପଛକୁ ଫେରି ଚାହୁଁଥିଲା। ତା ଜୀବନ ରାସ୍ତାର ରଙ୍ଗ ଦେଖୁଥିଲା। ଛାତି ଭିତରେ ଗୋଟିଏ ବିରାଟ ନିସ୍ତବ୍ଧତା ଖେଳି ବୁଲୁଥିଲା।

ତାର ମନେପଡୁଥିଲା ଭୂମିକା କଥା। ଅନେକ ଦିନ ତଳର ସେଇ ଭୂମିକା, ଯେ ତା ହୃଦୟ ଭିତରେ ଗୋଟାଏ ଚମକ ଖେଳେଇ ଦେଇଥିଲା। ପବିତ୍ର ଚାଟାର୍ଜୀ ଭଳି ଢ଼େଙ୍ଗାଢ଼ାହାଳ ମଣିଷଟାକୁ ଗୋଟାଏ ଦୁର୍ବଳ ମଣିଷରେ ପରିଣତ କରିଦେଇଥିଲା। ଭୂମିକା, ପବିତ୍ର ଚାଟାର୍ଜୀ ତୋତେ ହୃଦୟ ଦେଇ ଭଲପାଇଥିଲା। ତୋତେ ନିଜର କରିନେବାକୁ, ତୋ ଚଞ୍ଚଳ ଆଖିରେ ତା ମୁହଁର ପ୍ରତିବିମ୍ବ ଦେଖିନେବାକୁ ସେ ବ୍ୟାକୁଳ ହୋଇ ପଡ଼ିଥିଲା। ଭୂମିକା, ତୋ ପାଇଁ ପବିତ୍ର ଚାଟାର୍ଜୀ ପାଗଳ ହୋଇଯାଇଥିଲା। ତୁ ତା ପାଇଁ ସବୁକିଛି ଥିଲୁ। ସାହା, ଭରସା, ସାହାଯ୍ୟ, ସହାନୁଭୂତି, ପ୍ରେରଣା, ଦୁଃଖ ସୁଖ ସବୁକିଛି। ହତଭାଗ୍ୟ ନିଃସହାୟ ମଣିଷଟାର ତୋ ବ୍ୟତୀତ ଆଉ କ'ଣ ଥିଲା ? ତୋ ମୁହଁରେ ସେ ଜୀବନର ଛବି ଦେଖୁଥିଲା। ନିହାତି ଭାବେ ଧକ୍କାଖାଇ ପଡ଼ିଗଲା ପରେ ତୋ ଦେହର ଇଜେଲ୍‌ରେ ପବିତ୍ର ଆଶାର ରଙ୍ଗ ଦେଖୁଥିଲା। ଭୂମିକା ତୋ ଆୟତ୍ତ ଆଖିରେ ପବିତ୍ର ଜୀବନର ଛବି ଦେଖିଥିଲା, ବଞ୍ଚିବାର ସୁରାକ ପାଇଥିଲା, ରଙ୍ଗିନ ସ୍ୱପ୍ନରେ ବିଭୋର ହୋଇପଡୁଥିଲା। ହେଲେ ଆଜି ଭୂମିକା ତୁ କୋଉଠି କେଜାଣି ? ଫୁଟ୍‌ପାଥିର ଏଇ ବିଭକ୍ତ ମଣିଷଟିକୁ ଦେଖିଲେ ହୁଏତ ଘୃଣାରେ ତୋ ମୁହଁ ବିକୃତ ହୋଇଉଠିବ। ତୋ ସାମାଜିକ ମନଟା ବିଷେଇ ଉଠିବ, ଗୋଟାଏ ଅସ୍ପୃଶ୍ୟ ଘୃଣ୍ୟ ଲୋକକୁ ଦେଖିଲାଭଳି ତୁ ଚିହିଁକି ଉଠିବୁ। ତୋ ସାମାଜିକ ଖୋଳପା ଭିତରେ

ପବିତ୍ର ଚାଟାର୍ଜୀ ଗୋଟାଏ ନିହାତି ଭୟଙ୍କର, ଅସାମାଜିକ, ହୀନ ବ୍ୟକ୍ତିଟିଏ ହେଇ ଫୁଟିଉଠିବ। ହେଲେ ଭୂମିକା ତୁ ପବିତ୍ର ପାଇଁ ସେମିତି ଦାଉଦାଉ ଜଳୁଥିବୁ। ପବିତ୍ର ଜାଣେ ତୁ ଆଜି ତା'ର ନୁହେଁ। ସେ ଅସାମାଜିକ ପ୍ରାଣୀଟିଏ - ବଜାରୀ - ଛତରା - ଲଫଙ୍ଗା - ବ୍ଲାକ୍‌ମାର୍କେଟର୍‌ଟାଏ - ଚୋରାବେପାରୀଟାଏ - ଜୁଆଚୋରଟାଏ - ଖୁନୀ ଆସାମୀଟାଏ। ଆଉ ତୁ ଭୂମିକା ଚାଟାର୍ଜୀ - ଯେ ଖାଲି ଘୃଣା କରି ଜାଣେ - ଘୃଣା କରିବା ଯାହାର ଏବେ ଅଧିକାର ହେଇଯାଇଛି। ତଥାପି ପବିତ୍ର ମନରେ ଲେଶମାତ୍ର ଦୁଃଖ ନାହିଁ। ସେତେବେଳେ ହୁଏତ ତୁ ଦିନଟିଏ ରାଗିଗଲେ ପବିତ୍ର ମନଟା କେମିତି ଗୋଟାଏ ଯନ୍ତ୍ରଣାକାତର ହେଇଉଠୁଥିଲା। ଅସ୍ୱସ୍ତିରେ ରୁଗ୍‌ରୁଗ୍ କରି ଉଠୁଥିଲା ତା'ର ସତ୍ତା। ହେଲେ ସେ ଆଜି ବଦଳିଯାଇଛି। ତତେ ସେ ଭଲପାଏ - ପ୍ରାଣଦେଇ ଭଲପାଏ - ହେଲେ ତୋ ଭଲପାଇବା ନ ପାଇବା ପ୍ରତି ତା'ର ଭ୍ରୂକ୍ଷେପ ନାହିଁ। ସେ ତତେ ଗଭୀରଭାବେ ଚାହେଁ। ଅଥଚ ସେ ଜାଣେ ସେ ତୋତେ ପାଇବ ନାହିଁ। ତୁ ତାକୁ ଘୃଣା କଲେ ବି ତା ଭିତରେ କୌଣସି ପ୍ରତିକ୍ରିୟା ସୃଷ୍ଟି ହେବନି। ଆଜି ସେ ସମସ୍ତ ପ୍ରତିକ୍ରିୟାର ବାହାରେ। ସମସ୍ତ ଘୃଣା, ଅଭିମାନ, ରାଗ, ଦ୍ୱେଷର ବାହାରେ। ସେ ସମାଜକୁ ଦେଖିଛି - ସାମାଜିକତାକୁ ଭଲଭାବରେ ହୃଦୟଙ୍ଗମ କରିଛି। ଆଉ ସବୁଦିନ ପାଇଁ ସମାଜର ନିର୍ଦ୍ଦିଷ୍ଟ ପଥରୁ ଛିଟିକି ଆସି ତା ରାସ୍ତାଟି ବାଛି ନେଇଛି। ଅନୁଶୋଚନା ନାହିଁ, ଦୁଃଖ ନାହିଁ, ଅଭାବବୋଧ ନାହିଁ, ଅପ୍ରାପ୍ତିବୋଧ ନାହିଁ। ପବିତ୍ର ସହଜ, ସରଳ ମଣିଷଟିଏ ହେଇଯାଇଛି। ସାମାଜିକ ଜଟିଳତାବୋଧରୁ ବାହାରି ଆସି, ଦହଗଞ୍ଜରୁ ଅଲଗା ହେଇଆସି ସେ ଗୋଟାଏ ସିଧାସଳଖ ଦର୍ଶନ ବାଛିନେଇଛି। ସେ ଦର୍ଶନ ନିତାନ୍ତ ନିଜସ୍ୱ। ଅତଏବ ଆନନ୍ଦଦାୟକ।

ଭୂମିକା - ତୁ କ'ଣ ଭାବିଥିଲୁ ପବିତ୍ର ଚାଟାର୍ଜୀ ଜୁଆଡ଼ିଟାଏ ହବ ?

ଭୂମିକା - ତୁ କ'ଣ ଭାବିଥିଲୁ ପବିତ୍ର ଚାଟାର୍ଜୀ ବ୍ଲାକ୍‌ମାର୍କେଟ୍‌ରଟାଏ ହବ ?

ଭୂମିକା - ତୁ କ'ଣ ଭାବିଥିଲୁ ପବିତ୍ର ଚାଟାର୍ଜୀ ସ୍ମଗଲର୍‌ଟାଏ ହବ ? ବାରବୁଲା ଲଫଙ୍ଗା ମଦୁଆଟାଏ ହେବ ? ଭୂମିକା, ମଣିଷ କ'ଣ ପାଇଁ ଜନ୍ମନିଏ ? ବଞ୍ଚିବା ପାଇଁ ନା ? ବଞ୍ଚିବା ଯଦି ସର୍ବସ୍ୱ ହୁଏ, କ୍ଷୁଧା ଯଦି ସମଗ୍ରତା ହୁଏ, ତେବେ ମଣିଷ ସାମାଜିକ ନ ହେଲେ କ୍ଷତି କ'ଣ ? ଛଳନାର ଖୋଳଟିଏ ଘୋଡ଼ିଘାଡ଼ି ହେଇ ଲୋକଙ୍କୁ ନିଜର ପବିତ୍ରତା ଦେଖେଇ ନ ହେଲେ କ୍ଷତି କ'ଣ ?

ସବୁ ମଣିଷର ଉପର ଖୋଳଟା ଖୋଲିଦେଲେ ଭିତରେ ରକ୍ତମାଂସ ଛଡ଼ା ଆଉ କ'ଣ କେବେ ଦେଖିଛୁ ଭୂମିକା ? ହୁଏତ ତୁ ଦେଖି ନ ଥିବୁ ? ହେଲେ ମୁଁ ଦେଖିଛି ? କବିତା ଦେଖିଛି ? କ'ଣ ଜାଣୁ - ଘୃଣା, ପରଶ୍ରୀକାତରତା, ନୀତିହୀନତା,

କାମନା, ଅସାମାଜିକତା - ଏମିତି ଅନେକ କିଛି - ଏ ସବୁର ଗୋଟାଏ ସରଳ ସମଷ୍ଟି ହିଁ ମଣିଷ।

କବିତା କିଏ ? ହଁ, ସେମିତି କିଏ ନୁହେଁ ? ମାମୁଲି ରୂପଜୀବୀ ବେଶ୍ୟାଟାଏ ? କୌଣସି ସହର ଛାତିରେ, ରାତିର ନିସ୍ତବ୍ଧତା ଭିତରେ ଝାପ୍‌ସା ଝାପ୍‌ସା ଆଲୁଅ ତଳେ ସମାଜର ଅନେକ ସାମାଜିକ ଭଦ୍ରଲୋକଙ୍କୁ ଦିହ ବିକିଦେଇଥିବା ଯୁବତୀଟାଏ। ଅବଶ୍ୟ ଘୃଣାରେ ତୋ ଆଖିରେ ତାଚ୍ଛଲ୍ୟ ଭାବ ଫୁଟିଉଠିବ। ହେଲେ ପବିତ୍ର ଏବେ ସେଇଠି ରହୁଛି। କବିତାଠୁ ଅନେକ କଥା ଶିଖିଛି। କବିତା ଏବେ ତା ଜୀବନର ଗୋଟାଏ ବିଶେଷ ଅଂଶ ହେଇପଡ଼ିଛି। ନା ସେମିତି କିଛି ନାହିଁ। କବିତା କେବେ ତାକୁ ବିବାହ କରିବାକୁ ଜୋର୍ କରିନି କିମ୍ବା ତା ଘରୁ ତଡ଼ି ଦେଇନି। ପବିତ୍ର ବି କୌଣସି ନିର୍ଦ୍ଦିଷ୍ଟ ଅନୁଭୂତି କିମ୍ବା ଖିଆଲର ଶିକାର ନ ହେଇ କବିତା ପାଖକୁ ଯାଇ ଆସୁଛି। ପ୍ରତିଦିନ ଠିକ୍ ବାରଟା ପରେ ତା' ସାଥିରେ ଘଣ୍ଟା ଘଣ୍ଟା ଗପୁଛି। ଆଦିମ ଖେଳ ଖେଳୁଛି। ଆତ୍ମବିଭୋର ଛୋଟ ପିଲାଟିଏ ଭଳି କବିତାଠୁ ଶିଖୁଛି - ଜୀବନର ଗୋଟିଏ ସହଜ ସରଳ ସଂଜ୍ଞା। ସେ ଦୁହିଁଙ୍କ ସମ୍ପର୍କରେ ଗୋଟାଏ ଅଭୂତପୂର୍ବ ଅନୁଭୂତି ଜଡ଼ିତ ହେଇ ରହିଛି। କବିତା ଗୋଟାଏ ବେଶ୍ୟା - ପବିତ୍ର ଗୋଟାଏ ମାମୁଲି ସ୍ମଗ୍‌ଲର - ତଥାପି ପବିତ୍ର ଆସିଲା ବେଳକୁ କବିତା ନିଜକୁ ବଧୂବେଶରେ ସଜାଇ ରଖିଥାଏ। ମୁଣ୍ଡରେ ସିନ୍ଦୂରଟୋପା ପିନ୍ଧିଥାଏ ଆଉ ଅନେକବେଳୁ ତା' ଗରାଖକୁ ଫେରେଇଦେଇ ପବିତ୍ରର ରାସ୍ତା ଚାହିଁ ବସିଥାଏ। ତା' ବସ୍ତିରେ ସମସ୍ତେ ଏବେ ଜାଣିସାରିଲେଣି ରାତି ଏଗାରଟା ପରେ କବିତା ଆଉ ଗରାଖ ନିଏନି। ପବିତ୍ର ପାଇଁ କବିତା ରାତିରେ ନିଜ ହାତରେ ରୋଷେଇ କରି ରଖେ। ପବିତ୍ର ଆସିଲେ ସେ ବାଢ଼ିଦିଏ। ପାଖରେ ବସି ରହେ। ପବିତ୍ର ବି କେବେ ଦିନେ ହେଲେ ଅବାଧ୍ୟ ହୁଏନି। ସବୁ ଟଙ୍କା କବିତା ହାତରେ ଗୁଞ୍ଜିଦିଏ। କବିତା ତା ଖବର ବୁଝେ। ଯେତେବେଳେ ଯାହା ଟଙ୍କା ଦରକାର ହୁଏ ସବୁ ଦିଏ। ସକାଳୁ ଉଠି ପବିତ୍ର ପାଇଁ ରାନ୍ଧି ପବିତ୍ରର ହାତରେ ଦେଇଦିଏ। ଅଭାବନୀୟ ସେ ଅନୁଭୂତି ଭୂମିକା। ଅଭାବନୀୟ ସେ ଅବବୋଧ। ପବିତ୍ର କେବେ କବିତାକୁ କହିନି ତା ବ୍ୟବସାୟ ବନ୍ଦ କରିବାକୁ, କିମ୍ବା କବିତା କେବେ ଜୋର୍ କରିନି ତାକୁ ନେଇ ଆସି ଘରଟାଏ କରିବାକୁ। ଉଭୟେ ଉଭୟଙ୍କୁ ଭଲପାଇଛନ୍ତି। ଠିକ୍ ବାରଟା ବେଳକୁ ପବିତ୍ର ଯନ୍ତ୍ରବତ୍ ଫେରିଆସୁଛି ଏଇ ବସ୍ତିର ଭଡ଼ାଘରକୁ। ଆଉ ଠିକ୍ ସେମିତି କବିତା ନିଜକୁ ବଧୂବେଶରେ ସଜେଇଦେଇ ତା'ର ଅପେକ୍ଷା କରୁଛି।

ଭୂମିକା, ମଣିଷ ଅସାମାଜିକ ହୁଏ ପରିସ୍ଥିତି ପାଇଁ, ତା ବୋଲି ତା ହୃଦୟରେ ଠିକ୍ ସେମିତି ଖେଳୁଥାଏ ପ୍ରଶାନ୍ତ ସ୍ନେହ, ଦୟା, ପ୍ରେମ। ଖାଲି ଯାହା ସମାଜ ପାଇଁ

ଗୋଟାଏ ତୀବ୍ର ଘୃଣାରେ ସେ ସମାଜକୁ ତିଳ ତିଳ କରି ଶୋଷଣ କରେ - ଯେମିତି ପବିତ୍ର ଆଜି ନିର୍ଦ୍ୱନ୍ଦ୍ୱରେ ଠକୁଛି - ଅସାମାଜିକତାର ପ୍ରଶ୍ରୟ ନେଇ ଭୂଆଁ ବୁଲେଇ ଦେଇଛି। ଠିକ୍ ଯେମିତି କବିତା ମଣିଷର ଛଳନାର ଖୋଳକୁ ଖୋଲି ଦେଉଛି। କେତେ କେତେ ବଡ଼ ସାମାଜିକ ଲୋକ ତା ରୂପ ଲାବଣ୍ୟରେ ଭଳି ସାମାନ୍ୟ ସମ୍ଭୋଗ ପାଇଁ ତା ପାଖକୁ ଲୁଚିଲୁଚି ଧାଇଁ ଆସୁଛନ୍ତି ସବୁ ସାମାଜିକ ପ୍ରତିପତ୍ତିକୁ ପଦାରେ ପକାଇଦେଇ। ଅତଏବ ପବିତ୍ର ହାରିଯାଇନି ଭୂମିକା- କବିତା ହାରିଯାଇନି, ସେମାନେ ଜିତିଛନ୍ତି। ସମାଜର ପ୍ରତିଟି ଛଳନାକୁ ସେମାନେ ଖୋଲି ଦେଇଛନ୍ତି - ଆଉ ହସୁଛନ୍ତି।

କବିତା କ'ଣ କହେ ଜାଣୁ ଭୂମିକା - ପବିତ୍ର ସମାଜ କ'ଣ ଜାଣିଛ? ଗୋଟାଏ ଦ୍ୱନ୍ଦ୍ୱ, ଗୋଟାଏ ହିପୋକ୍ରିସି - ରିଜ୍ କଣ୍ଟିନେଣ୍ଟାଲ୍ ବାର୍ କ୍ୟାବାରେ ଫ୍ଲୋରରେ, ସିନେମା ପର୍ଦ୍ଦାରେ, ବିଚ୍‌ରେ, ନାଇଟ୍ କ୍ଲବରେ, ରେଷ୍ଟୋରାଁ, ମଡ଼େଲିଂରେ ନିହିତ ଅସାମାଜିକତା ଆରିଷ୍ଟୋକ୍ରାସି। ହେଲେ ପବିତ୍ର ଚାଟାର୍ଜୀ ଯଦି କୌଣସି ଝିଅ ସାଥିରେ ପଦେ କଥାବାର୍ତ୍ତା ହୁଏ, ତେବେ ସେ ହୁଏ ଅସାମାଜିକ... ଅଭଦ୍ର...।

କେତେ ସତ ତା'ର ଏହି ଅଭିବ୍ୟକ୍ତି ଭୂମିକା। ପବିତ୍ର ଆଜି ଚିହ୍ନିପାରୁଛି ଦୁନିଆର ମଣିଷଙ୍କୁ। ଖୁବ୍ ଭଲ ହେଇଛି ତା'ର ଅନିଚ୍ଛା ସତ୍ତ୍ୱେ ପରିସ୍ଥିତି ତାକୁ ସମାଜ ବାହାରକୁ ଫୋପାଡ଼ି ଦେଇଥିବାରୁ। ଆଉ କେତେଟା ଦିନ? ଖୁବ୍ ଆନନ୍ଦରେ କଟିଯାଉଛି। ଆଉ ଭୟ ନାହିଁ। ମିଛ ଜାକଜମକର ଭେଳିକିରେ ଭୁଲିଯାଇ ଅଣନିଃଶ୍ୱାସୀ ହେବାର ଆଉ ନାହିଁ। ଏବେ ସୀମିତ ସମ୍ପର୍କ, ସୀମିତ ଆଶା, ଆକାଙ୍କ୍ଷା। ପବିତ୍ର ସୁଦ୍ଧୁ ମାଟିର ମଣିଷଟାଏ। ଦିନକୁ କୋଡ଼ିଏ ତିରିଶ ଟଙ୍କାର ଲାଭ ବ୍ଲାକ୍ ଟିକେଟ୍‌ରୁ ହେଲେ ପବିତ୍ର ଖୁସି। ଶହେ ଦୁଇଶହ ଟଙ୍କାର ଚୋରା ମାଲ୍ ବିକ୍ରି ହେଲେ ସେ ଆତ୍ମତୃପ୍ତିରେ କୁରୁଳି ଉଠେ। ତାସ୍ ଖେଳରେ ପଇସା ଜିତିଲେ ସେ ଆନନ୍ଦରେ ନାଚି ଉଠେ। ହାରିଗଲେ ଗୋଟାଏ କ୍ରୋଧରେ ସେ ଅସ୍ଥିର ହୋଇପଡ଼େ। ମାରପିଟ୍ କଲେ ନିଜର କର୍ତ୍ତୃତ୍ୱ ଦେଖେଇବାରେ ସେ ଖୁସି ହୁଏ। ପୁଲିସ୍ ସାଥିରେ ଲୁଚକାଳି ଖେଳିବାରେ, ସାମାଜିକ ମଣିଷଙ୍କୁ ଠକିବାରେ ଏକ ରୋମାଞ୍ଚ ସେ ଅନୁଭବ କରେ। ଆଉ କବିତା ତା ପାଖରେ ପହଞ୍ଚିଗଲେ - ତା ଦିହର ଖେଳରେ ସେ ମାନସିକ ଆଉ ଦୈହିକ କ୍ଷୁଧାର ଗୋଟାଏ ସିଧାସଳଖ ସମାଧାନ କରିନିଏ। ଜୀବନରେ ଆଉ ବା କ'ଣ ସେ ଆଶା କରିଥାଆନ୍ତା ଭୂମିକା - ପବିତ୍ର ଅନେକ କିଛି ପାଇଛି। ଏଇ ଫୁଟ୍‌ପାଥ୍‌ରୁ - ଏଇ ଭିନ୍ନ ମଣିଷ ହୋଇଯିବାରୁ... ଅତଏବ ସେ ଖୁବ୍ ଶାନ୍ତିରେ ଅଛି - ଆନନ୍ଦରେ ଅଛି। ଦୂରରୁ ମଣିଷକୁ ଦେଖି ତା ଭିତରେ କୌତୂହଳ ଖେଳିଯାଏ। ସେ ଜୀବନକୁ ଉପଭୋଗ କରେ। ମଣିଷକୁ ନିରେଖି ଦେଖେ।

ଅତଏବ ପବିତ୍ର ଖୁବ୍ ଖୁସିରେ ଅଛି। ତା ଜୀବନରେ ଏକ ଅଭାବନୀୟ ପୂର୍ଣ୍ଣତା ସେ ଲାଭ କରିଛି। କୌଣସି ଅଭାବ ନାହିଁ। ଅନୁଶୋଚନା ନାହିଁ। ନୈରାଶ୍ୟବୋଧ ନାହିଁ। ଯା ଭୂମିକା... ପବିତ୍ର ଛାତି ଭିତରେ ଆଉ ଧସେଇ ପଶି କିଛି ଲାଭ ନାହିଁ। ରାତି ଅନେକ ହେଲାଣି - ବାରଟା ବାଜିବାକୁ ପନ୍ଦର ମିନିଟ୍ ଅଛି। ଆଜି ଦିନଯାକରେ ପଚାଶ ଟଙ୍କା ଲାଭ। ତେଣେ କବିତା ଚାହିଁ ବସିଥିବ। ଚଞ୍ଚଳ ପହଞ୍ଚିବାକୁ ହେବ। ଡ଼େରିହେଲେ ବିଚାରୀ ଅଭିମାନ କରିବ। ରାଗରେ ସୁଁ ସୁଁ କାନ୍ଦିବ। ମୁଁ କୁଆଡ଼େ ତା'ର ଖିଆଲ ରଖୁନି ବୋଲି ଅଭିଯୋଗ କରିବ, "ହଁ କାହିଁକି ବା ତମେ ବୁଝିବ" ବୋଲି ଅଭିଯୋଗ ବାଢ଼ିବ। ଅତଏବ ପବିତ୍ରକୁ ଫେରିଯିବାକୁ ହେବ ଅଖ୍ୟାତ ବସ୍ତିର ଚରମ ମୁହୂର୍ତ୍ତଗୁଡ଼ାକ ଭିତରକୁ। ଏପଟେ ରାତ୍ରିଭିଜା ସହର - ନିସ୍ତବ୍ଧ ସମାଜ - ତା ଭିତରେ କୌଣସି ଏକ ଜାଗାରେ ତୁ ଭୂମିକା... ଗୁଡ଼୍‌ବାଇ।

ପବିତ୍ର ହାତଟଣା ରିକ୍ସା ଆଡ଼କୁ ଅଙ୍ଗୁଳି ଦେଖେଇ ଚିତ୍କାର କଲା: "ହେଇ ରିକ୍ସା ଯିବୁ?" ନିସ୍ତବ୍ଧତା ଭିତରୁ ସମାଜ ଛାତିରୁ ପ୍ରତିଧ୍ୱନି ଶୁଭିଲା - "ହେ ରିକ୍ସା ଯିବୁ?"

■■

କାଗଜଡଙ୍ଗାର ଲୁହ

ଆର୍ମଚେୟାର ଉପରେ ଗୋଡ଼ ସଳଖିନେଲା ସମରେଶ। କାନ ପାଖରେ ମଶା। ଦି' ହାତ ପାପୁଲି ଟେକି ଧରି ଫଟ୍‌କିନା ଶୂନ୍ୟରେ ଚାପୁଡ଼ା ମାରିବା ଭଙ୍ଗୀରେ ମଶା ଉଡ଼େଇ ନେଲା। ଛାତ ଉପରେ ସିଲିଂ ଫ୍ୟାନଟା ଗୋଟାଏ ଚାପା ଚାପା ସ୍ୱରରେ ଗଭୀର ଯନ୍ତ୍ରଣାରେ ଛଟପଟ ହେଉଥିଲା ଯେମିତି। ବାହାରେ ଗୁଳୁଗୁଳି ଭିତରେ ଗୁଳୁଗୁଳି। ଛାତି ଭିତରର ପ୍ରତିଟି କୋଠରିରେ ଅସହ୍ୟ ଗୁଳୁଗୁଳି। ମୁଣ୍ଡ ଭିତରଟା ଘୂରି ଯାଉଥିଲା। ହାଡ଼ର କବ୍‌ଜା ସବୁ ଠକ୍‌ଠକ୍ ହୋଇ ହୁଗୁଳି ଯାଉଥିଲେ ଯେମିତି। ଭାଙ୍ଗିଯାଇଥିବା ବେହେଲାର ତନ୍ତ୍ରୀଭଳି ଇତସ୍ତତଃ ହେଇ ପଡ଼ିଥିଲା। ସମରେଶର ଚିନ୍ତା-ଚେତନା, ଅବଚେତନା, ସ୍ଥିତି- ଅସ୍ଥିତି ସବୁକିଛି। ଛାତି ଭିତରେ ସେ ଶୁଣି ପାରୁଥିଲା ଗୋଟାଏ ଅଦ୍ଭୁତ ଶବ୍ଦ- ଭଙ୍ଗାରୁଜାର ଗୋଟାଏ ବିରାଟ କାରଖାନା ଯେମିତି ବିଦ୍ୟୁତ ସରବରାହ ବନ୍ଦ ହୋଇଯିବା ଯୋଗୁ ଗୋଟାଏ ବିକଟ ଆର୍ତ୍ତନାଦ କରି ହଠାତ୍ ସ୍ତବ୍ଧ ହୋଇଗଲା। ତା'ଭିତରେ ଯେମିତି ଅସଂଖ୍ୟ

ବରଫ ଜମାଟ ବାନ୍ଧିଯାଉଛି। କୋଳାହଳହୀନ ହୋଇ ପଡ଼ିଛି ଦିହର ଇଲାକା- ଶିରାପ୍ରଶିରାରେ ରକ୍ତର କଳ କଳ ଶବ୍ଦ ସ୍ତବ୍ଧ, ଶିହରଣ ନୀରବ।

ତା'ଚାରିପଟେ ଗୋଟାଏ ବିଷର୍ଣ୍ଣ ନୀରବତା, ଯନ୍ତ୍ରଣାର୍ତ୍ତ ଆବହାୱା, ଡିସ୍ଇନ୍ଫେକ୍ଟାଣ୍ଟର କଡ଼ା ଗନ୍ଧ, ଧଳା କାନ୍ଥ, ଧଳା ଶେଯ, ଧଳା ଖଟ, ଧଳା ଆପ୍ରନ୍ ପିନ୍ଧା ନର୍ସ- ଆଉ ଧଳା ବଟିକା ଓ ଧଳା ଇଂଜେକ୍ସନ ଗୁଣ୍ଡ। ଗୋଟାଏ ଖାଁ ଖାଁ ଭାବ, ତାକୁ ଡାକ୍ତରଖାନାର ହଳଦିଆ ପାଣିଚିଆ ରଙ୍ଗ ଉପରେ ନାଲି ଦାଗ ଧୂସର ଜୀବନରେ ଲୋହିତ ମୃତ୍ୟୁର ଚିହ୍ନ ଭଳି ଜଣାପଡ଼େ। ମନେପଡ଼େ ବିକଳ ଓ ମର୍ମାନ୍ତିକ ଯନ୍ତ୍ରଣାର କଥା, ଧଳାରଙ୍ଗ ଦେଖିଲେ ମନେପଡ଼େ ମଲାବେଳର ଶେତା ମୁହଁ, ଧଳା ଗରଗର ଆଖିର ଅବସନ୍ନତା, ଗୋଟାଏ ଜଡ଼ତା ତାକୁ କାବୁ କରିଦିଏ। ତା'ଭିତରେ ଅନେକ କିଛି ଓଲଟ ପାଲଟ ହୋଇଯାଏ। ଗୋଟାଏ ଭୟଙ୍କର ମୃତ୍ୟୁ ଚେତନା ତା'ଭିତରେ ପ୍ରସରିବାକୁ ଲାଗେ। ସେ ଭୟରେ ଅସାଡ଼ ପଡ଼ିଯାଏ। ତା'ର ଗୋରା ତକ ତକ ଦେହ ରକ୍ତଶୂନ୍ୟ ହୋଇପଡ଼େ। ଘୃଣାରେ ମୁହଁ କାନ ଲାଲ ପଡ଼ିଯାଏ। ଗୋଟାଏ ଅସହ୍ୟ କ୍ରୋଧ ତାକୁ କଲ ବଲ କରି ପକାଏ। ସେ ଅନୁଭବ କରେ ଗୋଟାଏ ଅବରୁଦ୍ଧ ଯନ୍ତ୍ରଣା।

ସିକତାର ଖଟ ପାଖରେ ତଳେ ଶୋଇଯାଇଥିବା ରୋଗୀଟାର ହାଡୁଆ ମୁହଁକୁ ସମରେଶ ଲକ୍ଷକଲା। ଛାତିରେ ଗୋଟି_ଗୋଟି ପଞ୍ଜରାହାଡ଼ ହାରମୋନିୟମ ରିଡ୍ ପରି ଗଣି ହୋଇ ଯାଉଛି। ନିଷ୍ପ୍ରଭ ମୁହଁରେ ଯନ୍ତ୍ରଣାର ସରୁ ଧାରଟିଏ -ବିବର୍ଣ୍ଣ ପାଣ୍ଡୁର ତା'ର ଭଙ୍ଗା ଗୋଡ଼ ଦିଟା ଲୋଚାକୋଚା କରି ଜାକିଜୁକି ହୋଇ ଶୋଇଯାଇଛି। ଶିରାଳ ହାତ ଦିଟା ଲମ୍ବି ଯାଇଛିଦି ଆଣ୍ଠୁ ସନ୍ଧିରେ। କପ୍ ବୋର୍ଡ଼ରେ କାଗଜ ଚିହ୍ନ ଦିଆ ଶିଶିରେ ନାଲିପାଣି ମୁନ୍ଦାଏ। ମୁଣ୍ଡ ଉପରେ ତରବର ଭାବେ ଟଣା ଯାଇ ଥିବା ଟେମ୍ପରଚର୍ ଚାର୍ଟ୍। ପାଖରେ ତା'ଘରୁ ଆସିଥିବା ଟିଫନ୍ କ୍ୟାରିଅର- ଅଇଁଠା ବଲବଲ। ସମରେଶ ଷ୍ଟିଲ ଟିଫିନ୍ କ୍ୟାରିଅର ଉପରେ ଶୁଖିଆସୁଥିବା ଅଇଁଠା ଦାଗକୁ ଲକ୍ଷ୍ୟ କଲା। ଚାକର ଟୋକା ଶୋଇ ପଡ଼ିବଣି ବୋଧେ। ରାତି ପାଇଁ ଖାଇବା ଆଣିସାରି ସେ ଅନେକ ବେଳୁ ଫେରିଗଲାଣି। ଘର ଦ୍ୱାର ଠିକ୍ ଭାବରେ ବନ୍ଦ କରିଥିବ କି ନାହିଁ କିଏ ଜାଣେ ? ଦି' ବଖୁରିଆ ତା'ର ଭଡ଼ାଘର ଏତେଦିନ ହେଲା, ସିକତା ଓ ତା' ଜୀବନକୁ ନିଜ ଭିତରେ ଅବରୁଦ୍ଧ କରି ରଖିଥିଲା। ତା'ଭିତରେ ବେଶ୍ କଟିଯାଉ ଥିଲା ସୁଖ ଦୁଃଖର ଦିନ ଗୁଡ଼ିକ। ବେଶ ଦେହସୁହା ହୋଇ ଆସିଥିଲା ତା'ର ଚୂନ ଖସିଆସିଥିବା ଚାରିକାନ୍ଥର ଖୁଆଡ଼। ବେଶ୍ ଚଳିଯାଉଥିଲା ତା'ର ସଂସାର। ଝରକା ଆଉ ଦୁଆର ପର୍ଦ୍ଦା ଫାଙ୍କରୁ ସେ ବେଶ୍ ଉପଭୋଗ କରିପାରୁଥିଲା ରାସ୍ତାର ଲୋକବାକ- ସକାଳର

ସୂର୍ଯ୍ୟ। ଆକାଶର ନିରବଚ୍ଛିନ୍ନ ଶୂନ୍ୟତା- ସୋରି ସୋରି ମେଘ- ସଂଧ୍ୟାର ରଙ୍ଗ- ରାତ୍ରିର ନିଷ୍ପ୍ରାଣତା। ବେଶ୍ ଦେହସୁହା ହୋଇ ଆସିଥିଲା ସେ ଘରର ସ୍ୱତନ୍ତ୍ର ଗନ୍ଧ, ସେ ଘରର ଅଳନ୍ଧୁ, ସେ ଘରର ବୁଢ଼ିଆଣି ଜାଲ ଆଉ ପାଣିଚିଆ ରଙ୍ଗ।

ସ୍କୁଟର୍ କିକ୍ ମାରି ଅଫିସ୍ ବାହାରି ଆସିଲାବେଳେ ଦୁଆର ପର୍ଦ୍ଦା ପଛପଟେ ଆୟତ୍ତ ଆଖି ଦିଓଟି ଯେମିତିଭାବେ କାକୁତି ମିନତି କରି ତା'ର ଫେରିଆସିବାକୁ ସାଗ୍ରହ ଅପେକ୍ଷା କରି ରହୁଥିଲେ। ଅପସୃୟମାଣ ଶୀର୍ଣ୍ଣ, କ୍ଷୀଣ ତନୁ ଲତିକାଟି ଆବେଗ ଓ ଭାବାବେଶରେ ଥରି ଉଠୁଥିଲା। ଅଲକ୍ତକ ପାଦ ଦିଓଟି ଯେମିତି ନୃତ୍ୟ ଚଞ୍ଚଳ ଅସ୍ଥିର ହୋଇ ପଡୁଥିଲା ଓ ଗୋଟାଏ ଅଭୁତପୂର୍ବ ଉଦ୍ଧତ ଯୌବନର ଅପରୂପ ଔଜ୍ଜ୍ୱଲ୍ୟରେ ଝଟକି ଉଠୁଥିବା ସୁଖରାଶି ଯେପରିଭାବେ ଗୋଟାଏ ଆତ୍ମନୈରାଶ୍ୟ ବୋଧରେ ମଳିନ ପଡ଼ିଯାଉଥିଲା - ତାକୁଇ ସମରେଶ ଜୀବନ ବୋଲି ଧରିନେଇଥିଲା। ତା ଭିତରେ ସେ ଖୋଜିଥିଲା ତା'ର ସମସ୍ତ ଚିନ୍ତା - ଚେତନା ଓ ଅନୁଚେତନାର ଅନାବିଳ ପ୍ରତିବିମ୍ବ। ମାର୍ବଲ ଦେହର ମୋଜାଇକ୍‌ରେ ସେ ଲେଖୁଥିଲା ନିଜସ୍ୱ କାବ୍ୟର ପ୍ରତିଟି ପାଦ। ଆଖିର ସମୁଦ୍ରରେ ସେ ଅନୁଭବ କରୁଥିଲା ଅନେକ ଜୁଆର- ଯାହା ତା'ର ଦେହର ପ୍ରତିଟି ବେଳାଭୂମି ଓଦା କରି ପୁଣି ଫେରିଯାଉଥିଲା। ପୁଣି କାନ ଡେରି ଶୁଣୁଥିଲା ଲହଡ଼ିର ଉଦ୍ଧାତ ସଙ୍ଗୀତ। ଆକ୍‌ତା ମାକ୍‌ତା ହୋଇପଡୁଥିଲା ତା'ର ଉଦ୍‌ବେଳନରେ। ସେ ଅନେକ ଦିନ ହେଲା ତା' ଛାତିର ଗୋଟାଏ କୋଣରେ ଯେଉଁ ଖାଲି ଖାଲି ଭାବ ଅନୁଭବ କରୁଥିଲା - ସେ ସବୁ ଯେମିତି ପୁଣି ଥରେ ପୂରି ଉଠୁଥିଲା। ସିକତା ଭିତରେ ସେ ଖୋଜୁଥିଲା ପୂର୍ଣ୍ଣତା- ଗୋଟାଏ ସବୁ ଅଛି ଭାବ। ଆତ୍ମଗ୍ଲାନି, କ୍ଲାନ୍ତି ଓ ବିଷର୍ଣ୍ଣତା ମିଳେଇ ଯାଇଥିଲା ପ୍ରଶସ୍ତ ବେଳାଭୂମିରେ। ସକାଳ ସୂର୍ଯ୍ୟର ଛନ ଛନ କଅଁଳ କିରଣ ପଡ଼ି ଯାଉଥିଲା, ସେ ଆଲୋକର ଔଜ୍ଜ୍ୱଲ୍ୟରେ ତା' ଜୀବନର ନିସ୍ତବ୍ଧ, କୋଳାହଳହୀନ ପରିତ୍ୟକ୍ତ ବେଳାଭୂମିର ଅବସନ୍ନ ବାଲିଗରଡ଼ାଗୁଡ଼ିକ ଯେମିତି ନିଜସ୍ୱ ରଙ୍ଗରେ ପୁଣି ଚିକ୍ ମିକ୍ କରି ଉଠୁଥିଲେ। ନିବୁଜ ଅମାବାସ୍ୟାର ବହଳ ଅନ୍ଧକାର ଆକାଶରେ ପୁଣି ଉଙ୍କି ମାରୁଥିଲେ ଜିକିମିକି ତାରା, ଓଦା ଓଦା ଜହ୍ନ। ତା'ଜୀବନରେ ସିକତା ଯେମିତି ନୂତନତାର ନିର୍ଯ୍ୟାସ ଆଣି ଦେଇଥିଲା, ସିକତା ଏବଂ ସମରେଶ, ସମରେଶ ଏବଂ ସିକତା।

ବମ୍ବେଡ଼ାଇଙ୍ଗ୍ ବେଡ଼ସିଟ୍, ତା' ଉପରେ ସୂର୍ଯ୍ୟମୁଖୀ ଫୁଲର ପ୍ରିଣ୍ଟ। ଭଡ଼ାଘର କାନ୍ଥ ଖୁଆଡ଼ର ସୁରକ୍ଷିତ ସୀମା ସରହଦର ନିରାପଦ ଆଶ୍ଳେଷ। ଉପରେ ଶିଲିଂ ଫ୍ୟାନର ଉପେକ୍ଷିତ ଶବ୍ଦ। ମଶାମାନଙ୍କ ଆକ୍ରମଣରୁ ରକ୍ଷା ପାଇବା ପାଇଁ ପଡ଼ିଥିବା ନାଇଲନ୍ ମଶାରିର ଅସ୍ପଷ୍ଟ ଆଶ୍ରୟ ଭିତରେ ସିକତା ଓ ସମରେଶ। ତା'ପରେ ଅନ୍ଧାରର ରଙ୍ଗରେ

ଜୀବନର ଆବେଗିତ ନିର୍ଯାସ। ଖୋଲିଯାଏ ଲଜ୍ଜାର ସମ୍ଭାର। ବ୍ଲାଉଜ ଓ ବ୍ରାର ସଂକୁଚିତ ବ୍ୟାପ୍ତି ଭିତରେ ଚିପିଚାପି ଅଣନିଃଶ୍ୱାସୀ ହୋଇ ପଡ଼ିଥିବା ଶଙ୍ଖଧବଳ ସ୍ତନର ପସରା ମେଲିଯାଏ। ଖସିଯାଏ ଶାଢ଼ିଶାୟା। ଆଖି ଆଗରେ ମେଲିଯାଏ ସ୍ୱପ୍ନର ସମୁଦ୍ର- ତୋଫା ଗୋରା ତକତକ ମସୃଣ ଜଂଘ, ସୁବର୍ତ୍ତୁଳ ନିତମ୍ବ, କ୍ଷୀଣ କଟିଦେଶ, ସୁଉଚ୍ଚ ସ୍ତନର ବୈଦୂର୍ଯ୍ୟ। ନଗ୍ନ ଦିହର ଚଉହଦିରେ ଚାଲେ ଜୀବନର ଖେଳ। ଅର୍ଦ୍ଧନିମିଳିତ ଆଖି ନଇଁ ଆସେ ଅତିକ୍ରାନ୍ତ ସମୟର ଭାରରେ। ଏକ ହୋଇଯାଏ ପ୍ରାଣର ସଙ୍ଗୀତ। ଏକ ହୋଇଯାଏ ହୃଦୟର ସ୍ପନ୍ଦନ। ଏକ ହୋଇଯାଏ ଶୋଣିତ ସଙ୍ଗୀତ। ଏକ ହୋଇଯାଏ ଅଥୟ ଆସକ୍ତିର ଧାରା - ଆବେଗ - ପ୍ରବେଗ - ଚିନ୍ତା - ଚେତନା - ସବୁକିଛି। ସମରେଶ କବିତା ଲେଖେ ସିକତାର ସାଦା ଧୋବ ଫରଫର ଦିହର କାଗଜରେ।

ଆତ୍ମତୃପ୍ତିର ଚରମ ମୁହୂର୍ତ୍ତରେ ସ୍ୱପ୍ନ ବିଜଡ଼ିତ ଆଖି ଦିଇଟା ଦରମେଲା କରି ଉତ୍ତେଜିତ କଣ୍ଠରେ ସିକତା ପଚାରେ-

"ପୁଅ ନା ଝିଅ" ?

ପୁଅ - ଆଗ ପୁଅ ହବ।

"ଉଁ, ତମେ ପୁଅମାନଙ୍କୁ ଭାରି ପାରସିଆଲିଟି କରୁଛ।

ଝିଅ ହେବ - ଝିଅ"।

"ନା, ପୁଅ"।

"ମୋଟେ ନୁହଁ, ଝିଅ"।

ସିକତା ମୁଁ ଅନୁଭବ କରିପାରୁଛି ନିଶ୍ଚୟ ପୁଅ ହେବ।

ଠିକ୍ ତମ ଭଳି, ନା ?

"ନା ଆମ ଦୁହିଁଙ୍କ ଭଳି" - ସମରେଶ ହସିଉଠେ, ସିକତା ଲାଜେଇଯାଏ। ସ୍କୁଟର ଚକା ଭଳି ଜୀବନ ଗଡ଼ିଚାଲେ ମୁହୂର୍ତ୍ତର ପିଚ୍ ରାସ୍ତାରେ ଘଷରା ହୋଇ।

ସମରେଶ ଗଭୀର ଅସ୍ୱସ୍ତି ଅନୁଭବ କରୁଥିଲା, ବାହାରେ ଅସହ୍ୟ ଗରମ ଭିତରେ ଗୁଳୁଗୁଳି, ସେ ଉଠି ଠିଆହେଲା, ହାତ ଆଙ୍ଗୁଠି ଫୁଟେଇଲା। ଅଳସ ହାଇ ମାରିଲା। କପ୍‌ବୋର୍ଡ଼ରୁ ପୁରୁଣା ମାଗାଜିନ୍‌ଟା ଆଣି ହଳଦିଆ ପୃଷ୍ଠାଗୁଡ଼ାକୁ ଖୋଲିଧରି ପଢ଼ିବାକୁ ଚେଷ୍ଟାକଲା। ୱାର୍ଡ଼ ଭିତରେ ଯନ୍ତ୍ରଣାର ଚାପାଚାପା ସ୍ୱର ଭାସି ଆସୁଥିଲା। ସେ ଧଡ଼୍‌କିନା ବହିର ପୃଷ୍ଠା ବନ୍ଦକଲା। ପୁଣି ଠିଆ ହେଲା, ଗୋଟାଏ ଅସ୍ଥିରତା ତାକୁ ଆଚ୍ଛନ୍ନ କରି ପକେଇଲା। ଗୋଟାଏ ଦୀର୍ଘଶ୍ୱାସ ଛାତିର ଚଉହଦି ଭିତରେ ମୋଡ଼ିଭିଡ଼ି ହୋଇ ବାହାରକୁ ବାହାରି ଆସିବାର ଗଭୀର ପ୍ରୟାସ କରୁଥିଲା। ଗୋଟାଏ ମାନସିକ

ଜଡ଼ତା ତା'ର ସମସ୍ତ ସତ୍ତାକୁ ଆଚ୍ଛନ୍ନ କରି ପକଉଥିଲା, ସେ ଗଭୀର କ୍ଳାନ୍ତି ଅନୁଭବ କରୁଥିଲା । ଅବସାଦ ଆଚ୍ଛନ୍ନ ଜନିତ ବ୍ୟସ୍ତ-ବିବ୍ରତ ଭାବ ତା'ଭିତରେ ବ୍ୟାପି ଯାଉଥିଲା । ସେ ଅନୁଭବ କରୁଥିଲା ହାରିବାର ଅନାବୃତ ବୀଭତ୍ସ ଦୁଃଖକୁ । ଗୋଡ଼ ଘୋଷାରି ଘୋଷାରି ସେ ହସ୍‌ପିଟାଲ ବାରଣ୍ଡାକୁ ଆସିଲା । ଚାରିଆଡ଼େ ଶୂନ୍‌ଶାନ୍ । ମର୍କୁରୀ ଲ୍ୟାମ୍ପପୋଷ୍ଟ ତଳେ ଦି' ଚାରିଟା ବୁଲା କୁକୁର ଆଉ ବାରଣ୍ଡାର ନିଷ୍ପ୍ରଭ ଆଲୋକ । ମଝିରେ ମଝିରେ ରୋଗୀଙ୍କ ଅସମ୍ଭବ ଯନ୍ତ୍ରଣାର ଚିତ୍କାର । ସେ ଗୋଡ଼ ଘୋଷାରି ଘୋଷାରି ପାର ହେଲା ଗୋଟାଏ ପରେ ଗୋଟାଏ ୱାର୍ଡ଼ । ସେଇ ଗୋଟାଏ କଥା । ଜାଗା ଅଭାବରୁ ତଳେ ଗଡୁଛନ୍ତି ରୋଗୀ । ସଂକୀର୍ଣ୍ଣ ୱାର୍ଡ଼ଗୁଡ଼ିକରେ ମୁମୂର୍ଷୁ ରୋଗୀଙ୍କର ଅସମ୍ଭବ ଭିଡ଼ । ରୋଗୀର ଆତ୍ମୀୟମାନେ ନିର୍ବିକାର ଭାବେ ଅପରିଷ୍କାର ବାରଣ୍ଡାରେ ତଳେ ଗାମୁଛା ପାରିଦେଇ ଶୋଇ ଯାଇଛନ୍ତି । ଉପରେ ନର୍ସିଂହୋମରେ ଭୀଷଣ ଭିଡ଼ । ହୋହଲ୍ଲା ଚାଲିଥିଲା । ସମରେଶ ଉପରକୁ ଚାହିଁ ରହିଲା - ଆକାଶକୁ, ତାରାଙ୍କୁ - ଓଦା ଓଦା ଜହ୍ନକୁ - ଅନ୍ଧାର ଭିତରେ ଅସ୍ପଷ୍ଟ ଆଲୋକ ସବୁକୁ । ନର୍ସିଂହୋମର ଛାତ ଉପରର ମର୍କୁରୀ ଲ୍ୟାମ୍ପ ସଗର୍ବରେ ମୁଣ୍ଡଟେକି ଗୋଟାଏ ଐତିହାସିକ ମୀନାର ପରି ଦେଖାଯାଉଥିଲା । ବ୍ୟସ୍ତତା ଓ ହୋହଲ୍ଲା ନର୍ସିଂହୋମରେ ତଥାପି ଲାଗି ରହିଥିଲା । ସେ ଅନୁଭବ କଲା ଡ଼େଲିଭରି ହେବ, ପୁଅ ହେବ ନା ଝିଅ । ପାଞ୍ଚମାସ ଆଗରୁ ଆପ୍ଲାଇ କରିଛି । ସିକତା ପାଇଁ ନର୍ସିଂହୋମ୍ ଯୋଗାଡ଼ କରିପାରିଲାନି - ଅଥଚ । ନର୍ସିଂହୋମ ଝରକାବାଟ ଆଲୋକ ଭିତରେ ଅନେକ ଅସ୍ପଷ୍ଟ ଛାଇ ଖୁବ୍ ତରବରରେ ଏପଟସେପଟ ହେବା ଦେଖା ଯାଉଥିଲା । ନିସ୍ତବ୍ଧ ଅନ୍ଧାର ଭିତର ଦେଇ ଭାସି ଆସୁଥିଲା ପ୍ରସବ ଯନ୍ତ୍ରଣାର ଗଁ ଗଁ ଶବ୍ଦ - ସମରେଶ ହାତଟେକି ଚିତ୍କାର କଲା - ପୁଅ ହବ ପୁଅ ।

ସର୍ଜିକାଲ ୱାର୍ଡ଼ ବାରଣ୍ଡାରେ ଲାଗିଥିବା ଇଲେକ୍‌ଟ୍ରିକ୍ ବଲ୍‌ବ ଉପରେ ପରସ୍ତେ ଧୂଳିବସି ଆଲୋକ ଏକାବେଳକେ ଅସ୍ପଷ୍ଟ ହୋଇଯାଇଥିଲା । ଇଲେକ୍‌ଟ୍ରିକ୍ ବଲବ୍ ଚାରିପଟେ ନିରାପଦ ଦୂରତ୍ୱରଖି ଉଡ଼ିବୁଲୁଥିଲେ ପୋକ । ଅସ୍ପଷ୍ଟ ଆଲୋକରେ ବାରଣ୍ଡାତଳେ ସମରେଶ ଦେଖିଲା ବ୍ୟାଣ୍ଡେଜର ଗୋଟାଏ ବିରାଟ ଗଦା, ବ୍ୟାଣ୍ଡେଜ୍ କନା, କାଚ, ଲୁଗାପଟା ଜମା ହୋଇଥିଲା । ଗୋଟାଏ ତୀବ୍ର ଗନ୍ଧରେ ତା ପେଟ ଆଉଣ୍ଡି ହେଇଗଲା । ୱାର୍ଡ଼ ଭିତରେ କେତେଟା ରୋଗୀ ଯନ୍ତ୍ରଣାରେ ଛଟପଟ ହେଇ ଅସମ୍ଭବ ଚିତ୍କାର କରୁଥିଲେ । ସମରେଶ ଦୁଆରବାଟେ ଉଙ୍କିମାରିଲା । ହଠାତ୍ ଡିଉଟି ନର୍ସ ଗୁଡ଼ାଏ ଅଶ୍ଳୀଳ ଭାଷାରେ ବିଡ଼୍‌ବିଡ଼୍ ହେଇ ନିଦବାଉଳାରେ ତା ଦେହରେ ଧକ୍କା ଖାଇ ୱାର୍ଡ଼ ଭିତରକୁ ପଶିଗଲା । ହାତରେ ଗୋଟାଏ ସିରିଞ୍ଜ । ଅସମ୍ଭବ ଭାବେ ରୋଗୀଗୁଡ଼ାକୁ ଗାଳିଦେଇ ହାତଟିମାନ ଧଡ଼ାଧଡ଼ କରି ଭିଡ଼ିଆଣି ଅସତର୍କଭାବେ ଛୁଞ୍ଚି

ଫୋଡ଼ିଦେଲା। ସମରେଶ ଶିହରିଉଠିଲା। ଯୁବତୀ ନର୍ସଟି ବାହାରିଗଲା ବେଳେ ନିଦ ମଳମଳ ଆଖି ମେଲାକରି ଆଶ୍ଚର୍ଯ୍ୟରେ ତା' ଆଖି ଭିତରକୁ ଚାହିଁ ରହିଲା। ସମରେଶ ଆଖିରେ ଗୋଟାଏ ତୀବ୍ର ଘୃଣାଭାବ ଫୁଟି ଉଠୁଥିଲା। ଗୋଟାଏ ଉତ୍ତେଜନାରେ ସେ ଥରି ଉଠୁଥିଲା। ପାଦ ଘୋଷାରି ଘୋଷାରି ସେ ଆଗକୁ ଚାଲିଲା। ନର୍ସଟା ପଛକୁ ଚାହିଁ ଚାହିଁ ଡିଉଟି ରୁମ୍‌କୁ ଚାଲିଗଲା, ବାରଣ୍ଡାରେ ବି ଧାଡ଼ିଧାଡ଼ି ରୋଗୀ, ଧାଡ଼ିଧାଡ଼ି ଧଳା ଶେଯ, ସେ ପୁଣି ଫେରି ଆସିଲା, ଡିଉଟି ରୁମ୍‌ରେ ଟେବୁଲ୍ ଉପରେ ମୁଣ୍ଡମାଡ଼ି ଯୁବତୀ ନର୍ସଟି ଢୁଳେଇ ପଡ଼ିଥିଲା। ସମରେଶ ଅସ୍ଥିର ଭାବେ ପଦଚାଳନା କରିବାକୁ ଲାଗିଲା। ବାରଣ୍ଡାର ଏ ମୁଣ୍ଡରୁ ସେମୁଣ୍ଡକୁ ପୁଣି ସେ ମୁଣ୍ଡରୁ ଏ ମୁଣ୍ଡକୁ, ଫେରି ଆସି ଆର୍ମଚେୟାରରେ ବସିଲା।

ସମରେଶର ମନେପଡ଼ିଲା ସକାଳର ଦୃଶ୍ୟ। ହସ୍‌ପିଟାଲର ଧଳା ଠେଲାଗାଡ଼ିରେ ଖାଇବା ଜିନିଷ ଅଣାଯିବାର ଦୃଶ୍ୟ। ଗାଡ଼ି ଆସିବାମାତ୍ରେ କେତେଟା ଶିରାଳହାତରେ ତେଲଚିକିଟା ଟିଣଥାଳି ବଢ଼ିଗଲା। ତା'ପରେ ବଗଡ଼ା ନାଲିଭାତ ସାଥିରେ ପାଣିଡ଼ାଲି ଆଉ ଫାଳେଫାଳେ ପାଉଁରୁଟି, ଟିକିଏ ତରକାରି। କୃତଜ୍ଞତାରେ ଦିଇ ଦିଇଟା ବିରାଟ ଆଖି ଜଳି ଉଠୁଥିଲା। ବୁଲା କୁକୁର ଦିଇଚାରିଟା ପିଣ୍ଡାରେ ବୁଲୁଥିଲେ। ଗାଡ଼ି ଉପରକୁ ଡେ଼ଇଁପଡ଼ି ଖଣ୍ଡିଏ ପାଉଁରୁଟି ଭିଡ଼ି ନେଇଗଲା ଗୋଟାଏ କୁକୁର। ବେହେରା ହାତରୁ ଦୁଲ୍‌କିନା ଖସିଗଲା ରସଥାଳିଟା - କୁକୁର ଦେହରୁ ବାଜି ପଡ଼ିଗଲା ହସ୍‌ପିଟାଲ ନାଳ ଭିତରେ। ବିଚରା ରୋଗୀଟା ତାକୁ ଉଠେଇ ଆଣିଲା ଆଉ ତା'ପରେ - ସମରେଶ ଆଖି ବୁଜିଦେଲା। ଠଣ୍ କିନା ଶବ୍ଦରେ ଦିଟାରିଟା ରୋଗୀ ଉଠିପଡ଼ିଲେ, ସମରେଶ ଆଖି ଖୋଲିଲା। ବିରାଡ଼ିଟାଏ କପ୍‌ବୋର୍ଡ଼ ଉପରୁ ଦୁଧତକ ପିଇସାରି ଡେଇଁବାବେଳେ କାଚ ଗ୍ଲାସରେ ଗୋଡ଼ବାଜି ଗ୍ଲାସ୍ ତଳକୁ ଗଡ଼ିପଡ଼ି ଭାଙ୍ଗି ପଡ଼ିଥିଲା। ସମରେଶ କପ୍‌ବୋର୍ଡ଼ ପାଖରେ ଆଣ୍ଠେଇପଡ଼ି କାଚଟୁକୁଡ଼ା ଗୋଟାଇବାକୁ ଲାଗିଲା। ମଶାରି ଭିତରେ ନିଦବଟିକା ଖାଇ ଶୋଇଥିବା ସିକତା ବୋଧେ କଡ଼ ଲେଉଟାଇଲା।

ରୋଷେଇ କଲା ବେଳେ ସିକତା ଖୁବ୍ ଭଲଲାଗେ। ଝାଳନାଳ ହୋଇପଡ଼େ ନିଆଁ ଧାସରେ। ତରବର ହେଇ ଏପଟସେପଟ ଧାଁ ଦଉଡ଼ କରି ବିରକ୍ତିରେ ଚିଡ଼୍‌ଚିଡ଼୍ ହୋଇଉଠେ। ନିଆଁ ଧାସରେ ତା' ଗୋରା ତକତକ ଦିହ ପଳାଶଫୁଲ ଭଳି ରକ୍ତାକ୍ତ ଦେଖାଯାଏ। ତା'ର ନିଟୋଳ ଚିବୁକ ଉପରେ ବିନ୍ଦୁବିନ୍ଦୁ ଝାଳପଡ଼ି ନିଆଁ ଧାସରେ ଚିକ୍‌ଚିକ୍ ମାରେ। ଝାଳରେ ଓଦା ହୋଇଯାଏ ତା'ର ବ୍ଲାଉଜ୍, ସମରେଶ ପାଦ ଚିପିଚିପି ଯାଏ। ପଛପଟୁ ଧଡ଼କିନା ସିକତାକୁ ଜଡ଼େଇଧରେ, ପିଠିପଟ ବ୍ଲାଉଜରୁ ଝାଳ ତା'ର ଫୁଙ୍ଗୁଳା ଛାତିକୁ ଓଦା କରିଦିଏ। ଦି'ହାତ ପାପୁଲିରେ ଝାଳ ଜୁଡୁସୁଡୁ ମୁହଁକୁ ସେ ନିଜ

ମୁହଁ ପାଖକୁ ନେଇଆସେ। ତା'ପରେ ସେ ଚୁମାଖାଏ। ଲୁଣିଆ ଝାଳରେ ତା' ପାଟି ଲୁଣି ହେଇଯାଏ। ସିକତା କହେ ଅଭଦ୍ର। ଫିକ୍‌କିନା ହସିଦିଏ। ହାତ ପାପୁଲିରେ ମୁହଁକୁ ଫେରେଇଦିଏ। ସମରେଶ କବଳରୁ ଖସିଯାଏ। ଗୋଟାଏ ଆତ୍ମତୃପ୍ତିରେ ସମରେଶ ଜୀବନକୁ ଚିହ୍ନେ। ଜୀବନର ଗନ୍ଧ ବାରେ। ଭୁଲିଯାଏ ନିଜସ୍ୱ ସ୍ୱତନ୍ତ୍ର ସତ୍ତା। ଗୋଟାଏ ଗଭୀର ପରିତୃପ୍ତିରେ କୁରୁଳିଉଠେ ତା'ର ଛାତିର ପ୍ରତ୍ୟେକ ଗଳିକନ୍ଦି। ତା' ଭିତରେ ଗୋଟାଏ କ'ଣ ଡ଼େଣା ଛାଟିଛାଟି ଫଡ଼ଫଡ଼ କରେ - ସମରେଶ ବୁଝେ ସମ୍ପର୍କ କ'ଣ? ବିବାହ କ'ଣ? ହୃଦୟ କ'ଣ? ଆବେଗ କ'ଣ? ଏ ସମସ୍ତଙ୍କ ମଧ୍ୟରେ କି ଗୋଟାଏ ଅବିଚ୍ଛିନ୍ନ ସମ୍ପର୍କ ଜୀବନକୁ ବାନ୍ଧିରଖିଛି?

ସିକତା ଶୋଇଛି। ନିଦ ବଟିକାର ଗଭୀର ତନ୍ଦ୍ରା ଭିତରେ ଚୁପ୍‌ଚାପ ଶୋଇପଡ଼ିଛି। ଊଁ ନାହିଁ କି ଚୁଁ ନାହିଁ। ଏଇ କ'ଣ ସେଇ ଗପୁଡ଼ି ସିକତା? ଯିଏ ସକାଳୁ ସନ୍ଧ୍ୟାଯାଏଁ ତା' ସାଥିରେ ଭଡ଼ଭଡ଼ ହେଉଥିଲା? ଇଏ କ'ଣ ସେଇ ସିକତା, ଯିଏ ବଜାର ସଉଦାକୁ ଗଲାବେଳେ ଖର୍ଚ୍ଚକାଟ ଉପରେ ତା'ର ଅର୍ଥନୀତି ବୁଦ୍ଧି ଖଟାଇ ଘଣ୍ଟାଏ ବକ୍ତୃତା ଦେଉଥିଲା? ଏଇ କ'ଣ ସେଇ ସିକତା, ଯିଏ ସକାଳୁ ସନ୍ଧ୍ୟାଯାଏଁ ଦିଅଁଘରେ ବଡ଼ ପାଟିରେ ପବିତ୍ର ମନ୍ତ୍ର ଉଚ୍ଚାରଣ କରୁଥିଲା? ଇଏ କ'ଣ ସେଇ ସିକତା, ଯିଏ ତା' ଛାତିତଳେ ଚିପିଚାପି ହୋଇ ଅଧ୍ୟୁଷିତ ହେଲାବେଳେ ପରିତୃପ୍ତିର ହସ ଫୁଟେଇ ଧଇଁସଇଁ ହେଇ କହୁଥିଲା, "ଝିଅ ହବ ଝିଅ - ତମେ ପୁଅଗୁଡ଼ାକ ଯେମିତି ପାରସିଆଲ ନା ମୋଟେ ପୁଅ ହବନି"? ସମରେଶ ଝରକା ବାହାରକୁ କାଚ ଫୋପାଡ଼ୁ ଫୋପାଡ଼ୁ ଆକାଶକୁ ଚାହିଁଲା। ତା'ର ମନେହେଲା ଢଳି ଯାଇଥିବା କାଳି ଭଳି ତରଳ ଅନ୍ଧାର, ଚିକିମିକି ଜହ୍ନ, ସୁନାରୀ ଫୁଲ ଭଳି ତାରା, ସବୁଜ ନେଳି ପାହାଡ଼, ତା' ଉପରେ ଭାସିଯାଉଥିବା ହାଲୁକା ହୁଗୁଳା ଧୋବ ଫରଫର ମେଘର ହାବୁକା - ବତିଖୁଣ୍ଟର ମସିହା ଆଲୁଅ - ସମସ୍ତେ ଯେମିତି ସେଇ ଗୋଟାଏ ପ୍ରଶ୍ନ ପଚାରୁଛନ୍ତି - ଇଏ କ'ଣ ସେଇ ସିକତା? ହୃଦୟ ଭିତରେ ଯିଏ ପ୍ରସରି ଯାଇଥିଲା? ସବୁ ଖାଲି ଜାଗାରେ ଯିଏ ପୂରି ଯାଇଥିଲା? ରକ୍ତ ସ୍ରୋତରେ ଯେ ସବୁଦିନ ପାଇଁ ମିଶି ଯାଇଥିଲା?

ସମରେଶ ଆଖିରେ ହଠାତ୍ ଲୁହ ଜକେଇ ଆସିଲା। ଏତେ ଉନ୍ମାଦନା, ଏତେ ପ୍ରେମାବେଗ, ଏତେ ପ୍ରାଣ, ଏତେ ପ୍ରାଚୁର୍ଯ୍ୟ, ଏତେ ଭାବାବେଗ କିଏ ଛଡ଼େଇ ନେଲା? ଜୀବନକୁ ଶିଖୁଶିଖୁ ସେ ଯେମିତି ଜୀବନର ସଂଜ୍ଞା ଭୁଲିଗଲା। ଆଖିର ଭସାଣିଆ ସମୁଦ୍ର ଭିତରେ ବୁଡ଼ିବୁଡ଼ି ହାତଗୋଡ଼ ଛାଟି ସକାଳ ସୂର୍ଯ୍ୟର ନରମ କିରଣରେ ମତୁଆଲା ହେଲା ବେଳକୁ ହଠାତ୍ ଯେମିତି ଝଡ଼ରେ ସମୁଦ୍ର ଉତ୍ତାଳ ହୋଇଗଲା। ଆଉ ଲହରିର ପ୍ରବଳ ଗତିରେ ବୁଡି ଯାଉଯାଉ ଶେଷଥର ପାଇଁ କରୁଣ ଚିତ୍କାରଟିଏ

କରିବାର ସୁଯୋଗ ବି ସେ ପାଇ ପାରିଲାନି। ଦି' ହାତ ପାପୁଲିରେ ମୁହଁକୁ ଚାପି ଧରି ଉଦ୍‌ଗତ କୋହକୁ ଚାପିନେଲା ସେ। ତା'ର ମନେପଡ଼ିଲା ପିଲାବେଳର ଗୋଟାଏ ଘଟଣା, ଖୁବ୍ ଛୋଟପିଲା ବେଳର। ତା'ର ମନେପଡ଼ିଲା ଶ୍ରାବଣର ଅବିଚ୍ଛିନ୍ନ ବର୍ଷାରେ ତିନ୍ତିତିନ୍ତି ତା' ଘରପାଖ ଝିଅ ମାନୁ ସାଥିରେ କାଗଜଡ଼ଙ୍ଗା ଖେଳ। ନାଳ ଭିତରେ ଆଣ୍ଠୁଏ ପାଣିର ସୁଅ ଛୁଟିଛି। ଆଣ୍ଠୁଏ ପାଣିରେ ଠିଆହେଇ ଦିହେଁ କାଗଜଡ଼ଙ୍ଗା ଭସେଇଲେ। କାଗଜଡ଼ଙ୍ଗା ପାଣିସୁଅରେ ଭାସିଗଲା। ମାନୁ ତାଳିମାରି ଆନନ୍ଦରେ କୁରୁଳି ଉଠିଲା। ସେ ବି। ଦିହେଁ ତାଳିମାରି ଗୀତ ଗାଇଲେ -

କାଗଜଡଙ୍ଗାରେ କାଗଜଡ଼ଙ୍ଗା ତୁ ଭାସିଯା
ଜାଭା ସୁମାତାର ବୋରୋନିଓ ଦେଶେ ଭାସିଯା।

ହେଲେ ହଠାତ୍ ଭଉଁରିଟାଏରେ ଦି'ଟାଯାକ କାଗଜଡ଼ଙ୍ଗା ଏକାବେଳକେ ମୁଣ୍ଡପିଟି ବୁଡ଼ିଗଲେ। ମାନୁର ଆନନ୍ଦ ବିଷର୍ଣ୍ଣରେ ପରିଣତ ହେଲା। ସେ ଚିତ୍କାର କଲା - ଭେଁ-ଏଁ-ଏଁ। ସମରେଶ ବି ଲୁହ ଡବଡବ ଆଖିରେ ତାଳଦେଲା - ଭେଁ-ଏଁ-ଏଁ। ହେଲେ ଆଜି ପୁଣି ତା'ର ପୁନରାବୃତ୍ତି ଘଟିଲା। ମୁହୂର୍ତ୍ତର ପ୍ରବହମାନ ଚଳଚପଳ ଛାତିରେ ଆଣ୍ଠୁଏ ପାଣିରେ ଛିଡ଼ାହେଇ ସେ ଓ ସିକତା ଜୀବନର ଯେଉଁ କାଗଜଡ଼ଙ୍ଗା ଭସେଇଦେଇ ଅନେକବାଟ ଭାସିଯିବାର ସ୍ୱପ୍ନ ଦେଖିଥିଲେ, ତାହା ଆକସ୍ମିକ ଭାବେ ଆଜି ଭଉଁରିରେ ବୁଡ଼ିଯାଇଛି। ଆଣ୍ଠୁଏ ପାଣିରେ ଛିଡ଼ାହେଇ ଆଜି କିନ୍ତୁ ସେମାନେ ଭେଁ କିନା କାନ୍ଦିପାରୁ ନାହାନ୍ତି। କେବଳ ଯାହା ସିକତା ଗଭୀରଭାବେ ଚାହିଁ ରହିଛି ସମରେଶର ପଥର ହୋଇଥିବା ଆଖିର ପିତୁଳା ଦିଇଟାକୁ। ଆଉ ସମରେଶ ସିକତାର ଆଖିରେ ଠିକ୍ ଦେଖିପାରୁଛି ଗୋଟାଏ ଭୟ, ଗୋଟାଏ ଆଶଙ୍କା, ଗୋଟାଏ ଆତୁର ପ୍ରାର୍ଥନା - "ମୁଁ ତୁମପାଇଁ ବିଶେଷ କିଛି କରିପାରିଲିନି ସମରେଶ" - ଏଇଭଳି ଗୋଟାଏ କାତରତା।

ସିକତା ଦେହରେ ତା' ନିଜର ରକ୍ତମାଂସ ପିଣ୍ଡୁଳାଟିଏ ହେଇ ସାତମାସ ବଢ଼ିଗଲାଣି। ସମରେଶ ମଶାରି ଟେକି ଉଙ୍କିମାରିଲା - ସେ ଠିକ୍ ଦେଖିପାରୁଛି ସିକତାର ଗୋରା ତକ୍‌ତକ୍ ଉଚ୍ଚାପେଟ। ସମରେଶ ଗୋଟାଏ ଅହେତୁକ ଉତ୍ତେଜନାରେ ଅବଶ ହେଇପଡ଼ିଲା। ଗୋଟାଏ ଆତ୍ମପ୍ରତ୍ୟୟହୀନ ଦୁର୍ବଳତା ତା' ଭିତରେ ସମସ୍ତ ଯୋଡ଼େଇକୁ ହୁଗୁଳା କରିଦେଲା। ତା'ର ସମସ୍ତ ଦମ୍ଭ ଏକାବେଳକେ ପାଣି ଫାଟିଗଲା, ଛାତି ଧଡ଼ ଧଡ଼ ହେଲା। ସିକତା ଅସମ୍ଭବ ଭାବେ ଝଡ଼ିଯାଇଛି। ହାଡ଼କଙ୍କାଳସାର ହେଇଯାଇଛି। ଆହା ଯୌବନ ସ୍ପର୍ଶରେ ନିଟୋଳ ତା'ର ମୁହଁଟା କେମିତି ରକ୍ତହୀନତାରେ ଶେତା ହୋଇପଡ଼ିଛି। ସମରେଶ ସ୍ପଷ୍ଟଭାବେ ପଢ଼ିପାରୁଛି ସେ ଲେଖିଥିବା କାବ୍ୟ ସିକତାର ସାଦା ଧୋବ ଫରଫର କାଗଜ ଦିହରେ।

ସେ ଦୁର୍ବଳ ହୋଇପଡ଼ିଛି। ଗୋଟାଏ ଆଶଙ୍କା, ଗୋଟାଏ ଭୟରେ ସେ ଠକ୍ ଠକ୍ ଥରୁଛି। ପାଟି ଖନି ମାରୁଛି। ସେ ଖଟ ଉପରକୁ ଉଠିଆସିଲା। ଥର ଥର ଦିହାତ ପାପୁଲିରେ ସିକତାର ରକ୍ତହୀନ ମୁହଁକୁ ତୋଳିଧରିଲା – କମ୍ପିତ ଓଠରେ ମନଇଚ୍ଛା ଚୁମାଖାଇଲା। ଗୋଟାଏ ଅହେତୁକ ଉତ୍ତେଜନାରେ ସେ ଜଡ଼ ପାଲଟି ଯାଉଥିଲା। ପାଗଳ ହୋଇ ଯାଉଥିଲା। ତା'ପରେ ସେ ସିଧାହୋଇ ସିକତା ପାଖରେ ଶୋଇଗଲା। ଭୁଲିଗଲା ତା'ର ଅବସ୍ଥିତି। ତା' ଚାରିପଟେ ଶହଶହ ରୋଗୀଙ୍କର ଭିଡ଼। ଦି' ହାତ ଗୁଡ଼େଇ ଆଣି ସିକତାର ଦିହଟାକୁ ତା' ଦେହରେ ଗଭୀର ଭାବେ ଜଡ଼େଇ ଆଣିଲା, ତା' ତଳି ପେଟରେ କାନ ଦେଇ ଶୁଣିଲା ତା' ରକ୍ତର ବର୍ଦ୍ଧିଷ୍ଣୁ ସଙ୍ଗୀତ, ଗଭୀର ଆଶ୍ଳେଷ ଭିତରେ ଅନୁଭବ କଲା ସିକତା ହୃଦୟର ସ୍ପନ୍ଦନ ତା' ଛାତିର ଉଠିବା ପଡ଼ିବା ଭିତରେ ସ୍ତନର ସଂକୋଚନ – ପ୍ରସାରଣ। ଗୋଟାଏ ଗଭୀର ଅନୁଭୂତି ତା'ର ସାରା ଶରୀରରେ ଖେଳିଗଲା। ସେ ତାକୁ ଅନୁଭବ କଲା, ଗୋଟାଏ ହିମ ଶୀତଳତା, ଗୋଟାଏ ଜଡ଼ତା, ଗୋଟାଏ ନିର୍ବେଦତା। ସେ ଅନେକ ଦୁର୍ବଳ ହୋଇ ପଡୁଥିଲା। ସିକତା ହୃଦୟର ସ୍ପନ୍ଦନ ଯେମିତି ତା' ଛାତି ଭିତରେ ହୃତ୍‌ପିଣ୍ଡ, ଫୁସ୍‌ଫୁସ୍ ସବୁକିଛି ଭିତରେ ଗୋଟାଏ ଅସମ୍ଭବ ଦୁର୍ବଳତା ଆଉ ଆତ୍ମପ୍ରତ୍ୟୟହୀନତା ଖେଳେଇ ଦେଉଥିଲା, ତା'ର ରକ୍ତ ଜମାଟ ବାନ୍ଧିଯାଉଛି। ସେ ସିକତାର ପ୍ରଶସ୍ତ ବୁକୁରେ ମୁହଁ ଲୁଚାଇ କାଇଁକାଇଁ କାନ୍ଦିଲା। ପାଗଳପରି ଦେହଟାକୁ ଭିଡ଼ିଧରି ଚିତ୍କାର କଲା, "ସିକତା... ସିକତା... ନିଦ ଔଷଧ ନିଶାରେ ସିକତା କେବଳ ଥରେ ଅସ୍ପଷ୍ଟ ଚିତ୍କାର କରି ସେମିତି ପଡ଼ିରହିଲା। ସମରେଶ ଡରିଗଲା। ତା' ଆଖି ଆଗରେ ଭାସିଗଲା ଅନେକ କିଛି। ବିଗତ ଦିନଗୁଡ଼ିକର ସ୍ମୃତି। ପାର୍କର ସବୁଜ ଘାସର ଗାଲିଚା ଉପରେ ମୃଦୁପବନ ସଂଚାରରେ ଦୋହଲୁଥିବା ଡାଲିଆ ଏବଂ କ୍ରୋଟନ୍ ଗଛ। ଆକାଶର ଓଦା ଓଦା ଜହ୍ନ – ପୌଷ ଖରାରେ ଉଡ଼ି ବୁଲୁଥିବା ରଙ୍ଗିନ ପ୍ରଜାପତି, ସମୁଦ୍ରର ନୀଳଢେଉ ଉପରେ ସକାଳ ସୂର୍ଯ୍ୟର ଚିକିମିକି ରଶ୍ମି, ପ୍ରବହମାନ ଗିରି ନିର୍ଝରିଣୀ, ଆଣ୍ଠୁଏ ପାଣି ସିକତା ଆଉ ସମରେଶ – କାଗଜ ଡଙ୍ଗା – ତା' ପରେ ହଠାତ୍ ଅନ୍ଧାର ନିବୁଜ ଅନ୍ଧାର – କଳାକଳା ବାଦଲ, ବିଜୁଳି, ଘଡ଼ଘଡ଼ି, ବର୍ଷା, ଅଣ୍ଟାଏ ଅଣ୍ଟାଏ ପାଣି...। ଖାଲି ଯାହା ସିକତା ଜଡ଼େଇ ଧରିଥିଲା ସମରେଶକୁ ଆଉ ସମରେଶ ସିକତାକୁ – ଖୁବ୍ ଜୋର୍‌ରେ, ଯେମିତି ଜନ୍ମଜନ୍ମାନ୍ତରରେ କେହି କାହାକୁ ଛାଡ଼ିବେନି – ମିଶିଯିବେ, ଏକ ହୋଇଯିବେ – ସ୍ୱତନ୍ତ୍ର ସତ୍ତାହୀନ ହୋଇ ଏକୀଭୂତ ହୋଇଯିବେ। ଆଉ ଯେମିତି ସେଇ ଅନ୍ଧକାର ଭିତରୁ ଭାସି ଆସୁଥିଲା – "ତା'ର ବଞ୍ଚିବାର ଆଶା ଖୁବ୍ କମ୍ ସମରେଶ। ସିକତା ଦେହରେ ବ୍ୟାପିଗଲାଣି ଭଲ ନ ହେଉଥିବା ରୋଗ... କ୍ୟାନ୍‌ସର୍।" ସମରେଶ ଚିତ୍କାର କଲା "ସିକତା"।

ଆଉ ଖୁବ୍ ଜୋର୍‌ରେ ସିକତାର ନିଦବଟିକା ନିଶାରେ ନିଷ୍ପ୍ରାଣ ଦେହଟାକୁ ଜଡ଼େଇଧରି କଇଁକଇଁ କାନ୍ଦିବାକୁ ଲାଗିଲା।

ଆଉ ବର୍ଷାଦିନ ରାସ୍ତାକଡ଼ ଡ୍ରେନ୍‌ରେ ବୋହିଯାଉଥିବା ଗୋଳିଆ ପାଣିରେ କାଗଜ ଡଙ୍ଗାଟା ଅଜଣା ଭଉଁରି ଦିହରେ ଧକ୍କାଖାଇ ଖାଲି ଯାହା ବୁଡ଼ି ଯାଉଥିଲା - ତଳକୁ ବୁଡ଼ିଯାଉଥିଲା ଧକ୍‌କା ଖାଇ ଖାଇ, ମୁଣ୍ଡ ପିଟିପିଟି, ଉବୁଟୁବୁ ହୋଇ ହୋଇ ପାଣିତଳକୁ ତଳକୁ - ଭଉଁରି ତଳକୁ - ତଳକୁ ଆହୁରି ତଳକୁ...।

■■

ନିଜ ସାମ୍ନାରେ ନିଜେ ନିଜେ

ଆଃ କ'ଣ ବା କରାଯାଇପାରେ ? କିଛି ନ କରିବା ବି କିଛି କରିବା ଭଳି ଯନ୍ତ୍ରଣାଦାୟକ। ଏମିତି ଗରମରେ, ଗୁଲୁଗୁଲିରେ କିଛି କରିବାକୁ ଇଚ୍ଛା ନହେଉଥିବାର ଅବସନ୍ନ ମାନସିକତାର ସମୟରେ। ଧେତ୍ ତେରିକି ସମୟ ବି ସ୍ଥାଣୁଟିଏ, ଅଚଳ ମହାମେରୁଟିଏ। ଟସ୍ ହେଉନି କି ମସ୍ ହେଉନି। ଆଗକୁ ହଲୁନିକି ପଛକୁ ଯାଉନି। ସବୁ କେମିତି ସ୍ଥିର ସ୍ଥିର। ଚାରିପଟେ ଏକ ନିବଦ୍ଧ ସ୍ଥିରତା। କ'ଣ କରାଯାଇପାରେ ? କୋଠରୀର ଗୋଟିଏ ପଟରୁ ଆରପଟକୁ ପଦଚାଳନା କରାଯାଇପାରେ- ଏକ, ଦୁଇ, ତିନି- ତିନି, ଦୁଇ, ଏକ। ଧେତ୍ ସବୁ କେମିତି ସ୍ଥାଣୁ ହୋଇପଡ଼ିଛି। ସ୍ଥିର ହୋଇ ପଡ଼ିଛି- ସମୟ। କାନ୍ଥ ଘଡ଼ିର କଣ୍ଟା, ଘରଭିତରର କାନ୍ଥରେ ଛାଇ- ସବୁକିଛି ଯେମିତି ସ୍ଥିର ହୋଇପଡ଼ିଛି। ଜୀବନ ଧୀର ମନ୍ଥର ଗତିରେ ଏକ ଚିରନ୍ତନ ସ୍ଥିରତା ଭିତରକୁ ପ୍ରସରି ଯାଉଛି। ମୁଣ୍ଡ ଉପରେ ଯେମିତି ମଲା ଅଜଗର ଗଣ୍ଡିଟାଏ ମୋଡ଼ି ହୋଇଯାଉଛି।

ଅବସାଦ !

ଅବସାଦ !

ଅବସାଦ !

ସେ କୋଠରୀ ବାହାରକୁ ବାହାରି ଆସିଲା । ବାରଣ୍ଡାରେ ଠିଆହେଲା ଦୁଇ ହାତକୁ ମୁଠାକରି । ବାହାରେ ଭୀଷଣ ଗରମ । ମୁଣ୍ଡ ଉପରେ ମଝି ଆକାଶରେ ଡହଡହ ସୂର୍ଯ୍ୟ । ସେ ସିଧା ଠିଆହେଲା ଖରାରେ । ତଳେ ତାର ଛାଇ- ଖର୍ବକାୟ ଜୀବନଟିଏ ଭଳି । ସେ ହସିଲା ଦାନ୍ତ ନିକୁଟେଇ । ସେ ବାମନଟିଏ । ଖର୍ବକାୟ ଛାଇଟିଏ । ହେଲେ ଲାଭ କ'ଣ । ପୃଥିବୀରେ କ୍ଷୁଦ୍ର ବାମନକୁ ପଚାରେ କିଏ ? ଛୋଟ ଗେଡ଼ା ଲୋକଟିର କେତେବା ଚାହିଦା । ପୃଥିବୀ ଦୀର୍ଘକାୟ କଲୋସସ୍‌ଟିକୁ ବାହା ବାହା କରେ । ଅଥଚ ସେ ବାମନଟିଏ, କ୍ଷୁଦ୍ରକାୟ ଛାଇଟିଏ । ନିତାନ୍ତ ନଗଣ୍ୟ ଜୀବଟିଏ । ପିଠିରେ ଖରା, ପୋଡ଼ି ହୋଇଯାଉଛି ।

ସେ ଚିତ୍କାର କଲା ସୂର୍ଯ୍ୟରେ ଏତେ ଉତ୍ତାପ କାହିଁକି ?

କୌଣସି ଉତ୍ତର ନଥିଲା ।

ସେ ପୁଣି ଚିତ୍କାର କଲା । ସୂର୍ଯ୍ୟରେ ଏତେ ଉତ୍ତାପ କାହିଁକି ?

କୌଣସି ଉତ୍ତର ନଥିଲା ।

ଶୂନ୍ୟସ୍ଥାନ ପ୍ରଶ୍ନର ଉତ୍ତର ଦିଏନି । ଖାଲି ଯାହା ପ୍ରତିଧ୍ୱନି ହୁଏ । ସେଇ ପ୍ରଶ୍ନସବୁ ପୁଣି ଫେରିଆସେ ।

ହଠାତ୍ କାହାର ଜଣଙ୍କର ଅଭାବ ଅନୁଭୂତ ହୁଏ ।

ସେ ଚାହିଁବସେ କାହାର ସାନ୍ନିଧ୍ୟ ।

ତାର କେହିଜଣେ ଲୋଡ଼ାହୁଏ...

ତାର କେହିଜଣେ ଲୋଡ଼ାହୁଏ...

ଗୋଟାଏ ଅହେତୁକ ଭୟ ତାର ମେରୁଦଣ୍ଡ ଭିତରେ ପ୍ରସରି ଯାଏ । ଝାଳରେ ଜୁଡୁବୁଡୁ ହୋଇପଡ଼େ ସେ । ତା'ପଛରେ ମୂକ ଦୁଆରକୁ ଛାଟି ବନ୍ଦ କରିଦେଇ ସେ ଧାଇଁଯାଏ କୋଠରୀ ଭିତରକୁ । ଖଟ ଉପରେ ଲୋଟିପଡ଼େ ଏବଂ ଲୋଚାକୋଚା ବେଡ୍‌ସିଟ୍‌କୁ ଦୁଇହାତ ପାପୁଲିରେ ଜାବୁଡ଼ି ଧରେ । ବିଲକୁଲ୍ ନୁହେଁ - ଏ କ'ଣ କାହାକୁ ଲୋଡ଼ିବସିବାର ସମୟ- କାହାର ଅଭାବବୋଧରେ ଉବୁଟୁବୁ ହବାର ଇଏ କଣ ସମୟ ? ସେ ହଠାତ୍ ନିଜକୁ ଶାନ୍ତ କରିବାର ପ୍ରୟାସରେ ଆହୁରି ଜୋରରେ କମ୍ପି ଉଠୁଛି ।

ସେ ଫ୍ୟାନ୍ ସୁଇଚ୍ ଆଡ଼କୁ ହାତ ବଢ଼ାଇଲା । ଏବଂ ସୁଇଚ ଅନ୍ କଲା । ଫ୍ୟାନ୍

ଠିକ୍ ସେମିତି ଛାତ ଉପରୁ ସ୍ଥାଣୁଭଳି ଝୁଲି ରହିଥିଲା । ଧେତ୍ ଲୋଡ୍‌ସେଡିଙ୍ଗ୍ । ବାଷ୍ଟାର୍ଡ୍ । ଶୁଅର କା ବଚ୍ଚା । ହାରାମଜାଦା- ବିଦ୍ୟୁତ୍ ବିଭାଗ, ବିଦ୍ୟୁତ୍ ମନ୍ତ୍ରୀ, ବିଦ୍ୟୁତ୍ ଯନ୍ତ୍ରୀ, ଲାଇନ ମାନ୍... ମୁଖ୍ୟମନ୍ତ୍ରୀ । ସବୁ ଶଳା ଶୁଅର । ସବୁ ଶଳା କମିନା । ତାର ମନେହେଲା ସେ ଗୋଟାଏ ବିପ୍ଳବ କରିଦିଅନ୍ତା । ଗୋଟାଏ ଲୁଟତରାଜ ଦଙ୍ଗା ହଙ୍ଗାମା କରିଦିଅନ୍ତା... ଗୋଟାଏ ଗଣହତ୍ୟା କରିଦିଅନ୍ତା । ରେପ୍ ... ହତ୍ୟା... ଲୁଟତରାଜ... ଶଳା ସବୁ ହାରାମଜାଦାଙ୍କୁ ପାନେ ଦିଅନ୍ତା । ଭାରି ମଜା ହୁଅନ୍ତା । ବାଷ୍ଟାର୍ଡ୍ ଦେଶଟାକୁ ଦିନ ଦି'ପ୍ରହରେ ଆଖିରେ ଧୂଳି ଦେଇ... ବୋମାଟାଏ ତିଆରି କରି ଏକେ-୪୭ ରାଇଫଲଟିଏ ନେଇ ଆତଙ୍କବାଦୀଟିଏ ଭଳି ହଠାତ୍ ଗୁଳି ବିଛେଇ ଦିଅନ୍ତା ଶଳାଗୁଡ଼ାଙ୍କ ଛାତିରେ । ହେଲେ ବିପ୍ଳବ କେମିତି ଆରମ୍ଭ କରିହେବ ଯେ । ଦଙ୍ଗା ଫସାଦର ସୂତ୍ରପାତ କେମିତି କରିହେବ ଯେ । ସବୁବେଳେ ତା'ଭିତରେ ଗୋଟେ ରୁଦ୍ଧ କ୍ରୋଧ ସେ ଅନୁଭବ କରି ଆସିଛି । ହେଲେ ପ୍ରଥମଦିନ ଯେତେବେଳେ ସେ ଟିଉସନ କରି ଟିଉସନପିଲାଙ୍କୁ ପ୍ରଶ୍ନ କହିଦେଉଥିବା ଓ ଅଧିକ ନମ୍ବର ଦେଇଦେଉଥିବା ମାଷ୍ଟ୍ର ବିରୁଦ୍ଧରେ ପଞ୍ଚମଶ୍ରେଣୀରେ ବିପ୍ଳବ କରିଥିଲା ସେତେବେଳେ ହେଡ଼ମାଷ୍ଟ୍ରେ ବଦମାସ୍ ବୋଲି ଖରାରେ ଆଣ୍ଠୁତଳେ ଗୋଡ଼ିଦେଇ ଆଣ୍ଠେଇ ଦେଲେ । ବାପା ଉଦ୍ଧତ ନା ପକେଇଲୁ ବୋଲି ତାଙ୍କର ପ୍ରିୟ ବେତଟିରେ ବେତ୍ରାଘାତ କଲେ । ଆଉ ବୋଉ କାନ୍ଦିଥିଲା । ପରେ ଯେତେବେଳେ କଲେଜରେ ଛାତ୍ର ଆନ୍ଦୋଳନରେ ଯୋଗ ଦେଲା, ସେତେବେଳେ ପଥର ମାଡ଼ରେ ମୁଣ୍ଡ ଫାଟିଲା । ଅବସ୍ଥା ସିରିଅସ୍ ହେଲା । ଭଲ ହେଲାପରେ ବାପା ବାଡ଼େଇ ବାଡ଼େଇ ଅଧମରା କରିଦେଲେ । ଆଉ ବୋଉ କାନ୍ଦିଲା । ବାପା ମୁହଁଟାକୁ ଗୁମ୍ କଲେ । ଯେମିତି ଆନ୍ଦୋଳନଟିଏ କରିଦେଲେ ପୁଅଟା ତାଙ୍କର ବାଲୁଙ୍ଗା ହୋଇଗଲା ଏବଂ ତାଙ୍କର ଦିବାରାତ୍ରର ସ୍ୱପ୍ନରେ ପାଣି ପଡ଼ିଗଲା । ଆଉ ତା'ପରେ ଆନ୍ଦୋଳନ କରିବାର ଇଚ୍ଛା ଆପେ ଆପେ ଉଭେଇଗଲା । ବୋଉର କାନ୍ଦଣାରେ ବାପାଙ୍କର ଗାଳି ଫଜିତ୍ ଆଉ ସ୍ୱପ୍ନଭଂଗର ଗଭୀର ହତାଶାବୋଧରେ ।

ଆଉ ଯେତେବେଳେ ଏମିତି ଗୋଟାଏ ହଠାତ୍ ବିପ୍ଳବର ଚିନ୍ତାଧାରା ତା ଛାତିତଳେ କଡ଼ ଲେଉଟାଉଥିଲା ସେତେବେଳେ ତାର ବାପାଙ୍କ ମୁହଁ ମନେପଡୁଥିଲା । ବୋଉ ଆଖିର ଲୁହ । ପିଲାଙ୍କ ପାଇଁ ତାର ଭଗବାନଙ୍କ ପାଖରେ ପୂଜାପାଠ ମନେପଡୁଥିଲା । ତାର ମନେ ପଡୁଥିଲା ଖଟୁଲିରେ ପିତଳର ଦିଅଁ । ବାରମାସରେ ତେର ପୂଜା, ଆମ୍ବଡାଳ, ନଡ଼ିଆ, ସିନ୍ଦୂର, ଧୂପ, ଦୀପ, ଅଗରବତୀ, ଚନ୍ଦନ, ଆଉ ଦିଅଁଙ୍କ ପାଖରେ ମାନସିକ ହାଡି ଦେବି ଲୋ ଛତି ଦେବି । କଳା କାଛେଣୀ ଦେବି, ଶାଢ଼ି ଲଗେଇବି, ଚୁଆ ଚଢ଼େଇବି... ଚନ୍ଦନ ଲଗେଇବି... ବାନା ଉଡ଼େଇବି...

ଫୁଲର ଧଣ୍ଡା ଚଢ଼େଇବି। ହୁଃ ଗୋଟାଏ ସାଧାରଣ ଲୋକର ନିହାତି ସାଧାରଣ ପରିବାରର ଜୀବନରେ କଣ ବା ଆଉ ଚାଞ୍ଚଲ୍ୟ ଥାଇପାରେ। ଘର କଥା ମନେ ପଡ଼ିଲେ ତା' ଭିତରେ ଏକ ଗଭୀର ବିଷର୍ଣ୍ଣବୋଧ ଖେଳିଯାଏ। ତା' ଛାତି ଭିତରେ କୋହର ଉବୁକା ଉଠେ। ଶହେ ମାଜଣାରେ କଣ ହେଲା। ବାପା ମଲେ। ବୋଉ ବି ଗଲା। ଅଭିଆଡ଼ି ଝିଅ ଘରେ ବସି ବସି ଦିନେ ରାତିରେ ଗାଁର ପାଖଘରର ସହରରେ ପିଅନ ଚାକିରୀ କରୁଥିବା ନାହାକଟୋକା ସାଥିରେ ଘରୁଗଲା- ଆଉ ସେ ତ ଏମିତି... ଅତି ମାମୁଲି ସାଧାରଣ ପରିବାରଟି ସାଧାରଣ ରହିଗଲା।

ଅବଶ୍ୟ ସେ ବା ଆଉ କ'ଣ କରିଥାନ୍ତା ଯେ?

ତା' ବାପାକୁ ମରିବାରୁ କେମିତି ବଂଚେଇଥାନ୍ତା?

ମା'କୁ କେମିତି ମନାକରିଦେଇଥାନ୍ତା ତାକୁ ଛାଡ଼ିଚାଲି ଯିବାରୁ?

ଘରେ କାଣି କଉଡ଼ିଟିଏ ନଥାଇ ବେକାର ଭାଇଟି ଅଭିଆଡ଼ି ଝିଅକୁ ବାହାକରିଥାନ୍ତା କୋଉଠୁ ଯୌତୁକ ଦେଇ? ହଁ ମଧ୍ୟବିତ୍ତ ପରିବାରଟିର ଏଇ ଦଶା। ନିଜ ଆଶାଠାରୁ ବହୁତ ଆଗରୁ ମଧ୍ୟବିତ୍ତ ପରିବାରଟି କ୍ଷୟ ହୋଇଆସେ।

ସେ ଝାଳରେ ଜୁଡୁବୁଡୁ ହୋଇପଡ଼ିଥିଲା। ପିଠିରେ ଆଙ୍ଗୁଠି ବୁଲେଇଲା। ହାତ ପାପୁଲି ଓଦା ହେଇଗଲା ଝାଳରେ। ତା'ପରେ ହାତ ପାପୁଲି ଆଣି ଶୁଙ୍ଘିଲା...

କଡ଼ା ଲୁଣିଆ ଗନ୍ଧ।

ୟୁରିଆ, ୟୁରିକ ଏସିଡ଼ି, ନା ନାଇଟ୍ରିକ୍ ଏସିଡ଼ ବି ହେଇପାରେ...

ଏମିତିକି କନ୍‌ସେନ୍‌ଟ୍ରେଟେଡ଼ ସଲଫ୍ୟୁରିକ ଏସିଡ଼ି ବି...

କଣ ହୁଅନ୍ତା ମଣିଷ ଝାଳରେ ଯଦି ସଲଫ୍ୟୁରିକ୍ ଏସିଡ଼ ବାହାରନ୍ତା?

କଣ ବା ହୁଅନ୍ତା ମଣିଷ ମଣିଷ ହିଁ ରହନ୍ତା...

ମଣିଷ ଚିରନ୍ତନଭାବେ ମଣିଷ ହିଁ ରହନ୍ତା...

ମଣିଷ ତା'ପରେ ବି ଖାଲି ମଣିଷ ରହନ୍ତା...

ସେ ହସିଲା ଅଧା ବ୍ୟଙ୍ଗରେ ଆଉ ଅଧା ଏକ ଅହେତୁକ ଯନ୍ତ୍ରଣାରେ। ସେ ଅସ୍ୱସ୍ତିରେ ଖଟଉପରେ କଡ଼ ଲେଉଟେଇଲା। ପେଟ ଭିତରେ ଗୋଟାଏ ଚାପା ଚାପା ଯନ୍ତ୍ରଣା ଏପଟ ସେପଟ ହେଲାଣି। ବର୍ଷ ବର୍ଷ ଧରି, ଦିନ ଦିନ ଧରି ରାତିରାତି ଧରି ପେଟ ଭିତରେ ଏମିତି ଯନ୍ତ୍ରଣାଟି ଛଟପଟ ହେଉଛି ଅଥଚ ସେଥିରୁ ମୁକ୍ତିନାହିଁ, ହଁ ଭୋକ କଲାଣି।

ସେ ଗାଧୋଇବାକୁ ଉଠିଗଲା। ସାର୍ଟ ଖୋଲିଦେଲା। ଝାଳୁଆ ହାତକଟା ବାନିଆନ ଟା ବାହାରକରି ଖଟ ଉପରେ ଫିଙ୍ଗିଦେଲା। ପ୍ୟାଣ୍ଟ ଖୋଲିଦେଲା। ଜଂଘିଆଟା

ଖୋଲି ଅଣ୍ଟାରେ ଟାୱେଲଟା ଗୁଡ଼େଇନେଲା । ଏବଂ ପାଦ ଘୋଷାରି ଘୋଷାରି ବୁଢ଼ିଆଣୀ ଜାଲ ଝୁଲୁଥିବା ଛୋଟ ବାଥରୁମ୍‌ରେ ପଶିଲା । ଦୁଆର ବନ୍ଦ କଲା... ଭିତରୁ ଛିଟିକିଣି ଦେଇଦେଲା ଏବଂ ଟାୱେଲ ଖୋଲିଦେଇ ଟାୱେଲକୁ ସାୱାର ଉପରେ ରଖିଦେଲା । ସମ୍ପୂର୍ଣ୍ଣ ଉଲଗ୍ନ ହେଇ ।

ସେ ସାୱାର ଖୋଲିଦେଲା । ସାୱାରର ପାଣି ପ୍ରଥମେ ତା ମୁଣ୍ଡ ଉପରେ ପଡ଼ିଲା । ତା'ପରେ ଆଖି ଉପର ଦେଇ । ନିଶ ଉପରକୁ ଏବଂ ପାଟିବାଟଦେଇ ଛାତି ଉପରକୁ ବୋହିଗଲା । ଛାତିରୁ ପେଟକୁ ପେଟରୁ ତଳିପେଟକୁ । ତଳିପେଟରୁ କେଶଗୁଛ ଦେଇ ଟୋପାଟୋପା ହେଇ ଜନନେନ୍ଦ୍ରିୟ ବାଟଦେଇ ତଳକୁ ବୋହିଗଲା । ସେ ମୁଣ୍ଡ ପଛକୁ କଲା ହେଲେ କାନ୍ଧ ବ୍ୟତୀତ ଆଉ କିଛି ଦେଖିପାରିଲାନି । ସେ ଗୀତ ଗାଇ ଗାଇ ସାବୁନ ବୋଳିହେଲା । ଏବଂ ଗାଧୋଇଲା- ଟାୱେଲରେ ପୋଛାପୋଛି ହେଇ ବାଥରୁମ୍‌ରୁ ଉଲଗ୍ନ ହଠାତ୍ ବାହାରକୁ ବାହାରି ଆସିଲା । ଅଗଣାକୁ । ଖରାକୁ ।

ସେ ନିଜର ରୂପ ନିଜେ ଦେଖି ଲାଜେଇଗଲା । ଧେତ୍ ସୂର୍ଯ୍ୟକିରଣରେ ସେ ନିଜେ ବି ନିଜର ଉଲଗ୍ନ ରୂପକୁ ସହ୍ୟ କରିପାରୁ ନ ଥିଲା । ହଁ ଉଲଗ୍ନ ହେଲେ ବା କଣ ଯାଏ ଆସେ ? ନା ଅସମ୍ଭବ । ନିଜର ଉଲଗ୍ନତାକୁ ନିଜେବି ଦେଖିବା ଅସମ୍ଭବ ଦିବାଲୋକରେ । ହଠାତ୍ ସେ ଗାମୁଛା ଗୁଡ଼େଇ ହୋଇଗଲା ।

ଅସଭ୍ୟ, ଅଭଦ୍ର, ଅନାର୍ଯ୍ୟ

ହିପୋକ୍ରେଟ, ହିପୋକ୍ରେଟ

ସେ ଦାନ୍ତନିକୁଟେଇ ନିଜକୁ ନିଜେ ଖତେଇହେଲା

ହିପୋକ୍ରେଟ, ହିପୋକ୍ରେଟ- ଛଳନାୟକ

ସେ ଉଲଗ୍ନ ହେବାକୁ ଚାହୁଁଛି ହେଲେ ଉଲଗ୍ନ ହୋଇପାରୁନି,

ସେ ଧନୀ ହେବାକୁ ଚାହୁଁଛି ହେଲେ ହେଇ ପାରୁନି ।

ସେ ଗରିବ ହେବାକୁ ଚାହୁଁଛି ହେଲେ ହେଇପାରୁନି ।

ସେ ବଂଚିବାକୁ ଚାହୁଁଛି ହେଲେ ବଂଚି ପାରୁନି ।

ସେ ମରିବାକୁ ଚାହୁଁଛି ହେଲେ ମରିପାରୁନି ।

ସେ ବିଦ୍ରୂପ କରି ନିଜପ୍ରତି ନିଜେ ହସିଲା । ଦର୍ପଣ ସାମ୍ନାରେ ଠିଆହେଲା । ସାର୍ଟ ପକେଟରୁ ଛୋଟ ଭଣ୍ଡାରୀ ପାନିଆ ବାହାର କଲା । ମୁଣ୍ଡ କୁଣ୍ଢେଇଲା । କାନ ଉପରକୁ ବାଳ ସଜାଡ଼ିକରି ପକେଇଲା । ପଛଆଡ଼କୁ ବାଳକୁ କୁଣ୍ଢେଇ ଦର୍ପଣରେ ପଛଆଡୁଆ ଦେଖିଲା । ଟେରି ସାମାନ୍ୟ ଟେକିଦେଲା ଏବଂ ଲମ୍ବା କଲି ଆଉ ନିଶକୁ ପାନିଆରେ ସାଉଁଳେଇ ଦେଲା । ମୁଣ୍ଡରୁ ଗୋଟେ ଦିଇଟା ଅସମୟରେ ପାଚିଯାଇଥିବା

ବାଳ ଛିଣ୍ଡାଇ ଦର୍ପଣ ସାମନାରେ ଦେଖିଲା। ଏବଂ ତଳେ ଫୋପାଡ଼ି ଦେଲା। ଧେତ୍‌ତେରିକି- ପ୍ରିମାଚ୍ୟୁର ଗ୍ରେୟିଂ। କରିବାର କିଛି ନାହିଁ। ରଂଗ ମାର କି, ମନ୍ଦାରଫୁଲ ଆଉ ଲେମ୍ବୁ ଘଷ କି ମେହେନ୍ଦୀ ଡାଇ କର କି ମହାଭୃଙ୍ଗରାଜ ତେଲ ଲଗାଅ ପାଚିବ ହିଁ ପାଚିବ। ଯୁଗ ହେଲା ପ୍ରିମାଚ୍ୟୁର ଯୁଗ। ପ୍ରିମାଚ୍ୟୁର ଗ୍ରେୟିଂ, ପ୍ରିମାଚ୍ୟୁର ବାଲ୍‌ଡ଼ିଂ, ପ୍ରିମାଚ୍ୟୁର ବାର୍ଥ, ପ୍ରିମାଚ୍ୟୁର ଡେଥ୍, ପ୍ରିମାଚ୍ୟୁରର ଏଜାକୁଲେସନ୍, ପ୍ରିମାଚ୍ୟୁର ପ୍ରିମାଚ୍ୟୁର... କହୁ କହୁ ସେ ବାନିଆନ୍ ଗଳେଇ ହେଲା। ଜିନ୍ ପ୍ୟାଣ୍ଟ ପିନ୍ଧିଲା- ଆଉ ସାଇକେଲ ବାହାରକରି ହୋଟେଲକୁ ଖାଇବାକୁ ବାହାରିଗଲା।

ଖରାରେ ଝାଳରେ ଜୁଡୁବୁଡୁ ହେଇ ଦେଢ଼ମାଇଲି ସାଇକେଲରେ ଧଇଁ ପେଲି ପେଲି ଛୋଟକାଟିଆ ହୋଟେଲରେ ସବୁଦିନିଆ ମିଲ୍‌ଟି ଖାଇଦେଇ ଫେରିଆସିଲା ବେଳକୁ ହିଁ ହାଲିଆ ଲାଗିଯାଇଥାଏ। ଥକି ପଡ଼ିଥାଏ ହାତଗୋଡ଼, କେମିତି ଗୋଟାଏ ନିଦୁଆ ନିଦୁଆ ଲାଗି ଆସୁଥାଏ। ଅତଏବ ସିଧା ବାନିଆନ୍‌ଟାକୁ ଚୌକି ଉପରେ ଫୋପାଡ଼ି ଦେଇ ଫୁଲ୍‌ପ୍ୟାଣ୍ଟ ନ ଖୋଲି ସେ ଲୋଟିପଡ଼େ ପଟାଖଟଟାରେ।

ଆଖି ପଡ଼ି ଆସୁଥାଏ।। ପେଟ ଭାରିଭାରି ଲାଗୁଥାଏ। ଏଇତ ସବୁଠୁ ତା'ର ଦୁର୍ବଳ ମୁହୂର୍ତ୍ତ। ଛାତି ଭିତରେ କେମିତି ଗୋଟାଏ ଖାଁଖାଁ ଭାବ ପଶିଆସେ। ଏଇ ମୁହୂର୍ତ୍ତରେ ହିଁ ସେ ଡରିଯାଏ। ତାକୁ ଭୟ ଲାଗେ।

ଆଉ ଏମିତି ଏକ ମୁହୂର୍ତ୍ତରେ ଦୁର୍ବଳ ସମୟଟିରେ ହିଁ ସେ ସବୁବେଳେ ତା' ଭିତରକୁ ଧସେଇ ପଶେ। ସେଇ ତନୁପାତଳୀ, ଗର୍ବୀ, ନିଜ ରୂପ ଉପରେ ଫୁଲେଇ , ହୁଁ- ଗର୍ବୀ, ଫୁଲେଇ, ଉଦ୍ଧତ, ହୁଁ ତା ବିଷୟରେ ସବୁକିଛି କେମିତି ଗୋଟାଏ...

ସେ କେବେହେଲେ ଜାଣି ପାରେନି କାହିଁକି ଗୋଟାଏ ଅଜଣା ଚାପାଚାପା କ୍ରୋଧ ତା' ଭିତରେ ସବୁବେଳେ ସେ ଆସିଲା ବେଳକୁ ହିଁ ମୋଡ଼ିମାଡ଼ି ଭିଡ଼ି ହୋଇ ଆତ୍ମପ୍ରକାଶ କରେ।

ସେମାନେ ତାକୁ ପ୍ରେମ କହୁଥିଲେ। କିଛି ବର୍ଷ ପୂର୍ବେ ସେ ନିଜେ ବି ସ୍ଥିର ନିଶ୍ଚିତ ଥିଲା। କିନ୍ତୁ ଆଜି ସେ ଆଉ ସେତେ ନିଶ୍ଚିତ ନୁହେଁ। ସଂଶୟରେ ପଡ଼ିଯାଇଛି, ହେଇପାରେ ହେଇପାରେ ତା' ପ୍ରେମ ଥିଲା ? ତା' ଘୃଣା ମଧ୍ୟ ହୋଇପାରିଥାଏ। ସେ ଦ୍ୱିଧାରେ ପଡ଼ିଯାଇଥିଲା। ସେ ସ୍ଥିର ନିଶ୍ଚିତ ଆଉ ଆଦୌ ନ ଥିଲା। ଲୋକ କ'ଣ ପରସ୍ପରକୁ ନିଜଠାରୁ ଅଧିକ ଭଲ ପାଇପାରନ୍ତି ? ହୁଏତ ଆଜି ସେ ଆଦୌ ନିଶ୍ଚିତ ନ ଥିଲା।

ସେ ଯାହା ହେଉ ସବୁବେଳେ ସେ ତାକୁ ଗଭୀର ଭାବେ ଚାହୁଁଥିଲା। ତା'ର ସାନ୍ନିଧ୍ୟ ପାଇବା ପାଇଁ ବ୍ୟାକୁଳ ହେଇ ପଡୁଥିଲା। ସେ ତା' ପାଖରେ ତା'ର ପ୍ରେମ

ପାଇଁ ନିଜ ଜୀବନ ପର୍ଯ୍ୟନ୍ତ ଉତ୍ସର୍ଗ କରିଦେବାର ମଧ୍ୟ ଦିନେ ରାଣ ଖାଇଥିଲା। ଏପରିକି ତା' ବିନା ସେ ମୁହୂର୍ତ୍ତେ ମଧ୍ୟ ରହି ପାରିବ ନାହିଁ ବୋଲି ମଧ୍ୟ ଶୁଣାଇ ଦେଇଥିଲା। ସେ ତା' ପାଖକୁ ଚିଠି ଲେଖୁଥିଲା। ପ୍ରେମ ଚିଠି, ତା'ପାଇଁ ଚିରନ୍ତନ ଶାଶ୍ୱତ ପ୍ରେମର ବ୍ୟାଖ୍ୟାନ କରି। ତାର ଚଳଚଂଚଳ ଆଉ ହରିଣୀ ଭଳି ଚପଳ ଆଖି ଦିଓଟି ଦେଖିଲେ ସେ ଖୁବ୍ ଆନନ୍ଦ ଅନୁଭବ କରୁଥିଲା। ତା'ର ପତଳା, ଗୋରା ଦେହର ଅପୂର୍ବ ଭଂଗୀମାରେ ସେ ମୁଗ୍ଧ ହେଇଯାଉଥିଲା। ତାର ରୂପ ସୌନ୍ଦର୍ଯ୍ୟର ମଦିରାରେ ସେ ମୁଗ୍ଧ ବିଭୋର ହୋଇପଡ଼ିଥିଲା। ନିଜେ ନିଜକୁ ହଜେଇ ବସିଥିଲା। ସେ ତାକୁ ଶ୍ୱାସ ପ୍ରଶ୍ୱାସରେ ଅନୁଭବ କରୁଥିଲା। ସେ ତାକୁ ପ୍ରତି ମୁହୂର୍ତ୍ତରେ ହିଁ ଜୀଉଁଥିଲା। ତା'ବ୍ୟତୀତ ସେ ନିଜ ଅସ୍ତିତ୍ୱ ଶୂନ୍ୟ ଭଳି ଅନୁଭବ କରୁଥିଲା- ପ୍ରେମ କରୁଥିଲା... ପ୍ରେମ କରୁଥିଲା...ପ୍ରେମ କରୁଥିଲା... ପ୍ରେମ...

ଧେତ୍‌ତେରିକି ସେ ଯେମିତି ଜୋର ଜବରଦସ୍ତ ତା'ଭିତରେ ଧସେଇ ପଶୁଛି। ଭୟଙ୍କର ନିର୍ଦ୍ଦୟ ଭାବେ ତାର ଏମିତି ଏକ ଦୁର୍ବଳ ମୁହୂର୍ତ୍ତରେ। ଅବାନ୍ତର ସେ କେମିତି ଏମିତି ଏକ ହାଡ଼େଇ, ପତଳୀ ଆଉ ଗର୍ବୀ ଝିଅକୁ ଏତେ ଗାଢ଼ ଭାବେ ଭଲପାଇପାରେ ?

ସେ ଅନେକଥର ସେ ଲେଖିଥିବା ଚିଠିଗୁଡ଼ିକୁ ପଢୁଥିଲା। ନିଜେ ଲେଖିଥିବା ଚିଠିର କୋମଳ ବିଷୟ ସବୁକୁ ବାରମ୍ବାର ମନେପକଉଥିଲା। ସେ କେମିତି ଏମିତି ଚିଠି ଲେଖିପାରୁଥିଲା ? ସେ କେମିତି ଏମିତି ଗୋଟାଏ ଫୁଲେଇ, ଗର୍ବୀଝିଅ ଯାହାର ନାକଟା ଅସମ୍ଭବ ଭାବେ ବଙ୍କା। ମାନେ ଏମିତି ଏକ ତେଢ଼ୀ ନାକୀ ଝିଅକୁ ଏମିତି କୋମଳ ପ୍ରେମପୂର୍ଣ୍ଣ ସଂବୋଧନ କରୁଥିଲା ?

କିନ୍ତୁ ତାର ହାତଲେଖା ଖୁବ୍ ସୁନ୍ଦରଥିଲା। ସେ ନିଜେ ନିଜକୁ କହିଉଠିଲା। ସେ ଗୋଟାଏ ହସ୍ତଲେଖା ବିଶାରଦ ହେଇ ପାରିଥାନ୍ତା। ସେ ବି ଗୋଟାଏ ଭଲ ଚିତ୍ରକର ଥିଲା। ତାର ହସ୍ତାକ୍ଷର ତାର ହସ୍ତଲେଖା ନୈପୁଣ୍ୟ ତା'ର ଚିତ୍ରକଳାର ନିଦର୍ଶନ ଥିଲା। ସେ ଖୁବ୍ ସୁନ୍ଦର ଲେଖିପାରୁଥିଲା।

ହଁ ଏଥିରେ ଏତେ ବଡ଼କଥା କଣ ଯେ ? ଝିଅମାନେ ସାଧାରଣତଃ ସୁନ୍ଦର ଲେଖିପାରନ୍ତି। ହେଲେ ସେ ଗୋଟାଏ ନିତାନ୍ତ ବୋକାଭଳି କେମିତି ସୁନ୍ଦର ଅକ୍ଷରକୁ ହିଁ ଦେଖି ତାକୁ ଭଲ ପାଇପାରିଲା ? ତାର ଜାଣିବା ଦରକାର ଥିଲା ଯେ ଜୀବନ କେବଳ ସୁନ୍ଦର ହସ୍ତାକ୍ଷର ନୁହେଁ। ପ୍ରେମ ବି ସୁନ୍ଦର ହସ୍ତଲେଖା କେବଳ ନୁହେଁ। ତା'ଠାରୁ ଅନେକ ବେଶୀ।

ତା'ହେଲେ ତା'ପାଖରେ କ'ଣ ଏମିତି ଆକର୍ଷଣ ଥିଲା ଯେ ? କଣ ଏମିତି

ବଡ଼ କଥା ଥିଲା ? ଅବଶ୍ୟ ସେ ଜାଣିନି । କିଛି ବି ହେଇପାରେ । ସେ ସ୍ଥିର ନିଶ୍ଚିତ ଥିଲା । ଏହା କିଛି ବି ହୋଇପାରେ - ପ୍ରେମ- ଘୃଣା- ଯୌନ ଆବେଦନ- ସୁନ୍ଦର ହସ୍ତାକ୍ଷର- ଚିତ୍ରକଳା- ବଙ୍କାତେଢ଼ା ନାକ- ଫୁଲେଇ ଗର୍ବୀ ଚେହେରା- ମ୍ୟାଜିକ୍- ଗୁଣିଗାରିଡ଼ି- ତନ୍ତ୍ରମନ୍ତ୍ର- ବଶୀକରଣ- ମିଷ୍ଟିସିଜମ୍- ହିପ୍‌ନୋଟିଜମ୍- ମେସମରିଜିମ୍... କିଛି ବି ହେଇପାରେ... କିଛିବି ଆଗ୍ନେୟ ଉଦ୍‌ଗୀରଣ ପାଇଁ ସମର୍ଥ । ସେ ନିଜ ଭିତରେ ଖୁବ୍ ଅସହଜ ବୋଧକରୁଥିଲା । ଖଟ ଉପରେ ଅଶ୍ୱସ୍ତିରେ ସେ କଡ଼ ଲେଉଟେଇବାକୁ ଲାଗିଲା । ଉପରେ ସ୍ତବ୍ଧ, ସ୍ଥିର ଶିଲିଂ ଫ୍ୟାନ୍ ।

ଖୁବ୍ ଅବଶ ହୋଇପଡୁଥିଲା ସେ । ଆଣ୍ଠୁ ଗୁଡ଼ିକ କ୍ରମେ ଅବଶ ହୋଇଗଲା ଯେମିତି । ହାତଗୁଡ଼ିକ ଛିଡ଼ି ପଡ଼ିଲା ଭଳି ଲାଗୁଥିଲା । ଗୋଟାଏ ଗଭୀର ଅବସାଦ, ବିଷର୍ଣ୍ଣବୋଧ ତାକୁ କାବୁ କରି ଘେରି ଆସୁଥିଲା । ସମସ୍ତ ଶରୀର ଯେମିତି ଶକ୍ତିହୀନ ହୋଇ ପଡୁଥିଲା, ସାମର୍ଥ୍ୟହୀନ ହୋଇପଡୁଥିଲା ଏବଂ ଗୋଟାଏ ଅଦ୍ଭୁତ ଅଭାବନୀୟ ଅସହାୟତାବୋଧ ତାର ତଳିପେଟ ବାଟଦେଇ ପାକସ୍ଥଳୀକୁ ଏବଂ ତା'ପରେ ଖାଦ୍ୟନଳୀ ବାଟଦେଇ ଏକ ଗଭୀର ଦୀର୍ଘଶ୍ୱାସ ହେଇ ବାହାରକୁ ବାହାରି ଆସିଲା । ସେ ନିତାନ୍ତ ଭାବେ ଅସହାୟ ହୋଇ ପଡ଼ିଥିଲା ।

ହଠାତ୍ ସେ ଖଟଉପରେ ଉଠିବସିଲା । ଆଣ୍ଠୁ ଉପରେ ହାତଦିଇଟା ସିଧା କରି ଦୃଢ଼ଭାବେ ବସିଲା । ମୁଣ୍ଡ ସିଧା କରି ରଖିଲା । ଆଖି ବନ୍ଦ କରି ସିଧାସଳଖ ମୁହାଁମୁହିଁ ନିଜ ସାମ୍‌ନାରେ ନିଜେ ନିଜେ ବସିଲା । ଏକ ନୂତନ ଦୃଢ଼ତା, ଅନମନୀୟତା ତା'ଭିତରେ ମାଂସପେଶୀ ସବୁ ଦୃଢ଼ କରି ଖେଳିଗଲା । ସେ ମୁଠା ଟାଣକଲା । ସେ ଅସମ୍ଭବ ଘୃଣା ଏବଂ କ୍ରୋଧରେ ଚିତ୍କାର କରିଉଠିଲା ।

ସବୁଝିଅ ବେକରେ ଅଦରକାରୀ ଯନ୍ତ୍ରଣାଭଳି ଏବଂ ସେ ବି ସେଥିରୁ ବାଦ ନୁହେଁ ।

ସେ କେବେ ତାକୁ ଭଲପାଉନଥିଲା ଏବେ ମଧ୍ୟ ଭଲପାଉନି ଏବଂ ଭବିଷ୍ୟତରେ କେବେହେଲେ ତାକୁ ଭଲ ପାଇବନି ।

କିମ୍ବା

ସେ ତାକୁ ଅତୀତରେ ଭଲ ପାଇପାରିଥାଏ ହେଲେ ଏବେ ତାକୁ ମୋଟେ ଭଲ ପାଉନି ଏବଂ ଭବିଷ୍ୟତରେ ତାକୁ କେବେହେଲେ ଭଲପାଇବନି ।

ନା...

ସେ ତାକୁ ଅତୀତରେ ଭଲ ପାଉଥିଲା, ଏବେ ମଧ୍ୟ ତାକୁ ଭଲ ପାଇପାରୁଥାଏ ହେଲେ ଭବିଷ୍ୟତରେ ତାକୁ ଭଲ ପାଇବାର ଆଦୌ ପ୍ରଶ୍ନ ନାହିଁ ?

କିମ୍ବା

ସେ ତାକୁ ଅତୀତରେ ଭଲପାଉଥିଲା, ଏବେ ମଧ୍ଯ ତାକୁ ଗଭୀର ଭାବେ ଭଲ ପାଉଛି ଏବଂ ତାକୁ ମଧ୍ଯ ସେ ସବୁସମୟରେ ଭଲ ହିଁ ପାଇବ ହେଲେ ତାକୁ କେବେ ହେଲେ ସେ ଅନ୍ତରଙ୍ଗ ଭାବେ ଚାହିଁନଥିଲା କି ଏବେ ମଧ୍ୟ ଚାହୁଁନି ଏବଂ କେବେ ମଧ୍ଯ ଚାହିଁବନି।

କିମ୍ବା

ସେ ତାକୁ ଅତୀତରେ ଭଲ ପାଉଥିଲା, ଏବେ ମଧ୍ୟ ଭଲ ପାଉଛି ଏବଂ ତାକୁ ଭଲପାଇବା ଛଡ଼ା ତାର ଅନ୍ୟ ଗତିନାହିଁ। ସେ ତାକୁ ଅତୀତରେ ଗଭୀର ଭାବେ ଚାହିଁଛି ମଧ୍ଯ। ହେଲେ ଏବେ ଜମାରୁ ଚାହୁଁନି କିମ୍ବା ଭବିଷ୍ୟତରେ ମଧ୍ୟ କେବେହେଲେ ଚାହିଁବନି।

କିମ୍ବା

ସତ କହିବାକୁ ଗଲେ ସେ ତାକୁ ଗଭୀର ଭାବେ ଭଲ ପାଉଥିଲା। ଗଭୀର ଭାବେ ଚାହୁଁଥିଲା, ଛାତିରେ ଜଡ଼େଇ ଧରି ନିଜର କରିବାକୁ ଗଭୀର ଭାବେ ଚାହୁଁଥିଲା। ଏବେ ମଧ୍ଯ ହୃଦୟର ସବୁକିଛି ଦେଇ ତାକୁ ଭଲ ପାଉଛି ଏବଂ ତାର ସାନ୍ନିଧ ଚାହୁଁଛି ଏବଂ ଭବିଷ୍ଯତରେ ଜନ୍ମଜନ୍ମାନ୍ତରରେ, କାଳ କାଳାନ୍ତରରେ ସେ ତାକୁ ହିଁ ଭଲପାଇ ଆସୁଥିବ ଏବଂ ତାକୁ ହିଁ ଗଭୀର ଭାବେ ନିଜର କରିବାକୁ ...

"ନା...ନା...ନା" ସେ ଚିତ୍କାର କରି ଉଠିଲା "କେବେ ନୁହେଁ କେବେ ନୁହେଁ" ହଠାତ୍ ପ୍ରଳାପ କରିଉଠିଲା। କ୍ରୋଧ, କ୍ଷୋଭ, କୋହରେ ତା' ଆଖି ଲାଲ୍ ପଡ଼ିଗଲା। ଏବଂ ଉଦ୍‌ଗତ ଲୁହଧାର ତା ଦୁଇ ଗାଲରେ ଅମାନିଆ ଭାବେ ବହିଆସିଲା। ସେ ଖଟଉପରୁ ତଳକୁ ଡେଇଁପଡ଼ିଲା ଏବଂ ଚିତ୍କାର କରିକରି କୁଦିବୁଲିଲା। "ମୋଟେ ନୁହେଁ ସେ ତାକୁ ଘୃଣା କରେ... ସେ ତାର ତେଢ଼ା ନାକ ପାଇଁ ତାକୁ ଘୃଣା କରୁଥିଲା, ତାର ତେଢ଼ାନାକ ପାଇଁ ତାକୁ ଘୃଣା କରୁଛି ଏବଂ ତାର ତେଢ଼ା ନାକ ପାଇଁ ତାକୁ ସବୁବେଳେ ଘୃଣା କରୁଥିବ।"

ବାସ୍, ଟିକିଏ ହାଲୁକା ଲାଗିଲା। ଏବଂ ବିଜୟର ଅପ୍ରତିହତ ଆନନ୍ଦରେ ସେ ବିଭୋର ହୋଇଗଲା। ଘର ଭିତରୁ ବାରଣ୍ଡାକୁ ବାହାରି ଆସିଲା।

ବାହାରେ ସଂଧ୍ୟା ନଇଁ ଆସିଥିଲା। ସୁଲୁସୁଲିଆ ଧୀରପବନରେ ତାର କେଶରାଶି ଧୀରେଧୀରେ ଉଡୁଥିଲା। ରକ୍ତିମ ସୂର୍ଯ୍ୟ ଦୂର ଦିଗ୍‌ବଳୟର ପାହାଡ଼ କୋଳେ ଅସ୍ତ ହୋଇ ଆସୁଥିଲେ ନିଜର ରକ୍ତିମ ଛିଟା ବିଛେଇ ଦେଇ। ଧଳା ମେଘ ଭାସି ଯାଉଥିଲା ସଫା ଆକାଶରେ। ସେ ନିଜ ଉପରେ ନିଜେ ଭାରି ଖୁସି ଥିଲା ଯଦିଓ ଅତ୍ୟନ୍ତ

ଭାବପ୍ରବଣତା ପ୍ରବାହରେ ସେ ଖୁବ୍ ହାଲିଆ ହୋଇପଡ଼ିଥିଲା। ଏମିତି ଏକ ମୁହୂର୍ତ୍ତରେ ତାର କପେ କଫି ଦରକାର। ଏମିତି ସମୟରେ କପେ କଫି ହିଁ ତାର ଧ୍ୱସ୍ତବିଧ୍ୱସ୍ତ ସ୍ନାୟୁ ସବୁକୁ ସତେଜ କରିବାକୁ ହିଁ ସମର୍ଥ ହୁଏ। ସେ ରୋଷେଇଘର ଭିତରକୁ ଗଲା... ସହଜଭାବେ ଭାବ ପ୍ରବଣତା ଅନେକ କମିଆସିଥିଲା। ସେ ଆଉ ଏତେଟା ଉତ୍ତେଜିତ ନଥିଲା ବା ଉନ୍ମାଦ ନଥିଲା। ସେ ଷ୍ଟୋଭ ଆଣିଲା... କ୍ଷୀର ବସେଇଲା... ଏବଂ ଦିଆସିଲି କାଠି ବାହାରକରି କଫିକରିବା ପାଇଁ ଷ୍ଟୋଭ୍ ଧରେଇଲା।

■■

ସୀମା, ମୁଁ ଓ ତା' ପାଇଁ ଗଳ୍ପଟିଏ

(ଏକ ଭିନ୍ନ ସ୍ୱାଦର ପ୍ରେମଗଳ୍ପ)

ଯିବ ଯିବ ହୋଇ କିଛି ଗୋଟାଏ ଚାଲିଗଲା । ସେମାନେ ସମସ୍ତେ କହିଲେ, କିଛି ଗୋଟାଏ ଚାଲିଗଲା । ରାସ୍ତାରେ ଲୋକମାନେ । ଘରେ ବାପା ବୋଉ । ବାହାରେ ସାଙ୍ଗସାଥୀ । ସମସ୍ତେ ଏକ ସ୍ୱରରେ ତା'ର ଯିବା ଖବର ଜଣେଇ ଦେଲେ । ମୁଁ ପଚାରିଲି କିଏ ? ସେମାନେ ନୀରବ । ମୁଁ ପୁଣି ପଚାରିଲି କିଏ ? ସେମାନେ ଦୂରକୁ ଅଙ୍ଗୁଳି ନିର୍ଦ୍ଦେଶ କଲେ । ମୁଁ ଫେରିଚାହିଁଲି । ମୋ ଆଗରେ ରାସ୍ତା ଆଉ ରାସ୍ତା । ମୁଁ ରାସ୍ତାକୁ ପାଦ ବଢ଼େଇଲି । ରାସ୍ତାକୁ ଉଠିଲେ ମନେହୁଏ କୁଆଡ଼େ ଯିବି । ଆଗରେ ରାସ୍ତା, ପଛରେ ରାସ୍ତା । ବାଆଁକୁ ରାସ୍ତା । ଡାହାଣକୁ ରାସ୍ତା । ଉପରକୁ ରାସ୍ତା । ତଳକୁ ରାସ୍ତା । ସମସ୍ତ ରାସ୍ତା ତା'ର ଦୈର୍ଘ୍ୟ ପ୍ରସ୍ଥ ମାପି ଯଦି ପୃଥିବୀରୁ ବିୟୋଗ କରିଦିଆଯାଏ ତେବେ ଜଣାଯିବ ରାସ୍ତାର ପରିବ୍ୟାପ୍ତି କେତେ ଏବଂ କେତେ କମ୍ ଜାଗାରେ ଏ ମଣିଷ ରହେ । ମୁଁ ଚାଲିବାକୁ ଆରମ୍ଭ କଲି । ପ୍ରଥମେ ପୂର୍ବକୁ ତାପରେ ପଶ୍ଚିମକୁ । ତାପରେ ଉତ୍ତରକୁ ଏବଂ ସବାଶେଷରେ ଦକ୍ଷିଣକୁ ।

ବାଟରେ ଅଘଟଣ ଘଟିଲା:

ରାସ୍ତା କଡ଼ରେ ଲଙ୍ଗଳା ପିଲାଟିଏ ଧୂଳି ଖେଳୁଛି। କଣ୍ଢେଇ ବାହାଘର ଚାଲିଛି ବାଲିର ମନ୍ଦିର ଭିତରେ। ହେଇ ଆର ପିଲାଟା ତା କଣ୍ଢେଇ ଛଡ଼େଇ ନେଲାଣି। ସେ ଭେଁ ଭେଁ କାନ୍ଦିବା ଆରମ୍ଭ କରିଛି। ବର୍ତ୍ତମାନ ସେ ଉଠିବ ଏବଂ ଅନ୍ୟ ପିଲାଟିର ଚୁଟି ଝିଙ୍କିବ।

ତାକୁ ରାମ୍ପୁଡ଼ିବ କିମ୍ବା ତା ଉପରକୁ ଟେକା ଫୋପାଡ଼ିବ। ତା ଉପରକୁ ଛେପ ପକେଇବ ନ ହେଲେ ମନଇଚ୍ଛା ବାଡ଼େଇବ।

ଆଉ କିଛି କରି ନ ପାରିଲେ କାନ୍ଦି କାନ୍ଦି ଘରକୁ ଧାଇଁବ।

ମୁଁ ନଖ ଘସିଲି। ରାସ୍ତାରେ କଳି ବଢ଼ିଲା।

ମୁଁ ତାଳି ମାରିଲି। କଳି ବଢ଼ିଲା।

ମୁଁ ନାଚିଲି। କଳି ବଢ଼ିଲା।

ମୁଁ ଦଉଡ଼ିଲି। କଳି ବଢ଼ିଲା।

ମୋର ହଠାତ୍ ଇଚ୍ଛା ହେଲା ମୁଁ ଛୋଟ ପିଲାଟିଏ ହୋଇଯାଆନ୍ତି କି। ଲଙ୍ଗଳା ହେଇ ଧୂଳି ଖେଳନ୍ତି। ସୀମା ଆଉ ମୁଁ ବାଲିରେ ମନ୍ଦିର ଗଢ଼ନ୍ତୁ। ମୁଁ ଗାଆନ୍ତି। "ଢାଉଁ ଢାଉଁ, ଢାଉଁ, ଢାଉଁ ଢୋଲ ବାଜିବ। ତୋ ପୁଅକୁ ମୋ' ଝିଅ ବାହା ହେବ।"

ମୁଁ ସୀମାର କଣ୍ଢେଇ ଛଡ଼େଇ ଆଣନ୍ତି। ସେ କାନ୍ଦନ୍ତା। ଧୂଳିରେ ଗଡ଼ନ୍ତା। ମୋ ଚୁଟି ଝିଙ୍କନ୍ତା। ମୋ ଉପରକୁ ବାଲି ଫିଙ୍ଗନ୍ତା। ମତେ କାମୁଡ଼ିବାକୁ ଗୋଡ଼ାନ୍ତା। ମୁଁ ହସନ୍ତି। ତାଳି ମାରି ତା ଚାରିପାଖେ ଦଉଡ଼ନ୍ତି। ସେ ମତେ ଧରି ନ ପାରି ଆହୁରି ଜୋରରେ କାନ୍ଦନ୍ତା। ଆଃ କି ମଜା ହୁଅନ୍ତା।

ସୀମା ଆଖି କାନ୍ଦରେ ଫୁଲି ଲାଲ ପଡ଼ିଯାଆନ୍ତା। ସେ ଚୁଟି ଭିଡୁଥାନ୍ତା। ମୁଁ ଧୂଳି ଫିଙ୍ଗନ୍ତି। ସେ କାନ୍ଦନ୍ତା। ମୁଁ ତାକୁ ଖତେଇ ହୁଅନ୍ତି। ସେ ରାଗନ୍ତା, ମୁଁ ହସନ୍ତି। ସେ ଟେକା ଫିଙ୍ଗନ୍ତା। ମୁଁ ଦଉଡ଼ନ୍ତି। ସେ ଗୋଡ଼ାନ୍ତା - ମୁଁ ତା ଚାରିପଟେ ଚକା ଚକା ଭଉଁରି ଖେଳନ୍ତି। ସେ ମତେ ଧରି ନ ପାରି ସଁ ସଁ ହୋଇ ରାଗରେ କାନ୍ଦୁଣୁ ମାନ୍ଦୁଣୁ ହୋଇଯାଆନ୍ତା। ମୁଁ ତାକୁ ଚିଡ଼ାନ୍ତି। ସେ ଆହୁରି କାନ୍ଦନ୍ତା। ମୁଁ ନଖ ଘଷନ୍ତି। ଆମ କଳି ଆହୁରି ବଢ଼ନ୍ତା। ମୁଁ ହଠାତ୍ ଧୂଳିରେ ଆଣ୍ଠେଇଲି ଏବଂ ମୁଠାଏ ବାଲି ହାତ ପାପୁଲିରେ ଧରିଲି।

ମୋର ହଠାତ୍ ଗୁରୁଜନ ପରିଜନଙ୍କ କଥା ମନେ ପଡ଼ିଲା। କିଛି ଗୋଟାଏ ଚାଲିଯାଇଛି। ମୁଁ ଆଉ ଲଙ୍ଗଳା ହୋଇ ପାରିବିନି, ଧୂଳିଖେଳ ଖେଳିପାରିବିନି। ସୀମାର କଣ୍ଢେଇ ଛଡ଼େଇ ଆଣି ପାରିବିନି। ସୀମା କ'ଣ ଏବେ ମୋ ସାଥିରେ ଧୂଳିରେ ବସି ବାହାଘର ଖେଳ ଖେଳିପାରିବ?

ମୁଁ ଗୋଟାଏ ଦୀର୍ଘଶ୍ୱାସ ଟାଣି ଉଠିଲି।

ଆଗକୁ ପାଦ ବଢ଼େଇଲି।

ଆଗରେ ରାସ୍ତ, ରାସ୍ତା ଆଉ ରାସ୍ତା।

ମୁଁ ରାସ୍ତାରେ ସୀମା ଉପରେ କର୍ତ୍ତୃତ୍ୱ ଜାହିର କରିବା ଭଙ୍ଗୀରେ ଚାଲିଲି।

ପିଲା ଦିଇଟା ତଥାପି ମାଡ଼ ଗୋଳରେ ଲାଗିଥିଲେ।

ମୁଁ ଆମ୍ବଗଛ ଚଢ଼ିଲି:

ରାସ୍ତା କଡ଼ରେ ମୁଁ ଆମ୍ବ ଗଛ ଦେଖିଲି। ପେନ୍ଥା ପେନ୍ଥା ଆମ୍ବ ଫଳିଛି। ନେଳି ନେଳି କଞ୍ଚା ଆମ୍ବ। କଷି ଆମ୍ବ। ମୁଁ ରାସ୍ତାଠାରୁ ଆମ୍ବ ଗଛ ଆଡ଼କୁ ମୁହାଁଇଲି।

ସୀମା ତମେ ଆମ୍ବ ଚାଖିବ? ପେନ୍ଥା ପେନ୍ଥା କଷି ଆମ୍ବ ଖାଇବ? କଷି ଆମ୍ବ ଖାଇଲେ ଦାନ୍ତ ଧରେ।

ସୀମା ତମର ଦାନ୍ତ କେବେ ଧରିଛି?

ସୀମା ତମେ ଥରେ ଆମ୍ବ ଚାଖନା?

ଖୁବ୍ ମଜା ହେବ। ତୁମେ ଜିଦ୍ କରି ଆମ୍ବ ଖାଆନ୍ତ।

ତମ ଦାନ୍ତ ଧରନ୍ତା। ଏବଂ ତମେ ଉଃ ଉଃ ଓଃ ଓଃ ହୁଅନ୍ତ, ମୁଁ ହସନ୍ତି, ତାଳିମାରନ୍ତି।

ତମେ ଆମ୍ବ ଚାଖିବ?

ମୁଁ ତଳୁ ଗୋଟାଏ ଟେକା ଗୋଟେଇଲି ଏବଂ ଆମ୍ବ ପେନ୍ଥାକୁ ଲକ୍ଷ୍ୟ କଲି।

ଆଃ ଟେକାଟା ଆମ୍ବରେ ବାଜିଲାନି।

ମୁଁ ଲକ୍ଷ୍ୟ ଭ୍ରଷ୍ଟ ହେଲି।

ମୁଁ ପୁଣି ଗୋଟାଏ ଟେକା ଗୋଟେଇଲି।

ପୁଣି ଥରେ ଲକ୍ଷ୍ୟ ଭ୍ରଷ୍ଟ ହେଲି।

ତାପରେ ମୁଁ ଗୋଟାଏ ପରେ ଗୋଟାଏ ଟେକା ଗୋଟେଇଲି ଏବଂ ଆମ୍ବ ପେନ୍ଥାକୁ ବାରମ୍ବାର ଲକ୍ଷ୍ୟ କଲି।

ହେଲେ ସବୁଥର ଲକ୍ଷ୍ୟ ଭ୍ରଷ୍ଟ ହେଲି।

ସୀମା ଅର୍ଜୁନ ସିନା ଦ୍ରୌପଦୀଙ୍କୁ ପାଇବେ ବୋଲି ସ୍ୱୟଂବର ସଭାରେ ଏକାଥରକେ ମାଛ ଆଖିକୁ ଲକ୍ଷ୍ୟ କରିପାରିଲେ ହେଲେ ମୁଁ ତମ ପାଇଁ କଷି ଆମ୍ବ ତୋଳିବାକୁ ଯାଇ ଥରକୁ ଥର ଲକ୍ଷ୍ୟ ଭ୍ରଷ୍ଟ ହେବାର ପରାଜୟର ଗ୍ଲାନିରେ ମ୍ରିୟମାଣ ହୋଇପଡ଼ିଲିଣି।

ତମେ ଅପେକ୍ଷାକର ସୀମା। ମୋ ବିଫଳତାକୁ ଶୁଣି ହସି ଉଡ଼େଇ ଦେବାକୁ ମୁଁ ତୁମକୁ ଦେବିନି। ମୁଁ ପ୍ୟାଣ୍ଟ ଆଣ୍ଠୁ ପର୍ଯ୍ୟନ୍ତ ଭାଙ୍ଗିଦେଲି। ଗୋଡ଼ରୁ ଜୋତା ଖୋଲି

ରାସ୍ତା ଉପରେ ରଖିଦେଲି। ତା' ପରେ ମୁଁ ଆମ୍ବ ଗଛ ଚଢ଼ିଲି। ଉପରକୁ ଉପରକୁ। ଡାଳରୁ ଡାଳକୁ। ଶାଖାରୁ ଶାଖାକୁ। ଶାଖାରୁ ଉପ ଶାଖାକୁ। ଉପଶାଖାରୁ ପ୍ରଶାଖାକୁ। ସରୁ ଡାଳରୁ ଆହୁରି ସରୁ ଡାଳକୁ।

ମୋ ଆଖି ଆଗରେ ଇପ୍‌ସିତ ଆମ୍ବ ପେନ୍ଥା, ମୁଁ ହାତ ବଢ଼େଇଲି। ଆମ୍ବ ପେନ୍ଥାଟା ନିରାପଦ ଦ୍ୱରତ୍ୱରେ ପବନରେ ଝୁଲୁଥିଲା। ମୁଁ ପୁଣି ହାତ ବଢ଼େଇଲି। ଆଃ ସୀମା ମୁଁ ଏଥର ବି ଲକ୍ଷ୍ୟ ଭ୍ରଷ୍ଟ ହେଲି। ମୋ ହାତରୁ ଡାଳ ଖସିଗଲା। ଏବଂ ମୁଁ ବର୍ତ୍ତମାନ ତଳକୁ ଖସୁଛି। ମୋ ଉପରେ ଆମ୍ବପେନ୍ଥା। ତଳେ ରାସ୍ତା। ମୁଁ ତଳକୁ ତଳକୁ ଖସୁଛି ସୀମା।

ଆମ୍ବ ଗଛ ଡାଳରୁ ତମ ହସ ଶୁଭୁଛି। ତମେ ଜାଣିଶୁଣି ମୋତେ ଛିଗୁଲଉଛ। ମୋ ଅସହାୟତାକୁ ଦେଖି ଦାନ୍ତ ନିକୁଟୁଛ।

ପିଲାବେଳେ ଆମ୍ବ ଗଛରୁ ଥରୁଟିଏ ପଡ଼ି ହାତଗୋଡ଼ ଭାଙ୍ଗିଥିଲି। ବୋଉ କହିଲା, ଏଡୁଟିଏ ହେଲୁଣି। ବୁଦ୍ଧି ସୁଦ୍ଧି ଟିକିଏ ହେଲାନି। ସୀମା ତମେ ଥରେ କହନା। ମୁଁ ଏଡୁଟିଏ ହେଲିଣି। ସୀମା ଆମ୍ବ ଗଛରୁ ଖୁବ୍ ଜୋରରେ ପଡ଼ିଲି। ଗୋଡ଼ ହାତରେ ଜଖମ ଏବେ ବି ରହିଛି। ଡାହାଣ ପାଖ ଏବେ ବି ଯନ୍ତ୍ରଣା ହେଉଛି। ହତାଶାରେ ମୋ ମୁହଁ ଲାଲ ପଡ଼ିଯାଇଛି। ଭାଗ୍ୟରୁ ଅଳ୍ପକେ ବଞ୍ଚିଗଲି। ମୁଁ ସୁସ୍ଥ ହେଲାପରେ ପୁଣି ରାସ୍ତାକୁ ଉଠିବି, ମୁଁ ପଛରେ ଅନେକ ରାସ୍ତା ଛାଡ଼ି ଆସିଛି ସୀମା। ମୋ ଆଗରେ ରାସ୍ତା ପଛରେ ରାସ୍ତା। ସୀମା ତମେ କୋଉଠି ? ପଛରେ ନା ଆଗରେ ? ବାଁରେ ନା ଡାହାଣରେ ? ଉତ୍ତରରେ ନା ଦକ୍ଷିଣରେ ? ଆରେ ଲାଜ କରିବାର କ'ଣ ଅଛି। କହନା ମୁଁ ପରା ଏଡୁଟିଏ ହେଲିଣି।

ପରିଶେଷ

କିଛି ଗୋଟାଏ ଯିବ ଯିବ ହୋଇ ଚାଲିଗଲା। ଏବଂ କିଛି ଆସିବ ଆସିବ ବୋଲି ଧସେଇ ପଶିଲାଣି। ମୁଁ ଦୋଛକିରେ। ମୋ ଚାରିପଟେ ରାସ୍ତା, ମୁଁ ରାସ୍ତା ଖୋଜୁଛି ସୀମା। ମୁଁ ଆଉ ଧୂଳି ଖେଳିପାରିବିନି। ଆମ୍ବଗଛରେ ଚଢ଼ିପାରିବିନି। ଏଣିକି ଆଉ ଆମ୍ବ ଗଛକୁ ଟେକା ମାରିଲେ ଲକ୍ଷ୍ୟ ଠିକ୍ ରହିବ ନାହିଁ। ତମେ କ'ଣ ଆଉ କଷି ଆମ୍ବ ଖାଇବ ସୀମା। ତମ ଦାନ୍ତ ଧରିବ ଯେ ଉଃ....... ଉଃ....... ହେବ। ବୋଉ କହୁଥିଲା- ମୁଁ ଏଡୁଟିଏ ହୋଇଗଲିଣି। ସୀମା ତେବେ କ'ଣ ତମେ ବି ?

ରୀତୁ ପାଇଁ ଗପଟିଏ

ଦି'ପହରେ ହୋଟେଲରୁ ଖାଇସାରି ଫେରିଲା ପରେ ଅର୍ଦ୍ଧେନ୍ଦୁ ପ୍ୟାଣ୍ଟଶାର୍ଟ ଖୋଲି ବାଲ୍‌କୋନି ତାରରେ ଶୁଖେଇଦେଲା । ବାହାରେ ଅସଂଭବ ଗରମ । ଏପ୍ରିଲ ମାସ ଦି'ପହର । ଧୁ ଧୁ ନିଆଁ କୁଢ଼େଇ ହେଇପଡୁଛି । ଅସହ୍ୟ ଗୁଳୁଗୁଳି । ସହିବା କଷ୍ଟକର ହେଇପଡ଼ିଛି । ଏଇତ ମାତ୍ର ଅଧଘଣ୍ଟା ପାଇଁ ସେ ପ୍ୟାଣ୍ଟଶାର୍ଟ ପିନ୍ଧି ହୋଟେଲକୁ ଯାଇଥିଲା । ଝାଳରେ ଶାର୍ଟ ପୂରା ଜୁଡୁସୁଡୁ । ଗଂଜି ଏକେବାରେ ଭିଜି ଦେହରେ ଲାଗିଯାଇଛି । ପ୍ୟାଣ୍ଟ, ଶାର୍ଟ, ଗଂଜି ଖୋଲି ଦେଇ ଶୁଖେଇ ଦେଲା ପରେ ଅର୍ଦ୍ଧେନ୍ଦୁ ଗାମୁଛା ପିନ୍ଧିଦେଇ ଆଉ ସିଲିଂ ଫ୍ୟାନ୍‌ଟା ଫୁଲ୍ ସ୍ପିଡ୍‌ରେ ବୁଲେଇ ଦେଇ ଟିକିଏ ଆଶ୍ୱସ୍ତିରେ ନିଃଶ୍ୱାସ ମାରିଲା । ଗୋଡ଼ହାତ ଲମ୍ବେଇ ଖଟ ଉପରେ ପଡ଼ି ରହିଲା । ପେରୀ ମାସନ ବହି ଖଣ୍ଡକ ଖୋଲି ପଢ଼ିବାକୁ ଚେଷ୍ଟା କଲା । କିଛି ପୃଷ୍ଠା ଏପଟ ସେପଟ ଲେଉଟାଇଲା ପରେ ପୁଣି ବହି ବନ୍ଦ କଲା । ଆଖି ବନ୍ଦକରି ଶୋଇବାକୁ ଚେଷ୍ଟା କଲା । ଏ ଗରମରେ କ'ଣ ଶୋଇହେବ ! ବାହାରେ

ଅସଂଭବ ଗରମ । ଘରେ ଗୁଳୁଗୁଳି । ଧେତ୍ ଶଳା ଫ୍ୟାନ୍ ବି ନିଆଁ ବର୍ଷୁଛି । ଅର୍ଦ୍ଧେନ୍ଦୁ ଖଟ ଉପରୁ ଉଠିଗଲା । ଟିଭିଟା ଅନ୍ କଲା । ନିଉଜ୍ ଶୁଣିବ, ସିରିଅଲ୍ ଦେଖିବ, ଗୀତ ଶୁଣିବ ନା କ୍ରିକେଟ ଖେଳ ଦେଖିବ । ହେଲେ ଟିଭିରେ ଆଜିକାଲି କିଛି ଦେଖିବା ସଂଭବ ନୁହେଁ । ଯାହା କିଛି ବିଜ୍ଞାପନ ଦେଖିବା ସାର ଆଉ ହୋହଲ୍ଲା ଚିତ୍କାରରେ କାନ ଫଟେଇବା ହିଁ ହେବ । ଭାରି ବିରକ୍ତ ଲାଗୁଛି । କେମିତି ସମୟ କଟିବ ଏ ଅସହ୍ୟ ଗରମର ଦିପହରେ । ଏଠିକି ଆସିଲା ପରେ ସମୟ କଟେଇବା ଗୋଟାଏ ବିରାଟ ସମସ୍ୟା ହେଇଗଲାଣି । କ'ଣ ବା କରିବ ? ତାର ମନେହେଉଛି ସମୟଟା ଯେମିତି ଗୋଟାଏ ସୂତାଖିଅ ଭଳି ବଢ଼ି ବଢ଼ି ଚାଲିଛି । ଯେତିକି ସରୁଛି ତାଠୁଁ ବେଶୀ ବାକି ଅଛି । ଅସହ୍ୟ ଏଇ ସମୟର ଅତ୍ୟାଚାର । ତା'ଭଳି ଏକୁଟିଆ ଲୋକଟି ଉପରେ ଯେମିତି ସମୟ ଦାଉ ସାଧୁଛି । ସମୟର ନିର୍ଦ୍ଦୟ ଚାବୁକର ସେ ଶିକାର ହୋଇପଡ଼ିଛି । ଖସିଯିବାର ଯୁ ନାହିଁ । ସମୟ ଆଣି ଦେଉଥିବା ଯନ୍ତ୍ରଣାର ବ୍ୟାପି ଯାଉଥିବା କ୍ୟାନ୍ସର କବଳରୁ ମୁକ୍ତି କାହିଁ ? ମାଡ଼ିଚାଲିଛି ତ ମାଡ଼ି ଚାଲିଛି, ନା ବାହାରକୁ ଖସିଯିବାର ସୁଯୋଗ ଅଛି ଏ ଖରାରେ । ନା ଘରେ ସ୍ଥିର ହେଇ ରହିହେଉଛି ।

"ସମୟ ଆଦୌ ନ ଥିଲେ କ'ଣ ହୁଅନ୍ତା ଯେ ? ହୁଅନ୍ତା ବା କ'ଣ ? ଅନ୍ତତଃପକ୍ଷେ ତ ସମୟର ଯନ୍ତ୍ରଣାରୁ ମୁକ୍ତି ମିଳିଯାଆନ୍ତା ।" ହେଲେ ସମୟ ନ ଥିଲେ ? ସମୟ ନ ଥାଇ କ'ଣ ସୃଷ୍ଟି ସଂଭବ ? ସମୟ ଆଉ ସୃଷ୍ଟି । ସୃଷ୍ଟି ଆଉ ସମୟ । ଦୁହେଁ ଏକେ ଆରେକଠାରୁ ଅଭିନ୍ନ । ଏକ ସହିତ ଅପରର ଅବିଚ୍ଛିନ୍ନ ସମ୍ପର୍କ । ସୃଷ୍ଟି କ'ଣ ଖାଲି ସମୟ ଆଉ ସମୟ । ସମୟର ଥଳକୂଳହୀନ ଆଖି ପାଉ ନ ଥିବା ସମୁଦ୍ର । ସମୟ ନ ଥାଇ ସୃଷ୍ଟି ନାହିଁ କି ସୃଷ୍ଟି ନ ଥାଇ ସମୟ ନାହିଁ । ସମୟକୁ ଏଡ଼େଇ ହୁଏନା । ତାର ଅତ୍ୟାଚାରର ଯନ୍ତ୍ରଣାରେ ଯାହା ଖାଲି ଜର୍ଜରିତ ହେବାକୁ ହୁଏ । ଯେମିତି ଏବେ ଅର୍ଦ୍ଧେନ୍ଦୁ ହେଉଛି, ଦିନ ଦିପହରେ ।

ଏମିତି ସମୟରେ କି ଅବାନ୍ତର କଥା ସବୁ ମୁଣ୍ଡରେ ପଶୁଛି । ସମୟ ନ ଥିଲେ କ'ଣ ହୁଅନ୍ତା ? ଅପ୍ରାସଙ୍ଗିକ । ସମୟ ହିଁ ସତ୍ୟ । ଠିକ୍ ସୃଷ୍ଟି ଭଳି, ମଣିଷ ଭଳି ବାସ୍ତବ । ସମୟର ସତ୍ତାକୁ ସେ ନିର୍ଦ୍ଦ୍ୱନ୍ଦ୍ୱ ଭାବେ ଗ୍ରହଣ କରିନେଲା ଆଉ ପ୍ରଶ୍ନ କଲାନି, "ସମୟ ନ ଥିଲେ କ'ଣ ହୁଅନ୍ତା ।" ସମୟ ସତ୍ୟ, ସମୟକୁ ଭୋଗ କରିବା ବି ସତ୍ୟ । ସମୟର ଯନ୍ତ୍ରଣା ବି ନିରାଟ ସତ୍ୟ । ସମୟରୁ ବଂଚିବାର ଉପାୟ ନାହିଁ । ପ୍ରତ୍ୟେକ ମଣିଷଙ୍କ ଜୀବନରେ ଏମିତି ସବୁବେଳେ ସମୟ ଆସେ, ଯେତେବେଳେ ଅନେକ ଅହେତୁକ ଯନ୍ତ୍ରଣାରେ ଚିପିଚାପି ହୋଇଯିବାକୁ ପଡ଼େ ।

ତାକୁ ଜଣାପଡ଼େ ସମୟ ଯେମିତି ଜମାରୁ ସରୁନି । ସୀମାହୀନ ଭାବେ ବିସ୍ତାରିତ

ହୋଇ ରହିଛି । ସମୟର ସୀମାହୀନ ବ୍ୟାପକତା ଭିତରେ ଜୀବନଟି ଗେଣ୍ଡା ଭଳି ସଂକୁଚିତ ହେଇ ପଡ଼ିରହି ଧୀରେ ଧୀରେ ଗତିହୀନ ହୋଇପଡୁଛି । ବ୍ୟାପ୍ତିହୀନ ହୋଇପଡୁଛି । ସ୍ଥିତିହୀନ ହୋଇପଡୁଛି । ସଂକୁଚିତ ଜୀବନର ସ୍ଥିରୀକୃତ ପରିଧିର ସ୍ୱଳ୍ପ ସୀମା ସରହଦ ଭିତରେ କେବଳ ଯାହା ଧସ୍ତାଧସ୍ତି କରିବାକୁ ପଡୁଛି । ସୀମିତ ସଂବ୍ୟାପ୍ତି ଭିତରେ ଅସୀମ ଆଶାୟୀ ମଣିଷଟି ଚକ୍‌କର ଖାଉଛି ଏବଂ ସୀମାରେଖାରେ ଧକ୍କା ଖାଇ ପୁଣି ସସୀମ ଭିତରକୁ ଫେରିଆସୁଛି । ଖଣ୍ଡିଉଡ଼ା ଦେଉଥିବା ପକ୍ଷୀଟି ପରି ଶକ୍ତିହୀନ ପକ୍ଷ ସଂଚାଳନ କରି ବିସ୍ତୃତ ଆକାଶ ଆଡ଼କୁ ଉଡ଼ି ଯାଉ ଯାଉ ସ୍ତିମିତ ଉତ୍ସାହ ଓ କ୍ଲାନ୍ତ, ଅବସନ୍ନ ପକ୍ଷ ନେଇ ସେଇ ଗୋଟାଏ ବୁଦା ଚାରିପଟେ ଉଡ଼ି ବୁଲିବାକୁ ପଡୁଛି । ହେଲେ ଆକାଶ ସେମିତି ବିସ୍ତୃତ ଓ ପରିବ୍ୟାପ୍ତ । ଏଇମିତି କିଛିଦିନ ଆକାଶର ଏକଡ଼ରୁ ସେକଡ଼କୁ ଉଡ଼ିଯିବାକୁ ଚେଷ୍ଟା କଲାବେଳେ ଆକାଶ ତାକୁ ଅସଂଭବ ଭାବେ ବଡ଼ ଆଉ ବିସ୍ତୃତ ଲାଗୁଛି । ସୀମାହୀନ ଲାଗୁଛି । ସେ କ'ଣ ଲଙ୍ଘିପାରିବ ଏହି ସମୟର ବିସ୍ତୃତ ଆକାଶ । ଏହି ଛୋଟ ଛୋଟ ଖଣ୍ଡିଉଡ଼ା ଦେଉଥିବା ଡେଣାକୁ ନେଇ । ସେ କ'ଣ ମାଟିରୁ ଉଡ଼ିଯାଇପାରିବ ମହାଶୂନ୍ୟ ଆଡ଼େ । ତା'ର ଉତ୍ସାହ କମିଯାଉଛି । ଆକାଂକ୍ଷାର ଜୁଆରରେ ଭଟ୍ଟା ପଡ଼ିଯାଉଛି । ଗୋଟିଏ ସୀମିତ ପରିଧି ଭିତରେ ବୁଲି ବୁଲି ସେ ତା'ର ନିଜର ପରିଧି ଚିହ୍ନିଯାଇଛି । ଖୁବ୍ ଭଲ ଭାବରେ ଦେଖିନେଇଛି ନିଜ ଖୁଆଡ଼ର ଘେରା ବାଡ଼ଟି ଆଉ ତା' ପାଇଁ ଆକାଶ କିମ୍ବା ତା' ନିଜର ପରିଧି ଭିତରେ ବିଶେଷ କିଛି ଫରକ ନାହିଁ, ବିଶେଷ କିଛି ଆକର୍ଷଣ ନାହିଁ । ଉତ୍ସାହ ନାହିଁ, ନୂତନତା ନାହିଁ । ଆକାଶକୁ ପକ୍ଷ ବିସ୍ତାରି ଉଡ଼ିଯିବାକୁ, ଯାହା ଦିନେ ତାକୁ ଏକ ପ୍ରକାର ସଂଭବ ଲାଗୁଥିଲା, ଏବେ ଆଉ ସ୍ପୃହା ବି ନାହିଁ । ସେ ଯେମିତି ସମୟର ଶିକାର ହେଇଯାଇଛି । ଶୋଉଛି, ଉଠୁଛି, ବସୁଛି, ବିରକ୍ତ ହେଉଛି । ଅସହାୟବୋଧ କରୁଛି । ପରେ ଏପଟ ସେପଟ କ୍ଷିପ୍ର ପଦଚାଳନା କରୁଛି । ପୁଣି ଶୋଉଛି, ବସୁଛି, ବିରକ୍ତ ହେଉଛି । ବହି ଖୋଲୁଛି, ବନ୍ଦ କରୁଛି । ଟିଭି ଦେଖୁଛି, ପୁଣି କିଛି ସମୟ ପରେ ଟିଭି ବନ୍ଦ କରୁଛି । ତଥାପି ସମୟର ଶେଷ ନାହିଁ । ଅନ୍ତ ନାହିଁ । ସେମିତି ପରିବ୍ୟାପ୍ତ ଭାବେ ବିସ୍ତୃତ ହୋଇରହିଛି । ସେ ଯେମିତି ଖୁବ୍ ଗୋଟିଏ ଛୋଟ ଜୁଲୁଜୁଲିଆ ପୋକଟିଏ ହୋଇ ବହିଃ ପୃଥିବୀର ଆବର୍ତ୍ତମାନ ଦୃଶ୍ୟାବଳୀର ମୋହକ ସୌନ୍ଦର୍ଯ୍ୟକୁ ଜୁଲୁଜୁଲୁ ଜାକିଜୁକି ଆଖିର ନିଷ୍ପ୍ରଭ, ନିରାସକ୍ତ, ନିରନୁଭବୀ ଦୃଷ୍ଟିରେ ହିଁ ଉପଭୋଗ କରିଚାଲିଛି । ଏମିତି ସମୟ ନ ସରୁଥିଲା ବେଳେ ଏକ ହୀନମଣ୍ୟ, ନଗଣ୍ୟ ଭାବବୋଧ ତାକୁ ଖୁବ୍ ସଂକୁଚିତ କରିଦିଏ । ନିରୁତ୍ସାହିତ କରିଦିଏ ଯେମିତି ଜୀବନରେ କିମ୍ବା ସମୟରେ କିଛି ଚାଲେଞ୍ଜ ହିଁ ନାହିଁ ।

ଆଗେ ହୁଏତ କିଛି କିଛି ଅସୁବିଧା ହେଉଥିଲା । ଏମିତି ଏକ ପରିସ୍ଥିତି କଥା ଭାବିଲା ବେଳକୁ ଛାତି ଭିତରୁ ଅହଂକାରୀ ଆତ୍ମ ଅଭିମାନର ଛୋଟ ଚଢ଼େଇଟିଏ ଦିହର ପଞ୍ଜୁରୀ ଖୋଳ ଭିତରେ ଖୁବ୍ ଛଟପଟ ହୋଇ ଡେଣା ଫଡ଼୍ ଫଡ଼୍ କରି ଉଡ଼ି ବୁଲୁଥିଲା । ମନ ଭିତରେ ଏକ ଅହେତୁକ କ୍ରୋଧ, ଅସ୍ୱୀକାର ଭାବ ବସା ବାନ୍ଧୁଥିଲା । ଦମ୍ଭର ବାଲିବନ୍ଧ ଗୋଟାଏ କଂକ୍ରିଟ ବଂଧ ଭଳି ଲାଗୁଥିଲା । ନିଜ ଭିତରେ ନିତାନ୍ତ ନିଜ ପୁରୁଷଟିଏ ଚିରଚିରେଇ ସତର୍କ କରି ଦେଉଥିଲା "ହୁସିଆର । ଜମାରୁ ଭାଙ୍ଗି ପଡ଼ନା । ସାହସ ହରେଇ ବସନା । ହତାଶ ଆଶାହୀନ ହୋଇପଡ଼ନା । ତୋ ଭିତରେ ସବୁ ଅଛି । କିଏ କହିଲା ତୁ କିଛି କରିପାରିବୁନି । ତୋର ବୁଦ୍ଧି ଅଛି, ବିବେକ ଅଛି, ଆତ୍ମ ଅଭିମାନ ଅଛି । ତୁ ଏମିତି ଛୋଟିଆଟିଏ ହୋଇପାରିବୁନି । ସତ୍ତାହୀନ ଶୂନ୍ୟତାଟିଏ ହେଇପାରିବୁନି ।" ସେଇ ନିଜ ପୁରୁଷଟିର ଚିରଚିରେଇବାକୁ ଅର୍ଦ୍ଧେନ୍ଦୁ ଏକ ଆତ୍ମୀୟ ଆଗ୍ରହ ଓ ଐକାନ୍ତିକ ଆବେଗରେ ଶୁଣୁଥିଲା । ନିଜ ପୁରୁଷଟିର ଉକ୍ତିରେ ତା' ଭିତରେ ଉତ୍ସାହ ଖେଳି ଯାଉଥିଲା । ତା' ପୁରୁଷକାର ଗର୍ବୋନ୍ନତ ଅହମିକାରେ କୁରୁଳି ଉଠୁଥିଲା । ଆଉ ସେଇଥିପାଇଁ ଅର୍ଦ୍ଧେନ୍ଦୁ ଘଣ୍ଟା ଘଣ୍ଟା ପଢୁଥିଲା, କୋଚିଂ କ୍ଲାସ୍ ଯାଉଥିଲା, କମ୍ପ୍ୟୁଟର ଆଦି ଯାବତୀୟ ଟ୍ରେନିଂ ନେଉଥିଲା, ପରୀକ୍ଷା ଦେଉଥିଲା, ଇଣ୍ଟରଭିଉ ଦେଉଥିଲା, ପରୀକ୍ଷାରେ କଟୁଥିଲା, ଇଣ୍ଟରଭିଉରେ ଅସଫଳ ହେଉଥିଲା । ପୁଣି ଉଠୁଥିଲା । ପୁଣି ଦେଉଥିଲା... ଏକ ଦୃଢ଼ତାରେ ସେ ସମୟରୁ ସମୟକୁ ଡେଇଁ ଡେଇଁ ନିଜକୁ ଖୁବ୍ ବିସ୍ତୀର୍ଣ୍ଣ କରିବାକୁ ଚେଷ୍ଟିତ ଥିଲା, ଠିକ୍ ସେମିତି ରାତି ରାତି ଅନିଦ୍ରା ରହି ସେ ଗପ ଲେଖୁଥିଲା, କବିତା ଲେଖୁଥିଲା, ମ୍ୟାଗାଜିନ୍‌କୁ ପଠଉଥିଲା । ପ୍ରେମିକା ରୀତୁ ପାଖକୁ ଫର୍ଦ୍ଦ ଫର୍ଦ୍ଦ ଚିଠି ଲେଖୁଥିଲା । ପ୍ରେମ ଚିଠି । ଅର୍ଦ୍ଧେନ୍ଦୁ ଭିତରେ ହଠାତ୍ ସମୟର ଏକ ଅସାଡ଼ ଶବ ପଶିଗଲା । ତା' ହାତ ଗୋଡ଼ରେ ଏକ ଅଭାବନୀୟ ଶୀତଳତା ଖେଳିଗଲା । ଏମିତି ଅଚାନକ ରୀତୁ ଯେତେବେଳେ ତା' ହୃଦୟ ଭିତରେ ଧସେଇ ପଶେ ତା'ର ଏମିତି ଦୁର୍ଦ୍ଦଶା ହୁଏ । ସେ ଏକାବେଳେକେ ଥଣ୍ଡା ପଡ଼ିଯାଏ । ତା' ଶିରା ପ୍ରଶିରାରେ ରକ୍ତ ଯେମିତି ଏକ କୋହରେ ଜମାଟ ବାନ୍ଧିଯାଏ । ନିଜ ଭିତରଟା ଝିମ୍ ଝିମ୍ ମାରିଗଲା । ସେ କ'ଣ କରିବ ? ରୀତୁ କବଳରୁ କେମିତି ଏ ଦିନ ଦ୍ୱିପ୍ରହରର ଖାଁ ଖାଁ ନିରୋଳା ମୁହୂର୍ତ୍ତରେ ମୁକ୍ତି ପାଇବ । ରୀତୁ ଜିଦିଆ ଝିଅ । ତା'ର ସ୍ମୃତି ଧସେଇ ପଶିଲେ ବି ଛାଡ଼ିଯିବାର ନା ବି ନେବନି ।

ସେ ଚିନ୍ତା କଲା ରୀତୁ କଥା ମୋଟେ ଭାବିବନି । ରୀତୁ କିଏ କି? ତା' ପାଇଁ

ଅଜଣା । ସେ ରୀତୁଠାରୁ ଦୂରରେ ସମୟ କେମିତି କାଟିବ ? ମୋବାଇଲରେ ଗେମ୍ ଖେଳିବ । କ୍ୟାଣ୍ଡିକ୍ରସ । ନାଁ ଗୀତ ଶୁଣିବ ନା ସିନେମା ଡାଉନଲୋଡ୍ କରି ଦେଖିବ ? ନା ଟିଭିରେ ମ୍ୟାଚ ଦେଖିବ ? ତାକୁ ରୀତୁ କବଳରୁ ମୁକ୍ତି ଦରକାର ।

ହେଲେ ସେ କିଛି କରିପାରିଲାନି । ରୀତୁ ତା' ଭିତରେ ସେମିତି ଜୋର କରି ବସିଥାଏ । ଯିବାର ନାଁ ଗନ୍ଧ ନେଉନି । ତା' ଭିତରେ ପ୍ରସରିଯାଉଛି । ସେ ଉଠିଆସିଲା ତା' ସୁଟ୍‌କେଶ ପାଖକୁ । ସୁଟକେଶ୍ ଖୋଲିଦେଲା । ସୁଟ୍‌କେଶ ଭିତରେ ରୀତୁର ସବୁ ହାତଲେଖା ଚିଠି । ଠିକ୍ ସେଇ ଚିହ୍ନାଚିହ୍ନା ଅକ୍ଷର । ପରିଚିତ ମୁହଁଟାଏ । ପରିଚିତ ଦୁଇଟି ଆଖି । ଆଉ ପରିଚିତ ହସଟାଏ ତା' ଭିତରେ ବ୍ୟାପି ଯାଉଥିଲା । ସବୁ ଚିଠି ଗୋଟିଏ ଉପରେ ଗୋଟିଏ କରି ସେ ସାଇତି ରଖିଛି । ପ୍ରତିଟି ଚିଠିରେ ସେ କ୍ରମାଙ୍କ ନମ୍ବର ଦେଇ ରଖିଛି । ପ୍ରଥମେ ଆସିଥିବା ଚିଠି ଏକ, ତା'ପରେ ଆସିଥିବା ଚିଠି ଦୁଇ... ସେ ଆଜି ରୀତୁର ଚିଠି ସାଥିରେ ଖେଳ ଖେଳିବ । ରୀତୁ ସାଥିରେ ପୁଣି ସେଇ ପୁରୁଣା ସମୟସବୁ ବିତେଇବ... ।

ପ୍ରଥମ ଚିଠିଟା ବାହାରକରି ଖୋଲିଲା । ଅନେକ ଦିନ ତଳର । ରୀତୁର ପ୍ରଥମ ଚିଠିର ଲଫାପାଟା ହଳଦିଆ ପଡ଼ିଗଲାଣି । ଅକ୍ଷରଗୁଡ଼ାକ ବି ରୀତୁର ସ୍ମୃତି ଭଳି ଠାଏଠାଏ ପାଣିଚିଆ ହୋଇଗଲାଣି । ସେ ଚିଠିଟାକୁ ଉପର ତଳ କଲା । ପଢ଼ିବାକୁ ଚେଷ୍ଟା କଲା । ରୀତୁ ତା' ସୁନ୍ଦର ହାତ ଅକ୍ଷରରେ ଗୋଲ ଗୋଲ କରି ପ୍ରେମ ଚିଠି ଲେଖିଛି । ପ୍ରଥମ ପ୍ରେମ ଚିଠି ।

ଅର୍ଦ୍ଧେନ୍ଦୁ ମନେମନେ ପ୍ରଶ୍ନ କଲା - "ଆଚ୍ଛା ରୀତୁ ଯେତେବେଳେ ପ୍ରଥମେ ଚିଠି ଲେଖିଥିବ ତାକୁ କେମିତି ଲାଗିଥିବ ? ସେ ଲାଜରେ ଜରଜର ହୋଇପଡ଼ିଥିବ ନା ଅଭିମାନରେ ଫାଟି ପଡ଼ିଥିବ । ଛାତି ତା'ର ଧଡ଼ ଧଡ଼ ଉଠିଥିବ ପଡ଼ିଥିବ ନା ଅଭିଜ୍ଞ ଖେଳାଳିଟେ ଭଳି ସେ ଟିକିଏ ବି ବିଚଳିତ ନ ହୋଇ ଚିଠି ଲେଖିଥିବ ? ସେ କ'ଣ ଡରିଥିବ ନା ଡରି ନ ଥିବ ? ତା' ମନ ଭିତରେ କ'ଣ କ'ଣ ଆଶଙ୍କା ଆସିଥିବ ? ତାକୁ କ'ଣ ଡର ଲାଗି ନ ଥିବ ଚିଠିଟି ଯଦି ଆଉ କାହା ହାତରେ ପଡ଼ିଯାଏ ବୋଲି । "ଝିଅମାନେ ପ୍ରଥମ ପ୍ରେମ ଚିଠି ଲେଖିଲାବେଳେ କେଉଁ ଭାବାବେଗରେ ଉବୁଟୁବୁ ହୁଅନ୍ତି । ଖୁବ୍ ଗୋଟାଏ ଇଣ୍ଟରେଷ୍ଟିଂ ପ୍ରୋବ୍ଲେମ୍ ତାକୁ ମିଳିଗଲା । ଗୋଟେ ଗେମ୍ । ରୀତୁର ଚିଠିର ଗେମ୍ । ସେ ଗୋଟିଏ ପରେ ଗୋଟିଏ ଚିଠି ବାହାର କରିବ, ପଢ଼ିବ ଆଉ ପ୍ରଶ୍ନ କରିବ ରୀତୁ ଏଇ ଚିଠିଟା ଲେଖିଲା ବେଳେ ତା'ର ମାନସିକ ସ୍ଥିତି କ'ଣ ଥିବ । ଅର୍ଦ୍ଧେନ୍ଦୁ ମନେମନେ ଚିନ୍ତା କଲା ଏତେ ଦିନ ପରେ ଏଇ ପ୍ରଶ୍ନ ସବୁ ତା' ପାଖରେ ଖୁବ୍ ଗୁରୁତ୍ୱପୂର୍ଣ୍ଣ ହୋଇ ପଡ଼ିଛନ୍ତି । ଅତଏବ ସେ

ବସିଗଲା । ଚିନ୍ତା କରିବାରେ ଲାଗିଲା "ରୀତୁ ପ୍ରଥମ ଚିଠି ଲେଖିଲାବେଳେ କ'ଣ କରିଥିବ ? ସେ ଯେତେବେଳେ ପ୍ରଥମ ଚିଠି ଲେଖିଲା, ଗୋଟାଏ ଅପରିପକ୍ୱ କୌତୂହଳ ବା ଆଡ଼ୋଲେସେଣ୍ଟ କ୍ୟୁରିଓସିଟିର ବଶବର୍ତ୍ତୀ ହୋଇ ଚିଠି ଲେଖିଥିଲା କି ? କ'ଣ ତା'ର ମୁହଁ ଅସମ୍ଭବ ଭାବେ ଲାଲ ପଡ଼ିଯାଇଥିଲା କି ? ଓଠରେ ରକ୍ତିମ ଆଭା ଖେଳିଯାଇଥିଲା କି ? ପ୍ରଥମ ପ୍ରେମର, ପ୍ରଥମ ଚିଠିର ଅନୁଭବ ଝିଅଟିଏ ପାଇଁ କେମିତି ହୋଇପାରେ ? ସେ କ'ଣ ଅନୁଭବ କରିପାରିବ ?"

ରୀତୁ କ'ଣ ଡରି ଡରି ଚିଠି ଲେଖିଥିବ ? ତାକୁ ? ସେ କେମିତି ଚିଠିକୁ ନେବ ? ତା'ର ବାପାଙ୍କୁ, ମାଆଙ୍କୁ ? ସେମାନେ କ'ଣ ଭାବିବେ ? କେମିତି ନେବେ । ଆଜିକାଲି ଭଳି ସେତେବେଳର ଯୁଗ ତ ନ ଥିଲା ? ଝିଅଟିଏ ପ୍ରେମ କରିବା କାଠିକର ପାଠ ଥିଲା ? ପୁଣି ଲୁଚିଲୁଚି କାଗଜକଲମ ଆଣି ଚିଠି ଲେଖିବା ଆହୁରି କଷ୍ଟକର ବ୍ୟାପାର ଥିଲା । ପୁଣି ତାକୁ ବହି ଭିତରେ ପୋଷ୍ଟାଲ ବାକ୍ସରେ ନ ହେଲେ କେଉଁ ସାଙ୍ଗ ହାତରେ, ନ ହେଲେ ପ୍ରଶ୍ନ ପଚାରିବା ବାହାନାରେ ଅଜାଣତରେ ନୋଟ ବହି ଭିତରେ ଦେବା ବି ଆହୁରି ଦୁରୂହ ବ୍ୟାପାର ଥିଲା ।

ପ୍ରେମ ଚିଠି ଲେଖିଲାବେଳେ ରୀତୁ କ'ଣ ଡରି ଡରି ଚିଠି ଲେଖିଥିବ ? ନା ରୀତୁ ଜମାରୁ ଡରି ନ ଥିବ ? ଡରିବ ବା କାହାକୁ ? ସେ ତ ଜାଣେ ଅର୍ଦ୍ଧେନ୍ଦୁ ହଷ୍ଟେଲରେ ରହେ । ରୀତୁ ମୋଟେ ଡରିବା ଝିଅ ନ ଥିଲା ? ଖୁବ୍ ସ୍ମାର୍ଟ । କ୍ଲାସ୍‌ରେ ସବୁଠାରୁ ସ୍ମାର୍ଟେଷ୍ଟ । ସେ କାହିଁକି ଡରିବ । ସେ ଠିକ୍ ଜାଣିଥିଲା ସେ ଅର୍ଦ୍ଧେନ୍ଦୁଠାରୁ ଖୁବ୍ ସହଜରେ ବହିଟାଏ ମାଗି ନେଇପାରିବ ଏବଂ ବହି ଭିତରେ ଚୁପ୍‌ଚାପ୍ ନିର୍ଭୟରେ... ହୁଏତ ଅର୍ଦ୍ଧେନ୍ଦୁକୁ ଦେଖି ସେ ଠଉରେଇ ନେଇଥିବ ଅର୍ଦ୍ଧେନ୍ଦୁ କେମିତି ତାକୁ ଦେଖିଲେ ହତପ୍ରଭ ହୋଇଯାଏ । ରୀତୁ ନିଶ୍ଚୟ ଅର୍ଦ୍ଧେନ୍ଦୁର ଦୁର୍ବଳତା ଠଉରେଇ ନେଇଥିବ । ସେ କେମିତି ତା' ଆଗରେ ହଡ଼ବଡ଼େଇ ଯାଏ ସେ ନିଶ୍ଚୟ ଧରି ନେଇଥିବ । ଝିଅମାନେ ଖୁବ୍ ଚାଲାକ... ପ୍ରେମ ଠଉରାଇବାରେ । ସେମାନେ ଗୋଟିଏ ଥର ଦେଖି ଜାଣିଦିଅନ୍ତି କୋଉ ଟୋକା ତାଙ୍କୁ ପ୍ରେମ କରୁଛି ନା ନାହିଁ । ଏହା କୁଆଡ଼େ ଝିଅମାନଙ୍କ ପାଖରେ ଈଶ୍ୱରଦତ୍ତ ଗୁଣ । ନିଶ୍ଚୟ ରୀତୁ ବି ସେମିତି ଜାଣିଥିବ ତାର ଦୁର୍ବଳତା... ଆଉ ନିର୍ଭୟରେ ବହି ଭିତରେ ଚିଠିଟି ତା' ପାଖକୁ ସେ ପଠେଇଥିବ । ଅବଶ୍ୟ ଘଟଣାଟା ଠିକ୍ ଏଇମିତି ହିଁ ହେଇଥିଲା ସେତେବେଳେ ଖୁବ୍ ରୋମାଞ୍ଚକର ଭାବେ । ଫିଜିକ୍ସ ବହି ଭିତରୁ ଅର୍ଦ୍ଧେନ୍ଦୁ ଉଦ୍ଧାର କରିଥିଲା ରୀତୁର ନିଜ ହାତଲେଖା ଏଇ ପ୍ରଥମ ପ୍ରେମ ଚିଠିଟା । ଯୋଉଟା ଆଜି କେବଳ ଗୋଟାଏ ଚିଠିରୁ ରୂପାନ୍ତରିତ ହୋଇ ତା' ହୃଦୟ ଭିତରେ ଗୋଟାଏ କେବେ ଭୁଲି ହେଉ ନ ଥିବା ସ୍ମୃତି ହୋଇ

ବାଦୁଡ଼ି ଭଳି ଝୁଲି ରହିଛି । ହେଲେ ଏମିତି ଅପ୍ରତ୍ୟାଶିତ ଭାବେ ଚିଠିଟି ପାଇ ଅର୍ଦ୍ଧେନ୍ଦୁ ହଡ଼ବଡ଼େଇ ଯାଇଥିଲା । କ'ଣ କରିବ ନ କରିବ ବୁଝିପାରିଲାନି । ସେ ଭାବିଲା ଏମିତି ନ କହି ନ ପୋଛି ରୀତୁ ଏମିତି କେମିତି କରିପାରିଲା । ସେ କେମିତି ଟିକିଏ ଭାବିପାରିଲାନି ଯେ ବହିଟା ଯେମିତି ସେ ଅର୍ଦ୍ଧେନ୍ଦୁଠାରୁ ମାଗିନେଇ ଚିଠିଟିଏ ଦେଇ ଫେରେଇଦେଲା ନ କହି, ସେମିତି ଯଦି ଅର୍ଦ୍ଧେନ୍ଦୁ ଚିଠିଟା ଦେଖିବା ଆଗରୁ ବହିଟା ଆଉ କେହି ଜଣେ ସାଙ୍ଗ ତା'ଠାରୁ ମାଗିନେଇ ଚିଠିଟା ଦେଖିଥାନ୍ତା । ତେବେ କ'ଣ ହୋଇଥାନ୍ତା ! କଲେଜଟା ସାରା ତାଙ୍କ ପ୍ରେମ କାହାଣୀ ରାଷ୍ଟ୍ର ହେଇଯାଇଥାନ୍ତା । ଚିଠିଟା କ୍ଲାସ୍‌ଯାକ ଘୂରି ବୁଲିଥାନ୍ତା । ପଢ଼ା ହେଇଥାନ୍ତା । ସେତେବେଳେ ସମୟ କ'ଣ ଆଜିଭଳି ଥିଲାକି ? ପ୍ରେମ କରିବା ଏକ ରିସ୍କି ବ୍ୟାପାର ଥିଲା, ଚିଠିଟିଏ ଲେଖିବା ତା'ଠାରୁ ଆହୁରି ବିପଜ୍ଜନକ... ଆଉ ଚିଠିଟି ଯଦି ଅନ୍ୟ କାହା ହାତରେ ପଡ଼ିଯାଏ, ତେବେ କଥାଟା ତ ଏମିତି ହେଉଥିଲା ଯେ ମୁହଁ ଟେକି ଚାଲିବା ବି କଷ୍ଟକର ହୋଇପଡୁଥିଲା । ଅର୍ଦ୍ଧେନ୍ଦୁ ଠିକ୍ କରିପାରିଲାନି ରୀତୁ ଭଳି ଏମିତି ହୁସିଆରୀ ଝିଅଟା ଏମିତି ଗୋଟାଏ ବିପଦ କାମ ପ୍ରତି ଦୃଷ୍ଟି ନ ଦେଇ କଲା କେମିତି । ହେଲେ ଭାଗ୍ୟ ଭଲ, ଚିଠିଟି କାହା ହାତରେ ପଡ଼ିବା ଆଗରୁ ସେ ହିଁ ପାଇଗଲା, ଆଉ ରୀତୁର ପ୍ରେମ ବିଷୟରେ ସେ ନିଶ୍ଚୟ ହେଇପାରିଲା । ଅର୍ଦ୍ଧେନ୍ଦୁ ସ୍ଥିର କଲା, "ପ୍ରେମରେ ଏମିତି ପୁଅ ବା ଝିଅମାନେ ଅଂଧ, ବୁଦ୍ଧିବିବେକ ଶୂନ୍ୟ ହୋଇପଡ଼ନ୍ତି ଯେ ବିପଦ ବିଷୟ ସଂପୂର୍ଣ୍ଣ ଭୁଲିଯାଆନ୍ତି । ଆଗପଛ ବି ଭୁଲିଯାଆନ୍ତି । ଭଲମନ୍ଦର ଖିଆଲ ରହେନି ପ୍ରେମରେ ।

ତା'ପରେ ଆରମ୍ଭ ହେଇଥିଲା ଅର୍ଦ୍ଧେନ୍ଦୁ ପକ୍ଷରେ ଚିଠି ଲେଖିବାର ଯୋଜନା । ସେତେବେଳ ପର୍ଯ୍ୟନ୍ତ ସେ ଖାଲି ଯୋଉଠି ଦେଖିଲେ ରୀତୁକୁ ନିର୍ବାକ୍ ନିସ୍ପନ୍ଦ ହୋଇ ବଲବଲ ହୋଇ ଚାହିଁ ରହୁଥିଲା । କ୍ଲାସ୍‌ରେ, ଲାଇବ୍ରେରୀରେ, କଲେଜ ବାରଣ୍ଡାରେ, ଘାସ ଲନ୍‌ରେ, କ୍ୟାଣ୍ଟିନ୍‌ରେ... ଦେଖା ହୋଇଗଲେ ତା' ପାଟିରୁ ବାକ୍ୟ ସ୍ଫୁରୁ ନ ଥିଲା । ହେଲେ ସେ ଏବେ କେମିତି ଚିଠି ଲେଖିବ, କ'ଣ ଲେଖିବ, କେମିତି କହିବ ତା' ଭିତରେ ରୀତୁ ପାଇଁ ଭର୍ତ୍ତି ହୋଇଥିବା ନିବିଡ଼ ପ୍ରେମକୁ... ଭାଷାରେ କହିବା ସମ୍ଭବ ହେବ ତ ? ସେ ଚିଠି ଲେଖିଲା, ଚିଠି ଚିରିଲା । ଚିଠି ଲେଖିଲା, ପୁଣି ଚିରିଲା । ଏମିତି କେତେ ଯେ ଚିଠି ଲେଖିଲା ଚିରିଲା ତା'ର ଗଣନା ନ ଥିଲା । ଶେଷରେ ବହୁକଷ୍ଟରେ ଚିଠିଟିଏ ପୂର୍ଣ୍ଣ କଲା, କିଂବା ଆଉ କିଛି ବେଶୀ ଲେଖିପାରିବ ବୋଲି ତାର ମନ ନ ହେବାରୁ ଚିଠିଟିକି ଶେଷ କଲା । ତା'ପରେ ଚାଲିଲା ଚିଠିଟା କୋଉଠି ଦେବ । କେମିତି ଦେବ । ରୀତୁ ସାଥିରେ ନିରୋଳାରେ ଦେଖା ହେବା ତ ଏକ ପ୍ରକାର ଅସଂଭବ ଥିଲା । ରୀତୁ ସିନା ସହଜରେ ଫିଜିକ୍ସ ବହି ମାଗିନେଲା, ହେଲେ

ସେ କେଉଁ ବହି ମାଗିବ । ଶେଷରେ ରୀତୁ ହିଁ ତା' ସମସ୍ୟାର ସହଜ ସମାଧାନ କରିଦେଲା । ଦିନେ ତାକୁ ନୋଟ୍‌ଟିଏ ବଢ଼େଇ ଦେଇ କହିଲା - ଅର୍ଦ୍ଧେନ୍ଦୁ ମୋ ନୋଟ୍ ଟିକିଏ ଚେକ୍ କରିଦିଅ । ପ୍ରଶ୍ନ ସବୁର ଉତ୍ତର ଠିକ୍ ଅଛି କି ନାହିଁ ? ଯୋଉଟା ତାକୁ କାଠିକର ପାଠ ଲାଗୁଥିଲା । ରୀତୁ ତାକୁ କେତେ ସହଜରେ ସମାଧାନ କରିଦେଲା, ଚିନ୍ତା କଲେ ତାକୁ ଆଶ୍ଚର୍ଯ୍ୟ ଲାଗେ । ଝିଅମାନେ ପ୍ରେମରେ ସବୁବେଳେ ଏମିତି ଡେଆରିଂ । ଯାହା ତମକୁ ଏତେ କଷ୍ଟ ମନେ ହେଉଥିବ, ଏକାବେଳେକେ ଅସମ୍ଭବ ଲାଗୁଥିବ, ଝିଅମାନେ ଚୁଟ୍‌କିନା ତା'ର ସମାଧାନ କରିଦେବେ, ବାଟ କାଢ଼ିଦେବେ । ପ୍ରେମ ସେମାନଙ୍କୁ ଖୁବ୍ ବେଶୀ ବୁଦ୍ଧିସମ୍ପନ୍ନ କରିଦିଏ ବୋଧେ ।

ତା'ପରଠାରୁ ସବୁ ସହଜ । ରୀତୁର ଦ୍ୱିତୀୟ ଚିଠି କେମିଷ୍ଟ୍ରି ବହିରେ, ଅର୍ଦ୍ଧେନ୍ଦୁର ଦ୍ୱିତୀୟ ଜବାବ ପ୍ରାକ୍ଟିକାଲ ଖାତା ଭିତରେ... ତା'ପରେ ତୃତୀୟ, ଚତୁର୍ଥ... ପଞ୍ଚମ... ସେ ଚିଠି ଗୋଛାକ ଏପଟ ସେପଟ କଲା ଓ ଗଣିଲା ଏକ, ଦୁଇ, ତିନି, ଚାରି, ପାଞ୍ଚ... ପଚାଶ... ଶହେ... ସେ ଭାବିଲା ସେମାନେ କେମିତି ଏତେ ଚିଠି ଲେଖୁଥିଲେ । ପାଠ କେତେବେଳେ ପଢୁଥିଲେ ଚିଠି କେତେବେଳେ ଲେଖୁଥିଲେ । ବୋଧେ ପ୍ରେମରେ ସବୁ ସଂଭବ ହୋଇଯାଏ... ପାଠ ପଢ଼ିବା ଆଉ ସାଥିରେ ସାଥିରେ ଚିଠି ଲେଖିବା ବି । ଆଉ ଘଣ୍ଟା ଘଣ୍ଟା ଠିଆ ହୋଇ ଗପିବା ବି ।

ଏମିତି ରୀତୁକୁ ସେ ଚିହ୍ନିଲା । ରୀତୁକୁ ଗଭୀର ଭାବେ ପ୍ରେମ କରିବାକୁ ଲାଗିଲା । ତା'ର ସାନ୍ନିଧ୍ୟରେ ସେ ଜୀବନକୁ ଭୁଲିଗଲା । ରୀତୁର ପ୍ରାଣୋଚ୍ଛଳ ଆବେଗ ଭିତରେ ସେ ହଜିଗଲା । ହଜିଗଲା ତାର ଅତୀତ । ସେ ଭୁଲିଗଲା ତା'ର ଦୁଃଖ, ଦାରିଦ୍ର୍ୟ, ଘରର ପରିବେଶ, ରୋଗ ବୈରାଗ୍ୟ, ଅଭାବ, ଅନଟନ । ରୀତୁ ଆଣିଦେଲା ପ୍ରେମର ଅନେକ ଅଭାବନୀୟ ମୁହୂର୍ତ୍ତ, ଆତ୍ମୀୟ ଭାବାବେଗ, ସ୍ୱତଃସ୍ଫୂର୍ତ୍ତ ଜୀବନର ଉଚ୍ଛ୍ୱାସ । ଦୁଇଟି ହୃଦୟ ଏକ ହୋଇଯିବାର ମୁହୂର୍ତ୍ତ । ସ୍ୱପ୍ନିଳ ରଂଗ ମାଦକତାଭରା ଜୀବନ। ପ୍ରାଚୁର୍ଯ୍ୟ ପରିଶୋଭିତ ଅଭାବନୀୟ ସେ ମୁହୂର୍ତ୍ତ । ଆଖିର କୃଷ୍ଣ ପଟଳରେ ପ୍ରତିବିମ୍ବିତ ହୋଇଗଲା ଜୀବନର ରଂଗିନ ପ୍ରତିଛବି । ରୀତୁ ଅର୍ଦ୍ଧେନ୍ଦୁ ଜୀବନରେ କେବେ ଭୁଲି ହେଉ ନ ଥିବା ଅଧ୍ୟାୟ ହୋଇଗଲା, ଠିକ୍ ଗୋଟିଏ କିମ୍ବଦନ୍ତୀ ପରି । ଏଇମିତି ଅନେକ ଚିଠି, ଅନେକ ନିରୋଳା ମୁହୂର୍ତ୍ତ... ଏକାଠି ପରସ୍ପରଠାରୁ ଅନତି ଦୂରରେ । ଅର୍ଦ୍ଧେନ୍ଦୁ ପାଇଁ ସେତେବେଳେ ସେଇ ମୁହୂର୍ତ୍ତ ହିଁ ଥିଲା ଜୀବନ । ସେଇ ସମୟ ହିଁ ଥିଲା ପାଥେୟ ।

ହେଲେ ସବୁ କେମିତି ଓଲଟପାଲଟ ହୋଇଗଲା । ସମୟର ଆବର୍ତ୍ତନ କ୍ରମେ ରୀତୁ ତା'ଠାରୁ ଦୂରେଇଗଲା । ସେ ବି ଆଉ ରୀତୁ ସାଥିରେ ତାଳ ଦେଇପାରିଲାନି ।

ସେ ଚାଲିଆସିଲା ଘରକୁ, ଜଞ୍ଜାଳକୁ । ଚାକିରି ଖୋଜିବାକୁ । ଗୋଟାଏ ପରେ ଗୋଟାଏ । ଆଉ ରୀତୁ ଚାଲିଗଲା ତା' ରାସ୍ତାରେ... ତାକୁ ଅପେକ୍ଷା କରି ନ ପାରି । ମଝିରେ ରୀତୁ ଗୋଟେ ଦିଇଟା ଚିଠି ଦେଇଥିଲା । ସେ କେତେଦିନ ଏମିତି ଅପେକ୍ଷା କରିବ ବୋଲି ପଚାରିଥିଲା । ହେଲେ ସେ କିଛି କହିପାରି ନ ଥିଲା କି ଆଉ ଚିଠି ଦେଇ ପାରିନଥିଲା । କେମିତି କହିଥାଆନ୍ତା ଯେ ! ସେ ନିଜେ ତ ଜାଣି ନ ଥିଲା ତା' ଜୀବନ କେଉଁ ଆଡ଼କୁ ଯିବ, କ'ଣ ହେବ, ୟା'ପରେ ରୀତୁଠାରୁ ଆଉ କୌଣସି ଚିଠି ଆସିନି ବା ସେ କେବେ ରୀତୁକୁ ଚିଠି ଦେଇପାରିନି, ଅନେକ ଚାହୁଁଥିବା ସତ୍ତ୍ୱେ । ଏବେ ସେ କୋଉଠି ଅଛି ତାର ଖବର ବି ତା' ପାଖରେ ନାହିଁ । କିଂବା ସେ ବି ରୀତୁକୁ ଖୋଜିନି ଜାଣି ଜାଣି । ତା'ପାଖରେ ରୀତୁ ହିଁ କେବଳ ଏଇ ଚିଠିଗୁଡ଼ିକ ଭିତରେ ହିଁ ଅଛି । ତା' ବାହାରେ ଏକ ଶୂନ୍ୟତା, ଏକ ଯନ୍ତ୍ରଣା, ଏକ ସ୍ମୃତି, ଏକ ବେଦନା... ଯାହା ନାଆଁ ରୀତୁ ... ଆଉ ତା'ର ହାତଲେଖା ଏଇ ପ୍ରଥମ ଆଉ ତା'ପରେ ଅନେକ ଚିଠି ।

ଅର୍ଦ୍ଧେନ୍ଦୁ ଚିଠିଗୁଡ଼ିକ ପୁଣି ସଜାଡ଼ି ଦେଲା କ୍ରମରେ । ରବର ବ୍ୟାଣ୍ଡ ଦେଇ ଚିଠିସବୁକୁ ବାନ୍ଧିଦେଲା । ରୀତୁ କ'ଣ ସିଏ ଲେଖିଥିବା ଚିଠି ସବୁକୁ ଏମିତି ଯତ୍ନରେ ସାଇତି ରଖିଥିବ । ନା ପୋଡ଼ି ଦେଇଥିବ ? ତାହାହେଲା ପରେ ବି ସେ କ'ଣ ଚିଠିଗୁଡ଼ିକୁ ସେମିତି ରଖିପାରିଥିବ ଅକ୍ଷତ ଅବସ୍ଥାରେ । ସ୍ୱାମୀକୁ ସେଗୁଡ଼ିକ ଦେଖେଇ ତା' ପ୍ରଥମ ପ୍ରେମର ସ୍ୱୀକାରୋକ୍ତି ଦେଇଥିବ ? ଏଥର ବୋଧେ ରୀତୁ ହାରିଯାଇଥିବ ? ତା' ସାହସ ପାଣିଫୋଟକା ପରି ଫାଟିଯାଇଥିବ ? ଭୟରେ ଅସାଡ଼ ପଡ଼ିଯାଇଥିବ ? ସବୁ ଚିଠିକି ଏକାବେଳେ ଜାଳିଦେଇ ଲୁଚି ଲୁଚି ସେ ତା' ପ୍ରଥମ ପ୍ରେମର ସବୁତକ ଚିହ୍ନ, ସବୁତକ ସ୍ମୃତିକୁ ପୋଛିଦେବାକୁ ଚେଷ୍ଟା କରିଥିବ । ପ୍ରଥମ ଅସଂପୂର୍ଣ୍ଣ ପ୍ରେମକୁ ସ୍ୱାମୀ କିଂବା ସ୍ତ୍ରୀକୁ କହିବା ଏତେ ସହଜ ନୁହେଁ, ଏତେ ନିରାପଦ ବି ନୁହେଁ । ହେଲେ ରୀତୁ ହୃଦୟରେ ଥରେ ଦାଗ ପଡ଼ିଲେ ତାହା ସହଜରେ ଲିଭେନି କି ତାକୁ ବି ଚେଷ୍ଟା କରି ପୋଛି ଦେଇହୁଏନି । ସାମୟିକ ଭୁଲିବାକୁ ହୁଏ ଯାହା, କିମ୍ବା ଭୁଲିବାର ଛଳନାରେ ବଂଚିବା ହିଁ ସାର ହୁଏ । ଅର୍ଦ୍ଧେନ୍ଦୁ ବୁଝୁଚି ରୀତୁର ଅବସ୍ଥା ବି ସେମିତି ହେଇଥିବ ।

ଧଡ଼କିନା ସୁଟକେଶ୍ ବନ୍ଦ କରିଦେଲା ଅର୍ଦ୍ଧେନ୍ଦୁ । ଠିକ୍ ଯେମିତି ପୁରୁଣା ଦିନର ସେଇ ଉଇଖିଆ ସ୍ମୃତିଗୁଡ଼ାକୁ ସେ ସୁଟ୍‌କେଶ୍‌ର ଚମଡ଼ାଖୋଳର ଆୟତନ ଭିତରେ ହିଁ ଆବଦ୍ଧ କରି ରଖିବାକୁ ଚାହୁଁଥିଲା । ୟା' ଭିତରେ ଅର୍ଦ୍ଧେନ୍ଦୁ ଅନେକ ବଦଳିଯାଇଛି । ଛୋଟକାଟ ଚାକିରିଟିଏ ଯୋଗାଡ଼ କରିଛି ଗୁଜୁରାଣ ମେଣ୍ଟାଇବା ପାଇଁ । ଭୁବନେଶ୍ୱରରେ

ଏକ ବଖରିଆ ଘରଟିଏ ଭଡ଼ାରେ ନେଇ ରହିଛି । ବାପା ମାଆ ଚାଲିଗଲେଣି ଅକାଳରେ, ଦିହ ବାଧିକିରେ । ଭଉଣୀର ବାହାଘର କରିଛି । ଭାଇ ପଢୁଛି । ସବୁ ସେଟଲ୍ ହେଲାବେଳକୁ ଆହୁରି କିଛିଦିନ ଲାଗିବ । ଅସହାୟ ହୋଇ, ଆତୁର ହୋଇ ଲାଭ ନାହିଁ । ସେ କିଛି କିଛି ଗପ ଲେଖୁଛି । ମଝିରେ ମଝିରେ କବିତା ବି । କେତେଟା ଛପା ହେଲାଣି ଏବଂ ଗୋଟେ ଦିଇଟା ଖୁବ୍ ପାଠକୀୟ ସ୍ୱୀକୃତି ବି ପାଇଲାଣି । ଅର୍ଦ୍ଧେନ୍ଦୁ ଏବେ ନିରାକାର, ନିର୍ବିକାର, ନିରାନନ୍ଦ, ନିରାସକ୍ତ, କାମନାର ଦୁଃଖରେ ଆଉ ଘାଣ୍ଟି ଚକଟି ହେଉନି । ନିଜ ଜୀବନ ସାଥିରେ ତାଳ ମିଳେଇ, ତାକୁ ଆପଣେଇ ସେ ଚାଲିଛି ନିର୍ବିକାର ଭାବେ, ଦିନ ପରେ ଦିନ, ରାତି ପରେ ରାତି ।

ଅର୍ଦ୍ଧେନ୍ଦୁ ଉଠି ଆସି ଝରକା ଖୋଲିଲା । ଘଣ୍ଟାରେ ଦିନ ତିନିଟା ବାଜିଲାଣି । ବାହାରେ ଖରା କମିନି । ସରୋଜ, ବିଭୂତି, ରମା ଆସିବାର ଥିଲା । ତାସପାଲିଟା ଜମିଥାଆନ୍ତା । ନ ହେଲେ କ୍ୟାରମ୍ ବାଜିଟେ । ଏକୁଟିଆ ଜୀବନରେ ତାସପାଲିଟେ, କ୍ୟାରମ ବୋର୍ଡ଼ଟେ, ଲୁଡୁପାଲିଟେ ବହୁତ ମାଇନେ ରଖେ । ରୀତୁଠାରୁ ବି ବେଶୀ, ହେଲେ ଶଳା କେହି ଆସିଲେନି କି ଫୋନ୍ କଲେନି । ରୀତୁର ଚିଠି ମୁଠାକ ରଖି ନ ଥିଲେ ଏ ନିରୋଳା ଦି'ପହରେ ସେ କ'ଣ କରିଥାଆନ୍ତା ଯେ ! ପ୍ରଥମ ଚିଠି, ଦ୍ୱିତୀୟ ଚିଠି, ତୃତୀୟ ଚିଠି... ଏମିତି ଗୋଟିଏ ପରେ ଗୋଟିଏ । ତା' ସହିତ ଜଡ଼ିତ ସ୍ମୃତି ଆଉ ଘଟଣାକ୍ରମ । ଆଉ ଚିଠି ପରର ଶୂନ୍ୟତା, ଯା ସାଥିରେ ଖେଳିବାରେ ଏକ ଆତ୍ମୀୟତା ଅଛି, ଏକ ଆନନ୍ଦ ଅଛି । ବିଗତ ଦିନର ସ୍ମୃତି ଯନ୍ତ୍ରଣା ଆଣିଦେଲେ ବି ଏକାକୀ ସମୟରେ ଖୁବ୍ ସାହାରା ଦିଅନ୍ତି । ଖାଲି ଖାଲି ଶୂନ୍ୟସ୍ଥାନରେ ପ୍ରେମ ଭରିଦିଅନ୍ତି । ନିରୋଳା ସମୟରେ ଚିଠିସବୁ ଉଭା ହୋଇଯାଆନ୍ତି ସ୍ମୃତି ହୋଇ, ଆଉ କେତେବେଳେ ସମୟ ଚାଲିଯାଏ ଜଣାପଡ଼େନି । ହେଲେ ଏବେ ସେ ସୁଟକେଶ୍ ବନ୍ଦ କରିଦେଲାଣି । ଚିଠି ସାଥିରେ ରୀତୁ ବି ବନ୍ଦ ହୋଇଗଲାଣି ହୃଦୟର ସୁଟ୍‌କେଶ ଭିତରେ ।

ଏବେ ସେ କ'ଣ କରିବ । ଆହୁରି ଅନେକ ସମୟ ବାକି ଅଛି । ହଁ ତା'ର ମନେପଡ଼ିଲା । ତା' ଘରଠାରୁ କିଛି ଦୂରରେ ଅପେରା ଲାଗିଛି । ଯାତ୍ରାପାର୍ଟି, ଇଷ୍ଟର୍ଣ୍ଣ ରେଡ଼୍, ଇଷ୍ଟର୍ଣ୍ଣ ବ୍ଲୁ, ତୁଳସୀ ଗଣନାଟ୍ୟ । ରାତି ରାତି ଧରି ଖୁବ୍ ଜୋର ଧୂମଧାମ ଅପେରା ଚାଲିଛି । ସେ ଆଜି ଅପେରାକୁ ଯିବ । ରାତିସାରା ଅପେରା ଦେଖିବ । ତାକୁ ଏବେ ଯେଉଁ ହାଲ୍‌କା ହାଲ୍‌କା ଲାଗୁଛି ତାକୁ ଆନନ୍ଦରେ ପରିଣତ କରିବାକୁ ହେବ । କ'ଣ ଲାଗିଛି ଦେଖାଯାଉ । ହଁ କଣ ତ ଯାତ୍ରାର ନାଆଁ । 'ଲୁହରେ ଲେଖୁଛି ପ୍ରେମ କାହାଣୀ' । ଅର୍ଦ୍ଧେନ୍ଦୁ ଆଜି ଯାତ୍ରା ଦେଖିବ । ଖଣ୍ଡଗିରି ପଡ଼ିଆରେ । ସରୋଜ, ବିଭୂତିକୁ ଫୋନ୍ କଲା । କହିଲା, ସେ ଘରକୁ ଆସୁଛି । ଆଜି ରାତ୍ରିରେ ଯାତ୍ରା ଦେଖିବାକୁ ହେବ ।

ଅର୍ଦ୍ଧେନ୍ଦୁ ଝରକାବାଟେ ବାହାରକୁ ଚାହିଁଲା । ଖରା ନଇଁ ଆସୁଥିଲା ରୀତୁର ସ୍ମୃତି ଭଳି । ସମୟର ଅତ୍ୟାଚାରରୁ ମୁକୁଳିଯିବା ପାଇଁ ସ୍ଥିର କଲା ଅର୍ଦ୍ଧେନ୍ଦୁ । ତା'ପରେ ସେ ଗଞ୍ଜି ଆଣି ପିନ୍ଧିଲା । ତା'ପରେ ଜଂଘିଆ, ପ୍ୟାଣ୍ଟ, ଶାର୍ଟ । ଦେହରେ ଡିଓଡରେଣ୍ଟ ସ୍ପ୍ରେ ମାରିଲା । ଛୋଟ ପାନିଆରେ ବାଳରେ ଜେଲ୍ ଲଗେଇ କୁଣ୍ଡେଇଲା । ମୁହଁରେ ଫେସ୍ କ୍ରିମ୍ । ତା'ପରେ ରୁମାଲ ରଖିଲା । ତଳକୁ ଆସି ଦୁଆର ମୁହଁରେ ଜୋତା ପିନ୍ଧିଲା । ଜୋତା ବ୍ରଶ୍ ଧରି ପଲିଶ କଲା । ସ୍କୁଟର ବାହାର କଲା । ଭଡ଼ାଘରେ ତାଲା ପକାଇ ବାହାରିଗଲା ସରୋଜ ଘର ଆଡ଼େ ।

ଏବେ ଆଉ ନା ତା'ର ରୀତୁର କଥା ମନେ ପଡୁଥିଲା ନା ତା'ର ଚିଠିର କଥା । ଛାତି ଭିତରେ ଚାପା ଚାପା ଯନ୍ତ୍ରଣାଟିଏ ହେଇ ଯେମିତି କିଛି ସମୟ ପରେ ଯନ୍ତ୍ରଣା ଅପସରିଯାଏ, ସେଇମିତି ରୀତୁର ସ୍ମୃତି ଦେଉଥିବା ଯନ୍ତ୍ରଣା ଆଉ ନ ଥିଲା, ପ୍ରଶମିତ ହେଇସାରିଥିଲା । ତା' ଆଖି ଆଗରେ ଭାସିଯାଉଥିଲା ଅପେରା ... ଇଷ୍ଟର୍ଣ୍ଣ ରେଡ୍‌ର "ଲୁହରେ ଲେଖୁଛି ପ୍ରେମ କାହାଣୀ", ଆଉ ସେ ବାହାରିଲା ସରୋଜ ଘର ଆଡ଼େ ସମୟ କବଳରୁ ସାମୟିକ ମୁକ୍ତି ଖୋଜି ଖୋଜି ...

■ ■

ଭିନ୍ନ ଇଲାକା, ଭିନ୍ନ ମଣିଷ

ଉଠିଲା ବେଳକୁ ବେଶ୍ କିଛି ଡ଼େରି ହୋଇଗଲାଣି। ଝର୍କା ଫାଙ୍କରେ ଧସେଇ ପଶୁଥିବା ସୂର୍ଯ୍ୟ କିରଣରୁ ସେ ଅନୁମାନ କଲା ସୂର୍ଯ୍ୟ ଅନେକ ବାଟ ଉଠି ଆସିଲେଣି। ଆଖିପତା ନିଦରେ ମୁଦି ହୋଇ ଆସୁଥିଲା। ଗୋଡ଼ ଦିଟାରେ ରୁଗ୍ ରୁଗ୍ ଯନ୍ତ୍ରଣା ସେ ଅନୁଭବ କରୁଥିଲା। ଉଠିବାର ଇଚ୍ଛା ନଥିଲା। ଅଗତ୍ୟା ଆଖିବନ୍ଦ କରିବାର ଛଳନା କରିବା ଛଡ଼ା ତା'ର କ'ଣ ବା ଆଉ ଉପାୟ ଅଛି।

ହୃଦୟର ଦୁଆର ଖୋଲିଦେଲେ ପୁଳିନବିହାରୀ ଛଳନା ଦେଖେ। ତା' ଶିରା ପ୍ରଶିରାରେ ଛଳନା, ତା ରକ୍ତରେ ଛଳନା, ତା' ଫୁସ୍‌ଫୁସ୍, ହୃତ୍‌ପିଣ୍ଡରେ ଛଳନା। ଅନେକ ଦିନ ହେଲା ସେ ଛଳନା କରି ଚାଲିଛି। ପୃଥିବୀ ଉପରେ ତା'ର କର୍ତ୍ତୃତ୍ୱ ଜାହିର କରି କହୁଛି "ମତେ ଦେଖ, ମୋର ବ୍ୟକ୍ତିତ୍ୱକୁ ଦେଖ। ତା' ମନର ଅଭିମାନ ସେ ଫିଙ୍ଗି ଦେଇପାରୁନି। ଅନେକ ସମୟରେ ସେ ଭାବେ ସେ ଗର୍ବ, ଦମ୍ଭ, ଅଭିମାନଙ୍କୁ ଫିଙ୍ଗି ବାହାର କରିଦେବ। ସରଳ

ଅନୁଶୋଚନା ବିହୀନ ମଣିଷଟିଏ ହୋଇଯିବ। ନା ଥିବ ଗର୍ବ, ନା ଥିବ ଛଳନା, ନା ଥିବ ବୃଥା ଆତ୍ମ ଅଭିମାନ। ଜନ-ଅରଣ୍ୟ ଭିତରେ ସେ ସହଜ ଭାବରେ ମିଶିଯିବ। ଖାଇବ, ପିଇବ, ଶୋଇବ, ମୈଥୁନରତ ହେବ, ଠିକ୍ ସବୁ ମଣିଷ ଭଳି। ତା'ପରେ ସେ ହୃଦୟର ଦୁଆର ଖୋଲିଦେଉଛି। ଠିକ୍ ସେତିକିବେଳେ ଯେମିତି ତା' ଭିତରୁ କେହି କହିଉଠେ ତୁ ଦୁର୍ବଳ ହୋଇ ପଡୁଛୁ ପୁଳିନବିହାରୀ। ତୁ ଭୀରୁ, ତୋ ହାତରେ ଚମତ୍କାର ଭାଗ୍ୟରେଖା। ତୋ ଗ୍ରହମାନଙ୍କର ସ୍ଥିତି ଖୁବ୍ ଟାଣ। ତୁ ଭିନ୍ନ ମଣିଷ। ତୋ ରୀତିନୀତି ଭିନ୍ନ ହେବା ଆବଶ୍ୟକ। ତୁ ସାଧାରଣ ମଣିଷ ନୋହୁଁ। ଆତ୍ମ ଅଭିମାନ ବିହୀନ ମଣିଷ ମଣିଷ ନୁହେଁ। ତମେ ଅଲଗା ମଣିଷ। ନିଜକୁ ଉଚ୍ଚ ମନେକର। ଅସାଧାରଣ ମନେ କର। ଉପରକୁ ଉଠିବାର ଆଶା ରଖ, ଆକାଶରେ ଉଡ଼ିବୁଲିବା ଶିଖ। ମାଟି ଭିତରେ ସୀମାବଦ୍ଧ ରହିବା ଜୀବନର ଲକ୍ଷ୍ୟ ନୁହେଁ।

ପୁଳିନବିହାରୀ ଚାହିଁ ରହୁଛି। ମେଲା ଆଖିରେ ତବ ତବ ଲୁହ ଜକେଇ ଆସୁଛି। ଅସହାୟ ଭାବେ ସେ ଅନୁଭବ କରୁଛି ଶୂନ୍ୟବାଣୀକୁ। ପାଟି ପାକୁପାକୁ କରି ସେ ପଚାରୁଛି "ହେ ଅଦୃଶ୍ୟ ଶକ୍ତି, ତୁମେ କିଏ ? କିଏ ତୁମେ ଆଲୋକ ଦୀପ୍ତ ମଧୁସ୍ୟନ୍ଦିନୀ ବାଣୀରେ ଏ ହୃଦୟକୁ ଶାନ୍ତ କରୁଛ। ହେ ପ୍ରଭୁ ଆଲୋକ ଦିଅ। ତୁମ ରୂପ ପ୍ରକାଶକର। କାହିଁ ମୁଁ ତ କିଛି ଦେଖିପାରୁନି। କାହିଁ ଚମତ୍କାର ଭାଗ୍ୟରେଖା। କାହିଁ ସେ ତ କିଛି ଜାଣିପାରୁନି କେମିତି ଗ୍ରହମାନଙ୍କର ସ୍ଥିତି ଟାଣ। ସେ କେମିତି ଭିନ୍ନ ମଣିଷ। ପ୍ରଭୁ ମୁଁ ତ ନିହାତି ସାଧାରଣ ମଣିଷଟିଏ ? ଅସାଧାରଣ ବା କେମିତି ହେଲି ? ଏ ଅନ୍ଧକାର ମୋ' ଆଖିରୁ ଦୂର କର ପ୍ରଭୁ। ଏ ଦ୍ୱନ୍ଦ୍ୱର ଝଡ଼ ମୋ ମନରୁ ଦୂର କର ଅଦୃଶ୍ୟ ଶକ୍ତି। କେବେ କେମିତି ମୁଁ ଏକ ଭିନ୍ନ ମଣିଷ ହେବି। ସାଧାରଣ ମଣିଷଟିଏରୁ ଅସାଧାରଣ ହେବି। ଅତି ଲୌକିକରୁ ଅଲୌକିକ ହେବି ? କେବେ ଆପଣଙ୍କ କହିବା ଗ୍ରହ ଚଳନ ହେବ ?"

ପୁଳିନବିହାରୀ ଆଖି ଆଗରେ ଆଲୋକର ବନ୍ୟା। ଶାନ୍ତ ସୌମ୍ୟ ସୁଗଠିତ ମୂର୍ତ୍ତି। ମୁହଁରେ ଅନିର୍ବଚନୀୟ ଜ୍ୟୋତି, ସେ ଜ୍ୟୋତିର ତୀବ୍ର ପ୍ରକାଶରେ ପୁଳିନବିହାରୀ ନିସ୍ତେଜ ହୋଇ ପଡୁଛି। ଯେମିତି ତା'ର ସମସ୍ତ ଶକ୍ତି ଅପହରଣ ହୋଇଯାଉଛି। ପରମୁହୂର୍ତ୍ତରେ ପୁଳିନବିହାରୀ ଦେଖିଲା ସେ ପ୍ରକାଶ ପୁଞ୍ଜି ଭିତରୁ ବଢ଼ି ଆସିଲା ଅଭୟ ମୁଦ୍ରାରେ ହାତ। ତା' ମୁଣ୍ଡକୁ ଛୁଇଁ ଆଶୀର୍ବାଦ ଦେଲା ସେ ଐଶ୍ୱରିକ ହାତ। ହଠାତ୍ ଏକ ବିଜୁଳି ତା' ଶିରା ପ୍ରଶିରାରେ ଖେଳିଗଲା। ତା'ର ଦୁର୍ବଳତା, ହୀନମନ୍ୟତା ଆଶ୍ଚର୍ଯ୍ୟ ଜନକଭାବେ ଉଭେଇଗଲା। ତାକୁ ମନେ ହେଲା ଏକ ଶକ୍ତିର ଉତ୍ସ ତା ଭିତରେ ଖେଳିଗଲା ତାଳୁରୁ ତଳିପାଯାଏଁ। ତା'ର ମନେ ହେଲା ହଠାତ୍ ସେ ହାତର ଅଭୟ ସ୍ପର୍ଶରେ ସେ ବଦଳିଗଲା। ଭିନ୍ନ ହୋଇଗଲା। ସେ ଅପଲକ ନୟନରେ ଚାହିଁ

ରହିଲା । ସେ ସୌମ୍ୟକାନ୍ତିକୁ । ସେ ଅପରୂପ କମନୀୟ ଦ୍ୟୁତିକୁ । ତା ମନର ଅବସନ୍ନତା ତୁଟି ଯାଇଥିଲା । ତା ଭିତରେ ଅବସାଦର ଲେଶ ମାତ୍ର ଆଉ ନଥିଲା, କ୍ଳାନ୍ତି ଚାଲିଯାଇଥିଲା । ଏକ ନୂତନ ଶକ୍ତି ଉତ୍ସ ତା ଭିତରେ ପ୍ରବାହିତ ହୋଇଗଲା, ଯେମିତି ସେ ନୂଆ ଭାବେ ଭିନ୍ନ ଏକ ମଣିଷ ହୋଇ କେଉଁ ଭିନ୍ନ ଇଲାକାରେ ଜନ୍ମ ହେଇଛି । ତା'ର ମନରେ ଥିବା ଦ୍ୱନ୍ଦ୍ୱ, ଦ୍ୱିଧା ସବୁକିଛି ଯେମିତି ଉଭେଇଗଲା । ସେ ପୁଣି ଜନ୍ମ ନେଇଛି । ଭିନ୍ନ ମଣିଷ ଭାବେ ଭିନ୍ନ ଇଲାକାରେ ।

ପୁଳିନବିହାରୀ ଆଖି ମେଲିଲା । ଆହା-ହା, ତା ଭିତରେ କି ପରିବର୍ତ୍ତନ ଘଟିଯାଇଛି । ତା ଭିତରେ ଆଉ ଦୁର୍ବଳତା ନାହିଁ । ଶିଥିଳତା ନାହିଁ । ସେ ଏକ ଭିନ୍ନ ମଣିଷ, ତା ଆଖି ଆଗରେ ଫ୍ଲାଟର କଂକ୍ରିଟଛାତ, ଶେତାକାନ୍ଥ । ପୁଳିନବିହାରୀ କ୍ୟାଲେଣ୍ଡରକୁ ଚାହିଁଲା । ଆଜି ରବିବାର । ସେ ଉଠି ବସିଲା । ତା ଭିତରେ ଅସମ୍ଭବ ଦୃଢ଼ତା ଖେଳି ଯାଉଥିଲା । ସେ ଭିନ୍ନ ମଣିଷ ହୋଇଯିବ । ଚପଲ ଭିତରେ ଗୋଡ଼ ଭର୍ତ୍ତି କରି ବାରଣ୍ଡାକୁ ବାହାରିଲା । ବାହାରେ ଥଣ୍ଡା ପବନ ବୋହୁ ଥିଲା ।

ପୁଳିନବିହାରୀ ବାରଣ୍ଡାରେ ଠିଆ ହେଇ ସକାଳକୁ ଅନୁଭବ କଲା । ସେ ଅନୁଭବ କଲା ସେ ଭୁଲିଯାଇଛି ତା ବାପାର ରାଜଯକ୍ଷ୍ମା, ମା'ର ପକ୍ଷାଘାତ ରୋଗକଥା । ସାନ ଭାଇର ପାଠପଢ଼ା ପାଇଁ ଟଙ୍କା କଥା, ଭଉଣୀର ବାହାଘର ପାଇଁ ବରପାତ୍ରଟିଏ ଖୋଜିବା କଥା । ଘରଭଡ଼ା, ହୋଟେଲ, ଦୋକାନ, ଚାକିରି ଖୋଜା... ଚାକିରି ପାଇଁ ଆବେଦନ, ରିଟିନ୍ ଟେଷ୍ଟ, ଇଣ୍ଟରଭ୍ୟୁ ଗ୍ରୁପ୍ ଡିସକସନ... ସବୁ କିଛି ସେ ଭୁଲିଯାଇଛି । କିଛି ତାକୁ ଏବେ ବ୍ୟସ୍ତ ବିବ୍ରତ କରି ପାରୁନି । ସେ ଭୁଲି ଯାଇଛି ସଂସାରକୁ । ସଂସାରର ସମସ୍ତ ଜଞ୍ଜାଳକୁ । ସମସ୍ତ ସମ୍ପର୍କକୁ । ସମ୍ପର୍କ ନିଭେଇବାର ତା' ଉପରେ ଦାୟିତ୍ୱକୁ । ତା ଭିତରେ ବ୍ୟସ୍ତ ବିବ୍ରତ ଭାବ ନାହିଁ । ସେ ସବୁ ଦୁଃଖ ସୁଖକୁ ଯେମିତି ସହଜରେ ଗ୍ରହଣ କରି ନେଉଛି । ସୁଖ ଥିଲେ ଦୁଃଖ ଅଛି, ଦୁଃଖ ଥିଲେ ସୁଖ ନିଶ୍ଚୟ ଆସିବ । ସେ ଦୁଃଖକୁ ଜୟ କରିଛି, ସେ ଅନୁଶୋଚନା ବିହୀନ ହୋଇ ଯାଇଛି, କାମନାର ବିନାଶ ଘଟେଇଛି । ଦୁଃଖରୁ ମୁକ୍ତି ପାଇଛି । ଆହା କି ଶାନ୍ତି ! ଆହା କି ପ୍ରଶାନ୍ତ ନିର୍ମଳ ଆନନ୍ଦ । କି ଆଲୋକ । ପୁଳିନବିହାରୀ ସୂର୍ଯ୍ୟକୁ ଚାହିଁଲା । ଆକାଶରେ ଲାଲ ଆଭା, ଲାଲ କିରଣ, ଲାଲ ସୂର୍ଯ୍ୟ ହସି ଉଠୁଥିଲା ଚାରିଆଡ଼କୁ ଆଲୋକିତ କରି ।

ପୁଳିନବିହାରୀ ବ୍ରସରେ ପେଷ୍ଟ ମାରିଲା । ତାକୁ ମିଶ୍ର ଡାକୁଛି, ଯିବାର ଆବଶ୍ୟକତା ନାହିଁ । ପ୍ରତ୍ୟେକ ଦିନ ସେହି ଗୋଟାଏ କଥାର ପୁନରାବୃତ୍ତି କରିବାର ଆଉ ଆବଶ୍ୟକତା ନାହିଁ । ସେ ଭିନ୍ନ ମଣିଷ । ଆଜି ଠୁଁ ତା'ର ଜୀବନ ଶୈଳୀ ଭିନ୍ନ ହେବ, ଗତାନୁଗତିକ ନୁହେଁ । ପୁଳିନବିହାରୀ ଘର ଭିତରକୁ ଆସିଲା । ଗୋଟାଏ କାଗଜ

ଉପରେ ବଡ଼ ବଡ଼ ଅକ୍ଷରରେ ଲେଖିଲା "ରବିବାର"। ତା ପରେ ତାକୁ ଅଠା ଦେଇ କବାଟ ଉପରେ ମାରିଦେଲା। ତାପରେ ଆରମ୍ଭ ହେଲା ଭିନ୍ନ ହେବାର ପ୍ରଚେଷ୍ଟା।

ପ୍ରଥମେ ପୁଳିନବିହାରୀ ବୁଢ଼ୀ ହୋଟେଲ ଯିବାର କାର୍ଯ୍ୟକ୍ରମ ବାତିଲ କରିଦେଲା। ଆଜିଠୁଁ ନିଜ ହାତରେ ରୋଷେଇ କରିବ। ସେ ଦିନ ପାଇଁ ମିଲ ଖର୍ଚ୍ଚ ବଢ଼େଇ ଦେଲା। ପ୍ରଥମଥର ମାର୍କେଟକୁ ଯିବାର କାର୍ଯ୍ୟକ୍ରମ ରଖିଲା। ବାହାରେ ଥଣ୍ଡା ପବନ ବୋହୁଛି। ଖୁବ୍ ଆଶ୍ୱସ୍ତି ଲାଗୁଛି। ପରିବର୍ତ୍ତନରେ ଆନନ୍ଦ ଅଛି। ନିଜ ଉପରେ ବିଶ୍ୱାସ ଅଛି। ପୁଳିନବିହାରୀ ଆଜି ସେହି ଅଭିନବ ଆନନ୍ଦ ସାରା ଶରୀରରେ ଅନୁଭବ କରୁଥିଲା।

ଭିନ୍ନ ମଣିଷ, ଭିନ୍ନ ଇଲାକାର ଲୋକ।

ଦୁଆରେ ଅନେକ ବେଲୁ ଠକ୍‌ଠକ୍ ଶୁଭୁଛି। ସେ ସନ୍ତର୍ପଣରେ ଦୁଆର ଖୋଲିଲା, ରବିବାରେ କୁଆଡ଼େ ନ ବାହାରିବା ସଂକଳ୍ପ ସତ୍ତ୍ୱେ। ଦୁଆର ଆରପଟେ ଠିଆ ହେଇଥିଲା ତା ପ୍ରେମିକା ରୀତୁ। ସେ ଡରିଗଲା, ଗୋଟାଏ ଅଦ୍ଭୁତ ଭୟ ତା ଭିତରେ ଖେଳିଗଲା। ରୀତୁ ଅଭିଯୋଗ କରୁଛି ସେ ସକାଳୁ କଥା ଦେଇଥିଲା ଯିବାକୁ। ହେଲେ ସେ ଯାଇନି ରୀତୁ ପାଖକୁ। ରୀତୁ ରାଗ ଓ ଅଭିମାନରେ ଫାଟି ଲାଲ ପଡ଼ିଯାଉଛି। ତା କଥାର କିଛି ମୂଲ୍ୟନାହିଁ। ରୀତୁ ତାକୁ ସକାଳୁ ଜଗିଛି ସତୃଷ୍ଣ ଆଶାରେ। ତା ଆସିବାକୁ ବ୍ୟଗ୍ରଭାବେ ଜଗିରହିଛି। ପୁଳିନବିହାରୀ କହିପାରୁନି ତା'ର ଭିନ୍ନ ମଣିଷ ହବାର ସଂକଳ୍ପ ବିଷୟରେ। ରବିବାରକୁ ନିଜସ୍ୱ ଇଚ୍ଛାରେ ବିତେଇବାର ଯୋଜନାକୁ। ହେଲେ ରୀତୁ କିଛି ଶୁଣିବାକୁ ନାରାଜ। ପୁଳିନବିହାରୀ ତାକୁ ଏମିତି ବ୍ୟବହାର କରିପାରିବନି। ରୀତୁ ତା'ର ଯେ ପ୍ରେମିକା। ରୀତୁର ତା' ଉପରେ ହକ୍ ଅଛି, ଅଖଣ୍ଡ ଆଧିପତ୍ୟ ଅଛି। ରୀତୁ ସିନେମା ଟିକେଟ କାଟି ଆଣିଛି। ଆଜି ତା ସାଥିରେ ପୁଳିନବିହାରୀକୁ ମ୍ୟାଟିନି ଶୋ ଯିବାକୁ ହେବ। ତାପରେ ରୀତୁ ସାଥିରେ ପାର୍କକୁ, ମଲକୁ, ଫୁଡ଼ କୋର୍ଟକୁ। ସେ ଦିଜଣ ଆଜି ପରସ୍ପର ପାଖରେ ପୂରା 'ରବିବାର' ବିତେଇବାର ଯୋଜନା କରି ରୀତୁ ଆସିଛି। ସେ ଆଜି ପୁଳିନବିହାରୀକୁ ତା ପାଖରେ ବାନ୍ଧି ରଖିବ। ତାପରେ ହୋଟେଲରେ ଡିନର। ପୁଳିନବିହାରୀ କ'ଣ କରିବ ବୁଝି ପାରୁନଥିଲା। ସେ ପ୍ରତିବାଦ ବି କରିବା ଅବସ୍ଥାରେ ନଥିଲା। ରୀତୁ ଯାହା ସ୍ଥିର କରେ, ସବୁବେଳେ ସେୟା ହିଁ କରେ। ପୁଳିନବିହାରୀ କେମିତି ବା ବୁଝେଇବ, ସେ ପୁଳିନବିହାରୀ ନୁହେଁ। ସେ ଗୋଟେ ଭିନ୍ନ ମଣିଷ, ଭିନ୍ନ ଆବଭାବର ଲୋକ। ସେ ବଦଳି ଯାଇଛି, ସେ ନିଜ ଇଚ୍ଛାରେ ନିଜ ଜୀବନ ବଞ୍ଚିବାକୁ ଚାହେଁ। ନିଜ ଖିଆଲର ମଣିଷ ହେବାକୁ ଚାହେଁ। ସେ ଆଜି କାହା କଥା ଶୁଣିପାରିବନି, ରୀତୁର ବି?

ସେ 'ରବିବାର' କେମିତି କଟେଇବ ତା ନିଜ ସାଥିରେ ତା'ର ପୂରା ଯୋଜନା କରି ସାରିଛି।

ଏକ କ୍ଷୀଣ ପ୍ରତିବାଦର ସ୍ୱରରେ ପୁଲିନବିହାରୀ କହିଲା "ରୀତୁ, ସେ ଆଜି କୁଆଡ଼େ ଯାଇପାରିବନି, ସେ ଏକ ଭିନ୍ନ ମଣିଷ ପାଲଟି ଯାଇଛି। ନିଜ ଇଛାରେ ବଞ୍ଚିବାର ମଣିଷ। ତେଣୁ ସେ ତାକୁ ଆଜି ନିଜ ଇଛାରେ ବଞ୍ଚିବାକୁ ଛାଡ଼ି ଦେଉ"।

ହେଲେ ରୀତୁ ନଛୋଡ଼ବନ୍ଧା। ସେ ଅଭିମାନରେ ତମ ତମ ହଉଛି। ତା' ଆଖିରୁ ଅଭିମାନର ଲୁହ ବହି ଆସୁଛି। ସେ ଦୁମ୍‌କିନା ଘରେ ଖଟରେ ବସିଯାଇଛି। ନା ସେ ଆଜି ପୁଲିନବିହାରୀକୁ ନିଜ ଇଛାରେ ବଞ୍ଚିବାକୁ ଦେଇପାରିବନି। ସେ ତା'ର ପ୍ରେମିକା, ତା'ର ବି ଗୋଟାଏ ପୁଲିନବିହାରୀ ଉପରେ ଦାବି ଅଛି। କର୍ତ୍ତୃତ୍ୱ ଅଛି, ତାପରେ ପୁଲିନବିହାରୀ ସକାଳେ ଆସିବ ବୋଲି କଥା ଦେଇ କଥାରେ ଖିଲାପ କରିଛି। ସେ ଦୋଷୀ। ସେ କହିଲା, ପୁଲିନବିହାରୀ ତମେ ନ ଗଲେ ମୁଁ ଏଇଠି, ଏଇ ଖଟରେ ବସି ରହିବି। କୁଆଡ଼େ ଯିବିନି, ତମେ ମତେ ଏମିତି ଭାବେ ବ୍ୟବହାର ଦେଖେଇ ପାରିବନି। ଜଲଦି ରେଡ଼ି ହୋଇଯାଅ। ଯାଅ, ଜଲଦି ବାହାର, ଆଜି ତା' ସାଥିରେ ସିନେମା ହଲକୁ ଯିବାକୁ ହେବ। ଏକାନ୍ତରେ ତା' ସାଥିରେ ସମୟ ବିତେଇବାକୁ ହେବ।

ରୀତୁ ହାତରେ ଋବୁକ ଘୂରିଯାଉଛି। ପୁଲିନବିହାରୀର ପ୍ରତିବାଦର ସ୍ୱର କ୍ରମଶଃ କ୍ଷୀଣ ହୋଇଆସୁଛି। ଅସ୍ପଷ୍ଟ ହୋଇ ପବନରେ ମିଳେଇ ଯାଉଛି। ସେ ବାଧ୍ୟ ଶିଶୁଟି ଭଳି ରୀତୁର ଆଦେଶକୁ ମାନିବାକୁ ସଜବାଜ ହେଲା। ରୀତୁର ଆଦେଶକୁ ଅମାନ୍ୟ କରିବାକୁ ତା'ର ସାମର୍ଥ୍ୟ କାହିଁ। ପୁଲିନବିହାରୀ ଯାଅ ଚଞ୍ଚଳ ସଜବାଜ ହୋଇବାହାର। ସେ ଯାଉଛି। ତରବର ହୋଇ ପୋଷାକ ପତ୍ର ବଦଳେଇ ପ୍ରସ୍ତୁତ ହେଉଛି।

ସେ କହିପାରୁନି - ସେ ନିଜ ଖିଆଲର ମଣିଷ ହେବାକୁ ଋହେଁ। ସଂସାରର ଇଙ୍ଗିତରେ, ଆଦେଶରେ ନୁହେଁ ନିଜ ମନ ଅନୁସାରେ ବଞ୍ଚିବାକୁ ଋହେଁ। ସେ ଅସହାୟ ଭାବେ ଦୁଆର ଆଡ଼କୁ ଋହିଁଲା। ଦୁଆରବନ୍ଧକୁ। ଦୁଆର ଉପରେ କାଗଜରେ ନାଲି ଅକ୍ଷରରେ ଲେଖା ହୋଇଥିବା "ରବିବାର" କାଗଜଟି ଏବେ ବି ତା କର୍ତ୍ତୃତ୍ୱକୁ ଉପହାସ କରୁଛି।

ପରିଶେଷ

ରୀତୁ ପୁଲିନବିହାରୀର ହାତ ଧରି ଜୋର କରି ଟାଣି ନେଉଛି ସମସ୍ତଙ୍କ ଆଗରେ। ରିଜର୍ଭ କରି ଆଣିଥିବା ଅଟୋ ରିକ୍ସାର ପଛ ସିଟ୍‌ରେ ତା ପାଖରେ ଜୋର କରି ବସଉଛି। ପୁଲନବିହାରୀ ଅଣ୍ଟାରେ ହାତ ରଖି ରୀତୁ ବସିଛି। ତା' କାନ୍ଧରେ ମୁଣ୍ଡ ରଖି, ପୁଲିନବିହାରୀ ଆଖି ଦିଇଟା କରୁଣ ହେଇ ଆସୁଛି। ମୁହୂର୍ତ୍ତ ସାଥିରେ ତାଳ ଦେଇ 'ରବିବାରଟା' ଖସି ଯାଉଛି। ତା ସାଥିରେ ଭିନ୍ନ ଇଲାକାରେ, ଭିନ୍ନ ମଣିଷ ହେବାର ଚିନ୍ତା ବି ଉଭାନ୍ ହୋଇଯାଉଛି।

■■

ରିନି ପାଇଁ ସୁନାର ହରିଣ

ରିନିର ଜନ୍ମଦିନ ପାଇଁ ମୁଁ ପଚାରିଲି, 'ରିନି ! ତମେ କେଉଁ ଉପହାର ଚାହୁଁଛ, କହ । ଯାହା କହିବ ମୁଁ ଆଣିଦେବି । ତମ ପାଇଁ ମୁଁ ସବୁ କିଛି କରିପାରେ ରିନି । ତମେ କହିଲେ ଆକାଶରୁ ...' ରିନି କହିଲା, 'ହଁ ହଁ ଆଉ ସେ ଗୁଡ଼ାକ କହନା' । ପୁଣି ରିନି କିଛି ସମୟ ଭାବିଲା । ତା' କପାଳରେ କୁଞ୍ଚିତ ଗାରଗୁଡ଼ିକ ଆହୁରି କୁଞ୍ଚିତ ହେଲା । କିଛି ସମୟ ପରେ ସେ ଖୁସିରେ ଉଛୁଳି ଉଠିଲା । କହିଲା ଆଣିଦେବତ । ମୋ ରାଣ ପକେଇ କହ । ସୁନାର ହରିଣ, ମୋ ପାଇଁ ଗୋଟେ ସୁନାର ହରିଣ ମୋ ଜନ୍ମ ଦିନରେ ଆଣିଦେବ । ଆଃ କି ଚମତ୍କାର ହେବ ସୁନାର ହରିଣ'

ମୁଁ ଆଶ୍ଚର୍ଯ୍ୟରେ ଆଖିମେଲା କରି ରିନିକି ବଲବଲ କରି ଚାହିଁ ରହିଲି । କହିଲି, 'ରିନି...ସୁନାର ହରିଣ...ମୁଁ ସୁନାର ହରିଣ କୋଉଠୁ ପାଇବି ? ସୁନାର ହରିଣ କଣ ପୃଥିବୀରେ ଅଛନ୍ତି । ରିନିରେ ମୁଁ ଛାର ମଣିଷଟିଏ, ସୁନାର ହରିଣ ତୋ ପାଇଁ ମୁଁ କୋଉଠୁ ଆଣିବି ?'

ହେଲେ ରିନିର ସେଇ ଏକା ଜିଦ୍। କହୁଥିଲ ପରା ଯାହା କହିଲେ ତାହା ଆଣିଦେବ। ମୋ ପାଇଁ ସବୁକିଛି କରିପାରିବ। ଆକାଶରୁ ଚାନ୍ଦ ତୋଳି ଆଣିବ। ଏବେ କ'ଣ ହେଲା ? ସୁନାର ହରିଣ ଆଣିବାକୁ କହିଲାବେଳକୁ କ'ଣ ନା ମୁଁ ଛାର ମଣିଷଟାଏ।

ରିନି ଜିଦ୍ ଧରି ବସିଲା। ସୁନାର ହରିଣ ନହେଲେ ସେ ଆଉ ମୋ ସହିତ କଥା ହେବନି। ଆଦୌ ଦେଖା କରିବନି। ଜମାରୁ ପ୍ରେମ କରିବନି। ମୁଁ ତାକୁ ରାମାୟଣର ସୁନାହରିଣ କଥା କହିଲି, ରାବଣର ଭୟ ଦେଖାଇଲି। ସୀତା କେମିତି ସୁନା ହରିଣ ପାଇଁ ହଟହଟା ହେଲେ ସେ କଥା କହିଲି। କିନ୍ତୁ ରିନି ସେ କଥାକୁ ଟିକିଏ କାନ ଦେଲାନି। ତାର ସେଇ ଏକ ଜିଦ୍-ତାର ସୁନାର ହରିଣ ଦରକାର। ସୁନାର ହରିଣ, ସୁନାର ହରିଣ ଛଡ଼ା ତାର ଆଉ କିଛି ଲୋଡ଼ାନାହିଁ।

ଅଗତ୍ୟା ଅନ୍ୟ ଉପାୟ ନ ଦେଖି ମୁଁ ଘରକୁ ଫେରିଲି। ବାଟରେ ରିନି ପାଇଁ ନିଶ୍ଚିତ ଭାବେ ସୁନାର ହରିଣ ଖୋଜି ଆଣିବାର ସଂକଳ୍ପକଲି। ରିନି ପାଇଁ ମୁଁ କିଛି ବି କରିପାରେ। ଯେ କୌଣସିମତେ ସୁନାର ହରିଣ ଖୋଜି ଆଣିପାରେ। ଯାହାବି କରିବାକୁ ପଡୁ ପଛେ। ମୁଁ ଘରକୁ ଫେରିଲି ଓ ରିନି ପାଇଁ ସୁନାର ହରିଣ ଖୋଜିବା ପାଇଁ ନିଜକୁ ପ୍ରସ୍ତୁତ କଲି।

ଗଲାଦିନ ରିନି ପାଖକୁ ଗଲି। କହିଲି, 'ରିନିଲୋ, ତୋ ପାଇଁ ସୁନାର ହରିଣ ଯେ କୌଣସିମତେ ଆଣି ଆସିବି। ତୋ ଜନ୍ମ ଦିନରେ ଉପହାର ଦେବି। ମୋର ଦୃଢ଼ତା କଥା କହିଲି। ଖୁବ୍ ଶୀଘ୍ର ସୁନାର ହରିଣ ଧରି ଫେରିଆସିବି ବୋଲି କହିଲି।

ରିନି ଚାରିପଟେ ତିନିଗାର ଟାଣିଦେଲି ଓ ତାକୁ ଗାର ନଡ଼େଇଁବାକୁ ପରାମର୍ଶ ଦେଲି। ଯେତେ ରାବଣମାନେ ତାକୁ ଭିକ୍ଷା ଆଳରେ ପ୍ରଲୋଭନ ଦେଖେଇଲେବି ସେ ଯେମିତି ଗାର ବାହାରକୁ ନ ଆସେ ସେ ବିଷୟରେ ତାଗିଦା କଲି। ରିନି ମତେ ଦେଖି ଖୁବ୍ ଖୁସି ହେଲା। ତା' ଲାଲ୍ ଟୁକୁଟୁକୁ ଓଠରେ ମତେ ଚୁମା ଦେଲା ଓ ଶୁଭେଚ୍ଛା ଜଣେଇଲା। ହସି ହସି କହିଲା, 'ସେ ଠିକ୍ ଜାଣିଥିଲା ତା'ପାଇଁ ମୁଁ କିଛି ବି କରିପାରେ। ମୁଁ କେବେହେଲେ ପଛେଇ ଯିବିନି। ତା'ପାଇଁ ନିଶ୍ଚୟ ସୁନାର ହରିଣ ଖୋଜି ଆଣିଦେବି। ସେ ତାଳିମାରି ମୋତେ ଉତ୍ସାହିତ କଲା। ତା'ପ୍ରେମର ଦୁହାଇ ଦେଲା। ତା'ପରେ ରିନିଠୁ ବିଦାୟ ନେଇ ମୁଁ ବାହାରିଲି ରିନି ପାଇଁ ସୁନାର ହରିଣ ଖୋଜି।

ମୋର ଦି'ଟା ସୁଟକେଶ୍, ଗୋଟାଏ ବ୍ୟାକ୍ ପ୍ୟାକ୍ ଧରିଲି। ବ୍ୟାକ୍ ପ୍ୟାକ୍‌ରେ ଲାପଟପ୍, ପକେଟରେ ସ୍ମାର୍ଟ ଫୋନ୍। ଗୁଗୁଲ ମ୍ୟାପ ଧରି ବାହାରିଲି। ଉବର ଡାକିଲି ଷ୍ଟେସନକୁ ଯିବାପାଇଁ।

ପ୍ରଥମେ ଉତ୍ତର ଦିଗରେ ଯାତ୍ରା ଆରମ୍ଭ କଲି। ବାଟରେ କେତେ ଗ୍ରାମ, କେତେ ଜନପଦ, କେତେ ନଗ୍ର, କେତେ ସହର, କେତେ ସହସ୍ର ଯୋଜନ ପାରହେଲା କିଏ ଜାଣେ। କେତେ ଜଙ୍ଗଲ, କେତେ ପାହାଡ଼, କେତେ ପର୍ବତ...ବର୍ଷ ବର୍ଷ ଧରି ସୁନାର ହରିଣ ଖୋଜା ଚାଲିଲା। ରିନି ପାଇଁ ସୁନାର ହରିଣ ଭୋକ ଶୋଷ ଭୁଲି ଖୋଜା ଚାଲିଛି ତ ଚାଲିଛି।

ବାଟରେ ଅନେକ ଲୋକଙ୍କୁ ଭେଟିଲି। ଅନେକ ଲୋକ ମୋ କଥା ଶୁଣି ହସିଲେ। ଅନେକ ଲୋକ ମୋ ପ୍ରତି ସହାନୁଭୂତି ଦେଖେଇଲେ। ଉତ୍ସାହ ଦେଲେ। କହିଲେ, ହଁ ନିଜର ପ୍ରେମ ଆଗରେ ସୁନାର ହରିଣ କ'ଣ... ପ୍ରେମ ପାଇଁ କିଛି ବି ସମ୍ଭବ। ରିନି ପାଇଁ କିଛି ବି ସମ୍ଭବ। ଅନେକ ମତେ ସାହାଯ୍ୟ କଲେ। ପରାମର୍ଶ ଦେଲେ। ନିଜ ନିଜ ଅଭିଜ୍ଞତାରୁ ମୋତେ ଅନେକ କଥା କହିଲେ। ହେଲେ ସୁନାର ହରିଣ କାହିଁ? ଦିନ ଯେତେ ଗଡ଼ି ଯାଉଥାଏ, ସୁନାର ହରିଣ ପାଇବା ଆଶା ସେତିକି ଦୂରେଇ ଯାଉଥାଏ। ତଥାପି ମୁଁ ଫେରି ଆସି ପାରୁନଥାଏ। ମୋ ଦୃଢ଼ତା ଆହୁରି ଦି'ଗୁଣିତ ହୋଇ ଯାଉଥାଏ। ସୁନାର ହରିଣ ନ ନେଇ ଫେରିଲେ ରିନି କି ମୁଁ ମୁହଁ ଦେଖେଇବି କେମିତି? ମୋ ପ୍ରେମର, ରିନି ପାଇଁ ମୋ ଗଭୀର ପ୍ରେମର କି ମାନମହତ ରହିବ? ଛାର ସୁନାର ହରିଣଟେ ବି ତା'ପାଇଁ ତା ଜନ୍ମଦିନରେ ଉପହାର ଦେଇ ପାରିଲିନି... ଆଉ ତା' ସାଥିରେ ଜନ୍ମ ଜନ୍ମାନ୍ତର କେମିତି ବିତେଇବି? ଏମିତି ଖାଲି ହାତରେ... ପରାଜୟର ଗ୍ଲାନିରେ...

ହେଲେ ଏମିତି ରାଜ୍ୟ, ନଗ୍ର, ସାମ୍ରାଜ୍ୟ, ଜନପଦ, ବଣଜଙ୍ଗଲ ଭିତରେ ବର୍ଷବର୍ଷ, ମାସ ମାସ, ଯୁଗ ଯୁଗାନ୍ତର ଧରି ଖୋଜା ଚାଲିଛି। ମୁଁ ଏକପ୍ରକାର ଥକି ଗଲିଣି ସୁନାର ହରିଣ ଖୋଜି ଖୋଜି ତଥାପି ବିରାମ ନାହିଁ। ଖୋଜିବାରୁ ନିବୃତ୍ତି ନାହିଁ। ମୁଁ ଜାଣିଛି ସୁନା ହରିଣ କଣ ପୃଥିବୀରେ କୋଉଠି ମିଳିବ? ତଥାପି କେମିତି ମାନିବି ସୁନାର ହରିଣ ନାହିଁ ବୋଲି? ରିନି ପାଇଁ ତ ଏ ସୁନାର ହରିଣ ଖୋଜା। ରିନି କି କଣ ମୁଁ କହିପାରିବି, ରିନି ମୁଁ ସୁନାର ହରିଣ ଖୋଜି ଆଣି ପାରିଲିନି। ତମ ପାଇଁ, ତମ ପ୍ରେମ ପାଇଁ, ମୁଁ ଯୋଗ୍ୟ ନୁହେଁ ରିନି। ମୁଁ ଗୋଟେ ପଳାତକ। ଅସଫଳ ଅସହାୟ ମଣିଷଟିଏ। ସୁନାର ହରିଣ ଆଣିପାରିନଥିବା ନିପାରିଲା ଲୋକଟିକୁ ତମେ କଣ ପ୍ରେମ କରିପାରିବ ରିନି?

ପୁଣି ଖୋଜା ଚାଲିଲା। ହଠାତ୍ ଉତ୍ତର ଦିଗରେ ଅବସ୍ଥାନ କରୁଥିବା ବନ୍ଧୁ ସତ୍ୟମିଶ୍ର କଥା ମନେ ପଡ଼ିଲା। ଫୋନ୍‌ରେ ତା' ପୁରୁଣା ନମ୍ବରରେ ଫୋନ୍ କଲି। ମୋ ଭାଗ୍ୟକୁ ସତ୍ୟର ପୁରୁଣା ନମ୍ବର ବଦଳିନି। ସେ ଫୋନ୍ ଉଠାଇଲା ଓ ମୋ ନାଁ ଶୁଣି ଖୁବ୍

ଖୁସିହେଲା। ତା' ପାଖକୁ ଗଲି। ଅନେକ ଦିନ ପରେ ଦୁଇବନ୍ଧୁଙ୍କର ମିଳନ ଘଟୁଥିବାରୁ ସେ ଅନେକ ଖୁସିହେଲା। ଆମେ ଦୁହେଁ ପିଲାବେଳୁ ଏକାଠି ପାଠ ପଢୁଥିଲୁ। କଲେଜରେ ମଧ୍ଯ ଏକା କ୍ଲାସରେ ଏକାଠି ପଢ଼ିଛୁ। ସତ୍ୟ ମୋର ଜିଗିରି ଦୋସ୍ତ। ସେ ମଧ୍ୟ ରିନିକୁ ଜାଣେ। ରିନି ଭଳି ଝିଅର ପ୍ରେମରେ ସେ ଯେ ପଡ଼ିନଥିବ କିଏ ଜାଣେ। ରିନି ତ ପ୍ରେମରେ ପଡ଼ିଲାଭଳି ଝିଅଟିଏ। ହେଲେ ସେ କଲେଜ ପାଶ୍ କଲାପରେ ଉତ୍ତର ଦିଗକୁ ଚାଲିଆସିଲା। ସେ ଜାଣିଥିଲା ଯେ ମୁଁ ରିନି ପାଇଁ ପାଗଳ... ଆଉ ତା'ପ୍ରେମରେ କିଛି ବି କରିପାରେ। ମରିବିପାରେ...ସେ ଉତ୍ତର ଦିଗକୁ ଚାଲିଆସିଲା ମୋଠାରୁ, ରିନିଠାରୁ ବହୁତ ଦୂରକୁ। ବାଟରେ ସତ୍ୟ ଅନେକ କଥାବାର୍ତ୍ତା ହେଲା। ଅନେକ ବର୍ଷପରେ ଦେଖା ହେଉଥିବାରୁ ମୋ ବିଷୟରେ ମୂଳରୁ ଶେଷ ପର୍ଯ୍ୟନ୍ତ ଟିକିନିଖି କଥା ପଚାରିଗଲା। ମୋ ସ୍ୱାସ୍ଥ୍ୟ କଥା। ବାପା ବୋଉଙ୍କ କଥା। ମୋ ଭାଇ ଭଉଣୀଙ୍କ କଥା। ରିନି ପାଇଁ ମୋ ପ୍ରେମ କଥା। ରିନି ପାଇଁ ମୋ ପାଗଳପଣିଆ କଥା। ମୁଁ କଣ କରୁଛି ଇତ୍ୟାଦି ...ଇତ୍ୟାଦି...ଇତ୍ୟାଦି। ମୁଁ ଅଳ୍ପ ବହୁତ ବି ଚୁମ୍ବକରେ ସବୁକଥା କହିଲି। ସେ ପଚାରିଲା, ଉତ୍ତର ଦିଗକୁ କେମିତି ଆସିଲୁ ? କ'ଣ କାମ ଅଛି ? ମୁଁ ରିନି କଥା କହିଲି। ରିନିର ସୁନାର ହରିଣ ମାଗିବା କଥା କହିଲି। ତା' ଜିଦ୍ କଥା କହିଲି। ମୋର ଦୃଢ଼ ପ୍ରତିଜ୍ଞା କଥା କହିଲି। କହିଲି ଯେମିତିହେଲେ ମୁଁ ରିନି ପାଇଁ ସୁନାର ହରିଣ ନେଇ ପହଂଚିବି।

ସତ୍ୟକୁ ତା' ଖବର ପଚାରିଲି। ଅନେକ ଦିନ ହେଲା ସେ ଚାଲିଆସିଥିଲା। ତା'ପରେ ପ୍ରାୟ ତା' ସହ ଆଉ ଦେଖା ସାକ୍ଷାତ୍ କିମ୍ବା କଥାବାର୍ତ୍ତା ବି ହୋଇନଥିଲା। ସେ ତା' ବିଷୟରେ ଟିକିନିଖି କରି କହିଲା। ସେ ଶିଖା କଥା କହିଲା। ତା' ସ୍ତ୍ରୀ ଶିଖା। ଉତ୍ତର ଦିଗକୁ ଆସିଲା ପରେ ତାର କେମିତି ଶିଖା ସହ ଦେଖାହେଲା। ପ୍ରଥମ ଦେଖାରୁ ସେ କେମିତି ଶିଖାକୁ ଭଲ ପାଇ ବସିଲା। ଆଉ ଶିଖା ବି ତାକୁ। ତା'ପରେ ଦୁହେଁ କେମିତି ପ୍ରେମରେ ଉବୁଟୁବୁ ହେଲେ ଆଉ ଜଣେ ଜଣଙ୍କୁ ଛାଡ଼ି ରହିପାରିବେନି ବୋଲି ହୃଦୟଙ୍ଗମ କଲେ ସେ କଥା କହିଲା। ଏବେ ଶିଖା ତା'ର ସ୍ତ୍ରୀ। ଆଉ ସେ ଖୁବ୍ ଖୁସିରେ ଅଛି। ସତ୍ୟ ତାର ଛୋଟ ପୁଅ ନିଶଙ୍କ ଆଉ ଝିଅ ଜେନି କଥା କହିଲା। ସେ କେମିତି ତା ଛୋଟ ସଂସାର ଭିତରେ ବେଶ୍ ଆନନ୍ଦରେ ଅଛି। ଶିଖା ତା' ଜୀବନରେ ପୂର୍ଣ୍ଣତା ଆଣିଦେଇଛି। ଦୁଇ ଫର୍ଲଙ୍ଗ ଦୂରରେ ତାର ଛୋଟ ଘରକୁ ଗଲୁ। ସେ ଶିଖାକୁ ଦେଖେଇଦେଲା। ମୋ ପରିଚୟ ଦେଲା। ପିଲାବେଳର ଅନେକ କଥା କହିଲା। ପିଲାବେଳେ କେମିତି ଦୁହେଁ ଘର ଘର ପଶି ବାଡ଼ିରୁ ପିଜୁଳି, ବରକୋଳି, ଆମ୍ବ ଚୋରି କରୁଥିଲୁ ସେ କଥା କହିଲା। ଦିନେ କେମିତି କୁକୁର ହାବୁଡ଼ରେ ପଡ଼ି

ସେ ପ୍ରାୟ ଧରା ପଡ଼ିଯାଇଥିଲା, ଆଉ ମୁଁ ତାକୁ ଖୁବ୍ ଚତୁରତାରେ ସାହସର ସହିତ କୁକୁର ମୁଖରୁ ଆଉ ଘରମାଲିକ ହାବୁଡ଼ରୁ ଖସେଇ ନେଇ ଆସିଲି ସେ କଥା କହିଲା।

ମୁଁ ଶିଖାକୁ ଲକ୍ଷ୍ୟ କଲି। ଶିଖା ସୁନ୍ଦରୀ ନୁହେଁ। ତଥାପି ଚମତ୍କାର ତାର ଚେହେରା। ଚମତ୍କାର ତାର ହସ। ତା ଚେହେରାରେ ଏକ ଅନନ୍ୟ ପ୍ରକାରର ଲାଳିତ୍ୟ, ଚମତ୍କାର ତାର ଚଳଚଞ୍ଚଳ ଆଖି ଦିଓଟି। ମୁଁ କହିଲି 'ସତ୍ୟ ତୁ ଖୁବ୍ ଭାଗ୍ୟବାନ। ଶିଖା ଭଳି ସ୍ତ୍ରୀ ଖୁବ୍ କମ ଲୋକଙ୍କୁ ମିଳେ। ସତ୍ୟ ଆତ୍ମସନ୍ତୋଷରେ ମୁଣ୍ଡ ଲାଡ଼ିଲା। କହିଲା, ଶିଖାକୁ ପାଇଲାପରେ ତା' ଜୀବନରେ ସେ ସବୁକିଛି ପାଇଛି।

ମୁଁ ପଚାରିଦେଲି ସତ୍ୟ, ଶିଖା କ'ଣ ତତେ କେବେହେଲେ ସୁନାର ହରିଣ ମାଗିନି? ସତ୍ୟ କହିଲା ଶିଖା ଖୁବ୍ ଭଲ ଝିଅ... ତାକୁ ଅଯାଚିତ ପ୍ରେମରେ ବୁଡ଼େଇ ଦେଇଛି। ସୁନାହରିଣ କ'ଣ, କେବେହେଲେ ହରିଣ ବି ମାଗିନାହିଁ।

ସେତେବେଳେ ଶିଖା ରୋଷେଇ ଘରକୁ ଚାଲିଯାଇଥିଲା। କେଟ୍‌ଲି ଖଡ଼ଖଡ଼ରୁ ଜଣାପଡୁଥିଲା ସେ ଚାହା କରୁଛି। ସତ୍ୟର ମୋର ତାର ଛୋଟ ବଗିଚାକୁ ଗଲୁ। ବଗିଚାରେ ବସିଲୁ। ଶିଖା ଚା' ଆଣି ଆମ ସାଥିରେ ଯୋଗଦେଲା। ସତ୍ୟ ପଚାରିଲା ତୋର ମନେ ଅଛି ସେ ସ୍କୁଲ୍ ବେଳର ଚନ୍ଦାମୁଣ୍ଡ ରଥ ମାଷ୍ଟ୍ରଙ୍କ କଥା। ମୁଁ ମୁଣ୍ଡ ଲାଡ଼ିଲି। ତା'ପରେ ସେ କହିଲା ତାଙ୍କର ତେଜୋଦୀପ୍ତ ମୁହଁ କଥା, ବୁଦ୍ଧିଦୀପ୍ତ ଛୋଟ ଛୋଟ ଆଖି କଥା। କ୍ଲାସରେ ଟିକିଏ ଡେରି ହେଉଥିଲେ ସେ କେମିତି ଦିନସାରା ଏକ ଗୋଡ଼ିକିଆ ଠିଆ କରେଇ ଦେଉଥିଲେ ସେ କଥା ମଧ୍ୟ କହିଲା। ମୁଁ କେମିତି ଥରେ ତାଙ୍କ ବିରୁଦ୍ଧରେ ଷ୍ଟ୍ରାଇକ୍ କରି ଦି'ଦିନ ଗୋଡ଼ି ଉପରେ ଆଣ୍ଠେଇଥିଲି ଓ ତା'ପରେ ମଧ୍ୟ କ୍ଷମା ମାଗିନଥିଲି ସେ କଥା କହିଲା। ମୁଁ କେମିତି ଏକଜିଦିଆ ସେ କଥା କହିଲା। ସେ କଥା ଶୁଣି ଶିଖା ଖୁବ୍ ହସିଲା। ରିନି କଥା ପଡ଼ିଲା। ସତ୍ୟ ରିନିର ବହୁତ ତାରିଫ୍ କଲା। ମୋର ଆଉ ରିନିର ସମ୍ପର୍କ ବିଷୟରେ କହିଲା ଓ କିପରି ରିନି ପାଇଁ ସୁନା ହରିଣ ଖୋଜିଖୋଜି ମୁଁ ତାଙ୍କ ଘର ପର୍ଯ୍ୟନ୍ତ ପହଁଚିଛି ସେ କଥା କହିଲା। କହିଲା; ମୁଁ ଯେମିତି ନା, ସୁନାହରିଣ ନନେଇ କେବେହେଲେ ଫେରିବିନି। ଶିଖା ରିନି ବିଷୟରେ ଅନେକ କଥା ପଚାରିଲା। ମୋ ଭଲ ପାଇବା ବିଷୟରେ ବି। ମୁଁ ମୁଣ୍ଡ ଟୁଙ୍ଗାରିଲି। ଚୁପ୍ ରହିଲି। ଅନେକ ଦିନ ହେଲା ସୁନାହରିଣ ଖୋଜୁଥିବାରୁ ରିନି ଏବେ କେମିତି ଅଛି, କଣ କରୁଛି ସେ କଥା କହିବା ମୋ ପକ୍ଷରେ ସମ୍ଭବ ହେଲାନି।

ଠିକ୍ ସେଇ ସମୟରେ ସତ୍ୟର ପୁଅ ନିଶଙ୍କ ଆଉ ଝିଅ ଜେନିକୁ ଡ୍ରାଇଭର ଛାଡ଼ି ଦେଇଗଲା। କନଭେଣ୍ଟ ସ୍କୁଲରୁ ଫେରିଲା ପରେ ଡାଡି ମମିଙ୍କୁ ସେ ଦୁହେଁ ଚୁମାଦେଲେ। ମତେ ନମସ୍କାର କଲେ।

ପଚାରିଲେ 'ମେ ଉଇ ନୋ ୟୁ ଅଙ୍କଲ'

ମୁଁ କହିଲି 'ୟେସ୍ ୟେସ୍..ମୁଁ ବୀରଭଦ୍ର ଦାସ

ଆଇ ଆମ ଏ ଫ୍ରେଣ୍ଡ ଅଫ୍ ୟୁରୋ ଡାଡ୍ଡି।'

ନିଶଙ୍କ କହି ଉଠିଲା 'ଆମେ ତମକୁ ବୀରୁ ଅଙ୍କଲ ଡାକିବୁ।'

ମୁଁ ମୁଣ୍ଡ ଟୁଙ୍ଗାରିଲି। ନିଶଙ୍କ ଆଉ ଜେନିଙ୍କୁ ମୁଁ ଆଣିଥିବା ଚକୋଲେଟ୍ ଦେଲି।

ଜେନି କହିଲା 'ଥାଙ୍କ୍ ୟୁ ବୀରୁ ଅଙ୍କଲ'

ମୁଁ କହିଲି 'ଥାଙ୍କ୍ ୟୁ ଜେନି, ଥାଙ୍କ୍ ୟୁ ନିଶଙ୍କ୍।'

ନିଶଙ୍କ ମୋ ଡାହାଣ ପଟେ ବସିଲା। ଜେନି ମୋ ବାଁ ପଟେ। ଶିଖା ତା' ସ୍ମାର୍ଟ ଫୋନ୍‌ରେ ଆମ ଫଟୋ ଉଠାଇଲା। ତା'ପରେ ଆମେ ସମସ୍ତେ ସେଲ୍ଫି ନେଲୁ। ମୋ ଫୋନ୍‌ରେ ମୁଁ ଜେନି ସାଥିରେ ଆଉ ନିଶଙ୍କ ସାଥିରେ ସେଲ୍ଫି ନେଲି। ଜେନି କହିଲା ବୀରୁ ଅଙ୍କଲ ଆମେ ତମ ଘରକୁ ଯିବୁ। ନିଶଙ୍କ କହିଲା, ହଁ ଅଙ୍କଲ୍ ଆମେ ତମ ଘରକୁ ନିଶ୍ଚୟ ଯିବୁ।

ମୁଁ ରାଜି ହେଲି। କହିଲି, ହଁ ହଁ ନିଶ୍ଚୟ। କହିଲି, ଏବେ ମୁଁ ଗୋଟାଏ ଖୁବ୍ ବଡ଼ କାମରେ ଆସିଛି। ଘରକୁ ଫେରିଲାବେଳକୁ ଅନେକ ଦିନ ଲାଗିବ। ଏଇଠୁ ଅନେକ ଜାଗା ଯିବାକୁ ହେବ। ଘରକୁ ଫେରିଲା ବେଳକୁ ମୁଁ ଆସି ତୁମ ଦୁହିଁଙ୍କୁ ଆଉ ଡାଡି ମମିଙ୍କୁ ଆମ ଘରକୁ ନିଶ୍ଚୟ ନେଇଯିବି। ତା'ପରେ ଆମେ ମିଶି ଖୁବ୍ ମଜା କରିବା। ଖେଳିବା, ଖାଇବା ଆଉ ଗପ ଶୁଣିବା।

ଜେନି ପଚାରିଲା, 'ବୀରୁ ଅଙ୍କଲ ତମେ କୁଆଡ଼େ ଯିବ?'

ମୁଁ କହିଲି, 'ମୁଁ ଗୋଟେ ଜିନିଷ ଖୋଜୁଛି। ପାଇଲାବେଳକୁ ହୁଏତ ଅନେକ ଦିନ ଲାଗିବ। କିଏ ଜାଣେ ପାଇବି କି ନାହିଁ।'

ନିଶଙ୍କ ପଚାରିଲା, 'ଅଙ୍କଲ କି ଜିନିଷ'

ମୁଁ ଅପ୍ରସ୍ତୁତ ହୋଇପଡ଼ିଲି। କହିବି ନ କହିବି ହୋଇ କହିଲି 'ସୁନାର ହରିଣ...ଗୋଲଡ଼େନ୍ ଡିଅର...

ଜେନି ଆଉ ନିଶଙ୍କ ଚମକି ପଡ଼ିଲେ। 'ବୀରୁ ଅଙ୍କଲ ତମେ ଗୋଲଡ଼େନ୍ ଡିଅର ଖୋଜୁଛ?'

ମୁଁ ହଁ କଲି।

ଜେନି ନାଚି ନାଚି ପାଟିକଲା, 'ଡାଡ଼ି ବୀରୁ ଅଙ୍କଲ ଗୋଲଡ଼େନ୍ ଡିଅର ଖୋଜୁଛନ୍ତି। ବୀରୁ ଅଙ୍କଲ୍ ତମେ ଗୋଲ୍‌ଡ଼େନ୍ ଡିଅର କଣ କରିବ?' ମୁଁ କହିଲି, 'ହଁ' ମୁଁ ଅନେକ ଦିନ ହେଲା ଗୋଲଡ଼େନ୍ ଡିଅର ଖୋଜୁଛି ତମ ଆଣ୍ଟି ରିନି ପାଇଁ।'

ସତ୍ୟ ହସିଲା। ଶିଖା ହସିଲା। ନିଶଙ୍କ ତା'ପିଲାଳିଆ ଆଖିରେ ମୋ ଆଡ଼କୁ ଚାହିଁ ତା' କମିକ୍ସ ଆଉ ଆଡ୍‌ଭେଞ୍ଚର ବହିର ଆଡ୍‌ଭେଞ୍ଚର କାହାଣୀ ସବୁ ମନେପକାଉଥିଲାପରି ବସିଥିଲା। ଜେନି ଉତ୍ସାହରେ ନାଚି ନାଚି ଘରସାରା କୁଦି ବୁଲୁଥିଲା, 'ଡାଡ଼ି ଡାଡ଼ି ବୀରୁ ଅଙ୍କଲ ରିନି ଆଣ୍ଟିଙ୍କ ପାଇଁ ଗୋଲଡ଼େନ୍ ଡିଅର ଖୋଜୁଛନ୍ତି। ରିନି ଆଣ୍ଟି କଣ କିଡ୍ କି ଯେ ତାଙ୍କର ଗୋଲ୍‌ଡେନ୍ ଡିଅର ଦରକାର।'

ରାତିରେ ଶିଖା ରୁଟି, ମାଂସ ଆଉ ଆଇସ୍‌କ୍ରିମ୍ କରିଥିଲା। ଖାଇବସିଲା ବେଳେ ସତ୍ୟ ମତେ ଉତ୍ସାହ ଦେଲା। ଦକ୍ଷିଣ ଦିଗରେ ସୁନାର ହରିଣ ଖୋଜିବାକୁ ପରାମର୍ଶ ଦେଲା। ସକାଳୁ ସତ୍ୟ, ଶିଖା, ନିଶଙ୍କ ଆଉ ଜେନିଙ୍କଠୁ ବିଦାୟ ନେଇ ମୁଁ ପୁଣି ବାହାରିଲି "ସୁନାର ହରିଣ ଖୋଜିବାରେ।" ଗଲାବେଳେ ଜେନି କହିଲା ବୀରୁ ଅଙ୍କଲ୍ ତମେ ଗୋଲଡ଼େନ୍ ଡିଅର ଧରି ନିଶ୍ଚୟ ଆମ ଘରକୁ ଆସିବ। ଆଇ ୱାଣ୍ଟ୍ ଟୁ ସି ଗୋଲଡ଼େନ୍ ଡିଅର। ଆମେ ତମ ଘରକୁ ରିନି ଆଣ୍ଟିଙ୍କ ପାଖକୁ ଗୋଲଡ଼େନ୍ ଡ଼ିଅର ଧରି ଯିବା।' ମୁଁ ହଁ କଲି।

ଆଜିକି ଅନେକ ଦିନ ବିତିଗଲାଣି। ଉତ୍ତର, ଦକ୍ଷିଣ, ପୂର୍ବ, ପଶ୍ଚିମ ଚାରିଆଡ଼େ ଖୋଜା ସରିଲାଣି। ରିନିର ଖବର ମୁଁ ଆଉ ରଖିନି।

କଥା ଦେଇଥିବା ସତ୍ତ୍ୱେ ସତ୍ୟ, ଶିଖା, ନିଶଙ୍କ ଆଉ ଜେନିଙ୍କ ପାଖକୁ ମୁଁ ଫେରିପାରିନି। ସେଇଦିନଠୁ କେତେ ଯୁଗ ବିତିଲାଣି କେଜାଣି-ଗ୍ରାମ, ନଗ୍ର, ଜନପଦ, ବଣ ଜଙ୍ଗଲ, ପାହାଡ଼ ପର୍ବତ ବୁଲି ବୁଲି, ଭୋକଶୋଷ ଭୁଲି ମୁଁ ସେଇଦିନଠୁ ରିନିପାଇଁ ସୁନାର ହରିଣ ଖୋଜୁଛି।

କିଏ ଜାଣେ ରିନି କ'ଣ କରୁଛି? ଅପେକ୍ଷା କରିଛି ନା ନାହିଁ? କିଏ ଜାଣେ ରିନି ଅଛି କି ନା ନାହିଁ - ନା ଆଉ କେହି ସୁନାର ହରିଣ ରିନି ପାଇଁ ଆଣି ଦେଇଛି...

■■

୫ଡ

ସେଦିନ ସକାଳୁ ହଠାତ୍ ବିଶାଳାକ୍ଷର ମନେହେଲା ତା' ଭିତରେ ଅନେକ କିଛି ପରିବର୍ତ୍ତନ ହୋଇଯାଇଛି। ତା' ଦେହ ହାତ ଅସଂଭବ ଭାବେ ଅବଶ ହୋଇ ପଡ଼ୁଛି। ରାତି ଭିତରେ ସବୁ କେମିତି ଓଲଟ ପାଲଟ ହୋଇଯାଇଛି। ତାକୁ ଖୁବ୍ ଦୁର୍ବଳ ଲାଗୁଛି। ଉଠିବାର ଶକ୍ତି ସେ ହରେଇ ବସିଛି। ମୁଣ୍ଡ ଯେମିତି ଚକ୍କର କାଟି ଯାଉଛି। ସବୁ ଯେମିତି ଗୋଳମାଳ ହୋଇଯାଉଛି। ସବୁଠି ଯେମିତି ଗୋଟାଏ ଅସଂଭବ ଅସଂଯତ ଭାବ। ସବୁ ଉପର ତଳ ହୋଇଯାଉଛି, ଉଠୁଛି, ପଡ଼ୁଛି, କିଛି ଗୋଟେ ଘଟିବ ବୋଲି ସେ ଅନୁଭବ କରିପାରୁଛି।

ବିଶାଳାକ୍ଷ କଡ ଲେଉଟାଇଲା। ଝର୍କା ବାଟ ଦେଇ ବାହାରକୁ ଚାହିଁଲା। ଆକାଶ ତାକୁ ଖୁବ୍ ଅଲଗା ଲାଗିଲା। ଆକାଶର ଚାରିଆଡେ ତମ୍ବା ରଂଗ। ସେ ଦେଖିଲା ମେଘମାନେ ଆକାଶରେ ଜମି ଆସୁଛନ୍ତି। ସୁଁ ସୁଁ ପବନ ବୋହୁଛି। ଘଡଘଡି ମାରିବ ନା କଣ। ବିଜୁଳିବି। ସେ

ଅନୁଭବ କରୁଥିଲା ଗୋଟାଏ ପରିବର୍ତ୍ତନ। କିଛିଗୋଟାଏ ଯେ ଘଟିବ ତାର ପ୍ରାକ୍ ସୂଚନା ସେ ପାଉଥିଲା। ନହେଲେ ଚାରିଆଡେ ଏତେ ଗୁମ୍‌ସୁମ୍ ରୁନ୍ଧି ରୁନ୍ଧି ଭାବ। ଗୋଟାଏ ବିରାଟ ଝଡର ସୂଚନା ସେ ପାଉଥିଲା। ଦଲକାଏ, ଦଲକାଏ ପବନ ସେ ଅନୁଭବ କରୁଥିଲା। ହେଇ ଧୂଳିଝଡ ବି ଉଠିଲାଣି। ପବନ ବି ତୀବ୍ର ଗତିରେ ବୋହିଲାଣି। ଏକ ଅହେତୁକ ଆଶଙ୍କାରେ ସେ ଆଖି ବନ୍ଦ କଲା। ପୁଣି ଆଖି ମେଲାକଲା। ପୁଣି ଆଖି ବନ୍ଦ କଲା।

ଆଖି ପତା ତଳେ ବିଶାଳକ୍ଷ ଦେଖିଲା ମେଘ ଘୋଟି ଆସୁଛି। ଅଣଚାସ ବୋହି ଚାଲିଛି। ସୁଁ ସୁଁ ଗର୍ଜନ କରି ଗଛପତ୍ର ଭାଙ୍ଗି ପଡୁଛି। ଝର୍କା କବାଟ ପବନରେ ପିଟି ହେଉଛି। ଘରଦ୍ୱାର ଭୁଷୁଡି ପଡୁଛି। ଉଡି ଯାଉଛନ୍ତି ଲୋକବାକ, ଗାଡିମଟର, ଘରଦ୍ୱାର, ଲୁଗାପଟା, ଗାଈଗୋରୁ, ସବୁ ଯେମିତି ଭାଙ୍ଗିରୁଜି ଚୁରମାର ହୋଇଯାଉଛି। ଆକାଶରେ ଆସବାବ ପତ୍ର ଉଡୁଛି, ସହରର ହୋର୍ଡିଂ ବି, ଟେଲିଫୋନ ଖୁଣ୍ଟ, ବିଜୁଳି ଖୁଣ୍ଟ ସବୁ ମୋଡି ହୋଇଗଲେଣି। ଗଛ ସବୁ ଝଡରେ ଭୂଲୁଣ୍ଠିତ ହେଲେଣି। ସମୁଦ୍ରରେ ନାହିଁ ନଥିବା ଜୁଆର ସୁନାମୀ ଢେଉ ଭଳି ଉଠିଲାଣି। ଚାରିଆଡେ ଚିତ୍କାର, ବିକଳ, ଆର୍ତ୍ତନାଦ। ପୃଥିବୀ ଉପରେ ଝଡ ବୋହୁଛି। ଭୟାବହ ଝଡ। ନାହିଁ ନଥିବା ଝଡ। କେବେ ଦେଖିନଥିବା ଝଡ ବୋହୁଛି। ମଣିଷର ଗର୍ବ ଦଂଭ ଭୁଷୁଡି ପଡୁଛି। ଉଡିଯାଇଛି ମଣିଷର ଅଭିମାନ। ଭାଙ୍ଗି ପଡୁଛି ଜୀବନର ସୁଅ । ପାର୍ଥିବ ଆକର୍ଷଣ ଛିଡି ପଡୁଛି। ଆଗରେ ବିରାଟ ଅନ୍ଧକାର। ନାହିଁ ନଥିବା ଶୂନ୍ୟତା। ଆଖି ଆଗରେ ବିରାଟ ପୃଥିବୀ ଧ୍ୱସ୍ତ ବିଧ୍ୱସ୍ତ ହୋଇ ପଡୁଛି। ବିଶାଳାକ୍ଷ ଠିକ୍ ଭାବରେ ଅନୁଭବ କରିପାରୁଛି ଭୟର ବିଭୀଷିକା। ସେ ଠିକ୍ ଭାବେ ଅନୁଭବ କରିପାରୁଛି ସବୁକିଛି ଧୂଳିସାତ୍ ହୋଇଯାଉଛି ବୋହୁଥିବା ଝଡର କରାଳ କବଳରେ।

ବିଶାଳାକ୍ଷ ତା ଛାତିକୁ ଜୋର କରି ଚାପି ଧରି ଚିତ୍କାର କଲା ଝଡ .... ଝଡ...... ଝଡ। ଝଡ ଆସିଛି। ଭୟାବହ ଝଡ।। ଭିତରେ ଝଡ। ବାହାରେ ଝଡ। ପୃଥିବୀ ଉପରେ ବୋହୁଛି ଭୀଷଣ ବିଭୀଷିକାମୟ ଝଡ। ସେ ଦେଖିପାରୁଛି ଝଡରେ ଧ୍ୱସ୍ତ ବିଧ୍ୱସ୍ତ ହୋଇ ଭାଙ୍ଗି ପଡୁଛି ଅନୁରାଧାର ସଂସାର। ଅନୁରାଧାର ଟିକି ପୁଅ ଝିଅ ଉଡିଯାଉଛନ୍ତି ପବନରେ। ଅସହାୟ ଭାବେ ଚିତ୍କାର କରୁଛି ଅନୁରାଧା ଅରୁଣ ଆଡକୁ ଚାହିଁ।

ଅରୁଣ ଦେଖୁଛି ଘୂର୍ଣ୍ଣି ବଳୟକୁ। ଘୂର୍ଣ୍ଣି ବଳୟରେ ଉଡିଯାଇଥିବା ତା ସଂସାରକୁ। ତାର ଟିକିଟିକି ପୁଅ ଝିଅକୁ। ଅନୁରାଧା ତା ହାତକୁ ଧରି ରଖିବାକୁ ଚେଷ୍ଟା କରୁଛି। ହେଲେ ପବନରେ ତୀବ୍ର ଗତିରେ ସେ ବି ଟାଣି ହୋଇଯାଉଛି ଝର୍କା ଦେଇ ବାହାରକୁ।

ଆହା, ବିଚାରୀ ଅନୁରାଧା, କି ଆର୍ତ୍ତ ଚିତ୍କାର କରୁଛି ଭୟରେ। ତା ଉଡିଯାଇଥିବା ଧ୍ୱସ୍ତ ବିଧ୍ୱସ୍ତ ସଂସାରକୁ ଦେଖି ବିଚାରୀ କଂପି ଉଠୁଛି କୋହରେ। ଚିତ୍କାର କରି ଚାଲିଛି ପାଗଳୀ ଭଳି। ସେ ଯଦି ବିଶାଳାକ୍ଷ ଭଳି ଟିକିଏ ଆଗରୁ ଜାଣି ପାରିଥାନ୍ତା ପୃଥିବୀରେ ପ୍ରବଳ ଝଡ ବୋହିବ ବୋଲି ସେ ଝର୍କା କବାଟକୁ ଜୋର କରି ଶିକୁଳି ଦେଇ ବନ୍ଦ କରି ଦେଇଥାନ୍ତା। ପୁଅ ଝିଅଙ୍କୁ ଖଟରେ ଘୋଡେଇ ଘାଡେଇ ଶୁଆଇ ଦେଇଥାନ୍ତା। ଝଡ ପବନଠୁ ନିରାପଦ ଦୂରତାରେ। ଅରୁଣକୁ ସେ ଜାବୁଡି ଧରିଥାନ୍ତା ଓ ପବନରେ ଉଡିଯିବାକୁ ଜମାରୁ ଦେଇନଥାନ୍ତା। ଖାଲି ଯଦି ସିଏ ଟିକିଏ ଆଗରୁ ଝଡର ପ୍ରାକ୍ ସୂଚନା ବିଶାଳାକ୍ଷ ଭଳି ପାଇଥାଆନ୍ତା।

ହେଇ ସେଦିନ ବିଶାଳାକ୍ଷ ଅନୁରାଧାକୁ ପୁରୀ ସମୁଦ୍ର କୂଳରେ ଭେଟିଥିଲା। ଅନୁରାଧା, ସେଇ ପିଲାଳିଆ ଝିଅ ଅନୁରାଧା । ଅନୁରାଧା ସେଦିନ ଅନେକ ଗପିଲା। ତା ସଂସାର ବିଷୟରେ। ଅରୁଣ ବିଷୟରେ। ତାର ଟିକିଟିକି ପୁଅ ଝିଅଙ୍କ ବିଷୟରେ ତାର ଆନନ୍ଦ ବିଭୋର ଜୀବନ ବିଷୟରେ। ତା ପୁଅ, ଝିଅ, ସ୍ୱାମୀଙ୍କୁ ନେଇ ତାର ସଂସାର କିପରି ସୁଖରେ ଚାଲିଛି ସେ ବିଷୟ ମଧ୍ୟ କହିଲା। ଭଗବାନଙ୍କ ପାଖରେ ବି କୃତଜ୍ଞତା ଜଣାଇଲା। ତାକୁ ସବୁକିଛି ଦେଇଥିବା ପାଇଁ। ଅରୁଣ କେମିତି ପିଲାଙ୍କ ଭଳି ତାକୁ ଦିନରାତି ଚବିଶ ଘଣ୍ଟା ନିବିଡ଼ ଭାବେ ଭଲ ପାଉଛନ୍ତି ସେ ବିଷୟ କହିଲା। ଅରୁଣ ଜୀବନରେ ଆସିବା ଦିନଠାରୁ କେମିତି ତା ଜୀବନରେ ଅବର୍ଣ୍ଣନୀୟ ପ୍ରେମ ଭରି ଦେଇଛନ୍ତି, ସେ କଥା କହି ଆମ୍ଭ ଗଦ୍‌ଗଦ୍ ହୋଇ ପଡୁଥିଲା। ଆଖିରୁ ଝଲସି ଆସୁଥିଲା ଗଭୀର ଆତ୍ମ ତୃପ୍ତିର ଝଲକ, ପ୍ରେମରେ ଉବୁଟୁବୁ ହେଉଥିବା ଅନୁଢ଼ା ତରୁଣୀ ଭଳି।

ବିଶାଳାକ୍ଷର ଅଧ୍ୟାପକ ଜୀବନ, ତାର ରିସର୍ଚ୍ଚ ପେପର, ଗବେଷଣା ଏବଂ ସେ ଗଲା ପରେ ବିଶାଳାକ୍ଷ କଣ କଣ ସବୁ କରୁଛନ୍ତି ସେ ସବୁ ବିଷୟ ଅନୁରାଧା ପଚାରି ବୁଝିଲା। ସେ ତାଙ୍କର ମନେ ପଡେ କି ନାହିଁ ତାହା ବି ପଚାରି ବୁଝିଲା। ତାଙ୍କ ଭିତରେ କଟିଥିବା ଛୋଟଛୋଟ ପ୍ରେମମୟ ମୁହୂର୍ତ୍ତ। ଭାବାବେଗ ଆଉଟୁ ପାଉଟୁ କ୍ଷଣ ଗୁଡିକ କଣ ବିଶାଳାକ୍ଷ ମନେ ପକାନ୍ତି ବୋଲି ପଚାରି ବୁଝିଲା। ଦୁହେଁ ଏକାଠି ଆଗ ଭଳି ସମୁଦ୍ର ବାଲିରେ ଅନେକ ସମୟ ଚାଲି ଚାଲି ବୁଲିଲେ। ଅଧା ଆଣ୍ଠୁ ପର୍ଯ୍ୟନ୍ତ ଶାଢୀକୁ ଟେକିଦେଇ ସମୁଦ୍ର ପାଣିରେ ପଶି ସମୁଦ୍ର ଢେଉକୁ ଚାହିଁ ରହି ଅନୁରାଧା ଅହେତୁକ ଆନନ୍ଦରେ କୁରୁଳି ଉଠିଥିଲା। ଛୋଟ ପିଲାଟି ଭଳି ବାଲିରେ ଧାଇଁ ଧାଇଁ ଅନୁରାଧା ବାଲି କଙ୍କଡା ଧରୁଥିଲା ଏବଂ ବିଶାଳାକ୍ଷ ହାତରେ ଗୁଂଜି ଦେଉଥିଲା। ବାଲିରେ ବିଶାଳାକ୍ଷକୁ ଜୋର କରି ଟାଣି ନେଇ ବସେଇ ଦେଇ, ବାଲି ଭିତରେ

ବିଶାଳାକ୍ଷର ଗୋଟାଏ ଗୋଡ ଓ ତା'ର ଗୋଟିଏ ଗୋଡ ରଖି ଆଗଭଳି ବାଲି ଘର ତିଆରି କରୁଥିଲା ଦୁଇ ହାତ ପାପୁଲିରେ ବାଲିକୁ ବାଡେଇ ବାଡେଇ। ଅବର୍ଣ୍ଣନୀୟ ସେ ଅପସୃୟ ମୁହୂର୍ତ୍ତ ଗୁଡିକର ଆକସ୍ମିକ ପ୍ରତ୍ୟାବର୍ତ୍ତନ।

ହେଲେ ବିଚାରୀ ଯଦି ଟିକିଏ ଆଗରୁ ଜାଣିପାରିଥାଆନ୍ତା ପୃଥିବୀରେ ଏମିତି ଭୀଷଣ ଭୟାବହ ଝଡ ବୋହିବ ବୋଲି ...... !!!

ତାପରେ ସେମାନେ ରିକ୍ସାରେ ବସି ଅନେକ ସମୟ ସହର ବୁଲିଲେ। ରିକ୍ସାରେ ବୁଲିଲାବେଳେ ବାରମ୍ବାର ଆଗଭଳି ତା କାନ୍ଧରେ ମୁଣ୍ଡ ରଖି ଦେଉଥିଲା ଅନୁରାଧା। ହେଲେ ପରମୁହୁର୍ତ୍ତରେ ଘୁଂଚେଇ ନେଉଥିଲା। ଏକାଠି ପାଖାପାଖି ସିନେମା ହଲ୍‌ରେ କୋଣ ସିଟ୍‌ରେ ପାପୁଲି ଉପରେ ପାପୁଲି ରଖି ଆଗଭଳି ସିନେମା ଦେଖିଲେ। ପୁଣି ଥରେ ସ୍ପଷ୍ଟ ଭାବେ ବାରି ହୋଇ ପଡୁଥିଲା ଜଣକୁ ଆର ଜଣଙ୍କର ଉଷ୍ମତା। ଛୋଟ ପିଲାଟି ଭଳି ଅନେକ ପ୍ରଶ୍ନ ପଚାରି ବସିଥିଲା ଅନୁରାଧା। ଯେମିତି ଛୋଟ ପିଲାଟିଏ ଅନେକ କିଛି ଅବାନ୍ତର ପ୍ରଶ୍ନ ପଚାରି ତାମନରେ କୌତୁହଳ ମେଣ୍ଟାଇବାରେ ଲାଗିଛି।

ବିଶାଳାକ୍ଷ ନିଜ ଭିତରେ ଅସହିଷ୍ଣୁ ହୋଇ ପଡୁଛି। କେତେ ଖୁସିରେ କେତେ ସୁଖରେ ଅଛି ଅନୁରାଧା! କେତେ ଆନନ୍ଦ! କେତେ ସହଜ ଭାବେ ତା ସଂସାରର ପରିଧିରେ ବୁଲି ଚାଲିଛି। ତା ପିଲାଝିଲାଙ୍କୁ ଓ ତା ଅରୁଣକୁ ନେଇ। ଆହା ବିଚାରୀ ଅନୁରାଧା ଯଦି ଟିକିଏ ଆଗରୁ ଜାଣିପାରିଥାନ୍ତା ପୃଥିବୀରେ ଭୟାବହ ଝଡ ବୋହିବ ବୋଲି ----

ଅନୁରାଧା କହେ ଅରୁଣ ଭାରି ଭଲଲୋକ। ତାକୁ ପ୍ରେମରେ ଉବୁଟୁବୁ କରି ବାନ୍ଧି ରଖିଛି। ବିଶାଳାକ୍ଷ ମଧ୍ୟ ପରଖିଛି ଅରୁଣର ସୁନ୍ଦର ବ୍ୟକ୍ତିତ୍ୱକୁ। ବେଶ୍ ଖୁସି ମିଜାଜର ଲୋକ ଅରୁଣ। ମିଶାଣିଆ ତା' ପାଖରେ ବସିଲେ ହସେଇ ହସେଇ ବେଦମ କରିଦେବ। ବର୍ଷରେ କେତେଦିନ ବିଶାଳାକ୍ଷ ଉଭୟଙ୍କ ସାଥିରେ କଟେଇଛି। ଅନୁରାଧାର ପୁଅ ଆଉ ଝିଅ ତାକୁ "ବିଶାଳ ଅଙ୍କଲ" ଡାକିଲା ବେଳେ ସେମାନଙ୍କୁ କୋଳରେ ଧରି ସେ ବୋକ ଦେଇଛି। ଛାତିରେ ଜଡେଇ ଧରି କ୍ୟାଡ୍ ବରୀଜ ଚକ୍‌ଲେଟ୍ ଦେଇଛି। ଅରୁଣ ଆଉ ଅନୁରାଧା ସାଥିରେ ପିକ୍‌ନିକ୍ ଯାଇଛି। କଫିବାରରେ କଫି ପିଇଛି।। ଏକାଠି ଫିଲ୍ମ ଯାଇଛି।

ଅରୁଣ ସାଥିରେ ଖୁବ୍ ଗପ ଜମେ। ରାଜନୈତିକ ପରିସ୍ଥିତିଠାରୁ ଆରମ୍ଭ କରି ବଜାର ଦର ପର୍ଯ୍ୟନ୍ତ। ଖୁବ୍ ଛୋଟ ବିଷୟ ଉପରେ ଖୁବ୍ ବଡ ବଡ ଭାଷଣ ଦେଇପାରେ ଅରୁଣ। ସଂଧ୍ୟାବେଳେ ଜନଗହଳି ଭିତରେ। ପାର୍କରେ ଦୁହେଁ ଚାଲିଚାଲି ବୁଲିଲା ବେଳେ ଅରୁଣ ପାଟିରୁ ଅନର୍ଗଳ ବାହାରି ଚାଲିଥାଏ ବିଭିନ୍ନ କଥା ଅବାରିତ ଭାବେ। ଅନୁରାଧା କହେ ଅରୁଣର ପାଟି ବନ୍ଦ ହେବାର ସେ କେବେ ଦେଖିନାହିଁ।

ଆହା ବିଚାରୀ ଅନୁରାଧା ସେ ଯଦି ଟିକିଏ ଆଗରୁ ଜାଣିପାରିଥାନ୍ତା। ଝଡ ଆସୁଛି ବୋଲି .... ?

ଅଧ୍ୟାପକ ବିଶାଳାକ୍ଷ। ଇଂରାଜୀ ଅଧ୍ୟାପକ। ଗୋଟାଏ ରାତିରେ ହଠାତ୍ ଅଲୌକିକ ଶକ୍ତିର ଅଧିକାରୀ ହୋଇଯାଇଛି। ଅଦ୍‌ଭୂତ ଅନୁଭୂତି ତା' ଭିତରେ ଜାତ ହୋଇଛି। ସେ ଝଡର ପ୍ରାକ୍ ସୂଚନା ପାଇପାରୁଛି। ପୃଥିବୀରେ ବୋହୁଥିବା ଝଡର ଭୟାବହତା କୁ ସେ ଅନେକ ଆଗରୁ ଅନୁଭବ କରିପାରୁଛି। ବାହାର ପୃଥିବୀରେ ଆଉ ମଣିଷ ଭିତରେ ବୋହୁଥିବା ଝଡକୁ ସେ ଖୁବ୍ ଭଲ ଭାବରେ ହୃଦୟଙ୍ଗମ କରିପାରୁଛି। ସେ ଆଗରୁ ଜାଣିପାରୁଛି କେତେ ବେଗରେ ପବନ ବୋହିବ। ଝଡର ତୀବ୍ରତା କେତେ ହେବ ସେ ଅନୁଭବ କରିପାରୁଛି। ଝଡର ବିଭିଷୀକାରେ ପୃଥିବୀରେ ସବୁ ଓଲଟ ପାଲଟ ହୋଇଯାଉଛି। ସେ ଦେଖିପାରୁଛି ପବନ ବେଗରେ ଭାଙ୍ଗିରୁଜି ଯାଉଥିବା ପୃଥିବୀକୁ। ସେ ଅନୁଭବ କରିପାରୁଛି ଝଡ କବଳରେ ଅନୁରାଧାର ଅସହାୟତାକୁ। ଝର୍କା ବାଟ ଦେଇ ପବନର ତୀବ୍ର ବେଗରେ ଟାଣି ହୋଇଯାଉଥିବା ତା ସ୍ୱାମୀ ହସଖୁସି ମଜାଦାର ଅରୁଣକୁ। ଝଡରେ ଉଡିଯାଉଥିବା ତାର ଛୋଟ ପୁଅ ଓ ଛୋଟ ଝିଅକୁ। ସଂସାରକୁ ଧରି ରଖିବାକୁ ବିଚାରୀ ଅନୁରାଧାର ଅସହାୟ ପ୍ରୟାସକୁ। ଧ୍ୱସ୍ତବିଧ୍ୱସ୍ତ ତାଙ୍କ ସଂସାରକୁ ସେ ସ୍ପଷ୍ଟ ଭାବେ ଦେଖିପାରୁଛି।

ଆହା ବିଚାରୀ ଅନୁରାଧା। ଯଦି ତା ଭଳି ଝଡର ସୂଚନା ସେ ଆଗରୁ ପାଇ ପାରିଥାନ୍ତା ..... ?

ବିଶାଳାକ୍ଷ ଝର୍କା ବାହାରକୁ ଚାହିଁଲା। ପୃଥିବୀ ଉପରେ ଭୟାବହ ଝଡ ବୋହି ଚାଲିଛି। ମଣିଷ ଭିତରେ ବି ଅଣଚାସ ବୋହୁଛି। ବାହାରେ ଝଡ ଭିତରେ ବି ଝଡ। ଅରୁଣ ଆଉ ଅନୁରାଧାମାନେ ପ୍ରବଳ ପବନରେ ଉଡିଯାଉଛନ୍ତି। ତାଙ୍କ ସଂସାର ସବୁ ଧ୍ୱସ୍ତ ବିଧ୍ୱସ୍ତ ହୋଇ ଯାଉଛି। ପବନ ସାଥିରେ, ଘୂର୍ଣ୍ଣିସାଥିରେ ଉଡିଯାଉଛି ଜୀବନର ଅନେକ ସୁନେଲି ରୂପେଲି ସ୍ୱପ୍ନ।

ବିଶାଳାକ୍ଷ ଦେଖିପାରୁଛି ଧ୍ୱଂସର ବିଭିଷୀକା। ଗଛ ସବୁ ପବନରେ ଉପୁଡି, ରାସ୍ତାରେ ପଡିଛି। ଘର ଛପର ଉଡିଯାଇଛି। ରାସ୍ତା ପାଖରେ ହୋର୍ଡିଂ ସବୁ ମୋଡି ହୋଇ ପଡିଛି। ଆସବାବ ପତ୍ର ଉଡି ଉଡି ଆସି ବାହାରେ ରାସ୍ତାରେ ପଡିଛି। ଭାଙ୍ଗି ପଡିଥିବା ଗଛତଳେ, ଗାଡି, ମଟର, ଝାଟିମାଟି ଘର, ମଣିଷ ଆଉ ସଂସାର। ରାସ୍ତାରେ ଗୋଳି ପାଣି ସୁଅ ବଢନ୍ତା ନଦୀ ଭଳି କ୍ଷୀପ୍ର ବେଗରେ ବୋହିଚାଲିଛି। ତା ସାଥିରେ ଭାସିଯାଉଛି ଅନେକ କିଛି। ସମୁଦ୍ରରେ ଜୁଆର, ଉଦ୍‌ବେଳିତ ଢେଉ କୂଳରେ ମଥା ପିଟୁଛି। ବିଶାଳାକ୍ଷ ଝର୍କା

ବାଟେ ମୁଣ୍ଡ ବାହାରକୁ କଲା। ଦି' ହାତ ପାପୁଲିକୁ ଯୋଡି ପାଟି ପାଖରେ ଦେଇ ଖୁବ୍ ଜୋରରେ ଚିତ୍କାର କଲା।

ହେ ଲୋକମାନେ--- ପୃଥିବୀରେ ଝଡ ବୋହୁଛି ଝଡ, ମଣିଷ ଭିତରେ ବି ଝଡ ବୋହୁଛି ଝଡ। ସାବଧାନ ହୁଅ ଭିତରେ ଝଡ ବାହାରେ ଝଡ..... ନିଜକୁ ନିଜ ସଂସାରକୁ ଏ ଭୟାବହ ଝଡରୁ କିପରି ବଂଚେଇବ ସେ ବିଷୟରେ ଚିନ୍ତା କର। କ୍ଷୟ କ୍ଷତିରୁ ନିଜ ନିଜକୁ ରକ୍ଷା କର....

ତା ପରେ ସେ ଖୁବ୍ ଚିତ୍କାର କରି ପାଖରେ ଶୋଇଥିବା ସ୍ତ୍ରୀ ନିରୁକୁ ଡାକିଲା। ନୀରୁ ... ନୀରୁ.. ନୀରୁ... ଉଠ ... ଦେଖ କେମିତି ବାହାରେ ଭିତରେ ଚାରିଆଡେ ଭୀଷଣ ଝଡ ବୋହୁଛି। ଖୁବ୍ ଜୋରରେ ପାଖକୁ ଭିଡି ଆଣି ନୀରୁକୁ ଜାବୁଡି ଧରିଲା ବିଶାଳାକ୍ଷ। ନୀରୁ ହକାବକା ହୋଇ ଉଠି ବସିଲା। ଅଧା ନିଦରେ, ଅଧା ଭୟାର୍ତ୍ତ ଅନୁଭବରେ। ନୀରୁକୁ ଜାବୁଡି ଧରି ଅହେତୁକ ଉତ୍ତେଜନାରେ ବିଶାଳାକ୍ଷ ପାଗଳ ଭଳି କହି ଚାଲିଥାଏ। ନୀରୁ   ଶୋଇଛୁ କଣ ? ଉଠ ହେଃ ଜଲ୍‌ଦି ଉଠ। ଦେଖ ପୃଥବୀରେ କେମିତି ଭୟାବହ ଝଡ ବୋହୁଛି। ଭୀଷଣ ଝଡ। ମଣିଷ ଭିତରେ ଝଡ।। ବାହାରେ ଝଡ। ମୁଁ ଠିକ୍ ଅନୁଭବ କରିପାରୁଛି ନୀରୁ ଝଡର ଶବ୍ଦ। ... ଠିକ୍ ଭାବେ ଶୁଣିପାରୁଛି ପବନର ହୁ ହୁ ଘୋ ଘୋ ଶବ୍ଦ। ସବୁକିଛି ଭାଙ୍ଗି ରୁଜି ପଡିଥିବାର ସଂଗୀତ। ବିଚାରୀ ଅନୁରାଧା। ସେ ଯଦି ଆଗରୁ ଜାଣିପାରିଥାନ୍ତା ଝଡ ବୋହିବ ବୋଲି ଏତେ ବଡ କ୍ଷତିରୁ ସେ ବଂଚି ଯାଇଥାନ୍ତା।

ହେଲେ ନୀରୁ! ବିଶାଳାକ୍ଷ ଠିକ୍ ଭାବେ ଆଗରୁ ଜାଣିପାରୁଛି ଝଡର ସୂଚନା। ସେ କେବେହେଲେ ତା ସଂସାର ଭିତରେ ଝଡ ବୋହିବାକୁ ଦେବନି। ପବନରେ, ଅଣଚାସରେ ଉଡି ଯିବାକୁ ଦେବନି ତାର ସଂସାରକୁ।

ବିଶାଳାକ୍ଷ ଉତ୍ତେଜନାରେ ଥରୁଥିଲା। ତା' ପରେ ସେ ନୀରୁକୁ ଜୋରରେ ଛାତି ଉପରେ ଜଡେଇ ଧରିଲା ଓ ନିବିଡ ଭାବେ ମୁହଁରେ, ଓଠରେ, ଗାଲରେ, କପାଳରେ ଜୋର ଜୋର ଚୁମା ଦେବାକୁ ଲାଗିଲା। ନୀରୁ କିଛି ବୁଝି ନପାରିଲା ଭଳି ହକାବକା ହୋଇ ବିଶାଳକ୍ଷକୁ ଭୟାର୍ତ୍ତ ଆଖିରେ କରୁଣ ଭାବେ ଚାହିଁ ରହିଥିଲା। ସେ କିଛି ଯେମିତି ବୁଝି ପାରୁନଥିଲା।

ପୃଥିବୀ ବାହାରେ ଝଡର ଶବ୍ଦ, ଆଉ ବିଶାଳାକ୍ଷ ହୃଦୟ ଭିତରେ ବୋହୁଥିବା ଝଡର ଶବ୍ଦ ଏକ ହୋଇ ଯାଉଥିଲା।

■■

ମଧ୍ୟରାତ୍ରି ଓ ଜହ୍ନ

ସକାଳ:

ସକାଳଟା ନିହାତି ଅଭଦ୍ର। ଆସିଲେ କୁତୁକୁତୁ କରି ଖେଳେଇ ହେବ। ଘରଦ୍ୱାର, ଗଳିକନ୍ଦି, ଶାର୍ଟ, ଗଞ୍ଜି, ଆଖି, ନାକ ସବୁରି ଉପରେ ନିର୍ଲଜ୍ଜଭାବେ ଗୁଡ଼େଇ ତୁଡ଼େଇ ହୋଇ କହିବ- ହେଇ ମୁଁ ଆସିଗଲି। ତମ ଉପରେ ଅତ୍ୟାଚାର ଆରମ୍ଭ କଲି। ତମ ବ୍ୟକ୍ତିଗତ ଘଟଣାବଳୀ ଖୋଲିଯିବ। ତମ ସ୍ୱରୂପ ଆଲୋକରେ କେମିତି ଦାଉଦାଉ ଦିଶୁଛି। ତମେ କାହିଁକି ଏମିତି ଝାଳେଇ ଯାଉଛ ? ଆଲୋକରେ ତୁମ ନିଜ ରୂପ ଦେଖି ହଡ଼ବଡ଼େଇ ଯାଉଛ। ଦେଖ- ଫୁଲମାନଙ୍କୁ ଦେଖ। ଦେଖ- ଗଛମାନଙ୍କୁ ଦେଖ, ପକ୍ଷୀମାନଙ୍କୁ ଦେଖ, ସେମାନେ ହସୁଛନ୍ତି। ହେଲେ ତମେ କାହିଁକି ଭୟରେ ନାଲି ପଡ଼ିଯାଉଛ ?

ମୁଁ ସକାଳକୁ ଘୃଣା କରେ। ତା'ର ସବୁ ନିଅ, ସବୁ ଦେଖ, ସବୁ ଖୋଲି ଦିଅ ଭାବ ମତେ ଭଲ ଲାଗେନି। ମୁଁ ଚିତ୍କାର କରେ। ହେ ସକାଳ ତମେ ଫେରିଯାଅ। ମୁଁ

ଶୋଇବାକୁ ଚାହେଁ। ଗଭୀର ନିଦରେ ନିର୍ଲିପ୍ତ ଭାବେ। ତୁମେ ଆଉ ଗୋଟ ଦିନର ଯନ୍ତ୍ରଣା, ମୋ ଉପରେ ଲଦି ଦିଅନି। ତମେ ବରଂ ଫେରିଯାଅ। ସେ ହିଁ ହିଁ ହସେ। ପରଦା ଠେଲି ଜବରଦସ୍ତ ରୁମ୍ ଭିତରେ ଧସେଇ ପଶେ। ଭଙ୍ଗା ଟେବୁଲ ଉପରେ ବସେ। ଦଉଡ଼ିଆ ଖଟ ଉପରେ ବସି ମତେ ଉପହାସ କରେ। ସେ ଆଲମାରୀ ଫାଙ୍କରେ ପଶେ। ଅଳନ୍ଧୁ ଭିତରେ ବୁଲେ। ମୋ ଆତ୍ମଗର୍ବର ଖୋଳକୁ ଟାଣି ଓଟାରି ବାହାର କରିଦିଏ। ଉପହାସ କରେ- ଦେଖ, ଦେଖ କି ସୁନ୍ଦର ଦିଶୁଛ। କି ବିଭତ୍ସ ଦିଶୁଛ! ଖୋଲି ଯାଉଛି ବୃଥା ଦମ୍ଭ। ଖସି ଯାଉଛି ଆତ୍ମସମ୍ମାନ ବୋଧ, ମିଛ ଆସ୍ଫାଳନ, ଆଖି ଖୋଲି ଆଲୁଅରେ ନିଜକୁ ଦେଖ। କେତେ ନାରଖାର ହେଲଣି। କେତେ ଦିନ ଏମିତି ଛଳନା କରିବ!

ମୋ ଆଗରେ ମୋ ସଂସାରର ପ୍ରାଚୁର୍ଯ୍ୟ। ମୋର ଦାରିଦ୍ର୍ୟ, ମୋ ଆହତ ପୌରୁଷ। ମୁଁ ଯନ୍ତ୍ରଣାରେ ଛଟପଟ ହୁଏ। ଆଲୁଅକୁ ଦେଖିବାର ଶକ୍ତି ମୁଁ ଅନେକ ଦିନୁ ହରେଇ ବସିଛି। ମୁଁ ଉଠେ, ଦୁଆର ବନ୍ଦ କରିଦିଏ। ଝରକା ବନ୍ଦ କରିଦିଏ। ସ୍କାଇଲାଇଟ୍‌ରେ କାଗଜ ଲଗେଇଦିଏ। ଚିତ୍କାର କରେ। "ମଜା ପାଉଥା ଆଉ କେମିତି ଆସିବୁ ଆ"। ସେ ଝରକା ଫାଙ୍କରେ ପଶିଆସି ମୋ ମୁହଁରେ ପଡ଼େ। ହସି ହସି କହେ ନାନ୍ୟ ପନ୍ଥା। ଆଲୁଅରେ ନିଜକୁ ଦେଖିବା ଶିଖ। ନିଜ ବ୍ୟକ୍ତିତ୍ୱକୁ ପରଖ। ଆଲୁଅକୁ ଭଲ ପାଅ। ନିଜକୁ ଚିହ୍ନ।

ମୋ ଆଖି କରୁଣ ହୋଇଆସେ। ଲୁହ ଡବଡବ ଆଖିରେ ଅସହାୟଭାବେ ତାକୁ ଚାହିଁରହେ। ସେ ହସେ ବିଜୟର ହସ। ପ୍ରତିଶୋଧର ହସ। ମୁଁ ଝରକା ଦୁଆର ଖୋଲିଦିଏ। ସେ ଆସୁ, ପ୍ରଚୁର ଭାବେ ଆସୁ। ମୋ ଦାରିଦ୍ର୍ୟକୁ ପଦାରେ ପକେଇ ଦେଉ। ମୋ ଗର୍ବ ଦମ୍ଭକୁ ଦଳି ଚକଟି ଧୂଳିସାତ୍ କରିଦେଉ। ବଞ୍ଚିବାର ପାଥେୟ ଟିକକ ଛଡ଼େଇ ନଉ। ମୁଁ ବାହାରକୁ ଆସେ। ବାହାରେ ସକାଳର ଖରା ବିଛେଇ ହୋଇ ପଡ଼ିଥାଏ।

ମଧ୍ୟାହ୍ନ

ଘଣ୍ଟାରେ ଦଶଟା ବାଜେ। ନିଜ ହାତରେ ନିଜେ ରାନ୍ଧିଥିବା ଭାତମୁଠାକୁ ନାକରେ କାନରେ ଗୁଞ୍ଜିଦେଇ ପୁରୁଣା ସ୍କୁଟର ସାଥିରେ ଘଣ୍ଟାଏକାଳ ଧସ୍ତାଧସ୍ତି କଲାପରେ ଅଫିସ୍‌ରେ କୋଡ଼ିଏ ପଚିଶ ମିନିଟ୍ ଡେ଼ରିରେ ପହଞ୍ଚି ହୁଏ। ତାପରେ ଆରମ୍ଭ ହୁଏ ଅଫିସ୍- ବଡ଼ବାବୁ, ଟେବୁଲ ଉପରେ ମୋ ଅସାବଧାନତାରୁ ଢଳି ଯାଇଥିବା ଅନେକ ଦିନରୁ ଶୁଖିଲା ସ୍ୟାହି ଦାଗ। ଘୋରି ହୋଇଯାଇଥିବା କଲମ, ସେଇ କାଠ ଚୌକି, ସବୁ ସେଇସେଇ ଫାଇଲ, ସେଇ ଆଲମିରା, ସେଇ ବକ୍ସି

ମାଇଚିଆ ପିଅନ, ସେଇ ମେକଅପ୍ ନେଇଥିବା ଲିଲି ଦାସ। ଗତ ରାତ୍ରିରେ ଦେଖିଥିବା ଫିଲ୍ମରେ ଫାଇଟିଂ ଦୃଶ୍ୟ ଅନର୍ଗଳ ଭାବେ କହି ଚାଲିଥିବା କିରାଣି ଦୁର୍ଯ୍ୟୋଧନ। ଜୀବନ ଗୋଟେ ଶଗଡ଼ଗୁଳା ...। ଧରାବନ୍ଧା। କିଛି ନୂଆପଣର ସମ୍ଭାବନା ରହିତ ଏକ ଚଲାପଥ। ଏମିତିକି ସଂଘର୍ଷଗୁଡ଼ିକ ବି ଘଷରା। ହେଇ ଟିକକ ପରେ ଉପର ହାକିମ ଆସିବେ। ଫାଇଲ୍ ଫାଇଲ୍ ଚିତ୍କାର କରିବେ। ଆଉ ମାଇଚିଆ ପିଅନ ବକ୍ସିର ଚାହା ଆଣ, ଧାଆଁ ଧଉଡ଼ ଭିତରେ ବଡ଼ବାବୁଙ୍କ ଆନୁଗତ୍ୟ କର୍ତ୍ତବ୍ୟ ପରାୟଣତା ଫୁଟିଉଠିବ। ଏଇଟା ନୁହେଁ ସେ ଆର ଫାଇଲଟା ଆଣ ଭିତରେ ବଡ଼ବାବୁଙ୍କ କର୍ମତତ୍ପରତା ଫୁଟି ଉଠିବ। ମୁଁ ଫେରି ଆସିବି। ତିରିଶଟା ଫାଇଲ ତଳୁ ଫାଇଲ ଭିଡ଼ି ଆଣି କାଖରେ ଜାକି ମାଷ୍ଟ୍ର ଭୟରେ ବହି ବସ୍ତାନି ଧରି ଦଉଡ଼ୁଥିବା ସ୍କୁଲ ପିଲା ଭଳି ମୁଁ ଧାଇଁବି। ଆଉ ଫାଇଲର ଲୋକ ଫେରିଯିବ। ନିତାନ୍ତ ଅନିଚ୍ଛା ସତ୍ତ୍ୱେ ବଡ଼ବାବୁଙ୍କ ପକେଟ୍ ଫୁଲୁକା ଦିଶିବ। ମୁଁ ପୁଣି ଫେରି ଆସିବି ସେଇ ଚୌକି, ସେହି ସ୍ୟାହିଦାଗ ଲଗା ଟେବୁଲ ଉପରକୁ। ମଝି ଆଙ୍ଗୁଠି ଆଉ ବିଶି ଆଙ୍ଗୁଠି ଭିତରେ ଦନ୍ତୁଡ଼ା କଲମ ଜାବୁଡ଼ି ଧରି ମୁଁ ପୁଣି ଲେଖି ଚାଲିବି ମୋ ଆନୁଗତ୍ୟର ନିତି ଦିନିଆ ଇସ୍ତାହାର। ଠିକ୍ ଏତିକିବେଳେ ଫାଦର୍ ଚର୍ଚ୍ଚ କବାଟ ଖୋଲି ଭିତରେ ପଶିବେ। ମୁଁ ଚାହିଁ ରହିଥିବି ସେଇ ସୁଗଠିତ ବିଶାଳ ତେଜୋଦୀପ୍ତ ଗୌର ତନୁଶ୍ରୀଙ୍କୁ। ମୁଣ୍ଡର ସଜଡ଼ା କେଶର ଭାଙ୍ଗକୁ। ଫାଦରଙ୍କ ଆଖିଥିବ ଅର୍ଦ୍ଧ ନିମିଳିତ। ଭିତରେ ଯିଶୁଙ୍କ ଧଳା କୃଶବିଦ୍ଧ ମୂର୍ତ୍ତି ଆଗରେ ଲୋକ ଭିଡ଼ ହୋଇଥିବେ। ମିସେସ୍ ଫ୍ରାଙ୍କଲିନ୍, ମିଷ୍ଟର ବେଞ୍ଜାମିନ୍, ଷୋହଳ ବୟସୀ ସୋଫିଆ ଓ ଆହୁରି ଅନେକ। ଫାଦର ବାଇବେଲ ଖୋଲି ଉଚ୍ଚ ସ୍ୱରରେ ପାଠ କରିବେ। ଦେଖ, ମୁଁ ଠିଆ ହୋଇ ଦ୍ୱାରରେ ଆଘାତ କରୁଛି। ତହିଁରେ ଯେ କେହି ମୋର ରବ ଶୁଣି ଦ୍ୱାର ଫିଟାଇ ଦେବ। ମୁଁ ତା'ର ହୃଦୟରେ ପ୍ରବେଶ କରିବି। ଆପଣା ନିଧିରୂପ ଅନୁଗ୍ରହ ଅନୁସାରେ ଯିଶୁଙ୍କ ରକ୍ତରେ ଆମ୍ଭେମାନେ ପରିତ୍ରାଣ ଅର୍ଥାତ ପାପ ମୋଚନ ପାଇଁ ଯେବେ ଆପଣା ପାପ ସ୍ୱୀକାର କରୁ, ତେବେ ଈଶ୍ୱର ଆମ୍ଭମାନଙ୍କର ପାପ କ୍ଷମା କରିବାକୁ ଓ ସବୁ ଅଧର୍ମରୁ ଆମ୍ଭମାନଙ୍କୁ ପରିଷ୍କାର କରିବାକୁ ବିଶ୍ୱସ୍ତ ଓ ନ୍ୟାୟବାନ୍ ଅଟନ୍ତି। ତାପରେ ଆରମ୍ଭ ହେବ ପ୍ରାୟଶ୍ଚିତ୍ତ। ମିସେସ୍ ଫ୍ରାଙ୍କଲିନ୍ ଲଜ୍ଜାବନତ ମୁହଁକୁ ଆହୁରି ନୁଆଁଇ ଦେଇ ଥର ଥର କଣ୍ଠରେ କହିବେ ହେ ଯିଶୁ ମୋର ଧୃଷ୍ଟତା କ୍ଷମାକର ...। ଫାଦରଙ୍କ ପାଟିରୁ ଝରି ଆସୁଥିବା ବାଇବେଲ୍ର ପବିତ୍ର ବାଣୀ। ମିସେସ୍ ଫ୍ରାଙ୍କଲିନ୍ ସ୍ୱାମୀ ଥିବା ସତ୍ତ୍ୱେ ପରପୁରୁଷର ସଙ୍ଗ ଗ୍ରହଣ କରିବା ଦୋଷରୁ ମୁକ୍ତି ପାଇବେ। ମିଷ୍ଟର ବେଞ୍ଜାମିନ୍ ସ୍ମଗଲିଂ କରିବା ଅପରାଧରୁ ମୁକ୍ତ ହେବେ ଆଉ ସୋଫିଆର ବିବାହ ପୂର୍ବରୁ ଗର୍ଭପାତ ଦୋଷ ଦୂର ହେବ। ଆବିଳତାରେ ଘୋଡ଼ି ହୋଇଥିବା ମୁହଁରେ

ଫୁଟି ଆସିବ ପବିତ୍ରତାର ଆଭା। ଫାଦର ଲୁଣିଆ ଝାଳ ଜୁଡୁବୁଡୁ ଆପ୍ରନ୍ ଖୋଲିବେ। ରୁମାଲରେ ମୁହଁ ପୋଛି ବାହାରି ଆସୁଆସୁ ତାଙ୍କ ପାଟିରୁ ବାହାରି ଆସିବ "ହେ ପ୍ରଭୁ! ଏମାନଙ୍କୁ କ୍ଷମା କର। ଅଜ୍ଞାନଯୁକ୍ତ ହୋଇ ଏମାନେ କ'ଣ କରିଯାଉଛନ୍ତି ତାହା ଜାଣିପାରୁ ନାହାନ୍ତି"। ଫାଦରଙ୍କୁ ଦେଖିଲେ ଦୟା ଲାଗେ। ତାଙ୍କ ବୁଦ୍ଧିଦୀପ୍ତ ଆଖିକୁ ଦେଖିଲେ ସମବେଦନା ଆସେ। ଫାଦର ତମେହିଁ ଜଣେ ମଣିଷ, ଯିଏ ସମସ୍ତଙ୍କୁ କ୍ଷମା ଦେଉଛି। କର୍ତ୍ତବ୍ୟ କରି ଚାଲିଛି। ତମ ମନରେ ଘୃଣା ନାହିଁ। ବିଦ୍ୱେଷ ନାହିଁ। ତମ ପାଟିରେ ସେଇ ଅମୃତମୟ ପଂକ୍ତି "ଭୁଲ ଆଉ ଠିକ୍ ସବୁ ସେଇ ମହାମହିମ ପ୍ରଭୁ ଯିଶୁ ହିଁ ବିଚାର କରିବେ"। ତମେ ଭୁଲିଯାଉଛ ଫାଦର୍ ବର୍ତ୍ତମାନ ଚାରିଆଡ଼େ ଗର୍ଭପାତ, ସେକ୍ସ, ବଳାତ୍କାର ନିହାତି ସାଧାରଣ।

ମିସେସ୍ ଫ୍ରାଙ୍କଲିନ୍ ନିଜ ସ୍ୱାମୀ ଥିବା ସତ୍ତ୍ୱେ ଅନ୍ୟର ସନ୍ତାନ ଧାରଣ କରିବା ସ୍ୱାଭାବିକ। ମିଷ୍ଟର ବେଞ୍ଜାମିନ୍ ସ୍ମଗଲିଂରେ ଅନେକ ଐଶ୍ୱର୍ଯ୍ୟ ଲାଭ ପରେ ଯିଶୁଙ୍କ ନିକଟରେ କ୍ଷମା ପ୍ରର୍ଥନା କରିବାରେ ଅପ୍ରାକୃତିକତା ଆଦୌ ନାହିଁ। ବିବାହ ପୂର୍ବରୁ ସୋଫିଆର ଗର୍ଭପାତ ଆଇନସମ୍ମତ। ଅତଏବ ଫାଦର ଆପଣ ପଛେଇଛନ୍ତି ନା ଆଗେଇଛନ୍ତି। ପଛେଇବାରେ ଯେତିକି ଯନ୍ତ୍ରଣା ଆଗେଇବାରେ ସେତିକି ଗ୍ଲାନି......।

ମଧ୍ୟରାତ୍ରି ଓ ଜହ୍ନ

ସନ୍ଧ୍ୟାବେଳେ ରୁଟିନ୍‌ଟା ନିହାତି ବାଜେ। ସ୍କୁଟର ଚଳେଇ ଚଳେଇ ସହରର ପ୍ରଧାନ ରାସ୍ତା ଓ ଛକମାନଙ୍କରେ ବୁଲିବା, ରିକ୍ସାରେ ଯାଉଥିବା କୌଣସି ତରୁଣୀ କିମ୍ବା ପ୍ରୌଢାର ସ୍ଥାନଚ୍ୟୁତ ଶାଢି ଦେଖି ନିର୍ଲଜ୍ଜ ଅଭିବ୍ୟକ୍ତି ଟାଣିବା କିମ୍ବା କୌଣସି ତରୁଣୀ ଦେହରେ ସ୍କୁଟର ଘଷି ଦେବା ବ୍ୟତୀତ ଆଉ କିଛି ବିଶେଷତ୍ୱ ପ୍ରାୟ ନଥାଏ। ନଚେତ୍ ଘରେ ବସି ବସି ଫୋନ୍‌ରେ ହ୍ୱାଟସ୍‌ଆପ୍, ଫେସ୍‌ବୁକ, ପୋର୍ଣ୍ଣକ୍ଲିପ୍, କ୍ରିକେଟ ମ୍ୟାଚ୍ ଅବା ଲକ୍ଷ୍ୟହୀନ, ଉଦ୍ଦେଶ୍ୟହୀନ ଚାଟିଂ। ତାପରେ ସେଇ ପରିତ୍ୟକ୍ତ ଘର, ରାତ୍ରିର ନୀରବତା, ପାଣିଚିଆ ରଙ୍ଗକରା କାନ୍ଥ, ପୁଣି ସେଇ ଦୃଶ୍ୟପଟ। ମୋ ନିଜ ସହରର ନିସ୍ୱତା କିମ୍ବା କୌଣସି ସିନେମା ହଲ୍‌ର ଅସ୍ୱସ୍ତିକର କୋଳରେ ନିଜକୁ ହଜେଇ ଦେବାର ଧରାବନ୍ଧା ଗତାନୁଗତିକତା, ଆଉ ହଠାତ୍ ମଧ୍ୟରାତ୍ରିରେ ନିଦ ଭାଙ୍ଗିଗଲେ ଆବୋରି ବସେ ନିଃସଙ୍ଗତା। ନିଃସଙ୍ଗ ଜୀବନର ନୀରବତା ସମସ୍ତ ସତ୍ତାକୁ ଘେରିଯାଏ, ନିଜକୁ ଚିହ୍ନିହୁଏ। ମଧ୍ୟରାତ୍ରିରେ ନଥାଏ ସକାଳର ଯନ୍ତ୍ରଣା ଅବା ଦ୍ୱିପ୍ରହରର ଗତାନୁଗତିକତା। ବରଂ ବିବସ୍ତ୍ର ଇଚ୍ଛା ସବୁ ଲମ୍ବା ଲମ୍ବା ଗୋଡ଼ ଓହଳେଇ ଝୁଲିପଡ଼ନ୍ତି ଛାତରୁ। ମୁଁ ଝରକା ବାହାରକୁ ଚାହେଁ। ପରଦା ଫାଙ୍କ ବାଟେ ଜହ୍ନ, ପଡ଼ିଆରେ ଜହ୍ନ, ପାହାଡ଼ରେ ଜହ୍ନ, ମୋ ମୁହଁରେ ଜହ୍ନ। ଜହ୍ନ ଆଲୁଅରେ ମୋ ହୃଦୟ ଆଲୋକିତ

ମନେହୁଏ। କିଛି ହଜିଗଲା କିଛି ରହିଗଲା। ପାଣିଚିଆ କାନ୍ଥରେ ଜ୍ୟୋସ୍ନାର ଜୁଆର ଖୁବ୍ ଭଲଲାଗେ। ମୁଁ ଦୁଆର ଝର୍କା ଖୋଲିଦିଏ। ପରଦା ଟେକିଦିଏ। ଜହ୍ନ ଆଲୁଅମାନେ ଆସନ୍ତୁ। ମନଇଛା ମୋ ଘର, ମୋ ଟେବୁଲ ଆଉ ମୋ ଉପରେ ଖେଳେଇ ଯାଆନ୍ତୁ। ସେ ନିରୀହ ଅତ୍ୟାଚାରରେ ବରଂ ସହଜରେ ବଞ୍ଚିହେବ। ସେଥିରେ ସକାଳର ଯନ୍ତ୍ରଣା, ଦ୍ୱିପ୍ରହରର ଗତାନୁଗତିକତା, ସନ୍ଧ୍ୟାର ଇଚ୍ଛାକୃତ ଅଶ୍ଳୀଳତା ନାହିଁ କିମ୍ବା ରାତିର ଖାଇ ଗୋଡ଼ାଉଥିବା ନିଃସଙ୍ଗତା ମଧ୍ୟ ନାହିଁ। ମୁଁ ଘରୁ ବାହାରି ଆସି ପଡ଼ିଆରେ ପାଦ ଦିଏ। ଦୂର ପାହାଡ଼ ଫାଙ୍କରେ ଜହ୍ନ ଉଙ୍କି ମାରୁଥାଏ। ଗଛ ପତ୍ରରେ ଚିକ୍ ଚିକ୍ ଜ୍ୟୋସ୍ନାର କିରଣ, ମୁଁ ଆକାଶକୁ ହାତ ଟେକିଦିଏ ଆଉ ଚିତ୍କାର କରେ "ହେ ଭଗବାନ ମତେ ମଧ୍ୟରାତ୍ରି ଓ ଜହ୍ନ ଆଲୁଅରେ ବଞ୍ଚିବାକୁ ଦିଅ। ମୁଁ ନିବିଡ଼ଭାବେ, ସହଜଭାବେ, ଛଳନାହୀନ ଭାବେ ବଞ୍ଚିବାକୁ ଚାହେଁ, ମଧ୍ୟରାତ୍ରିରେ ସୋରି ସୋରି ହୋଇ ଚାରିଦିଗରେ ବୁଣିହୋଇ ଯାଇଥିବା ତୋଫା ରଣୀଫୁଲ ପରି ବିଛାଡ଼ି ହୋଇ ପଡ଼ିଥିବା ଜହ୍ନ ଆଲୁଅରେ...।

ସେଇ ଏକା ଲୋକ, ସେଇ ଏକା ଯନ୍ତ୍ରଣା

ଜୀବନରେ ସବୁକିଛି ଠିକ୍ ଚାଲିଥିଲା । ସମୟ ସାଥିରେ ତାଳ ଦେଇ ଗୋଟାଏ ପରେ ଗୋଟାଏ ଦିନ ଅତିବାହିତ ହୋଇ ଯାଉଥିଲା । ଲାଗୁଥିଲା ସବୁକିଛି ଠିକ୍‌ଠାକ୍ ଚାଲି ଆସୁଛି, ଚାଲିବ ବି । ଜୀବନରେ କିଛି ପୁଲକିତ ଅନୁଭବ ନଥିଲା । ତା' ପାଇଁ ଦୁଃଖ ବି ନଥିଲା । ଜୀବନ ଥିଲା ଏକ ନିସ୍ତରଙ୍ଗ ସମୁଦ୍ର ପରି, ନିରୁଦ୍‌ବିଗ୍ନ, ନିର୍ଲିପ୍ତ ଯାହା ଉପରେ ଗତାନୁଗତିକ ରୁଟିନ୍‌ବନ୍ଧା ସୂର୍ଯ୍ୟ ଉଠୁଥିଲା । ନା ତାକୁ କେହି ସ୍ୱାଗତ କରୁଥିଲା, ନା କେହି ତାର ଆଗମନରେ ଆନନ୍ଦାତିଶଯ୍ୟରେ ବିଭୋର ହୋଇପଡୁଥିଲା । ସୂର୍ଯ୍ୟ ଯେମିତି ବିନା ସ୍ୱାଗତରେ ଆସୁଥିଲା, ସେମିତି ଚୁପ୍‌ଚାପ୍ କୋଳାହଳ ନ କରି ବିଲୀନ ହୋଇଯାଉଥିଲା ସମୟ ସାଥିରେ ।

ସେ ଯେତେବେଳେ ଜନ୍ମ ନେଲା ପୃଥିବୀରେ, ସେତେବେଳେ ନିଶ୍ଚୟ କୌଣସି ଅଲୌକିକ ଘଟଣା ଘଟି ନଥିଲା । ଅନ୍ଧକାର ଆକାଶର କାନଭାସ୍ ଭିତରୁ ଛୋଟ ତାରାଟିଏ ଝିଲିମିଲ୍ କରି ତା' ଆଗମନ ଘୋଷଣା କରି

ବୋଧେ ଆକାଶରେ ଓହଳି ପଡ଼ିଥିଲା । ନିତାନ୍ତ ମାମୁଲି ଭାବେ ସେ ତା'ର ମା'ର ଅନ୍ତଘାଡ଼ି ଜନ୍ମ ନେଲା । ଆଉ ଆଜି ପର୍ଯ୍ୟନ୍ତ ସେ ଠିକ୍ ସେମିତି ମାମୁଲି ଭାବେ ତା' ଜୀବନ କଟାଇ ଚାଲିଥିଲା । ନିତାନ୍ତ ଅନାକର୍ଷଣୀୟ ଭାବେ, ଘଟଣା ବିହୀନ ଭାବେ ଗଡ଼ି ଚାଲିଥିଲା ତା' ଜୀବନ । ତା' ବାପାର ସମସ୍ତ ଉପଦେଶ ସତ୍ତ୍ୱେ, ତା' ମା'ର ସମସ୍ତ ସ୍ୱପ୍ନ ସତ୍ତ୍ୱେ ସେ କେବେ ଗୁଡ଼ାଏ କିଛି ବଡ଼ ହେବା ପାଇଁ ଆଶା କରି ନଥିଲା । ସେ ଜାଣିଥିଲା, ନିଶ୍ଚିତ ଭାବରେ ଜାଣିଥିଲା ସେ ଯେତେ ବଡ଼ ହେଲେ ବି ତା' ଜୀବନର ପ୍ରଭାବରେ ପୃଥିବୀରେ କୌଣସି ପରିବର୍ତ୍ତନ ହେବ ନାହିଁ । ଅତଏବ କୌଣସି ଦିନ ସେ ନିଜ ପାଇଁ କିଛି ପ୍ରଚେଷ୍ଟା କରି ନଥିଲା କି, ଦିନେ ହେଲେ କିଛି ଗୋଟେ ହେବା ପାଇଁ ଉଦ୍ୟମ କରିନଥିଲା । ସେ କ୍ଲାସରେ ଫାଷ୍ଟ ହେଉନଥିଲା । ଖେଳରେ ବି ଚାମ୍ପିୟନ ନ ଥିଲା । ସବୁକିଛି ଅତି ସାଧାରଣ ଥିଲା । ସତରେ କହିବାକୁ ଗଲେ ତା' ଜୀବନ ନିତାନ୍ତ ଅନାକର୍ଷଣୀୟ ଥିଲା । ସେ କେବେହେଲେ କିଛି ଗୋଟାଏ ପାଇବା ପାଇଁ ବା ହବା ପାଇଁ ଚେଷ୍ଟା କରି ନଥିଲା ଓ ବର୍ତ୍ତମାନଯାଏଁ ତା' ଜୀବନ ସେମିତି ହିଁ ରହିଛି ମଧ୍ୟ ।

ତଥାପି ତା' ମନରେ କ୍ଷୋଭ ନ ଥିଲା, କୌଣସି ଗ୍ଲାନି ନଥିଲା । କିଛି ଗୋଟେ ହରାଇ ବସିବାର ହତାଶା କି ଅସ୍ୱସ୍ତି ନଥିଲା । ମୋଟ ଉପରେ କହିବାକୁ ଗଲେ ସେ ଅନୁଭୂତି ବିହୀନ ଥିଲା ଓ ଘଟଣା କ୍ରମ ସାଥିରେ ସାଲିସ୍ କରି ଚାଲିବାରେ ଓସ୍ତାଦ ଥିଲା ।

ସେ ସକାଳେ ଅନେକ ଡ଼େରିରେ ଉଠୁଥିଲା । ମୁହଁରେ ବ୍ରଶ ମାରି ମାରି ବାଥ୍ ରୁମ୍ ଯାଉଥିଲା ଚପଲ ଘୋଷାରି ଘୋଷାରି । ତରବର ହୋଇ ମୁହଁ ଧୋଇ ଘର ପାଖ ଚାଳି ଭିତର ପଟା ବେଞ୍ଚରେ ବସି ଚାଲୁଚାହା ପିଉଥିଲା । ଆଉ ଚାରମିନାର ସିଗାରେଟ୍ ଫୁଙ୍କି ଫୁଙ୍କି ଘରକୁ ଫେରୁଥିଲା । ତା' ପରେ ପରେ ମନେପଡୁଥିଲା ଆଜି ତା'ର ଦାଢ଼ି କାଟିବା କଥା । ମୁହଁରେ ସାବୁନ୍ ଘଷିଲା ବେଳେ ତା'ର ମନେ ପଡୁଥିଲା, କାଲିଠାରୁ ଲୁଗାପଟା ସଫା ହେବ ବୋଲି ସର୍ଫରେ ପଡ଼ି ରହିଛି । ତାପରେ ଏମିତି ଅନେକ କିଛି- ମୋଜା ଅନେକ ଦିନ ହେଲା ସଫା ହୋଇନି, ସେମିତି ମୋଡ଼ି ହୋଇ ପଡ଼ିଛି । ଜୋତା ଛିଡ଼ି ଯାଇଛି । ଶାର୍ଟ ବଟନ, ପ୍ୟାଣ୍ଟ ହୁକ୍ । ସ୍କୁଟର ସଫା ହୋଇନି, ଅନେକ ଦିନ ସର୍ଭିସିଂ ବି ହୋଇନି । ଆଉ ସବାଶେଷରେ ଘଣ୍ଟାରେ ଦଶଟା ବାଜି ସାରିଛି, ଆଉ ତାକୁ ସାଢେ ଦଶଟା ସୁଦ୍ଧା ଅଫିସ୍‌ରେ ପହଞ୍ଚିବାକୁ ହେବ । ସେ ଶେଷକୁ ଦୀର୍ଘଶ୍ୱାସ ନେଇ କହେ ଧେତ୍, ଆଉ ଗାମୁଛା ପିନ୍ଧି ଦୌଡ଼େ ଗାଧୋଇବାକୁ । ତା'ପରେ ବଟନ ଛିଣ୍ଡି ଯାଇଥିବା ଶାର୍ଟ, ହୁକ୍‌ଛିଣ୍ଡା ପ୍ୟାଣ୍ଟ ଆଉ ଘସିହୋଇ ଯାଉଥିବା ପୁରୁଣା ଚପଲ

ହଳେ ଗଳେଇ ଦେଇ ଦୌଡ଼େ ହୋଟେଲକୁ। ପଛରେ ପଡ଼ିରହେ ତା'ର ଭଡ଼ାଘର। ତା ଅନାକର୍ଷଣୀୟ ଅନୁଦ୍‌ବିଗ୍ନ ସହଜ ଜୀବନର ସୀମା ସରହଦ, ଭିତରେ ତା' ଜୀବନ ରାସ୍ତା ଭୁଲି ଯାଇଥିବା ଲୋକଟି ଭଳି ଏପଟ ସେପଟ ହୋଇ ମଝିରେ ମଝିରେ ଠିକଣା ପଚାରୁଥିଲା।

ତା'ପରେ ଗୋଟିଏ ବିରାଟ ଧାଡ଼ିର ପଛରେ ସେ ଠିଆହୋଇ ଯାଇଥିଲା ଅସ୍ତିତ୍ୱହୀନ ଭାବେ। ଜନଗହଳି ଭିତରେ ଆଗକୁ ଠେଲିପେଲି ବାହାରି ଯାଇ ପାରୁ ନଥିଲା। ତଳି ତଳାନ୍ତ ହେଉଥିଲା। ଅଥଚ ପରିଶେଷରେ ଭିଡ଼ ଭିତରେ ସେ ହଜି ଯାଉଥିଲା। କୋଳାହଳ ଭିତରେ ହଠାତ୍ ନିଜକୁ ହଜେଇ ବସୁଥିଲା। ନିଜ ଅସ୍ତିତ୍ୱ, ନିଜ ଗର୍ବ, ନିଜ ଦମ୍ଭ- ଆତ୍ମ ଅଭିମାନ ସବୁକିଛି। ବ୍ୟକ୍ତିତ୍ୱ ରହିତ ମଣିଷଟିଏ ହୋଇ ସେ କୋଳାହଳ ଭିତରେ ବାରି ହେଉ ନଥିବା ଏକ ଶବ୍ଦ ଭଳି, ଭିଡ଼ ଭିତରେ ଚିହ୍ନି ହେଉ ନଥିବା ଏକ ଝାପ୍‌ସା ଛାୟା ପାଲଟି ଯାଇଥିଲା। ତାକୁ ଖୁବ୍ ଅସ୍ୱସ୍ତି ଲାଗୁଥିଲା। ଜୀବନ କୋଳାହଳଶୂନ୍ୟ ହୋଇଯାଇ ଥିଲା। ଘର ଭିତରେ ଚିତ୍କାର କଲେ ପ୍ରତିଧ୍ୱନି ସବୁ ତା' ପାଖକୁ ଫେରି ଆସି ଜଣେଇ ଦେଉଥିଲା ସେ ହିଁ ଏକମାତ୍ର ଶବ୍ଦ।

ନିଜ ଛୋଟ ବଖରାର କାନ୍ଥ, ବାଡ଼, ଚଟାଣ ଓ ବାୟୁମଣ୍ଡଳ ଭିତରେ ସେ ନିତାନ୍ତ ନିରୁଦ୍‌ବିଗ୍ନ ରହୁଥିଲା। ଅଥଚ ପ୍ରତିଦିନ ଖରାରେ ଅଫିସ୍ ଆସିଲା ବେଳକୁ ସହର ରାସ୍ତାରେ ଏହି ଅଘଟଣ ଘଟେ। ହଠାତ୍ ସେ ଅସ୍ତିତ୍ୱ ବିହୀନ ହୋଇଯାଏ, କୋଳାହଳ ବିହୀନ ନିତାନ୍ତ ଏକୁଟିଆ ଲୋକଟିଏ ହୋଇଯାଏ।

ସେ ଭାବୁଥିଲା ତା' ଜୀବନ ଏକ ଅଦରକାରୀ ଫାଇଲ୍ ଭଳି, ଅନ୍ୟାନ୍ୟ ଅନେକ ପୁରୁଣା ଫାଇଲ ଭିତରେ ପଡ଼ି ରହି ଧୂଳି ଜମିଗଲାଣି- ସେ ଆଡ଼କୁ କାହାର ନଜର ନାହିଁ କି ତା'ର ଆବଶ୍ୟକତା ନାହିଁ। ଯେଉଁ ଦିନ ତା' ଅନାବଶ୍ୟକତା ଉପଲବ୍ଧ ହେବ, ସେଦିନ ସେ ବିନା ପ୍ରତିବାଦରେ ବିଲୀନ ହୋଇଯିବ – ଏମିତି ଏକ ଚିନ୍ତାଧାରା ତାକୁ ଅସ୍ତବ୍ୟସ୍ତ କରିପକାଏ।

ଅତଏବ ତାକୁ ଦୌଡ଼ିବାକୁ ପଡ଼େ ଭିଡ଼ ଭିତରୁ ଅନେକ ଦୂରକୁ। କୋଳାହଳର ପରିଧି ବାହାରକୁ। ସେ ହାଲିଆ ହୋଇପଡ଼େ। ସଁ ସଁ ହୋଇ ଅଣନିଃଶ୍ୱାସୀ ହୋଇଉଠେ। ଆଉ ଯେତେବେଳେ ଠିଆ ହୋଇ ପଛକୁ ଚାହେଁ, ଯେଉଁ ଭିଡ଼କୁ ସେ ପଛରେ ଛାଡ଼ି ଆସିଥିଲା, ସେ ଭିଡ଼କୁ ତା' ପାଖରେ ଦେଖେ, ସେ ଡରିଯାଏ। ସେ ଦୌଡ଼ିବାକୁ ଚାହିଁଲେ ବି ଦୌଡ଼ିପାରେନା, ଗୋଡ଼ରେ ବଳପାଏନି, ଧୀରେ ଧୀରେ ନିଜ ସହ ସାଲିସ୍ ଆରମ୍ଭ କରେ।

ତା' ଭିତରେ ଅସହାୟତା ବିରୋଧରେ ଯେଉଁ ତୀବ୍ରତା ଥାଏ, ତାହା ଧୀରେ

ଧୀରେ କମିଆସେ। ପ୍ରଥମେ ଅନିଚ୍ଛୁକତା ଭିତରେ ଅନେକ ବୃଥା ପ୍ରତିବାଦ ପରେ ସେ ସହଜ ଭାବେ ତାର କ୍ଷୁଦ୍ରତାକୁ ସ୍ୱୀକାର କରିନିଏ ଏବଂ ଅନେକଙ୍କ ଭଳି ଚୁପ୍ ଚାପ୍ ବୋଝେଇ ଟାଉନବସର ଫୁଟ୍ ବୋର୍ଡ଼ ଉପରେ ଗୋଟିଏ ପାଦ ରଖି ଦୁଆର ପାଖ ରଡ଼ ଧରି ଝୁଲି ପଡ଼େ ନିର୍ବିକାର ଭାବେ, ଅନୁମୋଦନହୀନ ଭାବେ।

ସବୁଦିନ ଭଳି ସେ ଅଫିସକୁ ଚୁପ୍‌ଚାପ୍ ପଶେ। ଅଫିସ୍‌ରେ ସମସ୍ତେ କୁହନ୍ତି, ସେ ଆସିଲାବେଳେ ଏକ ଲୀଳାୟିତ ଭଙ୍ଗୀରେ ପଶେ, କାନ୍ଧ ଦେହରୁ ହୁଗୁଳା ହୋଇ ଝୁଲି ପଡ଼ିଥିବା ହାତ ଦିଟା ଖୁବ୍ ଜୋରରେ ଆଗକୁ ପଛକୁ ହେଉଥାଏ। ପୁରୁଣା ସ୍ୟାଣ୍ଡଲ ଛିଡ଼ିଯିବା ଭୟରେ ସତର୍କ ପାଦ ପକଉଥିବା ହେତୁ ମଝିରେ ମଝିରେ ଆଗକୁ ଝୁଙ୍କି ପଡୁଥାଏ। ସେ ଯେମିତି କିଛି ଗୋଟାଏ କହୁଥାଏ ଓ ପର ମୁହୂର୍ତ୍ତରେ ମୁଣ୍ଡ ହଲେଇ ସ୍ୱୀକାର ବା ଅସ୍ୱୀକାର କରୁଥାଏ। ଅଫିସ୍‌ରେ ସେ ମୁହଁ ଝୁଙ୍କେଇ ପିଠି ବଙ୍କେଇ ଘଣ୍ଟା ଘଣ୍ଟା କାମରେ ଲାଗିଥାଏ ନୀରବଛିନ୍ନ ଭାବେ। ତଥାପି ନିଜର ସ୍ପୃହା ଅଭାବରୁ ବା ଅନ୍ୟମନସ୍କତା ହେତୁ କାମରେ ଅନେକ ଭୁଲ କଲେ ବି ଜାଣିପାରେନି। ଅଫିସରଙ୍କ ଠାରୁ ଗାଳି ଖାଇଲେ ମଧ୍ୟ ତା'ର କିଛି ପ୍ରତିକ୍ରିୟା ହୁଏନି। ସେ ସହଜ ଭାବେ ଠିକ୍ କରିଦିଏ ଓ ଫାଇଲ ଅଫିସରଙ୍କ ପାଖକୁ ପୁଣି ନେଇଯାଏ ପ୍ରତିକ୍ରିୟାହୀନ ବା ପ୍ରତିବାଦହୀନ ଭାବେ। ଏଭଳି ଭୁଲ ଠିକ୍ କରିବା ମଧ୍ୟରେ ତା ଜୀବନର ଅଧେ ସମୟ କଟିଯାଏ। ସେ ଅନ୍ୟମାନଙ୍କ ସହ ମିଶିପାରେନି, ଥଟ୍ଟାମଜା କରିପାରେନି, ଗୁଲିଖଟି କରି ପାରେନି, କେହି କିଛି କହିଲେ ନିଜର କିଛି ଭୁଲ ହୋଇଗଲା ପରି ମନେହୁଏ। ଅତଏବ ପରମୁହୂର୍ତ୍ତରେ ସେ ଚୁପ୍‌ଚାପ୍ କାମରେ ମନଦିଏ।

ହଠାତ୍ ତା' ପାଖରେ ନମିତା ଆସି ବସେ। ଅଫିସର ସବୁ ଆଖି ଫାଇଲ ଉପରୁ, ଗୁଲିଖଟି ଗପରୁ ଉଠି ନମିତାକୁ ଅନୁଧାବନ କରି ଶେଷରେ ତା' ଉପରେ ଏକତ୍ରିତ ହୁଏ। ସେ ନର୍ଭସ ହୋଇଯାଏ, ଇତସ୍ତତଃ ହୋଇଯାଏ -ଅଫିସର ସାଥୀମାନଙ୍କ ଈର୍ଷାରେ, କୌତୂହଳରେ, ଅଶ୍ଳୀଳ ଚାହାଣିରେ ଆଉ ତାଚ୍ଛଲ୍ୟ ଭାବରେ। ହେଲେ ନମିତା କିନ୍ତୁ ବେପରୱା ଭାବେ ଆସେ। ସହଜ ଭାବେ ତା ଆଗରେ ବସିଯାଏ। ନମିତା ଅଫିସର ଷ୍ଟେନୋ, ସମସ୍ତଙ୍କ ଦୃଷ୍ଟିରେ ସେ ତାକୁ ପ୍ରେମ କରେ- ଭଲପାଏ। ସେଥିପାଇଁ ସେ ବାରମ୍ବାର ତା' ପାଖକୁ ଆସେ। ତା ପାଖରେ କିଛି ସମୟ ବସେ। ଭଲ ମନ୍ଦ ବୁଝେ। କିନ୍ତୁ ନମିତା ଆସିଲା ବେଳେ ତା ଆଖିରେ ଏକ ଅବ୍ୟକ୍ତ ନିରୀହତା ଫୁଟିଉଠେ। ସେ କହିବାକୁ ଯାଇ କିଛି କହିପାରେନା। ଶବ୍ଦ ସବୁ ତା' ତଣ୍ଟି ପାଖରେ ଜମାଟ ବାନ୍ଧିଯାଏ। ପାଟି ଖୋଲେ, କହିବାକୁ ଅନେକ କିଛି ହେଲେ କିଛି ଶବ୍ଦ ପାଟିରୁ ବାହାରେନା। ପାଟି ଖୋଲେ ଆଉ ବନ୍ଦ ହୁଏ, ଏକ ବିଚିତ୍ର ଅନୁଭୂତିରେ ଛାତି

ପଡ଼େଉଠେ। କେମିତି ଏକ ଜଡ଼ତା ତା' ଭିତରେ ବ୍ୟାପିଯାଏ। ନମିତା ହୁଏତ ତାକୁ ପ୍ରେମ କରେ। ସମସ୍ତଙ୍କ ମୁହଁରେ ସେଇୟା, ନମିତା ତା ପ୍ରେମରେ ପଡ଼ି ଯାଇଛି। ନମିତା ଆସେ ସହଜ ଭାବେ ସେ ଅସ୍ତିତ୍ୱ ଜାହିର୍ କରେ, କୁଆଡ଼କୁ ତା'ର ନିଘା ନଥାଏ। ସେ ପ୍ରଶ୍ନ କରେ, ନିଜେ ବି ଉତ୍ତର ଦିଏ। ସେ କେବଳ ଏକ ନିରୀହ ଦର୍ଶକ ଭଳି ନମିତା ଆଖିକୁ ଚାହିଁ ରହେ। ତା' ଆଖି ଭିତରେ ଭାଷା ଖୋଜେ ଯଦି ତା'ର କିଛି ପ୍ରେମର ଭାଷା ଥାଏ। ତାହା ତା'ର ଆଖିର ଭାଷା। ସେ ଫିକ୍ କିନା ହସିଦିଏ ଏକ ଅଭାବନୀୟ ଅନୁଭୂତିରେ। ନମିତା ଓଠରେ ବି ଚେନାଏ ସ୍ମିତହାସ୍ୟ ଖେଳିଯାଏ।

ନମିତା ଆଖି ଭିତରେ ଚିହ୍ନା ଚିହ୍ନା ଦୁଇଟି ଆଖି ଉଙ୍କି ମାରେ। ନମିତାର ମୁହଁ ଝାପସା ହୋଇ ବିଲୀନ ହୁଏ ଓ ତା' ଭିତରେ ଦୁଇଟି ପରିଚିତ ଆଖି ଫୁଟିଉଠେ। ସେ ଚମକି ଉଠେ ଖୁବ୍ ଜଣାଶୁଣା ଲାଗେ ଏ ହସ-ଆଖି ମୁହଁ, ଖୁବ୍ ନିଜର ଲାଗେ ଯେମିତି ଅନେକ ଦିନର ପରିଚୟ। ସେ ପ୍ରଥମେ ଏ ଆଖିର ଭାଷା ପଢ଼ି ଶିଖିଲା, ତା' ଜୀବନରେ ପ୍ରଥମ ଥର ପାଇଁ। ଏହି ମୁହଁର ଭାବକୁ ନିଜ ଭିତରେ ଅନୁଭବ କଲା ପ୍ରଥମ ଥର ପାଇଁ। ଏ ହସରେ ଯେଉଁ ଅନିର୍ବଚନୀୟ ଅନୁଭୂତି ବୋଧ ଫୁଟି ଉଠୁଥିଲା, ତା' ଭିତରେ ସେ ହଜି ଯାଉଥିଲା। ଅନୁଭୂତିର ସାନ୍ଦ୍ରତା ତାକୁ କାବୁ କରି ନେଉଥିଲେ। ସେ ସ୍ୱପ୍ନ ଦେଖୁଥିଲା- ଏଇ ଆଖି ଅନେକ ବ୍ୟାପ୍ତ ହୋଇ ତାକୁ ବେଢି ଯାଉଥିଲା। ତା'ର ସମଗ୍ର ସତ୍ତାକୁ ଆବୋରି ବସିଥିଲା। ସେ ଖୁସି ହେଉଥିଲା। ଉଭୟେ ଅନେକ ସମୟ ଧରି ଚାହିଁ ରହି ପରସ୍ପରକୁ ବୁଝୁଥିଲେ। ଅଥଚ କେହି କିଛି କହିପାରୁ ନଥିଲେ। ତା'ର ଭୟ ହେଉଥିଲା, କୌଣସି ଭାଷା ତା' ହୃଦୟର ଭାବକୁ ଫୁଟାଇ ପାରିବନି। ଏକ ପ୍ରବଳ ଆକାଂକ୍ଷା ଭିତରେ ସେ କ'ଣ କହିବ, କେମିତି କହିବ ବୋଲି ଆଶଙ୍କାରେ ସ୍ତମ୍ଭୀଭୂତ ହୋଇ ଜମାଟ ବାନ୍ଧି ଯାଉଥିଲା ଶବ୍ଦ ଖୋଜୁ ଖୋଜୁ ନିଃଶବ୍ଦତା ଭିତରେ।

ହେଲେ ହଠାତ୍ ଦିନେ ସବୁକିଛି ଓଲଟ ପାଲଟ ହୋଇଗଲା। ସେ କଲେଜରୁ ବାହାରି ଆସି ବେକାର ପାଲଟି ଗଲା। ଚାକିରି ପାଇବା ଦିଗରେ ପଛରେ ପଡ଼ିଗଲା। ଚାକିରି ପାଇବା ଦୌଡ଼ରେ ସେ ଉତ୍ତୀର୍ଣ୍ଣ ହୋଇପାରିଲା ନାହିଁ। ଧରାଧରି କରିପାରିଲାନି, ହାତଗୁଞ୍ଜା ଦେଇପାରିଲାନି, ସୁପାରିସ୍ କରେଇ ପାରିଲାନି। ସବୁବେଳେ ଆଉଜଣେ କେହି ତା' ହାତରୁ ଚାକିରି ଛଡ଼େଇନେଲା।

ଯେଉଁ ଆଖିକୁ ସେ ଆଜି ପର୍ଯ୍ୟନ୍ତ ନିଜ ପାଖରେ ଧରି ରଖିବାକୁ ଚେଷ୍ଟା କରୁଥିଲା, ଚମତ୍କାର ଭାବେ ତାହା ତା ବେକାର ହେବା ଅବସରରେ ତା ହାତମୁଠାରୁ

ଚୁପ୍‌ଚାପ୍ ଖସିଗଲା। କଲେଜ ପାଶ୍ କରିସାରିଲା ପରେ ପ୍ରତ୍ୟେକ ଝିଅ ବୋଧେ ଏକାବେଳକେ ଦଶବାର ବର୍ଷ ବଢ଼ି ପୋଖତ ସ୍ତ୍ରୀରେ ପରିଣତ ହୁଅନ୍ତି। ତାଙ୍କ ଭିତରେ ନରମ, ସମ୍ବେଦନଶୀଳ ପ୍ରେମିକାଟି ମରିଯାଏ ଓ ତା' ଜାଗାରେ , ସୁରକ୍ଷା, ପ୍ରତିପତ୍ତି, ପ୍ରତିଷ୍ଠା, ଧନସମ୍ପତ୍ତି ଓ ସୌଷ୍ଠବ ଖୋଜୁଥିବା ସ୍ତ୍ରୀ ଲୋକଟିଏ ଉଭା ହୋଇଯାଏ। ଆଉ ସେତେବେଳେ ତା'ର କୌଣସି ପ୍ରେମିକ କି ପ୍ରେମର ଆବଶ୍ୟକତା ନଥାଏ। ସାରା ଜୀବନ ପ୍ରେମକୁ ବଞ୍ଚେଇ ରଖିବାକୁ ହେଲେ ଖାଲି ସାନ୍ଦ୍ର ଅନୁଭବଟିଏ ନୁହେଁ, ତା' ବ୍ୟତୀତ ସୁରକ୍ଷା, ଧନ ସମ୍ପତ୍ତି, ବିଳାସ ବ୍ୟସନ, ପ୍ରତିଷ୍ଠା ଓ ପ୍ରତିପତ୍ତିର ଆବଶ୍ୟକତା ହୁଏ। ପ୍ରେମ କ'ଣ ଏମିତି ଏକ ଖାଲି ଅନୁଭୂତିକି ନେଇ ବଞ୍ଚିପାରିବ ସାରା ଜୀବନ?

ସେ ଅନେକ ଦିନ ତଳର କଥା। ତା' ପରେ ସେ ଅନେକ ଯନ୍ତ୍ରଣା ପାଇଛି। ଜଳିଛି, ନିଜକୁ ଜଳେଇଛି। ନିଜ ଭାଗ୍ୟକୁ ଦାୟୀ କରିଛି-ନିରର୍ଥକ ବଞ୍ଚିବା ଉପରୁ ଆସ୍ଥା ହରେଇଛି। ହେଲେ ଧୀରେ ଧୀରେ ଜୀବନ ସାଥିରେ ସାଲିସ୍ କରିଛି। ଯନ୍ତ୍ରଣାକୁ ହୃଦୟର କେଉଁ ନିଭୃତ କନ୍ଦରରେ ଲୁଚାଇ ରଖି ସେ ଜୀବନକୁ ସାମ୍‌ନା କରିଛି। ତା' ପରେ ତା ଜୀବନ ବି ବଦଳିବା ଆରମ୍ଭ ହୋଇଛି। ସେ ଛୋଟକାଟିଆ ହେଲେ ବି ବେକାରରୁ ଚାକିରିଟିଏ ପାଇଛି। ଘରେ ବାପା, ମା, ଭଉଣୀ ଭାଇଙ୍କ କଥା ବୁଝୁଛି। ଅଭାବ, ଅନଟନ ଭିତରେ ଘାଣ୍ଟି ହେଉଥିବା ପରିବାରକୁ ସମ୍ଭାଳି ନେଇଛି ତଳିତଳାନ୍ତ ହୋଇ ବିକ୍ଷିପ୍ତ ହୋଇଯିବାରୁ। ହେଲେ ସଙ୍ଗେ ସଙ୍ଗେ ତା' ବାପାଙ୍କୁ ହରେଇବସିଛି। ବାପା ଚାଲିଗଲେ ଅଚାନକ ଭାବେ, ଠିକ୍ ସେ ଚାକିରିରେ ଯୋଗ ଦେବାର ଅବ୍ୟବହିତ ପୂର୍ବରୁ। ଗୋଟାଏ ଦୀର୍ଘଦିନର ସଂଗ୍ରାମ ପରେ ସେ ଶୋଇଗଲେ ଚୁପ୍‌ଚାପ ନୀରବ ନିସ୍ତବ୍ଧ ଭାବେ।

ଯେଉଁଦିନ ଡାକ୍ତରମାନେ ତା' ବାପାଙ୍କ ମୃତ୍ୟୁ ଘୋଷଣା କଲେ ସେ ବିଶ୍ୱାସ କରିପାରିନଥିଲା। ବାପା କ'ଣ କେବେ ମରିପାରନ୍ତି, ସେ କେବେ ଭାବି ନ ଥିଲା। ତା' ବାପା ତା' ପାଇଁ ସବୁବେଳେ ଅଜର, ଅମର ସ୍ତମ୍ଭଟିଏ ଭଳି ପ୍ରତୀତ ହେଉଥିଲେ। ଯେମିତି ସବୁବେଳେ ତା' ପଛରେ ଠିଆ ହୋଇଥିବେ ସଶକ୍ତ, ପିଠିରେ ଦୁଃଖରେ ସୁଖରେ ହାତ ବୁଲାଇ ଆଶ୍ୱାସନା ଦେଉଥିବେ ଓ ଉତ୍ସାହିତ କରୁଥିବେ। ସେ କେମିତି ମରିପାରନ୍ତି? ଅନେକ ସମୟ ବାପାଙ୍କ ପାଦତଳେ ବସି ତାଙ୍କ ମୁହଁକୁ ନିରୀହଭାବେ ଚାହିଁ ରହିଥିଲା... ଅବିଶ୍ୱାସଭରା ଆଖିରେ ହୁଏତ ବାପା ଆଖି ଖୋଲିଦେବେ, ପୁଣି ତାକୁ ଆଗରେ ଦେଖି ଖୁସି ହେଇଯିବେ, ତା ପିଠି ଆପୁଡ଼େଇବେ। ତାକୁ ଜୀବନରେ ଆଗକୁ ବଢ଼ିବା ପାଇଁ ଉତ୍ସାହିତ କରିବେ। ଦୁଃଖ ଆଉ ସମସ୍ୟା ଭିତରେ ଭାଙ୍ଗି ନ ପଡ଼ିବାକୁ ଉପଦେଶ ଦେବେ। ନିଜ ଜୀବନର ସଂଘର୍ଷର ଉଦାହରଣ ଦେବେ। ଗୋଟାଏ

ପରେ ଗୋଟାଏ ତା'ର ମନେ ପଡ଼ିଯାଉଥିଲା। ତା'ର ମନେପଡ଼ିଲା ସେ ନ ଖାଇଥିଲେ ବାପା ଖୁବ୍ ବ୍ୟସ୍ତ ହୋଇପଡୁଥିଲେ। ସେ ମନଦୁଃଖ କଲେ ବାପା ଗଭୀର କଷ୍ଟ ପାଉଥିଲେ। ତାକୁ ଗଭୀର ସ୍ନେହ କରୁଥିଲେ। ତାକୁ ନେଇ, ତା'ର ସମସ୍ତ ଅସଫଳତା ସତ୍ତ୍ୱେ ଗର୍ବ କରୁଥିଲେ।

ସେ ବସି ରହିଲା ବାପାଙ୍କ ମୁହଁରେ ସେ ମାନବୀୟ ବିଭବଗୁଡ଼ିକ ପୁଣି ଦେଖିବା ପାଇଁ। ହେଲେ ସେ ନିଶ୍ଚଳ ଭାବେ ଶୋଇ ରହିଥିଲେ। ଯେତେବେଳେ ସେ ଦେଖିଲା ତାଙ୍କ ପାଟି ଖୋଲୁ ନାହିଁ, ହାତ ଆଶ୍ୱାସନା ଦେବା ଭଙ୍ଗୀରେ ତା' ପିଠିରେ ବୁଲିଆସୁନି, ସେତେବେଳେ ସେ ମ୍ରିୟମାଣ ହୋଇପଡ଼ିଲା। ଚାକିରି ପାଇଥିବାର ଖୁସି ସେ ପୂରା ଭୁଲିଗଲା। ତାକୁ ଲାଗିଲା ତା ଉପରୁ ଯେମିତି ଆକାଶର ଆଶ୍ୱସ୍ତି ଅପସରିଯାଇଛି। ସେ ନିଃସହାୟ ବୋଧ କରିବା ଆରମ୍ଭକଲା। ଘର ଲୋକଙ୍କ କାନ୍ଦାକଟା ପରେ ବି ସେ ବିଶ୍ୱାସ କରିପାରୁନଥିଲା ବାପା ମରିଯାଇଛନ୍ତି ବୋଲି। ବାପା କ'ଣ କେବେ ମରିପାରନ୍ତି, ସେ ତ ଉତ୍ତୁଙ୍ଗ ବ୍ୟକ୍ତିତ୍ୱ। ଜୀବନର ଅଭୟ ପ୍ରତିଶ୍ରୁତି, ସାହାରା।

ହେଲେ ଯେତେବେଳେ ସେ ନିରାଟ ସତ୍ୟ ଉପଲବ୍ଧି କଲା, ସେତେବେଳେ ଅସହାୟତାବୋଧ ତାକୁ ଘେରିଗଲା। ଆଖିରେ ଲୁହ ଜମି ଆସିଲା। ଅନିଚ୍ଛାସତ୍ତ୍ୱେ ସେ କାନ୍ଦି ପକାଇଲା। ଚାପା ସ୍ୱରରେ, ଅନେକ ସମୟ ଧରି ବାପାଙ୍କ ପାଦତଳେ ନିଶ୍ଚଳଭାବେ ବସିରହିଲା।

ବାପାଙ୍କ ଉପରେ ଯେତେବେଳେ ଧଳା ଚଦର ଘୋଡ଼ାଇ ଦିଆଗଲା ସେ ପ୍ରତିବାଦ କଲାନି। ତା' ଭିତରେ କିଛି ଅନୁଭୂତି ନଥିଲା। ତାପରେ ତାଙ୍କୁ ହସ୍‌ପିଟାଲରୁ ଘରକୁ ଅଣାଗଲା ଓ ସେ ଯନ୍ତ୍ରବତ୍ ଅନୁସରଣ କଲା ଏବଂ ଯେତେବେଳେ ଶେଷକୃତ୍ୟ ପାଇଁ ତାକୁ ଡାକରା ପଡ଼ିଲା, ସେ ଶ୍ମଶାନକୁ ବାହାରି ପଡ଼ିଲା। ଶ୍ରାଦ୍ଧ କଲା, ବାପାଙ୍କ ମର ଶରୀର ଚାରିପଟେ ଫେରା ଲଗେଇଲା, ମୁଖାଗ୍ନି ଦେଲା... କିଛି ସମୟ ମଧ୍ୟରେ ତା' ଆଖି ଆଗରେ ବାପାଙ୍କର ମରଶରୀର ପୋଡ଼ି ପାଉଁଶ ହୋଇଗଲା। ତଥାପି ତା' ଭିତରେ କିଛି କୋହ ଉଠିଲାନି। ତାକୁ ଠିଆ ହୋଇ ଦେଖିବାକୁ ବାରଣ କରାଯିବା ସତ୍ତ୍ୱେ ସେ ଠିଆ ହୋଇ ଚିତାଗ୍ନିର ଲେଲିହାନ ଶିଖାକୁ ଦେଖିଲା।

ଉପରକୁ ଉଠୁଥିବା ଧୂଆଁ ଭିତରେ ବାପାଙ୍କ ପବିତ୍ର ଆତ୍ମା ସୂର୍ଯ୍ୟମଣ୍ଡଳ ଟପି ସ୍ୱର୍ଗକୁ ଚାଲିଗଲା... ଚିତା ଲିଭିଲା... ସବୁ ପାର୍ଥିବ ଚିହ୍ନ ନିଶ୍ଚିହ୍ନ ହୋଇଗଲା। ଖାଲି ପାଉଁଶ, ହାଡ଼। ହଠାତ୍ ମଶାଣି ବାଲିରେ ବସି ସେ ମୁଠାଏ ଚିତା ପାଉଁଶ ଆଣି ମୁଣ୍ଡରେ ବୋଳିଦେଲା ଓ ସେତେବେଳେ ଅନେକ ସମୟ ଯାଏଁ କଇଁ କଇଁ ହୋଇ ପିଲାଟିଏ ଭଳି କାନ୍ଦିଲା।

ତା'ପରେ ମା, ଭାଇ, ଭଉଣୀ ସମସ୍ତଙ୍କୁ ଗାଁ ଘରେ ଛାଡ଼ି ସେ ଏ ନୂତନ ସହରକୁ ଆସିଲା ଚାକିରି କରିବା ପାଇଁ, ଯେଉଁଠି ଆଉ କୋଳାହଳ ନାହିଁ। ସେ ଯୋଉଠି ନିତାନ୍ତ ଏକେଲା। ତା' ଆଖି ଆଗରୁ ପରଦା ଅପସରିଗଲା। ଆଖି ଆଗରେ ନମିତା, ହସକୁରୀ, ବକ୍‌ବକ୍ ହେଉଥିବା ନମିତା। ଅନ୍ୟମାନଙ୍କ ଭାଷାରେ ତାକୁ ପ୍ରେମ କରୁଥିବା ନମିତା। ସେ ବଲବଲ କରି ନମିତାକୁ ଚାହିଁ ରହିଲା। କ'ଣ ଦେଖି ନମିତା ତାକୁ ପ୍ରେମ କରୁଛି, ସେ ବୁଝିପାରୁନଥିଲା। ଏବେ ତ ସେ ଏକେବାରେ ନିଃସ୍ୱ। ତା ଆଖିରେ କାମନା ନଥିଲା, ତୃଷ୍ଣା ନଥିଲା... ଥିଲା ଖାଲି ଏକ ବିରାଟ ଶୂନ୍ୟତା।

ନମିତା ଉଠି ଚାଲିଗଲା ପରେ ତା'ର ମନେପଡ଼ିଲା ଆଜି ଶନିବାର। ଦୁଇଦିନ ଛୁଟି ନେଇ ସେ ଘରକୁ ଯିବ। ବୋଉ ବ୍ୟସ୍ତ ହୋଇ ଚିଠି ଲେଖିଛି। ପକେଟରୁ ଝାଳରେ ଭିଜି ଯାଇଥିବା ବୋଉର ହାତଲେଖା ଚିଠିଥିବା ଏନ୍‌ଭଲପ୍ ବାହାରକଲା। ବୋଉ ଲେଖିଛି ଆଉ ତା ଦେହ ଭଲ ରହୁନି। ଭଉଣୀ ପାଇଁ ଭଲ ବରପାତ୍ରଟିଏ ଯୋଗାଡ଼ ହୋଇଛି। ସେ ଗାଁକୁ ଆସିଲେ ଫଇସଲା ହବ। ଭଲ ବରପାତ୍ରଟିଏ, ଘର ବି ଭଲ, ହାତଛଡ଼ା କରିବା ଠିକ୍ ହେବନି। ବାକିବୁକର ହେଇ ଅନେକ ଟଙ୍କା ବାକି ରହିଛି। ଶୁଝିବାକୁ ହବ, ନ ହେଲେ ଆଉ ବାକି ମିଳିବନି। ଭାଇ ପରୀକ୍ଷା ଦେବ। ପରୀକ୍ଷା ଫିସ୍ ଆଉ ହଷ୍ଟେଲ ଖର୍ଚ୍ଚ ପାଇଁ ପାଁଶହ ଟଙ୍କା ପଠେଇବାକୁ ହେବ। ତା ପାଖରେ ଟଙ୍କା ଜମାରୁ ନାହିଁ। କୋଉଠୁ ଯୋଗାଡ଼ କଲେ ଗାଁକୁ ନେଇ ଯିବ।

ସେ ଉଠିଲା, ତା'ର ସାଙ୍ଗ ଦାସ ପାଖକୁ ଟଙ୍କା ଧାର ପାଇଁ। ଦାନ୍ତ ନିକୁଟି ଅସାମର୍ଥ୍ୟ ପ୍ରକାଶ କଲା ଦାସ। ତାପରେ ମହାନ୍ତି, ତ୍ରୈଲୋକ୍ୟ, ସତ୍ୟ... ପ୍ରଧାନ ଅନେକଙ୍କ ପାଖକୁ ଟଙ୍କା ଧାର କରିବାକୁ ଗଲା, ହେଲେ ସମସ୍ତେ ତାଙ୍କ ପାଖରେ ଏତେ ଟଙ୍କା ନାହିଁ ବୋଲି କହିଲେ। ଅନେକ କହିଲେ ଏବେ ତ ମାସ ଅଧା, ଦରମା କୋଉଠି ମିଳିଛି ଯେ ପଇସା ଆସିବ। କିଛି ଲୋକ ଟାହି ଟାପରା କରି କହିଲେ "ଟଙ୍କା ଦରକାର ତ, ନମିତା ପାଖକୁ ଯା... ନମିତା ନିଶ୍ଚେ ଟଙ୍କା ଦେବ ଖୁସିରେ ଖୁସିରେ। ତାକୁ ହଠାତ୍ ସେମାନଙ୍କ ଉପରେ ରାଗ ଆସିଗଲା। ହେଲେ ତାକୁ ଚପେଇ ରଖିଲା। ତା'ର ଟଙ୍କା ନିହାତି ଦରକାର। ଯେମିତି ହେଲେ ଯୋଗାଡ଼ କରିବାକୁ ହେବ। ସେ ଛୁଟି ଦରଖାସ୍ତ ଲେଖି ଅଫିସରଙ୍କ ପାଖରେ ଦାଖଲ କଲା। ଅଫିସର ଆଶ୍ଚର୍ଯ୍ୟ ଆଖିରେ ତାକୁ ଦେଖିଲେ ଆଉ ପଚାରିଲେ ପୁଣି ଘରକୁ। ସେ ହଁ ମାରିଲା। କହିଲା, ବୋଉର ଦେହ ଭଲ ନାହିଁ। ଦୁଇଦିନରେ ସେ ନିଶ୍ଚୟ ଚାଲିଆସିବ। ଅଫିସର

ତା' ଆଡ଼କୁ ଚାହିଁ ରହିଲେ। ସେ ମୁଣ୍ଡ ଲାଡ଼ିଲା, କହିଲା- ସାର୍, ଏଥର ବୋଉର ଭୀଷଣ ଦେହ ଖରାପ, ଡାକ୍ତର ନ ଦେଖେଇଲେ...

ତାପରେ ଅନେକ ସଂକୋଚରେ ସେ ଆସିଲା ନମିତା ପାଖକୁ। ନମିତା ତାକୁ ଦେଖି ଆଶ୍ଚର୍ଯ୍ୟ ହୋଇଗଲା। ସେ ତ କେବେ ନମିତା ସିଟ୍ ପାଖକୁ ଆସେନି, ନମିତା ସବୁବେଳେ ତା ପାଖକୁ ଯାଏ, ଆଜି ପୁଣି କ'ଣ ହେଲା? ନମିତା ପଚାରିଲା। ମୋ ପାଖକୁ କେମିତି? କ'ଣ କାମ ଅଛି କୁହ।

ସେ ପାଟି ଖୋଲିଲା। ହେଲେ ତା ପାଟିର କଥା ବାହାରିଲାନି। ଶବ୍ଦ ସବୁ ଆସି ତଣ୍ଟି ପାଖରେ ଅଟକି ଗଲେ। ନମିତା କହିଲା - ବସ, କ'ଣ କାମ ଅଛି କୁହ? ଆରେ ମତେ କହିବାରେ ଏତେ ସଂକୋଚ କ'ଣ କରୁଛ ଯେ। ମତେ କହିବାରେ କ'ଣ ଅଛି? ସେ କହିବାକୁ ଚେଷ୍ଟା କଲା, ପାରିଲାନି। ଏକ ଜଡ଼ତା ତାକୁ କାବୁ କରିପକେଇଲା। ସେ ପକେଟରୁ ଚିଠିଟା କାଢ଼ି ନମିତା ହାତକୁ ବଢ଼େଇ ଦେଇ ମୁଣ୍ଡ ତଳକୁ କଲା। ନମିତା କହିଲା, ଏଇ ଛୋଟ କଥାଟ। ତମ ପାଖରେ ଟଙ୍କା ନାହିଁ, ଘରକୁ ଯିବ। ହଁ ବ୍ୟସ୍ତ ହେବାର କ'ଣ ଅଛି। ମୁଁ ଆଜି ଏଟିଏମ୍‌ରୁ ଟଙ୍କା ଉଠେଇଛି। ତମେ ନିଅ, ଘରକୁ ଶୀଘ୍ର ଯାଅ, ବୋଉଙ୍କ ଦେହ କେମିତି ଅଛି ମତେ ଫୋନ କରି କହିବ।

ଘରକୁ ଫେରିଲା ବେଳକୁ ସେ ନିଜ ଆଖିରେ ଅନେକ ଛୋଟ ହୋଇଯାଇଥିଲା। ଅବଶ୍ୟ ତାକୁ ଆଉ ସଂକୋଚ ଲାଗୁନଥିଲା। ତା' ଭିତର ଖାଲି ଖାଲି ଲାଗୁଥିଲା। ସେ ଘରେ ପହଞ୍ଚିଲା। ସୁଟକେଶ ବାହାର କଲା। ତା' ଭିତରେ ଗଞ୍ଜି, ଚଢ଼ି, ଶାର୍ଟ, ପ୍ୟାଣ୍ଟ, ଟୁଥ୍‌ପେଷ୍ଟ, ବ୍ରଶ, ସେଭିଙ୍ଗ ସେଟ୍, ହାୱାଇଚପଲ ଆଦି ରଖିଲା। ଘଣ୍ଟା ଦେଖିଲା। ଗାଡ଼ି ଆସିବାକୁ ଅନେକ ଡ଼େରି ଅଛି। ସେ ଶୋଇବାକୁ ଚେଷ୍ଟା କଲା। ହେଲେ ଶୋଇପାରିଲାନି। ତା ଭିତରେ ଏକ ଅସ୍ୱସ୍ତି ଭାବ ଖେଳିଗଲା। ଏକ ହୀନମନ୍ୟତା ତାକୁ ଘାରିଗଲା। ସେ ହଠାତ୍ ଉଠି ପଡ଼ିଲା, ଦୁଆର ଝର୍କା ବନ୍ଦ କରିଦେଲା। ଉତ୍ତେଜିତ ଭାବେ ତା' ନିର୍ଜନ ସହରର ଚାରିକାନ୍ଥ ଭିତରେ କ୍ଷିପ୍ର ପଦଚାଳନା କଲା। ଏମୁଣ୍ଡରୁ ସେମୁଣ୍ଡ ଯାଏଁ ଦଶପାଦ - ପୁଣି ସେମୁଣ୍ଡରୁ ଏମୁଣ୍ଡ ଯାଏଁ ଦଶପାଦ, ବାଁକୁ ଆଠ ପାଦ, ଡାହାଣକୁ ଆଠ ପାଦ। ହୁଏତ ସେ ନିଜ ସହରରେ ଏକାକୀ ତା'ର ହଜିଯାଇଥିବା ପରିଚୟ ଖୋଜିବାକୁ ଚେଷ୍ଟା କରୁଥିଲା।

■■

ଶୂନ୍ୟତାର ଲୁହ

ତମେ ଶୂନ୍ୟତା କ'ଣ ଜାଣ ଅନୁପ୍ରଭା ? ଶୂନ୍ୟତାର ଲୁହ କ'ଣ ଜାଣ ? ଯୋଜନ ଯୋଜନ ବ୍ୟାପୀ ବ୍ୟବଧାନର ପ୍ରାଚୀର ହିଁ ଶୂନ୍ୟତା, କଲେଜ କ୍ୟାମ୍ପସର ଲାଇଟ୍ ପୋଷ୍ଟ ହିଁ ଶୂନ୍ୟତା । ନୀଳକାଗଜରେ ବାଇଗଣୀ ଅକ୍ଷର ହିଁ ଶୂନ୍ୟତା । ମୁହଁ ସଞ୍ଜ ଅନ୍ଧାରରେ ନୀରବିତ ମୁହୂର୍ତ୍ତଗୁଡ଼ିକର ସ୍ପନ୍ଦନ ହିଁ ଶୂନ୍ୟତା । ପୁରୁଷମାନେ ହିଁ ଶୂନ୍ୟତା । ସେମାନଙ୍କ ଶିରାପ୍ରଶିରା ଦେଇ ପ୍ରବାହିତ ଅନୁଭୂତିର ଅନ୍ୟନାମ ହିଁ ଶୂନ୍ୟତା । ପ୍ରଥମ ବୟସର ସ୍ୱପ୍ନିଳ ଦିନଗୁଡ଼ିକର ପ୍ରଗଳ୍ଭ ଉପଲବ୍ଧି ହିଁ ଶୂନ୍ୟତା । ଅନୁପ୍ରଭା ତୁମେ ଚିତ୍ରିତ ପ୍ରଜାପତି । ରଙ୍ଗ ବେରଙ୍ଗ ଡ଼େଣା ମେଲିଦେଇ ଉଡ଼ି ବୁଲୁଛ ଆକାଶର ସୀମାହୀନ ଛାତିରେ । ସବୁଜ ଘାସର ନୀଳିମାରେ ନିଜ ଖିଆଲି ମନରେ ପଲାଶର ରଙ୍ଗ ବୋଳି, ଫୁଲର ପାଖୁଡ଼ାରେ ବସି ଚିତ୍ରିତ ଡ଼େଣା ହଲେଇ ହଲେଇ ଆମନ୍ତ୍ରଣ ଜଣାଉଛ । ଅନୁପ୍ରଭା ତୁମେ ଘାସ ଫୁଲରେ ବସିଥିଲ । ମୁଁ ହାତ ବଢ଼େଇ ଦେଲି । ତମେ ଉଡ଼ିଯାଇ ବସିଗଲ ସବୁଜ ଘାସର ପ୍ରଶସ୍ତ ଗାଲିଚାରେ । ମୁଁ

ପାଦ ଚିପି ଚିପି ଘାସର ଗାଲିଚା ଉପରକୁ ଗଲି ଓ ପୁଣି ତୁମକୁ ଖପକିନି ଧରିବାକୁ ଚେଷ୍ଟା କଲି। ତମେ ଗୋଲାପ ଡାଳକୁ ଉଡ଼ିଗଲ। ମୋ ହାତ ପାପୁଲି ଠୋଲାରେ ରହିଗଲା ଯାହାଖାଲି ମୁଠାଏ ଶୂନ୍ୟତା। ତମେ ପୁଣି ଡ଼େଣା ହଲେଇଲ। ପୀତ ଆଉ ଲୋହିତ ରଙ୍ଗର ଡ଼େଣା, ଫୁଲ ଉପରକୁ ଉଠିଗଲ। ଫୁଲରୁ ଆଉ ଗୋଟାଏ ଫୁଲକୁ। କୃଷ୍ଣଚୂଡ଼ା ଗଛକୁ, ବୋଟାନି ଡିପାର୍ଟମେଣ୍ଟ ଛାତକୁ। ତାପରେ ଖପ୍‌କିନା ଉଡ଼ି ଚାଲିଗଲ ଅନ୍ତରୀକ୍ଷକୁ। ମହାଶୂନ୍ୟରୁ ମହାଶୂନ୍ୟକୁ। ତମ ଚିତ୍ରିତ ଡ଼େଣା କ୍ରମେ ଅସ୍ପଷ୍ଟ ହୋଇ ଆସିଲା। ତମେ ବିନ୍ଦୁଟିଏ ହୋଇଗଲ। ମୋ ଆଖି ଡ଼ୋଳାରେ ଉଡ଼ିବୁଲୁଥିବା ଛୋଟ ବିନ୍ଦୁଟିଏ। ମୋ ବିସ୍ତାରିତ ହାତ ଆଉ ତମ ଚିତ୍ରିତ ଡ଼େଣା ଭିତରେ ଏବେ ଖାଲି ସ୍ଥାନ, ଯାହାର ଅନ୍ୟନାମ ହିଁ ଶୂନ୍ୟତା।

ମାସର ଏକ ତାରିଖ ଅସହ୍ୟ ଯନ୍ତ୍ରଣାର ଦିନ। ଗୋଟାଏ ମାସର ଶବକୁ କଫିନ ଭିତରେ ରଖି ସମାଧି ଦେବାର ଅବସାଦ ଜନିତ କ୍ଳାନ୍ତି ଅନେକ ବେଶୀ, ତା ପରେ ସେଇ ଦିନରୁ ହିଁ ଆରମ୍ଭ ହୁଏ ନୂତନ ଯନ୍ତ୍ରଣାର ହିସାବନିକାଶ। ଦରମା ଟଙ୍କାର ଆଢୁଆଳରେ ଯେମିତି ଯନ୍ତ୍ରଣାମାନେ ଲୁଚିଛପି ହାତ ପାପୁଲି ସନ୍ଧିକୁ ଚାଲିଆସନ୍ତି ଖସ୍ ଖସ୍ ଶବ୍ଦ କରି। ପ୍ରୋଭିଡ଼େଣ୍ଟ ଫଣ୍ଡ, ଟିଡ଼ିଏସ୍ କଟି ମିଳୁଥିବା ଦରମା ଗଣ୍ଡାକ ନେଲାପରେ ମୋ ପାଇଁ ଅନେକ ବେଦନାଦାୟକ ଘଟଣା ଘଟେ।

ସେଇଦିନ ଦୋକାନୀ ବାକି ଖାତା ଧରି ହାଜିର ହୋଇଯାଏ। ଘରବାଲା ସନ୍ଧ୍ୟାବେଳେ ଘର ଆଡ଼େ ବୁଲି ଆସେ। ଦୁଧବାଲା ଦେଖେଇ ଦେଖେଇ ଭଲ ଦୁଧ ଦିଏ। ପେପର ବାଲା ସକାଳର ଖବରକାଗଜ ହାତରେ ଧରି, ନିତିଦିନ ଭଳି ଗୁଡ଼େଇ ଦେଇ ନ ଫୋପାଡ଼ି, ଘରେ ନିଜେ ଦେବାକୁ ପହଞ୍ଚିଯାଏ। ଅନେକ ଦିନ ହେଲା ଛିଣ୍ଡି ଯାଇଥିବା ଚପଲ ହଳକ ବଦଳରେ ଭଲ ଜୋତା ହଳେ କିଣିବାକୁ ଇଚ୍ଛାହୁଏ। ସିନେମା ଯିବାକୁ ମନହୁଏ। ସ୍କୁଟର ସର୍ଭିସିଂରେ ଦେବାକୁ ଇଚ୍ଛାହୁଏ। ଘରକୁ ଟଙ୍କା ପଠେଇବା ପାଇଁ ବ୍ୟାଙ୍କକୁ ଯିବାକୁ ପଡ଼େ। ଭାଇ ଭଉଣୀଙ୍କ ପାଇଁ ଜାମାପଟା, ଛତାଜୋତା କିଣିବାକୁ ଇଚ୍ଛାହୁଏ। ଅଫିସ୍‌ରୁ ସି.ଏଲ୍ ନେଇ ଦିନେ ଦି ଦିନ ଯାଇଁ ଗାଁ ଆଡ଼େ ବୁଲିଆସିବାକୁ ଇଚ୍ଛା ହୁଏ। ଆଉ କ'ଣ ଇଚ୍ଛା ହୁଏ ଜାଣ ଅନୁପ୍ରଭା। ନିରୋଳାରେ ତମ ଚିତ୍ରିତ ଡ଼େଣାରେ ଚୁମା ଖାଇବାକୁ। ତମ ନରମ ଛାତିର ଚଉହଦିରେ ଶୋଇରହି ତମ ଛାତି ତଳର ସ୍ପନ୍ଦନ ଶୁଣିବାକୁ।

ସେଦିନ ବିରୂପାକ୍ଷ ଆସିଥିଲା। ମୋତେ ତାରିଖ ପଚାରୁଥିଲା। ତମେ ବିଶ୍ୱାସ କରିବନି ଅନୁପ୍ରଭା, ଯୋଉ ଲୋକ ଏତେ ବଡ଼ବଡ଼ ମୋଟା ବହି ଘୋଷି ଏକାବେଳେକେ ମୁଖସ୍ଥ କରି ଦେଉଥିଲା, ସେ ସାମାନ୍ୟ ତାରିଖ ସୁଦ୍ଧା ଭୁଲି ଯାଇଥିଲା

କେମିତି ? ସାଧାରଣତଃ ଏବେ ମୋ ପାଇଁ ମନେରଖିବା ଭଳି କେବଳ ଗୋଟାଏ ତାରିଖ ହେଲା ଏକ ତାରିଖ। ମାସର ପ୍ରଥମଦିନ, ଯାହା ଗୋଟାଏ ମାସର ଶେଷ ସୂଚାଇଦିଏ, ଆଉ ଗୋଟାଏ ମାସର ଆରମ୍ଭ ବି। ଗୋଟାଏ ମାସର ନୀରବ ପ୍ରତୀକ୍ଷା ପରେ ଯନ୍ତ୍ରଣାମାନଙ୍କୁ ପକେଟସ୍ଥ କରିବାର ଦିନ। ଏକ ତାରିଖ ତେଣୁ ଖୁବ୍ ମନେରହେ।

ନାଁ, ତାରିଖ ମୋର ମନେ ନଥିଲା, ଅଗତ୍ୟା ମୋତେ କ୍ୟାଲେଣ୍ଡରର ପୃଷ୍ଠା ଓଲଟାଇବାକୁ ପଡ଼ିଲା। ବିରୂପାକ୍ଷ ହସିଲା ତାଚ୍ଛଲ୍ୟର ହସ। ପଚାରିଲା, କେତେଦିନ ଏମିତି ନିଜ ହାତରେ ନିଜେ କ୍ୟାଲେଣ୍ଡରର ତାରିଖ ଦେଖି ବଞ୍ଚିବୁ ? ଅନୁପ୍ରଭା ତମେ ଶୁଣିଲେ ଆଶ୍ଚର୍ଯ୍ୟ ହେବ ଚବିଶ ଘଣ୍ଟା ବକ୍ ବକ୍ ହେଉଥିବା (ଯୋଉଟାକି ତମକୁ ଦିନେ ଖୁବ୍ ଭଲ ଲାଗୁଥିଲା) ଏତେ ବଡ଼ ଲୋକଟା ଏକାବେଳେକେ ନୀରବ ରହିଗଲା। ଉଁ କି ଚୁଁ କଲାନି। ଅଫିସରେ ବି ସେ ଦିନ ସେଇ ଘଟଣା ଘଟିଲା। ଘଣ୍ଟାରେ ବ୍ୟାଟେରି ନଥିଲା। ମୋବାଇଲ ଚାର୍ଜ କରିବାକୁ ଭୁଲି ଯାଇଥିଲି। ଦେଖିଲା ବେଳକୁ ଏକାବେଳେକେ ବ୍ୟାଟେରି ଶେଷ, ସୁଇଚ୍ ଅଫ। ପହଁଚୁ ପହଁଚୁ ଅଗତ୍ୟା ଡ଼େରି ହେବା ସ୍ୱାଭାବିକ। ହାତ ଯୋଡ଼ି ଦାନ୍ତ ନିକୁଟେଇ ଏକ୍ସପ୍ଲାନେସନ ଦେବାକୁ ହେଲା- "ସାର୍ ମେଘୁଆ ପାଗ ଥିଲା। ଘଣ୍ଟା ବନ୍ଦ ହୋଇଯାଇଥିଲା। ମୋବାଇଲରୁ ଚାର୍ଜ ବି ସରିଯାଇ ସୁଇଚ୍ ଅଫ୍ ହୋଇଯାଇଥିଲା। ସମୟ ଜାଣିହେଲାନି। ଆଉ କେବେ ଡ଼େରି ହେବନି ସାର୍"। ହେଲେ ସେ ଦିନ ବଡ଼ ହାକିମଙ୍କ ଆଖିରେ ଉପହାସର ସରୁ ଧାରଟିଏ ଚମକି ଉଠିଥିଲା "ୟୁ ୟଙ୍ଗମ୍ୟାନ୍ କେତେ ଦିନ ଆଉ ଏମିତି ଘଣ୍ଟାରେ ଚାବି ଦେବାକୁ ଭୁଲିଯିବ। ମୋବାଇଲକୁ ଚାର୍ଜରେ ବସାଇବନି। ଆଉ ଏମିତି ଡ଼େରିରେ ଆସି ହାତ ମଳି ମଳି ମିଛ ସତ ଏକ୍ସପ୍ଲାନେସନ ଦେବ ? ଗେଟ୍ ମ୍ୟାରେଡ୍ ୟଙ୍ଗମ୍ୟାନ୍। ଅଲ୍ ଦି ପ୍ରୋବ୍ଲେମ୍ସ୍ ଉଇଲ୍ ବି ସଲଭଡ୍।

ଅନୁପ୍ରଭା ମୁଣ୍ଡ ସାଉଁଳେଇ ସାଉଁଳେଇ ଫେରି ଆସିଲା ବେଳକୁ ବଡ଼ ହାକିମଙ୍କର ଲମ୍ବା ଠହକା ହସଟା କାନ ଭିତରେ ପଶି ହୃଦୟ ଚାରିପଟେ ବେଢ଼ିଯାଉଥିଲା।

ଅନୁପ୍ରଭା ସଂସାରଟା ଏଇଭଳି। ବଡ଼ ହାକିମଙ୍କର ଗମ୍ଭୀର ମୁହଁ ଆଉ ହୋ ହୋ ହସର ଠହକାରେ, ବାପା ବୋଉଙ୍କ ବଡ଼ ବଡ଼ ଆଖିରେ, କାନ୍ଥରେ ବାଡ଼ରେ, ହାଟରେ ବଜାରରେ, ଆକାଶରେ, ଶୂନ୍ୟରେ, ପବନରେ, ଉଡ୍ଡୀୟମାନ ପ୍ରଜାପତିଙ୍କର ରଙ୍ଗ ବେରଙ୍ଗୀ ଡ଼େଣାରେ, ବୟସର ଶୋଷରେ, ଆଖିରେ, ସମୁଦ୍ରରେ, ସବୁଜ ଘାସରେ, ନୀଳ ପାଣିରେ, ଫୁଲରେ, ଫଗୁଣରେ ଏଇ ଗୋଟାଏ ସ୍ଲୋଗାନ, ସେଇ ଗୋଟାଏ କଥା, ସେଇ ଗୋଟାଏ ଚିତ୍କାର... "ଗେଟ୍ ମ୍ୟାରେଡ୍ ୟଙ୍ଗମ୍ୟାନ୍, ଗେଟ୍ ମ୍ୟାରେଡ୍..."।

ଏବେ ଅନେକଟା ସହଜ ହୋଇଗଲାଣି। ଦିନଗୁଡ଼ିକ ବେଶ୍ କଟିଯାଉଛି। ତମେ ଦିନେ କହୁଥିଲ ନା ମୁଁ ଯେମିତି ଖାମ୍‌ଖିଆଲ ସ୍ୱଭାବର ପିଲା, ନିଜ ପ୍ରତି ଯେମିତି ମୋର ଆଦୌ ଖିଆଲ ନାହିଁ ନା ମୁଁ କୁଆଡ଼େ ଭାରି ଅସୁବିଧାରେ ପଡ଼ିବି। ପ୍ରଥମେ ଦିନ କେତେଟା ଭାରି ଅସୁବିଧା ହେଲା। ଏବେ ଷ୍ଟୋଭ କିଣି ଚା କଲିଣି। ଆର ମାସଠୁ ଚାଉଳ, ଡାଲି, ପରିବାପତ୍ର କିଣି ରାନ୍ଧିବା ଆରମ୍ଭ କରିବି। ଶସ୍ତା ହେବ। ତା ପରେ ବାହାରେ ହୋଟେଲରେ ବି ସବୁବେଳେ ଖାଇ ହେବନି, ଘଣ୍ଟାରୁ ବ୍ୟାଟେରି ସରିଗଲେ ଏବେ ମନେ ରଖି ବ୍ୟାଟେରି କିଣି ପକେଇଲିଣି। ଘଣ୍ଟା ଆଉ ଜମାରୁ ବନ୍ଦ ହେବାକୁ ଦେଉନି। ମୋବାଇଲକୁ ସବୁଦିନେ ଚାର୍ଜରେ ବସେଇବାକୁ ବି ଭୁଲୁନି। ପ୍ୟାଣ୍ଟଶାର୍ଟ ନିଜେ ସଫା କରିବା, ହାତରେ ଇସ୍ତ୍ରି କରିବା, ଘର ଦ୍ୱାରା ସଫା କରିବା, ବେଡ଼ସିଟ୍ ବିଛଣା ପ୍ରତିଦିନ ବଦଳେଇବା, ଖିଅର ହେବା ଆଦି ଅନେକ କରୁନଥିବା କଥା ଏବେ ଠିକ୍ ଠିକ୍ କଲିଣି। ତମକୁ ନିୟମିତ ଚିଠି ଦେଉ ନଥିଲି ବୋଲି ତମେ କେତେ ଅଭିମାନ ନ କରିଛ ଅନୁପ୍ରଭା, ଏବେ କିନ୍ତୁ ବୋଉ ପାଖକୁ ପ୍ରତି ସପ୍ତାହରେ ଅନ୍ତତଃ ଖଣ୍ଡେ ଚିଠି ଲେଖିବାରେ ଆଦୌ ହେଳା କରୁନି। ରାତିରେ ମାର୍କେଟ ବିଲଡ଼ିଂରେ, ମଲରେ ଦୋକାନର ଶୋକେଶଗୁଡ଼ାକୁ ଚାହିଁ ଚାହିଁ ଘଣ୍ଟା ଘଣ୍ଟା ବୁଲିବା ବି ଏକପ୍ରକାର ଅଭ୍ୟାସ ହୋଇଗଲାଣି। ହଁ ତମେ କହୁଥିଲନା ଅନେକ ସିଗାରେଟ୍ ଖାଇବା ମୋର ଗୋଟାଏ ଅଭ୍ୟାସରେ ପଡ଼ି ଯାଇଥିଲା ବୋଲି। ଏବେ ଆସିଲେ ଦେଖିବ ଆଉ ଆଦୌ ଖଣ୍ଡେ ହେଲେ ସିଗାରେଟ୍ ଖାଉନାହିଁ।

ସଂସାରରେ ସବୁ କିଛି ସମ୍ଭବ ଅନୁପ୍ରଭା। ହଁ ସବୁକିଛି ସମ୍ଭବ। ମନେରଖିବା ବି, ଭୁଲିବା ବି।

ବାପାଙ୍କଠାରୁ ଚିଠି ଏବେ ପାଇଲି। ବୋଉର ଦେହ ଭୀଷଣ ଖରାପ। ବଞ୍ଚିବାର ଆଶା ଖୁବ୍ କମ। ବୋଉର ଶେଷ ଇଚ୍ଛା ତା' ପୁଅ ତା' ମନପସନ୍ଦ ବୋହୂକୁ ଘରକୁ ଆଣିବ। ସବୁ ଠିକ ସରିଛି ଅନୁପ୍ରଭା। ବୋଉର ମନପସନ୍ଦ ଝିଅ ବଛା ସରିଛି। ଗୋରା ତକତକ ଗୁଣର, ରୂପର ନିରୂପମା। ରୂପରେ ଯେମିତି, ଗୁଣରେ କୁଆଡ଼େ ସେମିତି। ବୋଉ କ'ଣ ଏମିତି ସେମିତି ଝିଅଟେ ତା'ର କୋଟିଏ ଟଙ୍କାର ପୁଅକୁ ବାହା କରିଦେବ। ହେଇଥିବ, ମୁଁ ଜାଣେନି ଅନୁପ୍ରଭା। ବୋଉର ଇଚ୍ଛା ନିଜ ହାତରେ ନିଜର ସାଇତି ରଖିଥିବା ଗହଣା ଗାଣ୍ଠି କାଢି ତା' ବୋହୂକୁ ସେ ନିଜ ହାତରେ ପିନ୍ଧେଇ ଘରକୁ ଆଣିବ। ନିଜ ହାରେ ସବୁ ଭାଙ୍ଗି ତିଆରି କରିଥିବା ଦଶ ଭରିର ହାରକୁ ତା'ର ସୁନାଲାଖି ବୋହୂ ବେକରେ ଗଳେଇ ସାଇ ପଡ଼ିଶାଙ୍କୁ ଦେଖେଇବ, ବୋହୂ ବେକରେ କେମିତି ଚମତ୍କାର ଲାଗୁଛି ବୋଲି ବଖାଣିବ। ଗର୍ବରେ ତା' ଛାତି କୁଣ୍ଢେମୋଟ

ହୋଇଯାଉ ଥିବ, ପାଦ ତଳେ ଲାଗୁ ନଥିବ। ଖାଲି ଯାହା ମୋର ଯିବା ବାକିଅଛି। ମୋ ବାଟକୁ ଚାହିଁଛି। ମୋତେ ଚଞ୍ଚଳ ଯିବାକୁ ହେବ ଅନୁପ୍ରଭା, ଆଉ ଟାଳଟୁଳ କରିବାର ସୁଯୋଗ ନାହିଁ। ସବୁଥର ଭଳି ଏଥରକ ନାହିଁ କରିଦେଲେ ବୋଉକୁ ଦେଖିବାର ଆଶା କମ୍।

ବାଥ୍‌ରୁମ୍‌ରେ ସାବୁନ୍ ବୋଲି ହୋଇ ପାଣି ଅଜାଡ଼ି ହେଲାବେଳେ ବୋଉ କଥା ଭାରି ମନେପଡ଼େ। ଗାଧୋଇ ନଥିଲେ ଗାଧୋଇ ଦେବ, ମଳିଧୂଳି ଲାଗିଥିଲେ ପୋଛି ଦେବ, ପିଠାପଣା କରି ଖୁଆଇବା ପାଇଁ ଜଗି ବସିଥିବ। ନ ଖାଇଲା ପର୍ଯ୍ୟନ୍ତ ତା' ମନରେ ଶାନ୍ତି ନଥିବ କି ସେ ନିଜେ ଖାଉ ନଥିବ। ଦିହପା' ଖରାପ ହେଲେ ବାର ଦିଅଁ ତେର ଠାକୁରାଣୀଙ୍କ ପାଖରେ ଯାଚଣା କରି ଅପଲକ ଆଖିରେ ଖଟ ଦାଢ଼ରେ ବସି ମୁଣ୍ଡରେ ପାଣିପଟି ଦେଉଥିବ। ଡାକ୍ତର ଲେଖିଥିବା ଔଷଧ ସବୁକୁ ଗଣି ଗଣି ଠିକ୍ ଠିକ୍ ସମୟରେ ଖୁଆଉଥିବ। ତେଣୁ ପେନ୍ ଧରି ଲେଖି ବସିଲି " ତୁ ଚିନ୍ତା କରନା ବୋଉ, ତୋ ଦେହ ଜମାରୁ ଖରାପ ହେବନି। ମୁଁ ତୋତେ ନିଶ୍ଚୟ ଭଲ କରିଦେବି। ଯେତେ ବଡ଼ ଡାକ୍ତର ପାଖକୁ ନେବାକୁ ହେବ ନେବି। ସବୁ ଔଷଧ ପଥ୍ୟ କରିବି। ମୁଁ ଆସନ୍ତାକାଲି ଆସିବି ବୋଉ। ଅମୁକ ଟ୍ରେନରେ ଅମୁକ ବେଳାରେ ତୋ ପାଖରେ ନିଶ୍ଚୟ ପହଞ୍ଚିବି ବୋଉ। ନିଶ୍ଚୟ ପହଞ୍ଚିବି।

ମେସେଜ୍ କରିଦେଲା ପରେ ଆସନ୍ତା କାଲି ଷ୍ଟେସନରେ ମୋର ଅପମୃତ୍ୟୁ ହେବ। ଏତେ ଦିନ ହେଲା ତୁମ ଶୂନ୍ୟତା ଭିତରେ ବଞ୍ଚି ରହିବାର ଯେଉଁ ପରୀକ୍ଷା ନିରୀକ୍ଷା କରୁଥିଲି ଅନୁପ୍ରଭା ତା'ର ଅନ୍ତ ହେବ। ମୁଁ ହାରିଯାଇଛି ଅନୁପ୍ରଭା, ଏ ହାରିଯିବାରେ କିନ୍ତୁ ପରାଜୟର ଗ୍ଲାନି ନାହିଁ, କ୍ଷୋଭ ନାହିଁ, ଅବସାଦ ନାହିଁ। ତମ ପ୍ରତି ଆଦୌ ରାଗ ବା ଦ୍ୱେଷ ନାହିଁ। ଗୋଟାଏ ଅବର୍ଣ୍ଣନୀୟ ଆନନ୍ଦରେ ମୋର ସାରା ଶରୀର ଶିହରି ଉଠୁଛି।

ଯା'ପରେ ଆସନ୍ତା କାଲି ବାପା ମାଆଙ୍କର ବାଧ୍ୟ ଶିଶୁଟି ଭଳି ମୁଁ ଗାଁକୁ ଯିବି। ରୋଗଶଯ୍ୟାରେ ବୋଉ ପାଖରେ ଠିଆ ହୋଇ ଆଖିରୁ ଲୁହ ଗଡ଼େଇ କହିବି "ଦେଖ ବୋଉ, ମୁଁ ଆସିଛି"। ମୋ ସ୍ୱର ଶୁଣି ରୋଗଣା ଆଖିପତା ଦିଟା ଆସ୍ତେ ଫିଟି ଆସିବ। ହଠାତ୍ ଚଳଚଞ୍ଚଳ ହୋଇ ଉଠିବ ତା'ର ଜୀର୍ଣ୍ଣଶୀର୍ଣ୍ଣ ଶରୀର। ଗୋଟାଏ ଅଭାବନୀୟ ଆତ୍ମସନ୍ତୋଷରେ ସେ କୁରୁଳି ଉଠିବ। ତା'ର ଚିରାଚରିତ ଦିହାତ ପାପୁଲିରେ ମୋ ମୁହଁକୁ ତୋଳି ନେଇ ପିଲାବେଳ ଭଳି ତୁହାକୁ ତୁହା ବୋକ ଦେବ। ମୁଁ କହିପାରୁ ନଥିବି ବୋଉ ମୁଁ ଆଉ ଛୋଟ ପିଲାଟିଏ ହୋଇନାହିଁ। ମୋ ଭିତରେ ଗର୍ବ, ଦମ୍ଭ, ଅଭିମାନ ସବୁକିଛି ଭାଙ୍ଗିରୁଜି ଯାଇଥିବ। ତାପରେ ସେଇ ରୋଗୀଣା ଶରୀର ନେଇ

ସେ ଉଠିବ। ତା' ବଡ଼ ପାଟିରେ ଘରସାରା ଆଦେଶର ଇସ୍ତାହାର ଛୁଟିବ। ଆରେ ହେ ପିଲାଟା ସକାଳୁ ବାହାରିକି ଆସିଛି, ତା'ର ଭଲ ମନ୍ଦ ବୁଝ। କେତେ ବାଟ ଭୋକ ଶୋଷରେ ଆସିଛି, ହେ ଲୁଙ୍କ ପରି ବସିଛ କ'ଣ ବା, ଦେଖାଯାଉନି ସେ କେମିତି ହାଲିଆ ହୋଇ ଯାଇଛି ଖରାରେ ଚାଲି ଚାଲି। ଯାଅ ପୋଖରୀରୁ ମାଛ ଦିଟା ଧରିଆଣ, ବାଡ଼ି ଶାଗ ତାକୁ ଭାରି ଭଲଲାଗେ। ଆସିଲା ବେଳକୁ ପଟାଳିରୁ ଶାଗ ପୁଞ୍ଜେ ତୋଳି ଆଣିବ। ଦିଅ ଜଲଦି ଚୁଲିରେ ଭାତ ବସା, ନ ତିଅଣ ଛଅ ଭଜା କର, ଗାଧୁଆ ପାଧୁଆ, ଭଲମନ୍ଦ ବୁଝିବାରେ ସେ ରୋଗ ଭୁଲିଯିବ।"ମୁଁ କହିପାରୁ ନଥିବି ବୋଉ ମୋ ପାଇଁ ଏତେ ବ୍ୟସ୍ତ ହେବାର କ'ଣ ଅଛି। ଯା ତୁ ବିଛଣାରେ ଶୁଅ। ତୋର ଦେହ ଭଲ ନାହିଁ। ମୁଁ କ'ଣ ଏବେ ପଳେଇ ଯାଉଛି। ମୁଁ କ'ଣ ଆଉ ପିଲା ହୋଇ ଅଛି ? ନିଜେ କରିଦେବିନି ? ଅନୁପ୍ରଭା, ଦାଣ୍ଡପଟ ବଗିଚାର ମନ୍ଦାର ଗଛର ପତ୍ରରେ ପ୍ରଜାପତିଟାଏ ରଙ୍ଗିନ ଡ଼େଣା ମେଲି ବସିଛି। କି ସୁନ୍ଦର ଚିତ୍ରିତ ଡେଣା ଦିଟା ହଲେଇ ହଲେଇ ଏ ଫୁଲରୁ ସେ ଫୁଲକୁ ଉଡ଼ି ବୁଲୁଛି। ଦାଣ୍ଡ ପିଣ୍ଡାରେ ଚୌକିରେ ମୁଁ ବସିଲାବେଳେ ସେ ଉଡ଼ିଆସି ଘାସର ଗାଲିଚାରେ ବସିଗଲା। ପୀତ ଆଉ ଲୋହିତ ରଙ୍ଗର ପ୍ରଜାପତି। ମୋ ଚାରିପଟେ ଡ଼େଣା ହଲେଇ ହଲେଇ ବୁଲି ଯାଉଛି, ପୁଣି ବାରଣ୍ଡାରେ, କାନ୍ଥରେ, ଘାସର ଗାଲିଚାରେ, ସବୁଜ ଗଛର ପତ୍ରରେ ବସିଯାଉଛି। ମୁଁ ଆଉ ସମ୍ଭାଳି ପାରିଲିନି। ପାଦ ଚିପି ଚିପି ଗଲି ଆଉ ଦି ହାତ ପାପୁଲି ଭିତରେ ତାକୁ ମାଡ଼ି ବସିଲି। ଏବେ ମୁଁ ଅନୁଭବ କରି ପାରୁଛି ଦି ହାତ ପାପୁଲି ଠୋଲାରେ ଚିତ୍ରିତ ପ୍ରଜାପତିଟି ଡ଼େଣା ଫଡ଼ ଫଡ଼ କରୁଛି।

ଏକ ଗଭୀର ବନ୍ଧନରେ ହାତ ପାପୁଲି ଭିତରେ ଚିତ୍ର ବିଚିତ୍ର ଡ଼େଣା ଫଡ଼ ଫଡ଼ କରୁଥିବା ପ୍ରଜାପତି ସାଥିରେ ମୁଁ ବାନ୍ଧି ହୋଇ ପଡୁଛି। ଅନୁଭବ କରୁଛି ମନୁଷ୍ୟ ପାଇଁ ଜୀବନରେ ସ୍ନେହର ଆବଶ୍ୟକତା ଅଛି। ପୂର୍ଣ୍ଣତାର ଆବଶ୍ୟକତା ରହିଛି। ସେଥିରେ ଶାନ୍ତି ଅଛି, ସାନ୍ତ୍ୱନା ଅଛି। ସେ ବରଂ ମୋ ପାଇଁ ଖୁବ୍ ଭଲ। ହାତ ପାପୁଲି ଠୋଲାରେ ପ୍ରଜାପତିଟା ଥରକୁ ଥର ଚିତ୍ରିତ ଡେଣା ଫଡ଼ ଫଡ଼ କରି ଏପଟ ସେପଟ ହେଉଛି। ଦେହ ଭିତରେ ଗୋଟେ ଅଦ୍ଭୁତ ନୂଆ ଶିହରଣ ଖେଳିଯାଉଛି। ଯେତେଥର ପ୍ରଜାପତିଟି ଡେଣା ଫଡ଼ ଫଡ଼ କରୁଛି, ସେତେ ଥର ହୃତପିଣ୍ଡର ସ୍ପନ୍ଦନ ତୀବ୍ର ହୋଇ ଉଠୁଛି। ଏ କ'ଣ ଏ କି ଅନୁଭବ, ଏ କି ଆବେଗମୟ ଉଚ୍ଛ୍ୱାସ। ହାତ ପାପୁଲିର ଠୋଲାକୁ ମେଲା କରି ମୁଁ ପାପୁଲି ଫାଙ୍କରୁ ପ୍ରଜାପତିକୁ ଦେଖିଲି, ତା'ର ଚିତ୍ର ବିଚିତ୍ର ଫଡ଼ ଫଡ଼ ହେଉଥିବା ଡେଣାକୁ ନିରୀକ୍ଷଣ କରୁଛି। ଅନୁପ୍ରଭା ତମେ ଦେଖିବ ? ପ୍ରଜାପତିଟିକୁ ଦେଖିବ ? ହାତ ପାପୁଲି ଫାଙ୍କରେ ଚାହିଁ ଦେଖ ? ସିଏ କିଏ ଜାଣ ? ଘର ଭିତରୁ

ବୋଉର ପାଟି ଶୁଭିବା ଆରମ୍ଭ ହେଲାଣି, କିରେ କୁଆଡ଼େ ଗଲୁ କିରେ, ଦେଖିବୁ ଆ, ଗହଣାଗାଣ୍ଠି ଦେଖିବୁ ଆ... ଭଲ ହାରଟିଏ ରଖିଛି, ତା ବେକକୁ ବହୁତ ମାନିବ - ରୂପାର ପାଉଁଜି- ଲୁଗାପଟା- ବଉଳ ଶାଢ଼ୀ, ଚଉଠି ପାଟ- ସବୁ କିଣି ସଜାଡ଼ି ରଖିଛି। ବୋହୂକୁ ଖୁବ୍ ମାନିବ, ଦେଖିବୁ ଆ, କୁଆଡ଼େ ଗଲୁ କି? ଦେଖିବୁ ଆ- ଚିତ୍ରିତ ପ୍ରଜାପତିଟି ହାତ ପାପୁଲି ଭିତରେ ଡ଼େଣା ଆହୁରି ଆହୁରି ଫଡ଼ ଫଡ଼ କରୁଛି। ତମେ ଦେଖିବ ଅନୁପ୍ରଭା ଦେଖିବ?

■■

ଏବଂ ସ୍ୱପ୍ନମାନଙ୍କୁ

ଦ୍ୱିତୀୟାର ଶେତାଜହ୍ନ ଦେହରେ କଳା ଦାଗ ସବୁ ଆହୁରି ସ୍ପଷ୍ଟ ହୋଇ ଆସୁଥିଲା। ଗୋଟାଏ ଆତ୍ମଶିହରଣରେ ବୁଦ୍ଧିଆ ଉଠିବସିଲା। ଅଣ୍ଟାରେ ଖୋସା ହେଇଥିବା ଟଙ୍କାଟା ଖେଞ୍ଚି ହେଉଥିଲା। ମାଟିତେଲ ଦୀପର ଶେଷ ଆଲୋକ ଶିଖାରେ ବୁଦ୍ଧିଆର ଛାଇ ଅସ୍ପଷ୍ଟ ହେଇ ଆସୁଥିଲା। ବୁଦ୍ଧିଆ ପାଟି ପାଖରେ ହାତ ପାପୁଲି ଛନ୍ଦି ହାଇ ମାରିଲା। ହାତ ବୁଲେଇ ନିଜ ଅବସ୍ଥିତି ବିଷୟରେ ସଚେତନ ହୋଇଉଠିଲା। ବୁଦ୍ଧିଆ ଉଠି ଠିଆହେଲା। ଅଣ୍ଟାରେ ଖୋସିଥିବା ଟଙ୍କାକୁ ଖୋଲି ହାତରେ ଧରିଲା। ବୁଢ଼ା ଆଙ୍ଗୁଠି ଉପରେ ଥୋଇ ଉପରକୁ ଫିଙ୍ଗି ଦେଲା। ଟଙ୍କାଟା ଝାପ୍‌ସା ଝାପ୍‌ସା ଆଲୁଅରେ ଉପରକୁ ଉଛୁଳି ହେଇ ଠଣ୍ କରି ମାଟିରେ ପଡ଼ିଲା। ମୁହଁ ପାଖକୁ ନେଇ ଟଙ୍କାଟା ବୁଦ୍ଧିଆ ପୁଣି ମାଟିରୁ ଉଠେଇ ଆଣିଲା। ହାତ ପାପୁଲି ଉପରେ ହାତ ପାପୁଲି ରଖିଲା, ପାପୁଲି ଦିଟା ଶୂନ୍ୟକୁ ତୋଳି ଧରିଲା। ଦୁଆର ବନ୍ଧ ଟପି ବାହାରକୁ ବାହାରି ଆସିଲା। ଷ୍ଟେସନ ଘଣ୍ଟାରେ ତିନିଟା ବାଜିଲା। ବ୍ରୋଞ୍ଜର

ଦ୍ୱିତୀୟା ଜହ୍ନକୁ ସେ ନିଜର ନିଦୁଆ ପଡ଼ିଆସୁଥିବା ଆଖିରେ ଚାହିଁଲା। ଜହ୍ନ ତାକୁ ଝାପ୍‌ସା ଝାପ୍‌ସା ଦେଖା ଯାଉଥିଲା।

ବୁଦ୍ଧିଆ ଚାରିଆଡ଼କୁ ଚାହିଁଲା। ଆଗରେ ଶୂନ୍ୟତା ପଛରେ ଶୂନ୍ୟତା। ରାତିର ଖାଁ ଖାଁ, ପରସ୍ତ ପରସ୍ତ ଶୂନ୍ୟତା ଭିତରେ ସେ ବି ଯେମିତି ଶୂନ୍ୟ ପାଲଟି ଯାଇଛି। ତା' ପେଟ ଭିତରୁ କ'ଣ ଗୋଟାଏ ଛଟପଟ ହୋଇ ଉପରକୁ ଉଠିଲା। ଏବଂ ଆସ୍ତେ ଆସ୍ତେ ତା'ର ସମସ୍ତ ଜୈବିକ ଅସ୍ତିତ୍ୱକୁ ଆଚ୍ଛନ୍ନ କରିପକେଇଲା। ରାତି ଟ୍ରେନଟା ବୋଧେ ଆଉ ଅଳ୍ପ ସମୟ ପରେ ଆସିବ। ବୁଦ୍ଧିଆ ଟ୍ରେନ ଆସିବାର ଘଣ୍ଟା ଶୁଣିପାରୁଥିଲା। ଦ୍ୱିତୀୟ ଘଣ୍ଟା ବୋଧେ ବାଜିଲା। ଅଭିଶପ୍ତ ବତିଖୁଣ୍ଟ ଗୁଡ଼ାକ ପାର ହୋଇ ବୁଦ୍ଧିଆ ପିଚୁରାସ୍ତା ଉପରକୁ ଉଠିଲା।

ଆଲୁଅ ଜଳୁଛି। ଦ୍ୱିତୀୟା ଜହ୍ନ ଭଳି ବତିଖୁଣ୍ଟରେ ଆଲୋକ ଦପ ଦପ ହୋଇ ଜଳୁଛି। ବୁଦ୍ଧିଆ ଦେଖିଲା ବତିଖୁଣ୍ଟ ଗୁଡ଼ାକ ନିଜ ଚାରିପଟେ ଆଲୋକ ବିଞ୍ଚାଡ଼ି ଦେଇ ନିଜେ ଅନ୍ଧକାରରେ ପଡ଼ିରହିଛନ୍ତି। ବୁଦ୍ଧିଆ ବତିଖୁଣ୍ଟଠାରୁ ଅଳ୍ପ ଦୂରରେ ଠିଆ ହେଲା। ଅସ୍ପଷ୍ଟ ସ୍ୱରରେ କ'ଣ ଗୁଡ଼ାଏ ନିଜେ ନିଜକୁ କହିଗଲା। ପୁଣି ପାଦ ଜୋର୍ କଲା। ଗୋଟାଏ ପରେ ଗୋଟାଏ ବତିଖୁଣ୍ଟ ପଛରେ ପକାଇ ବୁଦ୍ଧିଆ ଷ୍ଟେସନ ଆଡ଼କୁ ଧାଉଁଥିଲା।

ବୁଦ୍ଧିଆ ଦେଖିଲା ଆଲୋକ ଚାରିପଟେ ଝଡ଼ିପୋକ ଉଡ଼ୁଛନ୍ତି ନିର୍ବିକାର ଭାବେ। ଗୋଟାଏ ବିନ୍ଦୁକୁ କେନ୍ଦ୍ର କରି ଶୂନ୍ୟତାର ପରିଧିରେ। ତା'ର କେନ୍ଦ୍ର ହିଁ ଆଲୋକ। ତା'ପରେ ଶୂନ୍ୟତା। ତା'ପରେ ଝଡ଼ିପୋକର ଘୂର୍ଣ୍ଣାୟମାନ ଅବସ୍ଥିତି। ଆଲୋକ ସଙ୍ଗେ ମିଶିଯିବାର, ଲୀନ ହୋଇଯିବାର ଅଦମ୍ୟ ଆଶା, ଅଦମ୍ୟ ଆକାଂକ୍ଷା। ସତ୍ୟ ଚାରିପଟେ ଗୋଟାଏ କୃତ୍ରିମ ଶୂନ୍ୟତାର ନିରାପଦ ଦୂରତ୍ୱ ରକ୍ଷାକରି ମଣିଷ ଖାଲି ଯନ୍ତ୍ରଣାର ପରିଧି ଉପରେ ଝଡ଼ିପୋକ ଭଳି ଚକ୍କର କାଟି କାଟି ଡହକ ବିକଳ ହୁଏ। ସତ୍ୟକୁ ଖୋଜୁଥିବା ମଣିଷ ହିଁ ଯନ୍ତ୍ରଣା। ଏକ ନିର୍ଦ୍ଦିଷ୍ଟ ଅସ୍ତିତ୍ୱକୁ ଜାବୁଡ଼ି ଧରିଥିବା ମଣିଷ ମାନେ ହିଁ ଯନ୍ତ୍ରଣାଦଗ୍ଧ। ସେମାନଙ୍କ ଉଦ୍ୟମ ହିଁ ବିଫଳତା। ବୁଦ୍ଧିଆ ଛାତି ଭିତରେ ଅସଂଖ୍ୟ ଝଡ଼ିପୋକ ଚକ୍କର କାଟିବା ସେ ଅନୁଭବ କରି ପାରୁଥିଲା।

ତା' ଆଖିପତା ବନ୍ଦ ହୋଇ ଆସିଲା। ଅନେକ ଅବସାଦରେ, କ୍ଳାନ୍ତିରେ ଅବଶୋଷର କୁଞ୍ଚିତ ରେଖା ତା'ର ପ୍ରଶସ୍ତ କପାଳରେ ଫୁଟି ଉଠିଲା। ତା' ଆଖି ଆଗରେ ତା'ର କଳା ମଚମଚ ବଳିଲା ବଳିଲା ଚେହେରା। ମଣିଷ ଯେତେବେଳେ ଆଖି ବନ୍ଦ କରେ ସେତେବେଳେ ଏମିତି ଅହଂକାରୀ 'ମୁଁ' ହିଁ ଆସି ତା' ଆଖିପତା ତଳେ ଦେଖାଦିଏ। ଦୁନିଆରେ ଅସଂଖ୍ୟ ମଣିଷଙ୍କର 'ମୁଁ'ତ୍ୱର ଶୋଭାଯାତ୍ରା ଚାଲିଛି।

ସଂସାରରେ ସମସ୍ତେ ନିଜ ନିଜ ପାଇଁ ବ୍ୟସ୍ତ ବିବ୍ରତ। ବଞ୍ଚିବାର ଧାଁ ଦଉଡ଼ରେ କିଏ କାହାକୁ ଦେଖୁଛି। କିଏ କାହାକୁ ସାହାଯ୍ୟ କରୁଛି। ବୁଦ୍ଧିଆ ଧାଇଁଛି ଏମିତି ନୀରବଚ୍ଛିନ୍ନ ଭାବେ ଜନ୍ମ ହେଲା ଦିନଠୁ ବଞ୍ଚିବାର ନୀରବଚ୍ଛିନ୍ନ ସଂଘର୍ଷରେ, ଚକ୍କର କାଟି ଚାଲିଛି। ମାଟି ନେସି ହେଇଛି, ରିକ୍ସା ଟାଣିଛି। ଡିସେମ୍ବର ଶୀତ ସକାଳରେ ଧାଇଁ ଧାଇଁ ବୁଦ୍ଧିଆ ରେଳ ଲାଇନ କଡ଼େ ଠିଆ ହୋଇ କୋଇଲା ବୋଝେଇ ମାଲ୍ ଗାଡ଼ିରୁ କୋଇଲା ଖଣ୍ଡ ଗୋଟେଇଛି। ଏମିତିକି ପଛରେ ବି ଚଳନ୍ତା ମାଲଗାଡ଼ିର କୋଇଲା ବୋଝେଇ ୱାଗନ ଉପରେ ଚଢ଼ି କୋଇଲା ଚୋରି କରିଛି। ରାସ୍ତାକଡ଼ ନର୍ଦ୍ଦମାର ଟିଣ, କାଠ, ଲୁହା, ପ୍ଲାଷ୍ଟିକ ଗୋଟେଇଛି। କାଗଜ କିଣି ଠୁଙ୍ଗା କରିଛି। ରାସ୍ତା କଡ଼ରୁ ଅମରି ଭାଙ୍ଗି ଜାଳ କରିଛି, ଦଉଡ଼ି ବଳିଛି, ଜାଲ ବୁଣିଛି। ନଥିଲା ଲୋକଟିର ଜୀବନ ସଂଘର୍ଷ କେତେ ବୈଚିତ୍ର୍ୟମୟ, କେତେ ଭିନ୍ନ ଭିନ୍ନ ରଙ୍ଗର ସମାହାର। ବୁଦ୍ଧିଆ ବଞ୍ଚିବା ପାଇଁ ଖଟି ଚାଲିଛି ଯେ ଖଟି ଚାଲିଛି। ବିଶ୍ରାମହୀନ ଭାବେ, ବିରାମହୀନ ଭାବେ। ତଥାପି ତା'ର ଘୂରିବାର ଶେଷ ନାହିଁ। ଚକ୍କର କାଟିବାରୁ ନିସ୍ତାର ନାହିଁ। ଆଲୋକର ଏକ ନିରାପଦ ଦୂରତ୍ୱ ରଖି ସେ ଘୂରି ଚାଲିଛି ଝଡ଼ିପୋକ ଭଳି।

ବୁଦ୍ଧିଆ ଯେମିତି ଜୀବନର ଗୋଟାଏ ସଂଜ୍ଞା ଖୋଜୁଛି ? ବଞ୍ଚିବା କ'ଣ ଜୀବନ। ଅନେକ ସମୟ ଚିନ୍ତା କଲାପରେ ବୁଦ୍ଧିଆ ସ୍ଥିର କଲା ଯେ, ତା' ପାଇଁ ଜୀବନ କେବଳ ଗୋଟାଏ ଦିନର ହାଡ଼ଭଙ୍ଗା ଖଟଣି ଆଉ କେଇଟା ଟଙ୍କା ରୋଜଗାର। ତା'ପାଇଁ ବଞ୍ଚିବା ହେଉଛି ଟଙ୍କା କେତେଟାକୁ ଧରି ଯେ କୌଣସି ଦୋକାନକୁ ଯିବା ଏବଂ ଦିନକର ଗୁଜୁରାଣ ପାଇଁ ଚାଉଳ, ଡାଲି, ତେଲ, ମସଲା ଆଦି ଚଢ଼ା ଦରରେ କିଣି ଆଣିବା ପରେ ବଳି ପଡ଼ିଥିବା ଟଙ୍କାକୁ ଅଣ୍ଟାରେ ଖୋସି ଘରକୁ ଫେରିବା। ଅନ୍ଧାର ଭିତରେ ବୁଦ୍ଧିଆ ଦେଖିଲା ଅଣ୍ଟାରେ ଖୋସା ହୋଇଥିବା ଟଙ୍କାଟା ଆକାଶକୁ ଉଠିଯାଇଛି ଆଉ ହଲି ହଲି ତଳକୁ ଖସୁଛି।

ମାଲଗାଡ଼ି ହୁଇସିଲ୍ ପୁଣିଥରେ ବାଜି ଉଠିଲା। ବୁଦ୍ଧିଆ ଧାଇଁଲା ବଞ୍ଚିବାର ଆଶାରେ। ସେ ଭୁଲିଗଲା ତା'ର ଛୋଟ ଚାଳ ଖଣ୍ଡକ, ତା'ର ହାଡ଼ କଙ୍କାଳସାର ପିଲାଙ୍କ କଥା। ପାଖ ବତି ଖୁଣ୍ଟରୁ ଝରିପଡୁଥିବା ଆଲୋକ କଥା। ଘୂରୁଥିବା ଝଡ଼ିପୋକ କଥା, ତା ଆଖି ଆଗରେ ମାଲଗାଡ଼ି। କୋଇଲା ବୋଝେଇ ୱାଗନ, ଷ୍ଟେସନ, କୋଇଲା ଖଣ୍ଡ। ବୁଦ୍ଧିଆର ଜୀବନ ଏବେ କୋଇଲା ଖଣ୍ଡରେ ପର୍ଯ୍ୟବସିତ ହୋଇ ଯାଇଥିଲା। ସେ ଯେମିତି ଗୋଟାଏ କୋଇଲା ଖଣ୍ଡ ପାଲଟି ଯାଉଥିଲା। ସେ ଭୁଲିଯାଇଥିଲା ତା'ର ସ୍ଥିତି ଅସ୍ଥିତିର କାହାଣୀ। ତା'ର ଉଦ୍ୟମ, ଅନୁଦ୍ୟମର କବିତା। ତା ସଫଳତା ଓ ବିଫଳତାର ସିଂଫୋନି। ଅଣ୍ଟାପିଠି ତା'ର ଅସମ୍ଭବ ଯନ୍ତ୍ରଣାରେ ଅବଶ ହୋଇ ଉଠୁଥିଲା।

ମୁଣ୍ଡଟା ଭାରୀ ଭାରୀ ଲାଗୁଥିଲା। ବୁଦ୍ଧିଆ ଦିହରେ ହାତ ମାରିଲା। ପାଦ ଜୋରରେ ଉଠେଇ ବି ଆଗକୁ ଯିବାର ଶକ୍ତି ଯେମିତି ହରାଇ ବସିଥିଲା। ସେ କ'ଣ ଆଉ ଆଗକୁ ବଢ଼ି ପାରିବନି? ଦିହ ହାତ ତା'ର ଝାଇଁ ମାରୁଥିଲା। ବୁଦ୍ଧିଆ କ୍ଳାନ୍ତିରେ ମାଟିରେ ଲଥ୍‌କିନା ବସିଗଲା। ଦିହରେ ଅସମ୍ଭବ ତାତି ଖଇ ଫୁଟୁଛି। ତା'ର ମନେହେଲା ଏମିତି ଅନେକ ମାଲଗାଡ଼ି ଆସିବେ ଏବଂ ଚାଲିଯିବେ। ସେ ରାସ୍ତାକଡ଼ରୁ ଜୁଳୁଜୁଳୁ ହେଇ ଚାହିଁ ରହିଥିବ। ସେ ଆଉ ଆଗକୁ ଯାଇ ପାରୁନଥିବ କି ପଛକୁ ଫେରି ପାରୁନଥିବ।

ହେଲେ ତା' କ'ଣ ସମ୍ଭବ? ନଥିଲା ଲୋକଟି କ'ଣ ଏମିତି ଲଥ୍ କରି ବସିଯାଇ ଜଳ ଜଳ କରି ଚାହିଁ ରହିପାରେ? ଜୀବନ ସଂଘର୍ଷରେ କ'ଣ ସେ ଏମିତି ଦେହ ଖରାପ ହେଲା ବୋଲି ବସିଯାଇପାରେ ନିର୍ବେଦ ହେଇ ଚାଲିଯାଉଥିବା ମାଲ ଗାଡ଼ିକୁ ଦେଖି ଦେଖି? ନାଁ ନଥିଲା ଲୋକଟି ଜୀବନରେ ବସିପଡ଼ିବାର ସୁଖ କାହିଁ? ପେଟର ଯୋଉ ଜ୍ୱାଳା ତାକୁ ପ୍ରଶମିତ କରିବାକୁ ହେଲେ, ନଥିଲା ଲୋକଟି ବସିପାରିବ କେମିତି? ଯେତେ ଜର ହେଲେବି, ଖଇ ଫୁଟିଲେବି, ମୁଣ୍ଡ ଝାଇଁଝାଇଁ ଲାଗିଲେବି, ଅସମ୍ଭବ। ସେ ବସିଗଲେ ପିଲା କବିଲାଙ୍କ କଥା ବୁଝିବ କିଏ? ତା' ଭଳି ଲୋକଟି ଜୀବନରେ ବସିବାର ଭାଗ୍ୟ କାହିଁ? ସେ ବସିପାରିଲାନି। ଅସମ୍ଭବ କ୍ଳାନ୍ତି ସତ୍ତ୍ୱେ ସେ ଉଠି ଠିଆ ହେଲା। ମୁଣ୍ଡ ବୁଲେଇ ହେଇ ଯାଉଛି, ତଥାପି ବି। ଅଣ୍ଟାରେ ଗୁଡ଼େଇଥିବା ଅଖା ବାହାର କଲା। ଆଉ ଖୋଲି ଧରିଲା। ତା'ପରେ ସେ ନିଜକୁ ଘୋଷାରି ଘୋଷାରି ଷ୍ଟେସନ ଆଡ଼କୁ ଚାଲିଲା। ଦେହ ତାତିରେ ଖଇ ଫୁଟୁଥିବା ସତ୍ତ୍ୱେ, ମାଲଗାଡ଼ି ରହିଲା ପରେ ଅନ୍ଧାର ଭିତରେ ବୁଦ୍ଧିଆ କୋଇଲା ୱାଗନ ଉପରେ ଚଢ଼ିଗଲା। ୱାଗନ ଭିତରେ ଆଣ୍ଠେଇ ପଡ଼ିଲା, ଯେମିତି ବାହାରୁ କେହି ଦେଖି ପାରିବେନି। ପୁଲିସ ହାବୁଡ଼ରେ ପଡ଼ିଲେ କଥା ଅସମ୍ଭାଳ ହେବ। ସେ ଚାଲାଣ ହେବ ରେଳବାଇ ହାଜତକୁ, ନ ହେଲେ ରେଳବାଇ ପୋଲିସ୍‌କୁ ହାତଗୁଞ୍ଜା ଦେଇ ଖସିବାକୁ ହେବ। ସେ କୋଇଲା ୱାଗନ ଭିତରେ ଆଣ୍ଠେଇ ଅଖା ମୁହଁ ଖୋଲି ଖଣ୍ଡ ଖଣ୍ଡ କୋଇଲା ଭର୍ତ୍ତି କଲା। ଅଖାରେ ଖୁନ୍ଦି ଖୁନ୍ଦି କୋଇଲା ଭର୍ତ୍ତିକଲା। କୋଇଲା ହିଁ ତା'ର ଜୀବନ। କୋଇଲା ହିଁ ତା'ର ବଞ୍ଚିବାର ଖୋରାକ। ନିତି ପ୍ରତି, ଏଇମିତି, ନୀରବଛିନ୍ନ ଭାବେ ଦେହ ବାଧିକି ସତ୍ତ୍ୱେ, ବର୍ଷା ଖରା ସତ୍ତ୍ୱେ ସେ କୋଇଲା ୱାଗନ୍‌ରେ ଚଢୁଛି ଅଖାରେ କୋଇଲା ଭରିବା ପାଇଁ। ଏବେ ମାଲଗାଡ଼ି ଛାଡ଼ିବାର ହୁଇସିଲ ଦେଲାଣି। ଅଳ୍ପ ସମୟ ପରେ ମାଲଗାଡ଼ି ଷ୍ଟେସନ ଛାଡ଼ିବ। ବୁଦ୍ଧିଆ ଅଖାଟାକୁ ଟେକି ଚାରିଆଡ଼େ ଚାହିଁଲା। କିଏ କୋଉଠି ଦେଖୁଛନ୍ତି କି ନାହିଁ? ଅନ୍ଧାର ଅଛି କି ନାହିଁ, କୋଇଲା ୱାଗନ ଆଡ଼େ ପୋଲିସ୍ ପଇଁତରା ମାରି ଆସୁଛନ୍ତି କି ନାହିଁ। ତା'ପରେ ସେ କୋଇଲା ଭର୍ତ୍ତି ଅଖାକୁ

ଟେକିଲା। ଆଉ ରେଳଲାଇନ୍ କଡ଼କୁ କିଏ ନ ଦେଖିଲା ଭଳି ପକେଇ ଦେଲା। ମାଲଗାଡ଼ି ଛାଡ଼ିଲାଣି, ବୁଦ୍ଧିଆ ୱାଗନ ଉପରକୁ ଚଢ଼ିଲା। ଆଉ ୱାଗନ ଉପରୁ ଚଳନ୍ତା ଗାଡ଼ିରୁ ଦୁଲକିନା ଡେଇଁପଡ଼ିଲା। ତଳେ ପଡ଼ି ଆଣ୍ଠୁଗଣ୍ଠି ମାଡ଼ ହେଇଗଲା। ତଥାପି ସେଥିଲାଗି କ'ଣ ନିଘା କଲେ ହେବ, ବୁଦ୍ଧିଆ ଘୋଷାଡ଼ି ହୋଇ ଉଠିଲା। ଦେହରେ ଖଇ ଫୁଟୁଛି। ଦେହ ଅବସନ୍ନ ହୋଇ ପଡୁଛି। ମୁଣ୍ଡ ଚକ୍କର କାଟୁଛି। ଚେତା ବୁଡ଼ିଯିବ କି କ'ଣ? ଆଣ୍ଠୁଗଣ୍ଠି ମାଡ଼ ହେଇ ଯାଇଛି। ତଥାପି ବୁଦ୍ଧିଆ ଉଠିଲା। ମାଲଗାଡ଼ି ଷ୍ଟେସନ ଛାଡ଼ି ଚାଲିଗଲା ପରେ ସନ୍ତର୍ପଣରେ ଚାରିଆଡ଼କୁ ଚାହିଁ, ଅନ୍ଧାରରେ, କିଏ ନ ଥିବା ବେଳେ, ରାତ୍ରିର ନିସ୍ତବ୍ଧତାରେ କାନ୍ଧରେ କୋଇଲା ଭର୍ତ୍ତି ଅଖା ଧରି ଘୋଷାଡ଼ି ଘୋଷାଡ଼ି ହେଇ ତା' ଘରକୁ ଫେରିଲା।

ସେ ପଛକୁ ପଛକୁ ଫେରିଲା। ରାସ୍ତାରୁ ରାସ୍ତାକୁ। ପୁଣିଥରେ ତା'ର ମାଟିଝାଟି ଝୁମ୍ପୁଡ଼ିକୁ। ଅଗଣାରେ ଦୁଲ୍‌କିନା ଅଖାଟାକୁ ଥୋଇଦେଲା। ତାପରେ ଘରେ ଯାଇ ମାଟି ଚଟାଣ ଉପରେ ଲଥିକିନା ବସିଗଲା। ତା' ସ୍ତ୍ରୀ ଶୋଇଥିଲା, ଦିନଯାକର ଖଟଣିର କ୍ଳାନ୍ତିରେ ନିଘୋଡ଼ ନିଦରେ। ମଝିରେ ମଝିରେ ଘୁଙ୍ଗୁଡ଼ି ମାରୁଥିଲା। ଛାତିରୁ ଲୁଗା ଖସି ତା' ଚେଚଡ଼ା ସ୍ତନ ଦିଶୁଥିଲା। ସାନପିଲାଟା କୋଳରେ ଶୋଇ ପାଟିରେ ତାକୁ ଚୋକୁଟୁଥିଲା। ବଢ଼ିଲା ଝିଅ ଗେହ୍ଲି ପୂର୍ଣ୍ଣ ଯୌବନର ପ୍ରସ୍ଫୁଟିତ ସମସ୍ତ ଅବୟବକୁ ଘୋଡ଼ାଇ ରଖିବାକୁ ଚେଷ୍ଟା କରି ବିଫଳ ହେଉଥିଲା ଯେମିତି। ବୁଦ୍ଧିଆ ଆଖିବୁଜିଲା, ତାତି ଆହୁରି ବଢ଼ିଗଲାଣି ବୋଧେ। ହେଁସ ଟାଣି ଆଣି ମାଟି ଚଟାଣରେ ବିଛେଇଲା। ଗୋଡ଼ ହାତ ସିଧା କରି ହେଁସ ଉପରେ ଲମ୍ବ ହୋଇ ପଡ଼ିଗଲା। ତା'ର ଯନ୍ତ୍ରଣା ଆହୁରି ବଢ଼ି ଯାଇଥିଲା। ମୁଣ୍ଡ ବି ଜୋରରେ ବିନ୍ଧିବା ଆରମ୍ଭ କରିଥିଲା। ବୁଦ୍ଧିଆ ମୁଣ୍ଡକୁ ଜାବୁଡ଼ି ଧରି ମାଲିସ୍ କଲା।

ଅନେକ ସମୟ ସେ ନିଶ୍ଚଳ ଭାବେ ପଡ଼ିରହିଲା, ତା' ସଂସାରଠାରୁ ଏକ କୃତ୍ରିମ ଶୂନ୍ୟତା ରକ୍ଷା କରି। ତା'ପରେ ବୁଦ୍ଧିଆ ସ୍ୱପ୍ନ ଦେଖିଲା "ଅସଂଖ୍ୟ ଝଡ଼ିପୋକ ଆଲୋକ ଚାରିପଟେ ସାଇଁ ସାଇଁ ହୋଇ ଘୂରି ବୁଲୁଛନ୍ତି, ଶୂନ୍ୟତାର ଗୋଟେ କୃତ୍ରିମ ଦୂରତା ରକ୍ଷା କରି। ବୁଦ୍ଧିଆର ଆଖିପତା ମୁଦି ହୋଇ ଆସିଲା ଖଇଫୁଟା ତାତିରେ। ବୁଦ୍ଧିଆର ସାରା ଶରୀର ଏକ ଉତ୍ତେଜନାରେ ଛଟପଟ ହୋଇଗଲା। ସେ ଆଉ ସ୍ପଷ୍ଟ ଆଲୋକ ଦେଖି ପାରିବନାହିଁ। ସେ ଚିତ୍କାର କଲା। ତା'ର ସମସ୍ତ ଦୃଷ୍ଟିଶକ୍ତି ଯେମିତି ଲୋପ ପାଇଯାଇଛି। ଅତଏବ ସେ ଆଖିବନ୍ଦ କରି ସ୍ୱପ୍ନ ଦେଖି ଦେଖି ଜୀଇଁବ। ବୁଦ୍ଧିଆ ପୁଣି ଆଖିବନ୍ଦ କଲା ଏବଂ ସ୍ୱପ୍ନମାନଙ୍କର ପ୍ରତୀକ୍ଷା କରିବାକୁ ଲାଗିଲା, ହେଲେ ତା' ଆଖିପତା ତଳେ ସ୍ୱପ୍ନ ନଥିଲା। ସେ ଆଖି ଖୋଲିଲା ପୁଣି ବନ୍ଦ କଲା, ପୁଣି

ଖୋଲିଲା । ତା' ଆଖିଆଗରେ ପରିବ୍ୟାପ୍ତ ଶୂନ୍ୟତା ଯୋଜନ ଯୋଜନ ବ୍ୟାପୀ ଅନ୍ଧାର । ବଞ୍ଚିବାର ସଂଜ୍ଞା ମୁଦା ଆଖିପତା ତଳେ ଝାପ୍‌ସା ଝାପ୍‌ସା ହୋଇଆସୁଥିଲା । ମାଲଗାଡ଼ି ଷ୍ଟେସନ ଛାଡ଼ି ଚାଲିଗଲାଣି । ଅଖାଭର୍ତ୍ତି କୋଇଲା ଅଗଣାରେ ପଡ଼ିଛି । ବୁଢ଼ିଆ ଦେହରେ ଖଇଫୁଟା ତାତି । ଗୋଡ଼ ରୁଗ୍‌ରୁଗ୍ ହେଉଛି । ଆଣ୍ଠୁ ଦରଜ ହେଇ ବିନ୍ଧୁଛି, ମୁଣ୍ଡଟା ବୁଲେଇ ହେଇଯାଉଛି । ତା' ସ୍ତ୍ରୀ ତା' ପାଖରେ ଶୋଇଛି । ବଢ଼ିଲା ଝିଅ ଗେହ୍ଲି ବି । ହାଡ଼ କଙ୍କାଳସାର ପିଲାଟା ଫୁଙ୍ଗୁଲା ଦେହରେ ଗଡୁଛି । ଏମିତି ପରିସ୍ଥିତିରେ ନଥିଲାବାଲା ଲୋକଟିଏ କ'ଣ ବା ଜୀବନର ସ୍ୱପ୍ନ ଦେଖିପାରିବ, ଯେତେ ଆଖିପତା ମୁଦି ଲେ ବି ।

■■

ବିଶ୍ୱମ୍ଭର ଓ ଗୋଲାପ ବଗିଚା

ଯୋଉଦିନ ଦେଶୀ ବିଦେଶୀ ଅନେକ ଗୋଲାପ ଚାରା ଅନେକ ବିଶ୍ୱାସ କରି ବାବୁ ତା ହାତରେ ସମର୍ପି ଦେଲେ, ସେହିଦିନ ଠାରୁ ବିଶ୍ୱମ୍ଭର ସେସବୁକୁ ନିଜ ଜୀବନର ସବୁଠାରୁ ପ୍ରଧାନ କର୍ତ୍ତବ୍ୟ ଭାବେ ଧରିନେଇଛି। ଗୋଲାପ ଗଛର ମମତା ତାକୁ ବାନ୍ଧି ଦେଇଛି। ଗୋଲାପ ଚାରା, ଗୋଲାପ ଫୁଲ ତା ଜୀବନ ପାଲଟି ଯାଇଛି। ସେଇ ଦିନଠୁ ବଗିଚାହିଁ ତା'ର ଦିନ ଯାକର କାମ। ସେଇ ଦିନଠୁ ସେ ବଗିଚାର ମାଟି ହାଣେ, ପଥର, ଗୋଡ଼ି ବାଛି ଗୋଲାପ ଚାରା ଲଗେଇବାକୁ କ୍ଷେତ୍ର ପ୍ରସ୍ତୁତ କରେ। ଖତ ସାର ଦେଇ ଗୋଲାପ ଚାରା ପୋତେ। ଗୋଲାପ ଗଛର ଯାହା ଯାହା ଯତ୍ନ ଦରକାର ବିଶ୍ୱମ୍ଭର ସେସବୁ ଅକ୍ଷରେ ଅକ୍ଷରେ ପାଳନ କରେ। ବଗିଚାରେ ପାଣି ଦିଏ, କୀଟନାଶକ ଦିଏ, ଯେମିତି ଗୋଲାପ ଗଛରେ ପୋକ ଲାଗି ନଷ୍ଟ କରିଦେବେନି। ଫଙ୍ଗସ୍ ରୋଗରୁ ବଞ୍ଚେଇବା ପାଇଁ ଔଷଧ ପକାଏ। ଗୋଲପ ଗଛ ସବୁ ବିଶ୍ୱମ୍ଭରର ହାତ ସ୍ପର୍ଶରେ

ବେଶ୍ ବଢିଗଲାଣି । ଗଛରେ ଛନଛନ ପତ୍ର ଭର୍ତ୍ତି ହୋଇଗଲାଣି । ଆଉ କେତେ ଦିନ ପରେ ଫୁଲ ଧରିବ । ଦିନା କେତେ ପରେ ରଙ୍ଗ ବେରଙ୍ଗ ଗୋଲାପ ଫୁଲରେ ବଗିଚା ଭର୍ତ୍ତି ହୋଇଯିବ ।

ବିଶ୍ୱମ୍ଭର ବାବୁଙ୍କର ବିଦେଶୀ କୁକୁରଟାର ଲାଙ୍ଗୁଳରେ ହାତ ମାରିଲା । କୁକୁରଟା ବିଶ୍ୱମ୍ଭର ପାଖରେ ଜାକି ଜୁକି ହେଲା, ଦେହ ଘଷିଲା । ବିଶ୍ୱମ୍ଭର ଗୋଲାପ ଗଛ ଆଡ଼କୁ ହାତ ବଢେଇଲା । କୁକୁରଟା ଗୋଲାପର ମହତ୍ତ୍ୱ ବୁଝିବ କେମିତି ? ଚେନ୍ ଟାଣି ଟାଣି ପପିକୁ ସେ ଗୋଲାପ ଗଛ ଆଡ଼କୁ ଟାଣି ନେଲା । ବିଶ୍ୱମ୍ଭର ବୁଝେଇ ଦେଲା, "ଏ ଗଛରେ ହଳଦିଆ ଫୁଲ ଫୁଟିବ । ଏ ଗଛର ନାଲି ମିଶା ହଳଦିଆ ରଙ୍ଗ... ଏ ଗୋଲାପ ଫ୍ଲୋରିଣ୍ଡା । ଗଛରେ ଗଛେ ଫୁଲ ବୋଝେଇ ହେଇଯିବ ... ଇତ୍ୟାଦି ଇତ୍ୟାଦି । ପପି କ'ଣ ବୁଝିଲା କେଜାଣି, ଗୋଲାପ ଗଛକୁ ଶୁଙ୍ଘିଲା । ଗଛ ଦିହରେ ଘସି ହେଲା ଆଉ ତାପରେ ଗୋଡ଼ ଟେକି ... ବିଶ୍ୱମ୍ଭର କହିଲା- ହେଃ, ଯା ଏତେ ଯତ୍ନରେ ଏତେ ସ୍ନେହ ଦେଇ ମୁଁ ଗୋଲାପ ଗଛକୁ ନିଜର ଭଳି ବଢେଇଛି.... ଆଉ ତୁ .. ମାଙ୍କୁ ଗୋଲାପ ଫୁଲ ଭାରି ଭଲ ଲାଗେ । ଆଉ ମାଙ୍କ ଜିଦ୍‌ରେ ବାବୁ ପଇସା ଦେଇ ଏଇ ଦାମୀ ଦାମୀ ଗୋଲାପ ଗଛ ବାହାରୁ ମଗେଇଛନ୍ତି । ବାବୁଙ୍କ ଝିଅ ଶୀଳା ଦିଦିଙ୍କୁ ଚାଇନା ଗୋଲାପ ଭଲ ଲାଗେ ଆଉ ଲାଲ ଗୋଲାପ । ନିତି ଗୋଟାଏ ଲାଲ ଗୋଲାପ ନିଏ, ବୋଧେ ତା'ର ବୟେ ଫ୍ରେଣ୍ଡକୁ ଦେବାକୁ । ଦଳ ଦଳ ପୁଅ ଝିଅ ଗୋଲାପ ବଗିଚା ଭିତରେ ଘୂରି ବୁଲନ୍ତି । ଶିଲା ଦିଦି ଏତେ ବଡ଼ ବଡ଼ନ୍ତା ଝିଅଟା ତା'ର ଟିକିଏ ଲାଜ ସରମ ନାହିଁ । ତା ବୟସର ପୁଅମାନଙ୍କ ସାଥିରେ ଅବାଧରେ ମିଶୁଛି, ହଃ, ହିଃ ହେଉଛି । ଏକୁଟିଆ ତା ବୟସର ପୁଅଙ୍କ ସାଥିରେ ସିନେମା ଦେଖି ରାତି ଅଧରେ ମୋଟରସାଇକେଲ ପଛରେ ବସି ଘରକୁ ଫେରୁଛି । ପିକ୍‌ନିକ୍ କରୁଛି ।

ବିଶ୍ୱମ୍ଭରର ତା ସ୍ତ୍ରୀ ନେତି କଥା ମନେପଡ଼ିଲା । ଗାଁ ଝିଅ ଏଇ ନେତି । ଟିକିଏ ବଢିଲା ପରେ ଘରେ ରହିଲା । ଭୁଆଶୁଣୀ ଝିଅଟା କ'ଣ ଦାଣ୍ଡରେ ହାଟରେ ଲହ ଲହ ହୋଇ ବୁଲନ୍ତା । ଟିକିଏ ନେତିର ସୁଢୋଲ ଯୌବନକୁ ଦେଖିବ ବୋଲି ସେ କେତେ ହାଇଁ ପାଇଁ ନ ହୋଇଛି । ଯେତେ ଥର ଗାଁକୁ ଆସିଲେ ନେତି ଘର ଆଡ଼େ ଯାଇଛି । ତା' ମା' ବାପା ସାଙ୍ଗରେ କଥା ହୋଇଛି । ହେଲେ ନେତିର ଦେଖା ନଥାଏ । ଘର ଦୁଆର ବନ୍ଧରେ ବି ଥରଟେ ଆସି ଠିଆ ହୋଇନି । ନିହାତି ମଫସଲ ଝିଅ ଟେ ତା । ଶେଷରେ ତାକୁ ବାଧ ହେଇ ସାଙ୍ଗ ହାତରେ ପ୍ରସ୍ତାବ ପଠାଇବାକୁ ହେଇଛି ନେତି ପାଇଁ ।

ନିହାତି ମଫସଲୀ ଗାଉଁଲି ଝିଅ ନେତି। ଏଇ ସାଲ ବିଶ୍ୱମ୍ଭର ଭାବିଛି ନେତିକୁ ସହରକୁ ନେଇ ଆସିବ। ବାବୁଙ୍କ ଆଉଟ୍ ହାଉସ୍‌ରେ ସେ ଦିହେଁ ରହିବେ ଏକାଠି। କେତେ ବା ଗାଁରେ ଆଉ ଧନ୍ଦି ହୁଅନ୍ତା। ଘରଦ୍ୱାର ଶାଶୂ ଶଶୁରଙ୍କ ଖିଆଲ ରଖି ରଖି ବିଶ୍ୱମ୍ଭରଠାରୁ ଦୂରରେ।

ଏଠିକି ଆସିଲେ ନେତି ସହର ଦେଖନ୍ତା। ସହରର ଆଦବ କାଇଦା ଶିଖନ୍ତା। ବିଶ୍ୱମ୍ଭର ନେତି ପାଇଁ ବାଛି ବାଛି ଦାମୀ ଭଲିକି ଭଲି ଶାଢ଼ି ଆଣି ଦିଅନ୍ତା। ଲିପଷ୍ଟିକ ପାଉଡ଼ର ଆଉ ସବୁ ପ୍ରସାଧନ ସାମଗ୍ରୀ ଆଣି ଦିଅନ୍ତା। ମୁଣ୍ଡରେ ବିନ୍ଦି ମାରି ଦିଅନ୍ତା। ହାତକୁ ଚୁଡ଼ି, ଶଙ୍ଖା ଆଣି ଦିଅନ୍ତା। ଗୋଡ଼କୁ ପିନ୍ଧିବାକୁ ସୁନ୍ଦର ସୁନ୍ଦର ଚପଲ। ଦିହେଁ ମିଶି ସହର ବୁଲନ୍ତେ, ଫାଷ୍ଟ ଫୁଡ୍ ଖାଆନ୍ତେ। ସିନେମା ଯାଆନ୍ତେ... ଆଉ ଏକାନ୍ତରେ ଦୁହେଁ ଦୁହିଁଙ୍କ ପ୍ରେମରେ ମସଗୁଲ ହୁଅନ୍ତେ।

ନେତି ଶିଲା ଦିଦି ଭଳି ସ୍ମାର୍ଟ ହେଇଯାଆନ୍ତା। ହିଁ ହିଁ ହସନ୍ତା। ବାବୁ ମା ଗୋଲାପ ଫୁଲ ବଗିଚାରେ ବସି ଗପିଲା ଭଳି ନେତି ତା ପାଖରେ ବସି ଗପନ୍ତା। ସକାଳୁ ତା ହାତ ଧରି ବଗିଚାରେ କାନ୍ଧରେ କାନ୍ଧ ମିଳେଇ ଗଛମାନଙ୍କ ପଛରେ ଲାଗିଯାଆନ୍ତା।

ବିଶ୍ୱମ୍ଭର ନେତିକୁ ବଜାର ନେଇ ଯାଆନ୍ତା। ସିନେମା ଦେଖେଇ ନିଅନ୍ତା। ତା' ମୁଣ୍ଡରେ ଗୋଲାପ ଫୁଲ ଖୋସି ଦିଅନ୍ତା। ଠିକ୍ ମା ମୁଣ୍ଡରେ ଗୋଲପ ଫୁଲ ଖୋସିଲା ଭଳି। ନେତି ଦେଖନ୍ତା ବିଶ୍ୱମ୍ଭର କେତେ ତାକୁ ଭଲ ପାଉଛି। ତାକୁ ରାଣୀ କରି ରଖନ୍ତା, ତା ହୃଦୟରେ। କେତେ ଦିନ ବା ଗାଁରେ ସେ ଏମିତି ଧନ୍ଦି ହେଉ ଥାଆନ୍ତା। ଖଟୁ ଥାଆନ୍ତା, ବିଶ୍ୱମ୍ଭର ଠାରୁ ଦୂରରେ।

ତା' ହାତରୁ ଖସି ଯିବାକୁ ପପିଟା ଛାଟିପିଟି ହେଲାଣି। ପଶୁଟା ଗୋଲାପ ଫୁଲର ମହତ୍ତ୍ୱ ବୁଝିବ କେଉଁଠୁ। ବରଂ ଯାଉ। ପାଖ ଗୋଲାପ ଗଛରେ ଉଇ ଧରିଲାଣି। ବିଶ୍ୱମ୍ଭର ଗଛର ପାଚିଲା ପତ୍ର ଛିଣ୍ଡଉ ଛିଣ୍ଡଉ କହିଲା ଶଳା ମାଟିରେ ଟିକିଏ ବୋଲି ସାର ନାହିଁ। ଗଛ ସବୁ ଶୁଖି ଯାଉଛି ସାର ନପାଇ। ଖାଲି ଉଇ, ମାଟି, ଗୋଡ଼ି ଆଉ ପଥର। ସେ ୱାଟରସ୍ପ୍ରେୟର ଦେଇ ଗୋଲାପ ଗଛରେ ପାଣି ଦେବାକୁ ଲାଗିଲା। ତା'ର ମନେ ପଡ଼ିଲା ବାବୁଙ୍କ ପୁଅ ଅମର ବାବୁଙ୍କ କଥା। କଲେଜ ପଢୁଆ ଏଇ ସାନବାବୁ , କୁଆଡ଼େ ବହୁତ ଭଲ ପଢନ୍ତି। ମା କହିଲା ବେଳେ ଗର୍ବରେ ତାଙ୍କର ଛାତି ଫାଟି ପଡୁଥାଏ। ଡ୍ରେସ ପଟା ପିନ୍ଧି, ଜୋତା ଟୋପି ପିନ୍ଧି ଗୋରା ତକ ତକ ରଜାପୁଅ ଭଳି ଦେଖା ଯାଆନ୍ତି। ନିତି ଥାକେ ଥାକେ ବହି ବ୍ୟାକ ପ୍ୟାକରେ ଧରି କଲେଜ ଯାଆନ୍ତି। କମ୍ପ୍ୟୁଟର୍‌ରେ ଘଣ୍ଟା ଘଣ୍ଟା କାମ କରନ୍ତି। ଅମର ବାବୁଙ୍କୁ ଦେଖିଲେ

ବିଶ୍ୱମ୍ଭର ମନରେ ଅନେକ ଇଚ୍ଛା ଜାଗି ଉଠେ। ଏମିତି ମଲିମୁଣ୍ଡିଆ କାମ ସେ ତା ପିଲାମାନଙ୍କୁ ଆଦୌ କରିବାକୁ ଦେବେନି। ସେ ସେମାନଙ୍କୁ ପାଠ ପଢେଇବ। ଯେତେ କଷ୍ଟ ପଡୁ ପଛେ। ବହୁତ ପାଠ, ପାଠ ପଢି ସେମାନେ ଶିକ୍ଷିତ ହେବେ। ବଡ଼ ଚାକିରୀ କରିବେ। ଅମର ବାବୁ ଭଳି ହେବେ। ସେ ନିଶ୍ଚୟ ଏ କଥା କରିବ। କାହା କଥା ଶୁଣିବନି। ପାଠ ଦି'ଅକ୍ଷର ଯଦି ସେ ପଢିଥାନ୍ତା, ଆଜି କ'ଣ ଏମିତି...? ବିଶ୍ୱମ୍ଭର ଭିତରେ ଦୀର୍ଘଶ୍ୱାସଟିଏ ମୋଡ଼ି ଭିଡ଼ି ହୋଇ ବାହାରକୁ ବାହାରି ଆସିଲା। ସେ ଆକାଶକୁ ଚାହିଁଲା। ଭଗବାନଙ୍କ ଉଦ୍ଦେଶ୍ୟରେ ହାତ ଯୋଡ଼ିଲା, ପ୍ରଣାମ କଲା। ହେ ପ୍ରଭୁ, ହେ ଜଗନ୍ନାଥେ ମୋର ଆଶା ପୂରଣ କର, ନେହୁରା ହେଉଛି। ଗୋଡ଼ ତଳେ ପଡ଼ି ଅଝଟ କରୁଛି। ମୋ ପୁଅଙ୍କୁ ପାଠ ପଢେଇ ଦିଅ। ସେମାନେ ମୋଭଳି ମଲିମୁଣ୍ଡିଆ ହୁଅନ୍ତୁନି। ପାଠୁଆ ହୁଅନ୍ତୁ, ବଡ଼ ଚାକିରି କରନ୍ତୁ।

ମାଆଙ୍କ ସଉକ ଦେଖିଲେ ବିଶ୍ୱମ୍ଭରଙ୍କୁ ହସ ମାଡ଼େ। ନିଇତି ସଜବାଜ ହୋଇ, ଦାମୀ ଦାମୀ ଶାଢି ପିନ୍ଧି ତା ହାତର ଗୋଲାପ ଫୁଲଟିଏ ମୁଣ୍ଡରେ ନ ଖୋସିଲେ ତାଙ୍କ ମନ ଶାନ୍ତ ହୁଏନି। ପାଣି ନଆସିଲା ଦିନ ତାକୁ ବାହାର ପାଣି ବୋହି ଗଛରେ ଦବାକୁ ହୁଏ। ବାବୁଙ୍କ ତାଗିତ୍ ଯେମିତି ଗୋଟାଏ ହେଲେ ଗୋଲାପ ଗଛ ପାଣି ଅଭାବରୁ ନ ମରେ।

ଗଲାସନ ତା ଗାଁରେ ପାଣି ଟୋପାଏ ମିଳିଲାନି। କୂଅ, ପୋଖରୀ, ଗାଡ଼ିଆ, ଚବକା, ନଳକୂଅ ସବୁ ଶୁଖିଗଲା। ଟୋପାଏ ପାଣି ପାଇଁ କି ହନ୍ତସନ୍ତ ହୋଇଛନ୍ତି ଗାଁ ଲୋକେ, ଉହକ, ବିକଳ ଉତ୍ତପ୍ତ ଖରାରେ। ପାଣି ଟୋପେ ବିନା ମାଇଲ ମାଇଲ ଧରି ନେତି କାଖରେ ଆଉ ମୁଣ୍ଡରେ ଗରା ଧରି ଗାଁ ଲୋକଙ୍କ ସାଥିରେ ଚାଲି ଚାଲି ଯାଇଛି ପାଣି ଟୋପେ ପାଇଁ। ସହରରେ ପାଣି ବନ୍ଦ ହୋଇଗଲା, ପାଣି ଟ୍ୟାଙ୍କର ଆସି ପାଣି ପହଞ୍ଚେଇ ଦଉଛି। ହେଲେ ଗାଁରେ ପଚାରେ କିଏ। ଚାରି ଆଡ଼େ ହାହାକାର ପରେ ବି ପାଣି ଟୋପାଏ ଦେବାକୁ କିଏ ନାହିଁ, ଖାଲି ଯାହା ଆଶ୍ୱାସନା। ପାଣି ବିନା ଉହକ ବିକଳ ହେଇ କେତେ ଛୋଟ ପିଲା ମରିଗଲେ। ଅଂଶୁଘାତରେ ବିନା ପାଣିରେ ଛଟପଟ ହୋଇ ତା ବାପା ଚାଲିଗଲା ଆର ପାରିକି। ସେ କିଛି କରିପାରିଲାନି। ନେତି ଆଉ କରନ୍ତା କ'ଣ ଯେ, ପାଣି ଟୋପାଏ ପାଇଁ ତ ଚାରିଆଡ଼େ ହାହାକାର। ଶୁଖା ପଡ଼ିଲା ସେବର୍ଷ। ଭୟଙ୍କର ଅକାଳ, ଚାଷବାସ ଉଜୁଡ଼ି ଗଲା। ହେଲେ ବିଶ୍ୱମ୍ଭର ସେତେବେଳେ ସହରର ଗୋଲାପ ବଗିଚାରେ ପାଣି ପାଇପ୍ ଧରି ବୁଢ଼େଇ ବୁଢ଼େଇ ପାଣି ଦେଉଥିଲା। ବାବୁଙ୍କ ତାଗିଦ୍ ପାଣି ଅଭାବରୁ ଗୋଟେ ହେଲେ ଗୋଲାପ ଗଛ ଯେମିତି ନ ମରିବ। ଗୋଲାପ ଗଛତ ଏମିତି ବେଶୀ ପାଣି ଦରକାର କରେ ବଢିବାକୁ,

ବଞ୍ଚିବାକୁ। ଯେତେବେଳେ ତା ବାପା ମରିଗଲା, ସେ ଗାଁ କୁ ଗଲା। ଗାଁରେ ହାହାକାର ଦେଖିଲା। ପାଣି ଅଭାବରେ ଗାଁ ଲୋକଙ୍କ ବିକଳ ଅବସ୍ଥା ଦେଖିଲା, ବାପାର ଶେଷକୃତ୍ୟ କଲା, ମୁଖାଗ୍ନି ଦେଲା। ଆଉ ସବୁ ସରିବା ପରେ ପୁଣି ଫେରି ଆସିଲା ସହରକୁ, ବାବୁଙ୍କ ଘରକୁ, ଗୋଲାପ ବଗିଚାରେ ବୁଢ଼େଇ ପାଣି ଦେଇ ଗୋଲାପ ଗଛକୁ ବଞ୍ଚେଇ ରଖିବାକୁ।

ସେ ମୁଣ୍ଡରେ ହାତ ମାରିଲା କହିଲା, ହାଇରେ ଦଇବ କୋଉଠି ଟୋପାଏ ପାଣି ପାଇଁ ହଜାର ହଜାର ଲୋକ ଛଟପଟ ହେଉଛନ୍ତି, ଆଉ କେଉଁଠି ଗୋଲାପ ଗଛ ପାଇଁ ପାଣିର ସୁଅ ଛୁଟିଛି।

ଗଲା ସାଲରେ ଯେତେବେଳେ ତା' ଗାଁରେ ବିନା ପାଣିରେ ଲୋକମାନେ ପୋକମାଛି ପରି ଟଳିପଡ଼ିଲେ, ସେତେବେଳେ ବାବୁଙ୍କର ଗୋଲାପ ବଗିଚାରୁ ଗୋଟାଏ ହେଲେ ଗୋଲପ ଗଛକୁ ପାଣି ଅଭାବରୁ ମରିବାକୁ ଦିଆଯାଇ ନଥିଲା। ଫୁଲ ନ ଫୁଟିଲେ ମାଆଙ୍କ ସଉକ ରହନ୍ତା କେମିତି ? ଶୀଳା ଦିଦି ତା ପୁରୁଷ ବନ୍ଧୁ ମାନଙ୍କୁ ରଙ୍ଗ ବେରଙ୍ଗ ଗୋଲାପ ଫୁଲ ଉପହାର ଦିଅନ୍ତା କେମିତି ? ଗୋଟାଏ ହେଲେ ଗଛ ମରିଥିଲେ ମାଆଙ୍କ ଆଗରେ ବାବୁଙ୍କର ମାନ ରହିଥାନ୍ତା କେମିତି। ଅତଏବ ଯେତେବେଳେ ପାଣି ବନ୍ଦ ହେଇଯାଉଥିଲା ବା କମ୍ ସପ୍ଲାଇ ହେଉଥିଲା, ବିଶ୍ୱମ୍ଭର ପାଣି ଟ୍ୟାଙ୍କରରୁ ପାଖ ଘର ପମ୍ପରୁ ପାଣି ବୋହି ବୋହି ଗଛକୁ ବଞ୍ଚେଇ ରଖିଥିଲା। ବିଶ୍ୱମ୍ଭର ୱାଟର ସ୍ପ୍ରେୟର ତଳେ ରଖିଦେଲା। ଅନେକ ସମୟଯାଏ ମାଟିରେ ବସିଲା। ପାଣି ପଡ଼ି ଗୋଲାପ ଗଛ ସବୁ ତାଜା ଦିଶୁଥିଲା। ଆଉ ଗୋଲାପ ଫୁଲ ସବୁ ସନ୍ଧ୍ୟା ପବନରେ ଝୁଲୁଥିଲେ ଲୀଳାୟିତ ଭଙ୍ଗୀରେ।

ଅନେକ ରଙ୍ଗବେରଙ୍ଗ ଗୋଲାପରେ ବଗିଚା ଛାଇ ହୋଇଗଲାଣି। ମାଆଙ୍କ ମୁଣ୍ଡରେ ପ୍ରତିଦିନ ଗୋଟାଏ ଗୋଟାଏ ସୁନ୍ଦର ଗୋଲାପ ଖୋସା ହେଉଛି। ମାଆଙ୍କ ମନ ଆନନ୍ଦରେ କୁଣ୍ଢେମୋଟ ହେଇଯାଉଛି ବିଭିନ୍ନ କିସମର ଲୋଭନୀୟ ଗୋଲାପ ଫୁଲକୁ ଦେଖି। ଶିଳା ଦିଦି ପ୍ରତିଦିନ ତା ପୁରୁଷ ବନ୍ଧୁଙ୍କ ପାଇଁ ବାଛି ବାଛି ଗୋଲାପ ଫୁଲ ନେଇ ଉପହାର ଦେଉଛି। ମାଆଙ୍କ ମୁଣ୍ଡକୁ ତାଜା ଗୋଲାପଫୁଲ ଭାରି ମାନେ। ମାଆଙ୍କ ମୁଣ୍ଡରେ ଗୋଲାପ ଫୁଲ ଦେଖିଲେ ବାବୁ ବି ବହୁତ ଖୁସି ହୋଇ ଯାଆନ୍ତି। କେତେ ଯତ୍ନ କରି, କେତେ ପଇସା ଖର୍ଚ୍ଚକରି ସେ ବାହାରୁ ଗୋଲାପ ଚାରା ଆଣିଛନ୍ତି। ହେଲେ ବିଶ୍ୱମ୍ଭର ଆଖିରେ ଭାସି ଯାଉଥିଲା ପାଣିବିନା ନଷ୍ଟ ହୋଇଯାଇଥିବା ଏକର ଏକର ଫସଲ କଥା। ପାଣି ବିନା ଖରାରେ ଟଳି ପଡୁଥିବା ଶହଶହ ଲୋକ ଆଉ ଶିଶୁଙ୍କ କଥା। ତା ବାପା କଥା, ଗାଁରେ ଧନ୍ଦି ହୋଇ ହାଡ଼

କଙ୍କାଳସାର ହୋଇଯାଉଥିବା ନେତି କଥା। ସେ ସ୍ଥିର କରି ପାରୁ ନଥିଲା, ନେତିକି ସହର ଆଣିବ କି ନାହିଁ। ବାପା ମଲା ପରେ ଘରେ ତା'ର ବୋଉ। ତା'ର ଦେଖାଶୁଣା କରିବାକୁ କେହି ନାହିଁ। ପପି ଘୂରି ବୁଲୁଥିଲା ଗୋଲାପ ବଗିଚାରେ ଡ଼େଇଁ ଡ଼େଇଁ, ପଶୁଟା ଫୁଲର ମହତ୍ତ୍ୱ କ'ଣ ବୁଝିବ।

ଏବେ ଯେତେବେଳେ କଳ ପାଣି ବନ୍ଦ ହୋଇଯାଏ, ବିଶ୍ୱମ୍ଭରକୁ ବାହାରୁ ପାଣି ବୋହି ବୋହି ଆଣି ଗୋଲାପ ବଗିଚାରେ ପାଣି ବୁଡ଼େଇ ଦେବାକୁ ହୁଏ, ସେତେବେଳେ ତା'ର ଗଲାବର୍ଷର ମରୁଡ଼ି ଆଉ ଜଳକଷ୍ଟ କଥା ମନେପଡ଼େ। ଆଉ ପୋକମାଛି ପରି ମରି ଯାଇଥିବା ଲୋକଙ୍କ କଥା। ସେ ଗୋଟାଏ ଗୋଲାପ ଫୁଲ ତୋଳି ସେହି ଦିବଂଗତ ଆତ୍ମାଙ୍କ ପାଇଁ ସମର୍ପି ଦିଏ।

■■

ଅପେରା...

ରମଜାନ ମିଆଁର ଦୁଆର ଦାଟେ ମାଇକ୍‌ଲଗା ରିକ୍ସାଟାରୁ ସିନେମା ଗୀତ ଛୁଟି ଆସିଲା- "ମେରା ମନ ଡ଼ୋଲେ... ମେରା ତନ ଡ଼ୋଲେ..." ସାଇଦାବିବି କୁକୁଡ଼ା ଗୁଡ଼ାକୁ ଘରେ ଭର୍ତ୍ତି କରୁ କରୁ ଝର୍କାବାଟେ ଦାଣ୍ଡକୁ ଉଙ୍କିମାରିଲା। ରାସ୍ତାରେ ସାଇ ଟୋକା ରିକ୍ସା ପଛରେ ଧାଉଁ ଧାଉଁ ପାଟିକଲେ "ଅପେରା ଆୟା ହୈ ଅପେରା..." ସାଇଦାବିବି ପିଣ୍ଡାକୁ ଆସିଲା। ରିକ୍ସା ଆଡ଼େ ଚହିଁ ରହିଲା। ତା ପାଟିରୁ ବାହାରି ଆସିଲା 'ଅପେରା ଆୟା ହୈ ଅପେରା...' ରିକ୍ସାରୁ ସିନେମାଗୀତ ସାଇଦାବିବି ଶୁଣିପାରୁଥିଲା। ସାଇଦାବିବି ଅପେରା ଆଡ଼ୁ ମନ ଫେରେଇ ବାହାରେ ରହିଯାଇଥିବା ଗଞ୍ଜାଟାକୁ ଡାକ ଛାଡ଼ିଲା 'ଆ... ଆ...' ଗଞ୍ଜାଟାକୁ ଧରିବା ପାଇଁ ସାଇଦାବିବି ଅନେକ ଧାଇଁଲାଣି। ଶଳା ଗଞ୍ଜାଟା ଧରା ଦଉନି। ଏଣେ ତେଣେ ଦଉଡୁଛି, ଶେଷରେ ସାଇଦାବିବି ଗଞ୍ଜାଟାକୁ ଘରେ ଭର୍ତ୍ତି କଲାପରେ ଧଇଁ ସଇଁ ହୋଇ କ'ଣ ଗୁଡ଼ାଏ ବିଡ଼ ବିଡ଼ ହେଲା। ଆବିଦା ବେଗମ୍‌ର ପୁଅ ରହମତ

ରାସ୍ତାରେ ପାଟି କରି କରି ଦଉଡୁଥିଲା "ଅପେରା ଆୟା ହୈ ମୌସୀ... ଅପେରା ଆୟା ହୈ... ବଢ଼ିଆ ଅପେରା..."।

ବସ୍ତିରେ ହଇଚଇ ସୃଷ୍ଟି ହୋଇଯାଇଥିଲା। ସାଇଦାବିବି ଦାଣ୍ଡ ପିଣ୍ଡାରୁ ପାଟିକଲା "ହାଁ ହାଁ ମୈନେ ଶୁନା ହୈ ବେଟା... ମାକୋ କହନା ଆଜ ଅପେରା ଜାନା ହୈ..." ରହମତ ଧାଉଁ ଧାଉଁ ସାଇଦାବିବି କଥା ଶୁଣିପାରୁନଥିଲା।

ସାଇଦାବିବି ଚୁଲିରେ ଜାଳ ଦେଲା। ଆଉ ତା ପରେ ସାଲୁଆର କାନିରେ ଲୋଗ୍‌କୋର୍ଥ ଟଙ୍କା ଦିଟା ଭଲକରି ଗଣ୍ଠି କଲା। ତା ମୁହଁଟା ବିଷର୍ଣ୍ଣ ହୋଇ ଆସୁଥିଲା। ଛୋଟ ପିଲାଟିଏ ଥିଲା ବେଳେ କେତେଥର ସେ ଅପେରାକୁ ନ ଯାଇଛି। ଅପେରାର ରାଜାପୁଅ ଆଉ ରାଜାଝିଅ ତାକୁ ଭାରି ଭଲ ଲାଗୁଥିଲା। ସାଇଦାବିବିର ସେତେବେଳେ ଗୋଟେ ରାଜାଝିଅ ହେବାକୁ ଭାରି ଇଚ୍ଛା ହେଉଥିଲା। ତାରପିନ ତେଲ ଦେଇ ମୁଣ୍ଡ ବାନ୍ଧୁଥିଲା। ମୁହଁରେ ପାଉଡ଼ର ମାଖି ହେଉଥିଲା। ତା' କଣ୍ଢେଇ ବେକରୁ ଜରିର ଗହଣା କାଢ଼ି ନିଜେ ଲଗେଇ ହେଉଥିଲା। ପଟା କାଗଜର ମୁକୁଟ କାଟି ସୂତାରେ ମୁଣ୍ଡରେ ବାନ୍ଧୁଥିଲା। ରାତିରେ, ଶୋଇ ଶୋଇ ରାଜାପୁଅର ସ୍ୱପ୍ନ ଦେଖୁଥିଲା। ପକ୍ଷୀରାଜ ଘୋଡ଼ା ଚଢ଼ି ଝଲମଲ ଖଣ୍ଡା ଧରି ଯେତେବେଳେ ରାଜକୁମାର ଓହ୍ଲାଇ ପଡୁଥିଲା, ସାଇଦାବିବିର ଛାତି କୁରୁଳି ଉଠୁଥିଲା। ସେ ଅପଲକ ନୟନରେ ରାଜାପୁଅକୁ ଚାହିଁ ରହୁଥିଲା। ତା ସୌନ୍ଦର୍ଯ୍ୟରେ ବିମୋହିତ ହୋଇ ସାଇଦାବିବି ହସିଲା। ତା ପାଟିରୁ ବାହାରି ଆସିଲା "ଅପେରା ଆୟା ହୈ, ଅପେରା..."

ସାଇଦାବିବି ଆଜି ଦରବୁଢ଼ୀ ହୋଇଗଲାଣି। ତା ବାଳ ଧଳା ପଡ଼ିଆସିଲାଣି। ତା ଗୋରା ତକ୍ ତକ୍ ଚମ ଫିକା ପଡ଼ିଆସିଲାଣି। ତା ଛାତି ନଇଁଗଲାଣି। ସାଇଦାବିବି ସୁନ୍ଦରୀ ଥିଲା, ଏବେ ତା ସୁନ୍ଦରତା ଫିକା ପଡ଼ିଗଲାଣି। ରମଜାନ ମିଆଁ ସାଥିରେ ତା' ବାହାଘର ପଚିଶବର୍ଷ ବିତିଗଲାଣି। ଆଲ୍ଲାଙ୍କ ନାମରେ ଶପଥ ନେଇ ସାଇଦା ହେଲା ସାଇଦାବିବି... ରମଜାନ୍ ମିଆଁର ବେଗମ୍, ବିବିଜାନ୍।

ରମଜାନ୍ ମିଆଁ ଅଣ୍ଡା ବେପାର କରେ, ସାଇକେଲ ହାଣ୍ଡଲରେ ତା'ର ଜାଲି ଝୁଡ଼ି ଓହଳେଇ ସେ ସହର ଧାଏଁ। ସାଇଦାବିବି ସେଇଦିନୁ ଖଟୁଛି। କୁକୁଡ଼ା ରଖିବ, ଅଣ୍ଡା ସଜାଡ଼ିବ, ଦୋକାନ ବଜାର ଯିବ, ସଉଦା କରିବ, ବାଡ଼ିରେ ଶାଗ ପଟାଳି ଉତାରିବ, ପନିପରିବା ଲଗାଇବ, ରୋଷେଇବାସ କରିବ, ପିଲାଛୁଆଙ୍କୁ ସମ୍ଭାଳିବ ଇତ୍ୟାଦି... ଇତ୍ୟାଦି...। ସେଇଦିନୁ ସକାଳୁ ଉଠିଲେ, ସେ ଯନ୍ତ୍ରଭଳି ଦିନ ଯାକ କାମରେ ଲାଗିଥାଏ, ଟିକିଏ ବି ଫୁରସତ ନଥାଏ, ସେଇଦିନୁ ସାଇଦାବିବି ଲାଗିଛି ରମଜାନ୍ ମିଆଁର ବ୍ୟବସାୟକୁ ଆହୁରି ବଢ଼େଇବାକୁ।

ମିଆଁ ସକାଳୁ ଯିବ ଯେ, ରାତି ଦଶଟା ବେଳକୁ ମଦପିଇ ମାତଲ ହେଇ ଫେରିବ। ତା ଢ଼େଙ୍ଗା ଡାହଲ ବଳିଷ୍ଠ ଦେହକୁ ଆଉ ହିଂସ୍ର ଜଳୁଥିବା ନାଲିନାଲି ଆଖିକୁ ଦେଖିଲେ ସାଇଦାବିବି ଭୟରେ ଜୁଡୁସୁଡୁ ହୁଏ। ରାତିରେ ଫେରିଲା ବେଳକୁ ରମଜାନ୍ ମିଆଁ ନିଶା ପାଣିରେ ଟଳୁଥାଏ। ତା ଦିହ ତଳୁ ତା ଭିତରର ପଶୁ କଡ଼ ଲେଉଟାଇ ଭିଡ଼ିମୋଡ଼ି ହେଉଥାଏ। କ'ଣ ଗଣ୍ଡେ ନାକରେ କାନରେ ଗୁଞ୍ଜି ଦେଇ ରମଜାନ ମିଆଁ ସାଇଦାବିବିକୁ ଟାଣିନିଏ। ସାନପିଲା ଭଳି ସାଇଦାବିବି ଘୋଷାଡ଼ି ହୋଇଯାଏ। ମଦ ନିଶାରେ ମାତାଲ ମିଆଁ ସାଇଦାବିବିକୁ ତା ବଳିଲା ବାହୁରେ ଜାବୁଡ଼ି ଧରେ। ସାଇଦାବିବି ଅଣନିଶ୍ୱାସୀ ହୋଇପଡ଼େ। ତା'ପରେ ଖସିଯାଏ ତା ଲଜ୍ଜାର ସମ୍ଭାର। ଯୌବନ ଉନ୍ମୁକ୍ତ ହୁଏ, ଫୁଙ୍ଗୁଳା ଦିହ ଉପରେ ରମଜାନ ମିଆଁ ହିଂସ୍ର ଭାବେ ତା'ର ଅଖଣ୍ଡ କର୍ତ୍ତୃତ୍ୱ ଜାହିର କରିଯାଏ, ମାଡ଼ି ମକଚି ହୋଇଯାଏ ସଜଫୁଟା ଫୁଲର କୋମଳତା। ସାଇଦାବିବି ଯନ୍ତ୍ରଣାରେ ଗଁ ଗଁ ହୁଏ। ହେଲେ ପ୍ରତିବାଦ କରିପାରେନା। ରମଜାନ ମିଆଁ ଯେ ତା'ର ସୋହର। ରମଜାନ୍ ମିଆଁର ହାତୀଏ ବଳ ଥିବା ଛାତିରେ ସେ ମୋଡ଼ି ଭିଡ଼ି ହୁଏ। ଅଣନିଃଶ୍ୱାସୀ ସାଇଦାବିବି ନୁଆଁଣିଆ ଟିଣ ଛାତକୁ ଚାହିଁ ରହେ। ଅଦମ୍ୟ ରାମଜାନ ମିଆଁର ଭୋକ। ଅମାପ ତା'ର କ୍ଷୁଧା। ସାଇଦାବିବି ପଡ଼ିରହେ ବାତ୍ୟାବିଧ୍ୱସ୍ତ ଗୋଟାଏ ସହର ଭଳି। ସବୁ ଯନ୍ତ୍ରଣାକୁ ସହଜଭାବେ ପାକୁଳି କରି। ରମଜାନ୍ ମିଆଁର ଭୋକ ଓହ୍ଲେଇଯାଏ। ସେ ବିଜୟରେ ଅଟ୍ଟହାସ୍ୟକରେ। ଆଉ ତାପରେ ମଦ ନିଶାରେ ଗଡ଼ିପଡ଼େ ଚେତା ଚୈତନ୍ୟ ଶୂନ୍ୟହୋଇ। କିଛି ସମୟ ପରେ ସବୁ ଶୂନଶାନ୍ ହୋଇଯାଏ। ଶାନ୍ତ ପଡ଼ିଯାଏ, ସାଇଦାବିବି ସେଇଠି ସେମିତି ଘର ଚଟାଣରେ ବିବସ୍ତ୍ରଭାବେ ପଡ଼ିରହିଥାଏ। ଛାତକୁ ଚାହିଁ। ରାତ୍ରିର ନିସ୍ତବ୍ଧତା ମଧ୍ୟରେ ରମଜାନ୍ ମିଆଁର ଘୁଁଘୁଡ଼ି ଶୁଭୁଥାଏ। ମଦ ନିଶାରେ ରମଜାନ୍ ମିଆଁ ବେହୋସ ହୋଇ ଗଡୁଥାଏ। ସାଇଦାବିବି ଯନ୍ତ୍ରଣାରେ ଆଖି ବନ୍ଦକରେ। ତା'ର ଘୃଣା ହୁଏ, ନିଜ ଉପରେ, ସେ କଡ଼ ଲେଉଟାଏ, ଫୁଙ୍ଗୁଳା ଦିହରେ ବାହାରକୁ ଆସେ ରାସ୍ତାକୁ, ରାସ୍ତାରେ କାଁ ଭାଁ କୁକୁରଟେ ଛଡ଼ା ଆଉ କେହି ନଥାନ୍ତି। ସାଇଦାବିବିର ତୋଫା ଜହ୍ନ ଆଲୁଅ ତଳେ ବସି କାନ୍ଦିବାକୁ ଇଚ୍ଛା ହୁଏ। ସାଇଦାବିବିର ଦିହ ଶିହରି ଉଠିଲା। ପଚିଶ ବର୍ଷର ଏଇ ଦେହସୁହା ଗତାନୁଗତିକ ଯନ୍ତ୍ରଣା ସେ ଆଜି ବି ଅନୁଭବ କରିପାରୁଛି। ତା ହାତ ମୁଠା ଟାଣ ହେଇଗଲା। ସବୁ ଯନ୍ତ୍ରଣା ଯେମିତି ତାକୁ ଏକାବେଳେକେ ରୁନ୍ଧି ଦେଲା। ସେ ଚିତ୍କାର କଲା। "ଅପେରା ଆୟା ହୈ, ଅପେରା..." ଯୋଉଥିରେ ଜୀବନର ନିଛକ ବାସ୍ତବତାରୁ ବାହାରି ରାଜାପୁଅ, ରାଜାଝିଅଙ୍କୁ ଦେଖି ବିଭୋର ହୋଇ ହେବ।

ସ୍ୱପ୍ନର ରାଜକୁମାରକୁ ଅପେକ୍ଷା କରି ହେବ, ପକ୍ଷୀରାଜ ଘୋଡ଼ା ଚଢ଼ି ଆସି ତାକୁ ଟେକି ଧରିବା ପାଇଁ।

ସକାଳୁ ସାଇଦାବିବି ଅଣ୍ଡା ସଜାଡ଼ି ରଖିଥାଏ, ରାମଜାନ୍ ମିଆଁ ପୁଣି ବାହାରେ ସହରକୁ। ସାଇଦାବିବିର ପୁଣି ଗୋଟାଏ ନିଃସଙ୍ଗ ଦିନ ଆରମ୍ଭ ହୁଏ। ଆରମ୍ଭ ହୁଏ ହାଡ଼ଭଙ୍ଗା ଖଟଣି। ସାଇଦାବିବିକୁ ବାରଦ୍ୱାର ଶୁଣ୍ଢୀପିଣ୍ଡା ହେବାକୁ ପଡ଼େ। ମହାଜନ ଆଗରେ ଦାନ୍ତ ନିକୁଟି ଟଙ୍କା ଆଣିବାକୁ ପଡ଼େ। ମହାଜନ ବି ମୌକା ଦେଖି ଥରେ ଦିଥର ତା ଉପରେ ଆଖି ପକେଇଲାଣି। ଗୁଜୁରାଣ ମେଣ୍ଟାଇବାକୁ କ'ଣ ନ କରିବାକୁ ହୁଏ। ଦି ପୁଅଙ୍କୁ ପାଠ ପଢ଼େଇବାକୁ ଅନେକ ଜିଦ୍ କରିଥିଲା ସାଇଦାବିବି, ହେଲେ ରମଜାନ୍ ମିଆଁ ଜମାରୁ ଶୁଣିଲାନି। ହଁ ପାଠ ପଢ଼ି କ'ଣ କରିବେ। ବଡ଼ ହେଇ ବ୍ୟବସାୟ ସମ୍ଭାଳିବେ। ସାଇଦାବିବି ଚୁଲିରେ ଜାଳ ଦେଲା।

ଅପେରା ପେଣ୍ଡାଲରୁ କନ୍‌ସର୍ଟ ଶୁଭୁଥିଲା। ମଝିରେ ମଝିରେ ସିନେମା ଗୀତ ଭାସି ଆସୁଥିଲା- "ଲେକେ ପହଲା, ପହଲା ପ୍ୟାର, ଭରକେ ଆଖୋଁ ମେ ଖୁମାର... ଆୟାହେ ଯାଦୁନଗରୀ ସେ କୋଇ ଯାଦୁଗର..." ସାଇଦାବିବି ଗୁଣୁଗୁଣୁ ହେଲା। 'ଲେକେ ପହଲା ପହଲା ପ୍ୟାର' ସାଇଦାବିବି ତରବର ହେଇ କାମ ସାରିଲା। ପିଣ୍ଡାକୁ ଆସିଲା, ମିଆଁ ଏଯାଏଁ ଫେରିନି। ତାଗିଦା କରି ସକାଳେ କହିଥିଲା "ଆଜି ସେ ଅପେରା ଯିବ, ଆବିଦା ବେଗମ ହେରିକାଙ୍କ ସଙ୍ଗେ।"

ଏଇଲେ ମଦପିଇ ମାତାଲ ହେଇ ଫେରିବ। ସାଇଦାବିବି ଦେହ ଶିହିରି ଉଠିଲା। ସେ ଘର ଭିତରକୁ ଗଲା। ଦର୍ପଣ ଆଗରେ ବସିଲା। ନିଜେ ନିଜକୁ ବହୁ ସମୟ ଯାଏଁ ଦେଖିଲା। ମୁହଁରେ ପାଉଡ଼ର ମାଖିଲା, ଓଠରେ ଲିପ୍‌ଷ୍ଟିକ୍, ପାଦରେ ଅଳତା ଲଗେଇଲା। ମୁଣ୍ଡରେ ବେଣୀ ବାନ୍ଧିଲା। ତାରପିନ୍ ତେଲ ଦେଇ। ଫୁଲ ଖୋସିହେଲା, ସାଇଦାବିବି ଯେମିତି ପଚିଶ ବର୍ଷ ତଳକୁ ଫେରିଯାଇଥିଲା। ତା'ର ମନେ ହେଲା ସେ କାଗଜର ଜରିଲଗା ମୁକୁଟ ପିନ୍ଧି ରାଣୀ ଭଳି ଦିଶୁଛି। ତା ସ୍ୱପ୍ନର ରାଜାପୁଅକୁ ଅପେକ୍ଷା କରୁଛି। ହେଇଟି ତା ସ୍ୱପ୍ନର ରାଜାପୁଅ ଆକାଶର ବୁକୁ ଚିରି ତା ପାଖକୁ ଓହ୍ଲାଇ ଆସୁଛି। ପକ୍ଷୀରାଜ ଘୋଡ଼ାରେ ବସେଇ ସାଇଦାବିବି କି ଉଡ଼େଇ ନେଇଛି, ତା ଚଉପଟେ ରାଜପ୍ରାସାଦ। ପୋଇଲି ପରିବାରୀ। ଝଲମଲ ମଣିମୁକ୍ତା, ମଖମଲ କନାର ଶେଯ, ହେଇ ରଜାପୁଅ ତା ପାଖକୁ ଆସୁଛି। ସାଇଦାବିବି ଫୁଲ ଶେଯରେ ଅଭିସାରିକା ସାଜିଛି। ତା' ଶରୀର ଉତ୍ତେଜନାରେ ଅବଶ ହୋଇ ଆସୁଛି। ସାଇଦାବିବି ଆଖିପତା ମୁଦି ହୋଇ ଆସୁଛି।

ରମଜାନ ମିଆଁ ଅନେକ ବେଳୁ ଆସି ସାଇଦାବିବିକୁ ଦୁଇ ହାତରେ ଟେକି

ଧରିଥିଲା। ସାଇଦାବିବି ଅନୁଭବ ଶକ୍ତି ହରେଇ ବସିଥିଲା। ତା ଆଗରେ ରମଜାନ ମିଆଁ, ତା ସ୍ୱପ୍ନର ରାଜାପୁଅ ଭଳି ଦେଖାଯାଉଛି। ସାଇଦାବିବି ପ୍ରତିବାଦ କରିପାରିଲାନି। ତା ଅବଶ ଦେହ ରମଜାନ୍ ମିଆଁର ଚଉଡ଼ା ଛାତି ତଳେ ଦି ଚାରିଥର ଛଟପଟ ହେଲା। ସେ ଗୁଣୁଗୁଣୁ ହେଉଥିଲା, "ଅପେରା ଆୟା ହୈ... ଅପେରା"।

ରମଜାନ ମିଆଁ ସେଦିନ ସାଇଦାବିବିକୁ ଅପେରା ଦେଖେଇ ନେଲା। ସାଇଦାବିବି କିଛି ଅନୁଭବ କରିପାରୁ ନ ଥିଲା। ତା ଭିତରୁ ଯେମିତି କିଏ ସବୁ ଅନୁଭବ ଶକ୍ତିକୁ ବାହାର କରି ନେଇଛି। ସେ ବସିଥିଲା ତା' ସ୍ୱପ୍ନର ରାଜାପୁଅ ପାଖରେ, ବାଳରେ ତାରପିନ ତେଲ, ବେକରେ ଜରିର ଗହଣା, କପାଳରେ ଟୋପା ଟୋପା ଟିକା, ବାଳରେ ଫୁଲ ଆଉ ମୁଣ୍ଡରେ ପଟାକାଗଜର ମୁକୁଟ ପିନ୍ଧି ସାଇଦାବିବି ଅପେରାର ରାଣୀ ପାଲଟି ଯାଇଛି।

କେବଳ ସେତିକି ବ୍ୟତୀତ ସେ ଅନ୍ୟ କିଛି ଦେଖିପାରୁନଥିଲା କିମ୍ବା ଅନ୍ୟ କିଛି ଶୁଣିପାରୁନଥିଲା। ଅପେରାର କନ୍‌ସର୍ଟରେ ସଙ୍ଗୀତର ଝଙ୍କାର ଚାରିଆଡ଼େ ଖେଳି ଯାଉଥିଲା।

■■

ଚିତ୍ରିତ ମୟୂରୀ

ଶ୍ୟାମଳୀ ବସିଛି । ଦି' ଆଣ୍ଠୁ ସନ୍ଧିରେ ଝୁଙ୍କି ପଡ଼ିଥିବା ମୁହଁକୁ ବାଁ ହାତ ପାପୁଲିର କଚଟିରେ ଭରା ଦେଇ, ଡଙ୍ଗାର ଗୋଟାଏ ମୁଣ୍ଡରେ । ପଶ୍ଚିମ ଆକାଶର ସିଲହଟିରେ ତୁଳା ଖଣ୍ଡ ପରି ଭାସମାନ ବଉଦ ପଛରେ ବୈଶାଖର ସୂର୍ଯ୍ୟ ବୁଡ଼ିଯାଉଛି । ସାଦା ଫିକା ନାଲିରଙ୍ଗରୁ ମେଞ୍ଚାଏ ଶ୍ୟାମଳୀର ଲିପଷ୍ଟିକ୍ ଦିଆ ଓଠରେ ଲୁଚକାଳି ଖେଳୁଛି । ତଳେ ହୁଗୁଳୀର ଗୋଳିଆ ପାଣିରେ ଅସ୍ତଗାମୀ ସୂର୍ଯ୍ୟ ଚିତ୍ ହୋଇ ପହଁରୁଛି । ଚିକ୍ ଚିକ୍ ମାରୁଛି ସୋରି ସୋରି ଢେଉ । ହାୱାଡ଼ାବ୍ରିଜ ଉପରେ ଟ୍ରାମ୍, ବସ୍, ଲୋକଙ୍କର ହଇଚଇ, ସରଗରମ ହେଇ ଆସୁଛି କଲିକତାର ଆବହାୱା । ଷ୍ଟେସନରେ ଟ୍ରେନର ହୁଇସିଲ କ୍ରମେ ଦୂରେଇ ଯାଉଛି । ଶ୍ୟାମଳୀ ଘଣ୍ଟା ଦେଖିଲା । ହାୱାଡ଼ା ପୁରୀ ଷ୍ଟେସନ ଛାଡ଼ିବା ବେଳ । ଗୋଟାଏ ଗଭୀର ଅସ୍ୱସ୍ତି ହଠାତ୍ ତା ଛାତି ଭିତରୁ ଉଠି ଦେହ ଦେହାଳୀରେ ସଞ୍ଚରି ଯାଉଛି ବହି ଯାଉଥିବା ପବନ ଭଳି । ଛାତି ଭିତର ଟୁଣ୍ଡୁକି ଯାଉଛି । ଦୁଲୁକି ଯାଉଛି ସ୍ନାୟୁ ସହର । ପୁଡ଼ାରେ ନିଶ୍ୱାସ

ତାତିଲା ତାତିଲା ଜଣା ପଡୁଛି। ଛାତି ଉଠୁଛି ପଡୁଛି। ଜମି ଆସୁଥିବା କୋହ ଆଉ ଫାଟି ପଡୁଥିବା ଲୁହର ଧକ୍କାରେ। ହୁଗୁଳୀ ପାଣିରେ ସମୟ ଭାସି ଯାଉଛି କୁଟାଖିଏ ଭଳି। କିଏ ବା ତାକୁ ରୋକିବ ? ଭାସି ଚାଲିଛି ତ ଭାସି ଚାଲିଛି ଥଳକୂଳହୀନ ହୁଗୁଳୀ ପାଣିର ବ୍ୟାପ୍ତିରେ। ସବୁ ସେମିତି ରହିଛି। ସେଇ ବୁଡ଼ିଯାଉଥିବା ସୂର୍ଯ୍ୟ, ଭିଣାତୁଳା ଭଳି ବଉଦ ଖଣ୍ଡ। ତା ପଛରେ ଲୁଚକାଳି ଖେଳୁଥିବା ସୂର୍ଯ୍ୟ। ରାତିର ଆଲୁଅରେ ଦାଉଦାଉ ଓଠର ପ୍ରଲେପ ଫିକା ପଲାଶ କିରଣରେ ସାଦା ପଡ଼ିଯାଇଛି। ମ୍ୟୁଜିକ୍‌ର ତାଳେ ତାଳେ ହୋଟେଲର ମୋଜାଇକ ଫ୍ଲୋରରେ ଆହତ ବାଘୁଣୀର ପଞ୍ଝାଭଳି ନୃତ୍ୟାୟିତ ପାଦଦିଟା ଯେମିତି ଅବଶ ହୋଇ ଆସୁଛି। ମସ୍‌କି ଯାଉଛି ଜୀବନଠୁ ନିରାପଦ ଦୂରତ୍ୱରେ ଜୀବନର ଖେଳ।

ଶ୍ୟାମଳୀ ବସିଛି ତ ବସିଛି। ଦି' ଆଣ୍ଠୁ ସନ୍ଧିରେ ଝୁଙ୍କି ପଡ଼ିଥିବା ମୁହଁକୁ ବାଁ ହାତ ପାପୁଲିର କଚଟିରେ ଭରାଦେଇ ଡଙ୍ଗାର ଗୋଟାଏ ମୁଣ୍ଡରେ। ଡଙ୍ଗା ଛାତରେ କଳା ପଡ଼ିଯାଉଥିବା ଲଣ୍ଠନରୁ ଐତିହାସିକ ଆଲୋକର ସରୁଧାରଟିଏ ଶ୍ୟାମଳୀର କାଖ ସନ୍ଧି ଦେଇ ଡଙ୍ଗା ଉପରେ ଡ଼େଇଁ ହୁଗୁଳି ପାଣିରେ ପଡ଼ିଛି। କାତ ମାରିବାର କଳକଳ ଶବ୍ଦ ଶ୍ୟାମଳୀର ଛାତି ଭିତରେ ବହିଯାଉଥିବା ନଈ ପାଣିର ଶବ୍ଦ ସାଥିରେ ମିଶି ପ୍ରତିଧ୍ୱନିତ ହେଉଛି। ହୁଗୁଳୀ ପାଣିର କାନ୍‌ଭାସ୍‌ରେ ଲଣ୍ଠନର ମହଳଣ ଆଲୁଅ ପ୍ରତିଫଳନରେ ବାଲେଶ୍ୱର ବଣ ଜଙ୍ଗଲ ଘେରା ଛୋଟ ଗାଁଟିଏ। ଗାଁ ମୁଣ୍ଡରେ ନଈର ବାଲି। କାଚ କେନ୍ଦୁ ଭଳି ଅଣ୍ଟାଏ ପାଣିରେ ଶ୍ୟାମଳୀ। ଫୁଙ୍ଗୁଳା ଗୋଡ଼ ଆଉ ଫୁଙ୍ଗୁଳା ହାତରେ ପାଣି ଚବଚବ କରୁଛି। ଓଦା ଲୁଗାତଳେ ବଢ଼ନ୍ତା ଛାତି। ପୂରି ଆସୁଥିବା ଜଙ୍ଘ, ନିତମ୍ବର ଛାପ। ନିଜକୁ ଦି' ଆଖିରେ ଦେଖି ଗୋଟାଏ ଅଭାବନୀୟ ଆତ୍ମତୃପ୍ତିରେ ଶିହରି ଉଠୁଛି ଶ୍ୟାମଳୀ। ଶ୍ୟାମଳୀ ଆଉ ସହି ପାରୁନି ତା'ର ସେଇ ଫୁଟନ୍ତା ଯୌବନକୁ। ବଢ଼ିଲା ବୟସର ଛାପକୁ, ସମୟକୁ। ଡାହାଣ ହାତ ପାପୁଲିରେ ପାଣି ଚହଲେଇ ଦେଲା ଶ୍ୟାମଳୀ। ଗୋଟାଏ ଈର୍ଷାରେ, ଅସୂୟାରେ ଚହଲିଗଲା ହୁଗୁଳୀ ପାଣିରେ ପଡ଼ିଥିବା ଲଣ୍ଠନର ଆଲୁଅ। ଚହଲିଗଲା ହୁଗୁଳୀ ପାଣିରେ ଲଣ୍ଠନ ଆଲୁଅରେ ଫୁଟିଉଠୁଥିବା ଶ୍ୟାମଳୀର ବଢ଼ନ୍ତା ଯୌବନର ଛବି। ଦୋହଲି ଗଲା ଡଙ୍ଗାର ଦେହ, ଢ଼େଉର ଧକ୍କାରେ ଦୋହଲିଗଲେ ହୁଗୁଳୀ ପାଣିର କାନଭାସରେ ଦୂରନ୍ତ ତରାପୁଞ୍ଜ, ମହଳଣ ଜହ୍ନ ଆଉ ଶ୍ୟାମଳୀର ସୁଗଠିତ ଯୌବନ ଦୀପ୍ତ ତନୁର ଗ୍ରାଫିକ୍ ପେଣ୍ଟିଂ। ପେଣ୍ଡୁଲମ ଭଳି ଲଣ୍ଠନର ବତିଶିଖା ଝୁଲିଗଲା ସଙ୍କେତ ଦେବା ଭଙ୍ଗୀରେ। ହାୱଡ଼ା ବ୍ରିଜ ଉପରେ ଗାଡ଼ିମୋଟର ଶବ୍ଦ ସାଥିରେ ଛାତି ଭିତରେ ଗଡ଼ି ଚାଲିଥିବା ସ୍ମୃତିର ଘରର ଘରର ଶବ୍ଦ।

କଳା ମୁଗୁନି ପଥର ପାହାଡ଼। ସରୁ ପାଦଚଲା ରାସ୍ତାରେ ଡ଼େଇଁ ଡ଼େଇଁ ଉପରକୁ

ଉଠିବା ବେଳେ ଗୋଡ଼ରେ କଣ୍ଟା ଗଳି ରକ୍ତ ବୋହି ଗଲେ ଯୋଉ ଗୋରା ତକ ତକ ଯୁବକଟି ଧାଇଁ ଆସି ଗୋଡ଼ରୁ କଣ୍ଟା ବାହାର କରିଦିଏ ସେ ହେଲେ ସୁବୁବାବୁ। ପାହାଡ଼ ଉପରେ ମାଳତୀ ଲଟା, ଭଇଁଚ କୋଳି, କଣ୍ଟେଇ କୋଳି ଗଛ। ପାହାଡ଼ ଉପରୁ ଅଣ୍ଟିରେ ଅଣ୍ଟିଏ ମାଳତୀ ଫୁଲ, କଣ୍ଟେଇ କୋଳି ଆଉ ଭଇଁଚ କୋଳି ନେଇ ଫେରିଲା ବେଳକୁ ନଈ ଧାରରେ ବନ୍‌ଶୀକଣ୍ଟା ପକେଇ ମାଛ ଧରୁଧରୁ ତା ଆଡ଼କୁ ଅପଲକ୍ ନୟନରେ ଚାହିଁ ରହି ମୁରୁକି ମୁରୁକି ହସୁଥିବା ଲୋକଟି ସୁବୁବାବୁ। ହଁ ସୁବୁବାବୁ, ଶ୍ୟାମଳୀ ହସିଲା। ପିଲାବେଳର ସୁବୁବାବୁର ଗୋଲ ଗାଲ ଚେହେରା ଶ୍ୟାମଳୀ ଆଖି ଆଗରେ ଭାସି ଯାଉଛି। ମାଛ ଧରୁଥିବା ବନ୍‌ଶୀ କଣ୍ଟା। ଶ୍ୟାମଳୀ ଥଟ୍ଟାକରେ, ଟାହିଟାପରା କରେ, ବନ୍‌ଶୀ କଣ୍ଟା ଲୁଚେଇଦିଏ। ବଡ଼ ହେଲା ପରେ ବନ୍‌ଶୀ କଣ୍ଟାରେ ସୁବୁବାବୁ ତା ହୃଦୟଟାକୁ ଏମିତି ଧରିନେଲେ ଯେ ଶ୍ୟାମଳୀ ବି ଜାଣି ପାରିଲାନି। କଣ୍ଟା ବିନ୍ଧି ହୋଇ ଏମିତି ଲାଗିଗଲା ଯେ ଶ୍ୟାମଳୀ ଯେତେ ଛଟପଟ ହେଲା ସେ କଣ୍ଟାର ବଙ୍କା ଗୋଜିଆ ମୁନରୁ ଜମା ଖସିପାରିଲାନି। ସେମିତି ବିନ୍ଧ ହୋଇ ରହିଗଲା - ବାହାରି ପାରିଲାନି। ଶ୍ୟାମଳୀ ହସିଲା ଜହ୍ନର ହସ। ଫୁଲିଲା ଗାଲରେ ଅତୀତର ସେ ରୁଜ ଫିକା ପଡ଼ି ଆସୁଥିଲା। ଶ୍ୟାମଳୀ ହାତ ଖପ୍‌କିନା ବଢ଼େଇ ଦେଇ ଲାଲ ଟହଟହ ହୃଦୟକୁ ହାତ ପାପୁଲିରେ ଧରିଲା। ବନ୍‌ଶୀ କଣ୍ଟା ଫୋଡ଼ା ଜାଗାରେ ରକ୍ତ ଶୁଖି କଳାସିଠ ପଡ଼ିଗଲାଣି। କ୍ଷତ ଜାଗାରେ ଏବେ ବି ଦରଜ ରହିଛି। ରୁଗ୍ ରୁଗ୍ ଚାପା ଚାପା ଯନ୍ତ୍ରଣା ଶ୍ୟାମଳୀ ଏବେ ବି ଅନୁଭବ କରୁଛି।

ନିର୍ଜନ ଘାସର ଗାଲିଚାରେ ଖାଁ ଖାଁ ଭାବ ରାତି ଭଳି ମାଡ଼ିଯାଉଛି। ଚେତନା ଭଳି ଲମ୍ବି ଯାଇଥିବା ଦିହର ଅର୍ଗଳିରେ ସ୍ମୃତିର ଜହ୍ନ ହ୍ୱିସ୍କି ଗ୍ଲାସର ବରଫ ଖଣ୍ଡ ଭଳି ହାବୁଡୁବୁ ଖାଇ ବୁଡ଼ି ଯାଉଛି ଛାତିର ସମୁଦ୍ରରେ। ମଧୁକ୍ଷରା ରାତିର ନିର୍ଜନତାରେ ଲହଡ଼ି ଉଠିଛି - ହାଡ଼ର ଗହ୍ୱରରେ, ଦିହର ପଖଜରେ - ଢାଉ-ଢାଉ-ଢାଉ-ଧଡ଼କ-ଧଡ଼କ-ଧଡ଼କ। ପାଦ ଚାପାରେ ଦଳି ଚକଟି ହୋଇ ମସ୍‌କି ଯାଇଛି ଆତ୍ମୀୟ ସତ୍ତା। ମନ ଉଚ୍ଚାଟ ହେଇଛି। ଶ୍ୟାମଳୀ ହାତ ମେଲି ଦେଇଛି। ଗଛର ଶାଖା ପ୍ରଶାଖା ଭଳି ପସରା ମେଲି ଦେଇଛି। ଚିତ୍ରିତ ପ୍ରଜାପତିଟିଏ ଭଳି ଡ଼େଣା ମେଲି ଦେଇ ଘୂରି ବୁଲୁଛି ଆକାଶର ବ୍ୟାପ୍ତିରେ। "ଦିହରେ ନିଆଁ ଜଳୁଛି, ଶାନ୍ତ କର ଶାନ୍ତ କର। ଡାଳରେ ଡାଳରେ ବଣୁଆ ଫୁଲର ମଉଛବ ଲାଗିଛି। ଛିଣ୍ଡେଇ ନିଅ, ଛିଣ୍ଡେଇ ନିଅ। ଛାତିରେ ଜଡ଼େଇ ଧରି ବୋକ ଦିଅ, ବୋକ ଦିଅ। ଦିହର ବେଢ଼ାରେ ଘଣ୍ଟ ବାଜୁଛି। ମୃଦଙ୍ଗ ବାଜୁଛି। ଖୋଳ କରତାଳ ବାଜୁଛି। ଶ୍ୟାମଳୀ କାନ ଡେ଼ରିଲା, ଛାତି ଭିତରେ ଅସମ୍ଭବ କୋଳାହଳ... ଶୁଣିଲା।

ପକ୍ଷୀଟାଏ ଡ଼େଣା ଫଡ଼ ଫଡ଼ କରି ଭିଡ଼ି ଓଟାରି ହେଉଛି ବୟସ ଫାଶରୁ ମୁକୁଳିଯିବାକୁ। କବାଟ କିଳିଣି ଝଣ୍‌ଝାଣ୍ କରି ଖୋଲିଯାଉଛି। ଛାତିର ଫାଟରୁ ବର୍ଷାଜଳ ଝରଝର ବୋହି ଶୀତେଇ ଦେଉଛି ମାଂସର ଚଉହଦି। "ହେ ସୁବୁବାବୁ ଇଏ କ'ଣ କରୁଛ ବା? ମାଛ ଧରୁଛ ନା, ଚାହିଁ ରହିଛ, ପରୀକ୍ଷା ଆଗରେ ପରା ହେ? ହେ ସୁବୁବାବୁ ଏମିତି ଗିଳିଲା ଗିଳିଲା ଆଖିରେ କ'ଣ ଏମିତି ଚାହିଁଛ ମ? ଏ ମା... ତମେ ଏଡ଼ିକି ଇଏ? ହେ ସୁବୁବାବୁ ମୋ ରାଣ ମୋତେ ଏମିତି ଚାହଁନି ଜମା, ହେ ତମେ ପରା ଚୌଧୁରୀ ବଂଶର କୁଳ ପ୍ରଦୀପ ହେ। ଗୋରା ତକ ତକ ଡଉଲ ଡାଉଲ ଚେହେରାରେ ଏମିତି ମସିହା ଲଗାନି ହେ ସୁବୁବାବୁ। ମଖମଲି କନାର ଶେଯ ତମକୁ ଏମିତି କାହିଁକି ଅରୁଚି ଧରୁଛି ବା? ହେ ସୁବୁବାବୁ ତମେ ପରା ପଢୁଆ ପିଲା ହେ?

ଯାଉଚିଲୋ ମା। ତମକୁ କିଏ ପାରିବ ହେ ସୁବୁବାବୁ। ମା ତେଣେ ବିଗିଡ଼ି ଯିବଣି, କାଠ ପୁଞ୍ଜାକ ମୁଣ୍ଡରେ ଧରି ଶ୍ୟାମଳୀ ଧାଇଁବ ପାଦଚଲା ବିଲ ଦାଣ୍ଡିରେ। ଗୋଡ଼ ଖସି ପଡ଼ିବ। ପୁଣି ଉଠିବ। ପୁଣି ଧାଇଁବ। ଏକ ମୁହାଁ ହୋଇ। ଛାତି ଭିତରଟା ଭୟରେ ଅଷାଢ଼ ପଡ଼ିଯାଇଥିବ। ବ୍ଲାଉଜ ତଳୁ ବଢ଼ନ୍ତା ଛାତିଟା ଉଠୁଥିବ ପଡୁଥିବ ମଲାମାଛର ଫୁଲୁକା ପରି। କୁଦି ଦିଅନ୍ତା କି ଠୋ କିନା ଫାଟି ଯାଆନ୍ତା। ଭୟ ଯାଆନ୍ତା। ଦକ ଦକ ବି ଯାଆନ୍ତା। ଖସି ଯାଆନ୍ତା ଧନୁଷ୍ଟଙ୍କାରୀୟ ବୟସର ମୋଡ଼ି ମାଡ଼ି ଦେବାର ଲକ୍ଷଣରୁ। ଦିହସାରା ମାଡ଼ି ଚାଲିଥିବା ବୟସର ଦାଗକୁ ଶ୍ୟାମଳୀ କାତର ହରିଣୀ ପରି ଚାହିଁ ରହିଛି। ବୟସର ଛାପକୁ ସେ ଲୁଚେଇବ କେମିତି। କୋଉଠି ଛୁପେଇ ରଖିବ ବ୍ୟାପି ଯାଉଥିବା ବୟସର ଚିହ୍ନ ସବୁକୁ। ସୁବୁବାବୁର ଆଖିରୁ କେମିତି ବଞ୍ଚେଇବ ସେ ତା'ର ବୟସର ଛାପ।

ବାପା କାମ କରିବ ବୋଲି କାଳିମାଟି ଗଲା ଯେ ଗଲା। କାଳିମାଟିର ବହଳିଆ ଦୁଧ ରଙ୍ଗର ସଫେଦ ଆକାଶ ତଳେ ଯେମିତି ସବୁଦିନ ପାଇଁ ଲୁଚିଗଲା ସେ। ମେହନତ କରୁ କରୁ କେତେବେଳେ ଗହମ ଆକାଶର ଦିଗ୍‌ବଳୟ ତଳେ ଡୁବିଗଲା ଯେ ଆଉ ଉଠିଲାନି। ଖବର ଅନ୍ତର ବି କିଛି ମିଳିଲାନି। ତା' ମାଆର ନିରୋଳା ଆକାଶ ଉଛାଳି ଦେଇ "ହେଇ ମୁଁ ଆସିଲି, ସଞ୍ଚରି ଯିବି, ପ୍ରସରି ଯିବି, ଲୀଳା ଲଗେଇ ଦେବି, ମଉଛବ ଲଗେଇ ଦେବି ବୋଲି କହି ହଇଚଇ କରିବାକୁ ବି ଫେରି ଆସିଲାନି।" ଆଖିରେ ଲୁହ ବୁନ୍ଦା ବୁନ୍ଦା ଜମି ଚବକା ହେଲା। ଚବକା ବଢ଼ି ବଢ଼ି ପୋଖରୀ ହେଲା। ପୋଖରୀ ଭିତରେ ପଦ୍ମ ଫୁଟିଲା ଶ୍ୟାମଳୀ। ଏମିତି କିଛି ଦିନରେ ପୋଖରୀ ବଢ଼ି ବଢ଼ି ସମୁଦ୍ର ହେଲା। ସମୁଦ୍ରରୁ ମହାସମୁଦ୍ର। ମହା ସମୁଦ୍ରରୁ ମହା ମହା ସମୁଦ୍ର।

ଅନ୍ତରୀକ୍ଷକୁ ବ୍ୟାପିଗଲା। ଚୌଧୁରୀବାବୁ ଘରେ ବାସନମଜା କାମ ପଡ଼ିଲା। ମା'ର ବୟସ ଖସିଲା ପରେ ଶ୍ୟାମଳୀ ହାତରେ।

"ହେ ବାବୁ ତମକୁ ନେହୁରା ହେଉଛି ବା ତମେ ଏମିତି ଉପର ମହଲା ବାରଣ୍ଡାରେ ଇଆଡ଼େ ଗହଁକି ବୁଲନି ବା। ବାସନ ଫନ୍ଦରେ ହାତର ଜାବ ହୁଗୁଳି ଯାଉଛି। ହାତ ଥରୁଛି ପବନରେ ବେତ ଗଛ ଭଳି। ତମ ଆଖିର ନିଆଁଝୁଲ ଦେହ ଭିତରେ ଫୁଲବନରେ ନିଆଁ ଜାଳି ଦେଉଛି ବା। କେତେ ଦିନ ଏମିତି ଡହକ ବିକଳ କରିବ ବାବୁ। ତମ ଛୁଟି କେବେ ଖୋଲିବ, ତମେ ଯିବ କେଜାଣି।" ଯେତେ ଚେଷ୍ଟା କଲେ ବି ଶ୍ୟାମଳୀ ସୁବୁବାବୁର ଆଖିର ବଳୟରୁ ଖସି ଯାଇ ପାରିଲାନି। ବନ୍‌ଶୀକଣ୍ଟାରେ ଲାଗିଗଲା। କେତେ ଦିନ ବା ସେ ନିଜକୁ ସମ୍ଭାଳି ପାରିଥାନ୍ତା। ଯୋଉ ଲୋଭିଲା ଲୋଭିଲା ଆଖିର ନିଆଁ। ଛାତି ଭିତରେ ଟ୍ରେନର ଧଡ଼ ଧଡ଼ ଶବ୍ଦ। ସୁବୁବାବୁର ଗୋରା ତକ ତକ ଛାତି। ବଳିଲା ବଳିଲା ହାତର ବେଢ଼ଣ। କେତେ ଦିନ ବା ତା ମାଂସକୁ ଏତେ ବଡ଼ ସମ୍ପଦ ତଳେ ମାଡ଼ି ମକଚି ହବାକୁ ନ ଦେଇ ସେ ବଞ୍ଚେଇ ପାରିଥାନ୍ତା। ପ୍ରେମର ଯଦି କିଛି ଜଳା ପୋଡ଼ା ଥାଏ ସେଦିନ ଶ୍ୟାମଳୀ ବୁଝିଲା। ତା ହଉଛି ପୂରିଲା ପୂରିଲା ଥନ ତଳୁ ହୃଦୟ ପର୍ଯ୍ୟନ୍ତ ରାସ୍ତାରେ ଡହକ ବିକଳ ହେଇ ଜଳୁଥିବା ନିଆଁ। କିଛି ଯଦି ଇଙ୍ଗିତ ଥାଏ, ତା ହେଲେ ସେ ହେଲା ସୁବୁବାବୁଙ୍କ ଆଖିର ଜୁଲୁଜୁଲିଆ ପଟଳ। ଶ୍ୟାମଳୀ ସାହାଣ ମେଲା କରିଦେଲା। ଗମ୍ଭୀରା ଖୋଲିଦେଲା। ପାହାଡ଼ର ପଥର ଉପରେ ଆଉଜି ପଡ଼ି ସେଦିନ ସେ ମହାର୍ଘ ସମ୍ଭାର ଖୋଲି ଦେଲା। ଗୋଟାଏ କୃପଣ ଭଳି ସବୁତକ ଏକାବେଳେ ଦି ହାତ ପାପୁଲିରେ ଶୋଷି ଶେଷ କରି ଦେଲେ ସୁବୁବାବୁ। ସୁବୁବାବୁ, ହେ ସୁବୁବାବୁ - ତମ ପେଟରେ ଏତେ ଭୋକ କେମିତି ଥିଲା ହେ। ସମୁଦ୍ରଟାକୁ ଏକା ଆଞ୍ଜୁଳାକେ ଚଳୁ କରିଦେଲ। ଦିହର ଅଲେଖା କାଗଜରେ ଏକାବେଳେକେ ଏତବଡ଼ ପୋଥି ଲେଖି ଦେଲ କେମିତି ବା ?

ବୈଶାଖୀ ପବନରେ ସେଇ ଦିନଠୁ କେତେ ଶିମିଳି ଫୁଲ ଉଡ଼ିଛି। କେତେ ଡାଳରେ ରାତି ଫୁଲ ଲଦି ହେଇ ପଡ଼ିଛି। ଘଟଣାର ଉଲ ଗୁଳା ନେଇ ସ୍ମୃତିର ଛୁଞ୍ଚିରେ କେତେ ଜୀବନର ସ୍ୱେଟର ବୁଣିଛି ଶ୍ୟାମଳୀ। ହେଲେ କ'ଣ ବା ହେଇଛି। ସବୁକିଛି ଓଲଟ ପାଲଟ ହେଇଗଲା। ମାଆ ଚାଲିଗଲା ଦିହ ବାଧିକିରେ। ତା' ପରେ ସିଏ ନିତାନ୍ତ ଏକା - ବଢ଼ନ୍ତା ବୟସରେ। ଫୁଟନ୍ତା ଯୌବନରେ ଆଉ କ'ଣ ବା ହୁଅନ୍ତା। ତା ପରେ ତା'ର ନିକଟ ସମ୍ପର୍କୀୟମାନେ ତାଙ୍କର ଥିବା ଜମିଜମା ଉପରେ ଆଖି ପକେଇଲେ। ତା ପରେ ଦିନେ ଶ୍ୟାମଳୀ ତା'ର ନିକଟ ସମ୍ପର୍କୀୟଙ୍କ ଦ୍ୱାରା ବିକା

ହୋଇଆସିଲା କଲିକତା କାମ କରିବ ବୋଲି। ତା' ପରେ ସେଇଦିନଠୁ ଏଇଠି, କେତେ ବର୍ଷ ମାସ ବିତିଗଲାଣି। ଦେହ ବ୍ୟବସାୟଠୁଁ ଆରମ୍ଭ କରି ନାଚଗୀତ ଆଉ ଏବେ ଶ୍ୟାମଳୀ ପାଲଟିଛି ହୋଟେଲ ରିଜ୍ କଣ୍ଟିନେଣ୍ଟାଲରେ କ୍ୟାବାରେ ଡ୍ୟାନ୍ସର। ଜୀବନରେ ସମୟ କେତେ ଛାପ ଛାଡ଼ିଯାଏ, କ'ଣ ବା କହିବ ଶ୍ୟାମଳୀ। ତା' ଆଖିରେ ଏବେ ଲୁହ ନାହିଁ। ବୁକୁରେ କୋହ ନାହିଁ।

ସମୟର ରାସ୍ତାରେ ଧୂସର ପ୍ରତୀକ୍ଷାର ପୋହଳା ଗୁନ୍ଥି ଶ୍ୟାମଳୀ ବେକରେ ପୋହଳାମାଳା ପକେଇ ଦେଇ ନଖ ଦର୍ପଣରେ ରୂପର ଝରଣାର ଉଚ୍ଛୁଳା ଗତି ଦେଖୁଛି। ଭସାଣିଆ କଜଳ ଆଖିର ଅଥୟ ଉପକୂଳରେ ପ୍ରତ୍ୟୟର ଆଡ଼ିବନ୍ଧ ଦେଇ ସେ ଜୁଆରର ଧକ୍କା ଏଡ଼ିଯିବାକୁ ଚାହିଁଛି। କ୍ଳାନ୍ତ ଚଇତାଳୀ ସିମ୍ଫୋନୀରେ ସଜେଇ ବସିଛି କାମନାର ବିପଣୀ। ଉଷୁମ ନଜର କୃଷ୍ଣ କାନ୍‌ଭାସ ଉପରେ ଆଲୋକର ସରୁ ଗଜରାଟିଏ ଫୁଟି ପୁଣି ମଉଳିଯାଉଛି ସ୍ୱପ୍ନର ପଟଳରେ। ସୂର୍ଯ୍ୟୋଦୟ ହେଉ ହେଉ ସୂର୍ଯ୍ୟ ଆଲୋକ ହୀନ ହୋଇଯାଇଛି ଯେମିତି। ଶ୍ୟାମଳୀ ବସିଛି। ଫଟକଟା ଆଣ୍ଠୁ ସନ୍ଧିରେ ଝୁଙ୍କି ପଡ଼ିଥିବା ମୁଣ୍ଡକୁ ବାଁ ହାତ ପାପୁଲିରେ ଢ଼େରା ଦେଇ। ହୁଗୁଳୀ ପାଣିରେ ସମୟ ଭାସୁଛି ଶୁଖିଲା ପତ୍ରଟିଏ ଭଳି। ଲଣ୍ଠନ ଆଲୁଅରୁ ଟେନାଏ ତା ରୁଜଦିଆ ଗାଲର ଗୋଟାଏ ପାଖରେ ସୁବୁବାବୁର ଲାଳୁଆ ଜିଭ ଭଳି ଦୁଲିଆସୁଛି। ହୁଗୁଳୀ ପାଣିରେ ଲଣ୍ଠନ ବତିର ପ୍ରତିଫଳନ ସୁବୁବାବୁର ଲୋଭିଲା ଆଖି ଭଳି ବସ୍ତ୍ର ସମ୍ଭାର ଭେଦି ତା'ର ନଗ୍ନ ସମ୍ପଦ ଉପରେ କୃପଣ ଭାବେ ବୁଲି ଆସୁଛି ଯେମିତି। ଦିହରେ ଆଉ ଶିହରଣ ନାହିଁ। ହାଡ଼ର ଭିତରେ ଆଉ ରାଗ ରାଗିଣୀର ସୁର ନାହିଁ। ମାଂସର ଚଉହଦିରେ ଆଉ ମଉଛବ ଲାଗୁନି।

ଦଳ ଦଳ ପକ୍ଷୀ ଡ଼େଣା ମେଲେଇ ଫଡ଼ ଫଡ଼ ହେଇ ଉଡ଼ିଗଲେଣି। ଆକାଶକୁ, ବହୁ ଊର୍ଦ୍ଧ୍ୱକୁ, ଧ୍ରୁବମଣ୍ଡଳକୁ, ଛୋଟ ଡ଼େଣା ଦିଟା ଛଡ଼ା ଆଉ କିଛି ସତ୍ତା ଦିଶୁନି ପ୍ରାୟ। ଛୋଟ ଛୋଟ ପାଦରୁ ଟୋପାଟୋପା ହୁଗୁଳୀ ପାଣି ପଡ଼ି ସେମାନଙ୍କର ଘର ଲେଉଟାଣି ଯାହା ସୂଚେଇ ଦେଉଛି। ମନ୍ଦିରର କଡ଼ିବର୍ଗା ଖିଲାଣରେ ପାରାଙ୍କର ଘୁମ୍‌ଘୁମ୍ ଶବ୍ଦ ଅତୀତ ଆଡ଼କୁ ଟାଣି ନେଉଛି। ନିଆଁ ବ୍ୟାପୀ ଯାଉଛି। ବହ୍ନିଶିଖା ହୁତ୍ ହୁତ୍ ହୋଇ ଜଳୁଛି ଧୂସର ମାଟି ଚକଡ଼ାରେ ଦୂବଘାସକୁ ଦରସିଝା କରି। ଲେଲିହାନ ଅନଳ ଚାରିପଟେ ବଢ଼ି ଯାଇଥିବା ସ୍ମୃତିର ଛାଇ ସବୁ ପାପୁଲି ସେକୁଛନ୍ତି। ଶ୍ୟାମଳୀ ବହ୍ନିଶିଖା ଚାରିପଟେ ବୁଲୁବୁଲୁ ଅଶ୍ରୁ ତର୍ପଣ କରିଦେଇଛି ଜୀବନ ଯାକ ପାଇଁ। ଇହକାଳ, ପରକାଳ ପାଇଁ ପୋଡ଼ା ମୁରୁକୁଟିଆ ଗନ୍ଧ ବାହାରୁଥିବା ହୃଦୟଟାକୁ ଶ୍ୟାମଳୀ ହାତ ପାପୁଲିରେ ଏପଟ ସେପଟ ଦିଥର କଲା। ହାତରେ ବନ୍‌ଶୀକଣ୍ଟା ଫୁଟି ଯାଇଥିବା ଜାଗାଟାକୁ ବିଶି

ଆଙ୍ଗୁଠି ଟିପରେ ଦି ଚାରିଥର ଦବେଇଲା। ଦରଜ ଆହୁରି ଛାଡ଼ିନି। ଚାପା ଚାପା ଯନ୍ତ୍ରଣାର ଶିହରଣ ଏବେ ବି ଅଛି, ଶ୍ୟାମଳୀ ହୁଗୁଳୀ ପାଣିରୁ ଉଠି ଆସିଲା। ହାୱ୍ଡ଼ା ପୋଲ ଉପରକୁ। ତାପରେ ଟ୍ୟାକ୍ସି ଭଡ଼ା କରି ଯିବ ରିଜ୍ କଣ୍ଟିନେଣ୍ଟାଲ ହୋଟଲର ମେକ୍‌ଅପ୍ ରୁମ୍‌କୁ। ରାତି ବାରର କ୍ୟାବାରେ ସୋ କୁ। ମେକ୍‌ଅପ୍ ରୁମ୍‌ରେ ଦର୍ପଣ ସାମ୍ନାରେ ବସିଲା, ଶ୍ୟାମଳୀ। ଅଲରା ବାଳକୁ ସଜାଡ଼ି ଦେଲା। ମୁହଁରେ ପେଣ୍ଟିଂ ନେଲା, ଆଖିରେ କଜଳର ହେଭି ମେକ୍‌ଅପ୍। ଓଠରେ ଗୋଲାପୀ ରଙ୍ଗର ଲିପ୍‌ଷ୍ଟିକ୍। ଦର୍ପଣ ସାମନାରେ ସମୁଦ୍ରର ଢ଼େଉ ବାଲି ଓଦାକରି ଫେରି ଯାଉଥିଲା ଯେମିତି। ଗୋଟାଏ ପରେ ଗୋଟାଏ ଢ଼େଉ। ଛୋଟ ଶାମୁକା ସୂର୍ଯ୍ୟ କିରଣରେ ଚିକ୍ ଚିକ୍ କରୁଥିଲା। ଶ୍ୟାମଳୀ ଶାଢ଼ୀର ସମ୍ଭାର ଖୋଲିଦେଲା। କ୍ଳାନ୍ତ ଶରୀର ପେଟିକୋଟ ଆଉ ବ୍ଲାଉଜର ତଳେ ଫୁଟି ଆସୁଥିଲା। ପ୍ରଭାତର ପ୍ରଥମ ଆଲୋକ ରେଖା ଭଳି। ବ୍ଲାଉଜ ଖୋଲି ଦେଲାରୁ ବ୍ରା କପ୍ ତଳେ ଚିପିଚାପି ହେଇ ଭୋକ ଦାଉରେ ନିସ୍ତେଜ ହେଇ ଶୋଇ ପଡ଼ିଥିବା କଅଁଳ ପିଲାଟି ଭଳି ଏକୋଇଶ ବର୍ଷ ବୟସ୍କା ତରୁଣୀ ସ୍ତନଟି ଚାପିଚୁପି ହେଇ ଚିର୍‌ଚିରା ରଡ଼ି କରି ଉଠିଲା। ଦର୍ପଣର ସିଲଭର ପଛରୁ ଦିଟା ଆଖି ବଢ଼ି ବଢ଼ି ଘର ସାରା ବ୍ୟାପିଗଲା। "ହେ ସୁବୁବାବୁ ତମେ ଇମିତି ଗାଡ଼େଇ ହେଇ କ'ଣ ଚାହିଁଛ ବା କୋଉଠି ଲୁଚେଇବି ଲୋ ମା, ତମ ଦସ୍ତାରଙ୍ଗ ଆଖିର ରଶ୍ମିରୁ। ତମ ଲୋଭିଲା ଆଖିପାହାନ୍ତାରୁ କେମିତି ଏ ଡଉଲ ଡାଉଲ ଛୁଆକୁ ଘୋଡ଼େଇବି ଲୋ ମା। ହେ ସୁବୁବାବୁ ରାଣ ଖାଉଛି ବା ତମେ ଏମିତି ଦୃଷ୍ଟି ପକାନି ବା... ଶ୍ୟାମଳୀ ମୟୂର ରଙ୍ଗର ବ୍ରିଫ୍ ଲଗେଇ ନେଲା... ଛାତିରୁ ଫାଳେ ବାହାରକୁ ଦେଖେଇ। ତା'ପରେ ମୟୂର ରଙ୍ଗର ପ୍ୟାଣ୍ଟି, ଉନ୍ମୁକ୍ତ ଜଙ୍ଘରେ, ତଳି ପେଟର ନିମ୍ନ ଦେଶରୁ ବକ୍ଷର ଆରମ୍ଭ ଯାଏ ଅନାବୃତ ଅଂଶରେ ତୁଳୀ ଧରି ମୟୂର ରଙ୍ଗ ଦେହସାରା ତୂଳୀରେ ଆଙ୍କି ଦେଲା। ଠିକ୍ ମୟୂର ଭଳି ଛାପ ଛାପ ନୀଳ ଆଉ ଧୂସର ରଙ୍ଗର ସମାହାର। ବେକରେ ମୟୂର ରଙ୍ଗର ପେଣ୍ଟ... ନାନା ରଙ୍ଗ ବିରଙ୍ଗ ରଙ୍ଗରେ ମଣ୍ଡି ହେଲା ଠିକ୍ ମୟୂର ଭଳି। ମୟୂର ପୁଚ୍ଛ ଲଗେଇ ଦେଲା। ଅଣ୍ଟା ଉପରେ, ମୟୂର ପୁଚ୍ଛ ମେଲି ହୋଇ ରହିଲା। ପଛରେ ମୁଣ୍ଡ ଉପରେ ସରୁ ସରୁ ମୟୂର ପୁଚ୍ଛ ଖୋସି ଦେଇ ଦର୍ପଣ ଭିତରକୁ ଦେଖିଲା। ଶ୍ୟାମଳୀ... ମୟୂରରେ ସେ ରୂପାନ୍ତରିତ ହୋଇଯାଉଛି। ଶ୍ୟାମଳୀ ନାହିଁ ତା ଜାଗାରେ ଚିତ୍ରିତ ମୟୂରୀଟିଏ ଯେମିତି ଠିଆ ହେଇଛି। ଦର୍ପଣକୁ ଚାହିଁଲା ବେଳକୁ ଦର୍ପଣ ଭିତରେ ଲାଲ ଟହ ଟହ ଫୁଟନ୍ତା ଦିଟା ମନ୍ଦାର ଫୁଲ ଆଖି। ଠାକୁରାଣୀ ଚକଡ଼ାରେ ସିନ୍ଦୂର ବୋଳା ରକ୍ତାଭ ଶାଳ ଖୁଣ୍ଟିରେ ବନ୍ଧା ଛେଳି ଛୁଆର ବିକଳ ଆଖି। ମନ୍ଦାର ଫୁଲର ଟହ ଟହ ଟାହିଆ। ଝୁଣା ଧୂଆଁ ମାଡ଼ରେ ମାଜଣା ଚାଲିଛି। ପ୍ରବାଳ ମାଳ ବେକରେ

ପକେଇ ଦେଇ ଶ୍ୟାମଳୀ ଆସିଲା ମଞ୍ଚର ଉଡ଼େନ ଫ୍ଲୋର ଉପରକୁ... ତୋଫା ବରଫ ଭଳି ଝଲସୁଥିବା ଆଲୋକ ତଳକୁ...।

ଦର୍ଶକମାନେ କରତାଳି ମାରି ଘରିଆଡ଼ ପ୍ରକମ୍ପିତ କରିଦେଲେ, ମଞ୍ଚ ଫାଟି ପଡ଼ିଲା ଅଶ୍ଳୀଳ ହସରେ। ମାତାଲ ଚହାଣିର ଖୁଆଡ଼ରେ ବାନ୍ଧି ହେଇଗଲା ଶ୍ୟାମଳୀର ଚିତ୍ରିତ ଜଙ୍ଘ, ଚିତ୍ରିତ ଅର୍ଦ୍ଧୋନ୍ମୁକ୍ତ ସ୍ତନ। ଓ୍ୱେଷ୍ଟର୍ଣ୍ଣ ପପ୍ ବାଜି ଉଠିଲା। ଆକର୍ଡ଼ିଆନର ତାଳରେ, ସ୍ପାନିଶ୍ ଗିଟାର ଝଙ୍କାରରେ, ଡ୍ରମର ବିଟ୍‌ରେ ତାଳେ ତାଳେ ନାଚି ଉଠିଲା ଶ୍ୟାମଳୀ ଆମନ୍ତ୍ରଣର ମୁଦ୍ରାରେ। ରଙ୍ଗ ବେରଙ୍ଗ ଆଲୋକରେ ଝଲସି ଉଠୁଥିଲା। ହଳ ହଳ ଆଖି ବୁଲି ଯାଉଥିଲା ତା'ର ଦେହର କୋଣ ଅନୁକୋଣରେ। ମୟୂର ପୁଚ୍ଛ ମେଲି ଦେଲା ଶ୍ୟାମଳୀ। ପାଦ ଟେକିଦେଲା, ସରଗରମ ହୋଇଗଲା। ଛାତିର କଉ୍ଚ, ପାଟିରୁ ବୋହି ଆସିଲା ଲାଳ, ଆଖିରୁ ବୋହି ଆସିଲା ନିଆଁ। ଶ୍ୟାମଳୀ ଦ୍ୱିତୀୟ ପାଦ ଉତ୍ତୋଳନ କଲା। ବଢ଼ି ଆସିଲା କେତେଟା ଅଶ୍ଳୀଳ ହାତ। ମୟୁରୀ ଅନାବୃତ ଜଙ୍ଘ ବଢ଼େଇ ଦେଲା। ପାପୁଲିର ଉଷୁମ ଟାଣିବାକୁ।

ମେଘ ମହ୍ଲାରର ମଧୁର ମୂର୍ଚ୍ଛନାରେ ଦେହ ଶିର ଶିରେଇ ଯାଉଛି। ଘଡ଼ ଘଡ଼ିରେ ଛାତି ଦୁଲୁକୁଛି। ଆକାଶରେ ଇନ୍ଦ୍ରଧନୁର ଇନ୍ଦ୍ରନୀଳ ଆଭା। ଝମ ଝମ ନିଝୁମ ବର୍ଷାର ସଙ୍ଗୀତ ରକ୍ତରେ ଆଣିଛି ଉତାପ, ଉତ୍ତେଜନା ଓ ଅଦ୍ଭୁତ ଶିହରଣ। ଶ୍ୟାମଳୀ ବିଭୋର ହୋଇ ଯାଉଛି ଥଣ୍ଡା ପବନର ହେମାଳିଆ ସ୍ପର୍ଶରେ। ପଛ ସ୍କ୍ରିନ୍‌ରେ ଟପଟପ ବର୍ଷାର ଶବ୍ଦ ଶୁଭୁଛି। ଶ୍ୟାମଳୀ ପୁଚ୍ଛ ଟେକି ଦେଲା। ବର୍ଷାର ତାଳେ ତାଳେ ନାଚିଲା ମୟୂର ପୁଚ୍ଛ ମେଲେଇ ଦେଇ। ଶ୍ୟାମଳୀ ଆଗରେ ଯୋଡ଼ା ଯୋଡ଼ା ରକ୍ତର ଆଖି। କାମନାର ବଲ୍‌ଗା ଛୁଟିଛି ଆସକ୍ତ ଦର୍ଶକଙ୍କ ଆଖିରେ। ଆଖି ଆଗରେ ବଢ଼ନ୍ତା ପିଲା ଭଳି ଉନ୍ମୁକ୍ତ ବକ୍ଷ - ମାର୍ବଲ ସ୍ତନ-ଚିତ୍ରିତ ଦେହ। ନିଶାର ସୁଅ ଛୁଟିଛି, ମୟୂର ନାଚି ଚାଲିଛି ତନ୍ମୟ ମୁଦ୍ରାରେ ପୁଚ୍ଛ ମେଲେଇ। ତା'ର ଚିତ୍ରିତ ଦେହରୁ ନିର୍ଗତ ନିଆଁ ହରିଣ ଛୁଆ ଭଳି ଛାତିର ଅରଣ୍ୟରେ କୁଦିକୁଦି ଖେଳୁଛି। ଆଲୋକ ସଜ୍ଜିତ ହେଇ ଆସୁଛି ମ୍ୟୁଜିକ୍ ସ୍ଲୋ ରିଦ୍‌ମରେ ବାଜୁଛି ଆମନ୍ତ୍ରଣ ଜଣାଇଲା ଭଳି। ଶ୍ୟାମଳୀ ଗୋଡ଼ ଭାଙ୍ଗି ଉଡ଼େନ ଫ୍ଲୋରରେ ଚିତ୍ ହୋଇ ଶୋଇପଡ଼ିଛି। ଦେହରୁ ଖୋଲି ଯାଉଛି ଗୋଟାଏ ପରେ ଗୋଟାଏ ଅନ୍ତର୍ବାସ। ଫାଜିଲ ଦେହର ମୋଜାଇକରେ ଉଦ୍ଧତ ଅବୟବ ନିର୍ଲଜପିଲା ଭଳି ବେହେଡ଼ା ଦାନ୍ତ ନିକୁଟୁଛି। ବୃତ୍ତାକାର ଦର୍ଶକଙ୍କ ଆଖି କେନ୍ଦ୍ରୀ ଭୂତ ହୋଇଛି ଗୋଟାଏ ବିନ୍ଦୁରେ। ହୁଇସିଲ ବାଜୁଛି। ଦର୍ଶକଙ୍କ ଭିତରେ ଅଶ୍ଳୀଳ ଇଙ୍ଗିତ ଖେଳିଯାଉଛି। କେହି କେହି ଉଡ଼େନ ଫ୍ଲୋର କଡ଼ରେ ଝୁଙ୍କି ପଡ଼ିଛନ୍ତି ଶ୍ୟାମଳୀ ଉପରକୁ।

ଆଲୋକର ସରୁରେଖା ଭିତରେ ଶ୍ୟାମଳୀର ଅନାବୃତ ଅଙ୍ଗାଭରଣ ଫୁଟି ଉଠୁଛି

ଆମନ୍ତ୍ରଣର ମୁଦ୍ରାରେ, ଶ୍ୟାମଳୀ ଆଖି ବନ୍ଦ କରିଦେଇଛି। ତା କାନରେ ବାଜୁଛି ଦର୍ଶକଙ୍କ ଅଶ୍ଳୀଳ ଟାହିଟାପରା। ହଠାତ୍ ଦିଟା ରକ୍ତ ଟହ ଟହ ମନ୍ଦାର ଆଖି ପାହାଡ଼ ପଥର ଦେହରୁ କୁରୁଳି ଉଠିଲା। ଲୋଭର ନିଆଁରେ ଲାଲ ଟହଟହ ଜଳନ୍ତା ଆଖି ଦିଇଟା ଗିଳିଲା ଗିଳିଲା ଭାବେ ଶ୍ୟାମଳୀକୁ ଚାହିଁ ରହିଛି। ନୀଳ ପଡ଼ିଯାଉଛି ରକ୍ତର ଲାଲିମା ଭୟରେ। ଲୋଲୁପ ଆଖି ଦିଇଟା ନିଶା ଟୁଳ ଟୁଳ ହେଇ ଆସୁଛି କାମନାର ମଦିରାରେ। ତାପରେ ଇସ୍... ତା ଉପରକୁ ଝାମ୍ପି ପଡୁଛି ସେ ଆଖି ଦିଇଟା। ଶ୍ୟାମଳୀକୁ ଝୁଣି ନିଃଶେଷ କରି ଦେଉଛି... ତାପରେ ଆଖି ଦିଇଟାରେ ସେ ଦେଖି ପାରୁଛି ଚରମ ପରିତୃପ୍ତି। ଓଠରୁ ଲାଲ ଟପ ଟପ ହୋଇ ଗଳି ପଡୁଛି ଆତ୍ମତୃପ୍ତିରେ।

କୃତଜ୍ଞତାରେ ଯୋଡ଼ିଏ ତୃପ୍ତ ଆଖି ଶ୍ୟାମଳୀ ଆଡ଼େ ଚାହିଁ ରହିଛି କୁର୍ଣ୍ଣିସ କରୁଥିବା ବିଶ୍ୱସ୍ତ ଦରଓ୍ୱାନ ପରି। ଶ୍ୟାମଳୀ ହସିଲା ଅର୍ଥହୀନ ଆବେଗହୀନ ହସ। ଆଲୋକ ନିସ୍ତେଜ ହୋଇ ଆସୁଛି। ଦର୍ଶକ ଗଣ ଉତ୍ତେଜନାରେ ଫାଟି ପଡୁଛନ୍ତି। ଝାଳେଇ ଯାଉଛନ୍ତି ଶ୍ୟାମଳୀର ଅନାବୃତ ଅଙ୍ଗରାଗର ଉତ୍ତେଜକ ଆମନ୍ତ୍ରଣରେ- "ହେ ସୁବୁବାବୁ ତମେ ଦର୍ଶକମାନଙ୍କ ଭିତରେ ନାହଁ ତ। ତମ ଲୋଭିଲା ଆଖିକି ମୁଁ କାହିଁକି ଦେଖୁଛି ମୋ ଦେହ ଉପରେ ବୁଲି ଆସିଲା ଭଳି। ତମ ଦେହରେ ଏତେ ଭୋକ କିଏ ନେସିଦେଲା ହେ ସୁବୁବାବୁ।

ତମର ବା ଭୁଲ କ'ଣ ?

ଶ୍ୟାମଳୀର ବା ଭୁଲ କ'ଣ ?

ଏ ଦର୍ଶକମାନଙ୍କର ବା ଭୁଲ କ'ଣ ?

ବୟସ ଭୋକ ମଣିଷ ଭିତରେ ବୀଭତ୍ସଭାବେ କଡ଼ ଲେଉଟାଏ। ଲୋଭିଲା କରୁଛି। ଭୋଗ କରିବାକୁ ପ୍ରବୃତ୍ତ କରୁଛି। ସମ୍ଭୋଗ କରିବାକୁ ଉତ୍ତେଜନା ଦଉଛି।

ତମର ବା ଭୁଲ କ'ଣ ?

ଶ୍ୟାମଳୀର ବା ଭୁଲ କ'ଣ ?

ଏ ଦର୍ଶକମାନଙ୍କର ବା ଭୁଲ କ'ଣ ?

ସମସ୍ତେ ଅନଙ୍ଗ ରସରେ ନିମଜ୍ଜିତ ହେଇଛନ୍ତି। ରଙ୍ଗ ବେରଙ୍ଗ ସମୟର ଚନ୍ଦ୍ରିକା ପିନ୍ଧି ସ୍ୱପ୍ନର ପରିଧିରେ ଆମନ୍ତ୍ରଣ ମୁଦ୍ରାରେ ତ ସମସ୍ତେ ବିଭୋର। ଦେହର ଲୋଲୁପ ଆକର୍ଷଣରେ ସମସ୍ତେ ବିଦ୍ଧ। ହେ ସୁବୁବାବୁ ବୟସର ଭୋକ ତ ମଣିଷ ଜୀବନର ମୂଳ ଉତ୍ସ। ତମେ ବା ସେଥିରୁ କେମିତି ବାଦ ପଡ଼ିଥାନ୍ତ। ଶ୍ୟାମଳୀ ବି ସେଥିରୁ ବର୍ତ୍ତିଥାନ୍ତା କେମିତି। ଏବେ ବି ଦର୍ଶକ ମାନଙ୍କର ଲୋଲୁପ କାମାସକ୍ତ ଆଖିରୁ ତା'ର ବାହାରିବାର ବାଟ ନାହିଁ।

ତମର ବା ଭୁଲ କ'ଣ ସୁବୁବାବୁ ?

ଶ୍ୟାମଳୀର ବା ଭୁଲ କ'ଣ ?

ଏ ଦର୍ଶକମାନଙ୍କର ବା ଭୁଲ କ'ଣ ?

ଶ୍ୟାମଳୀର ଅର୍ଦ୍ଧ ଉନ୍ମୁକ୍ତ ଅଙ୍ଗାବୟବ ତ ଏମାନଙ୍କୁ ଉତ୍ତେଜନାର ଖୋରାକ ଯୋଗାଉଛି । ପାରିବାରିକ ନିରାପଦ ଦଉଡ଼ି ଘେର ଡେ଼ଇଁ ରାତ୍ରିରେ ଲୁଚିଛପି ମୋଟା ଅଙ୍କ ଦେଇ ବିଦେଶୀ ସୁରା ଆଉ ନାରୀ ଅଙ୍ଗରେ ସକାଳର କ୍ଳାନ୍ତି ଆଉ ଅବସାଦ ମେଣ୍ଟାଉଥିବା ଏଇ ଦର୍ଶକମାନଙ୍କର, ଏଇ ପ୍ରଲୁବ୍ଧ ମଣିଷମାନଙ୍କର ବା ଭୁଲ କ'ଣ ?

ଚିତ୍ରଗ୍ରୀବ ସମ୍ବାଦ ଶୁଣିଛ ସୁବୁବାବୁ । ଚାଉଳ ଲୋଭରେ କପୋତ ପଲଟଣ ବ୍ୟାଧର ଜାଲରେ ଛନ୍ଦି ମନ୍ଦି ହୋଇ ଛଟପଟ ହେଉଛନ୍ତି । ନା ଚାଉଳ ମିଳୁଛି ନା ମୁକ୍ତି ।

ସୁବୁବାବୁ ବ୍ୟାଧର ଧନୁ ଟଙ୍କାରରେ ଖଞ୍ଜା ଶରର ତୀକ୍ଷ୍ଣ ଅଗ୍ରଭାଗରେ ନୀଳ ଜହର ବୋଳା ଭୟରେ ଲୁହ ଜକେଇ ଆସୁଛି । ଡେ଼ଣା ଫଡ଼ ଫଡ଼ କରି ଉଡ଼ିଯିବାର ପ୍ରାଣାନ୍ତକ ଉଦ୍ୟମ ଦେଖିଲେ ହସ ଲାଗୁଛି ସୁବୁବାବୁ । ଡେ଼ଣା ଫଡ଼ ଫଡ଼ରେ ଅରଣ୍ୟରେ ଝଡ଼ ଉଠିଛି । ଉଡ଼ିଯାଉଛି ଶୁଖିଲା ପତ୍ର, କାଠି, କୁଟା, ଘାସ, ଲଟା, ବୁଦା । ବ୍ୟାଧର ଅର୍ଦ୍ଧୋଳିଆ କିଳିକିଳା ରଡ଼ି ଶୁଭୁଛି । କଳା ସିଠୁଆ ମୁହଁର ବାହାଡ଼ା ଦାନ୍ତ ସନ୍ଧିରେ ଅଭୂତପୂର୍ବ ହିଂସ୍ରତା ଖେଳୁଛି । ପାରିବ ଯଦି ଜୋର ଲଗାଅ ସୁବୁବାବୁ । ଖୁବ୍ ଜୋର ଲଗାଅ । ପଲଟଣ ଧରି ଜାଲ ସହ ଉଡ଼ିଯାଅ । ହେଇ ହେଇ ବ୍ୟାଧ ଆସୁଛି, ତା ଧନୁତୀରରେ ସେ ବିଷ ବୋଳା ।

ସୁବୁବାବୁ ଜୋର ଲଗାଅ । ଆହୁରି ଜୋରରେ ଡେଣା ଫଡ଼ ଫଡ଼ କର ସମସ୍ତେ ଏକାବେଳେକେ । ଆହୁରି ଜୋର ଲଗାଅ । ଜାଲ ଧରି ଉଡ଼ିଯାଅ ବ୍ୟାଧର କବଳରୁ ।

ତମର ବା ଭୁଲ କ'ଣ ସୁବୁବାବୁ ?

ଶ୍ୟାମଳୀର ବା ଭୁଲ କ'ଣ ?

ଏ ଦେଖଣାହାରିଙ୍କର ବା ଭୁଲ କ'ଣ ?

ଚାଉଳ ଦେଖିଲେ କପୋତ ତ ଓହ୍ଲାଇବା ସ୍ୱାଭାବିକ । ଅଜାଣତରେ ଜାଲରେ ପଡ଼ିବା ବି ସ୍ୱାଭାବିକ । ଶ୍ୟାମଳୀ କ'ଣ ଆଉ ସେ ଶ୍ୟାମଳୀ ଅଛି ସୁବୁବାବୁ, ସେ ତ ମୟୂରୀରୁ ଚିତ୍ରିତ ମୟୂରୀ ପାଲଟି ଯାଇଛି ।

■■

ପଞ୍ଜୁରୀ

ଏମିତି ଗୋଟାଏ ଦିନ ହଠାତ୍ ସବୁକିଛି ବଦଳିଗଲା । କିଛି ବୁଝିବା ଆଗରୁ, କିଛି ଜାଣିବା ଆଗରୁ ଏକାବେଳେ ସବୁକିଛି ଓଲଟ ପାଲଟ ହୋଇଗଲା । ବଦଳିଗଲା ଦିହର ଚଉକାନ୍ଥିର ନକ୍ସା । ମନର ସୀମା ସରହଦ ଚିହ୍ନିତ ହେଇଗଲା, ପରିଧି ବୁଲିଗଲା । ଚିନ୍ତା, ଚେତନା, ଅନୁଚେତନାର ଶୂନ୍ୟରେ ଝୁଲୁଥିବା କେନ୍ଦ୍ରବିନ୍ଦୁ ଋରିପଟେ । ଚେସ୍ ଘୋଡ଼ା ଭଳି ସ୍ଥିରୀକୃତ ହୋଇଗଲା ଗତିଶୀଳତାର ବ୍ୟାପ୍ତି - ଆଗକୁ ଅଢ଼େଇପାଦ, ପଛକୁ ଅଢ଼େଇପାଦ, ବାଁକୁ ଅଢ଼େଇପାଦ, ଡାହାଣକୁ ଅଢ଼େଇପାଦ । ଅଢ଼େଇପାଦ ମୟ ହୋଇଗଲା ସୁଖମୟଙ୍କ ଜୀବନ । ସୁଖ, ଦୁଃଖ, ସ୍ନେହ, ମମତା, ଅନୁଶୋଚନା, ଯନ୍ତ୍ରଣା, ଅବସାଦ, ବିଷର୍ଣ୍ଣତା ସବୁ ନିଜ ନିଜର ନିଛକ ରଙ୍ଗ ହରେଇ ବସି ଗୋଟାଏ କୃତ୍ରିମ ରଙ୍ଗର ପ୍ରଲେପରେ ଦାଉ ଦାଉ ହୋଇ ଜୀବନର ଖୋଲା ଖୋଲା ଇଜେଲ୍ ଉପରେ ଫୁଟିଆସିଲେ ।

ପରିବର୍ତ୍ତନର ଆକସ୍ମିକ ଧାରାକୁ ପ୍ରତିହତ କରିବା ପାଇଁ

ନା କିଛି ପ୍ରତିବାଦ କରିହେଲା, ନା କିଛି ପ୍ରତିରୋଧ। ଯାହା ଖାଲି ଗୁଳିବିଦ୍ଧ ହରଡ଼ ଚଢ଼େଇଟିଏ ଭଳି ଗଛ ଶାଖାରୁ ଖସି ପଡ଼ିଲା ପରେ ପ୍ରାଣାନ୍ତକ ଯନ୍ତ୍ରଣାରେ ଡ଼େଣା ଫଡ଼ ଫଡ଼ କରି କିଛି ସମୟ ପରେ ସରୁଆ ବେକଟିକୁ ଗୋଟାଏ ପଟକୁ ଢଳେଇ ଦେଇ ନିଶ୍ଚୁପ ହେଇଯିବାକୁ ପଡ଼ିଲା।

ଭୋରର ଅନାସକ୍ତ ନୀରବତାରେ ନିଦ ପତଳା ହୋଇଗଲା ପରେ ମୁଣ୍ଡ ଉପରେ ସିଲିଂ ଫ୍ୟାନର ଚକ୍କର କାଟିବାର ରୁଦ୍ଧସ୍ୱର ଶୁଣୁଶୁଣୁ ସୁଖମୟଙ୍କ ଭିତରେ ଏମିତି ଗୋଟାଏ ଭାବ ପଶିଆସେ। ଏକ ବିଷର୍ଣ୍ଣ ଅବସନ୍ନ ବୋଧ ତାଙ୍କ ଶିରାପ୍ରଶିରାରେ ଗୋଟାଏ ଅବିରାମ କ୍ଳାନ୍ତି ଆଣିଦିଏ। ଭଦ୍ରତାର ସୁନ୍ଦରିଆ ଚିକ୍କଣ ଖୋଳ ଖଣ୍ଡିକ ଫୋପାଡ଼ି ଦେଇ ଛଳନାହୀନ ପ୍ରତାରଣା ହୀନ ମଣିଷଟିଏ ହୋଇଯିବାକୁ ଇଚ୍ଛାହୁଏ - ଧାଇଁ ଯିବାକୁ ପ୍ରକାଣ୍ଡ ଫ୍ଲାଟର ଇଟାଲିଆନ ମାର୍ବଲ ଚଟାଣର କୃତ୍ରିମତାରୁ ରାସ୍ତାର ଧୂଳିମାଟିକି। ବ୍ରିଟିଶ ପେଣ୍ଟ ଦିଆ ଝରିକାନ୍ତୁ ଘେରା ଅବରୁଦ୍ଧ ପିଞ୍ଜରାର ଅପରିହାର୍ଯ୍ୟ, ଅବସାଦମୟ ଯନ୍ତ୍ରଣାରୁ ଜୀବନର ଉନ୍ମୁକ୍ତ ସମ୍ଭାବନା ଭିତରକୁ। ମନେହୁଏ ରାସ୍ତାରେ ଧୂଳି ଖେଳୁଥିବା କେଉଁ ଲଙ୍ଗଳା ପିଲାକୁ ଛାତିରେ ଜାବୁଡ଼ି ଧରି ଆବେଗ ସ୍ପନ୍ଦିତ ଚୁମା ଖାଇବାକୁ। ବାଲିଗଦାରେ ପୁଣି ଥରେ ଗୋଡ଼ ଭର୍ତ୍ତି କରି ତା ଝରିପଟେ ବାଲି ଥାପି ଥାପି କଣ୍ଢେଇ ଘର ତିଆରି କରିବାକୁ। ଏମିତି ଅନେକ କିଛି ଇଚ୍ଛା ହୁଏ। ଏମିତି ଅନେକ କିଛି ଅଲୌକିକ ଘଟଣା ଘଟେଇବାକୁ ଚେତନାର କୋଉ କୋଣରୁ ଗୋଟାଏ ଝପା ଝପା ସ୍ୱର ଚେତେଇଦିଏ। ତଥାପି କିଛି କରିହୁଏନି, ସଫେଦ ଝଦର ପକା ବିଛଣାରେ ଅସହଜ କଡ଼ ଲେଉଟାଇ ହାଇ ମାରିବା ଛଡ଼ା। ଘର ବାହାରେ ବସିଥିବା ଦରୱାନ କଥା ମନେପଡ଼େ। ସୁନନ୍ଦା କଥା ମନେ ପଡ଼େ। ଝିଅ ରିଙ୍କୁ କଥା ମନେପଡ଼େ। ସବାଶେଷରେ ମନେ ପଡ଼େ ରାସ୍ତାର ଲୋକଙ୍କ ଆଶ୍ଚର୍ଯ୍ୟ ନେସା ଆଖି, ଆଉ ନିର୍ବୋଧ କିଛି ବୁଝିପାରୁନଥିବା ମୁହଁ ଗୁଡ଼ାକ, ଖୁବ ଅସହାୟ ଲାଗେ। ମନେ ହୁଏ ଗୋଟାଏ ନିରାଟ ସ୍ରୋତରୁ ଛିଟିକି ଆସି ସେ ଅଲଗା ହୋଇଯାଇଛନ୍ତି - କକ୍ଷଚ୍ୟୁତ ହୋଇ ମହାଶୂନ୍ୟରେ ଏକେଲା ଚକ୍କର କାଟୁଛନ୍ତି।

ଛାତି ଭିତରଟା ଏକାବେଳେକେ ଖାଲି ଖାଲି ଲାଗିଲେ ସୁଖମୟ ଉଠି କୋଠରି ଝର୍କା, ଦୁଆର ଖୋଲିଦିଅନ୍ତି। ପରଦା ଟେକି ଦେଇ ଜୁହୁ ବିଚ୍‌ର ଶୀତୁଆ ପବନ ଘରକୁ ନିର୍ଦ୍ୱନ୍ଦ୍ୱରେ ପଶି ଆସିବାକୁ ଦିଅନ୍ତି। ନୀଳ ନୀଳ ଢ଼େଉ ଆଉ ସଫେଦ ଫେଣର ଅଫୁରନ୍ତ ଉଚ୍ଛ୍ୱାସ ଭିତରେ ସେ ଦେଖନ୍ତି ଗୋଟାଏ ଛୋଟ ବୃତ୍ତ... ଯାହା ବଢ଼ି ବଢ଼ି ଗୋଟାଏ ବଡ଼ ବୃତ୍ତରେ ପରିଣତ ହୁଏ। ତା ଭିତରୁ ଅନେକ ଗୁଡ଼ାଏ ମୁହଁ। ଅନେକ ଚିହ୍ନା, ଅଚିହ୍ନା ଚିତ୍ର, ସାବଲୀଳ ଘଟଣାବଳୀର ଆମେଜ ଉକୁଟି ଆସେ। ମନେ ପଡ଼େ

ସରୁ ସରୁ ବାଲିର ଜୁହୁ ବିଚ୍, ବିସ୍ତୀର୍ଣ୍ଣ ଉପକୂଳ ଓଦା କରି ଫେରି ଯାଉଥିବା ଛୋଟ ଛୋଟ ଲହଡ଼ି। ମାଛଧରା ଡଙ୍ଗା ସମୁଦ୍ରର ଉଠୁଥିବା ପଡୁଥିବା ଢ଼େଉରେ ଆଉ କମଳା ରଙ୍ଗର ସୂର୍ଯ୍ୟ କିରଣରେ ତମ୍ବା ରଙ୍ଗର ଚିତ୍ ହୋଇ ପଡ଼ିଥିବା ସୁଇମିଂ ସୁଟ୍ ପିନ୍ଧା ତରୁଣୀ। ସୁନନ୍ଦା କହେ "ଜୁହୁ ବିଚ୍‌ରେ ଗୋଟାଏ ନିଜସ୍ୱ ବୈଚିତ୍ର୍ୟ ଅଛି। ଗୋଟାଏ ଆମୋଦଦାୟକ ସ୍ୱାତନ୍ତ୍ର୍ୟ ଅଛି। ଯାହା ଭିତରେ ଜୀବନର ସାବଲୀଳତା ଅନୁଭବ କରିହୁଏ। ଖୋଲା ଆକାଶ, ସଫେଦ ସୂର୍ଯ୍ୟ କିରଣର ଉଷ୍ମ ସ୍ପର୍ଶରେ ବିକିନି ପିନ୍ଧି ଦେହକୁ ଦେହ ଲଗାଲଗି ହୋଇ ସନଟାନ୍ କରିବାରେ ଗୋଟାଏ କାମନାତୁର ଭାବବିମୂର୍ତ୍ତତା ରହିଛି ବୋଲି ସେ କହେ। ତାପରେ ସୁଇମିଂ-ଉତ୍‌ଥିତ ଢ଼େଉର ସାଥିରେ ହାତକୁ ହାତ ଧରି, ବ୍ରିଫ ଭିତରୁ ବାହାରକୁ ବାହାରି ଆସିଥିବା ଉନ୍ମୁକ୍ତ ବକ୍ଷର ଶଙ୍ଖ ଧବଳ କୋମଳତାକୁ ଓଦା ସରସର କରି ଦେଉଥିବା ବିନ୍ଦୁ ବିନ୍ଦୁ ଜଳକଣା ଉପରେ ସୂର୍ଯ୍ୟର ଚିକିମିକି ପଳାଶ କିରଣ ସୃଷ୍ଟ ଇନ୍ଦ୍ରଧନୁର ରଙ୍ଗକୁ ଉପଭୋଗ କରି କରି ଘଣ୍ଟାଘଣ୍ଟା ଗୋଡ଼ ହାତ ଛାଟି ସମୁଦ୍ର ଢେଉରେ ଭାସି ବୁଲିବା। ପରିଶେଷରେ କ୍ଳାନ୍ତ ଶ୍ରାନ୍ତ ଦେହକୁ ଜୁହୁ ବାଲିରେ ଟାଓ୍ୱେଲ ଉପରେ ଲୋଟେଇ ଦେଇ ଫାଁଗାଳିବାରେ ସୁନନ୍ଦା ଏକ ଅକୃତ୍ରିମ ଆନନ୍ଦ ପାଏ।

ଆଉ ସେଇଥିପାଇଁ ପ୍ରତି ରବିବାର ସେ ଜୋରଜବରଦସ୍ତ ସୁଖମୟଙ୍କୁ ଭିଡ଼ିନିଏ ଜୁହୁବାଲିକୁ। ସମୁଦ୍ର ଢେଉ ଭିତରକୁ। ସେଇ ପରିବେଶରେ ଜୀବନର ଯେ କେତେ ଘଣ୍ଟା କଟିଯାଇଛି, ସେ ବିଷୟର ହିସାବ ହୁଏତ ସୁଖମୟ ରଖିନାହାନ୍ତି। ଆଗେ ଆଗେ ସଂକୋଚ ଲାଗୁଥିଲା। ପରମ୍ପରାବାଦୀ ପୁରୁଣା ବିଶ୍ୱାସରେ ଛନ୍ଦିମନ୍ଦି ହୋଇ ପଡ଼ିଥିବା ବିବେକ ପ୍ରତିବାଦ କରୁଥିଲା। ଛଟପଟ ହୋଇ ଉଠୁଥିଲା। ସଂକ୍ଷିପ୍ତରୁ ସଂକ୍ଷିପ୍ତତର ପରିଧାନରେ ନିଃସଂକୋଚରେ ତରୁଣ ତରୁଣୀଙ୍କର ଉନ୍ମୁକ୍ତ ଯୌବନର ବିକଶିତ ସମ୍ଭାରର ପ୍ରଦର୍ଶନ ଦେଖିଲେ, ପୁରୁଣା କାଳିଆ ରୁଢ଼ିବାଦୀ ମନଟା ବିକ୍ଷୁବ୍ଧ ହୋଇପଡୁଥିଲା। ବିଶେଷତଃ ସୁନନ୍ଦା ଯେତେବେଳେ ତା'ର ମହାର୍ଘ ଶାଢ଼ି ସ୍ଲିଭଲେଶ ବ୍ଲାଉଜ ଆଉ ପେଟିକୋଟର ଅନାବଶ୍ୟକ ବୋଝ ଗୁଡ଼ାକ ନିର୍ବିକାରରେ ଉତାରି ଦେଇ, ଲେଶମାତ୍ର ସଂକୋଚନ ବିନା, ବହୁଦାମ ଦେଇ, ବହୁତ ବଛାବଛି କରି କରି ନିଜ ଦେହର ରଙ୍ଗ ସଙ୍ଗେ ଖାପ ଖୁଆଇ କିଣିଥିବା ବିକିନ ପିନ୍ଧି ଜୁହୁର ବିପୁଳ ଜନ ସମୁଦ୍ର ଆଗରେ ଠିଆ ହୋଇପଡୁଥିଲା - କାହିଁକି କେଜାଣି ସୁଖମୟ ତାକୁ ସହଜରେ ଗ୍ରହଣ କରିପାରୁନଥିଲେ। ସୁନନ୍ଦାର ବହୁ ବନ୍ଧୁଙ୍କ ପରି ସେ ସୁନନ୍ଦାର ସୌନ୍ଦର୍ଯ୍ୟକୁ ତାରିଫ କରି ପାରୁ ନଥିଲେ। ତା'ର ପୋଷାକ ବିଷୟରେ ସମ୍ଭ୍ରାନ୍ତ ରୁଚିବୋଧକୁ ପ୍ରଶଂସା କରି ଶତ ମୁଖର ହୋଇ ପାରୁନଥିଲେ। ପହଁରା ଜାଣିଥିଲେ ବି ସମୁଦ୍ରରେ ପହଁରି ନଥିବାରୁ

ସେ ଯେତେବେଳେ ସୁନନ୍ଦାର ଆମନ୍ତ୍ରଣକୁ ଗୋଟାଏ ଫିକା ନିରୁତ୍ସାହିତ ହସରେ ପ୍ରତ୍ୟାଖ୍ୟାନ କରି ଦେଉଥିଲେ, ସେତେବେଳେ ସୁନନ୍ଦା ମୁହଁରେ ଯେଉଁ ତାଚ୍ଛଲ୍ୟଭାବ ଫୁଟି ଉଠୁଥିଲ. ସେ ତା'ର ତୀବ୍ରତା ଠିକ୍ ଭାବେ ଅନୁଭବ କରିପାରୁଥିଲେ।

ଅବଶ୍ୟ ସୁନନ୍ଦାକୁ ଅନ୍ୟ କାହାର ସାହଚର୍ଯ୍ୟ କାମନା କରିବାକୁ ପଡୁଥିଲା। ଉଭୟ ସନ୍ତରଣ କରୁଥିବା ବେଳେ ଜୁହୁ ବାଲିରେ ବସି ସୁଖମୟ ଲକ୍ଷ୍ୟ କରିପାରୁଥିଲେ ସୁନନ୍ଦାର ହୀନମନ୍ୟତା, ଏମିତି ଗୋଟେ ଅଥର୍ବ, ଅନଭିଜ୍ଞ, ପୁରୁଣା ଚିନ୍ତାଧାରା ସମ୍ପନ୍ନ ସ୍ୱାମୀ ପାଇଥିବାରୁ ତା'ର ପାର୍ଟନର ଆଗରେ ସୁନନ୍ଦାର ଲଜ୍ଜାବୋଧ ଓ "କ୍ଷମା କରନ୍ତୁ" ଭାବ ସେ ସ୍ପଷ୍ଟ ଭାବେ ଦେଖି ପାରୁଥିଲେ।

ଆଜି ହୁଏତ ଅନେକ କିଛି ବଦଳି ଯାଇଛି। ସୁଖମୟଙ୍କର ପୁରୁଣା କାଳିଆ ମନଟା ଆଉ ବିଦ୍ରୋହ କରି ଉଠୁନି। ସେ ସହଜ ଭାବେ ସୁନନ୍ଦାକୁ ଗ୍ରହଣ କରି ନେଇଛନ୍ତି। ସୁନନ୍ଦାର ସମାଜ, ସମ୍ଭ୍ରାନ୍ତ ହାବଭାବ ଓ ଢଙ୍ଗ ଢାଙ୍ଗ ସହିତ ଗୋଟାଏ ନୀରବ ପ୍ରତିବାଦହୀନ ସାଲିସ କରି ଦେଇଛନ୍ତି। ଏବେ ଆଉ ସୁଇମିଂ ପାଇଁ ସଙ୍କୋଚ ଲାଗୁନି କି ସୁନନ୍ଦାକୁ ପାର୍ଟନର ପାଇଁ ଅନ୍ୟର ସାହଚର୍ଯ୍ୟ ଖୋଜିବାକୁ ଛାଡ଼ି ଦେବାର ଆବଶ୍ୟକତା ପଡୁନି। ଅତଏବ ଅନେକ କିଛି ସହଜ ହୋଇଯାଇଛି ଜୀବନର ଗତି।

ଦାହାରେ ସାଦା କାଗଜ ରଙ୍ଗର ଆକାଶ, ପାଣିଚିଆ ରଙ୍ଗର ସ୍କାଏ ସ୍କ୍ରେପର୍ସର ଅରଣ୍ୟ। ଆଗର ନୂତନତା ନାହିଁ। ବମ୍ବେ ଘଷରା ହେଇଗଲାଣି। ଦେହସୁହା ହୋଇଗଲାଣି ଜୀବନ ଯାତ୍ରା। କାନ୍ଥ ଘଡ଼ିକୁ ଚହିଁଲେ ସୁଖମୟ। ସାତଟା ବାଜିଲାଣି, ସୁନନ୍ଦା ତା' ବେଡ଼ରୁମ୍‌ରେ ଆହୁରି ଶୋଇଥିବ। ଟ୍ରାନ୍ସପାରେଣ୍ଟ ନାଇଟ୍ ଗାଉନ ଉନ୍ମୁକ୍ତ ଦେହକୁ ଜଡ଼େଇ ଧରିଥିବ। ମୁଣ୍ଡ ପାଖରେ ଆଲିଷ୍ଟାର ମ୍ୟାକଲିନ୍, ହାରଲଡ଼ ରବିନସ୍, ନିକି କାର୍ଟର କିମ୍ବା କୁକେରୀ ବହିଟାଏ ଥିବ।

ଆୟା ପାଖରେ ରିଂକୁ ସ୍କୁଲକୁ ଯିବାକୁ ସଜବାଜ ହେବଣି। ଆୟା ବୋଧେ ତା ଛୋଟ ଛୋଟ କଳାବାଳ ସବୁକୁ କୁଣ୍ଡେଇ ଦେଉଥିବ। ଇସ୍ତିକରା ମେଘୁଆ ରଂଗର କନ୍‌ଭେଣ୍ଟ ସ୍କର୍ଟ ପିନ୍ଧେଇ ଦେଇ ସଜବାଜ କରିଦେଉଥିବ। ସୁଖମୟ ତରବର ହୋଇ ପୋଷାକ ବଦଳେଇ ନେଲେ। ରିଂକୁକୁ ସ୍କୁଲରେ ଛାଡ଼ି ଦେଇ ଆସିବାକୁ ହେବ। ଦର୍ପଣ ଆଗରେ ଠିଆ ହୋଇ ମୁଣ୍ଡ କୁଣ୍ଡେଇ ନେଲେ। ଖାନସମା ଅନେକବେଲୁ ଚା' ଟ୍ରେରେ ରଖିଦେଇ ଯାଇଛି। ସୁଖମୟ କପ୍ ପ୍ଲେଟ୍‌ରେ ଚାହା ଢାଳିଲେ।

"ଗୁଡ଼୍ ମର୍ଣ୍ଣିଙ୍ଗ ଡାଡ଼ି"ସ୍କୁଲ ବ୍ୟାଗ ହାତରେ ଧରି ରିଂକୁ ପଶି ଆସିଲା। ସୁଖମୟଙ୍କ ରୁମ୍‌କୁ। ସୁଖମୟ ଚାହା ପିଉ ପିଉ କହିଲେ "ଗୁଡ଼୍ ମର୍ଣ୍ଣିଙ୍ଗ, ହାଓ ଆର୍ ୟୁ"? "ଆଇ ଆମ୍ ଫାଇନ୍ ଡାଡ଼ି। ଆର୍ ୟୁ ରେଡ଼ି..."? "ଓ ଇଏସ୍, ଓ ଇଏସ୍ ଭେରି ମଚ୍

ରେଡ଼ି” କହୁ କହୁ ସୁଖମୟ ବାରଣ୍ଡାକୁ ବାହାରି ଆସିବେ। ଗାଡ଼ି ବାହାର କରିବେ, ଆଉ ରିଂକୁକୁ ଗାଡ଼ିରେ ବସେଇ ଗାଡ଼ି ଷ୍ଟାର୍ଟ କରିବେ।

ରିଂକୁ ଭଡ଼ ଭଡ଼ ହେଇ ଗୁଡ଼ାଏ କଥା ଗପି ଚାଲିଥିବ, ତା କ୍ଲାସ କଥା। କ୍ଲାସରେ ତା' ସାଙ୍ଗ ମୋଟି ଝିଅଟା କଥା। ତା'ର ନୂଆ ମାଡ଼ାମଙ୍କ କଥା। କ୍ଲାସରେ ପାଠ ପଢେଇଲା ବେଳେ ସେ କେମିତି ଶବ୍ଦ ଗୁଡ଼ାକୁ ଲମ୍ବେଇ ଲମ୍ବେଇ ଉଚ୍ଚାରଣ କରନ୍ତି, ଆଉ ପ୍ରତି ଶବ୍ଦ ପରେ ଗୋଟାଏ "ଡୁ ୟୁ ଅଣ୍ଡରଷ୍ଟାଣ୍ଡ କିଡ଼ଜ୍" କହି ପକାନ୍ତି, ସେ ବିଷୟ କହି କହି ସେ ହସୁଥାଏ। ସୁଖମୟ ବାଧ୍ୟ ଶିଶୁଟି ଭଳି ତା କଥା ଶୁଣି ଚାଲିଥାନ୍ତି। କେତେବେଳେ ମୁଣ୍ଡ ଲାଉ୍ଥାନ୍ତି ତ କେତେବେଳେ ଛୋଟ ହସଟିଏ ଟାଣି ତା' କଥାକୁ ସମର୍ଥନ କରି ଚାଲିଥାନ୍ତି।

ହଠାତ୍ ରିଂକୁ ତାଙ୍କୁ ହଲେଇ ଦେଲା, "ଓଃ ଡାଡ଼ି ଆଇ ହାଭ କମ୍ପ୍ଲିଟଲି ଫରଗଟନ, ଆୟା କହୁଥିଲେ।" "ଟୁଡ଼େ ଇଜ୍ ମାଇଁ ବାର୍ଥ ଡ଼େ"। ହଠାତ୍ ସୁଖମୟ ଚମକି ଉଠି ଠିଆ ହେଲେ। ସେ ବି ହୁଏତ ମନେ ରଖି ନାହାନ୍ତି ରିଂକୁ ଜନ୍ମ ନେଇଥିଲା କୋଉ ଦିନ। ସୁନନ୍ଦା ବି ତାଙ୍କୁ ତ କିଛି କହିନି। ମନେପକାଇବାକୁ ଚେଷ୍ଟା କରୁ କରୁ ତାଙ୍କ ମୁହଁରେ ଏକ ଅପ୍ରତିଭ ଆପୋଲୋଜେଟିକ ଭାବ ଫୁଟାଇ କହିଲେ, " ଓ ଇଜ୍ ଦାଟ ସୋ, ଇଜ୍ ଦାଟ ସୋ। ମାଇଁ ବ୍ଲେସିଙ୍ଗସ୍ ଡିଅର୍ ଲଂଗ ଲିଭ୍ ମାଇ କିଡ଼୍ ଲଂଗ ଲିଭ। ମେନି ମେନି ହାପି ରିଟର୍ଣ୍ଣସ ଅଫ୍ ଦି ଡ଼େ। ଉଇ ୱିଲ ସେଲିବ୍ରେଟ ୟୋର ବାର୍ଥ ଡେ ଇନ୍ ଗ୍ରାଣ୍ଡ ଷ୍ଟାଇଲ ଟୁଡ଼େ ଇନ୍ ଦି ଇଭିନିଂ। ଗଡ୍ ବ୍ଲେସ ୟୁ ମାଇଁ ଡିଅର୍।

ତାପରେ ଗୋଟାଏ ଯାନ୍ତ୍ରିକ ଆବେଗରେ ସେ ରିଂକୁକୁ ଟେକି ନେଲେ, ଛାତିରେ ଚାପି ଧରି ନିଜ ଭିତରେ ଉଠି ଆସୁଥିବା କୋହକୁ ଚାପି ଧରି ସେ ହଡ଼ବଡ଼େଇ ଗଲେ। ହ୍ୱାଟ ସାଲ ଆଇ ପ୍ରେଜେଣ୍ଟ ୟୁ, ହ୍ୱାଟ୍ ଡୁ ୟୁ ୱାଣ୍ଟ ଡିଅର୍? ଓଃ ଇଏସ୍ ଆଇ ସାଲ୍ ଗିଭ୍ ୟୁ ଦି କଷ୍ଟଲିଏଷ୍ଟ ଗିଫ୍ଟ। ଦି ମୋଷ୍ଟ ପ୍ରେସସ୍ ପ୍ରେଜେଣ୍ଟ। ଗୋଟାଏ ଅହେତୁକ ବାଷ୍ପକୁଳତା ପେଟ ଭିତରକୁ ଆଉଣ୍ଡି ଉପରକୁ ଉଠି ଆସୁ ଆସୁ ତଣ୍ଟି ପାଖରେ ଚିପି ଚାପି ହୋଇ ରୁନ୍ଧି ଦେଲା। ଦି' ହାତ ପାପୁଲିରେ ରିଂକୁର ସୁଡୌଲ ମୁହଁକୁ ସେ ଚାପି ଧରିଲେ ଆଉ ତା'ର ନିଟୋଳ ଗୋରା ତକ ତକ ଗାଲରେ ଚୁମା ପରେ ଚୁମା ଦେଲେ। ପ୍ରଥମ ଥର ପାଇଁ ସେ ଅନୁଭବ କଲେ ଗୋଟାଏ ଅଲଗା ଅଲଗା ଭାବ। ମନେପଡ଼ିଗଲା, ଜୀବନର ବିଚ୍ଛିନ୍ନତା। ହୃଦୟ ଆଉଟି ହେଲା, ଆଖିରେ ଦିଟୋପା ଲୁହ ଜକେଇ ଆସିଲା। ରିଂକୁ ପଚାରିଲା "ଆର୍ ୟୁ କ୍ରାଇଂ ଡାଡ଼ି?"

ପ୍ୟାଣ୍ଟ ପକେଟରୁ ରୁମାଲଟା ବାହାର କରି ଆଣି ମୁହଁ ଉପରେ ଚାପି ଧରୁ ଧରୁ

ସେ କହିଲେ "ଓଃ ନୋ ମାଇଁ ବେବି, ନୋ ନେଭର୍, ଦିଜ୍ ଆର୍ ଟିଅର୍ସ ଅଫ୍ ଜଏ। ଦିଜ୍ ଆର୍ ଦି ଟିଅର୍ସ ଅଫ୍ ପ୍ଲେଜର, ଏକଷ୍ଟାଟିକ୍ ଆଗୋନି"। କାର୍ ଆକ୍ସିଲେଟରରେ ପାଦ ଦେଇ ସୁଖମୟ ଲୁହା ଗେଟ୍ ପାର୍ ହେଲେ, କାର୍‌ରେ ରିଂକୁକୁ ବସେଇ । ଘରେ ଅନେକ ଡ୍ରାଇଭର ଥିଲେ ବି ରିଂକୁକୁ ନିଜେ ସ୍କୁଲରେ ଛାଡ଼ି ଆସିବାକୁ ସବୁବେଳେ ଭଲ ପାଆନ୍ତି। ସେଥିରେ ତାଙ୍କୁ ଏକ ଆନନ୍ଦ ମିଳେ, ଅତ୍ୟନ୍ତ କାମ ଦାମ ନପଡ଼ିଲେ ସେ ପ୍ରାୟ ରିଂକୁକୁ ସ୍କୁଲରେ ଛାଡ଼ି ଆସନ୍ତି।

ଲୁହା ଗେଟ୍ ପାର ହେଲେ ବମ୍ବେର ରାସ୍ତା। ଜୀବନ ଗଡ଼ି ଚାଲିଲା ପରି ବମ୍ବେ ରାସ୍ତାରେ ହଜାର ହଜାର ଗାଡ଼ି ମଟର, ଆମ୍ବାସାଡ଼ର୍, ଟୁ ହୁଇଲର୍, ଥ୍ରୀ ହୁଇଲର, ଟ୍ୟାକ୍ସି ଦିନରାତି ଅହରହ ଗଡ଼ି ଚାଲିଛି। ଯା ଭିତରେ ସୁଖମୟ ପହଞ୍ଚି ଯାଇଥିଲେ କନ୍‌ଭେଣ୍ଟ ସ୍କୁଲ ଗେଟ୍ ପାଖରେ। ସୁଖମୟ ଓହ୍ଲାଇଲେ, ପଛ କାର ଦରଓ୍ୱାଜା ଖୋଲି ଧରିଲେ। ରିଂକୁ ପଛ କାର୍ ସିଟ୍‌ରୁ ଡ଼େଇଁ ପଡ଼ିଲା। ସୁଖମୟ ନଇଁଗଲେ, ରିଂକୁ ତାଙ୍କ ଗାଲରେ ଏକ କିସ୍ ଟାଣିଦେଲା। ତା'ପରେ ଦୌଡ଼ି ଦୌଡ଼ି କନ୍‌ଭେଣ୍ଟ ଗେଟ୍ ଭିତରେ ଅଦୃଶ୍ୟ ହୋଇଗଲା। ସୁଖମୟ ଠିଆ ହୋଇ ଟା ଟା କହୁଥିଲେ।

ସେତେବେଳକୁ ରିଂକୁ ଅବଶ୍ୟ ନଥିଲା। ତାଙ୍କ ପ୍ରତ୍ୟୁତ୍ତରକୁ ଅପେକ୍ଷା ନକରି ସେ ଲୁଚି ଯାଇଥିଲା, ତା' ଭଳି ଅନେକ ଫୁଟି ଆସୁଥିବା ଫୁଲ ମାନଙ୍କ ଭିତରେ। ବୋଧହୁଏ କ୍ଲାସରେ ଯୋଗ ଦେବାକୁ, ନହେଲେ ହାଇଡ୍ ଆଣ୍ଡ ସିକ ଖେଳିବାକୁ, ନହେଲେ ପିଆନୋ କ୍ଲାସରେ ମ୍ୟୁଜିକ ଟିଚରଙ୍କଠାରୁ ଗୋଟାଏ ଗୋଟାଏ ନୋଟ୍ ପ୍ରାକ୍ଟିସ୍ କରିବାକୁ।

ସୁଖମୟ କାର୍ ଫେରଉ ଫେରଉ ମଦର ମେରୀଙ୍କ ପ୍ରତିମୂର୍ତ୍ତିକୁ ଦେଖିଲେ କନଭେଣ୍ଟ ହତାରେ, ତା' ଉପରେ ସୂର୍ଯ୍ୟ କିରଣ ଚିକ୍ ଚିକ୍ ପଡୁଥିଲା। କନ୍‌ଭେଣ୍ଟ ସ୍କୁଲ ଗାର୍ଡ଼େନରେ ରଙ୍ଗ ବେରଙ୍ଗ ଫୁଲ ସବୁ ଧୀର ପବନରେ ଦୋହଲୁ ଥିଲେ।

ଝିଅ ରିଙ୍କୁର ଜନ୍ମଦିନ ଭୁଲି ଯାଇଥିବାରୁ ତାଙ୍କ ଭିତରେ ଏକ ଦୋଷୀ ଦୋଷୀ ଭାବ ଖେଳି ବୁଲୁଥିଲା। ସୁନନ୍ଦା ତ ନିର୍ବିକାରରେ ଶୋଇ ରହିଥିଲା ଶେଯରେ। ରିଂକୁ ଜନ୍ମ ତାରିଖ କ'ଣ ସୁନନ୍ଦାର ମନେଥିବ ? ଆୟା ମନେ ରଖିଛି ରିଂକୁର ଜନ୍ମ ତାରିଖ। ହେଲେ ସେ ଆଉ ସୁନନ୍ଦା ଆଧୁନିକ ଆଭିଜାତ୍ୟର ଆଡ଼ମ୍ବର ଭିତରେ ଭୁଲି ଯାଇଛନ୍ତି ଝିଅକୁ ହାପି ବାର୍ଥଡ଼େ କହିବାକୁ ବି।

ସୁଖମୟଙ୍କର ଇଚ୍ଛା ହେଲା, ରାସ୍ତା କଡ଼ରେ କାର୍ ରଖି ସେ କାର୍ ଛାତ ଉପରକୁ ଚଢି ଯାଆନ୍ତେ, ମଦର ମେରୀଙ୍କ ପ୍ରତିମୂର୍ତ୍ତିକୁ ଦେଖି କହନ୍ତେ, ମଦର

ଆମକୁ କ୍ଷମା ଦିଅ, ଆମେ ଆମ ଦୋଷ ସ୍ୱୀକାର କରୁଛୁ। ଆମେ ସେଇ ସଂସାରର ମଣିଷ, ଯେଉଁଠି ଆଭିଜାତ୍ୟ ସମ୍ଭ୍ରାନ୍ତତାର ଆଢୁଆଳରେ ଆମ ଝିଅର ଜନ୍ମ ତାରିଖ ଭୁଲି ଯାଉ। ଆମେ ସେଇ ସଂସାରର ମଣିଷ, ଯେଉଁଠି ଟିକିଟିକି ଦରୋଟି ପିଲାଙ୍କୁ ଛାତିରେ ଲଗେଇ ବୋକ ଦେବାପାଇଁ ମା ମାନଙ୍କୁ ସମୟ ମିଳେନି। ଯେଉଁଠି କ୍ରନ୍ଦନରତ ନିଷ୍ପାପ ଶିଶୁର ପାଟିରେ ଭରି ଦେବାକୁ ମହାର୍ଘ ବ୍ରା କପ୍ ତଳେ ବ୍ରେଷ୍ଟ ଏକ୍‌ସରସାଇଜ ଓ ତେଲି ମସାଜରେ ପରିପୁଷ୍ଟ ଉଦ୍ଧତ ସ୍ତନ ସ୍ୱତଃସ୍ଫୂର୍ତଭାବେ ବାହାରି ନଆସି ଏକ କଳୁଷିତ ସଂକୋଚରେ ସଂକୁଚିତ ହୋଇଯାଏ। ଅଥଚ କୌଣସି ପାଟିରେ, ସୋସିଆଲ ଗ୍ୟାଦରିଂରେ, ହୋଟେଲରେ, ବାର୍‌ରେ, ବିଚ୍‌ରେ ସଂକ୍ଷିପ୍ତ ପରିଧାନ, ଲୋ କଟ୍ ବ୍ଲାଉଜ ଭିତରୁ ବିପୁଳ ସ୍ତନର ସମ୍ଭାର ଉପାସୀ ଛୁଆଟିଏ ଭଳି ଚିରଚିରା ରଡ଼ିକରି ଉଥୁଳି ଆସିବା ବେଳେ ସଂକୋଚର ଲେଶମାତ୍ର ଚିହ୍ନ ନଥାଏ। ଏଇ ସେହି ସଂସାର ଯେଉଁଠି ମା' କୁ ନିଜ ରକ୍ତର ସୃଷ୍ଟିକୁ ଛାତିରେ ଲଗାଇ ସ୍ନେହ ଦେବାପାଇଁ ସମୟ ମିଳେନି ବୋଲି କ୍ରେଚରେ, ପ୍ଲେ ସ୍କୁଲରେ, ଘରେ ଦେଖାଶୁଣା କରିବାକୁ ଆୟା ଭଳି ଗୋଟାଏ ଯାନ୍ତ୍ରିକ ମା' ରଖାହୁଏ ଯାହାର ମମତ୍ୱରେ ଫୁଲଟିଏ ବିକଶିତ ହୁଏ, ମା ଠାରୁ ବାପ ଠାରୁ ଅନେକ ଦୂରରେ, ଭିନ୍ନ ଏକ ଇଲାକାରେ ଅଥଚ ଏଇଠି ସଂଭ୍ରାନ୍ତ ମା ମାନଙ୍କ ପାଖରେ ପୁରୁଷ ବନ୍ଧୁଙ୍କ ସହ ଆଳାପ କରିବାରେ, ପାର୍ଟିରେ ଯୋଗ ଦେବାରେ, ବେଡ଼୍ ଶେୟାର କରିବାରେ, ମଦ ପିଇ ନିଶାରେ ମସ୍‌ଗୁଲ ହେବାପାଇଁ ଅନେକ ବେଳ ପଡ଼ିଥାଏ।"

ହେଲେ ସୁଖମୟ କାର୍ ଛାତ ଉପରକୁ ଚଢି ଯାଇ ପାରିଲେନି। ଚିତ୍କାର କରି ମଦରମେରୀଙ୍କ ଠାରୁ କ୍ଷମା ପ୍ରାର୍ଥନା କରିପାରିଲେନି। ଅହଂକାରୀ ମନଟା କ୍ଷମା ମାଗିନେବାକୁ ପଛେଇ ଗଲା। ଅତଏବ ନିଜର ସମସ୍ତ ଆଦର୍ଶବୋଧକୁ ନିଜ ଭିତରେ ଚିପି ରଖି, କାର୍ ବୁଲେଇ ଚୁପ୍‌ଚାପ୍ ଡ୍ରାଇଭିଂ କରି ଫେରି ଆସିବାକୁ ହେଲା ତାଙ୍କ ବଙ୍ଗଳାକୁ। ନିଜସ୍ୱ ଖୁଆଡ଼ ଭିତରକୁ।

ଘରେ ପହଞ୍ଚିଲା ବେଳକୁ ସୁନନ୍ଦା ଗ୍ୟାଲେରି ଉପରେ ଠିଆହୋଇ ଖୋଲା ଆକାଶକୁ ଚାହିଁ ରହିଥିଲା। କାର୍ ପାର୍କିଂ କରିଦେଇ ବାହାରକୁ ବାହାରି ଆସିଲା ବେଳକୁ ସେ ହାତ ହଲେଇ କହିଲା, "ଗୁଡ଼ ମର୍ଣ୍ଣିଂ ହନି" ରିଂକୁକୁ ସ୍କୁଲରେ ଛାଡ଼ି ଦେଲା। ସୁଖମୟ ସୁନନ୍ଦାକୁ ଗୁଡ୍ ମର୍ଣ୍ଣି କହିଲେ ତା'ପରେ ନିଜ ରୁମକୁ ସୁଖମୟ ଚାଲି ଆସିଲେ ଓ ଫ୍ୟାନ୍, ଏସି ଅନ୍ କରି ଖଟ ଉପରେ ଶୋଇଗଲେ। ତାଙ୍କ ପଛେ ପଛେ ସୁଖମୟଙ୍କ ରୁମ୍‌କୁ ସୁନନ୍ଦା ଆସିଲେ। ସୁନନ୍ଦା ଆଖିରେ ସୁଖମୟ ଦେଖିପାରୁ ଥିଲେ ଭୁଲ କରି ଦେଇଥିବାର ଭାବ। ସୁନନ୍ଦା କହିଲା, "ଶୁଣ ଗୋଟାଏ ବଡ଼ ଭୁଲ

ହୋଇଗଲା। ଆଜି ରିଂକୁର ଜନ୍ମ ଦିନ। ମୁଁ ପୂରାପୂରି ଭୁଲି ଯାଇଥିଲି, କେମିତି କେଜାଣି ମନରୁ ଚାଲିଗଲା। ଆଟଲିଷ୍ଟ ତାକୁ ସକାଳେ ହାପି ବାର୍ଥ ଡ଼େ କହିବାର ଥିଲା। ଉଇସ୍ କରିବା ନିହାତି ଥିଲା। ଏନିଓ୍ୱେ ଇଟ୍ ଇଜ୍ ଏ ବିଗ୍ ମିଷ୍ଟେକ। ମୋର ବର୍ତ୍ତମାନହିଁ ମନେପଡ଼ିଲା। ଆୟା କହିଲାରୁ।" ସୁଖମୟ ଚୁପ୍ ରହିଲେ। ସେ ବି ତ ଭୁଲିଯାଇ ଥିଲେ। ସେ ସୁନନ୍ଦାଠୁ ଭିନ୍ନ ହେଲେ ବା କେମିତି ? ମୁଣ୍ଡ ଉପରେ ଘୂରୁଥିବା ଶିଲିଂ ଫ୍ୟାନକୁ ଜଳ ଜଳ କରି ଚାହିଁ ରହିଲେ।

" ମୁଁ ଅବଶ୍ୟ ମିଷ୍ଟେକ ଆମେଣ୍ଡ କରିବାପାଇଁ ଗୋଟାଏ ପ୍ରପୋଜାଲ ଠିକ୍ କରିଛି। ଆଜି ସଂନ୍ଧ୍ୟାରେ ଗୋଟାଏ ବିରାଟ ବାର୍ଥ ଡେ ପାର୍ଟି କରିବାକୁ ହେବ। ଲାଭିସ୍ ଡିନର ଆୟୋଜନ କରିବାକୁ ହେବ। ତୁମେ କ'ଣ ଭାବୁଛ ?"

ସୁଖମୟ ବିଶେଷ କିଛି ଭାବୁ ନଥିଲେ। ତାଙ୍କ ମନରେ ଉତ୍ସାହ ନଥିଲା। ସୁନନ୍ଦା ସହିତ ଦୀର୍ଘ ଦିନର ଘନିଷ୍ଠ ସମ୍ପର୍କରୁ ସୁନନ୍ଦାଙ୍କ ପାର୍ଟି ପ୍ରପୋଜାଲରେ ବିଶେଷ କିଛି ଆଶ୍ଚର୍ଯ୍ୟ ହେବାର ନଥିଲା। ସୁନନ୍ଦା ଏମିତି ଅନେକ ଡିନର୍ ପାର୍ଟି ଦିଅନ୍ତି ଗ୍ରାଣ୍ଡ ସ୍କେଲରେ। ସୁଖମୟଙ୍କ ମତାମତ ସୁନନ୍ଦା ମାଗେ ଅଥଚ ସୁଖମୟଙ୍କର ମତାମତର ମୂଲ୍ୟ କେବେ ନଥାଏ। ସୁଖମୟ ଯେତେ ନ ଚାହିଁଲେ ବି ସେ ପରିଶେଷରେ ସୁନନ୍ଦା ସହ ରାଜି ହିଁ ହୁଅନ୍ତି। ସୁନନ୍ଦା ଅଭିମାନ କରି ବିରକ୍ତି ଭାବ ପ୍ରକାଶ କରି ସବୁଦେଲେ ତାରି ମତ ହିଁ କାର୍ଯ୍ୟକାରୀ କରେଇ ନେଇଛି। ସୁଖମୟ କେତେବେଳେ ହେଲେ କର୍ତ୍ତୃତ୍ୱ ଜାହିର କରି ପାରି ନାହାନ୍ତି। ଚୁପ୍‌ଚାପ ପ୍ରତିବାଦହୀନ ଭାବେ ସବୁକଥା ମାନି ନେଇଛନ୍ତି ସୁନନ୍ଦାର ଅକାଟ୍ୟ ଯୁକ୍ତି ଆଗରେ। ଆମେ ତ ଆଉ ଅସାମାଜିକ ହୋଇପାରିବାନି। ଆମର ସୋସାଇଟିରେ ଗୋଟେ ଷ୍ଟାଟସ୍ ଅଛି। ଆମର ଗୋଟାଏ ଫ୍ରେଣ୍ଡସ୍ ସର୍କଲ ଅଛି। ସୋସିଆଲ ସର୍କଲର ଅନେକ ଆକ୍‌ସେପ୍ଟେଡ୍ ନର୍ମ ଅଛି, ଟ୍ରାଡ଼ିସନ୍ ଅଛି। ଲୋକେ କ'ଣ କହିବେ କହିଲ। ଆମେତ ସମସ୍ତଙ୍କ ପାର୍ଟିକୁ ଯାଉଛେ। ଆଉ ଆମେ ନ ଡ଼ାକିଲେ କ'ଣ ସୋସାଇଟିରେ ଇଜ୍ଜତ ରହିବ।

ଠିକ୍ ଏମିତି ସୁନନ୍ଦା ସବୁକିଛି ହାସଲ କରିନିଏ। ସୁଖମୟ ଉପରେ ତା'ର ଅଖଣ୍ଡ କର୍ତ୍ତୃତ୍ୱ ଜାହିର୍ କରିନିଏ। ସୁନନ୍ଦା ହାତରେ ସୁଖମୟ ଗୋଟାଏ ଖେଳ କଣ୍ଢେଇ। ଆଗେ ଆଗେ ଅସହାୟ ଲାଗୁଥିଲା, ଏବେ ଆଉ କିଛି ଲାଗୁନି। ଦିହସୁହା ହୋଇଗଲାଣି। ତାପରେ ଅନେକ କିଛି ଘଟିଗଲାଣି, ବଗିଚାରେ ସୁନନ୍ଦାର ଚଏସ୍ ଅନୁସାରେ ଅନେକ ଫୁଲ ଲାଗିଛି। ଘରର ସାଜସଜ୍ଜା ସୁନନ୍ଦାର ଖିଆଲ ଅନୁସାରେ ମହାର୍ଘ ଉପକରଣରେ ହୋଇଛି। ଅନେକ କାର୍ ବିକା ଯାଉଛି, ଆଉ ପ୍ରତିଥର ନୂଆ ନୂଆ ଦାମୀ କାର୍ କିଣା ହେଉଛି। ଡିନର୍ ପାର୍ଟି ଆଟେଣ୍ଡ କଲାବେଳେ ସୁନନ୍ଦାର ଚଏସ ଅନୁସାରେ ସୁଟ୍

ପିନ୍ଧି ପାର୍ଟିକୁ ଆସୁଛନ୍ତି। ସୁନନ୍ଦା ହାତରେ ହାତ ରଖି ପାର୍ଟିକୁ ଆସୁଛନ୍ତି। ଜୁହୁ ବିଚରେ ସୁନନ୍ଦାର ଇଚ୍ଛାରେ ସେ ବ୍ରିଫ୍ ପିନ୍ଧି ସନ୍ତରଣରତ ହୋଇଛନ୍ତି। ସୁନନ୍ଦା ତା'ର ମନପସନ୍ଦ ଡିଜାଇନର ଶାଢ଼ି କିଣୁଛି। ସେ ସୁନନ୍ଦା ସାଥିରେ ଷ୍ଟୁଡ଼ିଓକୁ ଯାଇ ସମର୍ଥନର ମୁଣ୍ଡ ଲାଉଛନ୍ତି। ହେଲେ ସୁନନ୍ଦା ମନରେ ଆତ୍ମସନ୍ତୋଷ ସେ କେବେ ଦେଖିନାହାନ୍ତି। ଗୋଟାଏ ଲଗାମହୀନ କାମନାର ଘୋଡ଼ା ତାଭିତରେ କଦମ ପକାଇ ଚାଲିଛି। ଯେତେବେଳେ ବନ୍ଧୁମାନଙ୍କ ଘରେ କିଛି କିଛି ପରିବର୍ତ୍ତନ ଘଟେ, ସୁନନ୍ଦା ଆଉ ରହିପାରେନି। ପୁଣି ଆରମ୍ଭ ହୁଏ ନୂଆ ବରାଦ। ନୁଆ ସାଜ ସଜ୍ଜା, ଗାଡ଼ି ମଟର, ଯେମିତି ସୁନନ୍ଦା ତା'ର ବନ୍ଧୁ ମହଲରେ ସବୁବେଳେ ଆଗରେ ରହିବ ଓ ବନ୍ଧୁମାନଙ୍କର ପ୍ରଶଂସାର ପାତ୍ର ହୋଇ ରହିଥିବ। ପୁଣି ଥରେ ଆଗକୁ ବାହାରି ଯିବାର ପ୍ରଚେଷ୍ଟା, ବିରାମହୀନ, ଶେଷହୀନ ଗୋଟାଏ ଘୋଡ଼ା ଦୌଡ଼ ପୃଥିବୀରେ ଚାଲିଛି। ଗୋଟାଏ ଘୋଡ଼ା ଆଗକୁ ବାହାରିଗଲେ ପଛର ଘୋଡ଼ା ପ୍ରାଣପଣେ ଚେଷ୍ଟା କରୁଛି ପୁଣି ଆଗକୁ ବାହାରିବାକୁ। ଦର୍ଶକ ଗ୍ୟାଲେରି କରତାଳିରେ ଫାଟି ପଡୁଛି। ବାଇନୋକୁଲାର ଲେନ୍ସ ଭିତରେ ଘୋଡ଼ାର ପ୍ରାଣାନ୍ତକ ପ୍ରଚେଷ୍ଟା ଆଗକୁ ବାହାରିବାର ଦେଖାଯାଉଛି। ଶେଷ ବଳଟିକକ ଖର୍ଚ୍ଚ କରି ଘୋଡ଼ାଟି ଉହୁଙ୍କି ଯାଉଛି ଆଗକୁ ବାହାରି ଯିବା ପାଇଁ। ପୃଥିବୀସାରା ଘୋଡ଼ା ଦୌଡ଼ ପ୍ରତିଯୋଗିତା। ତା' ଭିତରେ ସୁନନ୍ଦାର ଜୀବନ ଜୀଇଁବାର ବେଳ କାହିଁ? ସୁଖମୟ ରିଙ୍କୁ, ଘର ଦ୍ୱାର, ଗାଡ଼ିମଟର ସବୁ ଅଛି। ହେଲେ ସୁନନ୍ଦାର ଜୀବନ ଜୀଇଁବା ପାଇଁ ବେଳେ କାହିଁ? ସେ ଘୋଡ଼ା ଦୌଡ଼ର ଘୋଡ଼ା, ଧାଇଁବାରୁ ଫୁରସତ୍ କାହିଁ ଯେ ସେ ସହଜ ଭାବେ, ସାଧାରଣ ଭାବେ ଜୀବନ ଜୀଇଁବ ସୁଖମୟ, ରିଙ୍କୁଙ୍କ ସାଙ୍ଗେ। ସେ ତ ତା'ର ଆଭିଜାତ୍ୟ ପ୍ରଦର୍ଶନରେ ମସ୍‌ଗୁଲ।

ସୁନନ୍ଦା ସବୁବେଳେ ଅଭିଯୋଗ କରିଆସିଛି। ସୁଖମୟ ପୁରୁଣା ଚିନ୍ତାଧାରାର ଲୋକ। ଆଭିଜାତ୍ୟ ସମ୍ପନ୍ନ ହେଲେ କେମିତି ବଞ୍ଚିବାକୁ ହୁଏ ସେ ଜାଣି ନାହାନ୍ତି। ସମ୍ଭ୍ରାନ୍ତ ମଣିଷଟିଏ କ'ଣ ସାଧାରଣ ପାରିବାରିକ ଜୀବନ ଜୀଇଁ ପାରିବ, ତା'ର ଆଭିଜାତ୍ୟ ଭରା ସମାଜରେ। ତାକୁ ମିଳିମିଶି ତା'ର ସମାସ୍କନ୍ଧ ଲୋକଙ୍କ ଭଳି ରହିବାକୁ ହେବ। ହେଲେ ସୁଖମୟ କ'ଣ ତାହା ବୁଝନ୍ତି। ସେ ଚାହାଁନ୍ତି ସୁନନ୍ଦା ସାଧାରଣ ନାରୀଟିଏ ପରି ରହୁ। ତା'ର ମାନ ସମ୍ମାନ, ସମାଜରେ ତା'ର ସ୍ଥାନ, ମାନ ସମ୍ମାନ ପ୍ରତି ସୁଖମୟ ଆଦୌ ଦୃଷ୍ଟି ଦିଅନ୍ତି ନାହିଁ। କାହିଁକି ସେ ବୁଝିବେ ସୁନନ୍ଦାର ହୃଦୟର ଆବେଗ, ଆଶା ଓ ଆକାଙ୍କ୍ଷା। ସେ କ'ଣ କି? ସୁଖମୟଙ୍କ ପାଇଁ ସେ ଏକ ଦୁର୍ବଳ ନାରୀ, ପୁରୁଷ ଚାହେଁ ନାରୀର କିଛି ନିଜତ୍ୱ ନରହୁ। ନିଜର କିଛି ବିଶେଷତ୍ୱ ନରହୁ। ସେ ଖାଲି ପୁରୁଷର ଜୀବନ ସଙ୍ଗିନୀ ହୋଇ ରହିଥାଉ। ଆତ୍ମ ସମର୍ପଣ କରିଦେଉ

ପୁରୁଷର ଇଚ୍ଛା ଆଉ ଅଭୀପ୍ସା ଆଗରେ। ପୁରୁଷର ପାଦତଳେ ପ୍ରତିବାଦହୀନ ଭାବେ, ସେ ନିଜକୁ ନୈବେଦ୍ୟ ବାଢ଼ୁ। ନାରୀର ଆକାଙ୍କ୍ଷା ଓ ଆଶାକୁ କ୍ଷତବିକ୍ଷତ କରିବାରେ ସେ ଆନନ୍ଦ ପାଏ। ନାରୀ ଯେତେବେଳେ ପୁରୁଷର ବ୍ୟକ୍ତିତ୍ୱ ତଳେ ଚାପି ହୋଇ ଧଇଁସଇଁ ହୋଇପଡ଼େ, ସେତେବେଳେ ପୁରୁଷ ପାଏ ଗଭୀର ଆତ୍ମତୃପ୍ତି। ସୁନନ୍ଦା ଭିତରେ ଆହତ ନାରୀତ୍ୱ। ସେ ସେମିତି ରହିପାରିବ ନାହିଁ। ସେ ନିଜେ ସ୍ୱତନ୍ତ୍ର, ଆତ୍ମନିର୍ଭରଶୀଳ, ଆଭିଜାତ୍ୟ ସମ୍ପନ୍ନ। ତାର ରୁଚି ଭିନ୍ନ, ତାର ବଞ୍ଚିବାର ଶୈଳୀ ଭିନ୍ନ, ତାର କାମନା, ଆଶା ବି ଭିନ୍ନ। ସେ ସାଧାରଣ ନାରୀଟିଏ ଭଳି ଘରଦ୍ୱାର ଚାରିକାନ୍ଥ ଭିତରେ ଆବଦ୍ଧ ହେଇ ରହିପାରିବନି ପରିବାରର ଖୁଆଡ଼ ଭିତରେ। ତା'ର ବିଳାସ ବ୍ୟସନ ଦରକାର, ବନ୍ଧୁ ଦରକାର, ପାର୍ଟି ସାର୍ଟି ଦରକାର। ଚାକଚକ୍ୟମୟ ଆଭିଜାତ୍ୟର ଝଲମଲ ଆଲୋକରେ ସେ ଝଲସିବାକୁ ଚାହେଁ।

ଏବେ କ'ଣ କ'ଣ ହେବ ସୁଖମୟ ଭଲଭାବେ ଜାଣି ପାରୁଥିଲେ। ସୁନନ୍ଦା ରିଙ୍କୁର ବାର୍ଥଡ଼େ ପାର୍ଟି ନୁହେଁ ନିଜ ଆଭିଜାତ୍ୟର ଚାକଚକ୍ୟ ପ୍ରଦର୍ଶନ ପାଇଁ, ଗୋଟାଏ ବିରାଟ ଡିନର ପାର୍ଟି ଆୟୋଜନର ସବୁ ବନ୍ଦୋବସ୍ତ କରିସାରିଲାଣି। କ'ଣ କ'ଣ କରାଯିବ। ଇଭେଣ୍ଟ ମ୍ୟାନେଜମେଣ୍ଟ କାହାକୁ ଦିଆଯିବ, କେମିତି ସାଜସଜ୍ଜା ହେବ, କାହାକୁ କାହାକୁ ନିମନ୍ତ୍ରଣ କରାଯିବ ସବୁର ଏକ ସୁଦୀର୍ଘ ତାଲିକା ତିଆରି ସରିଲାଣି। ଡିନର ପାଇଁ କୋଉ ହୋଟେଲରେ ଅର୍ଡ଼ର ଦିଆଯିବ ଆଦି ଠିକ୍ ହୋଇସାରିବଣି। ମେନୁବି ଠିକ୍ ହୋଇ ସାରିବଣି। ଗୋଟାଏ ପରେ ଗୋଟାଏ ଅର୍ଡ଼ର ବି ପ୍ଲେସ ହେଇସାରିବଣି। ଆଜି ଯେ ରିଙ୍କୁର ଜନ୍ମଦିନ, ଆଉ ସକାଳୁ ନିଜ ଆଭିଜାତ୍ୟର ଦ୍ୱାହିରେ, ସୁନନ୍ଦା ଯେ ଆଜି ରିଙ୍କୁର ଜନ୍ମଦିନ ବୋଲି ଭୁଲିଯାଇଛି। ତେଣୁ ପାର୍ଟିରେ କୌଣସି ପ୍ରକାର ସାଲିସ୍ କରିହେବନି। ପାର୍ଟି ଲାଭିସ୍ ହେବା ଦରକାର। ଯେପରି ବନ୍ଧୁମାନେ ବାଃ ବାଃ କରିବେ। ରିଙ୍କୁ ମନେରଖିବ। ସୁଖମୟ ବି ଦେଖିବେ ସୁନନ୍ଦାର ପରିଚାଳନା କୌଶଳ ଓ ସେ କେତେ ମେଟିକୁଲସ୍ ଏସବୁ ମାମଲାରେ, ରିଙ୍କୁ ପାଇଁ କି ଡ୍ରେସ ଆସିବ, କି କେକ୍ ଆସିବ, ସୁଖମୟ କୋଉ ରଙ୍ଗର ସୁଟ୍ ପିନ୍ଧିବେ। ସୁନନ୍ଦା କୋଉ ଡିଜାଇନର ଶାଢ଼ୀ ପିନ୍ଧିବ.... ସବୁ କିଛିର ଗୋଟାଏ ଟିକିନିଖି ପ୍ରୋଗ୍ରାମ ସୁନନ୍ଦା କରିସାରିଲାଣି। ସବୁ ଦୃଷ୍ଟିରେ ଦେଖିବାକୁ ଗଲେ ପ୍ଲାନିଂରେ ଟିକିଏ ହେଲେ ଫ୍ଲ ନାହିଁ। ଏଥିପାଇଁ ଅବଶ୍ୟ ସୁଖମୟ ସୁନନ୍ଦାକୁ ତାରିଫ୍ ନ କରି ରହିପାରୁ ନଥିଲେ, ଯଦିଓ ସେ ତା'ର ଯୋଜନାକୁ ପୂରାପୂରି ସମର୍ଥନ କରିପାରୁ ନ ଥିଲେ। ସେ ଚାହୁଁଥିଲେ ରିଙ୍କୁ ସାଥିରେ ଏକାନ୍ତ ଭାବେ ଜନ୍ମଦିନ ପାଳନ କରିବାକୁ ବିଚ୍‌ରେ, ରେଷ୍ଟୋରାଁରେ ଏକାକୀ-ସୁଖମୟ, ରିଙ୍କୁ ଆଉ ସୁନନ୍ଦା। ରିଙ୍କୁର ଜନ୍ମଦିନ ନୁହେଁ ଯେ ତାଙ୍କର

ଆଭିଜାତ୍ୟ, ପ୍ରତିପତ୍ତି, ସମ୍ପତ୍ତି ଆଉ ସୁନନ୍ଦାର ଲାଭିସ୍ ଟେଷ୍ଟର ଏକ ନିଛକ, ନିର୍ଲଜ୍ଜ ପ୍ରଦର୍ଶନ ହେବ। ସେ ପାର୍ଟିର ମୂଳରେ ରିଙ୍କୁ ନଥିବ, ଥିବ ସୁନନ୍ଦାର ଆଭିଜାତ୍ୟ, ସମ୍ଭ୍ରାନ୍ତ ରୁଚି ଓ ଭାବ ବୋଧ। ହେଲେ ସୁଖମୟଙ୍କର ପ୍ରତିବାଦ କରିବାର କିଛି ନଥିଲା। ତାଙ୍କର କୌଣସି ପ୍ରପୋଜାଲ ଗ୍ରହଣ ହେବାର ସମ୍ଭାବନା ଯେ ଆଦୌ ନାହିଁ ସେ ଜାଣିଥିଲେ। ଯନ୍ତ୍ରଚାଳିତ, ନିର୍ଦ୍ଦେଶପ୍ରାପ୍ତ ଭାବେ ରୋବର୍ଟଟିଏ ଭଳି ସେ ଘରୁ ବାହାରି ଆସିଲେ ଡ୍ରେସ୍ଅପ୍ ହୋଇ। ଫୋନ୍ କରି ଅଫିସ୍ ଯିବେନି ବୋଲି ଜଣେଇଦେଲେ। ସୁନନ୍ଦା ବି ଡ୍ରେସିଂ ରୁମ୍‌ରୁ ତରବର ହୋଇ ମେକଅପ୍ ନେଇ ବାହାରି ଆସିଲା। ନୀଳଶାଢ଼ିରେ ସୁନନ୍ଦା ଖୁବ୍ ସୁନ୍ଦର ଦିଶୁଥିଲା। ଲୋଭନୀୟ ଥିଲା ତା'ର ଅନନ୍ୟ ସୌନ୍ଦର୍ଯ୍ୟ। ତାପରେ ସେମାନେ ଘରୁ ବାହାରିଆସିବେ। ଡ୍ରାଇଭର କାର ବାହାର କରିବ। ସୁନନ୍ଦା ସାଥିରେ ସୁଖମୟ ଜଣାଶୁଣା ଗୋଟାଏ ଦୋକାନ ପରେ ଗୋଟାଏ ଦୋକାନ ଘଣ୍ଟା ଘଣ୍ଟା ବୁଲି ସୁନନ୍ଦାର ଚଏସ୍ ଅନୁସାରେ ପାର୍ଟିପାଇଁ ଆବଶ୍ୟକ ସାମଗ୍ରୀ କିଣିବେ ଆଉ କାର୍ ଡିକିରେ ଲୋଡ଼୍ କରି ଆସିବେ। ଘରକୁ ଆସିଲା ପରେ ସୁନନ୍ଦାର ପ୍ରତ୍ୟକ୍ଷ ତତ୍ତ୍ୱାବଧାନରେ ଆରମ୍ଭ ହେବ ଡିନର ପାର୍ଟିର ଭବ୍ୟ ଆୟୋଜନ।

କାର ପଛରେ ବୋଝେ ଜିନିଷ ଲୋଡ଼୍ କରି ଫେରି ଆସିଲା ବେଳକୁ ସେଦିନ ଅନେକ ଡେ଼ରି ହୋଇଯାଇଥିଲା। ସ୍କୁଲରୁ ଫେରିଆସି ରିଙ୍କୁ ଖାଇଦେଇ ଆୟା ପାଖରେ ଶୋଇଯାଇଥିଲା। ସୁନନ୍ଦା ପାଖରେ ଟିକିଏ ଶୋଇବା ପାଇଁ ବୋଧେ ରିଙ୍କୁ ଭାଗ୍ୟରେ ନାହିଁ। ଘରେ ଥିବା ଆୟାଟି ତା'ର ଅତି ନିଜର ଆତ୍ମୀୟ ମା'ଟି ଯେମିତି। ସେଦିନ ସୁନନ୍ଦା ଅନ୍ୟାନ୍ୟ ଜିନିଷ ସାଥିରେ କେତେ ଗୁଡ଼ାଏ ଅଏଲ ପେଣ୍ଟିଂ ଓ ମାର୍ବଲର ଗୋଟେ ମୂର୍ତ୍ତି ନେଇ ଆସିଥିଲା। ସେଟା ହଲର ମଝିରେ ରହିବ ଆଉ ଅଏଲ ପେଣ୍ଟିଂ ସବୁ କାନ୍ଥରେ। ସୁଖମୟ ଜାଣିଥିଲେ ତା'ର ଅନନ୍ୟ ରୁଚି ବୋଧ ପାଇଁ ସୁନନ୍ଦା ଆଜି ବନ୍ଧୁମାନଙ୍କଠାରୁ ଖୁବ୍ ବାହା ବାହା ପାଇବ। ସୁନନ୍ଦା ଲାଗି ପଡ଼ିଲା ପାର୍ଟି ତଦାରଖରେ। କାମ ସରିଲା ବେଳକୁ ପ୍ରାୟ ସନ୍ଧ୍ୟା ହେଇଗଲା। ତା'ପରେ ସୁନନ୍ଦା ସାୱାର ନେବ। ଘରକୁ ଡକା ହୋଇଥିବା ବିଉଟି ପାର୍ଲରର ବିଉଟିସିଆନ୍‌ମାନେ ସୁନନ୍ଦାକୁ ପାର୍ଟି ପାଇଁ ସଜ କରିବେ।

ସୁଖମୟ ନିଜ ରୁମ୍‌କୁ ଆସିଗଲେ। ତା ପରେ ସୁନନ୍ଦା ନ ଜାଣିବା ଭଳି ଅନ୍ୟ ଦରୱାଜା ବାଟେ ଘରୁ ବାହାରକୁ ବାହାରି ଆସିଲେ। ଡ୍ରାଇଭରକୁ କହିଲେ ଗାଡ଼ି ବାହାର କରିବାକୁ। ରିଙ୍କୁକୁ ସେ କ'ଣ ଗିଫ୍ଟ ଦେବେ। ସେ ଭାବୁଥିଲେ ଏମିତି ଗୋଟେ ଉପହାର ଦେବାକୁ ଯାହା ଅନନ୍ୟ ହୋଇଥିବ। ଅନ୍ୟସବୁ ଉପହାରଠାରୁ ଭିନ୍ନ ହୋଇଥିବ ଆଉ ରିଙ୍କୁ ତାକୁ ପସନ୍ଦ କରିବ। ଅନେକ ଦୋକାନ ବୁଲିଲେ,

ଭଳିକି ଭଳି ଉପହାର ଦେଖିଲେ। ଦାମୀ ଦାମୀ ବି। ତଥାପି ତାଙ୍କର କିଛି ମନକୁ ପାଉନଥିଲା। ସେ ସ୍ଥିର କରି ପାରୁନଥିଲେ କ'ଣ ଉପହାର କିଣିବେ। ଏମିତି ଉପହାର ଖୋଜୁ ଖୋଜୁ କାରରେ ଲକ୍ଷ୍ୟହୀନ ଭାବେ ବୁଲୁ ବୁଲୁ ତାଙ୍କ ଆଖିରେ ପଡ଼ିଲା ଗୋଟାଏ ଚଢ଼େଇ ବିକାଳି। ସୁନ୍ଦର ସୁନ୍ଦର ଚଢ଼େଇସବୁ ବିକ୍ରି କରୁଥିଲା। ତାଙ୍କ ମନ ହଠାତ୍ ସ୍ଥିର ହୋଇଗଲା। ସେ ଅନେକ ପକ୍ଷୀ ଭିତରୁ ବାଛି ବାଛି ଗୋଟେ ଦାମୀ ବିଦେଶୀ 'ସଙ୍ଗବାର୍ଡ଼' କିଣିଆଣିଲେ। ଗୋଟାଏ ସୁନ୍ଦର ପଞ୍ଜୁରୀ ବି। ପଞ୍ଜୁରୀ ଆଉ ପକ୍ଷୀଟିକୁ ଆଣି ସେ କାର ପଛସିଟ୍‌ରେ ରଖିଦେଲେ। ଚଢ଼େଇଟି ପଞ୍ଜୁରୀ ଭିତରେ ଡେଣା ଫଡ଼୍ ଫଡ଼୍ କରି ଉପର ତଳ ହେଉଥିଲା। ସେ ରିଙ୍କୁକୁ ଆଜି ଏ ସୁଦୃଶ୍ୟ ପକ୍ଷୀକୁ ଜନ୍ମଦିନ ଉପହାର ଦେବେ। ତାଙ୍କର ମନରେ ଖୁବ୍ ଆନନ୍ଦ ଭରିଗଲା। ରିଙ୍କୁ ଚଢ଼େଇକୁ ଖୁବ୍ ପସନ୍ଦ କରେ। ଘଣ୍ଟାକୁ ଦେଖିଲେ, ପାର୍ଟି ଆରମ୍ଭ ହେବାର ବେଳ ହୋଇଗଲାଣି। ସେ ତରବର ହୋଇ ଘରକୁ ଫେରି ଆସିଲେ। ମୁଣ୍ଡବାଳ ଫୁର୍ ଫୁର୍ ଉଡୁଥିଲା। ସକାଳର ସୁଟ୍ ଲୋଚ୍ଚ କୋଚ୍ଚ ହୋଇଯାଇଥିଲା। ଘରେ ପହଞ୍ଚିଲାବେଳକୁ ପାର୍ଟି ଆରମ୍ଭ ହୋଇଯାଇଥିଲା। ଅତିଥିମାନେ ଦଳ ଦଳ ହେଇ ଆସିବା ଆରମ୍ଭ କରି ଦେଇଥିଲେ। ସେ ତରବର ହୋଇ ସୁଟ୍ ବଦଳେଇ ଦେଲେ। ସେ ତାଙ୍କ ରୁମରୁ ବାହାରି ଆସି ତରବର ହୋଇ ହଲକୁ ଚାଲିଆସିଲେ। ଅତିଥିମାନଙ୍କୁ ଅଭିନନ୍ଦନ ଜଣେଇ, କାହା ସହିତ ହାତ ମିଳେଇ ନେଇ, କାହାକୁ ଛାତିରେ ଜଡ଼େଇ ଦେଇ ଏବଂ କାହା ପାଖରେ ନିଜର ବିଳମ୍ବ ପାଇଁ କ୍ଷମା ମାଗି ନେଇ ସେ ଅତିଥିମାନଙ୍କର ସ୍ୱାଗତରେ ଲାଗିଗଲେ।

ସୁନନ୍ଦା ସେତେବେଳକୁ ରାଗରେ ତମତମ ହେଉଥିଲା। କହିଲା ବୁଝିଲ ତମେ ସବୁବେଳେ ଏମିତି ଅନପ୍ରେଡ଼ିକ୍ଟେବଲ। କୁଆଡ଼େ ଚାଲି ଯାଇଥିଲ। ଏଣେ ମୁଁ ଏକା... ସୁଖମୟ ନୀରବ ରହିଲେ। କିଛି କହିବାର ସମୟ ଏ ନଥିଲା। ସେ ଅତିଥିମାନଙ୍କ ସହିତ ମିଶିବାରେ ଲାଗିଲେ ଚୁପ୍‌ଚାପ୍। ସୁନନ୍ଦା ସେମିତି ତମତମ ହେଇ ଚାଲିଗଲା। ଗଲାବେଳେ କହିଗଲା "ୟୁ ଆର୍ ନଟ୍ ମାଇଁ ହଜ୍‌ବାଣ୍ଡ, ୟୁ ଆର ଆନ ଅନ୍‌ପ୍ରେଡ଼ିକ୍ଟେବ୍‌ଲ୍ ବ୍ରୁଟ୍"।

ତଳେ ପାର୍ଟି ଆରମ୍ଭ ହୋଇଗଲାଣି। ମ୍ୟୁଜିକ୍ ଜମି ଆସିଲାଣି। ବର୍ଣ୍ଣାଢ଼୍ୟ ସାଜସଜ୍ଜାରେ ତାଙ୍କର ଜୁହୁ ଭିଲ୍ଲା ଅପୂର୍ବ ସୌନ୍ଦର୍ଯ୍ୟମୟ ହୋଇ ଉଠିଛି ଆଲୋକ ମାଳାରେ। ମାଲହୋତ୍ରା ବୋଧେ ଗୀତ ଗାଉଛି। ଡିନର ସର୍ଭ ହେଲାଣି। ତା' ପରେ ସୁନନ୍ଦା ଆୟାକୁ ନିର୍ଦ୍ଦେଶ ଦେଲା, ରିଙ୍କୁକୁ ତା ରୁମରୁ ଆଣିବାକୁ। ରିଙ୍କୁ ଆସିଲା ତା' ମହାର୍ଘ ନୂଆ ଫ୍ୟାଶନେବଲ ଡ୍ରେସରେ। ପରୀ ଭଳି ଲାଗୁଥିଲା। ସୁନନ୍ଦାର ଚଏସ୍‌କୁ ତାରିଫ୍ ନ କରି ସୁଖମୟ ରହି ପାରୁନଥିଲେ। ତା ପରେ କେକ୍ କଟାହେଲା, ବେଲୁନ

ଫୁଟାହେଲା। ହାପି ବାର୍ଥଡ଼େ ଟୁ ୟୁର ସଙ୍ଗୀତରେ ପୂରା ହଲ ଫାଟି ପଡ଼ିଲା। ରିଙ୍କୁ ସମସ୍ତଙ୍କୁ ଖଣ୍ଡେ ଖଣ୍ଡେ କେକ୍ ଦେଲା। ତା ପରେ ସୁନନ୍ଦା ରିଙ୍କୁ ବେକରେ ପିନ୍ଧେଇ ଦେଲା ଡାଇମଣ୍ଡର ସୁନ୍ଦର ହାରଟିଏ। ଅତିଥିମାନେ ଗୋଟିଏ ପରେ ଗୋଟିଏ ମହାର୍ଘ୍ୟ ଉପହାର ରିଙ୍କୁକୁ ଦେଲେ। ରିଙ୍କୁ ଗୋଟାଏ ପରେ ଗୋଟାଏ ଉପହାର ଦେଖି ଖୁସିରେ ନାଚି ଯାଉଥିଲା। ଆଉ ସବାଶେଷରେ ପାଳି ପଡ଼ିଲା ସୁଖମୟଙ୍କର। ସୁଖମୟଙ୍କୁ ରିଙ୍କୁ କେକ୍ ଖୁଆଇଲା। କହିଲା, ଆଇ ଲଭ୍ ୟୁ ଭେରି ମଚ ଡାଡ଼ି। ତମର ଗିଫ୍ଟ କାହିଁ। ମୋ ଜନ୍ମଦିନର।

ସୁଖମୟ ନିଜ ରୁମ୍‌କୁ ଗଲେ। ଘରୁ ପଞ୍ଜୁରୀ ଆଉ ପଞ୍ଜୁରୀ ଭିତରେ ଥିବା ପକ୍ଷୀକୁ ନେଇ ଆସିଲେ, ରିଙ୍କୁକୁ ସରପ୍ରାଇଜ୍ ଦେବେ। ସୁନନ୍ଦାକୁ ବି। ସୁନନ୍ଦାର ସମସ୍ତ ଆମନ୍ତ୍ରିତ ଅତିଥିଙ୍କୁ ବି। ସେ ରିଙ୍କୁ ହାତକୁ ଚକ୍ ଚକ୍ ମାରୁଥିବା ପଞ୍ଜୁରୀଟା ବଢ଼େଇଦେଲେ। ତା ଭିତରେ ସୁନ୍ଦର ଚଢ଼େଇ ଡେଣା ଫଡ଼ ଫଡ଼ କରି ଉଡ଼ି ବୁଲୁଥିଲା। ସେ ରିଙ୍କୁଙ୍କୁ କହିଲେ, "ଏଇଟା ତୋ ପାଇଁ ମୋର ଉପହାର" ସୁନନ୍ଦା ମୁହଁ ଟେକିଦେଲେ ସୁଖମୟଙ୍କ ଉପହାର ଦେଖି।

ରିଙ୍କୁ ଆନନ୍ଦରେ କୁରୁଳି ଉଠିଲା। ଘରସାରା ସେ ଡେଇଁ ଡେଇଁ କୁଦି ବୁଲିଲା ପଞ୍ଜୁରୀ ହାତରେ ଧରି। "ହ୍ୱାଟ ଏ ଲଭଲି ବାର୍ଡ଼, ସିଙ୍ଗ୍ ସିଙ୍ଗ୍ ଓ ଲିଟିଲ୍ ବାର୍ଡ଼, ସିଙ୍ଗ୍ ସିଙ୍ଗ୍ ଏ ସୁଇଟ୍ ସଙ୍ଗ୍"। ସୁଖମୟ ରିଙ୍କୁ ପଛରେ ଡେଇଁ ଡେଇଁ ତାଳ ଦେଲେ "ସିଙ୍ଗ୍ ସିଙ୍ଗ୍ ଏ ସୁଇଟ୍ ସଙ୍ଗ୍"। ରିଙ୍କୁ ଘରସାରା ପଞ୍ଜୁରୀରେ ଆବଦ୍ଧ ପକ୍ଷୀକୁ ଧରି ଡେଇଁ ବୁଲୁଥିଲା। ପଞ୍ଜୁରୀ ଭିତରେ ପକ୍ଷୀଟା ଡେଣା ଫଡ଼୍‌ଫଡ଼୍ କରି ଘୂରିବୁଲୁଥିଲା। ସୁଖମୟ ଏକ ଗଭୀର ଆତ୍ମତୃପ୍ତିରେ ରିଙ୍କୁକୁ କୁଣ୍ଢେଇ ଧରିଲେ। ଛାତିରେ ଚାପି ଧରିଲେ। ଗାଲରେ ଚୋକ ଦେଲେ। ଜୋର କରି କହିଲେ, ୟୁ ଆର୍ ମାଇଁ ସୁଇଟେଷ୍ଟ ସଙ୍ଗ୍ ବାର୍ଡ଼ ଡାର୍ଲିଂ।

ତା'ପରେ ସୁନନ୍ଦାର ନିର୍ଦ୍ଦେଶରେ ଆୟା ରିଙ୍କୁକୁ ତା' ରୁମ୍‌କୁ ନେଇଗଲା। ତାକୁ ଆୟା ବିଛଣାରେ ଶୁଆଇଦେବ। ରିଙ୍କୁ ଗଲା ପରେ ପାର୍ଟି ଆହୁରି ଜମି ଆସିଲା। ସୁନନ୍ଦାର ନିର୍ଦ୍ଦେଶରେ ଭିନ୍ନ ଭିନ୍ନ ପ୍ରକାରର ବିଦେଶୀ ମଦର ଜୁଆର ଛୁଟିଲା। ସୁନନ୍ଦା ମଦ ପିଇ ମାତାଲ ହେଲାଣି। ଅତିଥିମାନେ ବି ତା' ପରେ ମ୍ୟୁଜିକର ତାଳେ ତାଳେ ସମସ୍ତେ ନାଚିବେ। ସୁନନ୍ଦା ବି ଜଣ ଜଣ କରି ତା'ର ବନ୍ଧୁମାନଙ୍କ ସାଥିରେ ମଦ ପିଇ ମାତାଲ ହେଇ ଡାନ୍‌ସ କରିବ। ସୁଖମୟ ସୋଫାରେ ବସି ଦେଖୁଥିବେ। ସୁନନ୍ଦାର ବାନ୍ଧବୀ ତାଙ୍କୁ ଟାଣିନେବ ତା ସାଥିରେ ନାଚିବାକୁ। ସୁଖମୟ ଅନିଚ୍ଛା ସତ୍ତ୍ୱେ ବି ଡ୍ୟାନ୍ସ ଫ୍ଲୋରକୁ ସଂଭ୍ରମ ଭାବେ ଆସିବେ। ସୁନନ୍ଦା ନାଚି ଚାଲିଥିବ। ଜଣକ ପରେ ଜଣେ ଅତିଥିମାନଙ୍କ ସାଥିରେ, ମଦ ନିଶାରେ। ସୁଖମୟ ଦେଖିପାରୁଛନ୍ତି ତା ଟଳମଳ ପାଦର ରିଦ୍‌ମ୍। ସୁନନ୍ଦା

ମତୁଆଲା ଥିବ ଆଉ ଏକ ଅହେତୁକ ଆନନ୍ଦରେ ବନ୍ଧୁମାନଙ୍କର ଲୋଲୁପ ଆଖି ଆଗରେ ନିଜର ସୌନ୍ଦର୍ଯ୍ୟ ପାଇଁ, ନିଜର ରୁଚିବୋଧ ପାଇଁ ଆତ୍ମଗର୍ବରେ ଫାଟି ପଡୁଥିବ। ନାଚ ସରିବ, ଡିନର ସରିବ। ତା' ପରେ ପାର୍ଟି ବି ସରିବ ଅଧରାତିରେ। ମ୍ୟୁଜିକ୍ ଶାନ୍ତ ହେବ। ସୁଖମୟ ଓ ସୁନନ୍ଦା ଅତିଥିମାନଙ୍କୁ ଛାଡ଼ି ଦେଇ ଆସିବେ ଘର ଦରଓ୍ୱାଜା ପାଖରେ। କୋଳାହଳ ଶାନ୍ତ ହେବ। ସୁଖମୟଙ୍କର ମନେ ହେବ ଆଜି ରିଙ୍କୁର ଜନ୍ମଦିନ ନଥିଲା, ଯେମିତି ସୁନନ୍ଦାର ଜନ୍ମ ଦିନ ଥିଲା। ତା'ର ହାବଭାବ ସାଜସଜ୍ଜା, ପରିପାଟୀ ଦେଖିଲେ ତ ସେଇୟା ହିଁ ଲାଗିବ। ଏକ ବିଷାଦ ସୁଖମୟଙ୍କୁ ଘାରିଯିବ।

ଘଣ୍ଟାରେ ଦୁଇଟା ବାଜିଲାଣି। ହଲରେ କୋଳାହଳ ଥମିଗଲାଣି, ଏବେ ଯାହା କପ୍, ପ୍ଲେଟର ଟୁଂ ଟାଂ ଶବ୍ଦ। ପଛରେ ଶୂନ୍ୟତା, ଗୋଟାଏ ନୀରବତା। ସୁଖମୟ ତାଙ୍କ ରୁମ୍‌କୁ ଆସିଲେ। ଦେଖିଲେ ତାଙ୍କ ପଛେ ପଛେ ସୁନନ୍ଦା ଆସୁଛି ତାଙ୍କ ରୁମ୍‌କୁ। ଫିଟି ଯାଇଛି ତା'ର ଆଲୁଳାୟିତ କେଶ। ତଳେ ଘୋଷାରୁଚି ଶାଢ଼ିର ଆଞ୍ଚଳ। ବ୍ଲାଉଜ ଉପରୁ ଶାଢ଼ି ଖସି ଯାଇଛି, ପାଦ ଦିଇଟା ଏପଟ ସେପଟ ହେଇ ପଡୁଛି। ସୁନନ୍ଦା ମାତାଲ, ମାତାଲ ହେଲାପରେ, ପାର୍ଟିରେ ନାଚି ନାଚି ଗୋଡ଼ ହାତ ଅବଶ ହୋଇଗଲା ପରେ, ଏମିତି ସବୁବେଳେ ସୁନନ୍ଦା ଆସେ ସୁଖମୟଙ୍କ ପାଖକୁ। ଦେହର ଖେଳ ଖେଳିବାକୁ, କ୍ଲାନ୍ତି, ଅବସାଦ ଆଉ ମଦନିଶାର ବିଚିତ୍ର ମିଶା ଅନୁଭୂତିରୁ ଯେଉଁ କାୟିକକ୍ଷୁଧାର ଇନ୍ଦ୍ରଜାଲ ରକ୍ତରେ କୁହୁରିତ ହୁଏ, ତା'ର ଦାହକ ଉତ୍ତାପକୁ ମେଣ୍ଟାଇବାକୁ। ସେ ରାତିର ଅବଶିଷ୍ଟ ଅନ୍ଧକାରରେ ସୁଖମୟଙ୍କୁ ଖେଳେଇବ। ଅଦମ୍ୟ ତା'ର କ୍ଷୁଧା, ଅଦମ୍ୟ ତା'ର ପିପାସା। ନିହାତି ଭୋକିଲା ଛୁଆଟିଏ ପରି ତାଙ୍କୁ ଟିକିନିଖି ଶୋଷି ନେବ। ସବୁବେଳେ ଏଇମିତି ଏକ ଯାନ୍ତ୍ରିକ ଆବେଗରେ ସୁଖମୟ ଦଗ୍ଧୀଭୂତ ହୁଅନ୍ତି ସୁନନ୍ଦାର ଦାହକ ଉତ୍ତାପରେ, ସେ ସୁନନ୍ଦାକୁ ଜଡ଼େଇ ଧରନ୍ତି। ସୁନନ୍ଦା ଲୋଟିଯାଏ ତାଙ୍କ ଛାତିରେ। ସୁନନ୍ଦାର ନିଶା ଢୁଳଢୁଳ ଆଖିପତା ଉପରେ ଚୁମା ଖାଆନ୍ତି। ଦି'ହାତ ପାପୁଲିରେ ଫୁଟନ୍ତା ଫୁଲ ଭଳି ରକ୍ତ ଟହଟହ ମୁହଁକୁ ଚାପି ଧରନ୍ତି।

ତାଙ୍କୁ ଜଣାପଡୁଛି ସେ ସୁନନ୍ଦାର ମୁହଁକୁ ନୁହେଁ, ରିଙ୍କୁର ମୁହଁକୁ ତାଙ୍କ ହାତ ପାପୁଲିରେ ଧରିଛନ୍ତି। ନିର୍ନିମେଷ ନୟନରେ ରିଙ୍କୁର ସୁନ୍ଦର ମୁହଁକୁ ନିଷ୍ପଲକ ଚାହିଁ ରହିଛନ୍ତି। ସୁନନ୍ଦା ସୁନନ୍ଦା ନୁହେଁ, ଯେମିତି ରିଙ୍କୁ ପାଲଟି ଯାଇଛି। ତାଙ୍କ ଝିଅ। ଗୋଟାଏ ଛୋଟ ପିଲା ଗୋଟାଏ ବାତ୍ସଲ୍ୟ ସ୍ନେହରେ ସେ ଖେଳୁଛନ୍ତି ସୁନନ୍ଦା ସାଙ୍ଗରେ, ଠିକ୍ ରିଙ୍କୁ ସାଙ୍ଗରେ ଖେଳିଲା ଭଳି। ସୁନନ୍ଦା ତାଙ୍କ ଉପରେ ରିଙ୍କୁ ଭଳି ବସିଛି। ତାଙ୍କ ଫୁଙ୍ଗୁଳା ଛାତିରେ ହାତ ସାଉଁଳୁଛି। ସୁଖମୟ ପାଟି ମେଲାକଲେ, ଦାନ୍ତ ସନ୍ଧିରେ ଚିପିଚାପି ହୋଇ ବାହାରି ଆସିଲା।

"ସିଙ୍ଗ୍ ସିଙ୍ଗ୍ ଓ ଲିଟଲ୍ ବାର୍ଡ୍, ସିଙ୍ଗ୍ ସିଙ୍ଗ୍ ଏ ସୁଇଟ ସଙ୍ଗ୍ - ସିଙ୍ଗ୍ ସିଙ୍ଗ୍ ଏ ସୁଇଟ୍ ସଙ୍ଗ୍" ।

ସୁଖମୟ ରିଙ୍କୁକୁ କୋଳେଇ ନେଉଥିଲେ ଯେମିତି । ତାଙ୍କର ହଠାତ୍ ମନେହେଲା ସେ ଆୟାକୁ ବାହାର କରିଦେବେ। ରିଙ୍କୁକୁ ତାଙ୍କ ରୁମ୍‌କୁ ନେଇଆସିବେ। ଆଉ ତା'ର ପୂରା ପୂରି ଦେଖାଶୁଣା କରିବେ। ତାକୁ ଛାତିରେ ଜଡ଼େଇ ଧରିବେ। ସେ ଯେ ତାଙ୍କର ଅଳିଅଳ ଅତି ଗେହ୍ଲା ଝିଅ ରିଙ୍କୁ।

ହେଲେ ରିଙ୍କୁ ଶୋଇଥିବ ଆୟା ପାଖରେ ତା'ର ରୁମ୍‌ରେ। ସୁଖମୟ ସୁନନ୍ଦା ସାଥିରେ। ମାତାଲ , ମତୁଆଲା ସୁନନ୍ଦାର ଦେହ ସାଥିରେ ପ୍ରେମର, ନିବିଡ଼ ପ୍ରେମର ଦୈହିକ ଖେଳ ଖେଳି ଚାଲିଥିବେ ସୁନନ୍ଦାର ଅଦମ୍ୟ କ୍ଷୁଧା ମେଣ୍ଟାଇବାକୁ।

ରିଙ୍କୁ ସେମିତି ଶୋଇଥିବ ଆୟା ପାଖରେ ତା ରୁମ୍‌ରେ। ଜୁହୁ ବିଚ୍‌ର ଝଲକାଏ ଶୀତୁଆ ପବନ, ଝର୍କାର ପରଦା ଫଡ଼୍ ଫଡ଼୍ କରି ପଶିଆସିଲା। ଆଉ ସେ ପବନରେ ସୁନନ୍ଦାର କେରାକ ବାଳ ଉଡୁଥିଲା।

ପଞ୍ଜୁରୀ ଭିତରେ ସୌମ୍ୟ ପକ୍ଷୀଟି ଡେଣା ଫଡ଼୍ ଫଡ଼୍ କରି ଉଡ଼ି ବୁଲୁଥିବ। ରିଙ୍କୁ ପଞ୍ଜୁରୀକୁ ହାତରେ ଜାବୁଡ଼ି ଧରି ଶୋଇଥିବ ଆୟା ପାଖରେ।

■■

ସୂର୍ଯ୍ୟସ୍ନାନ

ନୀରର୍ଣ୍ଣବ ତୁମେ ଶୋଇଗଲ ଯେ। ଉଠ। ପୂର୍ବ ଦିଗରେ ବାଦାମୀ ସୂର୍ଯ୍ୟକିରଣ ବିଛାଡ଼ି ହୋଇ ପଡ଼ିଲାଣି। ସୂର୍ଯ୍ୟ ଦିଗ୍‌ବଳୟ ତଳୁ ପୃଥିବୀ କୋଳକୁ ଡେଇଁ ପଡ଼ିଲେଣି। ତମ ଘର ଝର୍କା ଫାଙ୍କ ଦେଇ ସୁନେଲୀ କିରଣ ପୁଳାଏ ତମ ବାଁ ଗାଲ ଉପରେ ପଡ଼ିଲାଣି। ତମେ କ'ଣ ଶୁଣିପାରୁନ ସକାଳର ଡାକ? ଉଠ, ସକାଳର ମୃଦୁମନ୍ଦ ହିଲ୍ଲୋଳରେ ନିଜକୁ ହଜେଇ ଦିଅ, ମିଶିଯାଅ, ସୂର୍ଯ୍ୟ କିରଣରେ ସ୍ନାନ କର। ତମେ ସୂର୍ଯ୍ୟସ୍ନାନ କରିବନି ନୀରର୍ଣ୍ଣବ? ସୂର୍ଯ୍ୟ କିରଣରେ ସ୍ନାନ କରିବା ଦେହ ପକ୍ଷେ ଖୁବ୍ ଭଲ। ସୂର୍ଯ୍ୟ କିରଣରେ ସକାଳୁ ସକାଳୁ ସ୍ନାନ କଲେ ହାଡ଼ ଟାଣହୁଏ। ରକ୍ତିମ ସୂର୍ଯ୍ୟ ବିଜେବି କଲେଜର ଛାତ ଉପରୁ ଖୁବ୍ ଲୋଭନୀୟ ଦିଶୁଛନ୍ତି ଠିକ୍ ପ୍ରେରଣାର ଓଠ ଭଳି। ପକ୍ଷୀମାନେ ବସ୍‌ଷ୍ଟାଣ୍ଡ ଉପର ଦେଇ ଉଡ଼ିଯାଉଛନ୍ତି ଠିକ୍ ପ୍ରେରଣାର ମୁକ୍ତ କୁନ୍ତଳ ଭଳି। ଅଭିସାର ପରେ ରାତ୍ରି ଭୁବନେଶ୍ୱରର ରାଜପଥ ଦେଇ ଚାଲି ଯାଉ ଯାଉ ଗୋଲେଇ ଛକ ପାଖରେ ନାଲି ଆଲୋକ

ସଂକେତ ଦେଖି ଅଟକି ଯାଇଛି ଯେମିତି। ତମେ କେମିତି ଶୋଇଗଲ ନୀରର୍ଣ୍ଣବ ? ଆଜି ଭୁବନେଶ୍ୱରର ସୂର୍ଯ୍ୟୋଦୟ ଦେଖିବ ବୋଲି ତମେ ଘଣ୍ଟାରେ ଆଲାରାମ ଦେଇଛ। ଭୁବନେଶ୍ୱରରେ ଅନେକ ଦିନ ହେଲା ରହିଲଣି, କିନ୍ତୁ କେବେହେଲେ ସୂର୍ଯ୍ୟୋଦୟ ଦେଖିପାରିନ, ତୁମେ ଡ଼େରିରେ ଉଠୁଥିବା ଯୋଗୁଁ। ଭୁବନେଶ୍ୱରର ସୂର୍ଯ୍ୟ ଦେଖିବାକୁ ତୁମର ଭାରି ଇଚ୍ଛାଥିଲା ନା।

ତମେ ପୁରୀ ସମୁଦ୍ରକୂଳରେ ସୂର୍ଯ୍ୟୋଦୟ ଦେଖିଛ। ସମସ୍ତଙ୍କ ଆଖିକୁ ଫାଙ୍କି ଦେଇ ପୁରୀରେ ସୂର୍ଯ୍ୟ ବାଘଭଳି ହଠାତ୍ ସମୁଦ୍ର ବକ୍ଷରୁ ଲମ୍ଫ ଦେବ। ତମେ ଚମକି ପଡ଼ିବ ତା'ର କମନୀୟ କାନ୍ତିରେ ଅପ୍ରତ୍ୟାଶିତ ଭାବେ। କୋଣାର୍କରେ ମନ୍ଦିର ମୂର୍ତ୍ତିମାନଙ୍କ ଉପରେ ଅଯାଚିତ କିରଣ ରାଶି ବିଛାଡ଼ି ସୂର୍ଯ୍ୟ ଭଙ୍ଗା ମନ୍ଦିର ଉପରେ ପେଣ୍ଡୁଲମ ଭଳି ଝୁଲୁଥିବ ଏପଟରୁ ସେପଟ, ପୁଣି ସେପଟରୁ ଏପଟ, ଆଉ ରାଉରକେଲାରେ ସୂର୍ଯ୍ୟର ରଙ୍ଗ କଳଙ୍କି ଲଗା ଲୁହା ଗୁଣ୍ଡର ରଙ୍ଗ ଭଳି। ତେଣୁ ତମର ଭାରି ଇଚ୍ଛା ଭୁବନେଶ୍ୱରର ସୂର୍ଯ୍ୟକୁ ତମେ ଆଜି ଦେଖନ୍ତ। ତା'ର ଅଳସ ଭାବେ ଝୁଲି ଝୁଲି ବିଜେବି କଲେଜ ଉପରୁ ସେକ୍ରେଟାରୀଏଟ ଛାତ ପର୍ଯ୍ୟନ୍ତ ଉଠି ଆସିବାର ରାଜକୀୟ ଠାଣି ଉପଭୋଗ କରନ୍ତ।

ଅଗତ୍ୟା ତମକୁ ଉଠିବାକୁ ହେଲା। ତରବର ହୋଇ ତମେ ବାହାରକୁ ପାଦ କାଢିଲ। ବାହାରେ ଖୋଲା ପଡ଼ିଆରେ ଠିଆ ହେଲ। ସୂର୍ଯ୍ୟ ନମସ୍କାର କଲ। ତମ ପାଟିରୁ ବାହାରି ଆସିଲା "ଅୟି ସୂର୍ଯ୍ୟ ସହସ୍ରାଂସୁ ଜଗଦେକ ଚକ୍ଷସେ"। ତମେ ଭାବବିହ୍ୱଳ ହୋଇ ସୂର୍ଯ୍ୟସ୍ନାନ କଲ। ଭୁବନେଶ୍ୱରର ଆକାଶ ତମକୁ ଖୁବ୍ ନିରୁଦ୍‌ବେଗ ଜଣାଗଲା। ସୂର୍ଯ୍ୟ ମଧ୍ୟ ଜାକଜମକହୀନ ବୋଧ ହେଲା। ଏଠି ପୁରୀ ସୂର୍ଯ୍ୟୋଦୟର ଆକସ୍ମିକତା ନାହିଁ। କୋଣାର୍କର ଆଡ଼ମ୍ବର ନାହିଁ। ନିହାତି ଅଜଣା ଅଶୁଣା ଭାବେ ସୂର୍ଯ୍ୟ ଏଠି ନିରାଡ଼ମ୍ବର ଭାବେ ସାଦା ସକାଳ ଆକାଶକୁ ଆସନ୍ତି। କିଛି ପ୍ରସ୍ତୁତି ନାହିଁ। ବେଶୀ କିଛି ଉତ୍ସବ ନାହିଁ। ଭୁବନେଶ୍ୱରରେ ଏତେ ସକାଳୁ ଉଠି କିଏବା ସୂର୍ଯ୍ୟୋଦୟ ଦେଖେ ଯେ, ସୂର୍ଯ୍ୟ ଆଡ଼ମ୍ବର ସହକାରେ ବାହାରିବେ। ତମକୁ ମନେ ହେଲା ଠିକ୍ ସଟଲରୁ ଓହ୍ଲେଇ ଗତାନୁଗତିକ ଭାବେ ସେକ୍ରେଟେରିଏଟ୍‌କୁ ପ୍ରତିଦିନ ଧାଉଁଥିବା କର୍ମଚାରୀ ଭଳି ସୂର୍ଯ୍ୟ ପ୍ରତିଦିନ ଗତାନୁଗତିକ ଭାବେ ଉଠି ଆସୁଛି। ଆକାଶ ମଧ୍ୟ ତୁମକୁ ଖୁବ୍ ଫାଙ୍କାଫାଙ୍କା ଲାଗିଲା। ଠିକ୍ ରାତି ଆଠଟା ପରେ ଭୁବନେଶ୍ୱର ରାଜରାସ୍ତା ଭଳି ଖାଲି ଖାଲି, ମୋଟ ଉପରେ କହିବାକୁ ଗଲେ ତମେ ତମ ଚାରିପଟେ ଅନୁଭବ କଲ ଭୁବନେଶ୍ୱରର ନୈକରସାହି ଭଳି ଏକ ନୀରବତା। ଏକ ଗତାନୁଗତିକତା। ଗୋଟାଏ ଶୀତଳ ନିଶ୍ଚେଷ୍ଟତା। ଏଇ ନିଶ୍ଚଳତା ଏଇ ଆଶ୍ଚର୍ଯ୍ୟହୀନ ଗତାନୁଗତିକତା ହିଁ

ଭୁବନେଶ୍ୱରର ବିଶେଷତ୍ୱ ବୋଲି ତମେ ସ୍ଥିର କଲ। ଭୁବନେଶ୍ୱର ପଡ଼ିରହିଛି ଠିକ୍ ଭାଗ୍ୟକୁ ଆଦରି ପଡ଼ି ରହିଥିବା ହତଭାଗ୍ୟଟିଏ ଭଳି ଅତ୍ୟନ୍ତ ରୋମାଞ୍ଚହୀନ ଭାବେ।

ତମେ ରାସ୍ତାକୁ ଉଠିଲ, କୋଳାହଳ ବିହୀନ ଲୋକବାକ, ଶୂନ୍ୟ ସକାଳର ରାସ୍ତା, ରାସ୍ତା ଦିପଟେ ଧାଡ଼ି ଧାଡ଼ି କୃଷ୍ଣଚୂଡ଼ା ଫୁଲଗଛ। ନାଲି ନାଲି ଆଉ ହଳଦିଆ କୃଷ୍ଣଚୂଡ଼ା ଫୁଲଗଛର ଧାଡ଼ି। ଗଛରେ ଲଦି ହୋଇଥାନ୍ତି ଗଛେ ଫୁଲ। ଭୁବନେଶ୍ୱର କୃଷ୍ଣଚୂଡ଼ା ଫୁଲର ସହର। ନାଲି ହଳଦିଆ କୃଷ୍ଣଚୂଡ଼ା ଫୁଲ ପେନ୍ଥା ପେନ୍ଥା ଝୁଲିଥାନ୍ତି ରାସ୍ତାରେ ଦିପଟେ ଧାଡ଼ି ବାନ୍ଧିଥିବା କୃଷ୍ଣଚୂଡ଼ା ଗଛରୁ। କୃଷ୍ଣଚୂଡ଼ା ଫୁଟିଲା ବେଳେ ଲୋଭନୀୟ ଦିଶେ ଭୁବନେଶ୍ୱର। ଫୁଲର ସୌନ୍ଦର୍ଯ୍ୟ ଛାଇ ହୋଇ ଯାଇଥାଏ ସାରା ସହରରେ।

ଏକ୍ସପ୍ରେସ୍ ଟ୍ରେନ୍ ଭଳି ଭୁବନେଶ୍ୱର ଗଡ଼ିଚାଲିଛି, ଜୀବନର ରେଳ ଧାରଣାରେ ଅଫିସକୁ ଧାଇଁବା, ଅଫିସ୍‌ରେ ଖଟିବା, ସଂଧ୍ୟାବେଳେ ବ୍ୟାଗ ଧରି ହାଟକୁ ଯିବା, ଆଉ ହାଟରୁ ପରିବାପତ୍ର ବ୍ୟାଗ ଧରି ଫେରିବା ପରେ ଏକମୁହାଁ ଘରକୁ ଯିବାହିଁ ଭୁବନେଶ୍ୱରବାସୀଙ୍କର ଦୈନନ୍ଦିନ କାମ। କୁଆଡ଼କୁ ନିଘା କରିବାକୁ ବେଳ କାହିଁ, ସ୍ପୃହା ବି କାହିଁ। ଘରକୁ ଫେରିବା ପରେ ଭୁବନେଶ୍ୱର ଶୂନ୍‌ଶାନ୍। ଖାଁ ଖାଁ ଲାଗେ। କେତେଟା ସାଇକେଲ ଚଲାଳି ଆଉ ଗୋଟେ ଦିଟା ବସ୍ ବ୍ୟତୀତ ଭୁବନେଶ୍ୱର କୋଳାହଳ ବିହୀନ ହୋଇପଡ଼େ। ଏମିତିକି ରାସ୍ତା କଡ଼ରେ କୃଷ୍ଣଚୂଡ଼ା ଫୁଲ ଦେଖି କ୍ୱଚିତ୍ କେହି କେବେ ଆନନ୍ଦରେ ବିଭୋର ହୋଇ କୃଷ୍ଣଚୂଡ଼ା ଗଛତଳେ ମିନିଟିଏ ଠିଆ ହେବା ବ୍ୟତୀତ ପ୍ରାୟ କୃଷ୍ଣଚୂଡ଼ା ଫୁଲ ସବୁ ନିଜେ ନିଜେ ପେନ୍ଥା ହୋଇ ଗଛରୁ ଝୁଲୁଥାନ୍ତି ଲୋକଙ୍କ ନଜରରୁ ବାହାରେ। କୌଣସି ତରୁଣ ତରୁଣୀ ଫିସ୍‌ଫିସ୍ ପ୍ରେମାଳାପ ବେଳେ କୃଷ୍ଣଚୂଡ଼ା ଗଛ ଗଣ୍ଡିରେ ଆଉଜି ପଡ଼ିନାହାନ୍ତି। ନିଜ ନିଜ ଦୁଃଖ ସୁଖ ବୋହି ବୋହି ଭୁବନେଶ୍ୱର ଲୋକେ ଧାଇଁଛନ୍ତି। ତମକୁ ଖୁବ୍ ଅସହାୟ ଲାଗିଲା, ଗୋଟାଏ ବିଚିତ୍ର ଶୀତଳତା ଭୁବନେଶ୍ୱର ଜୀବନକୁ ପଙ୍ଗୁ କରି ଦେଇଛି ବୋଲି ତମର ମନେ ହେଲା। ଶିରାପ୍ରଶିରାରେ ରକ୍ତ ଯେମିତି ଜମାଟ ବାନ୍ଧି ଯାଇଛି। ସାଲାଇନ୍ ଦିଆ ରୋଗୀ ଭଳି ସକାଳେ ଭୁବନେଶ୍ୱର ଯେମିତି ଧକେଇ ହେଉଛି।

ତମେ ଗୋଲେଇ ଛକ ଆଡ଼େ ମୁହାଁଇଲ, ଏଜି ଅଫିସ୍ ଛକରେ ଭୁବନେଶ୍ୱରର ମୁଖ୍ୟ ଗୋଲେଇ ଛକ। ଭୁବନେଶ୍ୱର ଗୋଲେଇ ଛକର ସହର। ସବୁ ଛକରେ ଗୋଟାଏ ବୃତ୍ତାକାର ଗୋଲେଇ ଟ୍ରାଫିକ୍ ନିୟନ୍ତ୍ରଣ ପାଇଁ। ତମେ ଗୋଲେଇ ଛକ କଡ଼େ ସାଇକେଲରେ ବାହାରି ଗଲ। ଗୋଲେଇ ଛକ ଗୋଟାଏ ପକ୍ଷାଘାତ ରୋଗୀ ପରି ଛକ ମଝିରେ ପଡ଼ିଛି। ଗୋଲେଇ ଛକ ମଝିରେ କାଗଜ ଫୁଲ ଗଛଟାରେ ବୋଝେ

ଫୁଲ, ଲନ୍‌ରେ ଘାସ ସବୁ ସୁନ୍ଦର ଦିଶୁଛି। ଛୋଟ ଛୋଟ ଫୁଲ ଗଛ ବି ଗୋଲେଇ ଛକ ଚାରିପଟେ ଘେରା ହେଇଥିବା ତାରବାଡ଼ କଡ଼େ କଡ଼େ। ରାସ୍ତା କଡ଼ ଆଲୋକ ଖୁଣ୍ଟରୁ ବାର୍ଣ୍ଣିସ୍ ପେଣ୍ଟ ଠାଏ ଠାଏ ଛାଡ଼ି ଗଲାଣି। ତମେ ରାସ୍ତା କଡ଼େ ଠିଆ ହୋଇ କାନ୍ଥରାଇଡିନ୍ କେଶ ତୈଳର ବିଜ୍ଞାପନ ଦେଖିଲ। ଚାରିପଟେ କଳ୍ପନା ଟକିଜ୍ ଆଉ ରବି ଟକିଜ୍‌ରେ ଲାଗିଥିବା ନୂଆ ସିନେମାର ରଙ୍ଗ ବେରଙ୍ଗୀ ପୋଷ୍ଟର, ବମ୍ବେ ଡାଇଙ୍ଗ ସୁଟିଂ ଶାର୍ଟିଂ, କୁକ୍‌ମୀ ମସଲା ଗୁଣ୍ଡ, ସୁଫଳା ସାର, ଲିରିଲି ସାବୁନ ଆଉ ସନ୍‌ଲାଇଟ ସାବୁନର ଆଡ୍‌ଭର୍ଟାଇଜମେଣ୍ଟ୍ ହୋର୍ଡ଼ିଂ ସବୁ ତମ ଆଡ଼କୁ ଏକ ଲୟରେ ଚାହିଁ ରହିଛନ୍ତି ଆଉ ତମକୁ କିଣିବାପାଇଁ ପ୍ରଲୋଭନ ଦେଖାଉଛନ୍ତି।

ଭୁବନେଶ୍ୱରକୁ ସମୟ ସମୟରେ ଏମିତି ଅନେକେ ଆସିଛନ୍ତି ଚାକିରି କରିବାକୁ, ବ୍ୟବସାୟ କରିବାକୁ, ରିକ୍ସା ଟାଣିବାକୁ, ପନିପରିବା ହାଟରେ ବିକିବାକୁ । ସମସ୍ତେ ଭୁବନେଶ୍ୱର ଭିତରେ ଆସ୍ଥାନ ଜମେଇ ନେଇଛନ୍ତି। ଭୁବନେଶ୍ୱର ସମସ୍ତଙ୍କୁ ଗ୍ରହଣ କରି ନେଇଛି, ଆପଣେଇ ନେଇଛି। ହେଲେ ସେମାନେ ସମସ୍ତେ ଗୋଟାଏ ବିରାଟ ଜନସମୁଦ୍ର ଭିତରେ ମିଶି ଯାଇଛନ୍ତି। ହଜିଯାଇଛି ତାଙ୍କର ସ୍ୱତନ୍ତ୍ର ସତ୍ତା। ଭିନ୍ନ ଅସ୍ତିତ୍ୱ। ଗୋଟାଏ କୋରସ୍ ଭିତରେ ସେମାନଙ୍କ ସୁର ଲୀନ ହୋଇଯାଇଛି। ଆପାତତଃ ତମର ମନେହେଲା ଭୁବନେଶ୍ୱରର ପ୍ରତ୍ୟେକ ଅଧିବାସୀଙ୍କ ଜୀବନର ଲକ୍ଷ୍ୟ, ଉଦ୍ଦେଶ୍ୟ, ଆଶା ଓ ଆକାଂକ୍ଷାରେ ବିଶେଷ କିଛି ଫରକ ନାହିଁ। ଭୁବନେଶ୍ୱର ସମସ୍ତଙ୍କୁ ସହଜ ଭାବେ ଗ୍ରହଣ କରିନେଇଛି। ଆଉ ସମସ୍ତେ ଭୁବନେଶ୍ୱର ଭିତରେ ଏକାକାର ହୋଇ ଭୁବନେଶ୍ୱରବାସୀ ହୋଇଯାଇଛନ୍ତି ଭିନ୍ନତାହୀନ।

ତମେ ଗୋଲେଇ ଛକ ପାଖରୁ ଡାକ୍ତରଖାନା ଆଡ଼କୁ ମୁହାଁଇଲ ନୀରର୍ଣ୍ଣବ। ଧାଡ଼ି ଧାଡ଼ି ଟାଇପ୍-୮ ସର୍କାରୀ କ୍ୱାର୍ଟର ଆଡ଼େ ଚାହିଁଲ। ଦୁଆର, ଝର୍କା ବନ୍ଦ, ଶୋର ଶବ୍ଦ ନାହିଁ, କାଁ ଭାଁ କିଏ ଗୋଟାଏ ରାସ୍ତାରେ ନିଦରେ ଆଖି ମଳି ମଳି ହାଇ ମାରି ମାରି ଚାଲି ଯାଉଛି। ଆଉ କେତେଜଣ ସାଇକେଲରେ କ୍ଷୀର କେନ୍ ଧରି ଫୁଲନଖରା କ୍ଷୀର ଆଣିବାପାଇଁ କ୍ଷୀର ବୁଥକୁ ତର ତର ହୋଇ ଯାଉଛନ୍ତି। ଭୁବନେଶ୍ୱରରେ ସକାଳରେ ରୋମାଞ୍ଚ ନାହିଁ ନୀରର୍ଣ୍ଣବ, ବ୍ୟସ୍ତ ବିବ୍ରତ ନାହିଁ। ଗୋଟାଏ ଶାନ୍ତ, ଶୀତଳତା, କୌଣସି ଆଶ୍ଚର୍ଯ୍ୟ ବି ନାହିଁ। ସକାଳ ଆସିବ ଠିକ୍ ଅନିମନ୍ତ୍ରିତ ଭାବେ। କେହି ତାକୁ ପାଛୋଟି ନେବେନି। କେହି ତା'ର ଅନିର୍ବଚନୀୟ ସୌନ୍ଦର୍ଯ୍ୟ ଦେଖି ଆନନ୍ଦରେ ବିଭୋର ହୋଇ ଉଠିବେନି। ସେ ଯେମିତି ଚୁପ୍‌ଚାପ୍ ଆସିବ ସେମିତି ନୀରବରେ ଖସିଯିବ, ବେଡ୍ ଟି ର ତନ୍ଦ୍ରାୟିତ ଆନନ୍ଦ ଭଳି। ତମେ ରାସ୍ତାରେ ଠିଆ ହେଲ, ରାସ୍ତା କଡ଼ରେ ଷ୍ଟାଣ୍ଡ ମାରି ସାଇକେଲ ରଖିଦେଇ। ଷ୍ଟେଟସମ୍ୟାନ୍, ଟାଇମ୍ସ

ଅଫ୍ ଇଣ୍ଡିଆ, ସମାଜ ହକର ଖବରକାଗଜ ଘରେ ଘରେ ଫିଙ୍ଗିବା ଆରମ୍ଭ କରି ଦେଲେଣି। ସକାଳେ ଭୁବନେଶ୍ୱରରେ ବୁଲୁ ବୁଲୁ ତୁମେ ଭୁବନେଶ୍ୱରର କୋଳାହଳହୀନତା ଭିତରେ ନିଜେ ବି କୋଳାହଳ ବିହୀନ ହୋଇ ଯାଉଥିଲ।

ହଠାତ୍ ତମେ ପ୍ରେରଣା କଥା ଭାବିଲ। ପ୍ରେରଣା କ'ଣ କରୁଥିବ ? ବିଚାରୀ ଆଖିରୁ ଆହୁରି ନିଦ ବୋଝ ଓହ୍ଲେଇ ନଥିବ। ଘରେ କେବଳ ସିଲିଂ ଫ୍ୟାନର ଘର୍ ଘର୍ ଶବ୍ଦ ଶୁଭୁଥିବ। ଚାକର ଟୋକାର ବାସନମଜା ଶବ୍ଦ ଶୁଭୁଥିବ। ୱାଟର ଟ୍ୟାପରୁ ପାଣି ପଡୁଥିବାର ଶବ୍ଦ ଶୁଭୁଥିବ। ପ୍ରେରଣା ବୁଢ଼ୀ ମାଆଙ୍କର ପୂଜାପାଠର ମନ୍ତ୍ର ଶ୍ଳୋକ ଶୁଭୁଥିବ। ପ୍ରେରଣା କହେ ବୁଢ଼ୀମା ସବୁଦିନ ଭୋର ଚାରିଟାରୁ ଉଠି ଯାଆନ୍ତି। ପୂଜା ପାଇଁ ଫୁଲ ତୋଳନ୍ତି। ଘରଦ୍ୱାର ଓଳାପୋଛା କରି ବଡ଼ିଭୋରରୁ ଗାଧୋଇ ବି ପକାନ୍ତି। ତାପରେ ଘଣ୍ଟା ଘଣ୍ଟା ପୂଜାପାଠ। ପ୍ରେରଣା ବାପାଙ୍କର ଚପଲ ଖସ୍ ଖସ୍ ଶବ୍ଦ ମଧ୍ୟ ତମେ ଅନୁଭବ କରୁଛ। ସେ ବଗିଚାରେ ବୁଲୁଥିବେ। ପ୍ରେରଣା ଶୋଇଥିବ, ଅଳସେଇଟା, କୌଣସି ଦିନ ସକାଳୁ ଉଠି ସୂର୍ଯ୍ୟୋଦୟ ଦେଖିବା ତାଦେଇ ହେଲାନି। ସେ ଏବେ ବି ନିଦରେ କଡ଼ ଲେଉଟାଉ ଥିବ। ନିଃଶ୍ୱାସ ପ୍ରଶ୍ୱାସରେ ତା'ର ଛାତି ଉଠୁଥିବ ପଡୁଥିବ।

ନୀରର୍ଣ୍ଣବ ତମେ ଆର୍ଯ୍ୟାବର୍ତ୍ତ କଥା ପଢ଼ିଛ। ଆର୍ଯ୍ୟାବର୍ତ୍ତରେ ପ୍ରତ୍ୟୁଷର ଶୋଭା ମଧ୍ୟ ତମେ ଅନୁଭବ କରୁଛ। ବ୍ରାହ୍ମ ମୁହୂର୍ତ୍ତର ଶାନ୍ତ ଶୀତଳ ସିକ୍ତାର ଭିତରେ ଆର୍ଯ୍ୟାବର୍ତ୍ତର ଅଧିବାସୀ ଗଣ ଜୀବନର ଗୋଟାଏ ଦିନ ଆରମ୍ଭ କରନ୍ତି। ମାଙ୍ଗଳିକର ତାଳେ ତାଳେ ଶଙ୍ଖ, ଖୋଳ, କରତାଳ ଗହ ଗହ ଶବ୍ଦରେ ସୁପ୍ତ ଆର୍ଯ୍ୟବର୍ତ୍ତ ପ୍ରାଣବନ୍ତ ହୋଇଉଠେ। ପ୍ରଶାନ୍ତ ରାତ୍ରି ଆକାଶର ନୀରବଛିନ୍ନ ନୀରବତା ଭେଦକରି ଶବ୍ଦାୟିତ ହୋଇ ଉଠେ କେଉଁ ଅଜଣା କଣ୍ଠରୁ "ହରେ ମୁରାରେ ମଧୁ କୈଠଭାରେ, ଗୋବିନ୍ଦ ଗୋପାଳ କେଶବ ମୁରାରେ।" ପ୍ରାତଃକୃତ ପରିସମାପନ ପରେ ଆର୍ଯ୍ୟାବର୍ତ୍ତ ପରିଷ୍କାର ପରିଚ୍ଛନ୍ନ ହୋଇଯିବ। ତାପରେ ସୂର୍ଯ୍ୟୋଦୟ ପୂର୍ବରୁ ସ୍ନାନ ସରି ଯାଇଥିବ, ଠିକ୍ ସେତେବେଳେ ସିନ୍ଦୁରା ଫାଟିବ। ଆର୍ଯ୍ୟାବର୍ତ୍ତ ଅଧିବାସୀଗଣ ସୂର୍ଯ୍ୟ ନମସ୍କାର କରିବେ। ସୂର୍ଯ୍ୟଙ୍କ ଉଦ୍ଦେଶ୍ୟରେ ଜଳତର୍ପଣ କରିବେ। ସୁନେଲୀ ଅରୁଣାଲୋକ ସଂପାତରେ ଉଦ୍ଭାସିତ ହୋଇ ଉଠୁଛି ଧାବମାନ ଆର୍ଯ୍ୟାବର୍ତ୍ତ ଲଳନାଗଣଙ୍କର ସିକ୍ତ ଶରୀରର କମନୀୟ ଆଭା। ଲଜ୍ଜାନତ ଆରକ୍ତ ମୁଖଶ୍ରୀରେ ଶ୍ୱେତପଦ୍ମର କାକରଭିଜା ମହୋଲ୍ଲାସ ଫୁଟି ଉଠୁଛି। ମୁନିକୁମାରୀଗଣ ଉତ୍ଥିତ ହୋମାଗ୍ନିର ପିଙ୍ଗଳ ବହ୍ନିଶିଖା ଘେରି ବସି ଉଦ୍ଧାତକଣ୍ଠରେ ମନ୍ତ୍ରୋଚାରଣ କରୁଛନ୍ତି। ଆର୍ଯ୍ୟାବର୍ତ୍ତ ପବିତ୍ର ଜୀବନର ଆବେଗରେ ଆବେଗିତ ହୋଇଉଠୁଛି। ତମେ ଆର୍ଯ୍ୟାବର୍ତ୍ତର ସେଇ ଅନାବିଳ ଜୀବନ ଧାରା

ସେଇ ପ୍ରାଣୋଚ୍ଛଳ ପବିତ୍ର ମୂର୍ଚ୍ଛନା ଖୋଜୁଛ ନୀରର୍ଣ୍ଣବ ଭୁବନେଶ୍ୱର ତନ୍ଦ୍ରାଚ୍ଛନ୍ନ ସକାଳରେ। ହେଲେ ଆର୍ଯ୍ୟାବର୍ତ୍ତର ସେ ହାସ୍ୟମୁଖର ପୂତ ପବିତ୍ର ପ୍ରାଣଧାରା କ'ଣ ତମେ ଭୁବନେଶ୍ୱର ଭଳି ସରକାରୀ କର୍ମଚାରୀ ବହୁଳ ଏ ସହରରେ ପାଇବ। ଏଠି ସକାଳ ସଚିବାଳୟ କର୍ମଚାରୀଙ୍କ ଭଳି ଅଳସ ଓ ଗତାନୁଗତିକ। ସେଥିରେ ତମକୁ ରୋମାଞ୍ଚ କୋଉଠୁ ମିଳିବ? ସକାଳର ପବିତ୍ର ବେଦଧ୍ୱନିରେ କେମିତି ଭୁବନେଶ୍ୱର ଗୁଞ୍ଜରିତ ହେବ?

ପ୍ରେରଣାର ଆଖିପତା ଉପରେ କ୍ଳାନ୍ତିର ଶେଷ ଦାଗ ଆହୁରି ଗଭୀରଭାବେ ଫୁଟି ଉଠୁଥିବ। ଭୁବନେଶ୍ୱର ମଧ୍ୟ ଠିକ୍ ସେମିତି କ୍ଷୀଣ ତନୁଲତିକାଟିକୁ ଲୋଟେଇ ଦେଇ ଢୁଳେଇ ପଡ଼ିଛି ଯୁଗ ଯୁଗର କ୍ଳାନ୍ତି ନେଇ। ଆଉ ତା ସାଥିରେ ସକାଳର ପ୍ରାଣ ପ୍ରାଚୁର୍ଯ୍ୟ ହଜିଯାଇଛି। ଜୀବନ ସଂଗୀତ ରୁଦ୍ଧି ହୋଇ ଯାଇଛି। ଆବେଗ ନାହିଁ। ସ୍ୱଭାବ ସ୍ଫୂର୍ତ୍ତି କୋଳାହଳ ନାହିଁ, ଉଚ୍ଛଳ ଆବେଗ, ଉତ୍ସାହ ନାହିଁ। ବ୍ୟସ୍ତ ବିକଳ ମଣିଷ ତନ୍ଦ୍ରା କୋଳରେ ଆଶ୍ରୟ ନେଇଛି। ଜୀବନର ସମ୍ମୁଖୀନ ହେବାକୁ ତା'ର ଶକ୍ତି ନାହିଁ, ଜୀବନରୁ ସ୍ୱାଦ ଆହରଣ କରି ସକାଳକୁ ଉତ୍ସବମୁଖର କରିବାର ସ୍ପୃହା ନାହିଁ। ଜୀବନ ଚିନ୍ତାର ଭୟରେ ଅସାଡ଼ ପଡ଼ିଯାଇଛି। ତା' ଭିତରେ ବଞ୍ଚିବାର ରୋମାଞ୍ଚ ନାହିଁ। ସେ ଭୁବନେଶ୍ୱରରେ ଗତାନୁଗତିକ ଜୀବନ ଭିତରେ ଅବରୁଦ୍ଧ ହୋଇଯାଇଛି। ଦଶଟା ବେଳେ ତରବର ହୋଇ ଦପ୍ତରକୁ ଯିବ। ଦପ୍ତରରେ ଦଶଟାରୁ ପାଞ୍ଚଟା, କେବେକେବେ ସାତଟା ଆଠଟା ପର୍ଯ୍ୟନ୍ତ ବି ରହିବ କାମ କରି କରି। ତା'ପରେ ହାଟ, ପନିପରିବା, ଗ୍ରସରୀ ..... ତା'ପରେ ସର୍କାରୀ କ୍ୱାର୍ଟର ରାତ୍ରି ଭୋଜନ ଓ ତା' ପରେ..... ଏଇମିତି ନିତିପ୍ରତି। ତେଣୁ ସେ ସକାଳୁ ଉତ୍ସାହ, ଉଦ୍ଦୀପନାରେ ଭରି ଯାଉନି। ସକାଳ ସାଥିରେ ଅନେକ ଦୁଃଖ ଚୁପ୍‌ଚାପ୍ ଯନ୍ତ୍ରଣାର ବୋଝ ବୋହି ଜୀବନ ଇଲାକା ଭିତରକୁ ପଶି ଆସୁଛନ୍ତି। ସୂର୍ଯ୍ୟ ତା' ପାଇଁ ଜ୍ୱଳନର ସନ୍ଦେଶ ନେଇ ଆସୁଛନ୍ତି। ସକାଳର ସ୍ନିଗ୍ଧ ଶୀତଳ ରକ୍ତିମ କିରଣ ନୁହେଁ ଅତଏବ ଯନ୍ତ୍ରଣା ଠାରୁ, ଦୁଃଖଠାରୁ ଗତାନୁଗତିକତା ଠାରୁ ମୁହଁମାଡ଼ି ସେ ସକାଳେ ଶୋଇଯାଇଛି। ଏସ୍‌କେପିଷ୍ଟ, ଭୁବନେଶ୍ୱର ଏକ ଶୋଇପଡ଼ିଥିବା ସହର। ଆଉ ଭୁବନେଶ୍ୱରରେ ଜୀବନଯାପନ କରୁଥିବା ଲୋକ ସବୁ... ଏସ୍‌କେପିଷ୍ଟ। ତମେ ହସିଲ ନୀରର୍ଣ୍ଣବ।

ତମେ ଅନେକ ବେଳୁ ଜାତୀୟ ଉଦ୍ୟାନ ରାସ୍ତାରେ ପହଞ୍ଚି ଯାଇଛ ନୀରର୍ଣ୍ଣବ। ଭିତରେ ଫୁଲଗଛରେ ଅନେକ ଫୁଲ ଲଦି ହୋଇଗଲାଣି। ଘାସ ଉପରେ ପଡ଼ିଥିବା କାକର ସୂର୍ଯ୍ୟ କିରଣରେ ଚିକ୍‌ଚିକ୍ କରୁଛି। ବଡ଼ ଡାଲିଆ ଫୁଲ ସବୁ ପବନରେ ଦୋହଲୁଛି ଆଲୁଳାୟିତ ଛନ୍ଦରେ। ତମେ ନଇଁ ପଡ଼ି ଡାଲିଆ ଫୁଲ ଭିତରକୁ ଚାହିଁଲ।

ହଳଦିଆ ପାଖୁଡ଼ା ଭିତରେ ତମେ ପ୍ରେରଣାର ହଳଦୀ ଗରଗର ମୁହଁ ଦେଖିଲ। ପକ୍ଷୀଙ୍କ ସଂଗୀତ ଭିତରେ ପ୍ରେରଣାର ସଂଗୀତ ଶୁଣିଲ। ମଖମଲ ସବୁଜ ଘାସରେ ପ୍ରେରଣାର ନରମ ଦେହ ଅନୁଭବ କଲ। ଧଳା ଧଳା ତରାଟ ଫୁଲ ଭିତରେ ପ୍ରେରଣାର ଧାଡ଼ି ଧାଡ଼ି ଧୋବ ଫର ଫର୍ ଦାନ୍ତ ଦେଖିଲ। ଗୋଲାପ ଫୁଲରେ ପ୍ରେରଣାର ଓଠର ରଙ୍ଗ ଦେଖିଲ। ତମେ ଗୋଲାପ ଗଛ ପାଖରେ ପହଞ୍ଚିଲ। ମୁଣ୍ଡ ନୁଆଁଇ ଗୋଲାପ ପାଖୁଡ଼ାରେ ଓଠ ଲଗାଇ ଗଭୀର ଚୁମା ଖାଇଲ। ତମ ଆଗରେ ପ୍ରେରଣାର ଓଠ। ଲଜ୍ଜାରେ ଝାଉଁଳି ପଡୁଥିବା ରକ୍ତିମ ଚିକୁର, ପଲାଶର ଫିକା ସାଦା ଲଜ୍ଜା ଭିତରେ ପ୍ରେରଣା ମୁହଁ ବୁଲେଇ ଦେଲା। ତମେ ପ୍ରେରଣାକୁ ଅନୁଭବ କରୁଛ ନୀରର୍ଣ୍ଣବ। ଦେହ, ମନ ଓ ହୃଦୟରେ। କୋଣ ଅନୁକୋଣରେ। ଗଭୀର ନିବିଡ଼ ପ୍ରେମ। ତମେ ସୂର୍ଯ୍ୟ ଆଡ଼କୁ ମୁହଁ କରି ନରମ ଘାସରେ ଶୋଇଗଲ। ତମ ଉପରେ ଫାଙ୍କାଫାଙ୍କା ଆକାଶରେ ମେଘମାନେ ଭାସି ଯାଉଥିଲେ। ଭୁବନେଶ୍ୱର ତଥାପି ଶୋଇ ରହିଥିଲା। ବୋଧହୁଏ ପ୍ରେରଣା ବି।

ତମେ ଗୋଟାଏ ବିସ୍ଫୋରଣକୁ ଅପେକ୍ଷା କରୁଛ ନୀରର୍ଣ୍ଣବ। ନାଗାସାକି, ହିରୋସୀମା ଭଳି ସକାଳର ଏହି ପ୍ରଶାନ୍ତ ମୁହୂର୍ତ୍ତରେ ଏହି ଭୁବନେଶ୍ୱର ଛାତିରେ ଗୋଟାଏ ବୋମା ଫୁଟନ୍ତା କି। କିମ୍ବା ହଠାତ୍ ଗୋଟାଏ ଆଗ୍ନେୟଗିରି ବିସ୍ଫୋରଣ ହୋଇ ସେଥିରୁ ତତଲା ଲାଭା ନିର୍ଗତ ହୁଅନ୍ତା। ପ୍ରଚଣ୍ଡ ବିସ୍ଫୋରଣରେ ଦୁଲୁକି ଯାଆନ୍ତା ସେକ୍ରେଟାରିଏଟ୍, ଏଜି ଅଫିସ୍, ରାଜ ରାସ୍ତା, ସର୍କାରୀ କ୍ୱାର୍ଟର ସବୁ ଭାଙ୍ଗିଭୁଙ୍ଗି ଛିନଛତ୍ର ହୋଇଯାଆନ୍ତା। ଭାଙ୍ଗି ଯାଆନ୍ତା ଭୁବନେଶ୍ୱରର ଅବିଚ୍ଛିନ୍ନ ନୀରବତା। ଯୁଗ ଯୁଗର ତନ୍ଦ୍ରା । ଭାଙ୍ଗି ଯାଆନ୍ତା ପ୍ରେରଣାର ନିଦ। କୋଳାହଳ ବିହୀନ ରାସ୍ତାରେ ଆରମ୍ଭ ହୁଅନ୍ତା ବ୍ୟସ୍ତ ବିକଳ ଧାଁ ଧଉଡ଼, ଆର୍ତ୍ତ ଚିତ୍କାର, ପ୍ରାଣ ପାଇଁ, ଜୀବନ ପାଇଁ ଭୁବନେଶ୍ୱର ସଜାଗ ହୋଇ ଯାଆନ୍ତା। ଭୟାର୍ତ୍ତ ସଜୀବତାରେ କୁରୁଳି ଉଠନ୍ତା ଆମ୍ବୁଲାନ୍ସର ଶବ୍ଦରେ। ଅଗ୍ନିଶମ ଗାଡ଼ିର ଅବିରତ ସାଇରନ୍‌ରେ। ହସପିଟାଲରେ ବ୍ୟସ୍ତ ଧାଁ ଧଉଡ଼ରେ। ଲୋକଙ୍କର ଯନ୍ତ୍ରଣା ସିକ୍ତ ଚିତ୍କାରରେ। ନୀରର୍ଣ୍ଣବ ତମେ ଆଖି ବନ୍ଦ କଲ ବିସ୍ଫୋରଣର ଶବ୍ଦ ଶୁଣିବା ଆଶାରେ। ସବୁଆଡ଼େ ସ୍ଥିର ନିଶ୍ଚଳ। ଏକ-ଦୁଇ-ତିନି- ଚାରି ଆଖି ବନ୍ଦ କଲ। କାନରେ ହାତ ଦେଇ ବିସ୍ଫୋରଣର ଶବ୍ଦ ଶୁଣିବାକୁ କାନ ଡ଼େରିଲ। ହେଲେ ସେମିତିକିଛି ବିସ୍ଫୋରଣ ଘଟିଲା ନାହିଁ। ଭୁବନେଶ୍ୱର ସେମିତି ପଡ଼ି ରହିଥିଲା ଶାନ୍ତ, ଶୀତଳ, କୋଳାହଳହୀନ। ଗଂଜେଇ ନିଶା ଛାଡ଼ି ଆସୁଥିବା ହିପ୍‌ପି ଭଳି ଆସ୍ତେ ଆସ୍ତେ ଭୁବନେଶ୍ୱର ସଜୀବ ହୋଇ ଉଠୁଥିଲା। ନୀଥର ନିସ୍ତବ୍ଧତା ଭଙ୍ଗ କରି। ପ୍ରେରଣା ବି ଏବେ ଉଠିଯିବଣି, ତରବର ହେବଣି। କାମଦାମ ସାରି କଲେଜ ଯିବାକୁ ହଡ଼ବଡ଼ ହେଉଥିବ। ସୂର୍ଯ୍ୟ

ବିଜେବି କଲେଜ ଉପରୁ ଉଠିଆସି ରାଜମହଲ ହୋଟେଲ ଉପରେ ପହଞ୍ଚିଗଲେଣି। ତମେ ବର୍ତ୍ତମାନ ପ୍ରେରଣା ଘରେ ପହଞ୍ଚିସାରି ଫାଟକ ଖୋଲୁଛ। ବାଟଯାକ ତୁମେ ଭାବୁଥିଲ ପ୍ରେରଣାକୁ ଗୋଟେ କିଛି ଅଭାବନୀୟ ଘଟଣାରେ ଚମକେଇ ଦେବ ବୋଲି। ଚାରିଆଡ଼େ ଚାହିଁଲ, ସେମିତି କିଛି ଚମକେଇଲା ଭଳି ଘଟଣା ତମ ଆଖିରେ ପଡ଼ିଲା ନାହିଁ। ସେମିତି କିଛି ଘଟଣା ତମେ ପାଇଲ ନାହିଁ। ଘଟଣାହୀନତା ହିଁ ଭୁବନେଶ୍ୱରର ସବୁଠାରୁ ବଡ଼ ଘଟଣା। ତମେ ରାସ୍ତାଯାକ କିଛି ଗୋଟାଏ ଘଟଣାର ଆଶଙ୍କା କଲ। ତମେ ଭାବିଲ ହଠାତ୍ ଗୋଟାଏ ଟ୍ରକ ତଳେ ଚାପି ହେଇ କୌଣସି ହତଭାଗ୍ୟ ଲୋକଟେ ସାଇକେଲରେ ଯାଉଁ ଯାଉଁ ମରିଯାଆନ୍ତା କି ? କେହି ଜଣେ ହଠାତ୍ ମାଡ଼ ପିଟାପିଟି ହୋଇ ରକ୍ତାକ୍ତ ହୋଇ ଯାଆନ୍ତା କି ? ନା ସେମିତି କିଛି ଆଦୌ ଘଟିଲାନି। ତୁମେ କାଁ ଭାଁ କିଛି ଲୋକ ଯାଉଥିବା ରାସ୍ତାରେ ଘଟଣାକୁ ଘଟିବ ଘଟିବ ଭାବି ଘଟଣାବିହୀନ ଭାବେ ଆଗକୁ ବଢ଼ିଲ। ଆଉ ତମେ ଏମିତି ଘଟଣାବିହୀନ ଭାବେ ପ୍ରେରଣାର ଘରର ଫାଟକ ଖୋଲିଲ, ଗେଟ୍ ପାଖରେ ସାଇକେଲ ଡ଼େରିଦେଇ।

ତମେ ଏବେ ବାରଣ୍ଡାରେ ଚଢ଼ୁଛ। ତମର ମନେହେଲା ପ୍ରେରଣା ରୋଷେଇ ଘରେ ଥିବ। ବର୍ତ୍ତମାନ ଚା' କରୁଥିବ କିମ୍ବା ଅଣ୍ଡା ଆମଲେଟ୍ କରୁଥିବ। ନହେଲେ ଗ୍ୟାସ ଚୁଲିରେ କଡ଼େଇ ବସେଇ ସୁଜି ଭାଜୁଥିବ। ତମେ ଚୁପ୍‌ଚାପ୍ ବସିଗଲ। ବର୍ତ୍ତମାନ ତମେ ଚିନ୍ତା କରୁଛ କେମିତି ତମ ଆସିବା ଜଣେଇବ। ପ୍ରେରଣାର ବାପା ପଢ଼ା ଟେବୁଲରେ ବସିଯାଇଛନ୍ତି ସକାଳୁ ଉଠି। ଚଷମା ତଳୁ ଦୃଷ୍ଟି କୌଣସି ଏକ ବହି ଉପରେ ଅଟକି ଯାଇଛି। ତମେ ସିଧାସଳଖ ପଢ଼ାରୁମ୍‌କୁ ଗଲ ଏବଂ ପ୍ରେରଣାର ବାପାଙ୍କୁ ନମସ୍କାର କଲ।

ପ୍ରେରଣାର ବାପା ମୁହଁଟେକି ତମକୁ ଚାହିଁଲେ। ତମେ ତାଙ୍କ ମୁହଁରେ ଗୋଟାଏ ଅଦ୍ଭୁତ ପ୍ରଶାନ୍ତିଭାବ ଲକ୍ଷ୍ୟ କଲ। ନିଜର ନିଷ୍ଠା ବଳରେ ପ୍ରେରଣାର ବାପା ଆଜି ଅନେକ ବଡ଼ ହୋଇପାରିଛନ୍ତି। ତଥାପି ସେଇ ଶାନ୍ତ, ସରଳ, ନିରାଡ଼ମ୍ବର ମୁହଁଟିଏ ଗର୍ବ, ଦମ୍ଭହୀନ, ଦରଦୀ ଆଖି ଯୋଡ଼ିଏ ତମକୁ ସ୍ୱାଗତ କରିବା ଭଙ୍ଗୀରେ ଚଷମା ତଳୁ ଦପ୍ କରି ଜଳି ଉଠିଲା। ମୁହଁରେ ଫିକକିନା ଗୋଟେ ହସ ଖେଳିଗଲା। ବହି ଉପରେ ନିମଜ୍ଜିତ ମୁହଁ ଉଠାଇ ପଚାରିଲେ "ଆରେ ନୀରର୍ଣ୍ଣବ କ'ଣ କରୁଛ ? ପରୀକ୍ଷାରେ ଫାଷ୍ଟକ୍ଲାସ ପାଇଲ ପରା, ଶୁଣିଲି ଖୁବ୍ ଭଲ ନମ୍ବର ରଖିଛ। କେତେ ପରସେଣ୍ଟ ରଖିଛ ? କ'ଣ ଭାବିଛ କରିବ ବୋଲି ଆଗକୁ ? କମ୍ପିଟେଟିଭ ପରୀକ୍ଷା ଦେବ ? ସିଭିଲ ସର୍ଭିସ ପରୀକ୍ଷା ଦିଅ ? ତମ ଭଳିଆ ପିଲା ସିଭିଲ ସର୍ଭିସ ନିଶ୍ଚିତ

ପାଇବ। ଖାଲି ଭଲକରି ପ୍ରସ୍ତୁତି କରିବା ଦରକାର। ଭଲ କରି ପଢାପଢି କର। ଦରକାର ହେଲେ ଦିଲ୍ଲୀ ଯାଇ କୋଚିଂ ନିଅ। ଆରେ ବସ ବସ। ଠିଆ କାହିଁକି ହେଇଛ ? ମୋର ଗୋଟିଏ ବହି ଲେଖା ସରିଗଲାଣି। ତମର ଯଦି ସମୟ ଅଛି ମୋର ଗୋଟିଏ ବହି ଫେୟାର କରିଦିଅ। ଫେୟାର ହେଲେ ଛାପିବାକୁ ପ୍ରକାଶକଙ୍କୁ ଦେବାକୁ ହେବ। ତମକୁ କୌଣସି ଗୋଟାଏ ପ୍ରଶ୍ନର ଉତ୍ତର ଦେବାକୁ ନଦେଇ ସେ ଅନର୍ଗଳ ଭାବେ କହିଗଲେ "ଆରେ ମା ପ୍ରେରଣା ନୀରର୍ଣ୍ଣବ ଆସିଛନ୍ତି। ଯାଆ ଯାଆ ଘର ଭିତରକୁ ଯାଆ। ଗଲା ବେଳକୁ ମୋଠାରୁ ବହିର ପାଣ୍ଡୁଲିପି ନେଇଯିବ। ଅଗତ୍ୟା ତୁମେ କୃତଜ୍ଞତା ଜଣେଇଲା ଭଳି ଘର ଭିତରକୁ ଆସିବ। ଘର ଭିତରକୁ ପଶିଲା ବେଳେ ପ୍ରେରଣା ମାଙ୍କ ସଂଗେ ଦେଖାହେବ। ହାତରେ ଚାହା ଧରି ସେ ପଢା ରୁମ୍‌କୁ ଯିବା ବାଟରେ ଡ୍ରଇଂ ରୁମ୍‌ରେ ଅଟକିଯିବେ ନୀରର୍ଣ୍ଣବକୁ ଦେଖି। ତମେ ନମସ୍କାର କରିବ। ପ୍ରେରଣା ମା ସବୁଥର ପରି ପଚାରିବେ, ଆଇ-ଏ-ଏସ୍ ଫର୍ମ ଫିଲ୍‌ଅପ୍ କଲଣି। ତମ ଭଳି ଭଲ ପଢୁଥିବା ପିଲା ଆଇ-ଏ-ଏସ୍ ନହେଲେ ଆଉ କିଏ ହେବ। ତମର କ୍ୟାରିଅର ଭଲ ଅଛି। ତମେ ଇଣ୍ଟେଲିଜେଣ୍ଟ, ଚେଷ୍ଟାକର। ନିଶ୍ଚୟ ଏକାଥରକେ ପାଇଯିବ। ପଢାପଢି କେମିତି ଚାଲିଛି। ଷ୍ଟେଟବ୍ୟାଙ୍କ ପିଓ ପରୀକ୍ଷାରେ କ'ଣ କରିଛ ? ଷ୍ଟେଟବ୍ୟାଙ୍କ ଚାକିରିଟା ଭଲ ଯେ, ତମ ଭଳି ପିଲା ଆଇ-ଏ-ଏସ୍ ହବା ଦରକାର। ତମେ ପରୀକ୍ଷା ଦିଅ, ନିଶ୍ଚୟ ପାଇବ। ଆଇ-ଏ-ଏସ୍ ନହେଲେ ଜୀବନରେ ଆଉ କ'ଣ ରହିବ ?

ପ୍ରେରଣା ଗ୍ୟାସ୍ ଚୁଲି ଉପରୁ ମୁହଁ ଟେକି ତମକୁ ଚାହିଁବ। ଫିକ୍ କିନା ହସି ଦେବ । ପୁଣି ତମେ ପ୍ରେରଣା ମା'ଙ୍କ ପ୍ରଶ୍ନର ଶିକାର ହେବ। "ବାପା, ବୋଉଙ୍କୁ ଏଠିକି ନେଇଆସ। ଗାଁ କୁ ଯାଇଥିଲା ପରା, ବାପାବୋଉ କେମିତି ଅଛନ୍ତି। ଆଡ୍‌ହକ୍ ଲେକ୍‌ଚର ପାଇଁ ଇଣ୍ଟରଭ୍ୟୁ ଦେଇଛ। ମଝିରେ କିଛି ଗୋଟାଏ କରିବା ଦରକାର।

ସଂକ୍ଷିପ୍ତ 'ହଁ'ଟିଏ କରି କିମ୍ବା 'ହଁ ଚେଷ୍ଟା କରୁଛି' କହି ତମେ ଉତ୍ତର ଶେଷ କରିବ। ପ୍ରେରଣା ମା ଚା ଧରି ପଢା ଘରକୁ ଚାଲିଯିବେ।

ତମେ ପ୍ରେରଣାକୁ ଏକୁଟିଆ ପାଇବ। ତମର ମନେ ହେବ ତମେ କିଛି ଗୋଟାଏ ବିସ୍ଫୋରଣ ଘଟାନ୍ତ। ତମେ ବିସ୍ଫୋରଣ ଆଶାରେ ସବୁକିଛି ଭୁଲିଯିବ ଏବଂ ରୋଷେଇ ଘରେ ପ୍ରେରଣାକୁ ଟାଣି ଆଣି ଚୁମା ଖାଇବ। ପ୍ରେରଣା ହଠାତ୍ ଚମକି ପଡ଼ିବ। ବଡ଼ ବଡ଼ ଆଖି କରି ଦି ପାଦ ପଛକୁ ଘୁଞ୍ଚିଯାଇ "ଇ'ମା, ତମେ ଇଏ କ'ଣ କରୁଛ, ତମେ ଭାରି ଇଏ... ତମେ କ'ଣ ଜାଣିନ କି ମା ଏବେ ରୋଷେଇ ଘରକୁ ଆସିପାରେ। ତମର କ'ଣ ସ୍ଥାନ, କାଳ, ପାତ୍ର କିଛି ନାହିଁ। ଅପରାଧୀଟିଏ

ଭଳି ତୁମେ ମୁଣ୍ଡ ତଳକୁ କରି ଠିଆ ହୋଇଥିବ। ପ୍ରେରଣାର ମା "କ'ଣ ହେଲା, କ'ଣ ହେଲା ପାଟି କରି ଧାଇଁ ଆସିବେ।"

ପ୍ରେରଣା ମିଛରେ ହାତ ଛିଞ୍ଚାଡୁ ଛିଞ୍ଚାଡୁ କହିବ "କଡ଼େଇରେ ହାତ ଟେଙ୍ଗି ହେଇଗଲା। ହାତ ଫୋଟକା ହେଇଯିବ କି କଣ। ନା ସେମିତି କିଛି ବେଶୀ ହେଇନାହିଁ। ମା ତୁ ମୋତେ ବ୍ୟସ୍ତ ହୁଅନା। ମୁଁ ବର୍ନଲ ଲଗେଇ ଦେବି।"

ତମେ ଅନେକ ଆଶଙ୍କାରୁ ମୁକ୍ତି ପାଇବ। ଫେଁ କିନା ହସିବ। ପ୍ରେରଣା ବି ପ୍ରେରଣା ମା ବି। କହିବେ ଦେଖିକରି ରାନ୍ଧେ। ଏମିତି ହାତ ପୋଡ଼ିଲେ ହେବ। ଏତେ ବଡ଼ ହେଲୁଣି ରନ୍ଧାରନ୍ଧି ମନ ଲଗେଇ କର।" ପ୍ରେରଣା ମା ଚାଲିଯିବେ। ପ୍ରେରଣା ଆଡ଼କୁ ଅବିଶ୍ୱାସ ଆଖିରେ ଚାହିଁ ତମେ ପଚାରିବ "ତୁ କାହିଁକି ମିଛ କହିଲୁ ପ୍ରେରଣା"।

ପ୍ରେରଣା ଅଭିମାନ ଆଉ ଲାଜରେ ଲାଲ ପଡ଼ିଯିବ ଆଉ କହିବ "ଆଉ କ'ଣ ତମେ ଯାହା କଲ, ମା' କୁ ସତ କହିଥାଆନ୍ତି। ମା' ଦେଖିଥିଲେ କ'ଣ ହୋଇଥାନ୍ତା କହିଲ? ତମର କ'ଣ ଟିକିଏ ବୁଦ୍ଧିବୃତ୍ତି ନାହିଁ। ଶୁଖୁଆ ତରକାରି ଖାଇବ। ମୁଁ କରିଛି ଚାଖ। ଲୁଣ ଠିକ ଅଛି ନା ନାହିଁ କହିବ? ଆଉ ଦିନେ ସେମିତି କଲେ ଲୁହାଖଡ଼ିକା ଲଗେଇ ଦେବି"।

ପ୍ରେରଣା ପ୍ଲେଟରେ ନିଜେ କରିଥିବା ଶୁଖୁଆ ତରକାରି ଦେବ। ତମେ ଚାଖିବ। ତମର କହିବାକୁ ଇଛା ହେବ "ପ୍ରେରଣା ତୁ ଖୁବ ଭଲ ରାନ୍ଧୁଛୁ ତ। ତୋ ହାତ ରନ୍ଧାରେ କେତେ ସ୍ୱାଦ। ତୋ ଭଳି ଝିଅ ଏତେ ଭଲ ରାନ୍ଧିବ ମୁଁ ବିଶ୍ୱାସ କରିପାରୁନି।" ତଥାପି ତମେ କହିବ "ଲୁଣିଆ ହେଇଯାଇଛି, ମସଲା ଟିକିଏ କମ୍ ପଡ଼ିଥାନ୍ତା। ତୋ ଭଳି ହସକୁରି ଫରଫରି ଝିଅ ହାତରେ ଖଡ଼ା ସିଝିବନି।"

ଏଥର ସତକୁ ସତ ପ୍ରେରଣା ଲୁହା ଖଡ଼ିକା ଉଞ୍ଚେଇବ। ମାରିବାକୁ ତମ ଆଡ଼କୁ ଉହୁଁକି ଉଠିବ। ତମେ ଦି ପାଦ ପଛକୁ ଝୁଙ୍କି ପଡ଼ିବ ନିଜକୁ ବଞ୍ଚେଇବା ମୁଦ୍ରାରେ। ପର ମୁହୂର୍ତ୍ତରେ ଜିଭ କାଢି ଖତେଇ ହେଇ କହିବ " ହଇହୋ ବାବୁ, କୋଉଦିନ ରନ୍ଧା ଶିଖିଲ, ଲୁଣିଆ ହେଇଛି? ପ୍ରେରଣା ଛିଗୁଲେଇବ ଆଖି ନଚେଇ ନଚେଇ। ତମେ ମଜା ଦେଖୁଥିବ ନୀରର୍ଣ୍ଣବ। ଗୋଟାଏ ଗଭୀର ଆତ୍ମତୃପ୍ତିରେ ତମର ସାରା ଶରୀର ପୁଲକିତ ହୋଇ ଉଠୁଥିବ। ତମେ ବଞ୍ଚିବାର ସ୍ୱାଦ ଅନୁଭବ କରିପାରୁଥିବ। ତମ ଛାତି ଭିତରେ ରୁଦ୍ଧ ଗବାକ୍ଷ ସବୁ ଖୋଲି ଯାଉଥିବ ଆଉ ତା' ଭିତରେ ଝଂକୃତ ହେଉଥିବ ଗଭୀର ପ୍ରେମର ସିଂଫୋନି। ଆଉ ସେ ଅନୁଭବ କରୁଥିବ ଜୀବନର ସଂଗୀତ ଆଉ ସେ ସଂଗୀତର ପ୍ରତିଧ୍ୱନି ତମ ହୃଦୟ ଭିତରେ ପ୍ରତିଧ୍ୱନିତ

ହୋଇ ତମ ସାରା ଶରୀରରେ ଅନିର୍ବଚନୀୟ ଆନନ୍ଦର ଲହଡ଼ି ଖେଳାଇ ଦେଉଥିବ। ତମେ ପ୍ରେରଣାକୁ ଅନୁଭବ କରୁଥିବ ଗଭୀର ଅନୁରକ୍ତିରେ। ତମେ ଆଉ ତମେ ନଥିବ ଯେମିତି ପ୍ରେରଣା ଭିତରେ ଅନ୍ତର୍ଦ୍ଧାନ କୁଆଡ଼େ ହୋଇଯାଇ ଥିବ।

ତମେ ତା'ପରେ ପ୍ରେରଣା ସାଥିରେ ପଢ଼ାଘରକୁ ଆସିବ। ପ୍ରେରଣା ଇଂରାଜୀ ବହି ଖୋଲିବ, କହିବ "ଇଂରାଜୀ ଭାରି କଷ୍ଟ ଲାଗୁଛି। ତମର ଇଂରାଜୀ ଭଲ, ଟିକେ ମତେ ଗାଇଡ୍ କରିଦିଅନ୍ତନି। ତମେ ହସିବ। ପୁଣି ତମେ ଭିତରେ ପ୍ରେରଣାକୁ ଚିଡ଼େଇବାକୁ ଇଚ୍ଛା ହେବ। ପ୍ରେରଣା ଚିଡ଼ିଗଲେ ଖୁବ୍ ସୁନ୍ଦର ଲାଗେ। ଖୁବ୍ ପ୍ରେମମୟ ହୋଇଯାଏ। କହିବ "ପଢ଼ା ଛାଡ଼ି ଦେ"। ନ ହେଲେ ସକାଳୁ ଉଠି ପୂଜାକର ଇଂରାଜୀ ଉଠିଯାଉ ବୋଲି। ପ୍ରେରଣା ରାଗିବ। "ହଁ ତମେ ଭଲପିଲା, ଭଲ ପାଠ ପଢୁଛ ବୋଲି ତମର ଗର୍ବ ବେଶୀ।" ଯାଃ, ନ ପଢ଼ା ନାହିଁ। ଦେଖିବ ମୁଁ ନିଜେ ନିଜେ ଇଂରାଜୀ ଶିଖି, ଭଲ ନମ୍ବର ରଖିବି। ତମଠୁ ବି ଭଲ। ତମେ ଘଣ୍ଟା ଦେଖିବ, "ନଅଟା ବାଜିଲାଣି। କଲେଜ ବାହାରିବୁନି ?"

ପ୍ରେରଣା ଜିଭ କାମୁଡ଼ି ପାଟି କରିବ "ଏ ମା- ତମ ଯୋଗୁ ଏତେ ଡ଼େରି ହୋଇଗଲାଣି। ବସ୍ ମିଳିବନି। ତମର କଅଣ ଆଉ କିଛି କାମ ନାହିଁ। ସକାଳୁ ସକାଳୁ ଆସି ଯାଉଛ ମତେ ଚିଡ଼େଇବାକୁ, ରଗେଇବାକୁ। ହଁ ତମେ ଏଇଠି ବସିଥା, ମୁଁ ଆସେ। ପ୍ରେରଣା ଚାଲିଯିବ ବନ୍ୟ କୁରଙ୍ଗୀର ଚପଳ ଚଂଚଳ ସର୍ପିଳ ଗତିରେ। ଡ଼େଇଁ ଡେଇଁ ଗୋଟାଏ ଘରୁ ଆଉ ଗୋଟିଏ ଘରକୁ।

ତମେ ଚାହିଁ ରହିଥିବ ତା'ର ଅପସୃୟମାନ ଛବିକୁ। ତମେ ପ୍ରେରଣା ପଢା ଘରେ ଏକୁଟିଆ ବହି ପୃଷ୍ଠା ଖେଳାଉଛ। ଆଲବମ୍‌ରେ ପ୍ରେରଣାର ଫଟୋ ଦେଖୁଛ। ବିଭିନ୍ନ କମନୀୟ ଭଙ୍ଗୀରେ ଫଟୋ ଉଠାଇଛି ପ୍ରେରଣା। ଦେଖୁ ଦେଖୁ ପ୍ରେରଣା ନାଲି ଶାଢି ପିନ୍ଧି ପହଞ୍ଚିବ। ତମକୁ ମେକ୍‌ଅପ୍ ଭଲ ଲାଗେନି ବୋଲି ଲାଇଟ୍ ମେକଅପ୍ ନେଇଥିବ। ମୁଣ୍ଡରେ ନାଲି ବିନ୍ଦି ପିନ୍ଧିଥିବ। ତମ ଆଗରେ ଠିଆ ହେଇ କହିବ " ହାଓ ଡୁ ଆଇ ଲୁକ୍" ? କେମିତି ଦିଶୁଛି ମୁଁ?

ତମେ ଚାହିଁ ରହିଥିବ ନୀରର୍ଣ୍ଣବ ତନ୍ମୟ ଭାବେ। ନିର୍ନିମେଷ ନୟନରେ ପ୍ରେରଣାକୁ। ତମ ଛାତି ଭିତରେ କିଛି ଗୋଟାଏ ଛଟପଟ ହୋଇ ଉଠିବ, ଉପରୁ ତଳକୁ, ବାଁରୁ ଡାହାଣକୁ। ଶବ୍ଦ ସବୁ କୁଆଡ଼େ ଉଭାନ୍ ହୋଇଯିବେ, ତମେ ଖାଲି ପ୍ରେରଣା ଆଖିକୁ ଅପଲକ ଚାହିଁ ରହିବ। ତମ ହୃଦୟ ଭିତରେ ଢେଉ ସବୁ ଲହଡ଼ି ଭାଙ୍ଗୁଥିବେ ତନ୍ମୟ ମୁଦ୍ରାରେ।

ତମେ ଦୁହେଁ ଘରୁ ବାହାରି ରାସ୍ତାକୁ ଚାଲି ଆସିବ। ପ୍ରେରଣା ଆଉ ତୁମେ

ଚାଲି ଚାଲି ବସଷ୍ଟାଣ୍ଡ ଆସିବ। ପ୍ରେରଣାର ସାଙ୍ଗମାନେ ତାକୁ ଚାହିଁ ରହିଥିବେ। ପ୍ରେରଣା ପାଟିରେ ଆଙ୍ଗୁଠି ଦେଇ ସେମାନଙ୍କୁ ଚୁପ୍ ରହିବାକୁ ନିର୍ଦ୍ଦେଶ ଦେବ। ପ୍ରେରଣା କଲେଜ ବସ୍‌ରେ ଚଢିବ। ତମେ ବସ୍ ଛାଡ଼ିବା ପରେ ଏକ ଶୂନ୍ୟତା ଅନୁଭବ କରିବ। ପ୍ରେରଣାର ଛବି ତମ ମୁହଁ ଆଗରେ ଖେଳି ଯାଉଥିବ। ତମେ ସାଇକେଲ ବୁଲାଇ ଏ ଜି ଅଫିସ୍ ଆଡ଼େ ମୋଡ଼ିବ। ସୂର୍ଯ୍ୟ ସେତେବେଳେ ବସ୍‌ଷ୍ଟାଣ୍ଡ ଉପରେ ଝୁଲୁଥିବେ ଭୁବନେଶ୍ୱରକୁ ଆଲୋକିତ କରି। ଭୁବନେଶ୍ୱର ଛାତିରେ କୋଳାହଳ ବଢି ଯାଇଥିବ। ଲୋକବାକ ଅଫିସ୍ କୁ, ସଚିବାଳୟକୁ ବ୍ୟସ୍ତ ଧାଁ ଧଉଡ଼ ଆରମ୍ଭ କରିଦେଇ ଥିବେ। ଲମ୍ବାଧାଡ଼ିରେ ଚାଲିଥିବେ କର୍ମଚାରୀ ସଚିବାଳୟ, ଚାଲି ଚାଲି, ସାଇକେଲ ଧରି। ତମ ଛାତି ଭିତର ଖାଲି ଖାଲି ହୋଇ ଯାଉଥିବ, ପ୍ରରଣା ଚାଲିଗଲା ପରେ।

ତମେ ସୂର୍ଯ୍ୟସେନ ପାଖରେ ପହଞ୍ଚିଲ। ସୂର୍ଯ୍ୟସେନ ଏ.ଜି.ଅଫିସ୍‌ରେ ଅଡ଼ିଟର୍। ପାଠପଢା ସାରି ଏ.ଜି.ଅଫିସ୍‌ରେ ଅଡ଼ିଟର ଚାକିରି ପାଇଗଲା। ଖୁବ୍ ଖୁସି ଅଛି, କେତେ କଷ୍ଟ ନ କରିଛି ସୂର୍ଯ୍ୟସେନ ଦିନରାତି ପାଠ ପଢିବାକୁ। ସୂର୍ଯ୍ୟସେନକୁ ଦେଖିଲା ପରେ ତମେ ତାକୁ କୁଣ୍ଢେଇ ପକେଇଲ। କିରେ ଏଠି ଅଛୁ, ତୋର ଦେଖାମିଳୁନି। ସୂର୍ଯ୍ୟସେନ ପଚାରିବ। ବେଳ କାହିଁ? ସବୁଦିନ ଭାବୁଛି ଆସିବି ବୋଲି। ହେଲେ ଆସି ହଉନି, କ'ଣ କ'ଣ କାମରେ ବ୍ୟସ୍ତ ହେଇଯାଉଛି, ତମେ ଉତ୍ତର ଦେବ।

ପଢାପଢି କ'ଣ ଜୋର୍‌ସର୍‌ରେ ଚାଲିଛି। ପଢାପଢି ପ୍ରତି ଆଉ ସ୍ପୃହା ନାହିଁ, ଧୈର୍ଯ୍ୟ ବି ନାହିଁ। "ଆରେ ତମେ ସବୁ ଭଲ ପିଲା, ବ୍ରିଲିଆଣ୍ଟ ଷ୍ଟୁଡ଼େଣ୍ଟ, ଭଲ କ୍ୟାରିଅର ଚେଷ୍ଟାକର ଖୁବ୍‌ଶୀଘ୍ର ଭଲ ଚାକିରି ମିଳିଯିବ। ଦେଖ୍, ନିଶ୍ଚୟ ତୁ ବଡ଼ ଚାକିରି କରିବୁ। ସୂର୍ଯ୍ୟସେନ କହିବ "ସିଭିଲ ସର୍ଭିସ୍ ପାଇଁ ଫର୍ମ ପକେଇଲୁଣି"। ନା ଆଜି ପକେଇବି। କ'ଣ କଣ ସବ୍‌ଜେକ୍ଟ ନେବୁ ଫିଜିକ୍ସ, ମାଥ୍‌ମେଟିକ୍ସ"।

ଫିଜିକ୍ସ, ମାଥ୍‌ମେଟିକ୍ସରେ ଆଜିକାଲି ପାଇବା ଭାରି କଷ୍ଟ। ସୁରେଶ ପଣ୍ଡା କ'ଣ କରୁଛି। ଚାକିରୀ କଲାଣି, ହଁ ଆଡ଼୍‌ହକ୍‌ରେ ଅଛି। ପରୀକ୍ଷା ଦେବ, ଜୋରସୋର ପ୍ରିପେୟାରେସନରେ ଲାଗି ପଡ଼ିଛି। ଶାରଦା ନନ୍ଦ ବେଲପାହାଡ଼ରେ ଇଂଜିନିୟର ପାଇଗଲା, ଜଏନ କଲାଣି। ତରୁଣ ମିଶ୍ର ପ୍ରାଇଭେଟ୍ ପ୍ରାକ୍ଟିସ କରୁଛି, ମେଡ଼ିକାଲ ସାରିଲା ପରେ ଭଲ ପ୍ରାକ୍ଟିସ ଚାଲିଛି।

ଅଶୋକ ମିଶ୍ର ଆମେରିକା ଚାଲିଗଲା। ସେଠି ରିସର୍ଚ୍ଚ କରିବ। ତୁ ରିସର୍ଚ୍ଚ ଲାଇନ୍‌ରେ ଗଲୁନି, କହୁଥିଲୁ ତ ଆମେରିକା ଯିବୁ, ରିସର୍ଚ୍ଚ କରିବୁ ଫିଜିକ୍ସରେ"।

"ରିସର୍ଚ୍ଚ ପାଇଁ ଧୈର୍ଯ୍ୟ ଦରକାର, ଆମେରିକା ଯିବାପାଇଁ ପଇସା ଦରକାର, ମୋର

ଏବେ ତୁରନ୍ତ ଚାକିରି ଦରକାର।" ତୁମେ କହିବ। ପଚାରିବ "ଚନ୍ଦ୍ରଶେଖର ସାଥିରେ ଦେଖା ହୋଇଥିଲା ?" ହଁ ଭଲ ଲାଇନ୍ ବାଛିଚି, କମ୍ପାନୀରେ ପାଇଯିବ ଭଲ ଚାକିରି ବି, ଭଲ ପଇସା ବି? "ତତେ କେତେ ଦରମା ମିଳୁଛି?" "ଚାରିଶ ଛପନ ଟଙ୍କା ପଚିଶ ପଇସା" "ଭଲ। ଏଜି ଅଫିସ୍ ଅଡ଼ିଟର ପୋଷ୍ଟ ପାଇଁ ବିଜ୍ଞାପନ କେବେ ବାହାରୁଛି ?" ମୁଁ କହିବି। "ତୁ କ'ଣ ଏଜି ଅଫିସ୍‌ରେ ଜଏନ କରିବୁ?" ସୂର୍ଯ୍ୟସେନ ପଚାରିବ। "ହଁ ଭଲ ଚାକିରି ହେଲା ଆଗରୁ ଏଇଠି ରହିଗଲେ ଭଲ। ଫି ଭରି ହବ, ଯିବାଆସିବା ଖର୍ଚ୍ଚ, ପରୀକ୍ଷା ପାଇଁ, ଇଣ୍ଟରଭ୍ୟୁ ପାଇଁ ଟଙ୍କା ବି ମିଳିଯିବ। ଘର ଉପରେ ନିର୍ଭର କରିବାକୁ ପଡ଼ିବନି।" ମୁଁ କହିବି। "ତୁ ଇଂଜିନିୟରିଂ କି ଡାକ୍ତରୀ ଲାଇନ୍‌ରେ ଚାଲି ଯାଇଥିଲେ ଭଲ ହେଇଥାନ୍ତା। ଜେନେରାଲ ଲାଇନ୍‌ରେ ସାଇନ୍ସ ପଢ଼ି ଲାଭନାହିଁ।" ସୂର୍ଯ୍ୟସେନ କହିବ।

ତମେ ଦୀର୍ଘଶ୍ୱାସ ମାରିଲ ନୀରର୍ଣ୍ଣବ। ତୁ କ'ଣ ଜାଣିବୁ ସୂର୍ଯ୍ୟସେନ, ଏମିତି କହି କହି ସାନ୍ତ୍ୱନା ପାଇବା ଛଡ଼ା ଆମର ଆଉ ଅଧିକା କ'ଣ ବା ଅଛି ? ଆମେ ସବୁ ଜୀବନ ସଂଗ୍ରାମରେ ହାରିଯାଉଥିବା ସୈନିକ। ପୃଥିବୀର ଧାଁ ଦଉଡ଼ ଭିତରେ ଅସମ୍ଭବ ଭାବେ ପଛେଇ ଯାଇଛେ। ଜଳକା ହେଇ ଭିକ୍ଟୋରି ଷ୍ଟାଣ୍ଡ ଆଡ଼କୁ ଚାହିଁ ରହିଛେ। ତୁ କାହିଁକି ଦିନକୁ ଦିନ ତିନିଟା ଟ୍ୟୁସନ କରି ରାତି ବାରଟାଯାଏ ପାଠ ପଢୁଥିଲୁ ସୂର୍ଯ୍ୟସେନ। ଗୋଟାଏ ଆଦର୍ଶ, ଗୋଟାଏ ଦୃଢ ବିଶ୍ୱାସରେ। ମଣିଷର ଦୃଢତା, ଅଦମ୍ୟ ଆଶା ଓ ଆକାଂକ୍ଷା। ବିଶ୍ୱାସରେ ସବୁକିଛି ଅସମ୍ଭବ ସମ୍ଭବ ହୋଇପାରିବ ବୋଲି ଏକ ଖିଆଲରେ ଖଟୁଥିଲେ। ଲହୁ ଲୁହାଣ ହେଉଥିଲେ, ନିଜର ପାରିପାର୍ଶିକ ପରିସ୍ଥିତିରୁ ଉର୍ଦ୍ଧ୍ୱକୁ ଉଠି କିଛି ଚମତ୍କାର କରିବାକୁ। ହେଲେ ଆଜି ସବୁ ଭ୍ରାନ୍ତି ଦୂର ହୋଇ ଯାଇଛି। ଆମ ଗର୍ବ, ଦମ୍ଭ, ଆତ୍ମ ଅଭିମାନର ପକ୍ଷୀ ଡ଼େଣା ଫଡ଼ ଫଡ଼ କରି ଦୟନୀୟଭାବେ ଉପରକୁ ଉଡ଼ିବାକୁ ଚେଷ୍ଟା କରି ବାରମ୍ବାର ମାଟିରେ ମୁଣ୍ଡ ପିଟି ପଡୁଛି।

ମୋ ବୋଉର ଦୀପ ଏବେ ବି ପ୍ରତିଦିନ ଭଗବାନଙ୍କ ପାଖରେ ଜଳୁଛି ଚବିଶ ଘଣ୍ଟା, ଚାକିରିଟିଏ କରିଦେବାପାଇଁ କାତର ପ୍ରାର୍ଥନା କରି କରି। ବାପାଙ୍କ ରୋଗଣା ଶେତା ଆଖି ଭିତରେ ଚାକିରିର ଯେଉଁ ଛବି ଖେଳୁଥିଲା ଅନେକ ଆଶା ନେଇ, ତା କ'ଣ ଏଯାଏ ସଫଳ ହେଲା। ସେ ଆଖିରେ ସେ ଛବି ସେମିତି ବେଳେବେଳେ ଆଶା ଓ ହତାଶା ଭିତରେ କେତେବେଳେ ଉଜ୍ଜ୍ୱଳ ତ କେତେବେଳେ ଝାପ୍‌ସା ଝାପ୍‌ସା ଦେଖାଯାଉ ଥିଲା। ଆମେ ସବୁ ନିଜ ନିଜର ପରିଚୟ ଖୋଜୁଛେ ସୂର୍ଯ୍ୟସେନ। ତୋ' ଘରେ ତୋ ବଢିଲା ଭଉଣୀ, ତୋ ପାଠ ପଢୁଥିବା ଭାଇ ତୋ ବାପା ମା' ନଥିବା ସଂସାର। ଆଉ ଆମେ ଖୋଜୁଛେ ବିକଳ ଭାବେ "ଚାରିଶ ଛପନ ଟଙ୍କା ପଚିଶ ପଇସା"।

ସୂର୍ଯ୍ୟସେନ ପଚାରିଲା, କିରେ ଏତେ ସିରିଅସ୍ ହୋଇ କ'ଣ ଭାବୁଛୁ ? ତମେ ହଠାତ୍ ଚମକି ପଡ଼ିଲ, ମନୋଭାବ ଲୁଚାଇ ରଖି କହିଲ କିଛି ନାହିଁ। ତା'ପରେ ଅନେକ ସମୟ ଗପସପ ଚାଲିଲା। ଢେଙ୍କାନାଳରୁ ଭିଙ୍କିଶାଳ ଯାଏ, ରେଭେନ୍ସା ହଷ୍ଟେଲର ଅବିସ୍ମରଣୀୟ ଦିନ। କଲେଜ ଇଲେକ୍ସନ, କଲେଜ ଜୀବନ, ହଷ୍ଟେଲ ଖାଦ୍ୟ ଏମିତି ଅନେକ କିଛି। ତମେ ସୂର୍ଯ୍ୟସେନକୁ ଧନ୍ୟବାଦ ଦେଇ ବାହାରକୁ ବାହାରି ଆସିଲ। କହିଲ ପୁଣି ଆସିବ। ପୋଷ୍ଟ ଅଫିସ୍‌ରେ ୟୁପିଏସ୍‌ସି ଫର୍ମ ରେଜେଷ୍ଟ୍ରି କଲ, ଏଡ଼ି ସାଥିରେ। ଅଶୀଟଙ୍କା ମନିଅର୍ଡ଼ର କଲ। ଘଣ୍ଟା ଦେଖିଲ ସାଢ଼େ ଗୋଟେ। ପ୍ରେରଣାର କଲେଜ ଖେଳ ଛୁଟି ହେଇଥିବ। ପ୍ରେରଣା ସାଙ୍ଗ ମାନଙ୍କ ସାଥୀରେ ବାହାରେ ବୁଲୁଥିବ ବା ଲାଇବ୍ରେରୀରେ ଥିବ ? ବର୍ତ୍ତମାନ ସେ କ'ଣ ଭାବୁଥିବ ? କ'ଣ ତମେ ତା'ର ମନେପଡୁଥିବ ମଝିରେ ମଝିରେ ? କ'ଣ ସାଙ୍ଗମାନଙ୍କ ସାଥିରେ କ୍ୟାଣ୍ଟିନ୍‌ରେ ବସି ଚାହା ପିଉଥିବ ନା ଲନ୍‌ରେ ବସିଥିବ ?

ଘରକୁ ଫେରିଲା ବେଳକୁ ବାଟରେ ବିଷ୍ଣୁ ପରିଜା ଆଉ ଫଣୀ ମିଶ୍ର ସାଥିରେ ଦେଖା ହେଲା। ତିନିହେଁ ରାଜମହଲ ଛକରେ ଥିବା ସାଉଥ୍ ଇଣ୍ଡିଆନ୍ ହୋଟେଲରେ ମସଲା ଦୋସା ଖାଇଲ। ଚାହା ପିଇଲ, ରାସ୍ତା କଡ଼ରୁ ଚିନାବାଦମ କିଣି ଫୁଟପାଥ ଉପରେ ଚାଲି ଚାଲି ଚିନାବାଦମ ଖାଇ ଖାଇ, ଚୋପା ପକେଇ ପକେଇ ଆସିଲ। ବିଷ୍ଣୁ ପରିଜା ଫିଜିକ୍ସ ଇନ୍‌ଷ୍ଟିଚ୍ୟୁଟରେ ରିସର୍ଚ୍ଚ କରୁଛି। ଫନୀ ମିଶ୍ର ବାଣୀବିହାରରେ ପଢୁଛି। ରିସର୍ଚ୍ଚ କେମିତି ଚାଲିଛି, ତମେ ପଚାରିଲ ବିଷ୍ଣୁ ପରିଜାକୁ। ଶଳା ମାର ଗୁଳି ରିସର୍ଚ୍ଚକୁ। ଘରୁ ଟଙ୍କା ଆଣି ଖାଇ ପିଇ ଉଡ଼େଇବା କଥା। ଦେଖାଯାଉ ରିସର୍ଚ୍ଚ ପେପର କେତେ ଦିନରେ ରେଡ଼ି ହେଉଛି। ସେତେଦିନ ତ ଫିଜିକ୍ସ ଇନ୍‌ଷ୍ଟିଚ୍ୟୁଟର କମ୍ପୁଟର ରୁମ୍‌ରେ ଏସିରେ ବସିବାର ମଜା ମିଳୁଛି, ବିଷ୍ଣୁ ପରିଜା କହିଲା।

ତମେ ପଚାରିଲ ନୀଳିମା କଥା ? ଶାଳୀ ବାହା ହୋଇଗଲା। ରିସର୍ଚ୍ଚ ସ୍କଲାରକୁ କିଏ ବାହାହେବ କହିଲୁ ? ଷ୍ଟାଇପେଣ୍ଡରେ କ'ଣ ସଂସାର ଚଳିବ ? ଭଲ ହେଲା, ନୀଳିମା ଡାକ୍ତରକୁ ବାହା ହୋଇଗଲା। ମୁଣ୍ଡରୁ ଚିନ୍ତା ଗଲା।

ଫଣୀ ମିଶ୍ର ପଚାରିଲା, "ଏବେ ତୁ ଆଉ କ'ଣ କରୁଛୁ।" ବେଶି କିଛି ନୁହେଁ, କ'ଣ ଆଉ କରିବି, ଚାକିରି ନିହାତି ଦରକାର। କମ୍ପିଟିଟିଭ ପରୀକ୍ଷା ଗୋଟାଏ ପରେ ଗୋଟାଏ ଦେଇ ଚାଲିଛି। ଦେଖାଯାଉ, କୋଉଦିନ ଭାଗ୍ୟ ଫିଟିବ। ଚାକିରି ଖଣ୍ଡେ ଲାଗିଗଲେ ଘର ଗୁଜୁରାଣ ସୁରୁଖୁରୁରେ ହେଇପାରିବ। ସେଇ ପର୍ଯ୍ୟନ୍ତ ଏମିତି କଷ୍ଟେମଷ୍ଟେ ଚଳିବା କଥା। ଏବର୍ଷ ମୋର ପି ଜି ସରିବ। ତାପରେ ଦେଖିବି କ'ଣ କରିହେବ। ଏଇଠି ଅଧ୍ୟାପକ ଚାକିରି କରିବି ନା କମ୍ପିଟିଟିଭ ପରୀକ୍ଷା ଦେବି। ପରୀକ୍ଷା ତ ଗୋଟାଏ

ପରେ ଗୋଟାଏ ଚାକିରି ପାଇଲା ପର୍ଯ୍ୟନ୍ତ ଦେବାକୁ ହେବ। ଏବେ ତ ଆମେରିକା ଯିବା ଆଉ ଫିଜିକ୍ସରେ ରିସର୍ଚ୍ଚ କରିବା ସ୍ୱପ୍ନରେ ଡ଼ୋରି ବାନ୍ଧିଲି। ତମେ କହିଲ ଆଉ ଦୀର୍ଘଶ୍ୱାସ ନେଲ। ମଧ୍ୟବିତ୍ତ ପରିବାରର ସ୍ୱପ୍ନ ବି ଅଧାଯାଏ ହିଁ ଯାଇପାରେ, ତା'ଠୁ ଆଗକୁ ନୁହେଁ।

ନୀରର୍ଣ୍ଣବ ତମେ ଫନୀକୁ ପଚାରିଲ ତୁ କ'ଣ କରିବୁ। ଫନୀ କହିଲା- ମୁଁ ତ ପିଜି ସରିଲା ପରେ ଫିଜିକ୍ସରେ ରିସର୍ଚ୍ଚ ହିଁ କରିବି। ଅଫିସ୍‌ରେ କାମ କରିବା ମୋ'ଦେଇ ହେବନି। ପଢିବା, ରିସର୍ଚ୍ଚ କରିବା ମୋର ପ୍ରଥମ ସଉକ। ତମେ ନୀରର୍ଣ୍ଣବ ଆଖି ମେଲା କଲ। ଫଣୀ ମିଶ୍ରକୁ ଆଶ୍ଚର୍ଯ୍ୟ ହୋଇ ଚାହିଁ ରହିଲ। ତମର କହିବାକୁ ଇଚ୍ଛା ହେଲା, "ଫଣୀ ତୁ ଯେତେବେଳେ ଫିଜିକ୍ସରେ ରିସର୍ଚ୍ଚ କରିବୁ ସେତେବେଳେ ତ କେତେ ଜଟିଳ ପ୍ରୋବ୍ଲେମ୍‌ର ସହଜ ସମାଧାନ ଡିଫରେନସିଆଲ ଇକ୍ୱେସନ୍ ଲଗେଇ ବାହାର କରିବୁ। ହେଲେ ତୁ ରିସର୍ଚ୍ଚ କରି କ'ଣ ଜୀବନର ଗୋଟାଏ ଇକ୍ୱେସନ ବାହାର କରି ପାରିବୁ ଯୋଉଥିରେ ଜୀବନର ସବୁ ପ୍ରୋବ୍ଲେମର ସମାଧାନ ହୋଇ ପାରୁଥିବ। ଏମିତି ଗୋଟେ ଇକ୍ୱେସନ ଯଦି ଖୋଜି ବାହାର କରି ପାରନ୍ତୁ ତୁ ନିଶ୍ଚୟ ନୋବେଲ ପ୍ରାଇଜ୍ ପାଆନ୍ତୁ।

ହେଲେ ତମେ କିଛି କହିଲନି। ଫଣୀ ମିଶ୍ରକୁ ଚାହିଁ ରହିଲ ଅନେକ ସମୟ। କହିଲ, "ତୋର ଯୋଉ ଡିଟରମିନେସନ ନା ତୁ ଯାହା ଚାହିଁବୁ ନିଶ୍ଚୟ କରିବୁ ଫଣୀ।"

ତାପରେ ତମେ ଫଣୀ, ବିଷ୍ଣୁଙ୍କଠାରୁ ବିଦାୟ ନେଇ ବାହାରିଲ। ତମକୁ ଅବସନ୍ନ ଲାଗିଆସୁଥିଲା। ଜୀବନରେ ଆଗକୁ କଣ ଅଛି, କ'ଣ ହେବ ତା'ର ଅନିଶ୍ଚିତତା ତମକୁ ଅସ୍ତବ୍ୟସ୍ତ କରୁଥିଲା। ଭୁବନେଶ୍ୱର ଛାତିରେ କାନ ଡ଼େରି ତୁମେ ଯନ୍ତ୍ରଣାର ସଂଗୀତ ଶୁଣୁଥିଲ। ତମର ଯନ୍ତ୍ରଣାର ସଂଗୀତ, ସୂର୍ଯ୍ୟସେନର, ବିଷ୍ଣୁ ପରିଜାର ଆଉ ଫଣୀ ମିଶ୍ରର ସଭିଏଁ ନିଜ ନିଜ ସ୍ୱପ୍ନ ପଛରେ ଧାଇଁ ଚାଲିଥିଲେ ନିଜର ସ୍ୱପ୍ନକୁ ସାକାର କରିବାରେ, ସଫଳ କରିବାରେ। ସମସ୍ତେ ଆଜି ଯେମିତି ଅନେକ ଯନ୍ତ୍ରଣା ପାକୁଳି କରି ଚାଲିଥିଲେ, ଗୋଟାଏ ଗୋଟାଏ କମ୍ପିଟିଟିଭ ପରୀକ୍ଷା ରେଜଲ୍ଟକୁ ଅପେକ୍ଷା କରିଥିବା ଆଶାୟୀ ପ୍ରାର୍ଥୀଟି ଭଳି।

ତମେ ତା'ପରେ ପ୍ରଗତି ସ୍ପୋର୍ଟିଂ ଆଡ଼େ ବାହାରିଲ। ତମେ ଅନେକ ଦିନରୁ ପ୍ରଗତି ସ୍ପୋର୍ଟିଂରେ କ୍ରିକେଟ ଖେଳୁଛ ନୀରର୍ଣ୍ଣବ। କିଶୋର ମାଣିଆ, ରନ୍ନୁ, ଭାଲୁ, ସତ୍ୟ, ଜିତୁ ଏମିତି ଅନେକ ସାଙ୍ଗଙ୍କ ସାଥୀରେ ସଂଧ୍ୟାରେ କ୍ରିକେଟ୍ ଗ୍ରାଉଣ୍ଡରେ ଦେଖାହୁଏ, ଖେଳ ହୁଏ। ତାପରେ କଲଭର୍ଟ ଉପରେ ଖଟି, ତାପରେ ସାଇକେଲ

ଧରି ବୁଲି ବାହାର ମାର୍କେଟ ବିଲଡ଼ିଂ, ରାଜମହଲ ଛକ, ଆଉ ମାରୁଆଡ଼ି କ୍ୟାଣ୍ଟିନ ପାଖ ବରଗଛ ପାଖକୁ। ବୁଲିବୁଲି ପ୍ରାୟ ପ୍ରତିଦିନ ତୁମେ ସମସ୍ତେ ମିଳି ବରା, ଆଳୁଚପ୍, ପିଆଜି, ଭେଜିଟେବଲ ଚପ୍, ଅଣ୍ଡା ଚପ୍ ଆଉ ଚିଙ୍ଗୁଡ଼ି ଚପ୍ ଯେ କେତେ ଖାଇଛ ତା'ର ଗଣତି ନାହିଁ। ତାପରେ ତମେ ଘରକୁ ଫେରିଲା ବେଳକୁ ରାତି ନଅଟା।

ଏବେ ପ୍ରଗତି ସ୍ପୋର୍ଟିଂ ତମ ଜୀବନ ସାଥିରେ ମିଳେଇ ଯାଇଛି। ପ୍ରତ୍ୟହ ସଂଧ୍ୟାରେ ସେଠିକି ନ ଗଲେ ଯେମିତି ଭାତ ହଜମ ହୁଏନି।

ତମେ ବର୍ତ୍ତମାନ ପ୍ରଗତି ସ୍ପୋର୍ଟିଂ ଗ୍ରାଉଣ୍ଡରେ କ୍ରିକେଟ ଖେଳୁଛ ନୀରର୍ଣ୍ଣବ। ତମେ ବ୍ୟାଟିଂ କରୁଛ। ତମ ଆଖି ଆଗରେ କ୍ରିକେଟ ବଲ ଝୁଲି ଝୁଲି ଆସୁଛି। ତମେ ଆଶା କରୁଛ ତମେ ଖୁବ୍ ପିଟନ୍ତ, ଛକା, ଚଉକା- ଛକା। ହଠାତ୍ ପଡ଼ିଆସାରା ବଲ୍ ଛାଇ ଯାଆନ୍ତା ତମ ବ୍ୟାଟରୁ। ହଠାତ୍ ତମ ବ୍ୟାଟିଂରେ ଏକ ବିସ୍ଫୋରଣ ଘଟିଯାଆନ୍ତା ଭୁବନେଶ୍ୱର ଛାତିରେ। ଯେଉଁ ବିସ୍ଫୋରଣକୁ ତମେ ସକାଳୁ ଖୋଜୁଛ। ତମେ କ୍ରିଜରେ ଷ୍ଟାନ୍ସ ନେଲ। ବଲକୁ ଅପେକ୍ଷା କଲ। ହେଇ ବଲ ଆସିଲା। ତମେ ବ୍ୟାଟ ଉଠେଇଲ, ପାଦ ଆଗକୁ ବଢେଇଲ। ଦେହର ସବୁ ବଳ ଖର୍ଚ୍ଚ କରି ବ୍ୟାଟ ଘୂରେଇଲ ଛକା, ଚଉକା ମାରିବା ଆଶାରେ।

ହେଲେ ତମ ଷ୍ଟମ୍ପ ଉଡ଼ିଯାଇଛି ନୀରର୍ଣ୍ଣବ। ତମେ ବୋଲ୍ଡ ଆଉଟ୍ ହୋଇ ଫେରି ଯାଇଛ। ତମ ଭିତରେ ଭାଙ୍ଗି ଯାଇଛି ଅସଂଖ୍ୟ ଗର୍ବର ବନ୍ଧ। ଜୀବନରେ ଯେମିତି କ୍ରିକେଟ୍ ଖେଳରେ ବି ସେମିତି। ଚଉକା, ଛକା ମାରି ଏକ ଧମାକା - ଏକ ବିସ୍ଫୋରଣ କରିବାର ଅବଦମିତ ଇଚ୍ଛା ଫସର ଫାଟି ଯାଇଛି। ବୋଲ୍ଡ ଆଉଟ୍ ହୋଇ ଗୋଟାଏ ଅସ୍ୱସ୍ତି ବୋଧ ତୁମ ଭିତରେ ଆଉଣ୍ଡି ହେଉଛି। ଆଜି ତମର ଆଉ ଖେଳରେ ମନ ଲାଗୁନି। ଜୀବନର ବିଫଳତା ଭଳି ବ୍ୟାଟିଂରେ ବିଫଳତା ତମକୁ ବ୍ୟସ୍ତ ବିବ୍ରତ କରିଦେଇଛି।

ତମେ ଅଧା ଖେଳରୁ ଚାଲି ଆସିଲ। କହିଲ ଜରୁରୀ କାମ ଅଛି। ଯିବାକୁ ହେବ। ତମେ ବାହାରିଲ ନୀରର୍ଣ୍ଣବ। ସାଇକେଲ ପେଲି ପେଲି ବସ୍‌ଷ୍ଟାଣ୍ଡ ପାରି ହେଉଛ। ମାର୍କେଟ ବିଲଡ଼ିଂ ଡେଇଁ ଯାଇଛ। ତାପରେ ରାଜମହଲ ଛକ ଡ଼େଇଁ ତମେ ମାଷ୍ଟରକ୍ୟାଣ୍ଟିନ ଛକରେ ପହଞ୍ଚି ଯାଇଛ। ତାପରେ ତମେ ନିଜକୁ କିଛି ସମୟ ପରେ ଶ୍ରୀୟା ଟକିଜ୍ ଟିକେଟ କାଉଣ୍ଟର ପାଖରେ ଆବିଷ୍କାର କରିଛ। ଫିଲ୍ମର ନାଁ ତମେ ଜାଣିନ। ବୁଝିବାର ବି ଆବଶ୍ୟକତା ତମେ ଅନୁଭବ କରିନ। ତମେ ଧାଇଁ ଆସିଛ ସାରା ଦିନର କ୍ଲାନ୍ତି, ଅବସାଦରୁ ମୁକ୍ତି ପାଇବା ପାଇଁ। ଭୁବନେଶ୍ୱର କୋଳରେ ସକାଳୁ ଏଯାଏଁ ତମେ ଯେଉଁ ଭିନ୍ନ ଭିନ୍ନ ବିଷୟରେ ହତାଶା, ବିଫଳତା ଓ ସଂଗ୍ରାମର

କୋହ ଅନୁଭବ କରିଛ, ସେଥିରୁ ଖସିଯିବା ପାଇଁ ତମେ ଧାଇଁ ଆସିଛ ଶ୍ରୀୟା ଟକିଜର ଆରାମଦାୟକ କୋଳକୁ। ରୂପେଲି ପରଦାରେ ତମର ଅବସାଦ ମେଣ୍ଟାଇବାକୁ। କିଛି ଶସ୍ତା ରୋମାନ୍ସ ଆଉ କିଛି କମେଡ଼ି ବା ଡ୍ରାମା ଭିତରେ ତମେ ଭୁଲି ଯିବାକୁ ଚାହୁଁଛ ଜୀବନର ବାସ୍ତବତାର ଧୂସର ରୂପ। ଶ୍ରୀୟା ଟକିଜ ରୁପେଲି ପରଦାକୁ ଚାହିଁ ବସିଛ। ତମ ଆଖି ଆଗରେ ରୂପେଲି ପରଦାରେ ପ୍ରେରଣାର ଛବି। ପ୍ରେରଣା ମାଆଙ୍କର ଛବି। ସୂର୍ଯ୍ୟସେନ, ବିଷ୍ଣୁ ପରିଜା, ଫଣୀ ମିଶ୍ରର ଲଢୁଆ ଆଉ ବାସ୍ତବତା ସାଙ୍ଗରେ ସଂଘର୍ଷରତ ମୁହଁ। ସବୁ ମିଶି ଏକ ଅଦ୍ଭୁତ ଛବି ତମ ଆଖି ଆଗରେ ଭାସି ଯାଉଛି। ପ୍ରେରଣାର ଆଖି, ତମ ମୁହଁ, ସୂର୍ଯ୍ୟସେନର କପାଳ, ବିଷ୍ଣୁ ପରିଜାର କାନ ଆଉ ଫଣୀ ମିଶ୍ରର ପାରାବୋଲା କୃତି ଦେହ ମିଶି ଏକ ଅଦ୍ଭୁତ ଛବି।

ତାପରେ ତମେ ଅନୁଭବ କଲ ନୀରର୍ଣ୍ଣବ ଶ୍ରୀୟା ଟକିଜ୍ ଭିତରେ ଗୋଟାଏ ଭୀଷଣ ବିସ୍ଫୋରଣ ଘଟି ଯାଇଛି। ଆଉ ସେଇ ଭୀଷଣ ବିସ୍ଫୋରଣରେ ସବୁ ଛିନ୍‌ଛତ୍ର ହୋଇଯାଇଛି। ଭାଙ୍ଗିରୁଜି, ଚୂରମାର ହୋଇଯାଇଛି, ସବୁକିଛି ଖିନ୍‌ଭିନ୍ ହୋଇଯାଉଛି- ପ୍ରେରଣାର ଆଖି ତମ ମୁହଁଠାରୁ, ଫଣୀ ମିଶ୍ରର ଗଣ୍ଡିରୁ, ବିଷ୍ଣୁ ପରିଜାର କାନରୁ, ସୂର୍ଯ୍ୟସେନର କପାଳରୁ। ପରଦା ଉପରେ ଚାଲିଛି ଧ୍ୱଂସର ବଭୀଷିକା। ତମ ଛାତି ଉଠୁଛି ପଡୁଛି। ଭୟରେ ତମ ମୁହଁ ନୀଳ ପଡ଼ିଯାଉଛି ଧ୍ୱଂସର ବିଚିତ୍ର ତାଣ୍ଡବରେ। ତମ ଭିତର ବାହାର ଶୀତେଇ ଯାଉଛି। ଯେଉଁ ବିସ୍ଫୋରଣ ତମେ ଭୁବନେଶ୍ୱର ଛାତିରେ ସକାଳୁ ଖୋଜୁଥିଲ ନୀରର୍ଣ୍ଣବ ତାକୁ ହଠାତ୍ ଆକସ୍ମିକ ଭାବେ ପାଇଯାଇଛ। ଶୂନଶାନ୍, କୋଳାହଳ ବିହୀନ ଭୁବନେଶ୍ୱର ଭରିଯାଇଛି ଏକ ଅଦ୍ଭୁତ ହୋ ହଲ୍ଲାରେ।

ପ୍ରଥମଥର ପାଇଁ ଭୁବନେଶ୍ୱର ଛାତିରେ ତମେ ପାଇଛ ଜୀବନର ସନ୍ଧାନ। ତମେ ଭୁଲିଯାଇଛ ଭୁବନେଶ୍ୱରର ନୀରବତା, ନିଶ୍ଚେଷ୍ଟତା ଆଉ ଗତାନୁଗତିକତା। ସଂଘର୍ଷର ସ୍ୱାଦ ତମେ ପ୍ରଥମ ଥର ଚାଖିଲ। ବିସ୍ଫୋରଣ ଜୀବନରେ ଆଶା, ଆକାଂକ୍ଷା, ବିଶ୍ୱାସ ଭରି ଦେଉଛି... ସବୁ କିଛି ଠିକ୍ ହେଇଯିବ। ଜୀବନରେ ସଂଘର୍ଷ କରିବା ଶିଖ, କୋଳାହଳହୀନତା ଆଉ ଅବସାଦ ନୁହେଁ।

ଏମିତି ବିସ୍ଫୋରଣ ଭିତରେ ତମେ ଜୀବନର ଶବ୍ଦ ଶୁଣୁଛ ନୀରର୍ଣ୍ଣବ। ସେଠି ହାର ନାହିଁ, ସେଠି ଜୀବନର ସମସ୍ୟାରୁ ପଳାଇଯିବାର ଇଚ୍ଛାନାହିଁ, ବିସ୍ଫୋରଣରେ କୋଳାହଳମୟ ଭୁବନେଶ୍ୱର ପ୍ରାଣବନ୍ତ ହୋଇଯାଇଛି। ଆଉ ତା' ଭିତରେ ତମେ ବି ନୀରର୍ଣ୍ଣବ ଭୁବନେଶ୍ୱରରେ ପ୍ରାଣ ପ୍ରାଚୁର୍ଯ୍ୟ ପ୍ରଥମଥର ଅନୁଭବ କରୁଛ।

- ପରିଶେଷ -

ନୀରର୍ଣ୍ଣବ ଚଳିଶ ବର୍ଷ ପରେ ତମେ ଆଜି ବି ଭୁବନେଶ୍ୱର ଛାତିରେ ବିସ୍ଫୋରଣ

ଖୋଜୁଛ, ଚାଳିଶ ବର୍ଷ ତଳର ତମର ଗପକୁ ପଢ଼ି ତମ ଆଗରେ ଭୁବନେଶ୍ୱରର ଚିତ୍ର ଖେଳିଯାଉଛି। ତମ ଭିତରେ ବି ଅନେକ ପରିବର୍ତ୍ତନ ହେଇଯାଇଛି। ଭୁବନେଶ୍ୱର ଭଳି। ରିଟାୟାର କଲା ପରେ ତମେ ଏବେ ଭୁବନେଶ୍ୱରକୁ ଫେରିଆସିଛ ଭୁବନେଶ୍ୱରରେ ନିଜର ଅବଶେଷ ଜୀବନ କଟେଇବା ପାଇଁ। ଜୀବନରେ ଚାଳିଶ ବର୍ଷ ଭିତରେ ତମର ଅନେକ ଅନୁଭୂତି ହେଇଛି।

ତମେ ଆଜି ଚାଳିଶ ବର୍ଷ ତଳର ଭୁବନେଶ୍ୱରକୁ ଖୋଜୁଛ। ଚାଳିଶ ବର୍ଷ ତଳର ନୀରର୍ଣ୍ଣବକୁ ଖୋଜୁଛ। ହେଲେ କ'ଣ ସେ ସବୁ କିଛି ସେମିତି ଅଛି? ଏଜି ଅଫିସ୍ ପାଖ ଗୋଲେଇ ଛକ ନାହିଁ। ପୁରୁଣା ବସ୍‌ଷ୍ଟାଣ୍ଡ ବି ନାହିଁ। ନାଲି, ହଳଦିଆ କୃଷ୍ଣଚୂଡ଼ା ଫୁଲରେ ଲଦି ହେଇ ଯାଉନି ଭୁବନେଶ୍ୱର ରାସ୍ତା କଡ଼। ଏବେ ଆଉ ଭୁବନେଶ୍ୱରରେ ସାଇକେଲ ଚଲେଇ ଆରାମରେ ବୁଲି ହେଉନି, ଭୁବନେଶ୍ୱରକୁ ଉପଭୋଗ କରି କରି। ଏବେ ଗାଡ଼ି, ମୋଟର, ଦି ଚକିଆ, ତିନି ଚକିଆରେ ଭୁବନେଶ୍ୱର ରାସ୍ତା ଏକ ପ୍ରକାର ଜାମ ହେଇଯାଇଛି। ଗାଡ଼ି ଚଲାଇବା ବି କଷ୍ଟ ହେଇଯାଉଛି, ଗାଡ଼ି ପାର୍କିଂ କରିବା ତ କାଠିକର ପାଠ।

ଭୁବନେଶ୍ୱରେ କ'ଣ ଆଉ ସେ ଖୋଲା ରାସ୍ତା ଅଛି ନା, ସେ ଖୋଲାପଡ଼ିଆ ଅଛି ନା ତାରବାଡ଼ ଘେରା ଖୋଲା ଘର ବି ଅଛି। ଚାରିଆଡ଼ ଯେମିତି ରୁନ୍ଧି ହେଇଯାଇଛି ସିମେଣ୍ଟ କଂକ୍ରିଟରେ, ଅବରୁଦ୍ଧ ହୋଇଯାଇଛି ପବନ। ଅସହ୍ୟ ହେଇ ପଡ଼ିଛି ଭୁବନେଶ୍ୱର।

ଏବେ ଆଉ ଭୁବନେଶ୍ୱର ଭିତରେ ଖୋଲା ସଡ଼କ ନାହିଁ। ପ୍ରତି ଖୋଲା ସଡ଼କ କଡ଼ରେ ଜବରଦଖଲ ବସ୍ତି। ନାଳ, ନର୍ଦ୍ଦମା, ଡ୍ରେନ ପାଣି, କୁଢ଼ କୁଢ଼ ଆବର୍ଜନା... ସୂର୍ଯ୍ୟ ଆଉ ବିଜେବି କଲେଜ ଛାତରୁ ଲମ୍ଫ ପ୍ରଦାନ କରି ଉଠୁନାହିଁ।

ତମେ ଦେଖିଥିବା ଭୁବନେଶ୍ୱର କ'ଣ ଆଉ ସେମିତି ଅଛି। ବ୍ୟସ୍ତ, ବିବ୍ରତ, କାହାର କାହା ସାଥିରେ ସମ୍ପର୍କ ନାହିଁ। ସମସ୍ତେ ଧାଉଁଛନ୍ତି ନିଜ ନିଜକୁ ନେଇ... ନିଜ ନିଜ ପାଇଁ। ତମେ ଭାବୁଛ ନୀରର୍ଣ୍ଣବ ଭୁବନେଶ୍ୱର ଚାଳିଶ ବର୍ଷରେ ଆଗକୁ ଯାଇଛି ନା ପଛକୁ।

ତମେ କ'ଣ ଆଉ ସେମିତି ଅଛ ନୀରର୍ଣ୍ଣବ। ତମ ଜୀବନରେ ବି ଅନେକ କିଛି ଘଟିଯାଇଛି... ଯୋଉ ବିସ୍ଫୋରଣକୁ ତମେ ତମ ଜୀବନରେ ଖୋଜୁଥିଲ ତାହା କ'ଣ ସଂଘଟିତ ହୋଇଛି? ତମେ ଫିଜିକ୍ସରେ ରିସର୍ଚ୍ଚ କରିପାରିନ। ଆମେରିକା ଯାଇପାରିନ। ଆଇ.ଏ.ଏସ୍. ପରୀକ୍ଷାରେ ବି ସଫଳ ହେଇ ପାରିନ। ଅନେକ ନିବିଡ଼ ପ୍ରେମ ସତ୍ତ୍ୱେ ପ୍ରେରଣା ତମ ଜୀବନରୁ ଚାଲିଯାଇଛି, ତମେ ଆଇ.ଏ.ଏସ୍. ହେଇପାରିନ

ବୋଲି। ପ୍ରେରଣାର ମା' କହିଛନ୍ତି ନୀରର୍ଣ୍ଣବ, ତମେ କାହିଁକି ଏତେ ଭଲ ପିଲା ହେଇ ଜୀବନକୁ ବରବାଦ କରିଦେଲ... ତମେ କହି ପାରିନ ପ୍ରେରଣାର ମା'ଙ୍କୁ ଜୀବନ କ'ଣ କାହା ଅକ୍ତିଆରରେ ଥାଏ... ତମ ଜୀବନ ତମକୁ ନେଇଯାଇଛି ତମ ଚାଳିଶ ବର୍ଷ ତଳର ସ୍ୱପ୍ନଠାରୁ ଅନେକ ଦୂରକୁ। ସୂର୍ଯ୍ୟସେନ ସେମିତି ଏ.ଜି. ଅଫିସରେ ଚାଳିଶ ବର୍ଷ ପରେ ରିଟାୟାର କରିଛି। ଉଚ୍ଚାକାଂକ୍ଷୀ ଫଣୀ ମିଶ୍ର ଜୀବନରେ ଅନେକ ଘଟଣା, ଅନେକ ସ୍ୱପ୍ନ ଭଙ୍ଗ ଆଉ ଦୁର୍ଘଟଣା ଘଟିଯାଇଛି। ଫଣୀ ମିଶ୍ର ଏବେ ଆଉ ଏ ଦୁନିଆରେ ନାହିଁ। ବିଷ୍ଣୁ ପରିଜା ସାରା ଜୀବନ ରିସର୍ଚ୍ଚ କରିଛି, ଖୁସିଅଛି, ଘରଦ୍ୱାର କରିଛି... ଗତାନୁଗତିକ ଜୀବନଧାରାରେ ଗଡ଼ିଚାଲିଛି ରେଳଧାରଣା ଉପରେ ଜୀବନ ଗଡ଼ିଚାଲିଲା ଭଳି।

ତମେ ବି ଅନେକ ଘାତପ୍ରତିଘାତ ସଂଘାତ ଭିତରେ ସଂଘର୍ଷମୟ ଜୀବନ ବିତେଇଛ ନୀରର୍ଣ୍ଣବ... ଅନେକ କମ୍ପିଟିଟିଭ୍ ଦେଇ ଦେଇ ଅସଫଳ ହେବା ପରେ ତମେ ବ୍ୟାଙ୍କରେ ଚାକିରି ପାଇଛ। ଭୁବନେଶ୍ୱରଠାରୁ ଅନେକ ଦୂରରେ... ପ୍ରାୟ ସାରାଜୀବନ ତମେ କଟେଇ ଦେଇଛ ଭୁବନେଶ୍ୱର ବାହାରେ, ପ୍ରେରଣାଠାରୁ ଅନେକ ଦୂରରେ। ଚାକିରି ପାଇଛ, ବାପାଙ୍କୁ ହରେଇଛ, ମା'ଙ୍କୁ ହରେଇଛ... ହେଲେ ତମେ ଦୁଃଖରେ ଭାଙ୍ଗିପଡ଼ିନ। ମ୍ରିୟମାଣ ହେଇପଡ଼ିନ। ଜୀବନର ସ୍ୱାଦ ଭିନ୍ନ- ସ୍ୱପ୍ନଠାରୁ, ଆକାଙ୍‌କ୍ଷା ଠାରୁ...

ଜୀବନରେ ଜୀଇଁବାକୁ ହୁଏ ବାସ୍ତବତା ଭିତରେ... ସବୁ ସ୍ୱପ୍ନଙ୍କୁ ସମାଧି ଦେଇ। ସବୁ ଆଶା, ଆକାଙ୍‌କ୍ଷାକୁ ଜଳାଞ୍ଜଳି ଦେଇ ସାଲିସ୍ ଭିତରେ, ଜୀବନ ଜୀଇଁବାର ନାମ। ଜୀବନ ଜୀଇଁବାର କଳା, ତମେ ଆଜି ସବୁ ସ୍ୱପ୍ନର ସମାଧି ଉପରେ ଜଣେ ସଫଳ ବ୍ୟକ୍ତି ହେଇ ବାହାରି ପାରିଛ। ଭୁବନେଶ୍ୱର ସବୁକିଛି ହରାଇ ବି ସ୍ମାର୍ଟସିଟି ହେଲା ଭଳି।

ତମେ ଜୀବନରେ ସବୁକିଛି ପାଇଛ ନୀରର୍ଣ୍ଣବ। ସବୁ ସମସ୍ୟାର ସମାଧାନ କରିପାରିଛ। ପଇସା କମେଇଛ, ପରିବାରର ସବୁ ସମସ୍ୟାର ସମାଧାନ କରିପାରିଛ। ସ୍ତ୍ରୀ, ପିଲାଙ୍କୁ ନେଇ ଜୀବନଯାପନ କରିଛ। ପୁଅ ଆଜି ପ୍ରତିଷ୍ଠିତ, ତମେ ବି ଖୁବ୍ ଉଚ୍ଚକୁ ଯାଇଛ, ଲୋକଙ୍କର ବାହାବା ପାଇଛ ଆଉ ପାଉଛ ?

ହେଲେ ତମେ ଆଜି ସ୍ୱପ୍ନ ସବୁକୁ ଖୋଜୁଛ। ଭୁବନେଶ୍ୱରକୁ ଖୋଜୁଛ। ପୁଣି ଏକ ବିସ୍ଫୋରଣକୁ ଅପେକ୍ଷା କରିଛ। କାନ ଡ଼େରିଛ କେତେବେଳେ ବିସ୍ଫୋରଣରେ ପୁଣି ସବୁକିଛି କୋଳାହଳମୟ ହେବ...। ନୀରର୍ଣ୍ଣବ ଏକ ବିସ୍ଫୋରଣ ପରେ ପୁଣି ସ୍ୱପ୍ନ ଦେଖିହେବ... ଜୀବନର ଏକ ଭିନ୍ନ ରୂପ ପୁଣି ବାହାରି ଆସିବ।

ତମେ ଆଖି ବନ୍ଦ କଲ ନୀରର୍ଣ୍ଣବ। ତମ ଆଖି ପତା ତଳେ ଚାଳିଶ ବର୍ଷ ତଳର ସେଇ ଭୁବନେଶ୍ୱର। ଚାଳିଶ ବର୍ଷ ତଳର ସେଇ ନୀରର୍ଣ୍ଣବ। ଚାଳିଶ ବର୍ଷ ତଳର ସେଇ ପ୍ରେରଣା। ପ୍ରେରଣାର ମା, ପ୍ରେରଣାର ବାପା.. ତମ ବାପା, ତମ ମା... ସୂର୍ଯ୍ୟସେନ, ବିଷ୍ଣୁ ପରିଜା, ଫଣୀ ମିଶ୍ର, ଏଜି ଅଫିସ୍, ଗୋଲେଇ ଛକ, ପୁରୁଣା ବସ୍‌ଷ୍ଟାଣ୍ଡ, ବିଜେବି କଲେଜ, ସେକ୍ରେଟେରିଏଟ୍, ରାଜମହଲ ଛକ, ପୁରୁଣା କଲଭର୍ଟ। ପ୍ରଗତି ସ୍ପୋର୍ଟିଂ, ଶ୍ରୀୟା ଟକିଜ, ଆଉ ଭୁବନେଶ୍ୱର ଛାତିରେ ତୁମେ ଖୋଜୁଥିବା ବିସ୍ଫୋରଣ ଭାସି ଯାଉଥିଲା। ଆଉ ତମ ଆଖିରେ ସେଇ ନିଜର ଭବିଷ୍ୟତର ସ୍ୱପ୍ନସବୁ କୃଷ୍ଣଚୂଡ଼ା ପେନ୍ଥାଭଳି ଝୁଲୁଥିଲା... ତମେ ପୁଣିଥରେ ସୂର୍ଯ୍ୟସ୍ନାନ କରିବାକୁ ବାହାରୁଥିଲ ନୀରର୍ଣ୍ଣବ। ହଁ ପୁଣିଥରେ।

■■

ଏଇ ପୃଥ୍ୱୀ ପାନ୍ଥଶାଳା

ରମାପଦ ଉଠି ବସିଲେ। ଅନେକ ସମୟ ହେଲା ଗୋଟେ ଅସ୍ଥିରତା ଭିତରେ ରମାପଦ ଉବୁଟୁବୁ ହେଉଛନ୍ତି। ଉଠୁଛନ୍ତି, ବସୁଛନ୍ତି, ଘର ଭିତର କୋଠରିର ଏ କାନ୍ଥ ସେ କାନ୍ଥ ଭିତରେ ଘୂରି ବୁଲୁଛନ୍ତି ଗୋଟିଏ କୋଣରୁ ଆଉ ଗୋଟିଏ କୋଣକୁ। ଗୋଟିଏ ଦିଗରୁ ଆଉ ଗୋଟିଏ ଦିଗକୁ - ଉତ୍ତର, ଦକ୍ଷିଣ, ପୂର୍ବ, ପଶ୍ଚିମ - ଐଶାନ୍ୟ, ନୈଋତ, ବାୟବ୍ୟ, ଅଗ୍ନି। ୧୨।୧୦।୮ ଫୁଟ ଦୈର୍ଘ୍ୟ, ପ୍ରସ୍ଥ ଓ ଉଚ୍ଚତା ବିଶିଷ୍ଟ କୋଠରି ଭିତରେ ପବନ ଭଳି ଘୂରି ବୁଲୁଛନ୍ତି। ଉପରକୁ ପଙ୍ଖା ଆଡ଼କୁ କେତେବେଳେ ଦେଖୁଛନ୍ତି ତ କେତେବେଳେ ଟାଇଲଲଗା ଚଟାଣକୁ। କେତେବେଳେ ଆଖି ବନ୍ଦ କରି ତ, କେତେବେଳେ କପାଳ କୁଞ୍ଚିତ କରି। କେତେ ବେଳେ ହାତ ମୁଠାକୁ ଟାଣ କରି ଜାବୁଡ଼ି ଧରି। ରମାପଦ ଏକ ଅଭାବନୀୟ ସ୍ଥିତିରେ, ଏକ ଅସ୍ଥିର, ଅସ୍ତବ୍ୟସ୍ତତା ଭିତରେ କ'ଣ ଗୋଟାଏ ଖୋଜିଲା ଭଳି ଭଙ୍ଗୀରେ ଏପଟରୁ ସେପଟ ପୁଣି ସେପଟରୁ ଏପଟକୁ... କ୍ଷିପ୍ର ପଦଚାଳନା କରୁଛନ୍ତି, ଏକ ଅଜବ ଉତ୍ତେଜନାର ବଶବର୍ତ୍ତୀ ହୋଇ।

ରମାପଦ ଏଇ ଗଳ୍ପର ନାୟକ। ବୟସ ପାଖାପାଖି ୭୦ ଲାଗିଲାଣି। ରିଟାୟାର କଲା ପରେ ନିଜର ଦୁଇ ବଖୁରିଆ ଆପାର୍ଟମେଣ୍ଟ ଫ୍ଲାଟକୁ ଆସିବାର ଦଶ ବର୍ଷ ବିତିଗଲାଣି। କେତେବେଳେ ଯେ ଷାଠିଏ ପାର ହୋଇଗଲା, ତା'ର ପତ୍ତା ରହିଲାନି। ଏବେ ପୁଣି ଆହୁରି ଦଶ ବର୍ଷ ପାର କରିଦେଲେଣି। ସତୁରିକୁ ଧାପ ଦେଲେଣି। କେତେବା ଦିନ ଆଉ। ଆଖିକୁ କମ ଦିଶିବା ଆରମ୍ଭ ହେଲାଣି। କାନକୁ କମ୍ ଶୁଣିବା। ଆଣ୍ଠୁ ଗଣ୍ଠି ବାତଟା ମଝିରେ ମଝିରେ ରୁଗ୍ ରୁଗ୍ ହୋଇ ଦିନ ଦିନ ଧରି ଯନ୍ତ୍ରଣା ଦେଲା ବେଳେ ମନେହୁଏ ଜୀବନଟା ଖସଡ଼ି ଯାଉଛି। ରମାପଦ ସ୍କୁଲରେ ଚାମ୍ପିଆନ ଆଥଲେଟ୍ ଥିଲେ। ୧୦୦ ମିଟର, ୨୦୦ ମିଟର, ଲଙ୍ଗଜମ୍ପରେ କେତେ କେଜାଣି ମେଡ଼ାଲ ପାଇଛନ୍ତି। ସ୍କୁଲ ହକି ଟିମ୍‌ରେ ଖେଳୁଥିଲେ। ସବୁବେଳେ ପ୍ରଥମ ହେଇଛନ୍ତି। ହେଲେ ଆଜି ଟିକିଏ ଚାଲିଲେ କି ଉଠି ବସିଲେ ଆଣ୍ଠୁ ଗଣ୍ଠି ଯନ୍ତ୍ରଣା, ରକ୍ତଚାପ, ଅତ୍ୟଧିକ ଶର୍କରା ଜନିତ ରୋଗ ସବୁ ଏକା ବେଳକେ ମାଡ଼ି ଆସି ସତର୍କ ସୂଚନା ଦେଇଯାଉଛି। "ବାବୁ ଘଣ୍ଟି ବାଜି ଉଠିଲାଣି। ବେଳହୁଁ ସଜ ହୋଇ ରହ। କେତେବେଳେ ଯେ..." ହାସ୍, ହାସ୍, ହାସ୍... ରମାପଦ ହାତକୁ ହଲେଇ ହଲେଇ ଚେମେଣି ଉଡ଼େଇଲା ଭଳି ଘରସାରା ହାସ୍... ହାସ୍... କରି ବୁଲିଲେ। ଘର ଛାତରେ ଝୁଲୁଥିବା ସ୍ମୃତିର ଚେମେଣି, ପଞ୍ଜରା ହାଡ଼ ଭିତରେ ଝୁଲୁଥିବା ସ୍ମୃତିର ଚେମେଣି, ହୃଦୟ ଭିତରେ ଝୁଲି ରହିଥିବା ଚେମେଣି, ମନ ଭିତରେ ଲାଖି ରହିଥିବା ଚେମେଣି... ରମାପଦ ହାସ୍ ହାସ୍ କରି ସ୍ମୃତିର ଚେମେଣି ସବୁକୁ ଘଉଡ଼େଇବାକୁ ଚେଷ୍ଟା କରୁଛନ୍ତି। ଆହା କେତେ ବହଳ ସ୍ମୃତି, ବର୍ଷ ବର୍ଷ ଧରି ପରସ୍ତ ପରସ୍ତ ହୋଇ ଜମିରହିଛି। ଜୀବନର ସୁଖ, ଦୁଃଖ, ରାଗ, ଅନୁରାଗ, ବିରାଗ, ଶୋକ, ସନ୍ତାପର ସବୁ ସ୍ମୃତି ଚେମେଣି ଭଳି ଛାତରୁ ଝୁଲି ରହିଛନ୍ତି, ଦୋହଲୁଛନ୍ତି। ଉଡ଼େଇ ଦେଲେ ଘରସାରା ଉଡୁଛନ୍ତି ପୁଣି ଛାତର ଆଉ ଗୋଟାଏ କ'ଣରେ ଝୁଲି ପଡୁଛନ୍ତି। ରମାପଦ ପୁଣି ଅସ୍ଥିର ହେଲେ। ଦୁଆର ଖୋଲିଲେ, ଝରକା ଖୋଲିଲେ, ଏତେ ବହଳ ସ୍ମୃତିକୁ ସେ ବାହାର କରିବେ କେମିତି। ସ୍ମୃତି ସବୁ ପୁଣି ପୁଣି ଚେମେଣି ଭଳି ଝୁଲିଯାଉଥିଲେ ହୃଦୟର କେଉଁ ନିଭୃତ କୋଣରେ।

ସେ ପୁଣି ଘରସାରା ଜୋର ଜୋର ଘୂରି ବୁଲିଲେ। ଉତ୍ସାହରେ, ଉଦ୍ଦୀପନାରେ ଅହେତୁକ ଉତ୍ତେଜନାରେ। ଉତ୍ତର-ଦକ୍ଷିଣ, ପୂର୍ବ-ପଶ୍ଚିମ, ଈଶାନ୍ୟ-ନୈଋତ, ବାୟବ୍ୟ... ଅଗ୍ନି।

ଅଗ୍ନି-ବାୟବ୍ୟ-ନୈଋତ, ଈଶାନ୍ୟ, ପଶ୍ଚିମ-ପୂର୍ବ, ଦକ୍ଷିଣ-ଉତ୍ତର। ମନ ଭିତରେ ଏକ ଅହେତୁକ ଉତ୍ତେଜନା ଖେଳି ବୁଲୁଥିଲା... ସ୍ମୃତିମାନଙ୍କ ସାଥିରେ।

"ଆରେ ରମାପଦ। ଏମିତି କ'ଣ ଘରଟା ଭିତରେ ପାଗଳ ଭଳି ଉତ୍ତେଜିତ

ହୋଇ ଏପଟ ସେପଟ ହେଉଛୁ। ଧଇଁ ସଇଁ ହେଇଗଲୁଣି। କ'ଣ ହେଇଛି ? କୋଠରି ଭିତରକୁ ପଶି ଆସୁ ଆସୁ ଗୁଣନିଧି ପଚାରିଲେ। ନାଁ କିଛି ନାହିଁ। ଏମିତି ଏକ ଖିଆଲରେ ଏପଟ ସେପଟ ହେଉଥିଲି। ଶରୀର ଭିତରେ ଝୁଲି ରହିଥିବା ସ୍ମୃତିର ଚେମେଣି ସବୁକୁ ଘଉଡ଼େଇ ଘଉଡ଼େଇ... "ସକାଳୁ ସକାଳୁ ଦୀର୍ଘ ସତୁରି ବର୍ଷର ସବୁ ସ୍ମୃତି ଏକାବେଳେକେ ଚେମେଣି ଛାତରୁ ଝୁଲିଲା ଭଳି ପଞ୍ଜରା ହାଡ଼ ଭିତରେ ଝୁଲି ରହିଲେ ଆଉ ମଝିରେ ମଝିରେ ଉଡ଼ିବୁଲିଲେ। ଆଉ କ'ଣ କରିଥାନ୍ତି, ସ୍ମୃତି ସହିତ କ'ଣ ଶାନ୍ତିରେ ଜୀଇଁ ହୁଏ, ସ୍ମୃତିମାନେ ଆସିବେ। ବାଛି ବାଛି ତା' ଭିତରୁ ଦୁଃଖଦ ସ୍ମୃତିସବୁ ଶରୀର ଭିତରେ ଖେଳିଯିବେ। ମନକୁ ଆର୍ଦ୍ର କରିଦେବେ। ଦୁଃଖରେ ଭିଜେଇ ଦେବେ। ଅନୁଶୋଚନାରେ ଏପଟ ସେପଟ କରିବେ। ଗୋଟିଏ ପରେ ଗୋଟିଏ ଦୀର୍ଘଶ୍ୱାସ ବାହାରି ଯାଉଥିବ ପ୍ରଖର ହୋଇ। ସ୍ମୃତି କ'ଣ ସକାଳୁ ସକାଳୁ ଧସେଇ ପଶି ମନରେ ଦୁଃଖ ଭରି ଦେବାକୁ ଛାଡ଼ି ଦେଇ ହେବ। ତେଣୁ ମୁଁ ଚେମେଣି ଉଡ଼ୋଉଥିଲି... ସ୍ମୃତିର ଚେମେଣି ଘରସାରା ବୁଲିବୁଲି ବୁଝିଲୁ..."

ଆଃ ଭିତରକୁ ଆ...। କାଠ ସୋଫାରେ ବସ ଗୁଣନିଧି। ଗୁଣନିଧି ପିଲା ବେଳର ବନ୍ଧୁ। ଏକା ଗାଁରେ, ଏକା ସ୍କୁଲରେ ପଢ଼ା, ପରେ କିଛିଦିନ ଏକାଠି ବି କଲେଜରେ। ଗୁଣନିଧି ଭଲ ଷ୍ଟୁଡ଼େଣ୍ଟ ଥିଲା। ଭଲ ମଣିଷବି ଥିଲା। କେତେ ସାହାଯ୍ୟ ନ କରିଛି ରମାପଦଙ୍କୁ। ରମାପଦଙ୍କ ପାଖରେ ପଇସା ନଥାଏ, ବହି ନଥାଏ, ଖାତା କିଣିବାକୁ ସାମର୍ଥ୍ୟ ନଥିଲା। ଗୁଣନିଧି ତା' ବହି ଦିଏ। ତା'ର ଖାଲି ଲେଖା ହୋଇନଥିବା ଖାତାସବୁ ଦେଇଦିଏ। କହେ "ରମାପଦ ତୁ ଜମା ବ୍ୟସ୍ତ ହନା। ତୁ ନିଶ୍ଚୟ ପାଠ ପଢ଼ିବୁ। ୟୁ ଆର୍ ଏ ବ୍ରିଲିଆଣ୍ଟ ଷ୍ଟୁଡ଼େଣ୍ଟ, ମୁଁ ଥିଲାଯାକ ତୋର ଯାହା ଯାହା ଯେତେବେଳେ ଦରକାର ମୁଁ ଯୋଗେଇଦେବି।

"ଆଃ, ଗୁଣନିଧି, କେତେ ସାହାଯ୍ୟ ନ କରିଛି ନିଃସ୍ୱାର୍ଥପର ଭାବେ। ରମାପଦଙ୍କର ଅତି ଆପଣାର, ଅତି ଘନିଷ୍ଠ ବନ୍ଧୁ କହିଲେ ସେ ଗୁଣନିଧି।

କିଛିଦିନ କଲେଜରେ ଏକାଠି ପଢ଼ିଲାପରେ, ଦିଜଣଙ୍କର ରାସ୍ତା ଏକେବାରେ ଅଲଗା ହେଇଗଲା, ଗୁଣନିଧି ଗଲା ଇଞ୍ଜିନିୟରିଂ। ତାପରେ ଚାକିରି କଲା ପ୍ରାଇଭେଟ କମ୍ପାନୀରେ। ଏକ୍ସ.ଏଲ୍.ଆର୍.ଆଇ.ରୁ ଏମ୍.ବି.ଏ. କରି। ଆଉ ରମାପଦ କଲେ ଗ୍ରାଜୁଏସେନ/ପୋଷ୍ଟ ଗ୍ରାଜୁଏସନ୍/ପିଏଚ୍‌ଡ଼ି, ଡିଲିଟ୍ ଆଉ ଚାକିରି କଲେ ଅଧ୍ୟାପକ, ସରକାରୀ କଲେଜରେ, ତା'ପରଠାରୁ ରମାପଦ ଆଉ ଗୁଣନିଧିଙ୍କ ଭିତରେ ମଝିରେ ମଝିରେ କେବେକେବେ ଦେଖାହୁଏ। ହେଲେ ଦି' ଜଣ ନିଜ ବାଟରେ ଅଲଗା ଅଲଗା। ଏବେ ପୁଣି ଦିହେଁ ରିଟାୟାର କଲାପରେ ଏକାଠି। ବୁଢ଼ା ବୟସରେ ଏକାଠି

ରହିବେ ବୋଲି ସେଇ ଗୋଟେ ଆପାର୍ଟମେଣ୍ଟରେ ଏକାଠି ଦିହେଁ ଘର କିଣିଥିଲେ। ଏବେ ଏଠି ଗୁଣନିଧି ସାଥିରେ ପ୍ରାୟ ପ୍ରତିଦିନ ଦେଖାହୁଏ। ପୁଣି ବସାଉଠା, ପୁଣି ସାଙ୍ଗ ସୁଖ, ସବୁ ସ୍ମୃତି ଧୀରେ ଧୀରେ ଉଜ୍ଜୀବିତ ହୋଇ ଆସୁଛି। ପିଲାଦିନର ସ୍ମୃତି, ଯୌବନର ସ୍ମୃତି, ଯୁବକ ଅବସ୍ଥାର ସ୍ମୃତି ଏମିତି ଅନେକ ସ୍ମୃତି ଜୀବନର ପୃଷ୍ଠାରେ ଲେଖି ହୋଇ ରହିଯାଇଛି।

ଗୁଣନିଧି କୋଠରି ଭିତରକୁ ପଶିଆସିଲେ। ସୋଫା ଉପରେ ବସିଗଲେ। ଗୁଣନିଧି ମର୍ଣ୍ଣିଂଓ୍ୱାକ୍‌ରୁ ଫେରୁଥିଲେ। ପଚାରିଲେ, "ଆରେ ଆଜି କ'ଣ ହେଲା, ସକାଳୁ ଚାଲିବାକୁ ଆସିଲୁନି ଯେ, ଘରେ କ'ଣ ଏମିତି ଜରୁରୀ କାମ ପଡ଼ିଲା ଯେ। ଏବେ ତ ସବୁ ଦିନ ଚାଲିଲେ ହିଁ ସ୍ୱାସ୍ଥ୍ୟ ଭଲ ରହିବ। ତେଣେ ଚାଲିବାକୁ ଆସିଲୁନି, ଏଣେ ପାଗଳ ପରି ରୁଦ୍ଧ କୋଠରି ଭିତରେ ଏପଟ ସେପଟ ହେଉଛୁ?

ସକାଳୁ ସକାଳୁ କ'ଣ ଲାଗିଲା ଗୁଣନିଧି, ମୁଁ କହିପାରିବିନି। ଅଥଚ ମୋର ମନେହେଲା ଜୀବନକୁ ପୁଣିଥରେ ଦେଖିବାକୁ ଅପଲକ ନୟନରେ। ଆହା କେତେ ମନୋହର ଦେଖିବାକୁ। ଏ ଜୀବନ, ଘର ଭିତରେ ବୁଲିବୁଲି ଜୀବନକୁ ଅନୁଭବ କରିବାକୁ ଚେଷ୍ଟା କରୁଥିଲି ଗୁଣନିଧି। ଚାଲି ଯାଉଥିବା ଜୀବନକୁ। ତେଣୁ ଆଉ ମର୍ଣ୍ଣିଂଓ୍ୱାକ୍‌ରେ ଯାଇପାରିଲିନି, ରୁଦ୍ଧ କୋଠରି ଭିତରେ ଏପଟସେପଟ ପାଗଳ ପରି ପଦଚାଳନା କରି ଜୀବନକୁ ଅନୁଭବ କରିବାକୁ ଚେଷ୍ଟା କରୁଥିଲି ଗୁଣନିଧି।

"ଆରେ ରମାପଦ, ଜୀବନକୁ ଗୋଟାପଣେ ଅନୁଭବ କଲୁ, ଜୀବନଟା କେମିତି କଟିଲା? ଦୁଃଖରେ ନା ସୁଖରେ? କହୁଥିଲୁ ପରା ରିସର୍ଚ୍ଚ କରି ବାହାର କରିବୁ। ଜୀବନଟା ତୋର କେମିତି କଟିଲା? କେମିତି? କେମିତି କଟିଲା? କିଛି ଖବର ରଖିଛୁ, କହ ତୋର ଅନୁଭବ ବିଷୟରେ, କହ?"

ରମାପଦଙ୍କ ମନରେ ଜୀବନର ଟିକିନିଖି ସ୍ମୃତି ସବୁ ଉଦ୍‌ବେଳିତ ହୋଇଯାଉଛି। ଆଖି ଆଗରେ ଭାସି ଯାଉଛି ଜୀବନର ଗୋଟିଏ ଗୋଟିଏ ଚିତ୍ର। ସେ ସ୍ପଷ୍ଟ ଦେଖିପାରୁଛନ୍ତି। ତାଙ୍କ ପିଲାବେଳର ବନ୍ଧୁ ଗୁଣନିଧି ପଚାରିଦେଲା, "ଜୀବନ କେମିତି କଟିଲା? ସୁଖରେ ନା ଦୁଃଖରେ। କିଛି ହିସାବ ରଖିଛୁ? କିଛି ଖବର ରଖିଛୁ?"

ରମାପଦ ବିଭୋର ହୋଇ ଉଠିଲେ ଜୀବନର ଗୋଟେ ଗୋଟେ ସ୍ମୃତିର ଆଖି ଆଗରେ ଭାସିଯାଉଥିବା ଚିତ୍ରରେ। କହିଲେ "ନା, ସମୟ ଆଉ କୋଉଠୁ ପାଇଲି, ପୂରା ନିଠେଇ ଦେଖିବାକୁ, ଜୀବନ ସୁଖରେ କଟିଲା କି ଦୁଃଖରେ, ଏମିତି ଚାହୁଁ ଚାହୁଁ ତ ସତୁରି ବର୍ଷ ବ୍ୟସ୍ତତାରେ ଜଞ୍ଜାଳ ଭିତରେ କେତେବେଳେ ଚାଲିଗଲା ଜାଣିହେଲାନି। କିଛି ଜାଣିବା ଆଗରୁ ବର୍ଷ ବର୍ଷ ହୋଇ ସବୁ ବର୍ଷ ଯେ କେତେବେଳେ ହାତ ପାପୁଲିରୁ

ଖସି ଚାଲିଗଲା। କିଛି ବୁଝିବା ଆଗରୁ, ଖବର ରଖିବା ଆଗରୁ। ବେଳେବେଳେ ଲାଗେ ସତରେ କ'ଣ ସତୁରି ବର୍ଷ ଏତେ ଜଲ୍‌ଦି କଟିଗଲା... ନା ମିଛରେ। ଏକ ଆପେକ୍ଷିକ ପ୍ରହେଳିକା ଭଳି ଲାଗେ। ହେଇଟି କାଲି ଭଳି ଲାଗୁଛି। ଯେତେବେଳେ ସେ ଜନ୍ମ ହେଲେ। ଆଉ ଏବେ ସତୁରି ବର୍ଷ କଟିଗଲାଣି, ସତରେ କ'ଣ ସମୟ ଖସି ଚାଲିଗଲା। ଆଉ ଏବେ କେତେଟା ଦିନ କି? ଜୀବନର ଅନୁଭୂତି ନିଶ୍ଚୟ ବାହାର କରିବାକୁ ହେବ। ରମାପଦ ସ୍ଥିର କଲେ ସେ ନିଶ୍ଚୟ ପୂରା ଜୀବନଟାକୁ ଆଉ ଜୀବନରେ ଘଟିଯାଇଥିବା ଛୋଟ ବଡ଼ ସବୁ ଘଟଣାକୁ ଗୋଟି ଗୋଟି କରି ବିଶ୍ଳେଷଣ କରିବେ। ନିରେଖି ଦେଖିବେ। କେମିତି କଟିଲା ଏ ଜୀବନ ନିଜେ କିଛି ଜାଣିବା ଆଗରୁ। କେମିତି କଟିଲା? ଦୁଃଖରେ ନା ସୁଖରେ। ସବୁ କିଛି ଗୋଟି ଗୋଟି କରି ତର୍ଜମା କରିବେ। ଏପଟ ସେପଟ କରି ସବୁ ଘଟିଥିବା ଘଟଣାମାନଙ୍କୁ ସମୟର ଅପସୃୟମାନ କୋଳରୁ ସାଉଁଟି ଆଣିବେ। ଆଉ ଏକ ଉପସଂହାର ଟାଣି ଦେବେ - ନିଜ ଜୀବନ ଉପରେ। ସେ ନିଶ୍ଚୟ ବାହାର କରିବେ "ଜୀବନଟା କେମିତି କଟିଲା?"

ସେ ଗୁଣନିଧିଙ୍କୁ ସେ ଦିନ ଆଶ୍ୱସ୍ତ କରିବା ଭଙ୍ଗୀରେ କହିଲେ "ନା ଖବର ଆଉ କୋଉଠି ରଖିଲି? ସମୟ କେତେବେଳେ ପାଇଲି ଗୋଟି ଗୋଟି କରି ଜୀବନକୁ ତନ୍ନ ତନ୍ନ କରି ତର୍ଜମା କରିବାକୁ। ଦେଖୁ ଦେଖୁ ଏତେ ବର୍ଷ କେତେବେଳେ ବାହାରିଗଲା ଜାଣି ହେଲାନି। ଘଟଣା ପରେ ଘଟଣାର ସୁଅ। ଏକାଦି କ୍ରମେ କ୍ରମାଗତ ଘଟଣାର ଅପ୍ରତିହତ ପ୍ରବାହ ଭିତରେ ସମୟ ହଜିଗଲା। ବୟସ ଖସିଗଲା କିଛି ବୁଝିବା ଆଗରୁ - କିଛିସ୍ଥିର କରିବା ଆଗରୁ। ଆଉ ଫେରି ଜୀବନକୁ କେତେବେଳେ ଦେଖିଲି।"

ହେଲେ ଗୁଣନିଧି ତୁ ଆଜି ଗୋଟେ ଖୁବ୍ ବଡ଼ ତାତ୍ତ୍ୱିକ ପ୍ରଶ୍ନ କରିଦେଲୁ? ଜୀବନଟା କେମିତି କଟିଲା? ସୁଖରେ ନା ଦୁଃଖରେ? ଖୁବ୍ ଦାର୍ଶନିକ ପ୍ରଶ୍ନଟିଏ କରି ଅଧ୍ୟାପକ ରମାପଦଙ୍କୁ ତୁ ଉଦ୍‌ବେଳିତ କରିଦେଲୁ। ରମାପଦ ହଠାତ୍ ଏକ ଅହେତୁକ ଉତ୍ସାହରେ ଭରିଗଲେ, ଭାବିବାରେ ଲାଗିଲେ "ସତେ ତ, କେବେ ତ ପରଖି ଦେଖି ହେଲାନି ଜୀବନଟା କେମିତି କଟିଲା? ସୁଖରେ ନା ଦୁଃଖରେ?"

ରମାପଦ ଅତ୍ୟନ୍ତ ଉତ୍ତେଜିତ ହୋଇ କହିଲେ, "ହଁ ମତେ ଦଶ ପନ୍ଦରଦିନ ସମୟ ଦେ। ନିଶ୍ଚୟ ଜୀବନକୁ ଜୀବନର ଘଟଣା ସବୁକୁ ଫେରି ଚାହିଁବି। ଜୀବନ ଉପରେ, ଜୀବନରେ ଘଟିଯାଇଥିବା ଘଟଣା ଉପରେ ଏକ ସବିଶ୍ଳେଷଣାତ୍ମକ ଗବେଷଣା କରି ତତେ ଠିକ୍ ଠିକ୍ କହିଦେବି ଜୀବନଟା କେମିତି କଟିଲା? ସବୁ ଠିକ୍ ଠିକ୍ ବାହାର କରିଦେବି।"

ଆଉ ସେଇ ଦିନଠୁ ରମାପଦ ଏକ ପ୍ରକାର ହାଇପର୍ ଆକ୍ଟିଭ୍ ହୋଇ ପଡ଼ିଛନ୍ତି।

ଏକ ପ୍ରକାର ଅହେତୁକ ଅସ୍ଥିରତା ତାଙ୍କୁ ଘେରିଯାଇଛି। ଦିନରାତି ସେ ଚିନ୍ତାରେ ବୁଡ଼ି ରହିଛନ୍ତି। କ'ଣ କରିବେ ? କେମିତି ସ୍ଥିର କରିବେ ଜୀବନଟା କେମିତି କଟିଲା। ଆଉ ତାପରେ ତାଙ୍କର ଅସ୍ଥିରତା ଆହୁରି ବଢ଼ିଗଲା। ଦିନ ଦିନ ଘର ଭିତରେ ଅସ୍ତବ୍ୟସ୍ତ ପଦଚାଳନା, ଘଣ୍ଟା ଘଣ୍ଟା ଟେବୁଲ ଚେୟାର ଉପରେ ବସି ଫର୍ଦ୍ଦ ଫର୍ଦ୍ଦ କାଗଜରେ କିଛି ଲେଖିବା, ପୁଣି ମନ ନ ପାଇବାରୁ, ଠିକ୍ ନ ଲାଗିବାରୁ ସବୁ କାଗଜକୁ ଚିରି ଟୁକୁଡ଼ା ଟୁକୁଡ଼ା କରି ଡଷ୍ଟବିନ୍‌ରେ ମୋଡ଼ି ମାଡ଼ି ଫୋପାଡ଼ିବା, ଏ ସବୁ ତାଙ୍କର ନିତିଦିନିଆ କାର୍ଯ୍ୟରେ ପରିଣତ ହେଲାଣି। ଏକ ଅସମ୍ଭବ ଉନ୍ମାଦନା ତାଙ୍କ ଭିତରେ ଖେଳି ଯାଉଥିଲା ? କେମିତି ସ୍ଥିର କରିବେ ଜୀବନଟା କେମିତି କଟିଲା ? ଏତେ ବଡ଼ ଜୀବନରେ ଘଟିଥିବା ସବୁ ଘଟଣାକୁ କ'ଣ ଏତେ ସହଜରେ ବିଶ୍ଳେଷଣ କରିହୁଏ।

ସେ ଆହୁରି କ୍ଷିପ୍ର ଗତିରେ ଏପଟ ସେପଟ ହେଲେ। କପାଳ କୁଞ୍ଚନ କଲେ। ଚେୟାର ଉପରେ ଲଥ୍ କିନା ବସିଗଲେ ଆଉ ଆଖି ବନ୍ଦ କରି, ମୁଠା ଟାଣ କରି - ମୁହଁର ଶିରା ପ୍ରଶିରାକୁ ଟାଣି ଦେଇ ଚିନ୍ତିତ ମୁଦ୍ରାରେ ସ୍ଥିର ହେଇ ବସି ରହିଲେ। କ'ଣ କରିବେ ? କ'ଣ କରିବେ ଭାବି ଭାବି। ତା ପରେ କିଛି ସମୟ ଏମିତି ଗୁମ୍‌ସୁମ୍ ହୋଇ କଟିଗଲା। କିଛି ପନ୍ଥା ଖୋଜିବାରେ, କିଛି ଉପାୟ ଖୋଜିବାରେ। ଅସ୍ଥିରତା ଭିତରେ, ଦ୍ୱନ୍ଦ୍ୱ ଭିତରେ, ଏକ୍‌ସାଇଟ୍‌ମେଣ୍ଟ ଭିତରେ। ଆଶଙ୍କା ଭିତରେ, ଆଶା ଭିତରେ, ଏକ ଅସ୍ୱାଭାବିକ ଉନ୍ମାଦନା ଭିତରେ।

ହଠାତ୍ ରମାପଦ ଚେୟାର ଉପରୁ କିଛି ପାଇଲା ପରି ଡ଼େଇଁ ପଡ଼ିଲେ। ମୁହଁରେ ଚେନାଏ ହସ ଖେଳିଗଲା। କିଛି ଗୋଟେ ଅନେକ ସମୟ ପ୍ରୟାସ କଲାପରେ, ହଠାତ୍ ପାଇଗଲା ପରି। ସେ ଏକ ରୋମାଞ୍ଚକର ଉନ୍ମାଦନାରେ ଉଠି ବସିଲେ। କହିଲେ, ପାଇଛି ପାଇଛି। ଏଥରକ ସବୁ ଠିକ୍ ହୋଇଯିବ। ଗୋଟି ଗୋଟି ହେଇ ସବୁ ନିଜ ନିଜ ସ୍ଥାନରେ ପଡ଼ିଯିବେ। ଆଉ ସେ ଏକ ନିଷ୍କର୍ଷରେ ପହଞ୍ଚିଯିବେ- ଜୀବନଟା କଟିଲା କେମିତି ? ସୁଖରେ ନା ଦୁଃଖରେ।

ଦେହ ଭିତରେ ଏକ ଅପୂର୍ବ ରୋମାଞ୍ଚ ଖେଳି ଯାଉଥିଲା। ଶରୀରରେ ଅଦ୍ଭୁତ ଶିହରଣ। ସେ ଉଠି ବସିଲେ। ଫର୍ଦ୍ଦିକିଆ ରୁଲ୍‌କରା କାଗଜ ଏକସର୍‌ସାଇଜ ନୋଟବୁକରୁ ଚିରି ବାହାର କଲେ। ତାପରେ ରୁଲ୍ ଦିଆ କାଗଜ ମଝିରୁ ମୋଡ଼ି ଦିଭାଗ କରିଦେଲେ। ତାକୁ ବୁଢ଼ା ଅଙ୍ଗୁଳିରେ ଭଲ ଭାବରେ ଚାପି ମଝି ଭାଙ୍ଗ ଦୁଇଟାକୁ ଭଲକରି ପକାଇଲେ, ତାପରେ କାଗଜକୁ ଖୋଲି ଧରିଲେ। ଉପରେ ଗୋଟାଏ ଗାର ରୁଲ୍ ବାଡ଼ି ଦେଇ ଟାଣିଦେଲେ। ମଝି ଭାଙ୍ଗ ଉପରେ ବି କଲମରେ ଏକ ଗାର ଟାଣିଦେଲେ ଏବଂ ବାଁ ପଟେ ଲେଖିଦେଲେ- ଦୁଃଖରେ ଆଉ ଡାହାଣ

ପଟେ ଲେଖିଦେଲେ ସୁଖରେ । ତାପରେ ମଝିରୁ ଭଙ୍ଗା ହୋଇଥିବା କାଗଜକୁ ଭଲ ଭାବରେ ଦେଖିଲେ । ଆଉ ଉପରେ ହେଡ଼ିଂରେ ଲେଖିଦେଲେ "ଜୀବନଟା କେମିତି କଟିଲା ?" । ଶୀର୍ଷରେ ଶୀର୍ଷକ "ଜୀବନଟା କେମିତି କଟିଲା ? ଆଉ ତା'ତଳେ ବାଁ ପଟେ ଦୁଃଖରେ, ଆଉ ଡାହାଣ ପଟେ ସୁଖରେ ?

ହଠାତ୍ ରମାପଦ ଏକ ଅହେତୁକ ଆନନ୍ଦରେ କୁରୁଳି ଉଠିଲେ । ଅନେକ ବ୍ୟଗ୍ରତା, ଅନେକ ଅସ୍ଥିରତା ଓ ଆଶଙ୍କା ଭିତରେ କିଛି ଗୋଟେ ପାଇଗଲା ଭଳି ତାଙ୍କ ବୁଦ୍ଧିଦୀପ୍ତ ଆଖି ଦିଓଟି ଜଳି ଉଠିଲା । ଅଧ୍ୟାପକ ରମାପଦ ହଠାତ୍ ଏକ ଚାପା ଚିତ୍କାର କରି ଉଠିଲେ । ଆଉ ଜଳରେ ଭାସମାନ ପଦାର୍ଥଟିର ସୂତ୍ରଟି ପାଇଲା ଭଳି ଆର୍କମେଡ଼ିସିୟ ଠାଣିରେ ଘରସାରା କୁଦି କୁଦି ଡ଼େଇଁ ଡ଼େଇଁ ଚିତ୍କାର କରି ନାଚି ଉଠିଲେ ମିଳି ଗଲା ମିଳି ଗଲା, ଏଥରକ ମିଳିଗଲା । ଏବେ ସବୁ ଠିକ ହୋଇଯିବ । ଗୋଟି ଗୋଟି ଜୀବନର ସବୁ ଘଟଣା ଉପରେ ସେ ଗବେଷଣା କରିବେ । ତା'ର ବିଭିନ୍ନ ଲୌକିକ, ଅଲୌକିକ, ଅମାନବୀୟ, ଅତିମାନବୀୟ, ବିଭିନ୍ନ ଆବେଗ, ପ୍ରବେଗ, ପରିଣତିକୁ ତନ୍ନ ତନ୍ନ କରି ତର୍ଜମା କରିବେ । ଆଉ ଠିକ୍ ଠିକ୍ ଭଙ୍ଗା ହୋଇଥିବା କାଗଜ ଉପରେ ଲେଖିଦେବେ କେମିତି କଟିଲା- ଦୁଃଖରେ ନା ସୁଖରେ । ସବୁ ଘଟଣାଗୁଡ଼ିକ ଠିକ୍ ଠିକ ଦୁଃଖ କି ସୁଖ କ୍ରମରେ ପଡ଼ିଯିବେ । ଆଉ ଶେଷକୁ ଖାଲି ରହିବ ଗଣିବା । କୋଉପଟ ଭାରି ହେବ, ବାଁ ପଟ ନା ଡାହାଣ ପଟ । ଦୁଃଖ ପଟ ନା ସୁଖ ପଟ । ଆଉ ଠିକ୍ ଠିକ୍ ବାହାରି ଯିବ ଜୀବନଟା କେମିତି କଟିଲା- ଦୁଃଖରେ ନା ସୁଖରେ । ତାପରେ ସବୁ ସହଜ ହୋଇଯିବ । ସବୁ ପ୍ରାଞ୍ଜଳ ହୋଇଯିବ । ଆଉ ଗୁଣନିଧିକୁ ସରଳ ଭାବେ କହିଦେଇ ହେବ ତାଙ୍କର ଗବେଷଣା ଲବ୍ଧ ନିଷ୍କର୍ଷ- ଦୁଃଖରେ ନା ସୁଖରେ । ଏକ ବିଜୟ ଉଲ୍ଲାସରେ ରମାପଦ ଚେୟାର ଉପରେ ସିଧା ହୋଇ ବସିଲେ । ଏକସରସାଇଜ ଖାତାରୁ ଫର୍ଦ୍ଦ ପରେ ଫର୍ଦ୍ଦ ଗାରଟଣା ଅଲେଖା ସାଦା ପୃଷ୍ଠା ଗୁଡ଼ିକୁ ଚିରି ଚିରି ବାହାର କଲେ । ପ୍ରତି ପୃଷ୍ଠାକୁ ଖୁବ୍ ସତର୍କତାର ସହ ଠିକ୍ ମଝିରୁ ଦୁଇଭାଙ୍ଗ କରି ଫୋଲ୍ଡ କଲେ । ଆଉ ପ୍ରତି ପୃଷ୍ଠା ଉପରେ ଶୀର୍ଷକ ଲେଖିଦେଲେ, 'ଜୀବନଟା କେମିତି କଟିଲା' ଆଉ ତଳେ ବାଁ ପଟେ ଦୁଃଖରେ, ଡାହାଣ ପଟେ ସୁଖରେ । ଏମିତି ଗୋଟାଏ ପରେ ଗୋଟାଏ ପୁରା ଏକସରସାଇଜ ଖାତାର ସବୁପୃଷ୍ଠା ସେ ଚିରିଲେ, ଦୁଇଭାଙ୍ଗ କଲେ ଓ ତା' ଉପରେ ଲେଖିଲେ, କିଏ ଜାଣେ ଏତେବଡ଼ ଜୀବନଟାକୁ କାଗଜରେ ଧରି ରଖିବାକୁ କେତେ ପୃଷ୍ଠା ଲାଗିବ ।

ଏବେ ଅଧାଭଙ୍ଗା କାଗଜ ସବୁକୁ ସଜାଡ଼ି ରଖିଲେ । କୋଉଠୁ ଆରମ୍ଭ କରିବେ ଲେଖା, ପିଲାବେଳୁ ନା ଅଧା ବୟସରୁ । ପିଲା ବେଳର ସ୍ମୃତିତ ଏବେ ଝାପ୍‌ସା

ଝାପ୍‌ସା। ତଥାପି ପୁରା ଜୀବନଟାକୁ କାଗଜ ଉପରକୁ ଓହ୍ଲାଇ ଆଣିବାକୁ ପଡ଼ିବ। ଗୋଟି ଗୋଟି ପୂରା ଜୀବନ ର ସବୁ ଘଟଣାକୁ ସବୁ ଲେଖିବାକୁ ହେବ ପିଲାବେଲୁ ଆଜିଯାଏଁ। ସେ ପ୍ରଥମ କାଗଜରେ ଲେଖିବା ଆରମ୍ଭ କଲେ। ସେ କାଗଜର ବାଁ ପାଖ ଉପରେ ଲେଖିଲେ ପିଲାବେଳ।

୧. ପିଲାବେଳ

ମୋଟାମୋଟି ପିଲାବେଳ ଖୁବ୍ ଆନନ୍ଦରେ କଟିଥିଲା। ମାଙ୍କର ଗଭୀର ଭଲପାଇବା, ବାପାଙ୍କର ସ୍ନେହ, ଶ୍ରଦ୍ଧା, ସଦିଚ୍ଛା ଆଉ ଆଶୀର୍ବାଦରେ ଘରେ ଆନନ୍ଦର ଲହଡ଼ି ଖେଳି ଯାଉଥିଲା। ସବୁଶ୍ରେଣୀରେ ସେ ଫାଷ୍ଟ ହେଉଥିଲେ। ଆଉ ସ୍କୁଲର ଓ ସାର୍‌ମାନଙ୍କର ଟେକ ରଖୁଥିଲେ। ଗାଁର ବି ଶ୍ରେଷ୍ଠ ଛାତ୍ର ହିସାବରେ ଗାଁରେ ତାଙ୍କୁ ଖୁବ୍ ଶ୍ରଦ୍ଧା ମିଳୁଥିଲା। ବାପା ମାଙ୍କର ଗର୍ବର ସୀମା ନଥିଲା ରମାପଦଙ୍କ ପାଇଁ। ରମାପଦ ବି ଦୁଃଖ କ'ଣ କେବେ ଜାଣି ନଥିଲେ ବାପା ମାଙ୍କର ଅଗାଧ ଭଲ ପାଇବାରେ। କ'ଣ ଲେଖିବେ ସେ, ଦୁଃଖ ନା ସୁଖ ? ରମାପଦ ପ୍ରଥମ କାଗଜର ଡାହାଣ ପଟେ ଲେଖିଲେ ସୁଖ।

୨. ପଢାବେଳ

ତାପରେ ଆରମ୍ଭ ହେଲା ଘଟଣାବହୁଳ ଜୀବନର କାହାଣୀ। ନିୟତିର କ୍ରୂର ପରିହାସ। ଘରର ସବୁ ସୁଖ ଯେମିତି ଖିନ୍‌ଭିନ୍ ହୋଇଗଲା। ହଠାତ୍ ବାପା ଅଜଣା ରୋଗରେ ଆକ୍ରାନ୍ତ ହେଲେ। ସେତେବେଳେ ଗାଁରେ ନା ଥିଲା ହାସ୍‌ପାତାଳ ନା ବଡ଼ ଡାକ୍ତରଙ୍କ ସୁବିଧା। ପାଞ୍ଚକୋଷ ଦୂରରେ ଜିଲ୍ଲା ମୁଖ୍ୟ ଡାକ୍ତରଖାନାରେ ଭର୍ତ୍ତି ହେଲେ। ଚିକିତ୍ସିତ ହେଲେ। ହେଲେ କିଛି ଲାଭ ହେଲାନି। ବାପା ଜିଦ୍ କରି ଫେରିଆସିଲେ ଗାଁ କୁ। ମରିବେ ତ ଭିଟାମାଟିରେ ମରିବେ। ଗାଁ ମଶାଣିରେ ପୋଡ଼ା ହେବେ। ଟୁଣୁକା ଟୁଣୁକି ଚିକିତ୍ସା ଚାଲିଲା। ହଠାତ୍ ଦିନେ ବାପା ଚାଲିଗଲେ ସମସ୍ତଙ୍କୁ ଶୋକ ସାଗରରେ ଭସାଇ ଦେଇ। ମା ମୁଣ୍ଡ ପିଟି କାନ୍ଦୁଥିଲେ। ତାଙ୍କ ସଂସାର ଉଜୁଡ଼ିଗଲା ବୋଲି ଚିତ୍କାର କରୁଥିଲେ। ହାତର ଶଙ୍ଖା ସିନ୍ଦୂର ସବୁ ବାଡ଼େଇ କଚାଡ଼ି ଭାଙ୍ଗିଦେଲେ। ରାଗରେ ମୁଣ୍ଡରୁ ସିନ୍ଦୂର ପୋଛି ଦେଲେ ଗାଁ ସ୍ତ୍ରୀ ଲୋକମାନେ ପୋଛିବା ଆଗରୁ। ଘର ଦିଅଁ ସବୁକୁ ନେଇ ଦାଣ୍ଡ ରାସ୍ତାରେ କଚାଡ଼ିଦେଲେ। କହିଲେ, ତମେ ଯଦି ଆମକୁ ଏତେ ସରି କଲ ତମେ ଯାଅ ଚୁଲିକୁ, ଗାତକୁ। ଗାଁ ଦାଣ୍ଡ ରାସ୍ତାରେ ଯା ଗଡୁଥାଅ। ରମାପଦ ସେତେବେଳକୁ ଦଶମ ଶ୍ରେଣୀର ଛାତ୍ର। ସେ କ'ଣ ବୁଝିପାରୁଥିଲେ ମୃତ୍ୟୁର ଭୟାବହତା। ସେ ଭାବି ଥିଲେ ବାପା ତ ବାପା। ବରଗଛ ଭଳି। ସବୁବେଳେ ତାଙ୍କ ଆଶ୍ରୟ ଥିବ। ତାଙ୍କର ସ୍ନେହ, ଶ୍ରଦ୍ଧା ର ହାତ ତାଙ୍କ ମୁଣ୍ଡ ଉପରେ ଥିବ। ତାଙ୍କ

ସାହାଚର୍ଯ୍ୟ ରମାପଦଙ୍କୁ ଜୀବନସାରା ମିଳୁଥିବ। ହେଲେ ହଠାତ୍ ତାଙ୍କ ମୁଣ୍ଡରୁ ଯେମିତି ଛାତଟିଏ ଉଡ଼ିଗଲା। ସେ ମୂକ ପାଲଟିଗଲେ, ଅସହାୟତାରେ। ଆଶଙ୍କାରେ। ଆଉ ଜୀବନର ଅନିଶ୍ଚୟତାରେ। ବାପାଙ୍କ ମୁହଁରେ ମୁଖାଗ୍ନି ଦେଲା ବେଳେ ସେ ଭୋ କିନା କାନ୍ଦି ଉଠିଲେ। ଚିତ୍କାର କଲେ, ବାପା ତମେ ଏମିତି ମୋତେ ମଝି ନଈରେ ଭସେଇ ଦେଇ। ଗାଁ ଲୋକେ, ବନ୍ଧୁବାନ୍ଧବ, କୁଟୁମ୍ବ ସାନ୍ତ୍ୱନା ଦେଲେ। ତାପରେ ପ୍ରେତକର୍ମ ହେଲା, ଦଶାହ ସରିଲା, ଦ୍ୱାଦଶାହ ବି। ଗାଁ ଲୋକ ଖାଇଲେ ... ତାପରେ ସମସ୍ତେ ହଠାତ୍ ପୁଣି ଚାଲିଗଲେ ନିଜ ନିଜ ଜୀବନ ଭିତରକୁ। ବନ୍ଧୁବାନ୍ଧବ ଚାଲିଗଲେ, କୁଳକୁଟୁମ୍ବ ଚାଲିଗଲେ। ସେ ଆଉ ମା' ଏକୁଟିଆ ରହିଗଲେ। ଏକାକୀ ଆଗରେ ପଡ଼ିଥିବା ବିସ୍ତୃତ ଜୀବନକୁ ସାମନା କରିବାକୁ। ଦୁଃଖ ନା ସୁଖ ? କ'ଣ ଲେଖିବେ। ରମାପଦ ଭଙ୍ଗା ହୋଇଥିବା କାଗଜ ବାଁ ପଟେ ଲେଖି ଦେଲେ। -ଦୁଃଖ- ଆଉ କହି ଉଠିଲେ ନିଶ୍ଚୟ ଦୁଃଖ।

୩. ସ୍କୁଲ, କଲେଜ ଜୀବନ

ସେ ଆଉ ମା ଏକୁଟିଆ ଜୀବନକୁ ସାମନା କରିବାକୁ ମା ବାର ଘରେ କାମଦାମ କରି, ବନ୍ଧାଛନ୍ଦା କରି, ହାତ ପତେଇ ମାଗିଆଣି ଏବଂ ପ୍ରତିବର୍ଷ ସ୍ୱଳ୍ପ ଜମିରୁ କିଛିକିଛି ବିକି ବିକି ଘର ଖର୍ଚ୍ଚ ଆଉ ରମାପଦଙ୍କର ପାଠପଢ଼ା ଖର୍ଚ୍ଚ ଚଳେଇଲେ। ଏକା ଜିଦ୍ ଯେତେ ଦୁଃଖ କଷ୍ଟ ପଡୁ ପଛେ ପୁଅକୁ ପାଠ ପଢ଼େଇବେ। ତାଙ୍କ ପାଠରେ ଯେମିତି ଡ଼ୋରି ନଲାଗେ, ଯାହା କଷ୍ଟ କରିବାକୁ ପଡୁ ପଛେ। ଭଗବାନଙ୍କ ଉପରେ ମାଆଙ୍କର ଆଉ ଭରସା ନଥିଲା, ହେଲେ ନିଜ ଉପରେ ଥିଲା ପ୍ରଗାଢ଼ ବିଶ୍ୱାସ ଆଉ ଦୃଢ଼ତା। ସେ ଯେମିତି କହୁଥିଲେ, ରହରେ ଦଇବ ତୁ ଦାଉ ସାଧିଲୁ ପରା। ତତେ ମୁଁ ନିଶ୍ଚୟ ଦେଖେଇ ଦେବି କେମିତି ତୋର ଦାଉ ସାଧିବା ନିଷ୍ଫଳ ଯିବ। ମୋ ପୁଅ ପାଠ ପଢ଼ିବ, ଖୁବ୍ ପାଠ ପଢ଼ିବ।

ରମାପଦ ମଝିରେ କହିଲେ ସେ ପାଠ ଛାଡ଼ିଦେବେ। ମାଆର ଦୁଃଖ ଆଉ ଦେଖିପାରିବେନି। ଛୋଟମୋଟ ଖଣ୍ଡେ ଚାକିରି କରିନେବେ। ଦି' ପଇସା ଆଣିଲେ ମାଆଙ୍କୁ ସାହାଯ୍ୟ ହେବ। ହେଲେ ମାଆ କିଛି ହେଲେ ଶୁଣିଲେ ନାହିଁ, ଏକାଜିଦ୍। ତାଙ୍କୁ ପାଠପଢ଼ା ଛାଡ଼ିବାକୁ ଦେବେନି। ସେ ତାଙ୍କୁ ନିଶ୍ଚୟ ମଣିଷ କରିବେ, ଆଖି ବୁଜିବା ଆଗରୁ ବାପା ମାଆ ଦୁହେଁ ଯେଉଁ ସ୍ୱପ୍ନ ତାଙ୍କ ପାଇଁ ଦେଖିଥିଲେ ତାକୁ ସାକାର କରିବେ।

ତା'ପରେ ଚାଲିଲା ତାଙ୍କର ସଂଘର୍ଷମୟ ଜୀବନ ମାଆର ଜିଦ୍‌ରେ। ଅଭାବ, ଅନଟନ, ବାପା ଯିବାର ଧକ୍କା ଆଉ ଆଘାତ ହୃଦୟ ତଳେ ଚାପିଧରି ମାଆ ସେମିତି

ବାରଦ୍ୱାର ଶୁଣ୍ଢୀପିଣ୍ଡା ହୋଇ ତାଙ୍କୁ ପଢେଇଲେ। ଆଉ ରମାପଦ ବି ବହିପତ୍ର ନଥିବା ସତ୍ତ୍ୱେ, ଘର କାମଦାମ କରି କିଛି ପଇସା ଆଣିବା ସତ୍ତ୍ୱେ, ଟିଉସନ କରି ନିଜର ପଢା ଖର୍ଚ୍ଚ ତୁଲେଇବା ସତ୍ତ୍ୱେ, ଏକମନସ୍କ ହୋଇ ଗୋଟିଏ ପରେ ଗୋଟିଏ କ୍ଲାସରେ ଫାଷ୍ଟ ହୋଇ ହୋଇ ଉପରକୁ ଉପରକୁ ଚାଲିଲେ। ମାଆର ମନ ଖୁସିରେ ଫୁଲି ଉଠୁଥିଲା। ସେ ଗର୍ବରେ ମୁଣ୍ଡ ଉପରକୁ କରି ଚାଲୁଥିଲା। ଗାଁ ଦାଣ୍ଡରେ ବାପାଙ୍କ ଫଟୋ ଆଗରେ କହୁଥିଲା, ଦେଖିଲ ତମେ ସିନା ଚାଲିଗଲ, ହେଲେ ଆମେ ହାରି ଯାଇନୁ। ରମା ନିଶ୍ଚୟ ଦିନେ ବଡ଼ଲୋକ ହେବ। ଆମର ନାଁ ଟେକି ଧରିବ।

ଦୁଃଖ ତ ଅନେକ ଥିଲା, ସଂଘର୍ଷ ବି। ହେଲେ ମାଆଙ୍କୁ ଦେଖିଲେ, ତାଙ୍କର ହୃଦୟକୁ ଦେଖିଲେ ରମାପଦ ଏକ ଅହେତୁକ ସୁଖବୋଧ କରୁଥିଲେ। ମାଆକୁ ନେଇ ସେ ଖୁବ୍ ଗର୍ବ କରୁଥିଲେ, ଆଉ ଖୁବ୍ ଗର୍ବ। ସେ ବି ନିଜ ପାଖରେ ନିଜେ ପ୍ରତିଜ୍ଞା କରିଥିଲେ, ଦୃଢ ନିଶ୍ଚୟ କରିଥିଲେ- ଯାହା ହେଇଗଲେ ବି ସେ ନିଶ୍ଚୟ ତାଙ୍କର ଏ ଦଶା ଉପରେ ବିଜୟଲାଭ କରିବେ।

ତା'ପରେ ଅନବରତ ସଂଘର୍ଷ ଚାଲିଲା ଭାଗ୍ୟ ସାଥିରେ। କେତେ ଦୁଃଖ ନ ସହିଛନ୍ତି ମା'। ଯାହା କିଛି ଟଙ୍କା ମିଳେ, ରମାପଦଙ୍କ ପାଖକୁ ପଠେଇ ଦେଇ ନିଜେ ନଖାଇ ନପିଇ ପଡ଼ିରହନ୍ତି। ହେଲେ ଦିନେ ହେଲେ ମା'ଙ୍କୁ ସେ ମ୍ରିୟମାଣ ହେବା କି ହତାଶ ହୋଇ ଭାଙ୍ଗି ପଡ଼ିବାର ଦେଖି ନାହାନ୍ତି। କି କେବେହେଲେ ଭାଗ୍ୟକୁ ଦୋଷ ଦେବାର ଦେଖିନାହାନ୍ତି।

ରମାପଦ ଭାବିଲେ କ'ଣ କହିବେ ତାଙ୍କର ସଂଘର୍ଷମୟ ଏ ଜୀବନକୁ। ଦୁଃଖ କହିବେ ନା ସୁଖ କହିବେ। ଦୁଃଖତ ଅନେକ ମାଆ ପୁଅ ଭୋଗିଛନ୍ତି, ହେଲେ ଜୀବନର ଏ ଭାଗକୁ ତ ପୂରା ଦୁଃଖ କହିହେବନି। ମାଆଙ୍କର ଦୃଢତା କଣ ଦୁଃଖ, ପରିସ୍ଥିତି ସହ ଲଢେଇ କ'ଣ ଦୁଃଖ। ତାକୁ ମଣିଷ କରିବାର ଜିଦ୍ କ'ଣ ଦୁଃଖ। ତାଙ୍କର ନିଶ୍ଚୟ ଭଲ ପଢି ମଣିଷ ହେବାର ପ୍ରତିଜ୍ଞା କ'ଣ ଦୁଃଖ ? ନା କେବେ ଦୁଃଖ ହୋଇପାରେନା।

ହେଲେ କ'ଣ ଲେଖିବେ। ରମାପଦ ଅନେକ ଭାବିଲେ। ଘର ଭିତରେ ଅସ୍ଥିର ପଦଚାଳନା କଲେ। ଶେଷରେ ମଝିରୁ ଭଙ୍ଗା ହୋଇଥିବା କାଗଜକୁ ଟେବୁଲ ଉପରୁ ଉଠାଇ ଆଣି କାଗଜର ବାଁ ପଟେ ଲେଖିଦେଲେ -ଦୁଃଖ- ଆଉ କାଗଜର ଡାହାଣ ପଟେ ଲେଖିଦେଲେ -ସୁଖ- ହଁ ନିଶ୍ଚୟ-ଏଇତ ଦୁଃଖ ସୁଖ ଭିତରେ ଅହରହ ସଂଗ୍ରାମ। ସଂଘର୍ଷ। ସୁଖର ଦୁଃଖ ଉପରେ ଜିତାପଟ ହାସଲ କରିବାକୁ ଦୃଢ ସଂକଳ୍ପ। ପ୍ରୟାସ।

୪. କଲେଜ ପର ଚାକିରି ବେଳ

ସଂଘର୍ଷ ସାଥିରେ ଜୀବନ ଆଗକୁ ଗଡ଼ି ଚାଲିଲା। ପରିସ୍ଥିତି ଉପରେ ବିଜୟ ମିଳିଲା। ରମାପଦ ସ୍କୁଲପଢା ପ୍ରଥମ ହୋଇ ଶେଷ କଲେ ସାରା ଓଡ଼ିଶାରେ। ତାପରେ କଲେଜରେ ଭର୍ତ୍ତି ହେଲେ। ହଷ୍ଟେଲରେ ରହିଲେ। ଟିଉସନ କରି କଲେଜ ଓ ହଷ୍ଟେଲ ଖର୍ଚ୍ଚ ଚଳେଇଲେ। ମାଆଙ୍କୁ କିଛି କିଛି ଟଙ୍କା ପଠେଇଲେ। ମନଦେଇ ପାଠ ପଢିଲେ। ଦିନ ଦିନ ରାତି ରାତି, ତାପରେ ଗ୍ରାଜୁଏସନ ଶେଷ କଲେ ଫାଷ୍ଟକ୍ଲାସ ଫାଷ୍ଟ ହୋଇ। ଅନର୍ସ ଉଇଥ୍ ଡିଷ୍ଟିଙ୍କସନ୍। କଲେଜରେ ତାଙ୍କୁ ତାଙ୍କର କୃତିତ୍ୱ ପାଇଁ ସମ୍ବର୍ଦ୍ଧିତ କରାଗଲା। ରମାପଦ ମାଆଙ୍କୁ ସେଇ ସମ୍ବର୍ଦ୍ଧନା ସଭାକୁ ନେଇ ଆସିଥିଲେ। ମାଆଙ୍କର ଖୁସି ଦେଖିବାର ଥିଲା। ସେ ଆନନ୍ଦରେ ଆତ୍ମବିଭୋର ହୋଇ ପଡୁଥିଲେ। ମାଆଙ୍କର ଛାତି କୁଣ୍ଢେମୋଟ ହୋଇଯାଇ ଥିଲା। ସମ୍ବର୍ଦ୍ଧନା ସଭାରେ ଆଗ ଧାଡ଼ିରେ ବସିଥିବା ବେଳେ ମାଆ ଆକାଶକୁ ଚାହିଁ ହାତ ଯୋଡ଼ିଲେ ଓ ଶୂନ୍ୟରେ ମୁଣ୍ଡିଆ ମାରିଲେ। ଭଗବାନଙ୍କୁ ତ ନୁହେଁ, ବାପାଙ୍କୁ ବୋଧେ କିଛି କହୁଥିଲେ।

ତାପରେ ପୁଣି କିଛି ଦ୍ୱନ୍ଦ୍ୱ ଲାଗି ରହିଲା। ବିଏ ପାଶ୍ କଲାପରେ ଚାକିରି କରିବେ ନା ଆଉ ପଢିବେ। ଘରର ପରିସ୍ଥିତି ତ କହୁଥିଲା ତୁରନ୍ତ ଚାକିରି କରିବା ଦରକାର, ହେଲେ ମାଆଙ୍କର ଏକ ଜିଦ୍ ସେ ପାଠ ପଢିବେ। ପିଜି, ତାପରେ ଏମ୍.ଫିଲ୍, ତାପରେ ପିଏଚ୍‌ଡ଼ି। ସେଇଆ ହିଁ ହେଲା। ମାଆ କହିଲେ ପଢ। ରମାପଦଙ୍କର ମନ କହିଲା, ନା ସେ ଅଧାରୁ ପାଠପଢାରେ, ଡ଼ୋରି ବାନ୍ଧି ପାରିବେନି, ଯେତେ ସଂଘର୍ଷ କରିବାକୁ ପଡୁ ପଛେ। ସେ ନିଶ୍ଚୟ ସବୁ ସମସ୍ୟାକୁ ମୁକାବିଲା କରିବେ। ସମସ୍ୟାର ସମାଧାନ ବି ବାହାରିଲା। ତାଙ୍କୁ ଗ୍ରାଜୁଏସନରେ ନେସନାଲ ସ୍କଲାରଶିପ୍ ବି ମିଳିଲା। ସେ ଆଉ ଦିଟା ବି ଟିଉସନ ଧରିନେଲେ। ମାଆଙ୍କୁ ଆଉ ଯା ତା' ଘରେ କାମ କରିବାକୁ ମନା କରିଦେଲେ। ଆଉ କେତେ ଦିନ ଏମିତି ଏ ବୟସରେ ମା' ହିନସ୍ତା ହେଉଥିବ। ସହରରେ ଦୁଇ ବଖୁରିଆ ଘରଟିଏ ଭଡ଼ାରେ ନେଲେ। ମା'ଙ୍କୁ ଗାଁରୁ ସହରକୁ ନେଇ ଆସିଲେ ତାଙ୍କ ସାଥିରେ ରହିବାପାଇଁ। ଗାଁ ଘରକୁ ଭଡ଼ା ଲଗେଇ ଦେଲେ। ସେଥିରୁ ଦି' ପାଇସା ବି ଆସିଲା। ଗାଁର ସ୍ୱଳ୍ପ ଜମିବାଡ଼ିତ ବିକା ହୋଇ ସାରିଥିଲା। ଯାହା ଆଉ ଘର ଓ ଘରଡ଼ିହ ଖଣ୍ଡେ ବାକିଥିଲା। ଜୀବନରେ ଗୁରୁତର ସମସ୍ୟା ଯାହା ଏପର୍ଯ୍ୟନ୍ତ ଥିଲା, ସାମାନ୍ୟ ଲାଘବ ହେଲା। ମା' ଘର କଥା ବୁଝୁ ଥିଲେ, ରାନ୍ଧି ବାଢ଼ି ଖାଇବା ପିଇବା କଥା ବୁଝୁ ଥିଲେ। ରମାପଦ ଟିଉସନ କରୁଥିଲେ, କଲେଜ ଯାଉଥିଲେ ଆଉ ରାତି ରାତି ପାଠ ପଢୁଥିଲେ।

ଏଇମିତି ବର୍ଷ ପରେ ବର୍ଷ ଗଡ଼ିଗଲା। ରମାପଦ ଏମ୍‌ଏ ପାଶ୍ କଲେ ପୁଣି

ପ୍ରଥମ ଶ୍ରେଣୀରେ ପ୍ରଥମ ହୋଇ। ତାପରେ ଏମ୍‌ଫିଲ୍ ବି ଶେଷ କଲେ। ତାପରେ ଡକ୍ଟରେଟ୍ କରି ପିଏଚ୍‌ଡ଼ି ପାଇଲେ। କଲେଜ ଚାରିଆଡ଼େ ରମାପଦଙ୍କର ନାଁ ହୋଇଯାଇଥିଲା ସ୍କଲାର ହିସାବରେ।

ମାଆଙ୍କର ଛାତି କୁଣ୍ଢେମୋଟ ହୋଇଯାଉଥିଲା। ବାପା ଚାଲିଗଲା ପରେ ଯେଉଁ ଦୃଢ ନିଷ୍ଠୟକୁ ନେଇ ମା ଦୁଃଖେ କଷ୍ଟେ ସମସ୍ୟାକୁ ଭ୍ରୁକ୍ଷେପ ନକରି ତାଙ୍କୁ ପାଠ ପଢେଇ ଚାଲିଥିଲେ, ତା'ର ସଫଳତା ଦେଖି ମାଆ ଆନନ୍ଦ ବିଭୋର ହୋଇଯାଉଥିଲେ। ବାପାଙ୍କ ଫଟୋକୁ ଘଣ୍ଟା ଘଣ୍ଟା ଚାହିଁ ରହି କହୁଥିଲେ, ଏବେ ମୋର କାମ ସରିଲା। ପୁଅକୁ ବହୁତ ପାଠ ପଢେଇବାର ଯେଉଁ ସ୍ୱପ୍ନ ତମେ ସବୁବେଳେ ଦେଖୁଥିଲ, ତା' ଆଜି ସାକାର ହୋଇଛି। ପୁଅ ଏବେ ନିଜ ଗୋଡ଼ରେ ନିଜେ ଠିଆହେବ। ତାଙ୍କର ଆଉ ପ୍ରୟୋଜନ କ'ଣ ଅଛି ? କାମ ସରିଛି। ବାପାଙ୍କୁ କହୁଥିଲେ, "ମତେ ବି ତମ ପାଖକୁ ନେଇଯାଅ। ତମେ ଚାଲିଗଲା ପରେ ମୁଁ ଭାରି ଏକୁଟିଆ ହୋଇଯାଇଛି। ମାଆଙ୍କ କଥା ଶୁଣି ରମାପଦଙ୍କ ଆଖିରେ ଲୁହ ଆସିଯାଉ ଥିଲା। କେତେ ହନ୍ତସନ୍ତ, ହିନସ୍ତା ନ ହୋଇଛନ୍ତି ମା' ଖାଲି ତାଙ୍କୁ ପାଠ ପଢେଇବା ପାଇଁ।

ପିଏଚ୍‌ଡ଼ି ସରିଲା ପରେ ରମାପଦ ସ୍ଥିର କଲେ ସେ କଲେଜରେ ଅଧ୍ୟାପକ ହେବେ। ପିଲାମାନଙ୍କୁ ପାଠ ପଢେଇବେ, ବିଦ୍ୟାଦାନ କରିବେ। ଯା'ଠୁ ଆଉ ଭଲ ପ୍ରଫେସନ କ'ଣ ହୋଇପାରେ। ତାଙ୍କର ପାଠ ପଢାର ରେକର୍ଡ଼ ଉପରେ ତାଙ୍କୁ ୟୁନିଭରସିଟିରେ ଅଧ୍ୟାପକ ଚାକିରି ମିଳିଲା।

ରମାପଦଙ୍କର ଖୁସିର ସୀମା ନଥିଲା, ମାଆଙ୍କର ବି। ମାଆ ଘର ଆଖପାଖରେ ସାଇ ପଡ଼ିଶାରେ ମିଠେଇ ବାଣ୍ଟିଲେ। ସମସ୍ତଙ୍କୁ ବୁଲି ବୁଲି ପୁଅର ଚାକିରି କଥା କହିଲେ। ଏମିତି କି ଜିଦ୍ କରି ଗାଁ କୁ ବି ଗଲେ, ଗାଁ ସାରା ସାଇ ପଡ଼ିଶା, ବନ୍ଧୁବାନ୍ଧବ କୁଟୁମ୍ବଙ୍କୁ ରମାପଦଙ୍କ କୃତିତ୍ୱ ବିଷୟରେ କହିଲେ। କେତେ କଷ୍ଟ କରିଛନ୍ତି ବାପା ଗଲାପରେ। କହିଲା ବେଳକୁ ତାଙ୍କ ଆଖିରୁ ଧାର ଧାର ଲୁହ ବୋହି ଯାଉଥିଲା, ବୋଧହୁଏ ଅଭୂତପୂର୍ବ ଖୁସିରେ। ଦୁଃଖତ ଜମାରୁ ମାଆ କେବେ କରୁ ନଥିଲେ। ଦୁଃଖକୁ ଯେମିତି ସେ ଏକାବେଳକେ ଭୁଲି ଯାଇଥିଲେ। ହେଲେ ମା' ଦିନେ ହେଲେ ବି ଭଗବାନଙ୍କୁ ଧନ୍ୟବାଦ ଦେଇ ନଥିଲେ କି ଧୂପ, ଦୀପ, ପ୍ରସାଦ ଚଢେଇ ନଥିଲେ କିମ୍ବା ମାନସିକ ଶାଢି, କାଞ୍ଚଲା, ପାଟ ଚଢ଼େଇ ନଥିଲେ।

ରମାପଦ ସଂଘର୍ଷ ସତ୍ତ୍ୱେ ସମାଜରେ କୃତିତ୍ୱର ସହିତ ଠିଆହୋଇ ପାରିଥିଲେ। ଏହା ତାଙ୍କ ଜୀବନର ସବୁଠୁ ରୋମାଞ୍ଚକର ଆଉ ଶ୍ରେଷ୍ଠ ଉପଲବ୍ଧି ଥିଲା। କ'ଣ

ଲେଖିବେ ? ଏଥିରେ କ'ଣ କିଛି ସନ୍ଦେହ ଅଛି । ସମସ୍ୟା ସାଥିରେ ସଂଗ୍ରାମ କରି କରି ଯେତେବେଳେ ବିଜୟପ୍ରାପ୍ତ ହୁଏ, ସେତେବେଳେ ମନରେ ଆନନ୍ଦ ଭରିଯାଏ । ସେ କାଗଜ ବାହାର କଲେ, ମଝି ଭାଙ୍ଗର ଡାହାଣ ପଟେ ଲେଖିଦେଲେ ।

-ସୁଖ-

୫. ଚାକିରୀ ଜୀବନ ଓ ପରବର୍ତ୍ତୀ ଘଟଣା

ତା'ପରେ ଆରମ୍ଭ ହେଲା ଚାକିରି ଜୀବନ । ରମାପଦ ସହରରେ ଘର ନେଲେ, ମାଆଙ୍କୁ ପାଖରେ ରଖିଲେ, ଆଉ ଆରମ୍ଭ କଲେ ତାଙ୍କ ଅଧ୍ୟାପକ ଜୀବନ ୟୁନିଭରସିଟ୍‌ରେ । ରମାପଦ ଆରମ୍ଭରୁ ଉଚ୍ଚାକାଂକ୍ଷୀ ଥିଲେ ଏବଂ ପରିଶ୍ରମୀ । ଆଉ ତାଙ୍କର ବିଷୟ ଉପରେ ଅଗାଧ ଜ୍ଞାନ ବି ଥିଲା । ଅତଏବ ସେ ଖୁବ୍‌ଶୀଘ୍ର ବିଶ୍ୱବିଦ୍ୟାଳୟରେ ନିଜର ନାଁ କରିନେଲେ । ଛାତ୍ରମାନେ ତାଙ୍କୁ ସମ୍ମାନ ଦେବାକୁ ଲାଗିଗଲେ । ସେ ଖୁବ୍ ଆତ୍ମସନ୍ତୋଷ ଲାଭ କରୁଥିଲେ ।

ହେଲେ ମାଆଙ୍କର ଏକା ଜିଦ୍, ସେ ଜଲଦି ବାହା ହେବାକୁ ପଡ଼ିବ । ଘରକୁ ବୋହୂ ଆସିଲେ, ମାଆ ବିଶ୍ରାମ ନେବେ ଘରଦ୍ୱାର ବୋହୂ ହାତକୁ ଟେକିଦେଇ । ରମାପଦ ଚାହୁଁଥିଲେ ଆହୁରି ପଢ଼ିବାକୁ, ପୋଷ୍ଟ ଡକ୍ଟରେଟ୍ କରିବାକୁ, ହେଲେ ମାଆ ତ ମା, ଏକା ଜିଦ୍ ତାଙ୍କୁ ବାହା ହେବାକୁ ପଡ଼ିବ । ମାଆ ନାତି, ନାତୁଣୀଙ୍କ ମୁହଁ ଦେଖି ହିଁ ମରିବେ ।

ଶେଷରେ ସେଇୟା ହିଁ ହେଲା । ମାଆଙ୍କର ଜିଦ୍, ମାଆଙ୍କର ଇଚ୍ଛାକୁ ସେ ଅଣଦେଖା କେମିତି କରନ୍ତେ । ଘରକୁ ଅରୁଣା ଆସିଲେ । ଅରୁଣା ତାଙ୍କ ସାଥିରେ ଡକ୍ଟରେଟ୍ କରୁଥିଲେ । ପିଏଚ୍.ଡ଼ି ପାଇ ସାରିଲା ପରେ ତାଙ୍କ ସାଥିରେ ବି ଅଧ୍ୟାପକ ଭାବେ ଜଏନ୍ କରିଥିଲେ । ପିଏଚ୍.ଡ଼ି କଲାବେଳୁ ଦୁହିଁଙ୍କ ମଧ୍ୟରେ ସମ୍ପର୍କ ଗଢି ଉଠିଥିଲା । ଧୀରେ ଧୀରେ ସମ୍ପର୍କ ଆହୁରି ପ୍ରଗାଢ଼ ହେବାକୁ ଲାଗିଲା । ତାପରେ ଆହୁରି ମଧୁର ହେଲା । ଦୁହେଁ ଦୁହିଁଙ୍କ ଆହୁରି ପାଖକୁ ପାଖ ଲାଗି ଆସିଲେ । ଦୁହେଁ ଦୁହିଁଙ୍କୁ ଚାହିଁବାକୁ ଲାଗିଲେ । ହେଲେ ବାହାହେବା ବିଷୟରେ ରମାପଦ କେବେ କହି ନଥିଲେ । କାରଣ ତାଙ୍କର ଆକାଂକ୍ଷା ଆହୁରି ପଢିବାର ଥିଲା । ବିଦେଶରେ ପୋଷ୍ଟ ଡକ୍ଟରେଟ୍ କରିବା ତାଙ୍କର ଅଭିଳାଷ ଥିଲା ।

ହେଲେ ମାଆଙ୍କ ଜିଦ୍ ସବୁକିଛି ବଦଳେଇ ଦେଲା । ସେ ଅରୁଣାକୁ ପ୍ରପୋଜ୍ କଲେ.... ଆଉ ଅରୁଣା ବି ଯେମିତି ତାଙ୍କୁ ଚାହୁଁଥିଲେ ତାଙ୍କ ପ୍ରସ୍ତାବକୁ ସ୍ୱୀକାର କଲେ । ହେଲେ ଅରୁଣା ଅନ୍ୟ ଜାତିର ଥିଲେ । ରମାପଦ ଯେତେବେଳେ ମାଆଙ୍କୁ ଅରୁଣାଙ୍କ ବିଷୟରେ କହିଲେ, ମାଆଙ୍କ ଆନନ୍ଦ କହିଲେ ନସରେ । ଖୁସିରେ ସେ

ବିଭୋର ହୋଇପଡ଼ିଲେ । କହିଲେ, "ତୁ ଯଦି ପସନ୍ଦ କରିଛୁ ମୋର କ'ଣ ଅଛି ? ତମେ ଦୁହେଁତ ଘର ସଂସାର କରିବ । ତିଥି ବାର ଦେଖ । ଯେତେ ଜଲ୍‌ଦି ହେବ ଅରୁଣାକୁ ଏ ଘରକୁ ବୋହୂ କରି ଆଣିବା ।"

ହେଲେ ମାଆ ଯେତେବେଳେ ଜାଣିଲେ ଯେ ଅରୁଣା ଭିନ୍ନ ଜାତିର ଓ ଇଣ୍ଟରକାଷ୍ଟ ବିବାହ ହେବ, ସେତେବେଳେ ସେ ମନା ତ କଲେନି, ହେଲେ ରମାପଦଙ୍କର ମନେହେଲା ମାଆଙ୍କର ମନ ଟିକିଏ ଊଣା ହୋଇଗଲା । ସେ ଦେଖିଲେ ବାପାଙ୍କ ଫଟୋ ଆଗରେ ବସି ମାଆ ବାପାଙ୍କୁ ଏକଥା କହୁଥିଲେ, ଆଉ ତାଙ୍କ ଆଖିରୁ ଦି' ଧାର ଲୁହ ଗଡ଼ିଯାଉଥିଲା । ଅରୁଣା ଘରକୁ ଆସିଲେ । ଅରୁଣା ଆସିଲା ପରେ ଘରେ ଖୁସିର ଲହଡ଼ି ଖେଳିଗଲା । ମାଆ ବି ବୋହୂକୁ ପାଇ ଖୁବ୍ ଖୁସି ଥିଲେ । ବୋହୂର ଭଲମନ୍ଦ ସବୁ ନିଜେ ନିଜେ ବୁଝୁଥିଲେ ।

ରମାପଦଙ୍କ ଜୀବନରେ ତ ଅନିର୍ବଚନୀୟ ଆନନ୍ଦ ଭରି ଯାଇଥିଲା । ଅରୁଣାଙ୍କ ପ୍ରେମରେ ସେ ନିଜକୁ ହଜେଇ ଦେଇଥିଲେ । ଅରୁଣାଙ୍କୁ ତାଙ୍କର ସବୁକିଛି ପ୍ରଦାନ କରି ବସିଲେ ରମାପଦ । ଅରୁଣାଙ୍କ ଭିତରେ ଯେମିତି ଏକ ହୋଇ ବିଲୀନ ହୋଇଗଲେ ।

ଦିନଗୁଡ଼ିକ କେମିତି କଟିଗଲା ଜାଣି ହେଲାନାହିଁ । ଆନନ୍ଦର ଲହଡ଼ି ଖେଳି ଯାଉଥିଲା ସଭିଙ୍କ ହୃଦୟରେ । ଏତେଦିନ ଯାଏଁ ବାପା ଗଲାପରେ ଘରେ ଯେଉଁ ଉଦାସୀନତା ଥିଲା ତା'ର ଅବସାନ ଘଟିଲା । ଘରେ ଯେଉଁ ଦୁଃଖ ଖେଳିଯାଇ ଥିଲା ତା'ର ସମାପ୍ତି ଘଟିଲା । ଏତେ ଦିନ ଯାଏ ମାଆ ଓ ତାଙ୍କର ଯେଉଁ ଜିଦ୍‌ରେ ସଂଘର୍ଷ ଅହରହ ଚାଲିଥିଲା, ତା'ର ବି ଅନ୍ତ ହେଲା । ପ୍ରଥମଥର ପାଇଁ ଘରେ ଖୁସିର ଲହଡ଼ି ଖେଳୁଥିଲା । ରମାପଦଙ୍କ ଜୀବନରେ ଆନନ୍ଦ ଭରି ଯାଇଥିଲା ଅରୁଣାକୁ ପାଇ । ରମାପଦ ଉଠି ବସିଲେ । ଆନନ୍ଦରେ ସେ କୁରୁଳି ଉଠୁଥିଲେ । ତାଙ୍କ ଗୋଡ଼ ଆଉ ମାଟିରେ ପଡୁ ନଥିଲା । କାଗଜ ବାହାର କଲେ, କଲମ ନେଲେ । କ'ଣ ଲେଖିବେ ଜୀବନର ଏଇ ସୁଖମୟ ସମୟକୁ । ଆଉ କ'ଣ କିଛି ସନ୍ଦେହ ଅଛି । ଏତେ ଆନନ୍ଦ ତାଙ୍କ ଜୀବନରେ ସେ କେବେ ପାଇ ନଥିଲେ । କାଗଜର ଡାହାଣ ପଟ ଭାଗରେ ଲେଖିଦେଲେ ବଡ଼ ବଡ଼ ଅକ୍ଷରରେ ।

- ସୁଖ -

୬. ପରବର୍ତ୍ତୀ ଜୀବନ

ତାପରେ ବର୍ଷ ପରେ ବର୍ଷ କେତେବେଳେ ବିତିଗଲା ଅରୁଣାଙ୍କ ପ୍ରେମରେ ରମାପଦ ଜାଣି ପାରିଲେନି । ତାଙ୍କର ପୁଅଟିଏ, ଝିଅଟିଏ ବି ହେଲା । ପୁଅ ଅମିତେଶ

ଆଉ ଝିଅ ଜିଜ୍ଞାସା। ଦୁହିଁଙ୍କୁ ଦେଖି ରମାପଦଙ୍କୁ ସ୍ୱର୍ଗ ପାଇଲା ଭଳି ଲାଗୁଥିଲା। ମା ବି ଖୁବ୍ ଖୁସି ଥିଲେ। ପୁଅ, ଝିଅର ପୂରା ଖବର ସିଏ ବୁଝୁଥିଲେ, ସକାଳୁ ସଞ୍ଜ ଯାଏ। ଅରୁଣା ଆଉ ରମାପଦ ଚାକିରିରେ ବ୍ୟସ୍ତ ରହୁଥିଲେ। ଏମିତି ଛଅ, ସାତ ବର୍ଷ ଆନନ୍ଦରେ କଟିଗଲା। ପୁଅ ଝିଅ ବି ମାଆଙ୍କର ଆଦରରେ ବଡ଼ ହୋଇଗଲେ ଓ ସ୍କୁଲକୁ ଯିବା ଆରମ୍ଭ କରିଦେଲେ।

ମାଆ ବି ତାଙ୍କ ସଂସାର ସାଥୀରେ ଏକ ହୋଇ ଯାଇଥିଲେ। ରୋଷେଇବାସ କରିବା, ପିଲା ଦୁହିଁଙ୍କର ଦେଖାଶୁଣା କରିବା, ଘରର ସବୁ କାମ ବୁଝିବା, ଏମିତି ଘରକୁ ସୂଚାରୁରୂପେ ଚଳାଇ ନେବାରେ ମାଆଙ୍କର ଅବଦାନ ଅରୁଣାଠାରୁ ଅନେକ ବେଶୀ ଥିଲା। ଏମିତି ଅମିତେଶ ଆଉ ଜିଜ୍ଞାସା ବି ମା'ଙ୍କୁ ଖୁବ୍ ଭଲପାଇବା ଆରମ୍ଭ କରିଦେଇ ଥିଲେ। ମାଙ୍କ ପାଖରେ ଦୁହେଁ ଦିନରାତି ରହୁଥିଲେ। ଅରୁଣା ପାଖକୁ କେବେ କେବେ ଆସୁଥିଲେ। ତାଙ୍କ ପାଖକୁ ତ ପ୍ରାୟ ଆସୁ ନଥିଲେ କହିଲେ ଚଳେ। ମାଙ୍କ ପାଖରେ ଶୋଉଥିଲେ। ମା'ଙ୍କଠୁ ଗପ ଶୁଣୁଥିଲେ। ମାଙ୍କ କୋଳରେ ମୁଣ୍ଡ ଗୁଞ୍ଜି ଶୋଉଥିଲେ। ମା ଯେମିତିକି ତାଙ୍କ ସ୍ନେହରେ ବନ୍ଦୀ କରିନେଇଛନ୍ତି।

ସେ ତାଙ୍କ ପାଠପଢା ଆଉ ପେପର ଲେଖିବାରେ ପ୍ରାୟତଃ ବ୍ୟସ୍ତ ରହୁଥିଲେ। ତାଙ୍କ ପାଖରେ ପାଞ୍ଚ ଛ ଜଣ ଛାତ୍ର ବି ପିଏଚ୍‌ଡ଼ି କରୁଥିଲେ। ତାଙ୍କୁ ତ ପ୍ରାୟ ଘର କଥା ବୁଝିବା ସମ୍ଭବ ହେଉ ନଥିଲା। ଏମିତି ଅରୁଣା ସାଥିରେ ସମୟ ବିତେଇବାକୁ ବି ତାଙ୍କୁ ସମୟ ମିଳୁ ନଥିଲା। ସେ ଉଚ୍ଚାକାଂକ୍ଷାର ଶିକାର ହୋଇ ନାମ କମେଇବା ପାଇଁ ଦିନରାତି ଲାଗି ରହିଥିଲେ।

ପିଲାମାନେ ଯେତେବେଳେ ଆଉ ଟିକିଏ ବଡ଼ ହୋଇ ନିଜ ନିଜ କାମ ବୁଝିବା ଅବସ୍ଥାକୁ ଆସିଗଲେ, ସେତେବେଳେ ଘରେ ଝଡ଼ ବୋହିବା ଆରମ୍ଭ ହୋଇଗଲା। ଅରୁଣା ଆଉ ମା'ଙ୍କ ଭିତରେ ଦୂରତ୍ୱ ବଢିବାରେ ଲାଗିଲା। ପିଲାମାନେ ବଡ଼ ହୋଇଗଲା ପରେ ମାଆଙ୍କର ଆବଶ୍ୟକତା ଯେମିତି ଆମ ଘରୁ ଶେଷ ହୋଇ ଯାଇଥିଲା।

ଅରୁଣା ଏମିତି ସବୁବେଳେ ମାଆଙ୍କ ବିରୋଧରେ ଅଭିଯୋଗ କରିବାକୁ ଲାଗିଲେ। ମା' ପିଲାମାନଙ୍କୁ ଅତି ଗେହ୍ଲା କରି କରି ପୂରାପୂରି ବିଗାଡ଼ି ଦେଲେଣି। ପିଲା ଦିଟାଙ୍କର ଟିକିଏ ହେଲେ ପାଠ ନାହିଁ କି ଶାଠ ନାହିଁ, ଖାଲି ମାଆଙ୍କ ସ୍ନେହ ଯୋଗୁ। ମା' ଏଠୁ ନଗଲେ ପିଲା ଦିଟା ବାଲୁଙ୍ଗା ହୋଯିବେ। ତାଙ୍କ ଭବିଷ୍ୟତ ବରବାଦ୍ ହେଇଯିବ। ମାଆ କ'ଣ ବା ଜାଣନ୍ତି ଆଜିକାଲି ବିଷୟରେ। ପାଠ ପଢି ନିଜକୁ ଠିଆ ନ କରେଇ ପାରିଲେ ଯେ ଜୀବନ ବରବାଦ୍ ହୋଇଯିବ ସେ ବିଷୟ କ'ଣ ବା ମାଆଙ୍କୁ ଜଣା।

ହେଲେ ମାଆ ଘରର ସବୁ ବିଷୟ ବୁଝୁଥିଲେ। ପିଲା ଦୁହିଙ୍କର ଯତ୍ନଠାରୁ ଆରମ୍ଭ କରି ରୋଷେଇବାସ, ଘରର ସବୁ କାମଦାମ। ପିଲାଙ୍କର ମଧ୍ୟ। ତାଙ୍କର ଏମିତି କି ଅରୁଣାଙ୍କର ଯାହା ଯାହା ଆବଶ୍ୟକ ସବୁ ମାଆ ଖିଆଲ ରଖୁଥିଲେ। ମାଆ ଘର ଭିତରେ ନିଜର କର୍ତ୍ତୃତ୍ୱ ଜାହିର କରୁଥିଲେ, ଯାହା ଅରୁଣାଙ୍କର ସହ୍ୟ ହେଉ ନଥିଲା। ସେ ମାଆଙ୍କୁ ଠିକ୍‌ଭାବେ ଦେଖିପାରୁ ନଥିଲେ। ଅରୁଣା ପଢାଲେଖା ହେଲେ ବି ମାଆଙ୍କ ପ୍ରତି ଏକ ହେୟଭାବ ତାଙ୍କ ଭିତରେ ଖେଳି ଯାଉଥିଲା। ସେ ଜିଦ୍ କରି ବସିଥିଲେ ମା ଯଦି ଏ ଘରେ ରହିବେ, ତେବେ ସେ ରହିପାରିବେ ନାହିଁ। ବାରମ୍ବାର ରମାପଦଙ୍କୁ ମାଆଙ୍କୁ ଗାଁକୁ ପଠେଇ ଦେବାକୁ କହୁଥିଲେ। ଏପରିକି ଦିନ ଦିନ ରମାପଦଙ୍କ ଉପରେ ରାଗି, ରୁଷି ନଖାଇ ନପିଇ ରହୁଥିଲେ।

ହେଲେ ରମାପଦ କ'ଣ ମାଆଙ୍କୁ ଘରୁ ବାହାର କରିଦେଇ ପାରନ୍ତେ? ସେ ମାଆଙ୍କୁ ଖୁବ୍ ଭଲଭାବରେ ଜାଣନ୍ତି। ତାଙ୍କର ତ୍ୟାଗ, ତାଙ୍କର ଅନୁରାଗ, ତାଙ୍କର ମନୋବଳ, ତାଙ୍କର ଦୃଢ ସଂକଳ୍ପ ଯୋଗୁ ସେ ଆଜି ଯେଉଁଠି ପହଞ୍ଚିଛନ୍ତି, ସେଇଠି ପହଞ୍ଚିବା ସମ୍ଭବ ହୋଇଛି। ଅରୁଣା ଆସିବା ଦିନଠାରୁ ମାଆ ବି ଘରକୁ ପୂରା ସମ୍ଭାଳି ରଖିଛନ୍ତି। ପିଲାମାନେ ଛୋଟ ଥିଲାବେଳେ ଅରୁଣା ଦିନେହେଲେ ପିଲାଙ୍କ ଯତ୍ନ ନେଇନାହାନ୍ତି କି ତାଙ୍କୁ ଯତ୍ନ ନେବାର ଆବଶ୍ୟକତା ପଡ଼ିନି। ମାଆ ସବୁ ସମ୍ଭାଳି ନେଇଛନ୍ତି।

ରମାପଦ ଯେତେ ଅରୁଣାଙ୍କୁ ମାଆଙ୍କ ବିଷୟରେ ବୁଝେଇଲେ ବି ଅରୁଣାଙ୍କ ଜିଦ୍‌ରେ କିଛି ପରିବର୍ତ୍ତନ ହୋଇନାହିଁ। ଏକା ଜିଦ୍ ମାଆ ଏ ଘରେ ରହିପାରିବେ ନାହିଁ। ତାଙ୍କୁ ଗାଁକୁ ପଠେଇ ଦିଅ। ଆମେ ଟଙ୍କା ପଠେଇଦେବା। ସେ ସେଠି ଭଲରେ ରହିବେ। ହେଲେ ରମାପଦ ନିଜକୁ ଅରୁଣାଙ୍କ ସାଥିରେ ଏକମତ କରିପାରି ନାହାନ୍ତି। ସେ ଅରୁଣାଙ୍କୁ ରୋକ୍ ଠୋକ୍ କହିଦେଇଛନ୍ତି ମା ଏଇଠି ହିଁ ରହିବେ। ଏଇ ଘର ଛାଡ଼ି ଆଉ କୁଆଡ଼େ ଯିବେନି। ଏଇ ଘରେ ମୋ ପାଖରେ ହିଁ ମରିବେ। ତାପରେ ଅରୁଣାଙ୍କ ସହିତ ତାଙ୍କର ମତାନ୍ତର ବଢିଯାଇଛି। ଅରୁଣା ତାଙ୍କଠାରୁ ଅନେକ ଦୂରେଇ ଯାଇଛନ୍ତି।

ପିଲାଛୁଆଙ୍କୁ ଧରି ଦିନେ ଘରୁ ଚାଲିଯାଇ ନିଜ ମା ଙ୍କ ପାଖକୁ ଚାଲିଯାଇଛନ୍ତି। ସେ ଏ ଘରେ ରହିପାରିବେନି, ରମାପଦଙ୍କ ମା ଏଘରୁ ନଗଲା ପର୍ଯ୍ୟନ୍ତ। ମା' ବି ଅତ୍ୟନ୍ତ ବ୍ୟସ୍ତ ହୋଇପଡ଼ିଛନ୍ତି ଅରୁଣା ଓ ପିଲାମାନେ ଘରୁ ଗଲାପରେ। ଅରୁଣାଙ୍କ ମାଆଙ୍କ ପାଖକୁ ନିଜେ ଯାଇଛନ୍ତି। ଅରୁଣାଙ୍କୁ ଅନେକ ବୁଝେଇଛନ୍ତି। ରମାପଦଙ୍କୁ ବି ଅନେକ ବୁଝାସୁଝା କରିଛନ୍ତି। ସେ ଗାଁକୁ ଚାଲିଯିବେ। ତାଙ୍କର କିଛି ଅସୁବିଧା ହେବନି। ଗାଁରେ ଖୁସିରେ ରହିବେ। ଅନେକ ଦିନ ହେଲା ଗାଁ ଛାଡ଼ି ଆସିଲେଣି।

ଗାଁରେ ମରିବେ। ବାପାଙ୍କ ପାଖରେ ପୋଡ଼ା ହେବେ। ହେଲେ ରମାପଦ ମାଆଙ୍କ କଥାରେ ରାଜି ହୋଇପାରି ନାହାନ୍ତି।

ଦିନେ ମା ବି ଚାଲିଗଲେ ଗାଁକୁ। ଗାଁ ଘରକୁ ଖାଲି କରି ସେଠିକି ରହିବାକୁ। ରମାପଦଙ୍କୁ କହିଗଲେ ଅରୁଣାକୁ ନେଇଆ। ସେ ଗାଁରେ ଖୁସିରେ ରହିବେ। ତାଙ୍କର କିଛି ଅସୁବିଧା ହେବନି। ରମାପଦ ମାଆକୁ ନେଇ ଗାଁରେ ଛାଡ଼ି ଆସିଲା ବେଳେ ତାଙ୍କ ଭିତରେ ଏକ ଗଭୀର ଦୁଃଖ ଖେଳିଯାଇଥିଲା।

ରମାପଦ ଫେରି ଆସିଲା ପରେ ନିତାନ୍ତ ଏକୁଟିଆ ହେଇଯାଇଛନ୍ତି। ସେ ଅରୁଣାଙ୍କ ପାଖକୁ ଯାଇପାରି ନାହାନ୍ତି ତାଙ୍କୁ ଫେରେଇ ଆଣିବାପାଇଁ। ସେ ଯେମିତି ଜିଦ୍ କରି ହଠାତ୍ ଘରୁ ଗୋଡ଼କାଢି ଯାଇଛନ୍ତି; ସେମିତି ନିଜେହିଁ ଯଦି ଆସିବେ ଆସିବେ। ପିଲାଙ୍କୁ ବି ରମାପଦ ଫେରାଇ ଆଣି ନାହାନ୍ତି। ଅରୁଣା ବି ଏକ ଜିଦ୍‌ରେ ରମାପଦଙ୍କ ପାଖକୁ ଫେରି ଆସିପାରି ନାହାନ୍ତି। ବୟସ୍କ ଲୋକମାନେ ବୁଦ୍ଧିମାନ ହେଲେ ବି ତାଙ୍କ ଅହଂକାର, ଅଭିମାନ ତାଙ୍କୁ ବିମୂଢ଼ କରିଦିଏ। ଜିଦ୍‌ରେ ଜୀବନକୁ ବି ବଳି ଦେବାକୁ ସେମାନେ ପଛାନ୍ତି ନାହିଁ। ତାପରେ ଜିଦ୍ ବଢିଛି। ରମାପଦ ଡାକିବାକୁ ଯାଇ ନାହାନ୍ତି କି ଅରୁଣା ବି ଫେରିଆସିବାକୁ ଭାବି ନାହାନ୍ତି। ରମାପଦ ଅରୁଣାଠୁ ଆଉ ମାଆଙ୍କଠାରୁ ଅଲଗା ହୋଇ ନିଃସଂଗ ଜୀବନ କାଟିଛନ୍ତି। ହେଲେ ସେ ଅରୁଣାଙ୍କୁ ଛାଡ଼ପତ୍ର ଦେଇପାରି ନାହାନ୍ତି। ଅନ୍ୟ ଜାଗାରେ ପୁଣି ବାହାହେଇ ପାରି ନାହାନ୍ତି। ପୁଅଝିଅଙ୍କର ପାଠପଢା ଖର୍ଚ୍ଚ ସବୁ ନିଜେ ବହନ କରିଛନ୍ତି। ସେମାନଙ୍କୁ ମଣିଷ କରିଛନ୍ତି। ଦେଶ ବିଦେଶର ଭଲ ଭଲ ଅନୁଷ୍ଠାନରେ ପାଠ ପଢେଇଛନ୍ତି। ସେମାନେ ଆଜି ନିଜକୁ ପ୍ରତିଷ୍ଠିତ କରିପାରିଛନ୍ତି, ଆଉ ବିଦେଶରେ ଖୁବ୍ ବଡ଼ ଚାକିରି ରେ ଅଛନ୍ତି। ଟଙ୍କାପଇସା ଅନେକ ରୋଜଗାର କରିଛନ୍ତି। ବିଦେଶରେ ଦୁହେଁ ନିଜେ ନିଜେ ଠିକ୍ କରି ପ୍ରେମ ବିବାହ କରିଛନ୍ତି। ହେଲେ ରମାପଦଙ୍କୁ ସେମାନେ ଦିନେ ହେଲେ ପଚାରି ନାହାନ୍ତି। ବାପା ବୋଲି ବି ପରିଚୟ ଦେଇନାହାନ୍ତି। ତାଙ୍କର ରାଗ ଯେ ରମାପଦ ନିଜ ଜିଦ୍‌ରେ ତାଙ୍କ ମାଆଙ୍କ ଜୀବନ ବରବାଦ୍ କରିଦେଇଛନ୍ତି।

ଏ ଭିତରେ ମା' ବି ଗାଁରେ ଖୁବ୍ ଏକଲା ଜୀବନ କଟେଇ ଦେଇଛନ୍ତି। ଦେଖିବାକୁ ତାଙ୍କ ପାଖରେ କେହି ନଥିଲେ। ଏକା ଏକା ସବୁକାମ କରୁଥିଲେ। ଘରବାଡ଼ି କଥା ବୁଝୁଥିଲେ। ଦେହ ବାଧିକି ହେଲେ ସାହିପଡ଼ିଶା ଯାହା ସାହାଯ୍ୟ କରୁଥିଲେ। ରମାପଦ ବି ମଝିରେ ମଝିରେ ଗାଁକୁ ଯାଇ ମାଆଙ୍କର ସେବା ଶୁଶ୍ରୂଷା କରୁଥିଲେ। ମାଆଙ୍କୁ ଯେତେ ସହରକୁ ଆଣି ଡାକ୍ତରଙ୍କୁ ଦେଖେଇବି କହିଲେ, ସେ

ଜମାରୁ ରାଜି ହେଉ ନଥିଲେ। କହୁଥିଲେ, "ଏବେ ତ ମରିବା ବେଳ ହେଲାଣି। ବାପାଙ୍କ ପାଖକୁ ଯିବାର ବେଳ ହେଲାଣି।" ହଠାତ୍ ଦିନେ ଏମତି ଅକସ୍ମାତ ମାଆ ଚାଲିଗଲେ ରମାପଦଙ୍କୁ ଶୋକସାଗରରେ ଭସେଇ ଦେଇ। ରମାପଦ ଗାଁକୁ ଗଲେ। ମାଆଙ୍କର ଦାହ ସଂସ୍କାର କଲେ। ଅନ୍ତ୍ୟେଷ୍ଟିକ୍ରିୟା କଲେ। ମାଆଙ୍କର ଅସ୍ଥି ବିସର୍ଜନ ଆଲାହାବାଦ୍‌ରେ କଲେ। ଗୟାରେ ଶ୍ରାଦ୍ଧ ଦେଲେ। ହେଲେ ଅରୁଣା ଆଉ ପିଲାମାନେ ମାଆଙ୍କ ଅନ୍ତିମ କ୍ରିୟାରେ ଆସିଲେନି। ଖାଲି ଗୋଟେ ଗୋଟେ ମେସେଜ ପଠେଇଦେଇ ରହିଗଲେ।

ମା' ଗଲାପରେ ରମାପାଦଙ୍କର ଏକ ନିଜସ୍ୱ ଭାଗ ତାଙ୍କଠାରୁ ଅଲଗା ହୋଇ ଚାଲିଗଲା। ସେ ଅସହାୟ ହୋଇଗଲେ। ନିଃସହାୟବୋଧ ତାଙ୍କ ଭିତରେ ଭରିଗଲା। ଗଭୀର ଦୁଃଖରେ ସେ ମ୍ରିୟମାଣ ହୋଇଗଲେ। ମାଆ ତାଙ୍କର ଆଦର୍ଶ ଥିଲେ। ମାଆଙ୍କର ତ୍ୟାଗ ଓ ସ୍ନେହରେ ତାଙ୍କ ଜୀବନ ଗଢା ହୋଇଥିଲା। ସେ କଥା ରମାପଦ ଭୁଲନ୍ତେ କେମିତି ?

ଏକ ଜିଦ୍‌ରେ ତାଙ୍କ ସଂସାର ବରବାଦ୍ ହୋଇଗଲା, ଉଜୁଡ଼ି ପଡ଼ିଲା, ରମାପଦ ଏକାକୀ ରହିଗଲେ। ନିଃସଂଗ, ଅସହାୟ।

ତାଙ୍କ ଭିତରେ ଗଭୀର ଦୁଃଖ ଖେଳିଗଲା। ସେ କ୍ଷୋଭରେ କଷ୍ଟ ପାଇବାକୁ ଲାଗିଲେ। ଅରୁଣା ଯେ ଏମିତି ହୋଇପାରେ, ସେ ସେକଥା କଳ୍ପନାରେ ବି ସୁଦ୍ଧା ଭାବି ନଥିଲେ। ମାଆ ନିଃସ୍ୱାର୍ଥପର ଭାବେ ତାଙ୍କ ପରିବାର ପାଇଁ କେତେ କାମ କରିନାହାନ୍ତି। କେତେ ଶୁଭ ମନାସି ନାହାନ୍ତି। ହେଲେ କ'ଣ ହେଲା ତାଙ୍କ ସଂସାର। ସେ କ'ଣ ଲେଖିବେ ? କେମିତି କଟିଲା ? ରମାପଦଙ୍କ ଆଖିରୁ ଧାର ଧାର ଲୁହ ବୋହି ଯାଉଥିଲା। ଛାତି କୋହରେ ଉଠୁଥିଲା ପଡୁଥିଲା। ସେ ଅଧାରୁ ଭଙ୍ଗା ହୋଇଥିବା କାଗଜ ଆଣିଲେ ଆଉ ବାଁ ପଟେ ଲେଖିଦେଲେ -ଦୁଃଖ- -ଦୁଃଖ- -ଦୁଃଖ- ଗଭୀର ଦୁଃଖ- କେବେ ଭୁଲି ହେଉ ନଥିବା ଦୁଃଖ, ମର୍ମାନ୍ତକ ଦୁଃଖ, ତାଙ୍କ ସଂସାରକୁ ଛାରଖାର କରିଦେଇଥିବା ଦୁଃଖ।

ପରିଶେଷ - ରମାପଦଙ୍କ ଆଖିରୁ ଧାର ଧାର ଲୁହ ବୋହି ଯାଉଥିଲା। କୋହରେ ଛାତି ଉଠୁଥିଲା ପଡୁଥିଲା। ଜୀବନରେ ସେ ନିଃସଙ୍ଗ ହୋଇଯାଇଥିଲେ। ଏକୁଟିଆ, ସମସ୍ତେ ଯେମିତି ତାଙ୍କୁ ଛାଡ଼ି ଚାଲି ଯାଇଥିଲେ। ହେଲେ ରମାପଦ କେବେ ହାରିଯିବା ଲୋକ ନଥିଲେ। ଜୀବନରେ ପୁଣି ସଂଘର୍ଷର ଆରମ୍ଭ ହେଲା। ପୁଣି ବଞ୍ଚିବାର ସଂଗ୍ରାମ। ଜୀବନରେ ଅନେକ କିଛି ସଫଳତା ସେ ପାଇଲେ। ସେ ନିଜକୁ ଜଣେ ଖ୍ୟାତନାମା ଅଧ୍ୟାପକ ଭାବେ ବିଶ୍ୱବିଦ୍ୟାଳୟରେ ପ୍ରତିଷ୍ଠିତ କରିପାରିଲେ। ତାଙ୍କ ଲେଖା, ପ୍ରବନ୍ଧ,

ରିସର୍ଚ୍ଚ ପେପର ଦେଶ ବିଦେଶରେ ବହୁ ଖ୍ୟାତି ଅର୍ଜନ କଲା, ବଡ଼ ବଡ଼ ଜର୍ଣ୍ଣାଲରେ ବାହାରିଲା। ରିଭ୍ୟୁରେ ଖୁବ୍ ସମାଲୋଚକଙ୍କ ପ୍ରଶଂସା ପାଇଲେ । ସେ ବିଭିନ୍ନ କଲେଜ ଓ ବିଶ୍ୱବିଦ୍ୟାଳୟରୁ ନିମନ୍ତ୍ରଣ ପାଇ ସାରଗର୍ଭକ ବକ୍ତୃତା ଦେଇ ବାହାବା ପାଇଲେ। କ'ଣ ଲେଖିବେ ସେ ସୁଖ ନା ଦୁଃଖ। ଏତେ ଖ୍ୟାତି ତ ନିଶ୍ଚୟ ତାଙ୍କୁ ଅନେକ ଖୁସି ଦେଇଥିବ। ଗଭୀର ସୁଖ ଦେଇଥିବ।

ହେଲେ ସେ ନିଶ୍ଚୟ କରିପାରୁ ନଥିଲେ ସେ ଖୁସି ପାଇଲେ କି ଦୁଃଖରେ ଥିଲେ। ସେ ଗଭୀର ଦ୍ୱନ୍ଦ୍ୱରେ ପଡ଼ିଯାଇ ଥିଲେ। ଜୀବନରେ ଅନେକ ଏମିତି ଖୁସିର ମୁହୂର୍ତ୍ତ ଆସେ ଯେତେବେଳେ ମଣିଷ ତା'ର ପାରିପାର୍ଶ୍ୱିକ ପରିସ୍ଥିତି ହେତୁ ଜାଣିପାରେନି ସେ ସୁଖ ପାଏ କି ଆହୁରି ଅଧିକ ଦୁଃଖ ଅନୁଭବ କରେ। ରମାପଦଙ୍କୁ ଠିକ୍ ସେମିତି ଲାଗୁଥିଲା। ଯେମିତି ସେ ଆହୁରି ଦୁଃଖରେ ବୁଡ଼ି ଯାଇଥିଲେ। ସେ ଲେଖିଦେଲେ ଭାଙ୍ଗ ପଡ଼ିଥିବା କାଗଜରେ

-ଦୁଃଖ-

ରମାପଦ ତାଙ୍କରି ଚାକିରି ଜୀବନରେ ଗୋଟିଏ ପରେ ଗୋଟିଏ ସୋପନ ଅତିକ୍ରମ କରି ଚାଲିଲେ। ଅଧାପକ, ପ୍ରଧାପକ, ବିଭାଗୀୟ ମୁଖ୍ୟ। ଏମିତିକି ସେ ବିଶ୍ୱବିଦ୍ୟାଳୟର କୁଳପତି ପାଇଁ ବି ମନୋନୀତ ହେଲେ ଏବଂ ସୂଚାରୁ ରୂପେ ଦକ୍ଷତା ପ୍ରତିପାଦନ କରି ଖୁବ୍ ପ୍ରଶଂସା ପାଇଲେ। ହେଲେ ରମାପଦ କ'ଣ ସେଥିରେ ସୁଖ ପାଇଲେ, ସବୁକିଛି ଲାଭ କରି ବି ତାଙ୍କୁ ନିଃସ୍ୱ ଲାଗୁଥିଲା। ତାଙ୍କ ପାଖରେ ମାଆ ନଥିଲେ। ମାଆଙ୍କ ଅନୁପ୍ରେରଣା ନଥିଲା। ତାଙ୍କ କୃତିତ୍ୱରେ ଆନନ୍ଦ ବିଭୋର ହେବାପାଇଁ ନା ମାଆ ଥିଲେ ନା ଅରୁଣା, ନା ପିଲାମାନେ- ସେ କ'ଣ ଲେଖିବେ, କେମିତି ଅନୁଭବ ଥିଲା- ସୁଖ ନା ଦୁଃଖ। ରମାପଦ ଲେଖିଲେ ଭଙ୍ଗା କାଗଜର ବାଁ ପଟେ

-ଦୁଃଖ-

ରମାପଦ ଗବେଷଣାରେ ବି ଖୁବ୍ ନାଁ କମେଇଲେ। ତାଙ୍କ ପାଖରେ ଶହ ଶହ ଛାତ୍ର ସଫଳତାର ସହ ପିଏଚ୍‌ଡ଼ି କଲେ। ଡକ୍ଟରେଟ୍ ଡିଗ୍ରୀ ପାଇଲେ। ଗବେଷଣାର ବିଷୟ ଗୁଡ଼ିକ ଆନ୍ତର୍ଜାତିକ ସ୍ତରରେ ଖୁବ୍ ଖ୍ୟାତି ଅର୍ଜନ କଲା। ନିଜର ଗବେଷଣା ପେପରଗୁଡ଼ିକ ନାମକରା ଜର୍ଣ୍ଣାଲଗୁଡ଼ିକରେ ବାହାରିଲା। ହେଲେ ସେ ସ୍ଥିର ନିଶ୍ଚିତ ହୋଇ ପାରୁ ନଥିଲେ ସୁଖ ଲେଖିବେ ନା ଦୁଃଖ .... ସୁଖ ବି ଅନୁଭବ କରୁଥିଲେ। ନିଜ ସଫଳତାରେ ଅତ୍ୟନ୍ତ ଆନନ୍ଦ ଅନୁଭବ କରୁଥିଲେ। ଏଣେ ଦୁଃଖରେ ଭରି ଯାଉଥିଲା ତାଙ୍କର ହୃଦୟ, ମନ। ସେ ନିଶ୍ଚିତ କରିପାରୁ ନଥିଲେ କ'ଣ ଲେଖିବେ।

ଭଙ୍ଗା କାଗଜର ଡାହାଣ ପଟେ ଲେଖିଦେଲେ ସୁଖ ଆଉ ବାଁ ପଟେ ଦୁଃଖ।

ଦୁଃଖ ସୁଖ

ଜୀବନରେ ଏମିତି ବି ସମୟ ଆସେ, ସେତେବେଳେ ସୁଖ ସବୁ ବି ଦୁଃଖ ଭଳି ଅନୁଭବ ହୁଏ। ଜୀବନରେ ସୁଖ ଥାଏ ଆଉ ତା ସାଥିରେ ଦୁଃଖ ବି।

ଏମିତି କେତେ ଘଟଣା ଘଟି ଚାଲିଲା ଜୀବନରେ ଏକା ଧାରରେ। ପୁଅ ଝିଅଙ୍କୁ ପାଠ ପଢ଼େଇଲେ, ମଣିଷ କଲେ, ବିଦେଶ ପଠାଇଲେ ପୃଥିବୀର ଶ୍ରେଷ୍ଠ ବିଶ୍ୱବିଦ୍ୟାଳୟକୁ। ପୁଅଝିଅ ଦୁହେଁ ଏବେ ବିଦେଶରେ ଖୁବ୍ ପ୍ରତିଷ୍ଠିତ। ହେଲେ ଅରୁଣା ସେମାନଙ୍କ ମନକୁ , ସେମାନଙ୍କ ଚିନ୍ତାଧାରାକୁ ପ୍ରଭାବିତ କରି ନେଇଥିଲେ ତାଙ୍କ ବିରୋଧରେ। ଯେମିତି ଅରୁଣାଙ୍କ ଚାଲିଯିବା ପଛରେ ସେ ହିଁ ଦାୟୀ। ପୁଅ ଝିଅ ଦିନେ ହେଲେ ତାଙ୍କୁ ବାପାର ସମ୍ମାନ ଦେଇନାହାନ୍ତି। ଏପରିକି କେବେହେଲେ ସେମାନଙ୍କ ଜୀବନରେ ତାଙ୍କ ଅବଦାନକୁ ସ୍ୱୀକାର କରିନାହାନ୍ତି। ତାଙ୍କୁ ଦିନେହେଲେ ସେମାନଙ୍କ ଖୁସିରେ ସାମିଲ କରିନାହାନ୍ତି। ଅତଏବ ରମାପଦ ଆଜି ପିଲାମାନଙ୍କଠାରୁ ଅନେକ ଦୂରରେ।

ଏମିତିକି ଦି' ଦି' ଥର ଦେହ ଖରାପ ହୋଇ ହସ୍‌ପିଟାଲରେ ଭର୍ତ୍ତି ହେଲେ, ହୃଦ୍‌ଘାତରେ। ବାଇପାସ ଅପରେସନ ବି ହେଲା। ତଥାପି ନା ଅରୁଣା ଆସିଲେ, ନା ପିଲାମାନେ। ଗୁଣନିଧି ରମାପଦଙ୍କୁ ନେଇ ହସପିଟାଲରେ ଭର୍ତ୍ତି କଲେ। ତାଙ୍କ ପାଖରେ ଦିନରାତି ବସି ରହିଲେ। ସେବା ଶୁଶ୍ରୂଷା କଲେ। ସେ ପୁଣି ଥରେ ଗୁଣନିଧି ପାଇଁ ଜୀବନ ପାଇ ଫେରି ଆସିଲେ। ହେଲେ ତାଙ୍କ ପାଖରେ ନା ଅରୁଣା ଥିଲେ, ନା ପିଲାମାନେ। ତାପରେ ସେ ଭାବୁଥିଲେ ବୃଦ୍ଧାଶ୍ରମକୁ ଚାଲିଯିବେ। ହେଲେ ଯାଇପାରିଲେନି। ରହିବେ ତ ଏଇ ଘରେ ରହିବେ, ଗୁଣନିଧି ପାଖରେ। ମରିବେ ତ ଏଇଠି ମରିବେ, ଆଉ ଜୀବନରେ ବଂଚି ରହିବାର ଇଚ୍ଛା ବି ନଥିଲା ରମାପଦଙ୍କର।

ମାଆଙ୍କ ପ୍ରତି ତାଙ୍କର ଯେଉଁ ସମ୍ମାନ, ଶ୍ରଦ୍ଧା ଓ ସ୍ନେହ ଥିଲା ତାକୁ ଜଳାଞ୍ଜଳି ଦେଇ ସେ ମାଆଙ୍କୁ କେମିତି ଗାଁକୁ ପଠେଇ ଦେଇଥାଆନ୍ତେ ଅରୁଣା କଥାରେ। ମାଆ ତ ତାଙ୍କୁ ମଣିଷ କରିଥିଲେ କେତେ କଷ୍ଟରେ, କେତେ ତ୍ୟାଗ ସ୍ୱୀକାର କରି। ସେ ଆଜି ଯାହା ହୋଇଥିଲେ ତା ତ କେବଳ ମା' ଙ୍କ ପାଇଁ। ପୁଣି ମାଆ ତାଙ୍କ ଘର ପାଇଁ କ'ଣ ବା କରି ନଥିଲେ। ପିଲାଙ୍କୁ କେତେ ଯତ୍ନରେ ବଡ଼ କରି ନଥିଲେ। ଅରୁଣା ସିନା ସେସବୁ ଦେଖିପାରିଲେନି, ହେଲେ ସେ କେମିତି ବା ମାଆଙ୍କୁ ହତାଦର କରି ବାହାର କରି ଦେଇଥାଆନ୍ତେ। ମା'ଆଙ୍କ ପ୍ରତି ଗଭୀର ସମ୍ମାନ, ଶ୍ରଦ୍ଧା ଆଉ ଭଲପାଇବା ଯୋଗୁ ସେ ମାଆଙ୍କୁ ଛାଡ଼ି ରହିପାରିଲେନି। ହେଲେ ଅରୁଣା ଯେ ତା'ର ଏମିତି

ପ୍ରତିଶୋଧ ନେବେ ସେ ସ୍ୱପ୍ନରେ ସୁଦ୍ଧା ଭାବି ନଥିଲେ। ଆଉ କ'ଣ ଲେଖିବେ? ସୁଖ ନା ଦୁଃଖ?

ତାପରେ ସାରା ଜୀବନ ଏମିତି ଏକାକୀ, ନିଃସଙ୍ଗ ଜୀବନ ସେ କାଟୁଛନ୍ତି। ଅବସର ନେବାପରେ ଏବେ ଆପାର୍ଟମେଣ୍ଟର ଛୋଟିଆ ଘରଟିରେ ଦୁଃଖ ସୁଖ ଭିତରେ ଜୀଇଁଛନ୍ତି । ତାଙ୍କ ମନରେ ଗଭୀର କ୍ଷୋଭ ନାହିଁ କି ଦୁଃଖ ନାହିଁ । ଏବେ ସେ ଖୁସିରେ ଆତ୍ମହରା ହୋଇ ପଡୁନାହାନ୍ତି। ଏକାକୀ ଜୀଇଁବାର କଳା ସେ ହାସଲ କରିଛନ୍ତି। ଜୀବନରେ ସଂଗ୍ରାମ କରିବା ତ ସେ ଭଲଭାବରେ ଜାଣନ୍ତି। ଗୁଣନିଧି ହିଁ ଏବେ ତାଙ୍କ ନିଃସଙ୍ଗ ଜୀବନର ସାଥୀ। ସୁଖ ଦୁଃଖରେ ଭାଗୀଦାର। ଦୁହେଁ ଦୁହିଁଙ୍କ ସୁଖରେ ସୁଖୀ, ଦୁଃଖରେ ବି ଦୁଃଖୀ।

ଘର ଲୋକ ତାଙ୍କୁ ତ ଏକାବେଳକେ ପର କରିଦେଲେ। ହେଲେ ପିଲାବେଳର ସାଥୀ ଗୁଣନିଧି ତାଙ୍କୁ ନିଜର କରିନେଲା। ପିଲାବେଳେ ତ ତାଙ୍କୁ ଅନେକ ସାହାଯ୍ୟ କରିଥିଲା। ଏବେତ ପୁଣି ଋଣୀ କରିଦେଲା। ଜୀବନରେ କି ବିଚିତ୍ର ଖେଳ। ଯିଏ ନିଜର ସେ ପର ହୋଇଯାଏ, ଆଉ ଯିଏ ନିଜର ନୁହେଁ, ସେ ଅତି ଆପଣାର ପ୍ରାଣର ଦୋସର ହୋଇଯାଏ।

କ'ଣ ବା ସେ କହିବେ ଗୁଣନିଧିକୁ ଜୀବନ କେମିତି କଟିଲା? ସୁଖରେ ନା ଦୁଃଖରେ? ଘଟଣାଗୁଡ଼ିକର ତନ୍ନ ତନ୍ନ ଭାବେ ତର୍ଜମା କଲେ ସେ। ବିଶ୍ଲେଷଣ ବି କଲେ ସବିଶେଷ ଭାବେ। ଭଙ୍ଗା ହୋଇଥିବା କାଗଜର ଡାହାଣ ପାଖରେ ସୁଖର ଘଟଣା ଗୁଡ଼ିକ ଲେଖିଦେଲେ। ଆଉ ବାଁ ପଟରେ ଦୁଃଖର ଘଟଣା। ହେଲେ ଯେଉଁ ଘଟଣାଗୁଡ଼ିକ ସୁଖ ଆଉ ଦୁଃଖ ଦେଇଥିଲେ ତାକୁ କେମିତି ଲେଖିବେ ସେ। ହେଲେ ଏବେ ତ ସେ ବାରମ୍ବାର ଘଟଣାଗୁଡ଼ିକୁ ଅନୁଶୀଳନ କରିଚାଲିଛନ୍ତି। ହେଲେ ଏବେ ତ ସେ କିଛି ଠିକ୍ କରି ସ୍ଥିର କରିପାରୁ ନାହାନ୍ତି। କେମିତି କଟିଲା ଜୀବନ? ସୁଖ ଆଉ ଦୁଃଖର ଘଟଣାଗୁଡ଼ିକୁ ଗଣି ନେଲେ କ'ଣ ଜୀବନ ବିଷୟରେ କେଉଁ ନିଷ୍କର୍ଷରେ ପହଞ୍ଚିହେବ। ସୁଖ ଆଉ ଦୁଃଖର ଘଟଣାଗୁଡ଼ିକୁ ସେ କେମିତି ଅନୁଶୀଳନ କରିବେ। ପୁଣି କେମିତି ବା ମାପିବେ ସୁଖର ଗଭୀରତା ବା ଦୁଃଖର ଗଭୀରତା। ସୁଖ କେତେ ଆନନ୍ଦ ଦେଇଥିଲା ବା ଦୁଃଖ କେତେ ହୃଦୟବିଦାରକ। ଜୀବନ ବିଷୟରେ ଏତେ ସହଜରେ କିଛି ନିର୍ଣ୍ଣୟ ନେବା ରମାପଦଙ୍କୁ ଅସମ୍ଭବ ଲାଗୁଥିଲା। ଏମିତି କ'ଣ ଘଟଣାବହୁଳ ଜୀବନକୁ ସୁଖ କିମ୍ବା ଦୁଃଖ ଭିତରେ ବାନ୍ଧି ଦେଇହେବ। ଜୀବନରେ ସୁଖ ଯେତେ ଦୁଃଖ ବି ସେତେ। ସୁଖ ଅନେକ, ହେଲେ ସୁଖ ସାଥିରେ ଦୁଃଖ ବି।

ସେ କହିଲେ, ଗୁଣନିଧି ମୁଁ ସିନା ତୋତେ କହିଦେଲି, ଠିକ୍ ଠିକ୍ ବାହାର

କରିଦେବି ଜୀବନଟା କେମିତି କଟିଲା । ସୁଖରେ ନା ଦୁଃଖରେ ? ହେଲେ ମୁଁ ଏବେ ଘୋର ଦ୍ୱିଧା ଭିତରେ ପଡ଼ି ଯାଇଛି । ଘୋର ସଂଶୟ ମୋତେ ଘାରି ଯାଇଛି । ଜୀବନର ପ୍ରତିଟି ଘଟଣାକୁ ତନ୍ନତନ୍ନ ଭାବେ ବିଶ୍ଳେଷଣ କଲାପରେ ଏବେ ମୁଁ ଦ୍ୱନ୍ଦ୍ୱରେ କେମିତି କଟିଲା ? ଠିକ୍‌ଭାବେ ସ୍ଥିର କରିବା ଅସମ୍ଭବ ଲାଗୁଛି । ତେବେ ଗୁଣନିଧି ପ୍ରତି ମଣିଷର ଜୀବନରେ ସୁଖ ବି ଦୁଃଖ ବି । ସୁଖ ବେଶୀ ନା ଦୁଃଖ ବେଶୀ ସ୍ଥିର କରିବା ଏକପ୍ରକାର ଅସମ୍ଭବ । କିଏ କହିବ ସୁଖର ଗଭୀରତା ବେଶି ନା ଦୁଃଖଦ ଘଟଣାଗୁଡ଼ିକର ଜୀବନ ଉପରେ ଛାପ ବେଶୀ । ଅତଏବ, ସେ କୌଣସି ନିର୍ଣ୍ଣୟରେ ପହଞ୍ଚି ପାରି ନାହାନ୍ତି । ଜୀବନରେ କେତେ ଗବେଷଣା ସେ କରିଛନ୍ତି । କେତେ ଗବେଷଣାତ୍ମକ ପ୍ରବନ୍ଧ ସେ ଲେଖି ଜଟିଳ ବିଷୟର ନିଷ୍କର୍ଷ ବାହାର କରିଛନ୍ତି । ଶହ ଶହ ଗବେଷକଙ୍କୁ ଦିଗ୍‌ଦର୍ଶନ ଦେଇଛନ୍ତି । ହେଲେ ଆଜି ଜୀବନର ଗବେଷଣାରେ କୌଣସି ନିର୍ଣ୍ଣୟ କରିପାରୁ ନାହାନ୍ତି ।

ଗୁଣନିଧି ରମାପଦ ଏବେ ନାଚାର । ତୋତେ କ'ଣ କହିବି ଜୀବନ କେମିତି କଟିଲା ? ସୁଖରେ ନା ଦୁଃଖରେ ? ନିଜେ ସିନା କିଛି ନିଷ୍କର୍ଷରେ ପହଞ୍ଚିଲେ କହି ହେବ ।

ଅତଏବ, ଗୁଣନିଧି ମୁଁ, ଭଲଭାବରେ ଏବେ ବୁଝୁଛି

"ଏଇ ପୃଥ୍ୱୀ ପାନ୍ଥଶାଳା
ଜୀବନ ଗୋଟାପଣେ ସୁଖ ନୁହେଁ
କି ଦୁଃଖ ବି ନୁହେଁ
ଜୀବନରେ ସୁଖ ଆଉ ଦୁଃଖଙ୍କର ଅହରହ
ବିଚିତ୍ର ଲୀଳାଖେଳା ।

■■

www.ingramcontent.com/pod-product-compliance
Lightning Source LLC
Chambersburg PA
CBHW050256110726
47898CB00007B/2438

* 9 7 8 1 6 4 5 6 0 1 1 8 0 *